suhrkamp taschenbuch 5267

AF178846

Während in Nürnberg über die Hauptkriegsverbrecher gerichtet wird, arbeitet man in einem Camp der US-Army nahe Frankfurt längst wieder mit Nazitätern zusammen. Im Maschinenraum des Kalten Krieges haben Pragmatiker das Sagen, an deren Zynismus Paula verzweifelt. Hier trifft sie auf Johann Kupfer, einen österreichischen Juden, der den Amerikanern seine Dienste anbietet. Er behauptet, der größte Spion des Zweiten Weltkriegs gewesen zu sein. Paula soll herausfinden, ob das die Wahrheit ist. Doch wer die Wahrheit sucht, muss sie auch ertragen.

In einem Roman von ungeheurer erzählerischer Wucht schreibt Pflüger über Schuld und Scham, aber auch über Hoffnung und die Kraft der Liebe.

Andreas Pflüger wurde 1957 in Thüringen geboren. Er wuchs im Saarland auf und lebt seit vielen Jahren in Berlin. Zu seinen Werken zählen Theaterstücke, Hörspiele, Drehbücher, Dokumentarfilme und Romane. Nach *Operation Rubikon* und seiner preisgekrönten Bestseller-Trilogie um die blinde Elitepolizistin Jenny Aaron legt Pflüger nun seinen fünften Roman vor.

Zuletzt erschienen: *Endgültig* (st 4770), *Niemals* (st 4940) und *Geblendet* (st 5124)

Andreas Pflüger

RITCHIE GIRL

Roman

Suhrkamp

Klimaneutral
Druckprodukt
ClimatePartner.com/14438-2110-1001

Erste Auflage 2022
suhrkamp taschenbuch 5267
© Suhrkamp Verlag AG, Berlin, 2021
Alle Rechte vorbehalten.
Wir behalten uns auch eine Nutzung des Werks
für Text und Data Mining im Sinne von § 44b UrhG vor.
Umschlaggestaltung: zero-media.net
Umschlagabbildung: akg-images/TT News Agency/SVT
Gesetzt von Andreas Pflüger aus der Guyot
Druck und Bindung: CPI books GmbH, Leck
Printed in Germany
ISBN 978-3-518-47267-5

www.suhrkamp.de

Für meinen wichtigsten Menschen

KEINE, DIE SO GING WIE ICH

Jenen Boden zu berühren könnte eine Heimkehr sein
In demselben Kleid aus Asche wie am Tag, an dem ich ging
Doch bis hoch zum Wolkenturm, in dem mein Bildnis hing
Wären's tausend Schritte und ein Atemzug aus Stein

Keinem, den ich kannte, ist ein Hauch von mir geblieben
Ich will stehen, wo sie starben, will weinen, wo sie lachten
Begreifen, wer sie waren, an wessen Grab sie wachten
Ganz als sei ich noch dieselbe, so als könnt ich wieder lieben

Wär's allein ein Ozean, der mich jetzt davon trennt
Alles, was vom Abschied blieb: ein Stich, ich spür' ihn kaum
Ein Koffer mit Gebeten, ein Kuss, und sei's im Traum
Und mich nicht bitter sehnen, dass einer mich noch kennt

In den dunklen Raubtierstunden war es Trost, fast Glück
Zu wissen, was mich gehen ließ aus jenem kalten Land
Als könnt ich dereinst wiederkehr'n, weil ich all dies verstand
Doch keine, die so ging wie ich, kommt einfach so zurück

MAE WEST

DIESE EINE WELLE würde sie nie vergessen. Noch bevor der taumelnde Bug des Schiffes sie rammte, fühlte Paula sie heranrollen, eine Walze von seelenloser Urgewalt, geschmiedet nur für den Moment, in dem sie den Stahl der U.S.S. Coleman zum Beben und Knirschen brachte und das zweite Unterdeck in ein Panoptikum von zitternden Fratzen verwandelte.

Sie starrte in die Augen von Violet auf der Pritsche über ihr, dachte, *wie kann das sein*, und wurde gewahr, dass sie auf dem Boden lag. Violets Mund klappte zu einem Schrei auf, stumm, weil Paulas Herzhämmern alles andere übertönte; die mollige Violet, gleich alt, keine dreißig, die am Pier in New Jersey von den Großeltern und einer Tante verabschiedet worden war, so innig, dass Paula, die kein Lebewohl bekam, von niemandem, einen Stich gespürt hatte.

Als der Schiffskörper wie eine Glocke dröhnte, auf die King Kong eindrosch, und die zweite Welle, jetzt aus nackter Angst, durch die sechshundert Menschen raste, die man in drei Lagen übereinandergestapelt hatte, füllte Violets weit aufklaffender Mund Paulas ganzes Blickfeld aus.

Sie vermeinte, in der Luft zu hängen, eine schwebende Jungfrau in einem Zaubertrick des Meeres. Sie wollte sich an einer Strebe festhalten, streckte sich, griff ins Leere. Sie ruderte mit den Armen, flog gegen ein Heizungsrohr.

Etwas schlug nach ihr. Es wurde stockfinster, dann flackerten die zwei roten Funzeln wieder, erloschen, flackerten. Vor Paula zuckten Gesichter von Männern auf, wirre Blicke, eine schneeweiße Faust, die den Schaft eines Bajonetts umschloss; Soldaten, die noch beim Kohlenbunkern in Gibraltar, wo der Hafen schwarz von britischen Kriegsschiffen gewesen war, an der Reling gestanden und Mädchen hinterhergepfiffen hatten, in den Mundwinkeln lässig Kippen.

Aber jetzt, nach drei Tagen Sturm und der dauernden Angst vor deutschen U-Booten, sah Paula in allen Augen, was auch sie wie eine Atemnot quälte: die Frage, ob sie in diesem Krieg, den die meisten bloß aus *March of Time* kannten, je ankämen oder ob sie hier unten sterben mussten, in diesem Gefängnis, das von Ungeziefer starrte, in dem es nach Diesel, Schmieröl, klammer Kleidung und Erbrochenem stank.

Als sie aus einem Dämmer hochschreckte, Bewusstlosigkeit näher als Schlaf, war es vorbei. Sie wusste nicht, ob Tag oder Nacht war. Das Schiff schaukelte sachte. Dass sie Fahrt machten, erkannte Paula nur am Stampfen der Motoren. Violet, die schon beim Ausrücken aus Camp Ritchie resolut erklärt hatte, dass sie auf gar keinen Fall ungeschminkt in den Krieg ziehen würde, malte die Lippen nach. Aber ihre Augen waren stumpf, noch in der Hölle der letzten Tage.

Zum ersten Mal seit Ewigkeiten wagte Paula sich nach oben. Vom Fallreep warf sie einen Blick in das zweite Quartier, auch dort sechshundert, apathisch. Draußen herrschte tiefe Nacht. Soldaten lehnten an der Reling. Alle hatten *Mae West* am Hals, die Schwimmweste, die niemand ablegen durfte, nicht einmal beim Schlafen. Die Männer flüsterten, noch zerschlagen vom tagelangen Beten.

Sterne so fett wie mit Fingerfarben an den Himmel gemalt, aber nirgends Land. Paula saugte die klare Salzluft ein, um die Angst nicht mehr zu schmecken. Sie spürte Blicke. Vermutlich waren die Frauen des Women's Army Corps, die sich an Bord befanden, für diese Männer die letzten Amerikanerinnen, die sie auf lange Zeit zu Gesicht bekamen. Sie verstand das. Doch jetzt wollte sie für sich sein. Sie sehnte sich danach, den widerwärtigen Geruch loszuwerden, wollte ihr Zittern nicht hinter Geplänkel verstecken.

Erneut fragte sie sich, wohin man sie bringen würde. Allein die höheren Offiziere kannten das Ziel. Einem mickrigen First Sergeant wie ihr blieben nur Mutmaßungen. Bei ihrem letzten Deckaufenthalt war es nach Osten gegangen; das konnte alles und nichts bedeuten. Vielleicht Malta, ein sonniger Posten in dem dortigen Hauptquartier, das die amerikanisch-britischen Operationen im Mittelmeerraum koordinierte.

Oder Sizilien, wo der Krieg längst vorbei war.

Wenn sie Pech hatte: Griechenland. Dort kämpften die Engländer gegen kommunistische Partisanen, wie Paula in Camp Ritchie erfahren hatte. Die Alliierten tauschten das Personal je nach Bedarf; keiner wurde nach einer Wunschliste gefragt.

Paula sah zum Himmel und suchte den Polarstern, rätselte, welcher es war. Violet wüsste es. In Ritchie waren die Männer in Wetterbeobachtungen geschult worden, und Violet war für das Unterrichtsmaterial zuständig gewesen. Obgleich sie eine Zeit auf derselben Stube gelegen hatten, kannten sie einander nur flüchtig. Paula wusste wenig mehr von Violet, als dass sie aus Texas stammte und ihr Mann bei den Bombern im Pazifik war. Als Dexter ausrücken musste und Violet sich in Galveston an der Bushaltestelle von ihm verabschiedet hatte, war sie von einer sympathischen Frau in der Uniform des Women's Army Corps angesprochen worden. Die Frau hatte sie gefragt, ob sie helfen wolle, ihren Mann schnell heimzubringen. Kaum hatte Violet genickt, war sie um eine Unterschrift gebeten worden. Sie hielt es für eine Art Petition, wurde indes eines Besseren belehrt, als sie sich kurz darauf in Ritchie wiederfand.

»Trotzdem Schwein gehabt«, hatte sie erklärt, nachdem sie ihre Geschichte dort zum Besten gegeben hatte. »Als ich eine Woche hier war, kam Hurricane *Surprise* auf einen Sprung in

Galveston vorbei und hat unser Haus zum Baden in die West Bay geschickt. Stellt euch vor, ich wäre drin gewesen; ich kann doch gar nicht schwimmen.« Sie war eine von denen, die sich über den verrückten Jitterbug, den ein Leben tanzen konnte, keine großen Gedanken machten. Violet und Paula waren die einzigen Schreibkräfte an Bord; die anderen Frauen gehörten dem Schwesterncorps an, *GI Nightingales*. Etliche würden auf der Coleman bleiben, um bei der Rückfahrt die Verwundeten zu pflegen, die sie in ihrem Zielhafen aufnähmen. Die Übrigen kämen sicher an die Front.

Paula dachte an Sam, ihren besten Freund in Ritchie. Wie mochte es ihm ergangen sein? Ende November hatte sie einen Brief von ihm bekommen, Zeilen, bei denen er hoffen musste, dass sie durch die Zensur gehen würden. Ritchie besaß dafür eine eigene Dienststelle, und Sam konnte nicht wissen, dass Paula inzwischen eine von denen war, die in der Feldpost alles schwärzten, was Hinweise auf das jeweilige Einsatzgebiet und die dortige Lage hätte geben können. Ihre Vorgesetzten glaubten, dass Frauen ein scharfes Gespür dafür hätten, verborgene Botschaften in den Briefen zu entdecken.

Als ob Schnüffeln uns im Blut läge, hatte Paula gedacht.

Aber es ließ sich nicht leugnen, sie war sehr gut darin. Auch Sam hatte ihr einen Hinweis hinterlassen, als er schrieb, dass *das Essen erstaunlich lecker ist, fast wie an dem Tag im Camp, als man uns diesen Vortrag über Sexualhygiene hielt und wir so lachen mussten.* Es hatte Paula verraten, dass Sam in Frankreich war, denn an besagtem Abend hatte ihr neuer Koch, ein Franzose, der zuvor Küchenchef im Waldorf Astoria gewesen war, ein fulminantes Cassoulet aufgetischt, und Ritchie hatte sich für eine Stunde in einen fast lebenswerten Ort verwandelt.

Die Arbeit in der Zensurstelle war nur ein kleiner Teil von Paulas Arbeit gewesen. Sie beherrschte fließend Französisch und Deutsch; vor allem hatte sie Nachrichten der Résistance übersetzt, außerdem Funksprüche von Widerstandsgruppen wie der Roten Kapelle. Doch am härtesten war die Zensur der Feldpost für die in Ritchie stationierten Frauen, deren Männer im Krieg kämpften. Häufig hatte sie schlimme Nächte, wachgehalten von der Frage, ob sie das Recht hatte, ihnen zu unterschlagen, wie es um ihre Liebsten stand. Das waren dieselben Frauen, die sie aufsuchen musste, wenn deren Antwortbriefe nicht patriotisch genug waren. Sie hatte ihnen einzuschärfen, keine Sorgen zu erwähnen, mochten sie noch so bedrängend sein, nie zu klagen, ihre Männer mit keinem Leid zu belasten, sondern zu betonen, dass an der Heimatfront alles gut war.

Vor diesen Frauen hatte sie den Blick senken müssen. Alice, der Schwiegervater an Krebs erkrankt. Florence, deren Sohn wegen des Diebstahls von lachhaften zwei Dollar vor Gericht sollte. Majorie mit der Fehlgeburt. Viele mehr. Manche hatten Paula gehasst. Und es stand ihnen zu. Darum hatte sie irgendwann begonnen, selbst zu entscheiden, was sie schwärzte und was nicht. Aber an ihren Träumen hatte es nichts geändert.

Die Coleman pendelte die Dünung aus, eine Kinderwippe, ganz so, als wollte sie zwölfhundert junge Menschen in einen sorgenlosen Schlaf wiegen. Die Sterne waren das einzige Licht auf dem verdunkelten Schiff. Paula schlang die Arme um ihren Körper, fror trotz der warmen Brise.

Als sie wieder unter Deck ging, hörte sie einen GI zu einem anderen sagen: »Ich wette: Norditalien. Die Nazis haben aus den Alpen eine verdammte Festung gemacht, und wir werden dort ins Feuer geschmissen.«

Im Bauch des Schiffes wusste die Zeit nichts mit sich anzufangen, trödelte saumselig vor sich hin. Am Morgen reinigten die Frauen des Schwesterncorps das Quartier mit Kernseife, bis nichts mehr an die letzten Tage erinnerte, außer dem sauren Geruch. Paula half mit, froh, etwas tun zu können, sei es noch so eklig. Keiner der Männer rührte auch nur einen Finger. Sie wären eher auf ihrem eigenen Erbrochenen ausgerutscht, als einen Schrubber in die Hand zu nehmen. *Das ist Frauenarbeit*, sagten ihre stoischen Mienen, während sie Comics lasen und Karten spielten. *Ihr kriegt einen lockeren Job in der Etappe, aber wir riskieren für euch unser Leben.*

Erneut war Entlausungs-Appell, zum dritten Mal seit New Jersey. Ein Corporal quetschte mit einer Art Pferdespritze ein Desinfektionsmittel in den Kragen der Bluse, in Ärmel, Stiefel, zuletzt in den Rocksaum. Jetzt juckte es mehr als vorher.

Paula verstand nicht, dass viele wieder essen konnten. Sie musste sich zu jedem Bissen zwingen. Doch das Wenige, was sie hineinquälte, behielt sie wenigstens bei sich. Unten war es schrecklich heiß und stickig. So viele Menschen auf engstem Raum waren lauter als der Times Square. Wie sie die Männer beneidete, die im Unterhemd waren; manche nicht mal das.

Für jeden Atemzug an Deck war sie dankbar. Noch immer Wasserwüste. Im Heckwirbel balgten Möwen um Abfälle, am Himmel ab und zu ein Brummen hinter der Kimm. Aufklärer vermutlich, aber wohl keine deutschen. Die Alliierten besaßen längst die Lufthoheit, wie über Lautsprecher angesagt worden war, um die Moral zu stärken.

Einmal, in tiefer Nacht, hörte sie Violets leise Stimme über sich: »Bist du wach?«

»Ja.«

Violet kletterte herunter und setzte sich neben Paula. Ihre Augen waren blank, sie hatte geweint. »Du warst doch auf der Poststelle«, flüsterte sie. »Kam es da vor, dass ihr Briefe nicht an uns weitergeleitet habt? Also, nicht einmal mit schwarzen Stellen?« Als Paula sich ihre Antwort noch zurechtlegte, stieß Violet hervor: »Ich habe Dexter jede Woche geschrieben, aber es ist bald ein halbes Jahr her, dass er zuletzt geantwortet hat. Und ich weiß nicht, ob ... ob ...«

»Wenn ihm etwas passiert wäre, hättest du es ganz sicher erfahren«, sagte Paula. »Sowas wird nicht zurückgehalten.«

»Das meine ich ja nicht«, brachte Violet heraus. »Er ist auf Hawaii stationiert. Ich habe mal Aufnahmen gesehen, in der Kinowochenschau. Dort scheint es ganz ungezwungen zuzugehen. Die Frauen in dem Film waren ...« Sie schluchzte auf. »Ich weiß ja, dass ich keine Schönheit bin. Eigentlich habe ich nie verstanden, wieso Dexter mir den Hof gemacht hat.«

Paula verlieh ihrer Stimme Festigkeit. »Wir hatten doch die Anweisung, Post aus Hawaii besonders streng zu behandeln, weil da so viele Japaner sind«, flüsterte sie. »Jeden Satz haben wir fünfmal durchkauen müssen. Manchmal war am Ende fast alles schwarz, und der Captain hat dann gemeint: ›Den lassen wir verschwinden, sonst denkt seine Frau noch, er hätte wer weiß was geschrieben.‹«

Violets Augen trieben im Tränenwasser. »Ach so?«

»Das muss unter uns bleiben«, raunte Paula. »Ich dürfte dir das gar nicht sagen.«

Im ersten Moment fühlte die Lüge sich falsch an, aber als sie Violets glückliches Gesicht sah, setzte Paula hinzu: »Ich kann mich sogar an einen langen Brief von Dexter erinnern. Er liebt dich sehr und vermisst dich.«

Ganz gleich, wie es um die Ehe stand: Wer im Krieg nichts zum Festhalten hatte, stürzte ins Nichts. Sie wusste das genau. Und auch, dass es bei ihr so sein würde.

PURPLE HEART VALLEY

Morgens weckte sie das Gebrüll des Master-Sergeant-Gorillas.
»Alle raus! Marschgepäck fassen! Frauen zuerst!«

Sie hatten nicht einmal Zeit, sich notdürftig zurechtzumachen, wankten an Deck. Ein englisches Geschwader jagte am grauen Himmel über sie hinweg, so tief, dass Paula die blauen Auspuffabgase sah. Sie ankerten eine Viertelmeile vor einem Hafen oder dem, was einmal ein Hafen gewesen war. Zuerst glaubte sie, dass Stahlbarrieren aus dem Becken ragten, dann erkannte sie ausgebrannte Schiffsrümpfe mit zerfetzten Aufbauten, die Türme von U-Booten. Ein riesiger Flugzeugträger versperrte die Einfahrt, bis knapp unters Deck ins Wasser eingesunken. An der Kommandoinsel prangten die italienischen Farben, darüber stand *Aquila*.

Sie sprach einen Major an. »Verzeihung, Sir, wo sind wir?«
»Genua.«

Bärtige Männer standen auf Fischerbooten und begrüßten sie mit ratternden Salven aus Maschinenpistolen. Sie waren in verwegenem Räuberzivil, trugen rote Halstücher, reckten die Fäuste und lachten. Es war drückend schwül, aber einer, klein und knochig wie Stan Laurel, trug eine Pelzmütze, als käme er eben aus Stalingrad. Von den Quais hingen Krangerippe halb ins Wasser, ihr Stahl verbogen von gewaltiger Hitze. Dahinter sah Paula Schutthügel emporwachsen, einst Häuser, Fabriken. Rauchsäulen standen am Horizont.

Es roch wie damals, an dem Tag des großen Feuers, als ihr Bildnis zu Asche wurde.

Sie hörte zwei Offiziere: »Ist der Schrottplatz von uns?«

»Nein, das waren die Tommies; den Träger haben die Jerrys gesprengt, bevor sie vor drei Tagen getürmt sind.«

Befehle schnarrten aus den Lautsprechern: »Am Fallreep Gasse freilassen! Frauen in die erste Reihe!«

Paula sah Barkassen in einem Zickzackkurs auf die Coleman zuhalten, derart überladen, dass sie bei stärkerer Dünung vollgelaufen wären. Dann erkannte sie amerikanische Uniformen. Männer hingen halb überm Bug und dirigierten vorsichtig.

»Der Hafen ist vermint«, raunte einer hinter ihr.

Die erste Barkasse wurde vertäut. Mit den Winden wurden Verwundete an Bord gehievt. Sie waren bei Bewusstsein, aber teilnahmslos. Als man sie an den Frauen vorbeitrug, verstand Paula, warum man sie in der ersten Reihe haben wollte. Diese Männer sollten ein weibliches Wesen sehen, ein Lächeln. Also strahlte sie wie die anderen übers ganze Gesicht und machte aufmunternde Bemerkungen. »Sag nicht, dass du verheiratet bist ... Dich päppeln wir schon wieder auf ... Na, lädst du mich heute Abend auf einen Drink ein? ... Hallo, Großer, bist du der Bruder von Errol Flynn?«

Der Letzte war ein halbes Kind, beide Hände amputiert, die Verbände an den Stümpfen schwarz. Es schnürte ihr das Herz ab, als sie sagte: »Wegen so einer Schramme willst du heim?«

Die Parade der Sanitäter war durch irgendetwas ins Stocken geraten, und der Junge sah zu Paula hoch. Das linke Auge war von Sekret so verklebt, dass er es nicht aufbekam. In den eingefallenen Lippen war kein Blut mehr. Sie beugte sich zu ihm, küsste seine eiskalte Stirn. Er flüsterte etwas.

Paula ging mit ihrem Ohr nah an seinen Mund.

»Sagen Sie das meiner Verlobten.«

Sie schämte sich für ihr Zittern, schämte sich, dass sie ihre Tränen wegwischen konnte, dass sie einen lächerlichen Sturm für den Krieg gehalten hatte. Violet gab ihr einen Schubs; sie hatten Befehl, eine Barkasse zu besteigen. Schulter an Schulter kauerten die Frauen auf ihren Seesäcken, sprachen nicht. Der Minenlotse bestimmte den Kurs mit heiseren Rufen. Auf dem Wasser schwamm gelber Schaum. Ein Schachspiel, eine Bibel, verschmortes Bakelit, aufgedunsene Tierkadaver, Fetzen von Uniformen, immer wieder Leichen.

Als sie sich den Partisanenbooten näherten, hörte Paula sie singen, ein schmissiges Kampflied. Doch sie musste an einen traurigen Song von Sinatra denken, dessen Titel ihr nicht einfiel. *The loveliest day, the brightest sun is like a night without a star. These are the lonely, gloomy hours like only in love or at war.* Die Männer winkten und warfen den Frauen Kusshände zu. Paula wollte lächeln, aber ihre Mundwinkel waren starr.

»Was denkst du, wo wir hinkommen?« flüsterte Violet.

Sie zuckte die Schultern, es war ihr gleich.

Am Pier saßen hunderte amerikanische Soldaten auf ihren Tornistern und warteten mit grauen, eingefallenen Gesichtern darauf, endlich eingeschifft zu werden. Sie sahen aus, als fielen sie um, wenn sie stehen müssten.

Paula ging von Bord. An Land gab es kein heiles Stück Holz oder Metall, keinen Stein, den nicht Maschinengewehrgarben beharkt hätten. Selbst der Himmel hing in Fetzen. Auf einem deutschen Militärtransporter waren Leichen wie Klafterholz aufgeschichtet, alle nackt, darunter Frauen. Fliegengeschmeiß hatte sich auf ihnen niedergelassen. Paula würgte. Sie musste wegsehen und sich ein Taschentuch vor die Nase halten.

Der Master Sergeant brüllte: »Schwesterncorps zu mir!«

Als die anderen sich in Reih und Glied aufstellten, standen Paula und Violet verloren da, unsicher, wohin sie sich wenden sollten. Dann hielt ein »Pile Car« neben ihnen, ein bulliger GI sprang aus dem Jeep. Er hatte die Ärmel hochgekrempelt; das Gesicht war wie aus grobem, dunklem Lehm gebrannt.

»Ist eine von Ihnen Paula Bloom?« fragte er.

»Ich.«

»Harvey Davis, Ma'am. Ich habe Befehl, Sie mitzunehmen.«
Er schnappte sich kurzerhand ihren Seesack und warf ihn auf
die Rückbank des Jeeps.

»Sagen Sie mir zuerst, wo es hingeht«, forderte Paula.

Davis verschränkte die Arme. Zwar war er ein einfacher GI,
ein *Dogface*, aber als Frau durfte sie ihm keine Befehle erteilen,
selbst wenn sie Colonel wäre.

»Geh schon«, sagte Violet. »Und schreib mir mal.«

Sie umarmten einander; Fremde, und doch kannten sie in
diesem Land sonst niemanden. Als sie abfuhren, wandte Paula
sich noch einmal um, sah Violet winken, plötzlich nicht mehr
pummelig, jetzt ganz klein und zart.

Eine halbe Stunde oder länger kurvten sie kreuz und quer in
der Hafengegend herum. Davis suchte seinen Weg auf Straßen,
die immer wieder durch Schutt so eng geworden waren, dass
der Jeep kaum hindurchpasste und sie an Gestein, Beton, rostigen Eisenstreben langschrammten. Manchmal ragte ein Arm
aus Trümmern, ein Bein; nackte, ausgebleichte Knochen. Oft
musste Davis stoppen, umdrehen, weil Geröll alles blockierte.
Menschen sahen sie kaum, und wenn, dann krochen sie in der
Verheerung herum, durch Gelump, Unrat, Schrott, und suchten irgendetwas. Einmal, mitten auf der Straße, eine Madonna
ohne Kopf. Wie vom Himmel gefallen.

Davis bremste hart. Vor ihnen drängte eine zeternde Meute
aus dem Torso eines Depots. Sie hatten lauter unnütze Dinge
ergattert: Bügeleisen, Essgeschirr, Putzeimer, Besen. Ein abge-
magerter Mann stellte einer alten Frau ein Bein. Er wollte ihr
einen Staubwedel aus den Händen winden und trat ihr, als sie
die Beute wimmernd verteidigte, so lange gegen den Kopf, bis
er das Utensil hatte. Er rannte fort, blieb stehen, starrte es an,
schmiss es achtlos weg. Die Menschen stießen Triumphgeheul

aus, das wie Wehklagen klang. Einige ließen ihre Eroberungen fallen, stürmten mit geballten Fäusten auf den Jeep los. Davis bleckte gelbe Zähne. Er stieß zurück, wendete tollkühn. Den Revolver steckte er erst weg, als das Gebrüll verklungen war. Paulas rechte Hand tat weh. Sie hatte ihre Fingernägel so tief hineingegraben, dass es blutete.

Dann, endlich, lag die Stadt hinter ihnen. Die kurvige Landstraße war unbeschädigt bis auf tiefe Rillen von Panzerketten. Dörfer krallten sich an die Hänge, auf den Weinbergen waren die Reben verdorrt. Als Paula einen Blick zurückwarf, sah sie das graue Meer, Kriegsschiffe am Horizont. Lauter unsinnige Gedanken jagten durch ihren Kopf. Sie fragte sich, ob Albert Einstein je in Italien gewesen war; ob man auf dem Rasen vor dem Weißen Haus noch picknicken durfte; wo Otto Dix jetzt sein mochte; dass sie als Frau bei einer Gefangennahme nicht nach dem Haager Abkommen behandelt werden müsste.

Paula bemerkte, dass Davis auf ihre Beine starrte, und zog den Rock glatt. »Genießen Sie die Aussicht, Soldat?«

Er grinste. Aber mehr aus Unsicherheit.

»Wo kamen die Verwundeten her, die in Genua aufs Schiff gebracht wurden?« fragte sie.

»Von der 34ten.«

Drei Worte, als sei jedes weitere zu viel.

»Haben Sie Angst, dass ich Sie für einen Schwätzer halte?«

»Wir waren die Ersten, die nach England geschickt wurden, im Mai 1942«, sagte er. »Sie haben uns nach Algier gebracht. Dort haben die Vichy-Franzosen mit Acht-Achtern Scheibenschießen auf uns veranstaltet. Wir haben uns nach Tunesien vorgearbeitet, dabei sind über zweitausend verreckt. Im September 43 ging's nach Salerno. Am Abend davor hieß es, die Italiener hätten kapituliert. Wir haben uns besoffen. Morgens sind wir ins Feuer von drei deutschen Divisionen gerannt. Von meinen Freunden war Jimmy der Einzige, der's überlebt hat.«

Davis' Stimme klang ganz unbeteiligt. »Wir sind nach Norden und haben in gut sechs Monaten weniger als hundert Meilen Gewinn gemacht. In den Bergen konnte der Nachschub wegen dem vielen Geröll und Schnee nur mit Mauleseln rangeschafft werden. Der Schlamm hat die Zehen gefressen, nachts haben sich Hunde über die Toten hergemacht. Als wir damals ausgerückt sind, hat Jimmy zu mir gesagt: ›Kann sein, dass Krieg die Hölle ist, aber wir werden einen höllisch guten Krieg haben.‹ Jetzt liegt er in Purple Heart Valley, so haben wir eine von den Schluchten getauft.« Davis hielt Paula seine Old Golds hin. Sie lehnte ab, er klopfte eine aus der Packung. »Im Januar darauf sind wir im Schlachthaus von Monte Cassino gewesen. Es soll demnächst einen Film darüber geben, stand in *Stars and Stripes*. Mit einem Robert Mitchum; nie von dem gehört.«

»Er hat in *Thirty Seconds Over Tokyo* mitgespielt.«

»Kann er was?«

»Traurig gucken.«

»Dann ist er der Richtige.« Davis hielt seine Zigarette, wie Mitchum sie halten würde. »Im Juni haben wir den Stoß gegen Rom angeführt, auch dort waren wir beim Sterben die Ersten. Der General hat ans Kriegsministerium geschrieben und verlangt, dass wir heimdürfen. War reine Papierverschwendung. Vorgestern ist unser Konvoi neunzig Meilen südlich von hier in eine Sprengfalle der Rothemden gebrettert. Haben Sie den Jungen ohne Hände gesehen?«

Paula nickte.

»Das war Benny Lawrence. Kannte ihn drei Jahre, hab ihn nie lachen sehen.«

Es ging immer weiter in die Berge. In einem Tal das Wrack einer Vickers. Raben stiegen von der zerbrochenen Glaskanzel auf. Blaue und rote Pflanzen blühten. Sie wusste nicht, welche, kannte sich mit der Natur nicht aus. »Wieso soll ich zur 34ten, hat man Ihnen das gesagt?« fragte sie.

»Nein. Und ich kutschiere Sie nicht zur 34ten, sondern zum IV Corps, steht vor Mailand; dort sind vorgestern die Jerrys vor den Partisanen stiften gegangen. Was können Sie denn?«

»Tippen und übersetzen.«

»Sie haben einen Akzent«, sagte Davis. »Deutsch?«

»Ja. Mein Vater war Amerikaner.«

»Meiner war Wolgadeutscher, hat sich von Hans Drübnitsch in Harold Davis umbenannt. Mein zweiter Vorname ist Fritz, von meinem Großvater.« Er wechselte ins Deutsche. »Ich bin aus Hastings in Nebraska, dort ist Deutsch quasi Amtssprache. Wie isses so im Teutoburger Wald?«

»Kalt.«

»Kälter als in Nebraska wird's nicht sein.«

Auf einmal verlangsamte er das Tempo. Aus dem Unterholz tauchten barfüßige Kinder auf, zwölf oder dreizehn Jahre alt. Karabiner schlackerten von den dürren Schultern, einer hatte einen viel zu großen Wehrmachtshelm auf dem Kopf.

Paula wurde heiß, als sie sah, dass der Mund des Jungen rot verschmiert war. Erst als er ihr unreife Kirschen aus einem verrotzten Taschentuch hinhielt, atmete sie aus. Dann sah sie die anderen Kinder auf der Lichtung. Sechs, auch mit Gewehren. Sie zielten auf einen Landser, der mit erhobenen Händen vor ihnen kniete. Tränen liefen übers verdreckte Gesicht. »Ich bin nur einfacher Soldat«, beschwor er die Kinder. Seine Stimme war von Angst zerschlagen. Sie musterten ihn neugierig, verstanden kein Wort. »Ich habe eine Frau und zwei Söhne, so alt wie ihr. Sie heißen Jan und Martin. Wartet, ich zeige euch ein Foto.« Überlangsam griff er an seine Brusttasche. Die Kinder schossen. Sie durchwühlten die Kleidung nach Brauchbarem, ohne nachzuschauen, ob der Mann noch lebte. Einer fand das Foto, warf es weg.

Davis gab Gas. Nach Meilen meinte er: »Bin kein Nazi. Das wird Hitler auch schwören, wenn er auf den Stuhl kommt.«

Einige Male musste er wegen Bombenkratern ins Gelände ausweichen. Dann öffnete die Landschaft sich zu einer Ebene, die Schnellstraße war noch nass von einem Starkregen. Paula sah ein Schild im Graben: *Milano 35*. Sie hörte dunkles Grollen, das anschwoll, bis der ganze Jeep vibrierte. Vor ihnen kam ein Panzerkonvoi in Sicht. Auf den Shermans stand *Old Ironsides*. Sie waren mit Pin-ups von Betty Grable, Rita Hayworth, Jean Harlow beklebt. MG-Schützen dämmerten im infernalischen Donner, auf ihren Gesichtern eine Melasse aus Schweiß und Modder. Andere streiften Paula mit ausgelaugten Blicken. Alle trugen schwarze Armbinden.

»Was bedeuten die Armbinden?« fragte sie.

»Roosevelt ist tot«, sagte Davis. »Wussten Sie das nicht?«

Paula war sich nicht sicher, ob sie weinte, aber es fühlte sich so an. »Wann?« brachte sie heraus.

»Am Zwölften. Hirnschlag, hieß es.«

Sie schwiegen bis zu den ersten Ausläufern der Stadt, einem zerschossenen Castell, Industrieanlagen mit kalten Schloten, und erreichten endlich das Feldlager des IV Army Corps, drei Meilen außerhalb Mailands.

Davis übergab Paula an einen Corporal, der ihr eine Pritsche in einem großen Zelt zuwies, ohne ihr sagen zu können, wozu sie hier war.

»Sorry, Ma'am, ich soll Ihnen nur Quartier beschaffen.«

KANDIERTE KIRSCHEN

Sie teilte sich die Unterkunft mit Frauen des Schwesterncorps; keine nahm Notiz von Paula. Sie kamen und gingen, fielen mit den blutbesudelten Schürzen auf das Lager, wo sie in Stiefeln einschliefen, keinen Mucks von sich gaben.

Der Lärm schlug wie ein Vorschlaghammer auf das Zelt ein. Einer solchen Kakophonie aus Lautsprechergebrüll, Motorengeheul, Geschrei war Paula zuletzt in Fort Des Moines ausgesetzt gewesen, bei der Grundausbildung vor zwei Jahren.

Achthundert Frauen aus dem ganzen Land hatten sich freiwillig gemeldet, die ersten in der Geschichte der Army. Etliche waren aus der Rüstungsindustrie gekommen; sie hatten zuvor Liberator-Bomber zusammengeschraubt, Cadillacmotoren in M3-Panzer eingebaut, Bordgeschütze gefräst.

Rosie the Riveter, *Rosie, die Nieterin*. Jeder kannte die Plakate mit dem kämpferisch dreinblickenden All-American Girl, das seine Armmuskeln wie Popeye spielen ließ. *Wer einen Küchenmixer bedienen kann, weiß auch mit einer Bohrmaschine umzugehen.* Aber schon in den Fabriken hatten sie erfahren, dass viele Männer es nicht ertrugen, neben einer Frau am Fließband zu stehen. Als seien ein Bolzenschneider oder ein Schweißgerät von einer höheren Macht verliehene männliche Insignien, die entweiht würden, sobald eine Frau sie in die Hand nahm.

Dazu kamen in Des Moines Hochschulabsolventinnen wie Paula. Sie wussten, wie es war, in einem Universitätsseminar, ja in einem ganzen Fachbereich die einzige Frau zu sein und später bei einem Einstellungsgespräch gefragt zu werden, ob man Kaffee kochen könne. Doch als sie dem WAC-Programm beitraten, schlug ihnen blanker Hass entgegen, befeuert durch eine Schmutzkampagne, an der sich führende Zeitungen des Landes beteiligten. Sie wurden als Flittchen oder Schlimmeres bezeichnet, seien bei der Army nur darauf aus, mit Männern anzubandeln, würden zu viel trinken und sich in öffentlichen Parks unzüchtig verhalten; die Krankenhäuser in Des Moines hätten vermehrt mit Geschlechtskrankheiten zu schaffen. In der *New York Daily News* setzte John O'Donnell das Gerücht in die Welt, dass in einer *strenggeheimen* Aktion des Kriegsministeriums Unmengen Verhütungsmittel an das Women's Army Corps ausgegeben worden seien.

Die Frauen in Fort Des Moines schluckten es wie eine bittere Medizin, die sie von der Illusion kurierte, Männer würden ihnen für ihre Entscheidung Respekt erweisen. In den Nächten lernte Paula alle Laute der Verzweiflung kennen. Ein Stöhnen im Traum, Schluchzen unter der Zudecke, geflüsterte Gebete. Aber keine von ihnen quittierte den Dienst. Sie wollten zeigen, dass sie mehr waren als die Beute eines Reklamefeldzugs. Das brutale körperliche Training erkannten sie als Versuch, sie zu zermürben und zu demoralisieren. Doch auch das bestanden sie. Und dann kam der Tag, an dem Paula hundskaputt in die Augen des schärfsten Schleifers schaute, eines Mannes, dessen Frauenbild zu Dickens' Zeiten antiquiert gewesen wäre; den sie Karloff nannten, weil schon sein Schädel schaurig war. Sie sah ihn unmerklich nicken. Das steckte sie sich in die Tasche, ohne zu lächeln.

Nach den sechs Wochen erfuhren sie, dass man nicht daran dachte, sie nach Übersee zu entsenden. Die Besten von ihnen wurden Schreibkräfte, in Des Moines oder Camps wie Ritchie; andere versahen Dienst auf der Poststelle, als Telefonistinnen, Fahrerinnen, Elektrikerinnen. Einige wenige durften Bombercrews im Instrumentenflug trainieren. Sie wurden von Paula beneidet, bedeutete es doch beinahe, am Krieg teilzunehmen. Doch bei ihren Sprachkenntnissen hatte von Anfang an außer Zweifel gestanden, dass sie zu den Übersetzerinnen käme. Bisweilen wünschte Paula sich, sie wäre eine Russin. In der Roten Armee kämpften Frauen an der Front; es gab Kampfpilotinnen, Pionierinnen, Panzerkommandantinnen, Scharfschützen wie Ljudmila Michailowna Pawlitschenko, von deren dreihundert Abschüssen alle Zeitungen berichtet hatten, nachdem sie von Roosevelt im Weißen Haus empfangen worden war.

Abends lagen die Frauen in der Baracke und erzählten sich flüsternd von den Zudringlichkeiten der Vorgesetzten. Wenn sie Glück hatten, blieb es bei anzüglichen Bemerkungen, aber die meisten wussten, wie sich ein ungebetener Arm um ihre Hüfte anfühlte, ein Gesicht, das sich einfach in ihre Halsbeuge vergrub, eine Hand auf dem Hintern. Gleichzeitig wurden sie angehalten, sich zu schminken, ihre Haare adrett zu frisieren, Parfüm zu benutzen, im Dienst *ansprechende* Zivilkleidung zu tragen. Auch die Betonung, dass es ihre patriotische Pflicht sei, die Moral der männlichen Soldaten zu stärken, fühlte sich wie eine Hand auf dem Hintern an.

Paula schminkte sich weder in Fort Des Moines noch später in Ritchie. Aber Major Keeling strich ihr dort im Kartenraum wie beiläufig über den Busen. Sie rang sich durch, das als Missgeschick zu deuten. Bei nächster Gelegenheit wiederholte er es jedoch und sagte: »Heute bleiben Sie länger, ich habe noch für Sie zu tun.« Dass sie Keeling daraufhin meldete, bezahlte sie mit sechs Wochen Küchendienst, der niedersten Arbeit in Ritchie. Doch Paula formte zwei Brüste aus Karamellpudding, garnierte sie mit kandierten Kirschen und servierte sie Keeling in der Messe, wo er puterrot anlief, während die Männer ihn anstarrten und sie sich hocherhobenen Kopfes abwandte. Sie wurde nie wieder angefasst.

In Mailand hatte sich auch Stunden später noch keiner um sie gekümmert. Sie lief durch das Camp, ein riesiges Schlammloch, in dem es nicht eine ruhige Ecke gab. Alles war in Bewegung, peitschte, stampfte, walzte, wogte. Dennoch nutzte jeder die kleinste Gelegenheit, irgendwo niederzusinken, die Augen zu schließen, und sei es für Sekunden. Einer hing schief auf einer Munitionskiste; das Gesicht zuckte in einem dunklen Traum. In seinem Schoß lag ein aufgeweichtes *Yank*-Heft mit einem Bill-Mauldin-Cartoon. Zwei GIs kauerten im Schützengraben, bis zur Brust in einer trüben Brühe, über ihnen Flakgewitter und der Text: *Ich wollte, ich könnte mich hinstellen und schlafen.*

Sie sah viele südländisch aussehende Soldaten, die in einer gutturalen, weichen Sprache redeten, und rätselte, wo sie herstammen mochten, bis sie auf einem der großen Zelte *Força Expedicionária Brasileira* las. Darunter Fotos von Kameraden, Gefallenen, derer sie gedachten. Zwischen Panzern wuschen Männer Socken und Unterwäsche in Stahlhelmen. Sie hatten offene Feuer entzündet, über denen sie Stiefel und Gamaschen trockneten. Manche warfen Konservendosen in die Flammen und pulten sie mit Bajonetten wieder raus, aßen alles mit den Fingern, selbst irgendeinen Brei.

In Ritchie hatte sie Berichte gelesen, sich vom Kriegsverlauf ein Bild verschaffen können. Sie wusste von der Tragödie an Omaha Beach, dem zähen Stellungskampf in Frankreich, der geglückten Luftlandeoperation in Holland. Von Rückschlägen wie Triumphen. Doch hier, in diesem Camp der 5. Armee, an dessen Lazarettzelt *Sorrow Fields* geschrieben stand, sah sie Männer, die vor wenigen Jahren noch Eishockey und Baseball gespielt hatten und über Nacht zu Greisen geworden waren.

In einem entfernten Winkel waren die *Käfige*, mit Stacheldraht umzäunte Gehege, in denen Faschisten verhört wurden, Schwarzhemden und Kollaborateure. Viele von ihnen hatten zerschlagene Gesichter, nicht einen Zahn mehr im Mund. Ein alter Mann war darunter, die Brille zerbrochen, die Nase nur noch ein Huckel. Ein Lieutenant fuchtelte mit seiner Hundemarke vor ihm herum und schrie: »Sieh dir das genau an, du Dreckssack! Das H steht für *Hebräisch*! Ich werde auf Mussolinis Asche tanzen, und dich liefern wir morgen den Partisanen aus, damit sie Brennholz aus dir machen!«

Bei Einbruch der Dämmerung merkte sie den Hunger, aber ekelte sich davor zu essen. Roosevelt war gestorben, ohne die Leiche von Hitler gesehen zu haben. Ein weiterer Beweis, dass Gott nicht existierte.

Sie ging ins Zelt, legte sich hin und wurde entsetzlich traurig, weil sie spürte, wie verloren sie seit Genua war. Sie sehnte den Schlaf herbei und war schon im Traum. Vor ihr kniete der Landser. Er hatte Georgs Gesicht und flehte sie an, ihn nicht zu töten. »Ich hatte einmal eine Liebste«, beschwor er Paula unter Tränen. »Sie sah genauso aus wie du. Warte, ich zeige dir ein Foto.« Er griff an die Brusttasche, und Paula schoss ihm ohne Zögern in den Kopf. Sie durchsuchte seine Sachen, fand das Foto. Betrachtete ihr Konterfei. Schmiss es weg.

Morgens setzte sich in der Messe ein Major zu ihr. »Walton Hyde. Ich hoffe, Sie haben sich eingelebt.«

»Sir?« fragte sie.

»Walt. Ich bin vom CIC, dort sind wir nicht so förmlich. Sie sind ein Ritchie Girl, Paula, also wissen Sie, was das CIC ist.«

»*Counter Intelligence Corps*, der Geheimdienst der Army.«

»Aus Ritchie schicken sie gute Leute«, sagte er. »Ich hatte in Le Havre mit einem Stefan Heym zu tun; ist beim Second Mobile Radio, schreibt glänzende Flugblätter.« Er legte Pathos in seine Stimme. »*Deutscher, wofür kämpfst Du noch? Der Starke muss die Wahrheit nicht fürchten!*« Er lachte auf. »Dieser Heym hätte es weit bringen können, ein Jammer, dass er Kommunist ist. Kennen Sie ihn?«

»Flüchtig.« Paula dachte an den Abend zurück, an dem im Campkino *Hostages* gezeigt worden war, die Verfilmung seines ersten Romans. Heym musste damals stolz gewesen sein, aufgeregt. Doch nichts davon hatte man ihm angesehen. Er war in sich gekehrt, still wie immer. Am Schluss war er vor die Leinwand getreten und hatte erklärt: »Ich bitte euch zu vergessen, dass ich jemals hier stand, denn in einer Armee gibt es nichts Unangenehmeres als eine Sonderrolle.« Von seiner allerersten Stunde an hatte er kein Hehl daraus gemacht, Kommunist zu sein. Sowas war wohl nur in Camp Ritchie, Maryland, möglich, Ausbildungsstätte für Propaganda und psychologische Kriegsführung, Labyrinth versprengter Seelen, Babylon von Flüchtlingen aus aller Herren Länder, unter ihnen Dichter, Gelehrte, Philosophen. Einmal hatten sie und Heym über Deutschland gesprochen. Wie es wohl sein würde, sollten sie jemals zurückkehren. »Gott beschloss, Sodom und Gomorrha wegen ihrer Sünden gänzlich zu vernichten«, hatte Heym gesagt. »Doch er versprach Abraham, wenigstens Sodom zu verschonen, wenn es dort zehn wahrhaftige Menschen gäbe. Denkst du, dass sich zehn in Deutschland finden, Paula?«

Sie schob ihr Tablett weg. »Keinen Hunger?« fragte Hyde.

Paula schüttelte den Kopf.

»Kenne ich«, sagte er, schnappte sich ihren Teller und ließ sich die kalten Rühreier schmecken. Er war Mitte dreißig, der rotblonde Schnäuzer so sauber gestutzt wie eine Buchsbaumhecke. Hyde lächelte Paula an, als sei sie ein kleiner Hund oder ein niedliches Baby. Fraglos hätte er ihr Gewicht aufs Gramm genau nennen können, dazu ihre Körbchengröße und ihr Eau de Cologne. Sollte Hyde behaupten, noch Junggeselle zu sein, würde sie ihm kein Wort glauben.

»Sind Sie Sam Yaeger begegnet?« fragte Paula. »Er müsste auch in Frankreich gewesen sein; groß, hager, um die dreißig, schon mit grauen Haaren.«

»Kann mich nicht erinnern«, entgegnete er. »Aber sollten Sie in diesem Krieg einen Mann ohne graue Haare finden, ist er keine Woche hier.« Er schob ihr das Deckblatt einer Akte zu. »Mit dem da werden wir es zu tun bekommen.«

```
Subjekt: SS Colonel Walther Rauff
Alter: etwa vierzig
Mittelgross, schlank, blond, dunkle Augen
Sprachen: Deutsch, schlechtes Englisch
```

»Mailand ist gefallen«, bemerkte Hyde. »Aber von Spähtrupps abgesehen, haben wir noch keinen Fuß ins Stadtgebiet gesetzt. Mit zweihundert SS-Männern hat Rauff sich in einem Hotel verschanzt, dem Regina, jetzt Hauptquartier der Gestapo. Die Partisanen haben es umstellt. Rauff will mit uns verhandeln.«

»Sir, warum ...«

»Walt.«

»Walt, warum hat man es nicht einfach gestürmt?«

»Die Situation ist kompliziert. Auch wenn die Rebellen versichert haben, sich nach dem Einrücken der Army in Mailand unserer Kontrolle zu unterstellen, ist fraglich, ob sie das wirklich tun werden. Das haben sie erst gestern bewiesen.« Er sah Paulas Blick. »Nicht gehört? Man hat den Duce, seine Geliebte und drei ihrer Begleiter am Comer See hingerichtet. Obwohl wir darauf bestanden hatten, dass Mussolini an uns übergeben wird.« Hyde schaufelte kalten Speck in sich hinein, redete mit vollem Mund. »So wichtig die Resistenza für den Feldzug war, nun müssen wir sie kujonieren, um den Kommunisten keinen Einfluss auf die künftige Regierung zu erlauben. Um der Wahrheit die Ehre zu geben, hätten wir schneller nach Norden vordringen können, aber es gibt in Washington nicht Wenige, die darauf gebaut haben, dass die Deutschen mit den Partisanen kurzen Prozess machen. Na, wie finden Sie das?«

Paula schwieg.

»Ich heiße es auch nicht gut und stelle es nur fest. Wie dem auch sei: Wir müssen Stärke zeigen. Das Oberkommando legt Wert darauf, dass Rauff sich *uns* ergibt, keinem anderen. Übermorgen ist die offizielle Übergabe der Stadt. Dann wird Chief Crittenberger sich mit Cadorna, dem Anführer der Befreiungsarmee, fotografieren lassen; bis dahin muss alles in trockenen Tüchern sein. Und Sie dolmetschen bei Rauff für mich.« Hyde lächelte über ihre Verblüffung, dass er so offen mit ihr sprach. »Sie werden verschwiegen damit umgehen. Davon abgesehen ist Rauff ein äußerst gefährlicher Mann. Sie sollen wissen, mit wem wir es zu tun bekommen und was auf dem Spiel steht.«

»Wieso haben Sie sich die Mühe gemacht, mich aus Genua holen zu lassen? Sicher ist Ihnen bekannt, dass ich über keine Erfahrung mit solchen Verhandlungen verfüge.«

»Wir hatten dreizehn Deutsch-Übersetzer«, antwortete er. »Dummerweise hat es einer B-17 vor drei Tagen gefallen, eine Zweihundertfünfzig-Pfund-Bombe direkt über deren Zelt zu verlieren. Auch wenn es Ihnen nicht schmeichelt, Paula: Sonst steht im Moment niemand zur Verfügung.«

»Warum wurde der Geheimdienst mit Rauff betraut?« Fast kam es ihr schon normal vor, solche Fragen stellen zu dürfen.

»Er ist in Oberitalien Chef des SD, des Sicherheitsdienstes der SS; dem Nazi-Pendant zum CIC, wenn Sie so wollen. Das macht uns zu seinem natürlichen Ansprechpartner.«

Hyde entschuldigte sich kurz. Als er wiederkam, sah sie ihn zu ihrer Verwunderung in der Uniform eines Colonels. »Wir haben es mit einem Standartenführer zu tun«, sagte er. »Man kann mit keinem Offizier Verhandlungen führen, wenn man im Rang unter ihm steht. Das ist bei den Jerrys nicht anders als bei uns.« Grinsend legte er nach: »Außerdem kleidet mich der Zwirn.«

BELLA CIAO

Sie brachen sofort auf. Paula, Hyde und ein Corporal, der aus Sizilien stammte und bei den Partisanen übersetzen sollte. Er war so klein wie dick; seine Glubschaugen hätten Peter Lorre blass aussehen lassen. Hyde hatte ihn als »Sal« vorgestellt, ihr den Nachnamen nicht genannt. Harvey Fritz Davis fuhr den Jeep, das beruhigte Paula ein wenig. Auf den fünf Lastern, die ihnen folgten, hockten zweihundert Infanteristen. Sie sollten Rauffs Männer entwaffnen und beim Abzug bewachen.

Einst musste die Stadt eine wahre Schönheit gewesen sein. Aber eine gigantische Faust hatte ganze Häuserblöcke herausgerissen, sie zu Splitt, Kies, Sand zerrieben und alles verstreut. Mailand, Geburtsstadt des Faschismus, war ein Stillleben von Braque. Keine Form passte mehr auf die andere, alle Geraden waren gekappt, nur noch zerstörte Geometrie.

Ab und an ferne Schüsse, Schreie, einmal Geschützdonner. Aus manchen Straßen waren alle Pflastersteine verschwunden. An Mauern sah Paula Parolen. »*Tod den Schwarzhemden!*« übersetzte Sal eine. Und gleich danach: »*Rotes Gesindel verrecke!*«

Verlumpte Fahnen beider Seiten lagen im Dreck, tote Gäule, tote Menschen, tote Materie. Ein Bus überholte ihren Jeep mit schrillem Hupen, schwarz vom Ruß, die Fenster leere Höhlen. Männer saßen auf dem Dach und schmetterten das Lied, das Paula schon im Hafen von Genua gehört hatte.

»Was ist das für ein Lied?« fragte sie Sal.

»*Bella Ciao*«, erwiderte er. »*O Schöne, ciao, Schöne, ciao! Dies ist die Blume des Partisanen, der für die Freiheit starb!*«

Sie kamen in die Innenstadt und fanden sich unvermittelt auf einer noblen Allee wieder, die ganz heil war, kein Braque mehr, jetzt ein Liebermann, ein Ort wie aus der Zeit gefallen, vom Krieg vergessen, mit feinen Geschäften, deren Auslagen aussahen, als wäre bloß Mittagspause. Es hätte genauso Paris sein können, wo Paula sich hinträumte, ohne es zu wollen, in diese Flitterwoche mit Georg, die sie sich ausgemalt hatte, als sie in ihrem schönsten Kleid vor dem Spiegel stand und ihre Verabredung im Bristol nicht erwarten konnte, ihr Herz eine Spieluhr mit einer irrsinnig schnellen, niemals zuvor gehörten Melodie, weil sie sicher war, dass Georg ihr an diesem Abend sagen würde, dass er sie liebte.

Hyde tippte Paula an. Neben einem Kiosk, der Postkarten, Zeitschriften und Souvenirs feilbot, saß eine Frau auf einem Stuhl, adrett frisiert und gekleidet, wieder ein Riss in der Zeit. Zwei Schritte von ihr entfernt lag ein Wehrmachtsoffizier, in der Stirn ein schartiges Einschussloch, in der Hand noch ein deutsches Journal. Der Jeep fuhr langsam. Die Frau stand auf, entwand dem Toten das Blatt und bot es ihnen strahlend an.

Wenig später ragte, nicht einmal einen Windstoß weit weg, der Dom hoch. Er hatte, einem Wunder gleich, den Angriffen getrotzt, aber eine der zarten Fialen neigte sich wie ein Halm, als ducke sie sich noch immer vor dem Bombenhagel.

Davis hielt an einer Straßensperre der Partisanen. Ein Stück die Straße hinunter sah Paula das Hotel Regina; Belle-Epoque, mit Stahlreitern und Sandsäcken armiert.

Hyde bedeutete ihr, im Jeep zu bleiben. Er ging mit Sal zu dem Anführer der Partisanen, einem vierschrötigen Burschen, der Hyde beäugte und jedes Wort sorgfältig kaute, ohne den Finger vom Abzug seiner Maschinenpistole zu nehmen. Davis ließ den Mann nicht aus den Augen. Er steckte sich eine Old Gold zwischen die dünnen Lippen. Es schien, als würde er den Rauch nicht ausstoßen, gar nicht atmen.

Als der Vierschrötige vor seinen gut zweihundert Männern eine zotige Geste machte, die sie zum Grölen brachte, wusste Paula, dass es hier nichts zu übersetzen geben würde.

Davis legte den Rückwärtsgang ein. »Ich hab Kerle wie die schon mal so lachen sehen«, presste er durch die Zähne.

Hyde befahl den Infanteristen den Rückzug und kam mit Sal zum Jeep zurück. »Mein neuer Freund Alessandro möchte, dass wir einen kleinen Ausflug machen.«

Als der Partisanenführer mit sechs seiner Männer in einem Fiat losfuhr, wurde Davis von Hyde aufgefordert zu folgen.

»Was bedeutet das?« fragte Paula.

»Er hat mir mitgeteilt, das Mussolini und seine Hure Petacci von Italienern gerichtet werden mussten, das habe die Würde seines Volkes verlangt. Und wir sollen es als Vertreter der US-Armee mit einem symbolischen Akt anerkennen.«

»Ich verstehe nicht«, antwortete Paula.

»Wir fahren zum Piazzale Loreto«, sagte Sal. »Dort haben die Nazis im letzten August fünfzehn Geiseln erschossen.«

Anfangs kamen sie zügig voran, dann füllte die Straße sich mit immer mehr Menschen, ein Strom, der sich in gleißender Sonne nach Norden ergoss und ein Weiterfahren unmöglich machte. Tausendfache Rufe hallten in den Häuserschluchten wider, Gesänge, Schüsse, Schreie. Alessandro und seine Leute ließen das Auto stehen und glitten in die Drift, ohne sich um die Amerikaner zu kümmern. Hyde hieß Davis zurückzubleiben; er zog Paula mit sich, Sal im Schlepptau. Sie rannten, bis sie Alessandro eingeholt hatten. Männer stolzierten an ihrer Seite, ihre Anzüge schmutzstarrend, jedoch von modischem Schnitt. Paula sah Krawattennadeln, gar Einstecktücher. Einer hatte einen perfekten Knick im Borsalino, als wollte er in die Scala. Sie mochten Krämer, Apotheker, Professoren gewesen sein, aber nun waren sie Freiheitskämpfer und trugen über der Brust gekreuzte Patronengurte wie Westernhelden.

In einer Einfahrt sah Paula junge Kerle, die mit Holzlatten auf einen Mann eindroschen, sah ihn zu Boden sinken, seinen Schädel aufplatzen. Niemand nahm davon Notiz, außer einem Mädchen mit fröhlichen Zöpfen, das neben Paula an der Hand der Mutter giggelte.

Sie geriet aus dem Tritt, doch Sal zischte ihr zu: »Das ist ein Kollaborateur, wagen Sie nicht, ihm zu helfen.«

Eine Frau lachte sie an. Als wäre es nichts, hatte sie ein MG geschultert, mit dem zwei Soldaten ihre Mühe gehabt hätten. Sie lachte selbst dann noch, als alle Schritte auf das Pflaster zu trommeln begannen und aus dem Marsch ein Taumel wurde.

Immer neue Menschen strömten herbei und schlossen sich ihnen an, wurden von der Flut mitgerissen, die der Boulevard kaum noch zu fassen vermochte. Paula glaubte zu ersticken, um sie war eiskalte Luft. Sie spürte die gleiche qualvolle Enge wie im Bauch des Schiffs, war nur noch schlingernder Spielball einer mächtigen Woge aus Rausch und Hass und der Sehnsucht nach Erlösung. Dankbar merkte sie, dass Hyde ihre Schulter umfasste, damit sie nicht getrennt wurden.

Bald hob ein Donnern an, das wie die Niagarafälle klang, an dem Tag, als sie auf diesem Aussichtsdampfer gestanden hatte und der Kapitän so nah herangefahren war, dass die Gischt sie am ganzen Körper durchnässte.

Irgendwo vor ihnen war die Welle auf ein Hindernis gestoßen und staute sich. Alles kochte und brodelte auf der Stelle. Alessandro schoss mit seiner Maschinenpistole zwei Salven in die Luft. Paula fühlte den gewaltigen Sog der Menschensee, in der sie nur ein Tropfen war. Sie schwamm mit Hyde und Sal weiter, trieb Alessandros Männern hinterher, die mit Schüssen und Fäusten eine Furt bahnten. Wie durch einen Flor ahnte sie dann, dass sie auf einem riesigen Platz war, pechschwarz von Menschen. Manche waren auf Laternenmasten geklettert, um besser sehen zu können, andere standen auf Karren, Inseln in einem Strom aus Zorn und Entzücken, gegen die Menschenbrecher mit derartiger Wucht prallten, dass sie die Karren umrissen, alles fortspülten. Direkt vor Paula ging eine Frau unter und streckte in Todesangst die Hand nach ihr aus, ihr Blick ein einziges Flehen. Für eine Ewigkeit, und doch nur ein Blinzeln, war sie mit dieser Frau allein, das Brausen und Tosen nichts als fernes Wispern. Paula wollte die Hand greifen, berührte sie beinahe mit den Fingerspitzen, aber wurde fortgeschwemmt und sah die Woge noch über dem Bündel zusammenschlagen, es verschlingen. Sal hatten sie längst in der See verloren. Paula schrie Hyde an, sie wegzuschaffen, so laut, dass ihre Stimme trotz des Infernos in den Ohren hallte, doch er umklammerte sie bloß noch fester, auch in seinen Augen blanke Angst, weil nirgends ein Ausweg war.

Plötzlich sah Paula an einer Holzwand Fotos, Totenbilder, die Opfer der Hinrichtungen aus dem August, an dieser Stelle erschossen, ein Altar, den die Woge verschonte, um ihn nicht zu entweihen. Menschen knieten davor nieder. Sie bekreuzigten sich, beteten, küssten den Boden.

Dann erblickte sie die fünf Leichen, direkt vor ihr.

Im ersten Moment hätte sie unmöglich sagen können, ob es Männer oder Frauen waren, die da lagen, ihre Gesichter grausam entstellt, klumpiges blaues und grünes Fleisch. Bis sie ein Kleid sah. Clara Petacci. Neben ihr Mussolini. Der Mund war offen, in seiner starren Hand steckte eine Art Feldherrenstab, den man ihm zum Hohn beigegeben hatte. Aus dem rasierten Schädel fraß sich das rechte offene Auge, noch im Tod fiebrig.

Männer mit Waffen bildeten einen Ring, hatten sich untergehakt, stemmten sich gegen die unerbittliche Brandung aus Hass. Ein unnützes Unterfangen bei den Tausenden, die mit solcher Macht walzten, dass der Kordon gesprengt wurde und die Männer in Panik den Feuerwehrleuten zuwinkten, die mit Löschwagen vor einer Tankstelle standen.

Paula sah Menschen die Leichen treten, mit Messern auf sie einstechen, sie schlagen, bespucken, hörte sie die Namen von Kindern, Müttern, Vätern rufen, Mussolini gellend verfluchen, als könnte der es noch hören. Aus den Feuerwehrschläuchen schossen harte Wasserstrahlen auf die Dünung aus Menschen, trieben Paula mit all den anderen zuckenden Leibern von den Leichen weg. Die heulende See zog sich zurück, um abermals zur Flut zu werden, noch gewaltiger als zuvor, und Paula dann vor Mussolinis Visage zu Boden zu werfen.

Sie wusste wieder, wie sie 1934 in den Prater-Lichtspielen eine Wochenschau mit Bildern von Hitlers Besuch in Venedig gesehen hatte. Begrüßung durch Mussolini auf dem Flughafen, der Führer verdruckst wie ein Lakai, vor dem großen Vorbild schüchtern seinen Hut knetend; Fahrt im Vaporetto über den Canal Grande, Mussolini leger in Feldgrau, Hitler unpassend im verknitterten Mantel, ein Zauberlehrling und sein Meister, nur wenige Jahre bevor er die Welt verschlang und Mussolini zu seinem Hofnarren machte und Paula alles nahm, weil der, dessen Fratze sie hier anglotzte, ihm den Weg gewiesen hatte.

Es war gänzlich unmöglich, diese Gedanken innerhalb von Wimpernschlägen zu haben, all diese Bilder zu sehen, doch als Hyde sie hochzerrte, standen sie so deutlich vor ihren Augen, dass sie sich von ihm losriss und auf Mussolinis Leiche eintrat und schrie, schrie, schrie, bis Tränen aus ihr herausschossen.

Alle Zeit hatte sich aufgelöst, war nichts mehr in dem Hades, der Paula verschlang, als die Leichen am Dach der Tankstelle kopfüber hochgezogen wurden und sich ein Schrei aus tausenden Kehlen rang, der ihren Schrei aufnahm und Paula zittern, schluchzen, glühen ließ, wie zuvor nur einmal, auf der Straße vor dem Bristol, in der Nacht, als sie ihr Glück wegwarf.

ATMEN, TRÄUMEN

Über das Geschehene hatten sie kein Wort gesprochen; nicht auf der Fahrt zurück ins Feldlager, nicht als sie dort auseinandergingen. Hyde hatte sie nur knapp gebeten, abends um acht für eine Besprechung zu ihm zu kommen. Paula fiel dumpf auf die Pritsche. Sie fühlte keine Genugtuung, keine Trauer, nicht einmal Erschöpfung. Gar nichts.

Hyde besaß ein Zelt für sich allein. Als Paula kam, schenkte er Whisky in zwei Blechtassen und warf Eiswürfel hinein. Er hielt ihr eine Tasse hin. Sie schüttelte den Kopf.

»Ich habe unseren Quartiermeister mit einem Monatssold bestochen, um das Eis zu kriegen«, sagte er. »Soll ich mich für nichts ruiniert haben?« Hyde wies auf einen Klappstuhl. Als sie sich gesetzt hatte, prostete er Paula zu. »Und – hat es sich gut angefühlt, den Hurensohn zu treten?«

»Ja.«

»Hätt's vielleicht auch tun sollen.«

»Sie hatten genauso viel Angst wie ich«, sagte sie.

»Ich habe schon oft Angst gehabt. Und heute war bestimmt nicht das letzte Mal.«

Draußen dröhnten noch immer Motoren, hallten Rufe; das Camp kam nie zur Ruhe.

»Was ist mit Rauff?« fragte Paula.

»Morgen früh um zehn.«

»Sicher wissen Sie viel mehr über ihn als das bisschen, was Sie mir erzählt haben«, sagte sie. »Dürfen Sie mit mir darüber sprechen?«

»Nein, aber ich tu's. 42 war er in Tunesien; seinen genauen Auftrag kennen wir nicht. Gesichert ist, dass er den Juden auf Djerba hundert Pfund Gold abgepresst hat. Ab September 43 war Rauff in Norditalien für die Bekämpfung von Partisanen verantwortlich. Die Hinrichtungen der Geiseln auf der Piazza waren auf seinen Befehl erfolgt. ›Sühnemaßnahme‹ nannte er das. Jeder in Mailand kennt das Regina. Es hat über zweihundert Zimmer, etliche haben als Folterzellen gedient.«

»Mit so jemandem wollen Sie verhandeln? Worüber?«

»Das ist eine sehr gute Frage«, antwortete Hyde bedächtig. »Auf die ich wirklich nicht antworten darf. Sagen wir es so: Er scheint ein vorausblickender Mann zu sein. Als absehbar war, dass wir Mailand einnehmen würden, hatte Rauff den Befehl, die Wasserkraftwerke in Norditalien zu sprengen, tat es aber nicht. Er war in Geheimverhandlungen eingeweiht, die Karl Wolff, sein unmittelbarer Vorgesetzter und Oberbefehlshaber der SS in ganz Italien, mit dem Vatikan geführt hat.«

»Mit welchem Ziel?« fragte Paula.

»Das wissen wir nicht. Fest steht, dass die Bedingungen für inhaftierte Priester verbessert wurden. In einigen Fällen sind sie dem Vatikan übergeben worden.«

Sie schwieg einen Moment. »Das macht doch nicht gut, was Rauff vorher getan hat«, sagte sie dann.

»Nein. Aber interessant ist es allemal.« Er lächelte. »Keine Sorge, Paula, in Bezug auf Rauff habe ich keinerlei Illusionen. Um mit Roosevelt zu sprechen: Einen Tiger zähmt man nicht durch Streicheln. Kürzlich hat Rauff im Regina noch eine Feier zum Geburtstag des Führers ausgerichtet. Obwohl die Russen schon in Berlin sind und Hitler sich in irgendeinem Loch verkrochen hat. Nebenbei war Rauff unseres Wissens der letzte Deutsche, der Mussolini lebend gesehen hat. Es gibt ein Foto davon. Die zwei wirken wie beste Freunde.«

»Worauf muss ich morgen achten?« fragte Paula.

»Wichtig ist, dass Sie alles möglichst wörtlich wiedergeben. Lassen Sie Rauff einen Gedanken zu Ende bringen, bevor Sie übersetzen; es sei denn, er wird überheblich. Das ist alles.«

Paula stellte die Whiskytasse ab. »Wenn es nichts mehr zu besprechen gibt, möchte ich mich gern zurückziehen.« Als die Antwort ausblieb, stand sie auf.

»Ich bin über Ihren Nachnamen gestolpert«, meinte Hyde. »Sind Sie mit den Washingtoner Blooms verwandt?«

»Die Familie meines Vaters«, erwiderte sie steif.

Sie dachte an den Marmorpalast am Kalorama Circle; an die Teller aus massivem Gold, auf denen selbst das Frühstück serviert wurde. Das hätte Paula den Blooms nachgesehen. Nicht jedoch die kalte Verachtung, mit der sie ihre Mutter straften, eine Frau, die Schneiderin in einem Maßatelier gewesen war, als sie Paulas Vater begegnete. Dass er sich ihretwegen von der Familie losgesagt hatte, nahm Paula bis heute für ihn ein.

»Dann sind Sie reich?« fragte Hyde.

Sie hoffte, dass ihr Lächeln souverän wirkte. »Nein, fürchte ich. Wir haben keinen Kontakt.«

»Wie kam es, dass Sie in Berlin aufgewachsen sind?«

Spätestens jetzt hätte Paula nicht mehr antworten müssen. Doch sie setzte sich wieder. »Mein Vater hat vor dem Ersten Weltkrieg meine Mutter dort kennengelernt.«

»Was hat er beruflich gemacht?«

Im Grunde hatte sie ihn niemals arbeiten sehen. Als kleines Mädchen fragte sie ihn einmal, was er in diese blauen Kladden schrieb, die er in seinem Wandtresor im Salon verschloss. Er sagte, dass er helfe, amerikanisches Geld im Reich zu vermehren, und sich dazu Notizen mache. Wie enttäuscht sie war. Im Stillen hatte Paula sich ihren Vater als Schriftsteller vorgestellt und gedacht, dass die wundervollsten Geschichten in seinen Kladden stünden. Er konnte hemmungslos albern sein. Dann tagelang ein Fremder.

»In den Zwanzigerjahren hatte er die Berliner Dependance einer amerikanischen Werbeagentur geleitet. Später vertrat er einige US-Konzerne in Deutschland«, sagte Paula.

Mit Geschäftspartnern traf er sich in Restaurants wie dem Horcher oder auch im Quartier Latin. Er hatte kein Büro, kein Arbeitszimmer in der Grunewaldvilla, wo sie aus ihrem Fenster den Hundekehlesee sah. Den alten Baum mit der Schaukel, auf der sie bis zum Mond flog. Aber auch den Wald, vor dem Paula sich gefürchtet hatte, als sie klein war. Ihr Vater lachte sie deswegen aus; in ihrer Kindheit wusste er noch nicht, was Angst war. Wenn in der Nacht die Schatten übern See kamen, floh sie in das Bett ihrer Gouvernante. Henriette war bereits betagt und roch etwas muffig, aber Paula hing sehr an ihr und besuchte sie noch auf ihrem Altenteil.

Das war der Krieg vor allem: die Frage nach dem Schicksal derer, die sie hatte zurücklassen müssen. Diese Ungewissheit, die sie aß, trank, atmete, träumte.

Ihre Berliner Großeltern waren trotzige Sozialdemokraten, der Opa Schweißer bei Siemens. Paula hatte alles versucht, sie zum Mitkommen zu bewegen, aber sie wollten nicht. »Hitler muss gehen, nicht wir«, hatte der Großvater gesagt. Von den beiden war Paula nur der Abschiedskuss geblieben, die letzte Umarmung, die sie in der Dunkelheit noch spürte. Ein Hauch von Rasierwasser, Pitralon, ein Koffer mit Gebeten.

»Paula?«

»Entschuldigung – was sagten Sie?«

»Dass Ihr Vater sicher gute Kontakte hatte.«

Sie nahm den Unterton wahr, antwortete nicht gleich.

Er kannte tout Berlin, darunter viele Adlige, die den Nazis die Stiefel leckten. Mit Preußenprinz August Wilhelm, immer in vollem SA-Wichs, war er per Du. Damals hatte Paula nicht verstanden, warum ihr Vater sich mit diesem Pack abgab. Und mit Männern wie von Ribbentrop, dem Sekthändler, der sich seinen Adelstitel gekauft und 1938 das Münchner Abkommen ausgehandelt hatte. Mit Albert Speer. Mit Wirtschaftsminister und Reichsbankpräsident Hjalmar Schacht, dem Finanzgenie hinter Hitlers Aufrüstung.

Wenige waren Paula so zuwider gewesen; als Kind nannte sie Schacht nur *Dachs*, weil er wie einer aussah, bloß mit Brille. Seiner fetten Frau hatte er ein brillantenbesetztes Hakenkreuz geschenkt, das sie auf Empfängen über dem Busen trug.

Von alldem hätte Paula Hyde erzählen können; stattdessen sagte sie: »Bei uns waren alle möglichen Leute zu Gesellschaften und Tees, sogar ein russischer Revolutionär, Ilja Ehrenburg. Aber vor allem Amerikaner. Randolph Hearst, Thomas Wolfe, Charles Lindbergh, Allen Dulles.«

Den letzten Namen ließ sie bewusst fallen, um die Reaktion zu beobachten. Er goss zwei Finger breit Whisky nach. »Dulles ist mittlerweile beim OSS, dem Nachrichtendienst des Kriegsministeriums, also der Konkurrenz«, erwähnte er beiläufig.

Paula zauberte Überraschung in ihr Gesicht.

»Er steht ihrer Residentur in Bern vor, eine Anlaufstelle für Naziüberläufer. Man prophezeit ihm eine glänzende Zukunft, so wie auch seinem Bruder John Foster Dulles, der New Yorks größte Wirtschaftskanzlei leitet und von manchen bereits als künftiger Außenminister gehandelt wird.« Hyde schien nicht gewillt, das Thema zu vertiefen. »Wie war Lindbergh denn?«

»Er kam 36 zu einem Essen. Ich hörte ihn mit vollem Mund zu seiner Tischdame sagen: ›Die amerikanischen Juden haben dermaßen viel Besitz angehäuft, dass man es eine feindliche Übernahme nennen muss. Sie kontrollieren alles: Film, Presse, die Wirtschaft und die Regierung.‹ Dass er das Wetter ausließ, sehe ich ihm nach.«

»Trug er dabei auch das drei Pfund schwere Verdienstkreuz, das Hitler ihm verliehen hatte?« fragte Hyde.

»Nein. Vielleicht aus Angst, es könnte in die Suppe fallen.«

Hyde lachte auf. »Für Landsleute wie Lindbergh muss man sich schämen. Später hat er sich sogar noch dreister geäußert. Sie werden sich an das ein oder andere erinnern.«

»Sie meinen, dass die Juden Kriegstreiber wären?«

»Ja, das sagte er, als er Sprecher des *America First Committee* war. Ich bin kein Jude, aber ich weiß, was Mischpoke meint.«

Zum ersten Mal mochte Paula Hyde.

»Wie war Berlin vor dem Krieg?« fragte er.

»Ich will immer glauben, dass es einmal die beste Stadt der Welt war, aber wenn ich vom Berlin meiner Kindheit sprechen würde, hätte es mit der Wirklichkeit vermutlich nicht mehr zu tun als *Gone with the Wind* mit den Südstaaten vor dem Bürgerkrieg. Das glückliche, unschuldige Berlin gab es nie; und wenn doch, kannte ich es nicht. Alle sahen das Unheil kommen, aber jeder hat getan, als ginge es ihn nichts an. Eines Morgens bin ich wach geworden, und es war, als hätte jemand alle Kerzen auf einem Kuchen ausgeblasen und sich dabei gewünscht, dass Schönheit in Dreck verwandelt wird.«

Gelegentlich hatte ihr Vater sie mit dem Mercedes Roadster beim Französischen Gymnasium am Reichstagsufer abgeholt und war mit ihr zum Adlon gefahren, weil es die beste heiße Schokolade hatte. Das Berliner Office der *Chicago Tribune* war dort, weshalb viel Gestapo im Hotel rumlungerte. Eines Tages ermahnte ihr Vater sie, leiser zu sprechen.

»Jetzt hast du auch schon den ›deutschen Blick‹«, sagte sie.

»Was soll das sein?«

»Dich umsehen, ob uns ja keiner belauscht.«

»Wo ist Ihr Vater jetzt?« fragte Hyde. »In den Staaten?«

Paula sah sich mit ihm die Modenschau im mondänen Rennklub verlassen, seine Schritte beschwingt vom Dom Pérignon. Er hatte sie ausgeführt, nachdem sie ihn tagelang angeschwiegen hatte, aus Verzweiflung, weil er Deutschland noch immer nicht verlassen wollte.

Paula sah die beiden betrunkenen SA-Männer zuschlagen, als er ihren Hitlergruß nicht erwiderte. Sah sie nicht aufhören, nicht aufhören, nicht aufhören, sah ihn auf dem Regenpflaster liegen, diesen letzten Blick, diese Hand, die sich öffnete, ohne ihr noch einmal über die Wange gestreichelt zu haben.

»Ja, er ist in den Staaten«, sagte sie.

»Und Ihre Mutter?«

»Sie starb, als ich klein war.« Die Erinnerung an sie wehte Paula an wie ein vergessener Duft. Erneut wollte sie aufstehen. Tat es nicht.

»Das tut mir leid«, sagte Hyde.

Und zwar auf Deutsch.

»Es genügt höchstens für Gewäsch in einer Bar«, erklärte er auf ihren Blick hin, wieder auf Englisch. »Rauff würde das bei der Verhandlung zu seinem Vorteil nutzen. Und mein Akzent klingt wie eine Rachenentzündung. Noch einen Drink?«

Sie schüttelte den Kopf.

»Was mir ja gleich aufgefallen ist: Sie haben Amerikanische Geschichte studiert. An der Columbia, richtig?«

»Ich wollte meine neue Heimat verstehen.«

»Und – tun Sie das?«

»Ich bemühe mich«, sagte Paula. »Auch wenn es zuweilen schwerfällt. Jefferson ächtete die Duldung des Sklavenhandels, fand jedoch nichts dabei, auf seiner Tabakplantage Sklaven zu halten. Woodrow Wilson gilt als großer Präsident, obwohl er zuließ, dass der Kongress für Washingtoner Bundesbehörden die Rassentrennung wieder einführte. Und Lincoln sorgte sich weniger um die Neger als um die Einheit der Union.«

»Was ist mit seiner Rede in Gettysburg? *Mögen uns die edlen Toten mit wachsender Hingabe erfüllen für jene Sache, der sie das höchste Maß an Hingabe erwiesen haben.* Findet das keine Gnade vor Ihnen? Nein, ich lese Ihre Gedanken. In Lincolns Welt gab es noch keine Todesfabriken.«

»Sie irren sich«, erwiderte Paula. »Nach dem gewonnenen Bürgerkrieg hat er das Libby-Gefängnis in Richmond besucht, wo er Soldaten der Nordstaaten sah, die bis auf die Knochen abgemergelt waren. Die Zustände waren entsetzlich. Viele der Häftlinge sind elend verhungert; dort und in anderen konföderierten Lagern. An der Ostküste haben alle Zeitungen darüber geschrieben; man rief nach Vergeltung. Doch für Lincoln war Rache eine Schlange, die sich selbst den Kopf abbeißt.«

»Ein kluger Mann.«

»Vieles nimmt mich auch für Amerika ein«, sagte sie. »Der grenzenlose Optimismus; die gute Nachbarschaft; der Ehrgeiz ohne Neid; Roosevelts Furchtlosigkeit; das freie Kinderlachen; das Privileg, stets auszusprechen, was man denkt, auch wenn es schrecklich ist.«

»Aber?«

»Diese Selbstgerechtigkeit. Dass niemand Kritik hören will. Das Achselzucken, dem man so häufig begegnet. Der Glaube, dass Gottgefälligkeit sich in Wohlstand ausdrückt. Und selbstverständlich Filme mit Esther Williams.«

Als sie beide lachten, spürte Paula, wie sehr es ihr half, mit Hyde zu reden. Er hatte es fertiggebracht, nicht das Geringste von sich zu offenbaren. Doch das war ihr ganz recht, es sollte nicht den Anschein eines Rendezvous erwecken. Wahrscheinlich hätte Hyde ihr auch nichts von sich erzählen können, was sie nicht bereits wusste. Er war einer jener Pragmatiker, denen moralische Haltungen ganz und gar fremd waren, selbst wenn seine Äußerung über Lindbergh und *America First* eine andere Sprache sprach. Es wäre für sie keine Überraschung gewesen, wenn Hyde es lediglich eingeflochten hätte, weil er sie für eine Jüdin hielt. Er war ein Mann ohne Eigenschaften, so einer wie der Held von Robert Musils Roman, nicht willens, ein Wagnis einzugehen, sei es für eine gute oder eine schlechte Sache.

»Sind Sie eigentlich Jüdin?« fragte Hyde.

Sie wollte verneinen, aber dann dachte sie an New York, wo Allen Dulles im Athletic Club einen reichen Anwalt an ihren Tisch gebeten hatte. Der sagte Dinge wie: »Zweifellos haben Juden einen besonderen Sinn für Geschäfte.« Oder: »Ein paar meiner allerbesten Freunde sind Juden, aber ...« Es hatte auch Situationen wie in Fort Des Moines gegeben, als ein Corporal ihren deutschen Akzent nachäffte und blaffte: »Sie sind wohl in der falschen Armee.«

»Ja, ich bin Jüdin«, sagte sie zu Hyde. Weil es guttat.

Paula erwartete, dass er ihr ein Kompliment à la *Juden sind in der Regel brillant* machen würde, eine elegante Variante des Antisemitismus, aber Hyde sagte: »Sie wurden am 29. Mai 1919 geboren. Ein ganz besonderes Datum, wussten Sie das?«

Paula war so überrascht, dass sie sich fassen musste. »Ja, an diesem Tag ist Einsteins Relativitätstheorie bewiesen worden. Davon hat mein Vater mir erzählt, auch wenn ich nicht weiß, was damit gemeint ist.«

»Das lässt sich relativ einfach erklären«, meinte Hyde. »Die Sonne hat eine so riesige Masse, dass sie Einstein zufolge das Licht eines weit entfernten Sterns ablenkt. Von der Erde aus sehen wir ihn deshalb an einer anderen Position. Die winzige Divergenz lässt sich während einer totalen Sonnenfinsternis messen, und eine solche fand am 29. Mai 1919 in Guinea statt. Der Astronom Sir Arthur Eddington trat eine Reise dorthin an und bewies, dass Einstein recht gehabt hatte.«

Paula war sprachlos.

»Ich habe in Princeton bei Einstein Physik studiert«, sagte Hyde. »Verwundert Sie das? Sie besitzen einen Abschluss in Amerikanischer Geschichte. Dieser Krieg weist jedem von uns einen Platz zu, ob es uns gefällt oder nicht.«

»In Berlin habe ich Einstein einmal auf der Museumsinsel gesehen. Es war Februar und eiskalt, aber er trug keinen Hut, nicht einmal einen Mantel.«

»Sie müssten erst sein Englisch hören. Es klingt, als würde er sich darüber lustig machen. Aber was er sagt, ist bemerkenswert. Zum Beispiel: *Sooft die Wissenschaft einen Schritt vorwärts macht, weicht Gott einen Schritt zurück.* Zu meinem Bedauern wurde mir nicht die Ehre zuteil, Einstein näher kennenlernen zu dürfen. Ich war kein Student, der ihm aufgefallen wäre. Als ich dann zum CIC ging, sagte meine Frau: ›Die Geheimdienstarbeit wird dir liegen. Dort hat man es mit simplen Gleichungen und höchstens einer Unbekannten zu tun.‹«

»So wie Rauff.«

»So wie Rauff«, sagte Hyde. »Trinken Sie noch was mit mir, und ich erkläre Ihnen die Heisenberg'sche Unschärferelation.«

»Es war wirklich ein langer Tag.«

»Meine *geschiedene* Frau, hätte ich hinzufügen sollen.«

Fast musste Paula lachen, dass er es so plump versuchte. Sie stand auf. »Danke. Aber morgen muss ich ausgeruht sein.«

»Schade«, sagte er.

Sie ging durchs nächtliche Feldlager. Immer neue Einheiten trafen ein, mit Lastern und mit Panzern, schwankend zu Fuß; es war ihr ein Rätsel, wo all diese Männer und Fahrzeuge Platz finden sollten. Lichter zogen Schlieren. Sie spürte den Whisky, sah am Himmel einen Vollmond, der mit glosenden Kristallen gesprenkelt schien. Aus dem Nichts hatte sie Georg vor Augen, seinen traurigen Blick über die Schulter im Bristol, und wusste, dass sie nicht an ihn denken durfte, nie mehr, weil sie sonst krank werden würde.

SUNRISE

Am Morgen war Paula erleichtert, dass Hyde ihr unbefangen und wach gegenübertrat und nichts mehr daran erinnerte, wie sie gestern auseinandergegangen waren. Er hatte eine scharfe Rasur hinter sich, roch nach Clubman Pinaud; seine Wangen leuchteten rosig.

»Rauff stammt aus einer Stadt namens Köthen«, meinte er auf dem Weg zum Jeep. »Spricht man dort einen Dialekt, der Ihnen Probleme macht?«

»Ich weiß nicht, wo das ist.«

»Die Region heißt Anhalt.«

»Dann komme ich damit zurecht.«

Dieses Mal fuhren die Laster mit den Infanteristen voraus. Davis lenkte den Jeep, wie immer eine Old Gold zwischen den Zähnen. Er sah Paulas Nervosität und nickte ihr aufmunternd zu. »Ist ein guter Tag. Morgen darf ich nachhause.«

An der Straßensperre stand Alessandro mit seinen Leuten. Sal stieg mit Paula und Hyde aus und wechselte einige Worte mit dem Anführer der Partisanen. »Im Regina ist alles ruhig«, übersetzte Sal. »Rauffs Männer haben die Umgebung im Blick, die sehen Sie. Drinnen wird es ziemlich dunkel sein; der Strom ist abgestellt und die Fensterläden sind zu.«

Die Infanteristen sprangen aus ihren Fahrzeugen, bezogen Stellung. Hyde schnippte den Sergeant Major zu sich, der über die Einheit befahl. »Falls ein Schuss fällt, lassen Sie stürmen«, sagte er knapp.

Paula wünschte, sie hätte den Satz nicht gehört.

Alessandro warf Sal ein paar Brocken zu und lächelte Paula an. Sal übersetzte: »Er möchte wissen, wie es Ihnen auf dem Piazzale Loreto gefallen hat.«

»Ein sehr schöner Platz«, antwortete sie. »Ich werde ihn in bester Erinnerung behalten.«

Auf dem Weg zum Hotel kam es Paula vor, als gehörten ihr Oberkörper und ihre Beine zu zwei verschiedenen Menschen.

»Bleiben Sie ruhig«, sagte Hyde. »Rauff wird nichts Unüberlegtes tun. Er ist intelligent genug, um zu wissen, dass er nicht lebend aus dem Gebäude herauskäme.«

Als es zum Eingang des Regina kaum noch zwanzig Meter waren, traten zehn SS-Männer auf die Straße. Die schwarzen Uniformen sahen aus wie frisch aus der Wäscherei; die Augen der Männer verengten sich zu Schlitzen, weil sie keine Sonne mehr gewohnt waren. Sie formierten sich zu einem stummen Spalier, ließen sie ins Gebäude, ohne Hyde nach Waffen gefilzt zu haben.

In ihrer Eleganz war die Lobby eine Erinnerung ans Berliner Savoy an einem verregneten Sonntagnachmittag. Abgesehen von dem dämmerigen Licht und dem Brandgeruch, der Paula sofort in die Nase stieg, wirkte alles, als würde jeden Moment ein Concierge herbeieilen und beflissen nach ihren Wünschen fragen. Sie folgten einem der SS-Männer über einen Flur mit Damasttapete. Auch hier deutete nichts darauf hin, dass dies jemals etwas anderes gewesen sein könnte als ein Luxushotel, in dem man seinen Gästen jedes Begehr von den Augen ablas. Nichts, dass sich zweihundert schwerbewaffnete Männer hier verschanzt hatten.

Zwei Adjutanten warteten in einem Vorzimmer, ließen sie vor. Der Raum hinter der dicken Tür war so dunkel, dass Paula nur Umrisse wahrnahm. Ein Schatten wuchs, ein Fensterladen ging spaltbreit auf, fahles Licht fiel herein.

Sie sah Rauff.

Er trug eine Ausgehuniform des Afrikakorps mit Verdienst-kreuz und legte eine Hand an die Schirmmütze. »Standarten-führer Walther Rauff. Gruppe Oberitalien West.«

Hyde gab den militärischen Gruß zurück. »Colonel Walton Hyde. IV Corps.«

An dem meistgefürchteten Mann von Mailand hielt nichts Paulas Blick fest. Rauff war einer dieser Menschen, denen sie stundenlang im Zug hätte gegenübersitzen können, um kurz darauf vergessen zu haben, wie er ausgesehen hatte. Selbst die spitze Nase, die seinem Gesicht einen Ausdruck von Hochmut verlieh, würde keine bleibende Erinnerung hinterlassen.

Rauff wies auf zwei Sessel; sie setzten sich ihm gegenüber. Er hielt Hyde sein silbernes Zigarettenetui hin. Der bediente sich. »Mir wurde zugetragen, dass Sie auf dem Piazzale Loreto waren«, ließ Rauff fallen, affektiert mit Spitze rauchend. Die Stimme war rau und spröde, von tiefer Müdigkeit gezeichnet. »Es würde mich brennend interessieren, wie viele von denen, die noch vor Wochen anscharwenzelt kamen, um eifrig ihre Schnüffeldienste anzubieten, gestern dort mitgejubelt haben. Und was Mussolini betrifft: Es hätte mit ihm nicht so enden müssen. Ich habe ihm bei unserer letzten Begegnung angebo-ten, für seinen Begleitschutz zu sorgen. Zu meinem Bedauern hat er das abgelehnt. Wäre er meinem dringenden Rat gefolgt, hätte dieses Land noch eine intakte Regierung. Doch gestern haben die Kommunisten und das Chaos triumphiert, und für Präsident Truman ist es in Italien ungleich schwieriger gewor-den. Deutsche und Amerikaner stehen gegen denselben Feind, auch wenn sich das noch nicht bis ins letzte Glied Ihrer Armee durchgesprochen zu haben scheint.«

Er hatte Paula mit drei Pausen Gelegenheit zum Übersetzen gegeben. Sie übermittelte Hydes Antwort. »Der gestrige Tag galt nur zum Teil Mussolini und seiner Marionettenregierung. Vor allem aber *Ihnen*. Muss ich Sie an den August erinnern?«

Rauff nahm ein Schriftstück vom Schreibtisch. »Den Erlass habe ich im letzten Sommer herausgegeben. Ich darf zitieren: *Es ist unter allen Umständen zu vermeiden, dass durch Maßnahmen unsererseits die Bevölkerung in die Arme der Banden getrieben und so deren Macht vergrößert wird.* Zum Zeitpunkt der Hinrichtungen, auf die Sie anspielen, war ich nicht in Mailand, es geschah gegen meinen ausdrücklichen Befehl.« Er legte das Papier vor sie hin.

»Ich bin ganz sicher«, übersetzte Paula für Hyde, »dass sich im Regina kein einziges Dokument mehr findet, das Sie belastet. Vor allem keines, das über Ihre Rolle bei der Deportation von Juden Auskunft gibt. Man riecht im ganzen Haus, dass Sie Akten verbrannt haben.«

»In dieser leidigen Sache sollten Sie sich an Obersturmbannführer Eichmann vom Reichssicherheitshauptamt wenden. Er hat sich da sehr engagiert gezeigt«, sagte Rauff.

Als Paula es weitergab, antwortete Hyde nicht. Sein Mund bebte. Sie sah Schweißperlen auf seiner Stirn, Lippen so blau, als sei er am Erfrieren.

»Sir?« fragte sie.

»Ich diskutiere mit dem Hurensohn nicht über seine Taten, das wird die Aufgabe der Justiz sein«, krächzte Hyde. »Ich will wissen, was er sich von Verhandlungen verspricht.« Es klang, als müsse er jedes Wort mit dem Stemmeisen aus einer Wand herausbrechen.

Rauff beäugte ihn mit dem kühlen Blick eines Archäologen, der den Wert eines beschädigten Artefakts taxiert. »Ist Ihnen nicht gut, Colonel?« fragte er.

»Geben Sie mir etwas Zeit«, brachte Hyde so leise hervor, dass Paula ihn kaum hören konnte.

»Natürlich«, beschied Rauff ihn mit regloser Miene. Er ging aus dem Raum und zog die Tür zu. Im Vorzimmer hörte Paula gedämpftes Lachen.

»Es ist bloß mein Kreislauf«, murmelte Hyde. »In Épernay haben wir Deutsche in einem versifften Verhau verhört, dort habe ich mir was eingefangen. Gleich geht es wieder.«

Aber seine Stimme hatte keinen Halt.

»Wäre es nicht besser, wir würden abbrechen?« sagte Paula. »Sie können doch jemand anderen anfordern.«

»Das kommt nicht infrage. Es muss einen wichtigen Grund dafür geben, warum Rauff glaubt, aus einer Position der Stärke heraus handeln zu können. Er hält sich für Gott, was er zwei Jahre lang unbestritten war. Aber denken Sie an meine Worte von gestern: *Bisweilen weicht Gott einen Schritt zurück.* Und ich werde ihn dazu zwingen.«

Sie wurde gewahr, dass sie sich in Hyde getäuscht hatte. Er war sehr wohl bereit, ein Wagnis einzugehen. Selbst wenn er einen Schlaganfall hätte, würde er die Verhandlung niemand anderem gestatten. Man konnte sich in die Kugel eines gesuchten Verbrechers werfen, um das Leben von Unschuldigen zu retten. Und dasselbe tun, um die Belohnung zu kassieren. Sie hatte Klaus Manns *Mephisto* nie gelesen, doch nach allem, was Paula über dessen Hauptfigur Hendrik Höfgen alias Gründgens wusste, käme Hyde ihr nahe.

»Provozieren Sie Rauff ruhig«, sagte er. »Wir müssen ihn aus der Fassung bringen, dafür ist jedes Mittel recht.«

»Dieser Obersturmbannführer, von dem Rauff gesprochen hat, Eichmann, haben Sie von dem schon einmal gehört?«

»Nein. Ich kann nicht jeden Schweinehund kennen.«

Rauff kam wieder, ein spöttisches Lächeln auf den dünnen Lippen. »Wollen wir unsere Plauderei fortsetzen – sofern Ihre Gesundheit es erlaubt?«

»Worüber glauben Sie verhandeln zu können?«

Paula ahnte, wie viel Kraft es Hyde kostete, die Stimme so forsch klingen zu lassen, als sei er in der Form seines Lebens. Sie übersetzte.

Rauff fragte statt einer Antwort: »Wo haben Sie so perfekt Deutsch gelernt, junge Dame?«

»Wo haben Sie gelernt, das Naheliegende nicht zu sehen?«

Rauff nahm eine Silberdose aus der Hosentasche und hielt sie Paula hin. Sie sah Bonbons mit eingeprägtem Hakenkreuz, schon in ihrer Berliner Zeit ein beliebtes Accessoire.

»Wenn ich Sie wäre, würde ich weniger verschwenderisch damit umgehen«, bemerkte sie. »Womöglich brauchen Sie die Pastillen noch, wenn Sie in Ihrer Zelle Hunger kriegen.«

Seufzend schob Rauff ein Hakenkreuz in den Mund. »Meine niedliche Übersetzerin mit den Rehaugen ist eine Tochter des auserwählten Volkes. Und ich habe gedacht, die Fußfäule, die ich mir beim Afrikafeldzug geholt habe, wäre das schlimmste Kriegserlebnis gewesen.«

»Ich rate Ihnen, von Ihrem hohen Ross herunterzusteigen.« Sie war überrascht über die Härte, mit der sie das sagte. »Jede Anspielung auf das *auserwählte Volk* findet Eingang in meinen Bericht. Das wird die Verhöroffiziere, die sich bald mit Ihnen befassen, brennend interessieren.«

Rauffs Gesicht wurde dunkel.

Hyde grinste. »Mein Deutsch ist viel besser, als ich dachte. Das haben Sie gut gemacht, weiter so.«

»Zunächst einmal lege ich Wert darauf, dass ich an die USA überstellt werde und nicht an die Briten«, sagte Rauff.

»Weshalb?« fragte Hyde. »Wegen Djerba? Befürchten Sie, die Briten könnten nach den hundert Pfund Gold fragen, die Sie der dortigen jüdischen Gemeinde abgepresst haben? War das auch eine *leidige Sache*? Und was führt Sie zu der Annahme, Kapitulationsbedingungen stellen zu können?«

»Auf Djerba hatte ich vor allem damit zu tun, Ameisen von den Vorräten fernzuhalten. In der restlichen Zeit habe ich die Kreuzworträtsel in *Volk und Wehr* gelöst. Himmlers Katze, vier Buchstaben: *Loki*. Hätten Sie's gewusst?«

Ohne dass Hyde sie aufgefordert hatte, war Paula dazu übergegangen, nur noch Satzteile von Rauff zu übersetzen und ihn mit einer patzigen Handbewegung zu unterbrechen, wenn er weiterreden wollte. Zufrieden sah sie, dass er die Wut darüber kaum im Zaum halten konnte.

»Lutschen Sie noch ein Bonbon«, forderte sie ihn auf.

Die Wände des Zimmers begannen zu zittern. Zuerst dachte Paula, es sei ihre Aufregung, dann hörte sie das Grollen von Panzerketten. Rauff sah aus dem Fenster. »Ihre Verstärkung ist da. Zwei Panzer? Mehr bin ich Ihnen nicht wert?«

»Die dienen Ihrer Sicherheit beim Abzug aus Mailand. Das sollte ein Grund für Dankbarkeit sein.«

Rauffs Stimme wurde energisch und direkt. »Ich sagte eingangs, dass wir längst gegen einen gemeinsamen Feind stehen, den Kommunismus. Gottlob gibt es auch in Ihren Reihen vernünftige Männer, die das erkannt haben. Man befindet sich in konstruktiven Gesprächen mit mir und meinem Vorgesetzten, Obergruppenführer Wolff. Der Vatikan hat das vermittelt.«

Paula sah die Augen von Hyde schwarz wie Uniformknöpfe werden. »Gespräche welcher Art?« übersetzte sie.

»Ich spreche von Verhandlungen über einen Separatfrieden zwischen unseren in Italien stehenden Streitkräften und Ihrer Armee. Heinrich von Vietinghoff, der Oberbefehlshaber unserer Heeresgruppe C, ging von einem erfolgreichen Abschluss aus. Wären meine Telefonleitungen nicht vor zwei Tagen von den Partisanen gekappt worden, könnte ich Ihnen womöglich schon die deutsche Unterschrift vermelden.«

Walton Hyde bemühte sich, seiner Stimme Herr zu werden. »Mit wem wollen Sie auf unserer Seite geredet haben?«

»Mit Allen Dulles, Vertreter des oss in der Schweiz. Er hat freie Hand durch das US-Kriegsministerium. Diese Operation läuft bei Ihnen unter dem Namen *Sunrise*.«

Hydes Blick sagte Paula, dass sie nicht übersetzen musste.

Vermutlich hätte sie auch kein Wort herausgebracht.

»Da mir von solchen Verhandlungen nichts bekannt ist und ich derzeit keine Möglichkeit habe, Ihre Angaben zu überprüfen, spielt das für mich keine Rolle«, fand Hyde seine Sprache wieder. »Sie werden Ihren Leuten jetzt befehlen, die Waffen niederzulegen und bedingungslos zu kapitulieren.«

Als Paula es auf Deutsch wiederholte, war ihr, als säße sie in New York vor dem Radio und hörte die schrille Ansagerin eine *braaaandneue Folge der Allen's-Alley-Show* ankündigen.

Aber zuerst eine Reklame von Campbell.

»Ich verlange, als Unterhändler eines ehrenvollen Friedens betrachtet und so behandelt zu werden«, sagte Rauff.

Hmm, Campbells Schildkrötensuppe. Genau wie wir sie mögen.

Hyde stand auf und zog seine Uniformjacke glatt. »Ich sage es noch einmal ganz unmissverständlich: Sie werden kapitulieren oder sterben. Hinter den Panzern stehen zweihundert Infanteristen und ebenso viele Männer der Resistenza. Sollte ich in einer Viertelstunde noch im Hotel sein, wird es sturmreif geschossen. Das mag auch für Sergeant Bloom und mich das Ende bedeuten. Aber wir sind entbehrlich. So wie Sie.«

Es war grotesk, ihr eigenes Todesurteil zu übersetzen.

»Ihr letztes Wort, Colonel?« Rauffs Augen irrlichterten in dem Grau, das durch den Fensterladenspalt drang.

»Mein letztes Wort«, versetzte Hyde auf Deutsch.

Rauff schob das Kinn vor. »Sie bekommen meine Antwort.« Er verließ mit ruhigen Schritten den Raum.

Paula sah Hyde auf den Stuhl sinken und in Gedanken die Schnipsel seines grandiosen Schlachtplans aufsammeln, selbst wenn es sinnlos war. »Sie haben Dulles doch kennengelernt«, sagte er leise. »Wäre er zu so etwas imstande?«

»Es war nur ein Essen. Außerdem war ich noch ein Kind.«

Die Lüge ging ihr ganz leicht von den Lippen.

PAULETTE

Allen Dulles ließ sie sonst nie in ihren Kopf. Doch es war allemal besser, als ans Sterben zu denken. Er war ein enger Freund ihres Vaters gewesen. Als Kind fürchtete sie sich vor ihm, weil sein Lachen wie eine kaputte Säge klang. Da wusste sie noch nicht, dass man wirklich Angst vor ihm haben musste.

Beim Tod ihres Vaters war sie noch minderjährig, und die Washingtoner Blooms hätten ihr das Studium an der Columbia verbieten können. Doch sie ließen sie liebend gern ziehen. Als New Yorker bestand Allen darauf, Paula unter seine Fittiche zu nehmen. Sie war ihm dankbar. Ihr Vater hatte mit Geld um sich geschmissen, als gehörten ihm Thyssen und Krupp, aber am Ende war nur das Berliner Haus geblieben. Allen legte den Verkaufserlös für sie an, sodass sie vorerst unabhängig wurde.

Er kam aus einer Diplomatendynastie und hatte als junger Mann an einer Missionsschule in Allahabad unterrichtet. 1917 schlug Allen in Bern ein Treffen mit einem gewissen Wladimir Iljitsch Uljanow aus, weil ihm eine Tennispartie mit einer hübschen jungen Dame lohnender schien. Beim Lunch im Sherry-Netherland, wo ein Dutzend Austern mehr kostete als Paulas Monatsmiete, hatte Allen versichert, dass es die richtige Entscheidung gewesen sei. »Gut, ich hätte die Oktoberrevolution verhindert, wenn ich Mister Lenin nicht abgesagt hätte. Aber dann wäre mir etwas viel Besseres entgangen.«

Bei der Aushandlung des Versailler Vertrags gehörte er zur US-Delegation und freundete sich mit Lawrence von Arabien an. Als Diplomat in Konstantinopel entlarvte er die *Protokolle*

der Weisen von Zion, mit denen eine angebliche jüdische Welt-
verschwörung bewiesen werden sollte, als plumpe Fälschung.
Den angebotenen Botschafterposten in China schlug Allen in
den Wind, um eine Legende an der Wall Street zu werden; bei
Sullivan & Cromwell, der Sozietät seines älteren Bruders John
Foster. Sie gaben ein paradoxes Tandem ab, so unzertrennlich
wie grundverschieden. Der eine ein Salonlöwe, der andere ein
frömmelnder Langweiler mit dem Esprit eines ausgelaufenen
Füllers. Aber Bilanzen waren für beide reine Poesie.

Paulas Geld verdoppelte Allen binnen weniger Jahre. »Das
Geschäft Amerikas ist das Geschäft«, pflegte er zu sagen. Sie
traute ihm zu, dass er ihr Erbe in Wahrheit vervierfacht hatte.

Sullivan & Cromwell zählten die größten US-Unternehmen
zu ihren Mandanten. Nach der Machtergreifung der Nazis war
Allen in Deutschland, um die Kapitalinteressen nervöser amerikanischer Anleger zu vertreten. Im April 1933 empfing Hitler
ihn in der Reichskanzlei und fluchte auf die »Erpressung von
Versailles«, ohne zu ahnen, dass die deutschen Reparationen
nicht zuletzt auf Allen zurückgingen. Der grinste über beide
Ohren, als er es erzählte, um zu schließen: »Bevor ich damals
nach Berlin gereist bin, hätte ich gesagt: Hitler bräuchte bloß
einen vernünftigen Friseur, dann würde alle Welt ihn lieben.
Wenn du mich heute fragst: Er ist ein tollwütiger Hund, und
jemand sollte ihn abknallen.«

Allen fuhr ein irrsinnig elegantes Stutz-Cabriolet mit roten
Sitzen und ließ Paula, obwohl sie noch nie ein Auto gefahren
hatte, bei einer Landpartie in den Hamptons ans Steuer. Auf
einer kurvigen Straße, über die sie mit viel zu hoher Geschwin-
digkeit flog, gähnte er und schloss die Augen. »Paulette, weck
mich, wenn du den Zuckerhut siehst.« So nannte er sie wegen
ihrer Ähnlichkeit mit Paulette Goddard. Zuerst mochte sie es
nicht, doch nachdem Goddard an Chaplins Seite in *The Great
Dictator* mitgespielt hatte, gefiel es ihr sehr.

Allen sah gut aus und wusste es. Wenn er einer aparten Frau begegnete, wollte er sie erobern, obwohl er mit einer wahren Schönheit verheiratet war, Clover, der er schon beim zweiten Rendezvous den Antrag gemacht hatte. Die eiserne Courtoisie, mit der sie seine unzähligen Amouren übersah, nötigte Paula Respekt ab. Oder Mitleid, je nachdem.

»Für jeden meiner Seitensprünge kauft sie sich bei Cartier ein Schmuckstück«, meinte Allen. »Es wird mich ruinieren.«

Paula näherte er sich nie. Sie erklärte es damit, dass sie tabu für ihn war, bis er eines Tages sagte: »Für jemanden, den alles Oberflächliche dermaßen anwidert, bist du verflucht stolz auf deine Makellosigkeit. Mir gefällt es, wenn etwas einen kleinen Sprung hat. Ob es eine Tasse ist, ein Lächeln oder eine Bilanz.«

»Deshalb hast du dich wohl selbst so gern«, hatte sie gesagt und ihn zum Lachen gebracht.

Aber sie wusste, er hatte recht.

Er nahm sie mit ins Yankee-Stadion, zum Rückkampf von Joe Louis gegen Max Schmeling; natürlich hatte er Karten für die erste Reihe. Selten hatte Paula etwas so herbeigesehnt wie Schmelings Knockout. Doch Allen brüllte: »Polier seine Leber, Max! Mach Mus aus seinen Nieren!« Die wütenden Blicke von anderen amüsierten ihn. Was man über ihn dachte, kümmerte ihn weniger als Mohn zwischen den Zähnen. Als Schmeling nach zwei Minuten umfiel und sein Schweiß in Paulas Gesicht spritzte, strahlte Allen: »Los, Paulette, jetzt feiern wir!«

Ihre Sprache aufgeben zu müssen, war das größte Unglück jener Zeit; es tat so weh, dass sie Selbstgespräche auf Deutsch führte. Mit ihrem Vater hatte sie nur selten Englisch geredet; es genügte bei Weitem nicht fürs College. Sie büffelte, bis sie den Vorlesungen ohne Wörterbuch folgen konnte.

»Du sprichst besser Englisch als die meisten Amerikaner«, ulkte Allen und imitierte ihren deutschen Akzent. »Willst du uns demütigen?«

Von der teutonischen Gemütlichkeit, die in der Bronx und in Brooklyn mit Bierhumpen, Sauerkraut und Schweinebraten zelebriert wurde, hielt sie sich fern, vor allem jedoch von der 86. Straße, der Nazihochburg in Yorkville. Sie hatte ein winziges Zimmer mit Außentoilette in Washington Heights, wo so viele deutsche Juden lebten, dass das Viertel *Fourth Reich* genannt wurde. Jeder, der Paula kannte, hielt sie für eine Jecke. Sie aß dampfende Knishes an den Straßenständen, kaufte bei Barton's Honigkuchen und am Sabbat eins von den mit Mohn bestreuten Broten, die Barches hießen.

Auf dem Wochenmarkt kursierten Witze wie der: *Ich habe jetzt ein Foto von Hitler im Schlafzimmer hängen. – Du Schmock, bist du meschugge? – Nee, das hilft gegen Heimweh.*

»Was willst du mit Washington Heights beweisen?« fragte Allen. Er besaß ein Townhouse in Manhattan und einen Landsitz an der Gold Coast von Long Island. Die Lindberghs waren dort seine Nachbarn, Allen lud sie häufig zu Festen ein.

Diesen Tiger ließ Paula lange im Käfig.

An den Sommerwochenenden fuhr sie mit der Fähre nach Coney Island, wo eine Million Menschen das größte, lauteste, ausgelassenste Spektakel der Welt veranstalteten. An einem Abend, noch den Strand zwischen den Zehen, das Sauersüße von Limetteneis auf der Zunge, war sie in dem kleinen Kino an der Bowery gewesen und hatte *The Wizard of Oz* gesehen. Es war wie gestern, dass die verirrte und verlorene Dorothy sich verzweifelt sehnte, wieder nachhause zu finden, um am Ende zu erfahren, dass sie jederzeit hätte heimkehren können.

Die Tür ging auf.

Rauff zog die Waffe aus dem Halfter, legte sie auf den Tisch, nahm mit steinernem Gesicht Haltung an. »Colonel Hyde, ich übertrage Ihnen hiermit die Befehlsgewalt über meine Männer und stelle mich zur Verfügung.«

MOONSHINE

Ihre bisher einzige Zigarette hatte sie geraucht, nachdem der Major, dem sie in Ritchie zugeteilt worden war, sie am ersten Tag zu sich gerufen hatte. »Das haben Sie wirklich hübsch getippt, Kind. Als Ehefrau und Köchin würden Sie Ihrem Land allerdings besser dienen.« Der Rauch war so beißend gewesen, dass sie geglaubt hatte, auf ewig kuriert zu sein. Aber jetzt bat sie Davis um eine Old Gold und inhalierte tief, während sie im Jeep saßen und zusahen, wie die Infanteristen die Waffen der SS aus dem Regina trugen und in den Lastern verluden.

»Wenn wir so ein Arsenal bei der 34ten hätten, würden wir längst in Berlin stehen«, knurrte Davis.

Aus einer benachbarten Garage waren Fahrzeuge herbeigeschafft worden; Mannschaftstransporter, Kübelwagen, offene Mercedeskarossen, noch mit aufgepflanzten Standern. Zuerst kamen die niederen Ränge aus dem Gebäude. Sie mühten sich um Haltung, gar um Gleichschritt auf den wenigen Metern zu den Autos. Einer verstieg sich zu einem trotzigen Hitlergruß, im Gesicht die Leere der Niederlage.

Dann kamen die Offiziere, umringt von US-Soldaten. Paula sah Rauff. Er trug nun einen langen schwarzen Ledermantel und hatte eine SS-Schirmmütze mit Totenkopf schräg aufgesetzt; selbst jetzt noch ein Snob. Paula dachte an die mageren Informationen des CIC über Rauff. Bis 1942: gar nichts. Dann dieses Jahr in Afrika. Was er dort getan hatte, lag im Dunkeln. Abgesehen von Djerba. Einer wie er, mit dieser Willensstärke, seinem Selbstbewusstsein, eignete sich nicht für Kleinarbeit im Hintergrund. Wieso war er nicht schon vor seiner Mailänder Zeit ins Visier des Geheimdienstes geraten? Aber musste das stimmen? Hyde warf ihr gerade so viele Brocken hin, dass es ihr schmeichelte. Auf den ersten Blick mochte Rauff gewöhnlich wirken, mehr Philister als Herrscher. Doch in seiner Nähe war es, als atmete man Eissplitter.

Er rauchte mit Hyde. Sie lachten und sahen dabei zu Paula. Hyde kam über die Straße. Er bedeutete ihr auszusteigen, um unter vier Augen mit ihr reden zu können.

»Rauff und zwei andere bringen wir zum Hauptquartier der 5. Armee in Verona. Sie kommen mit. Ich brauche Sie als Übersetzerin bei den Verhören. Ihr Gepäck wird nachgeschickt.«

Sie nickte nur.

»Paula, *Sunrise* werden Sie bei keinem Menschen erwähnen. Mit der SS über einen Separatfrieden zu verhandeln, würde in totalem Gegensatz zu der von uns in Casablanca geforderten bedingungslosen Kapitulation stehen.«

Sie hätte auch genickt, wenn Hyde gesagt hätte: Ganz unter uns, ich bin in Wahrheit eine Frau.

»Darüber zu sprechen, könnte für Sie bittere Folgen haben. Dulles hat großen Einfluss. Als Halbdeutsche liefen Sie Gefahr, vom Justizministerium zur feindlichen Ausländerin erklärt zu werden. Außerdem spielt es jetzt keine Rolle mehr. Rauff hat aufgegeben, Auftrag erfüllt. Und noch eins: Auch mein kleiner Schwächeanfall braucht niemanden zu interessieren.«

Paula antwortete nicht. Sie starrte über die Straße hinüber zum Regina und wusste, dass dies einer der Momente war, die für immer bleiben würden. Wie der, als ihr Vater nachhause gekommen war, sich müde in den Sessel fallen ließ und sagte: »Hindenburg wird Hitler zum Reichskanzler ernennen.« Wie der auf dem Times Square, wo an einem eisigen Sonntag im Dezember die Welt stillstand, als Paula auf dem Reklameband las, dass Pearl Harbor angegriffen worden war.

Georg kam aus dem Regina.

Er wurde von zwei GIs bewacht und trug die Uniform eines Oberleutnants der Wehrmacht. Seine Schirmmütze hielt er in der Hand, das störrische braune Haar war militärisch gestutzt, oben lang, an den Seiten raspelkurz; die Frisur, über die Paulas Vater gespottet hatte: *damit der Stahlhelm sitzt.*

Georg wusste nicht, wohin er sich wenden sollte, wirkte wie ein Paria inmitten der SS-Offiziere, die verstockte Contenance zur Schau stellten, darauf wartend, in die Fahrzeuge steigen zu können. Er sah Paula nicht und starrte ins Leere, war viel kleiner als in der Erinnerung. Es musste daran liegen, dass sie, während sie tausendmal an ihn gedacht hatte, immer winziger geworden war und er immer größer.

»Haben Sie verstanden, was ich gesagt habe?«

Paula zwang sich, Hyde anzuschauen.

»Wir müssen vorsichtig sein, weil wir nicht wissen können, ob sich weitere SS-Einheiten im Stadtgebiet befinden«, sagte er. »Rauff verneint das, aber ich traue ihm nicht. Also behalten Sie Ihren Kopf hübsch unten.«

Sie blickte wieder zu Georg. »Wer ist das?« fragte sie.

»Der Verbindungsoffizier von General Vietinghoff zu Rauff. Warum? Haben Sie ihn schon mal gesehen?«

»Nein. Er ist mir bloß aufgefallen, weil er als Einziger eine Wehrmachtsuniform trägt.«

»Komischer Kerl«, meinte Hyde. »Er spricht Englisch und hat sich artig als Georg Melzer vorgestellt, obwohl ihn keiner angesprochen hat. Von Rauff hält er sich fern, und wenn er ihn doch einmal ansieht, dann voller Verachtung.«

Ein Sergeant kam angespritzt. »Wir sind so weit, Sir.«

Hyde erteilte den Befehl, Georg zusammen mit Rauff und einem Untersturmbannführer in das erste Fahrzeug zu setzen. Sie waren für Verona bestimmt. Die anderen sollten ins nächste Kriegsgefangenenlager gebracht werden, östlich der Stadt.

Georg wurde abgeführt; den Blick starr geradeaus gerichtet, als ekelte er sich, gleich neben Rauff sitzen zu müssen, der im Fahrzeug Platz genommen hatte.

Sie wollte über die Straße rennen, wollte in einer Sekunde richtig machen, was in acht Jahren falsch gewesen war. Doch wie sollte das gehen, wenn ihre Uniform richtig war und seine falsch? Sie hatte Angst, es würde ihn so demütigen, dass er sie nie mehr anschauen würde.

Schon wollte sie sich abwenden, als Georg, fast am offenen Mercedes, den Kopf wandte und sie sah. Etwas verrutschte in seinem Gesicht in einem Moment des Entsetzens.

Ein GI gab ihm einen Stoß, trieb ihn weiter.

Im Auto drehte er sich ein letztes Mal zu ihr um, mit einem Blick, dass in dem Atemzug, der ihnen blieb, mehr Schmerz lag als in allen anderen, selbst in jenen, als Paula neben ihrem Vater auf dem Regenpflaster gekniet hatte.

Die beiden Shermans rahmten den Konvoi ein. Hyde fuhr bei ihr und Davis im Jeep mit. Die Nachricht vom Abzug der SS musste sich wie ein Lauffeuer verbreitet haben, denn auf dem Boulevard, den sie anfangs in Richtung Osten nahmen, waren so viele Menschen, dass die Bürgersteige überquollen und die Gasse, die für die Fahrzeugkolonne blieb, kaum breit genug war. Die SS-Männer duckten sich unter einem Steinhagel. Sie wurden angespuckt, mit Fallobst und Pferdeäpfeln beworfen, mit Fäusten geschlagen, kriegten Knüppel zu spüren.

Paula sah, wie Georg sich zusammenkauerte und den Kopf mit beiden Händen schützte. Sie musste die Augen schließen, weil sie es kaum aushielt.

Als der Landser von den Bauernjungen erschossen worden war, hatte sie nichts empfunden. Es mitanzusehen, bedeutete nicht mehr, als in der *New York Times* die Todesanzeige eines Wildfremden zu lesen.

War das gerecht? Was wusste Paula von dem Mann, außer dass er um sein Leben gebettelt hatte und seine Kinder Martin und Jan hießen? Vielleicht konnte er Gut und Böse, Recht und Unrecht unterscheiden, hatte bei einer Dorfrazzia Menschen in einer Scheune entdeckt und es nicht gemeldet, hatte sich geweigert, an Exekutionen teilzunehmen, hatte ein Flugblatt von Stefan Heym oder Klaus Mann gelesen und war desertiert, weil er Hitlers Wahnsinn nicht länger mitmachen wollte.

Es war ihr gleich gewesen. In Ritchie hatte sie die Mitschriften von abgehörten Zellengesprächen deutscher Soldaten gelesen. Paula wusste, dass Massenerschießungen zum Standardrepertoire der Wehrmacht gehörten, kannte Sätze wie diese: *Abends suchte unser Leutnant fünfzehn Mann mit starken Nerven heraus. Wir warteten in gespannter Erwartung. Es gab ungefähr tausend Juden im Dorf Krupka, die mussten alle erschossen werden. Zehn Schüsse fielen, zehn Juden waren abgeknallt. Das ging weiter, bis alle erledigt waren.* Oder ein Infanterie-General: *Hätten wir die Leute restlos verschwinden lassen, dann würde kein Mensch was sagen. Nur diese halben Maßnahmen, das ist ja immer das Falsche. Wir waren viel zu weich.*

Sie hasste jeden deutschen Soldaten.

Jeden.

Nur den einen konnte sie nicht hassen.

Bei der olympischen Eröffnungsfeier hatte er sich neben sie gesetzt. Erst beachtete Paula ihn gar nicht, ganz gebannt von der Hindenburg, die über dem Stadion schwebte. Zwar war es August, doch kühl, nicht mal 20 Grad, und sie zitterte in ihrem dünnen Kleid. Als auch noch Nieselregen aufkam, zog Georg seinen Trench aus und hielt ihn ihr mit einem Lächeln hin.

Da sah sie ihn zum ersten Mal an.

Es war nicht dieses Lächeln, in das sie sich verliebte, nicht seine Augen, die in jedem Licht eine andere Farbe hatten; die braunen Locken, gegen die kein Haarwachs ankam.

Es war der Moment, als Fanfaren erklangen und Hitler mit Entourage durchs Marathontor schritt und es keinen mehr auf dem Sitz hielt, selbst Paulas Vater, auch wenn er dem Erlöser nicht wie hunderttausend andere seinen Arm entgegenreckte, sondern still dastand, die Hände in den Hosentaschen.

Ihr schien, als seien sie und Georg die Einzigen, die in dem riesigen Rund nicht aufgesprungen waren. Er neigte sich dicht zu Paula, die Lippen spöttisch geschürzt: »Keinesfalls dürfen wir uns die Schwimmwettbewerbe entgehen lassen. Wie man hört, wird er übers Wasser gehen.«

Er war drei Jahre älter als sie, damals zwanzig, und nicht der Erste, mit dem sie ausging. Doch er war der Eine, und als ihr Vater geschäftlich für zwei Tage nach Frankfurt musste, kam sie in einer Septembernacht durcheinander, welche Haut ihre war und welche seine, und musste eine Hand auf ihren Mund pressen, um nicht die ganze Nachbarschaft zu wecken.

In den Monaten darauf fühlte Paula sich einsam, wenn sie ihn bloß eine Stunde nicht sah. Doch dieser Schmerz machte glücklich. Dann lud Georg sie in den Grillroom des Bristol ein, was ihn sein ganzes Abiturgeld kosten würde. In den Stunden davor verwandelte ihr Herz sich in die rasend schnelle Spieluhr, und doch wollte keine Zeit vergehen.

Dann der Moment, als er vor dem Dessert ihre Hand nahm und sagte: »Ich habe mich entschieden, ich werde Polizist.«

Es klang so absurd, als hätte er angekündigt, mit den Tiller Girls im Admiralspalast auftreten zu wollen. Sie lachte. Aber Georg war es ernst. Was wäre daran so schrecklich? Schließlich ginge er nicht zur Gestapo, sondern würde sich zum Kriminaltechniker ausbilden lassen; das sei Laborarbeit, Untersuchung von Verbrechensspuren, etwas, das überhaupt nichts mit den Nazis zu tun habe. Sein Patenonkel arbeite da, ein alter Sozialdemokrat, der würde sich um ihn kümmern.

Sie wollte nichts davon hören.

Noch immer klang in ihren Ohren, was sie sagte, als sie aufsprang und dabei ihren Stuhl umstieß: »Geh nur. Du hast mir sowieso nie etwas bedeutet.«

Auf der Straße lief sie fast in ein Auto, weil sie hinter all den Tränen nichts mehr sah; es war wie Ertrinken.

Am 1. März 1937.

Viel später hatte sie Sam in Ritchie davon erzählt, an einem Abend, an dem die Melodie der Spieluhr sie so verrückt machte, dass sie glaubte, ihr Atem müsse zu Stein werden, wenn sie nicht darüber reden würde. Und sei es mit Sam, der sie ebenso still wie hoffnungslos liebte. Er hatte sie gescholten. Wie konnte sie so hochmütig sein, alle Deutschen zu verdammen? Sei Paula derart blind vor Hass, dass sie überall nur noch das Böse sah? Hätte ein Kriminaltechniker denn mehr mit den Nazis zu schaffen als ein Busfahrer, ein Kohlenhändler, ein Arzt?

Das sagte Sam als Jude, der den Vater, die Mutter und seine beiden Schwestern in Deutschland zurückgelassen hatte und in Ungewissheit über deren Schicksal war.

Spätnachts musste sie an den Zauberer von Oz denken. Er hatte den unglücklichen Blechmann ohne Herz getröstet, dass wir nicht danach beurteilt würden, wie brennend wir liebten, sondern nur danach, ob wir von anderen geliebt wurden.

Da wusste sie um ihren entsetzlichen Fehler.

Sie hatte Georg für nichts verstoßen. Er hatte sie geliebt, so viel mehr, als sie damals imstande gewesen wäre, viel zu jung, gefesselt an ihre Selbstgerechtigkeit und an die Angst, immer weniger zu werden, wenn sie jenes kalte Land nicht verlassen würde. Wäre sie denn geblieben, wenn Georg nicht zur Polizei gegangen wäre? Als sie im ersten Morgengrauen endlich Schlaf fand, hatte sie einen Traum, in dem alles, was weit fort gewesen schien, ihr in Wahrheit ganz nah war. Und was sie glaubte, berühren zu können, verbrannte zu Asche.

Jemand tippte an ihren Arm. Es war Davis, der mit dem Kinn nach rechts wies. Paula sah Dutzende zerschossene Panzer in einer Mulde liegen; ob deutsche oder alliierte, ließ sich nicht mehr unterscheiden. Der Stahl war wunderlich nach außen gestülpt, als blühten riesige schwarze Orchideen. Erst jetzt wurde sie gewahr, dass Mailand längst hinter ihnen lag. Von dem Konvoi waren nur noch ihr Jeep sowie die beiden Wagen vor ihnen übriggeblieben, einer davon mit Georg und Rauff.

Sie sah Georg kerzengerade auf der Rückbank, den Hinterkopf, die Schultertressen seiner Uniform, eine halb abgerissen, im Wind flatternd. Sie bollerten über eine Schotterpiste, links war ein Pinienwald. Ein Dorf kam in Sicht, wie hingewürfelt, unter einem Baldachin aus Rauch.

Paula schaute nach hinten. Hyde döste, sein rosiges Gesicht war schon von der Sonne verbrannt.

Sie schüttelte den Kopf, als Davis ihr eine Old Gold anbot.

»In zwei Wochen bin ich in Hastings«, sagte er und rollte die Zigarette mit den Lippen von einem Mundwinkel in den anderen. »In Purple Heart Valley hab ich mir geschworen, was ich mache, falls ich überlebe. Als Erstes geh ich zu Schmitt's, die haben das feinste Watruschka-Gebäck, davon schenke ich meinen Eltern einen ganzen Karton; das würden die sich nie leisten, weil schon die Verpackung so teuer ist. Danach leere ich gemach einen Eimer Moonshine, den besten Schnaps der Welt, das Chloroform der Wolgadeutschen. Und dann mache ich sturzbesoffen Ljudmila Grasnik-Bullwinkel einen Heiratsantrag. Wenn sie hundert Pfund weniger hätte, wär sie gertenschlank, und ihre Augen wären magisch, wenn das eine nicht hängen würde. Aber ihrem Vater gehört die größte Moonshine-Destille. Ist Ihnen klar, was das heißt? Ich verrat's Ihnen: Dass ich praktisch bis ans Lebensende keinen nüchternen Moment mehr erleben muss.«

Übermütig fuhr Davis eine Schlangenlinie.

In ihren Ohren schrillte eine Stuka-Sirene. Etwas wuchtete Paula in die Höhe, so weit, dass sie über die Wipfel des Pinienwaldes blicken konnte. Verwirrt sah sie Davis an und verstand nicht, wieso die Zigarette, die stets wie festgeklebt zwischen seinen Lippen saß, in der Luft hing. Er hatte das Lenkrad losgelassen und seine Arme weit ausgebreitet, als dirigiere er ein tonloses Orchester. Sie spürte etwas an ihrer Schulter, wusste, dass es die Hand von Hyde war, der sich an ihr festkrallte, und es war Paula unangenehm. Im Schneckentempo wandte Davis ihr den Blick zu. Sein rechtes Auge hing ein bisschen, so wie sie sich das Mädchen vorstellte, von dem er gesprochen hatte. Sein Mund schlitterte über eine schiefe Bahn; weit offen, die Zähne nicht länger gelb, nein, strahlend weiß in einem Licht, das greller als tausend Scheinwerfer war.

Im nächsten Moment fragte Paula sich, warum in aller Welt die Bäume auf dem Kopf standen. Ehe ihr die Antwort einfiel, raste die Straße ihr entgegen. Ein elektrischer Schlag schoss in ihren Kopf, eine Sicherung brannte durch.

In körperloser Finsternis sah sie sich in dem Reisebüro die Passage von Frankfurt nach New York buchen. Ihr wurde die Auskunft erteilt, dass auf dem nächsten Flug der Hindenburg zwar noch eine Kabine frei sei, jedoch keine zusätzliche Fracht mehr angenommen werden könne, sodass der Sarg mit ihrem Vater erst drei Wochen später in den USA eintreffen würde.

Es wurde alles arrangiert. Auch die Kisten mit persönlichen Dingen sollten nachkommen. In einer war ihr Bildnis.

Paula sah sich im Salon des Luftschiffs sitzen, den Blick am Panoramafenster festgesaugt, unten das Meer, dieser endlose, aus weißem und blauem Schaum gewobene Teppich. Nachts, wenn der Passatwind Sterne wie Silberstaub an das Firmament pustete, spielte ein Pianist auf dem Aluminiumflügel amerikanische Songs, sodass es beinahe war, als würde sie nicht noch immer in jeder Sekunde an Georg denken.

Und dann, surreal wie eine Luftspiegelung, die Skyline von Manhattan, dieses steinerne Schachbrett von Riesen.

Die Blooms nahmen die Nachricht vom Tod ihres ältesten Sohnes zur Kenntnis. Drei Wochen darauf fuhren sie mit ihr von Washington nach Lakehurst, um den Sarg in Empfang zu nehmen. Paula erinnerte sich nicht, in dieser Zeit einen Satz mit ihnen gewechselt zu haben, der mehr war als die Summe seiner Buchstaben.

Mit Hunderten anderen sahen sie die Hindenburg länger als eine Stunde über ihnen kreisen, eines aufziehenden Gewitters wegen, wie durchgegeben wurde, sahen den Zeppelin schließlich über dem Landemast schweben, die Taue herabfallen.

Das Nächste, was sie noch wusste, war der Anblick des ausgebrannten Gerippes, schluchzende Menschen, Blut in ihrem Mund. Die Bilder der Katastrophe waren ausgelöscht. Erst viel später sah sie die Wochenschauaufnahmen, sah den riesigen Körper in einer schwarzweißen Detonation von zweihundert Millionen Litern Wasserstoff verglühen, ihn in kaum dreißig Sekunden zur Erde sinken, wo der Kokon verdampfte.

Plötzlich waren die Flammen in Farbe. Sie fühlte, wie eine ungeheure Hitze nach ihr griff. Paula schrie und merkte, dass sie sich ohne eigenes Zutun bewegte. Dann lag sie neben dem umgekippten, brennenden Jeep, aus dem ein schwarzer Arm mit der geschmolzenen Uhr von Davis ragte.

Georg beugte sich über sie und flüsterte: »Nicht bewegen. Ihr seid auf eine Mine gefahren.«

Paula stürzte in eine Schwärze, in der es keine Bilder mehr gab, keine Erinnerungen, Stimmen. Nichts außer dieser Hitze.

BIGFOOT

Das Schälen einer Orange hätte eine gewöhnliche Verrichtung sein können, etwa auf einem Markt in der Provence oder auf einer Bank im Central Park. Auch im komfortablen Pullman-Abteil eines Zuges, der für US-Offiziere bereitgestellt worden war, wäre daran nichts verwerflich gewesen. Hätte er nicht in einem zu Klump geschossenen schwäbischen Städtchen zum Kohlenbunkern gehalten. Hätte auf dem Nebengleis kein Zug gestanden, der vor Menschen fast barst. Sogar draußen hingen sie, hockten auf den Waggondächern und klemmten auf den Puffern, krallten sich irgendwie fest, in schlaffen Rucksäcken die karge Beute einer Hamsterfahrt.

Die Frau, die Paula gegenübersaß, Peggy Wingham-Chase, wie sie sich gleich in Wien vorgestellt hatte, fand nichts dabei, diese Orange zu schälen und sie ihrer Tochter zu reichen. Als wisse sie nicht um diese Blicke vom Nebengleis, sähe nicht die beiden kleinen Mädchen mit den Kohlenstaubgesichtern, die ihre Nasen am schlierigen, zerkratzten Fenster platt drückten, mit Augen so verhungert wie die von streunenden Katzen.

Paula lehnte den Orangenschnitz ab, den Peggy ihr hinhielt. Längst hatte sie den Versuch aufgegeben, dieses unablässige Geplapper zu ignorieren. Peggys ganzes Drama war, dass man ihren Mann nicht auf seinem schönen Posten als Verbindungsoffizier in Chelsea belassen, sondern ihn zu dem europäischen Hauptquartier der U.S. Forces, dem European Theater, nach Frankfurt versetzt hatte. Sie kam von einem Besuch der Eltern in New York (Upper East Side), und ihre PAN-AM-Maschine

(eine Constellation, wie luxuriös) hatte wegen eines Bomben-
fundes auf dem Frankfurter Flughafen nach Wien umgeleitet
werden müssen. (Was für eine schmutzige Stadt!)

Stampfend setzte der Zug sich wieder in Bewegung. »Wann
waren Sie eigentlich zuletzt in den Staaten?« fragte Peggy mit
der quietschigen Stimme überspannter Lenox-Hill-Frauen.

»Als Roosevelt noch Präsident war.«

»Sie würden Augen machen! In New York gibt es kaum ein
vernünftiges Stück Fleisch zu kaufen. Und versuchen Sie mal,
Kaffeesahne oder Nylons aufzutreiben. Aber vor den Postäm-
tern sind lange Schlangen, weil jetzt alle Pakete nach Europa
schicken. England oder Frankreich: gewiss. Aber ich bitte Sie:
Deutschland? Laurence war als Beobachter beim Nürnberger
Prozess. Er sagt, dass die Nazis sogar kriegsgefangene Piloten
der Air Force und der RAF erschossen haben. Kriegsgefangene!
Und jetzt sollen wir diese Verbrecher durchfüttern? Es ist eine
solche Schande, dass Morgenthau mit seinem Plan gescheitert
ist. Man hätte das ganze Land versalzen sollen, wie Alexander
der Große es mit Indien gemacht hat.«

»Sie meinen die Römer und Karthago«, sagte Paula.

»Von mir aus. Jedenfalls hat Morgenthau recht.«

»Meines Wissens hat er nicht vorgeschlagen, die Deutschen
verhungern zu lassen«, erwiderte sie.

Nach kurzem Nachdenken kam Peggy zu dem Entschluss,
nicht weiter darauf einzugehen. »Alle Achtung, dass Sie sich
zum Women's Army Corps gemeldet haben und Ihren Beitrag
leisten. Ich meine, in Ihrem Alter will man ja unter die Haube,
nicht wahr? Und das ist bestimmt nicht einfach, mit all diesen
Männern dort ...« Sie vergewisserte sich mit schnellem Blick,
dass ihre Tochter in ihr Malbuch vertieft war, bevor sie sich zu
Paula neigte. »Es sollen ja etliche schwanger zurückkommen.
Ist es wirklich so ein Durcheinander, wie man hört? Himmel,
ganz allgemein gesprochen, ich meine natürlich nicht Sie.«

»Ich lasse mich jede Woche untersuchen«, sagte Paula.

Peggy lachte schrill auf. Es hätte vermutlich einen Atompilz direkt vor dem Fenster gebraucht, um sie aus der Fassung zu bringen. Und selbst da war Paula sich nicht sicher.

»Sie sind ja auch aus New York«, flötete Peggy mit diesem Lucille-Ball-Lächeln, das wie aufgeschminkt war. »Das kann keiner verstecken, ich hab's gleich herausgehört.«

Wie seltsam. Vor einem Jahr hatte Paula sich in Wien zum Dienst gemeldet und den Colonel, der ihre Akte kannte, mit ihrem lupenreinen New Yorker Akzent überrascht. Es war ihr vorher nicht einmal bewusst gewesen. Eines Morgens war sie einfach als Amerikanerin aufgewacht.

»Wo denn in New York?« fragte Missis Nervensäge.

»Washington Heights.«

Das war so gut wie ein Atompilz. Als Peggy still blieb, fühlte es sich an, als habe eine Kopfschmerztablette endlich gewirkt. Paula schaute aus dem Fenster. Hinter dem dünnen Rauch der Lokomotive flimmerten winzige Ortschaften in der Julihitze, Einsiedlerhöfe, dann für Minuten nichts als Wald. Einmal sah sie ein Dorf, an dem irgendetwas falsch war, ohne dass sie es benennen konnte. Erst nach Kilometern wusste Paula es: Dort hatte es keine Kriegsspuren gegeben; waren keine Höfe abgebrannt, Häuser eingestürzt, Dächer abgedeckt. Als sei dieses Dorf vor den ersten Bomben in ein Zauberland geflüchtet und nach der Kapitulation zurückgekehrt.

Der Mais müsste hoch stehen. Doch selbst die Erde schien verkümmert zu sein, so mickrig war das, was auf den Feldern stand. Magere Klepper waren vor Kremser gespannt, dahinter zogen verlumpte Greise, Frauen, Kinder am Bahndamm lang. DPs, *Displaced Persons*. Paula suchte das deutsche Wort dafür. *Verschleppte*. Auf öden Weiden standen Holzkreuze, an denen Stahlhelme baumelten. Sie dachte an die damalige Fahrt nach Wien, wo sie gesehen hatte, wie ein totes Pferd mitten auf der

Straße ausgenommen wurde und ein Mann sich einen Fetzen rohes, graues Fleisch in seinen Mund schob. Im Zug wurde gestorben, Leichen lagen in den Gängen. Mitreisende warfen sie unter der Fahrt einfach raus, Abfall gleich.

Paula nahm das einzige Buch aus dem Koffer, das sie dabeihatte: den neuesten Roman von Hesse, *Das Glasperlenspiel*. Er war vor drei Jahren in der Schweiz erschienen, und ihr Exemplar hatte irgendwie den Weg nach New York gefunden. Dort hatte Paula es auf einem Heimaturlaub in dem klitzekleinen deutschen Buchladen im Village aufgestöbert. Er wurde von einem zottelbärtigen Hünen geführt, den alle Bigfoot nannten. Bigfoot kaute immerzu auf einer kalten Havanna und lachte gern, Tabakstrünke zwischen seinen Riesenzähnen. Als er sie unschlüssig in dem Buch blättern sah, hatte er es Paula aus der Hand genommen, es aufgeschlagen und stumm auf einen Satz gedeutet. *Ich weiß nicht, ob mein Leben nutzlos und bloß ein Missverständnis war oder ob es einen Sinn hat.*

Drei lange Jahre war dieses Buch Paulas Begleiter gewesen; in Ritchie; auf der Überfahrt mit der Coleman nach Genua; im Krankenhaus in Mailand, wo sie beinahe zwei Monate gelegen hatte, ehe sie im letzten Sommer zum 430. Detachment nach Wien versetzt worden war.

Und nie kam sie über die Widmung hinaus.

Als Paula das Buch aufschlug, sah sie Peggys Blick und sann einen Augenblick lang darüber nach, was sie darin sah. Das Unbehagen, mit einer vermeintlichen Jüdin so dicht aufeinanderzuhocken? Oder die Frage, wie *so eine* sich unter Deutschen wohl fühlte?

Sie las den Titel.

Die Widmung: *Den Morgenlandfahrern.*

Aber auch dieses Mal klappte sie das Buch gleich wieder zu. Noch immer brachte sie es nicht über sich, einen Roman in der Sprache zu lesen, die sie einmal so geliebt hatte.

Sie musste geschlafen haben. Als sie die Augen aufmachte, fuhren sie bereits in Frankfurt ein. Peggy verabschiedete sich mit säuerlichem Lächeln, setzte ihr Fasanenfederhütchen auf und nahm ihre Tochter fest bei der Hand. Auf dem Bahnsteig sah Paula sie mit überkandidelter Stimme nach einem Gepäckträger schreien, sinnlos in diesem Labyrinth aus Leibern.

Paula ließ sich mittreiben. Es blieb ihr auch nichts anderes übrig, eingekeilt zwischen Beladenen und Bepackten, die aus einem Zug auf dem Nachbargleis quollen. Am Kopfende des Bahnsteigs drängelte und schob ein großer Pulk; die Menschen rangelten, so gierig darauf, im nächsten Zug einen Sitz- oder wenigstens Stehplatz zu ergattern, dass stämmige Männer der U.S. Constabulary mit Gummiprügeln und Fäusten Ordnung schaffen mussten.

Von hier war Paula damals weiter zum Luftschiffhafen gefahren, mit nichts dabei als einem Koffer und der Aktentasche ihres Vaters, in der seine Kladden gewesen waren. Die blauen Kladden, die sie in Gedächtnisquarantäne verbannt hatte, bis Rauff in Mailand von Allen Dulles sprach.

Vor neun Jahren hatte sie ihren Kopf in den Nacken gelegt und das lichte, elegant geschwungene Glasgewölbe bestaunt. Nun lagen die Stahlspanten blank, im Dampf der Lokomotiven kreisten kreischend Krähen.

Als Paula beinahe den Ausgang erreicht hatte, strebte eine verhutzelte Frau auf sie zu. Sie war in einen Umhang aus fadenscheinigem Tuch gehüllt. Über die Brust zog sich ein schräger roter Balken, früher vielleicht eine Hakenkreuzfahne.

Die Frau fasste Paula am Arm. »Hier, schauen Sie«, flüsterte sie. In ihrer flachen Hand lag ein Ehering. »Echtes Gold. Für zehn Zigaretten?«

Paula schüttelte den Kopf, machte sich los. »Oder für acht?« rief die Frau ihr nach, so verzweifelt, dass die Stimme riss.

TRUELESS TOMATO

Die Stadt gähnte Paula an wie ein Mund, aus dem alle Zähne herausgebrochen waren. Der Krieg hatte die Bahnhofsgegend zu einer riesigen Freifläche eingeebnet. In der Ferne zerschellten graue Geröllwellen an den bröckelnden Brandmauern eingestürzter Häuser. Menschen hasteten durcheinander. Unter ihrer Kleidung zeichneten sich spitze Knochen ab. Sie rempelten einander achtlos an, hielten die Augen gesenkt. Es schien, als strebten alle irgendwohin, ohne das Ziel zu kennen. Halbstarke lungerten herum. Sie zählten Zigaretten und bedachten jeden, der es wagte, sie zu mustern, mit Blicken, die Dresche versprachen. Paula kannte solche Burschen aus dem 1. Wiener Bezirk; ihre Gesichter, die jeglichen Halt verloren hatten, das falsche Selbstbewusstsein einer Generation ohne Väter.

Nachdem sie von der Versetzung nach Frankfurt erfahren hatte, war ein Telegramm für sie eingetroffen. Man würde sie abholen. Paula hatte sich darauf keinen Reim machen können. Sie war nur ein Second Class Lieutenant, ein *2nd Louie*, wie in der Army gespottet wurde. Minuten des Wartens. Auf einem rußigen Mäuerchen stand: *Führer befiehl, wir tragen die Folgen.*

Dann tippte ihr jemand auf die Schulter, und sie drehte sich um. Sie konnte es nicht glauben und rutschte für Sekunden in die seltsame Welt zwischen Wachsein und Träumen, wie bisweilen kurz vorm Einschlafen, wenn sie noch meinte, darüber nachzusinnen, was der Tag mit sich gebracht hatte, und dabei längst Bilder sah, die nicht mehr wirklich waren, eine andere Geschichte erzählten.

Sam stand grinsend vor ihr. »Hallo, Ritchie Girl.«

Paula drückte ihn so fest, dass es fast unschicklich war.

Ein dickes Büschel eisgrauer Haare kam zum Vorschein, als er seine Uniformmütze hochschob. »Lass dich anschauen.« Er trat einen Schritt zurück, musterte sie von Hacken bis Nacken. »Kompliment, hast es bis zum 2nd Louie gebracht.«

Sam nahm dem Thema gleich den Stachel. Obwohl sie die gleiche Dienstzeit hatten, trug er den silbernen Streifen eines First Lieutenants, weil Frauen bei Beförderungen übergangen wurden. Sie gingen zum Jeep, sprachen Englisch, wie seit dem ersten Augenblick in Ritchie, als sei Paula nicht aus Grunewald und er aus Weißensee, zwanzig Kilometer Luftlinie.

»Wo ist dein Akzent geblieben?« fragte er.

»Hat sich aus dem Staub gemacht, der flatterhafte Mistkerl.«

»Ach, wär meiner doch auch so eine treulose Tomate.«

Trueless tomato. Sie prustete los. »Seit wann bist du hier?«

»In Camp King? Ein Jahr.«

Er steuerte den Jeep durch die Mondlandschaft. Nach dem Jahr in Wien hatte Paula fast vergessen, wie deutsche Städte aussahen. Und doch wusste sie, dass dies bloß die Oberfläche der Verwüstung war und die eigentliche Zertrümmerung sich in den Köpfen verbarg, unter Haut und Knochen. Sie versuchte, sich an die Metropole zu erinnern, auf die sie aus dem Luftschiff damals den letzten Blick geworfen hatte, aber es wollte Paula nicht gelingen. Das hier besaß noch so viel Ähnlichkeit mit einer Stadt wie 1933 die Asche auf dem Berliner Opernplatz mit den dort verbrannten Büchern. Es war etwas ganz anderes, im offenen Jeep über einen solchen Totenacker zu fahren, das nicht nur vom Zug aus zu betrachten, den Gestank von Verwesung zu riechen, diese Menschen von Nahem zu sehen, kaum junge Männer, und wenn, dann oft mit nur noch einem Arm, einem Bein. All dies vor einem sonderbar leeren Himmel, aus dem selbst die Sonne geflohen war.

»Ist es die gerechte Strafe?« brach Sam das lange Schweigen.
»Nein, sag es nicht, ich kenne deine Antwort.«

»Du willst immer noch das Gute sehen?«

»Ich kann Leid von Schuld unterscheiden, das ist alles.«

Sie kamen an einen Checkpoint. Sam tippte an seine Mütze, ein Militärpolizist ließ sie passieren. Und plötzlich waren sie in einer anderen Welt. Ungläubig sah Paula prachtvolle Villen mit gepflegten Vorgärten, schneeweißen Spitzenstores. Eine Dame führte einen neckisch getrimmten Pudel Gassi.

»Schick, was?« Sam wies nach rechts. Ein gewaltiges Gebäude drängte in ihr Blickfeld, einem gebogenen Kamm mit sechs dicken Zacken ähnlich. »Die Konzernzentrale von IG Farben, nun das Hauptquartier des U.S. Forces European Theater. Von dort aus regieren wir alles bis zur Elbe. Das Viertel haben uns die Fliegenden Festungen freundlicherweise reserviert. Uncle Sam lässt es sich im Umkreis von einem Kilometer gutgehen.«

»Wohnst du auch hier?« fragte Paula.

»Nein. Ich brauche frische Luft.«

Er hielt, weil ein Militärkonvoi die Straße kreuzte. Ihr Blick fiel auf eine Litfaßsäule. *Die Mörder sind unter uns* stand auf einem Filmplakat. Und darunter: *Suche Sarg für mein Kind. Zahle in deutschen Zigaretten.*

»Guter Film«, sagte Sam. »Kommt erst im Herbst, aber wir durften ihn schon sehen. Geht um einen Wehrmachtsoffizier, der in Polen ein Massaker befohlen hat. Die Kinos werden so leer bleiben wie ein Tanzlokal in Tel Aviv am Sabbat.«

In den Vororten sah sie abgeholzte Grünflächen, auf denen Tabak angebaut wurde. Sie dachte: *Deutschland ist das einzige Land, in dem man die gängige Währung anpflanzt.*

Ihr Schweigen hielt noch an, als sie die Stadt hinter sich gelassen hatten. Apfelbäume fläzten sich in der jetzt sengenden Sonne. Weit vor ihnen wölbte sich Laubwald wie mit Tusche gezeichnet, der Taunus.

Als sie spürte, dass Sam sie verstohlen ansah, fragte sie sich, ob er noch in sie verliebt war.

»Hast du meinen Brief gekriegt?« fragte er.

Sie entschloss sich zu lügen. »Nein. Wo seid ihr gelandet?«

»Normandie. Omaha Beach.« Sam steckte eine Chesterfield an. »Die meisten, die dort waren, behaupten, dass es die Hölle war. Aber ich neige nicht zu Schönfärberei. Und du?«

»Italien. Da war alles schon so gut wie aus.«

Als Kind war sie zur Weihnachtszeit im Warenhaus Tietz am Alexanderplatz gewesen, wo in der Spielwarenabteilung eine große Modelleisenbahn aufgebaut war. Deren Häuser hatten genauso ausgesehen wie die des hügeligen, mittelalterlich anmutenden Städtchens, in das sie bald kamen. Windschief und fachwerkgeschmückt säumten sie krumme Gassen, die keine Bombe gesehen hatten. Ein Feinkosthändler war an der Straße, ein Friseursalon, eine Hutmacherin, ein Café mit gut besuchter Terrasse, wo Kaffee und Torte serviert wurden. Von einem Kirchturm erklang ein Glockenspiel; die Melodie erinnerte an *Üb immer Treu und Redlichkeit*. Kinder radelten lärmend vorbei, ihre Haare nass und verstrubbelt, auf den Gepäckträgern Badezeug, ein Bild wie aus einem zuckrigen *Volksfilm* von Goebbels. Es hätte Paula nicht verwundert, wenn gleich Heinz Rühmann pfeifend ums Eck geschlendert wäre.

Oberursel hatte auf dem Ortsschild gestanden.

»Haben wir das auch verschont?« fragte sie.

»Ja, aber aus anderen Gründen. Camp King ist im Krieg ein Lager für unsere Flugzeugbesatzungen gewesen.«

»Für alle, die nicht gelyncht worden sind?«

Er warf ihr einen stummen Blick zu, musste stoppen. Direkt vor ihnen rangierte ein mit Kohlköpfen beladenes Fuhrwerk. Eins der Pferde rutschte auf dem Pflaster aus, riss beinahe den Wagen um, Köpfe kullerten die Straße runter. Paula roch Blut.

Rechts lag ein Bauernhof. Es war frisch geschlachtet worden, Rinderhälften hingen an Haken. Eine Matrone mit gewaltigen Oberarmen warf Fleischbrocken in einen dampfenden Kessel und rührte darin herum.

»Hier kann sich niemand beschweren, die ganze Stadt lebt von uns«, sagte Sam. »Wir brauchen dauernd mehr Personal: Handwerker, Automechaniker, Wäscherinnen, Sekretärinnen, Köchinnen. Die deutschen Frauen im Camp sind alle attraktiv, das ist ein Einstellungskriterium.«

Vor einem amerikanischen Lokal sah Paula junge Mädchen gackern. Ihre Haare waren nach amerikanischer Mode frisiert, die Röcke endeten knapp überm Knie. Schreiend geschminkte Kussmünder gingen von einem Ohr zum anderen. Das war in Österreich auch so. Seit dem Ende des Fraternisierungsverbots bedeutete *Ich liebe dich* nicht mehr als *Nice to meet you*.

Dann eine Ausfallstraße, zur Linken eine Fabrik. Stahlsägen kreischten. »Dort ist die Horex gebaut worden«, meinte Sam. »Kennst du nicht? Ist das beste Motorrad der Welt, als Steppke habe ich davon geträumt, mal eine zu fahren. Die Fabrik wird Schräubchen für Schräubchen in die Staaten verschifft.«

»Ich weiß, wir müssen sehen, wo wir bleiben«, sagte Paula. »Die Russen haben die Landwirtschaft gekriegt, die Tommies die Industrie und wir die schöne Aussicht.«

Sam bog von der Straße ab. Ein Weißhelm salutierte zackig und öffnete einen Schlagbaum.

7707th European Command Intelligence Center.

Zu beiden Seiten standen Baracken in KZ-Bauweise, dahinter lag weites Gelände; schmucke Häuschen auf einem Hügel, auf den ersten Blick eher eine Wohnsiedlung als ein Lager.

Ein Colonel stieg in einen offenen Opel Admiral. Sam grüßte so lässig, als würde er eine Strähne aus der Stirn streichen. »William R. Philp, unser Oberhäuptling.« Er stoppte an einem Fachwerkhaus. »Warum bist du eigentlich versetzt worden?«

Eine einfache Geschichte. Die Besprechung in Linz, bei der Major General Oscar Bell sie dabeihaben wollte. Nach Mitternacht ein Türhämmern. Paula im Schlafrock. Bells unbeholfener Hopser auf sie zu, in der Hand eine Bourbonflasche. Seine Pirouette, als sie einen Schritt zur Seite trat, ein lächerlicher Taumel ins Leere. Der Bettpfosten, der seinem Kopf im Weg war, oder umgekehrt. Blut in ungesunder Menge, indigniertes Hotelpersonal, Ende der Geschichte.

»Ich habe einen Drink ausgeschlagen«, sagte sie.

»Verstehe. Hohes Tier?«

»Major General.«

Sam grinste. »Ich warte nachher im Casino auf dich, nennt sich Mountain Lodge. Da hoch, nicht zu verfehlen. Nimm dich vor dem Hund vom Alten in Acht. Er heißt Siegfried. Früher hat er mal Hans Frank gehört, dem ›Schlächter von Krakau‹. Er musste sich ewig die Schubert-Sonaten anhören, die Frank auf dem Klavier gespielt hat. Sowas kann den härtesten Hund verstören. Und was den Alten angeht: Er hasst es, wenn man seine Augenklappe anstarrt.«

Gute zehn Minuten saß sie im Vorzimmer unter einem gerahmten Foto von Truman, den Koffer neben sich, die Hände im Schoß gefaltet, und hörte zu, wie eine aufgetuffte Sekretärin, die ihre Jane-Russell-Oberweite in eine zwei Nummern zu enge Bluse gezwängt hatte, Telefonate in einem Englisch führte, das auf nahezu magische Weise verständlich war, obwohl sich kein einziges Wort im Oxford Dictionary gefunden hätte. Zwischen den Anrufen hackte die Frau wie ein Specht auf eine antike Triumph-Adler-Schreibmaschine ein, als sei sie willens, Hitlers letzte Stunden im Führerbunker nachzuvertonen.

Ohne ersichtlichen Grund hob Fräulein Specht ihren Kopf und sagte etwas, das entfernt an »Sie können jetzt reingehen, Miss Bloom« erinnerte.

EIN TIEFES SEUFZEN

Weder seine schwarze Augenklappe noch das Narbengewebe auf der Wange ließen Lieutenant Colonel Walton Hyde so verändert aussehen. Es war der Ausdruck in seinem Gesicht, das die welpenhafte Unbekümmertheit des ersten Morgens völlig verloren hatte. Ihre letzte Begegnung kam ihr wie aus einem Traum vor, als er sich, in tiefer Nacht, einen Verband über dem verlorenen linken Auge, im Krankenhaus an ihr Bett gehockt hatte, um ihre Hand zu nehmen und eine halbe Stunde mit ihr zu schweigen.

»Lieutenant Bloom«, sagte er, ohne sich vom Schreibtisch zu erheben oder ihr einen Stuhl anzubieten.

Paula wusste nicht, was sie erwartet hatte. Gewiss nicht das, diese Kälte. Es war, als ahnte sie Hyde nur, stünde ihm auf der anderen Seite eines gefrorenen Wasserfalls gegenüber.

»Sir«, erwiderte sie steif und hörte ein Knurren.

Sie hatte noch nie zuvor einen so riesigen Hund gesehen. Er lag zwei Schritte weg, ein Gebirge aus Muskeln und Knochen, auf dem graues Fell wie Wald wuchs. Das Maul war ein Riss in dem vierkantigen Schädel, von flockigem Sabber umrahmt.

»Ich würde vorsichtig sein«, meinte Hyde. »Er mag keinen, vor allem sich selbst nicht. Vermutlich kommen wir darum so gut miteinander aus.« Er nahm ein Papier zur Hand, überflog es. »Sie waren in Österreich mit Raubkunst befasst?«

»Ja, Sir.«

»Das ist bei uns ohne Bedeutung. Nun ja, wir werden etwas Passendes für Sie finden.«

»Sir, wenn das alles wäre.« Paula wandte sich zum Gehen.

»Ich habe Ihnen nicht erlaubt wegzutreten.«

Dies im selben Tonfall, mit dem er in Mailand gesagt hatte: *Beim CIC sind wir nicht so förmlich.*

»In Italien hat die Situation eine gewisse Vertraulichkeit erlaubt, die heute nicht länger angebracht wäre«, meinte Hyde. »Vielleicht haben Sie dort gedacht, dass wir uns noch im Krieg befanden, so wie Sie nun denken, es würde Frieden herrschen. Nichts wäre falscher. Vor Kurzem habe ich im *Observer* einen Artikel von einem George Orwell gelesen, unbekannter Autor, aber gescheit. Er schreibt, dass die Sowjets einen *Kalten Krieg* begonnen haben. Treffender lässt es sich nicht sagen. Mailand war bloß noch Geplänkel. Der Krieg ist *jetzt*. Ich trage mehr Verantwortung als je zuvor. Auch für *Sie*. Sie sind beim *Central Intelligence Corps*, und das CIC ist gehalten, sein weibliches Personal erzieherisch zu führen. Das nennt sich *in loco parentis.* So werde ich es halten, auch wenn Sie es nicht immer verstehen sollten. *Jetzt* dürfen Sie wegtreten, Lieutenant Bloom.«

Paula konnte es nicht erklären, aber sie wusste, was gleich passieren würde. Sie ging in die Hocke und schaute den Hund an. Er robbte auf sie zu, wälzte sich auf den Rücken, reckte ihr den räudigen Bauch entgegen. Es fühlte sich an, als würde sie einen Holzklotz kraulen. Siegfried entwich ein langgezogenes tiefes Seufzen, das ihn zittern ließ.

Paula ahnte Hydes Blick, stellte sich vor, dass er sich danach sehnte, auch einmal so seufzen zu können, alles auszuatmen, was ihn quälte.

Sie richtete sich auf. »Danke für die Klarstellung, Sir. Und was *in loco parentis* betrifft: Es bedeutet wörtlich übersetzt *an Stelle eines Elternteils.* Gehen Sie bitte davon aus, dass Sie nicht mein Vater sind.« Erst nachdem die schwere Tür ins Schloss gefallen war, bekam sie wieder Luft.

JEANNE D'ARC, MASCHINISTIN

Stille, kein Mensch. Camp King wirkte wie ein Lungensanatorium, dessen betuchte Patienten strikte Bettruhe hielten. Auf dem Giebel der Mountain Lodge krallte der Wetterhahn sich an ein Hakenkreuz. Im Vestibül stand ein riesiges Gipsmodell mit den Köpfen von Hitler, Göring, Himmler und Goebbels.

Sam kam grinsend angeschlendert.

»Was ist das?« fragte Paula.

»Das unvollendete Lebenswerk von Heinz Knapp«, sagte er. »Göring war fasziniert vom Mount Rushmore, und Knapp, ein drittklassiger, aber von der Bewegung beseelter Steinmetz, wurde beauftragt, das deutsche Gegenstück in Fels zu hauen. Knapp schlug den Harz vor, doch Göring meinte, man müsse deutlich größer denken: Watzmann. Jetzt verdient Knapp die Brötchen mit Marmorbüsten unserer Generäle. Angeblich hat Eisenhower sich von ihm portraitieren lassen.«

Sie sanken in plüschige Fauteuils. Sam rief dem Barkeeper auf Deutsch zu: »Franz, zwei Kaffee. Für die Dame mit Sahne und einem Stück Zucker.« Dann zu Paula: »Na, wie war dein Gespräch mit Hyde?«

»Nett«, sagte sie.

»Lass mich raten: Er hat dich wie ein dummes Schulmädel behandelt und dir eine Stelle als Tippse in Aussicht gestellt.«

»Ich wäre schon froh, wenn ich hier nicht putzen muss.«

»Es ist nichts Persönliches«, sagte Sam. »Nach Feierabend ist Hyde ein Charmebolzen. Aber frühmorgens kleidet er sich in einen schlechten Charakter wie andere in die Uniform.«

Die Kaffees kamen, Sahne im Silberkännchen. »Franz, das ist Paula Bloom, fraglos ein Lichtblick in unserem öden Alltag. Sie hat sich erkundigt, wie es dir bei uns gefällt.«

Franz deutete eine eckige Verbeugung an. »Wir haben den Krieg überlebt, schlimmstenfalls werden wir sogar den Frieden überleben.« Der Dialekt klang tschechisch.

»Wegtreten«, schnarrte Sam. Und dann: »Er war bei der SS. Aber weil er definitiv die steifsten Martinis auf dieser Seite des Atlantiks mixt, haben wir ihm einen Persilschein ausgestellt.« Paulas Gesicht ließ ihn grinsen. »Wie heißt die Farbe zwischen Schwarz und Weiß noch mal? Ach ja, Grau.«

»Was genau treibt ihr hier?« fragte sie.

»Grob gesagt fahnden wir nach Kriegsverbrechern und vernehmen sie. Die eigentliche Mission hat General McNarney in seiner unnachahmlichen Prosa formuliert: *Wir müssen uns ein Bild von der Roten Armee verschaffen, der Bewaffnung, der Kampfmoral und der Nachschublage. Das hat wie ein offenes Buch für uns zu sein. Dafür sind sämtliche Mittel recht.*«

»Das ist ja fast schon Lyrik«, sagte sie.

»Wir halten uns an die Nazis, die wissen am meisten über die Sowjets. Die Goldfasane, die in Nürnberg auf der Anklagebank sitzen, haben wir uns als Erstes vorgeknöpft. Im Umland haben wir zahlreiche Liegenschaften requiriert, wir brauchen Platz. Allein im Camp lagern um die dreißig Tonnen Akten.«

»Als 1800 die US-Regierung nach Washington umgezogen ist, hat alles in sieben Kisten gepasst«, sagte Paula.

»Und fünf hat man weggeschmissen. Wie war's bei dir, was hast du in Wien gemacht?«

»Beutekunst.«

»Ah, du warst bei den *Monuments Men.*«

Im Herbst hatte ihr Colonel sie zu sich gerufen. »Ich höre, dass Sie Ihre Freizeit mit Vorliebe in Museen verbringen. Wir suchen Leute, die sich mit Kunst auskennen.«

»In einem Bergwerk im Salzkammergut haben wir mehr als sechstausend Gemälde und Skulpturen gefunden, quer durch Europa geraubt«, sagte sie. »Die Depots der Museen sind voll damit. Wir mussten uns gar nicht anstrengen. Die Österreicher sind ungemein eifrig darin, Verstecke zu melden.«

»Dich bestätigt das natürlich in der Überzeugung, dass sie ein Volk von Kriechern sind, so wie die Deutschen.«

»Kann man das anders sehen?« fragte Paula.

»In Bensheim ist einer stationiert, der auch in Washington Heights gelebt hat. Henry Kissinger. So ne dünne Nürnberger Bratwurst. Sein Englisch könnte er sich aus einem Handbuch beigebracht haben. Vielleicht kennst du ihn sogar.«

»Nein.«

»Henry redet genauso wie du.«

»Ich mag ihn jetzt schon.«

»Ob es Schwarzmarktschieber sind, Denunzianten, Frauen, Männer, die sich bei uns für einen Posten bewerben, und sei er noch so weit unter ihrer Eignung: Im Grunde wollen doch alle nur ihre Haut retten und irgendwie überleben.«

»Sucht ihr nicht auch deutsche Raketenwissenschaftler?«

»Du weißt davon?« fragte Sam.

»Ich hatte kurz mit Wernher von Braun zu tun. Hat Waschzwang bei mir ausgelöst.«

Einige Offiziere verließen das Casino, Sam nickte ihnen zu. Paula sah, dass ein livrierter Bediensteter Zigarettenstummel aus dem Ascher klaubte und in die Tasche steckte.

»Er war Fahrwerksexperte bei Junkers«, meinte Sam. »Wir schnappen uns jeden deutschen Ingenieur aus dem Rüstungssektor. Größtenteils sind sie unbrauchbar. Aber da die Sowjets sie anwerben könnten, lassen wir sie nicht frei. Natürlich ist das meschugge, aber so läuft es hier. Sie kriegen einen Aushilfsjob und dürfen uns verwöhnen. Der dort hat Frau und Kinder, die nicht wissen, dass er noch am Leben ist. Armes Schwein.«

»Weil er sich bloß um Start und Landung gekümmert hat und nicht darum, wo die Bomben abgeworfen wurden?«

Sam überging die Spitze. »Sicher fragst du dich, was in den Baracken ist. Gewöhnlich sind es kleine Fische, Nazis auf der Durchreise in andere Lager. Die meisten behaupten, sie wären Paulus auf dem Weg nach Damaskus. Hast du die große links von der Einfahrt gesehen? Zweigeschossig, in L-Form.«

»Ja.«

»Das ist der Cooler. Da legen wir die richtigen Schweine auf Eis, Männer, die bei den Einsatzgruppen waren, Gestapoleute, Schreibtischmörder aus dem RSHA. Wir sortieren die aus, mit denen eine Kooperation undenkbar ist; der Rest kommt nach Alaska. Was das ist, zeige ich dir noch.« Er trank seinen Kaffee aus. »Ich schätze, dass Hyde dir von seinem neuen Lieblingswort vorgeschwärmt hat. Sollten wir uns tatsächlich in einem Kalten Krieg befinden, ist das hier der Maschinenraum.«

»Kannst du noch in den Spiegel sehen?«

»Kannst du bitte aufhören, Jeanne d'Arc zu sein?«

Sie schwiegen, bis es ungemütlich wurde.

»Wo wohne ich?«

»Du wirst dich nicht beklagen.« Sam rief: »Franz, Lieutenant Bloom braucht einen Fahrer, der sie zu ihrer Bleibe bringt.« Er lächelte sie an. »Sind wir wieder gut?«

»Natürlich.«

»Dann hole ich dich um acht ab und wir gehen was essen.«

Sam nahm ihren Koffer. Ein Jeep fuhr vor. Der Private am Steuer hatte die Art Gesicht, die eine Plaudertasche erwarten ließ. »Das ist Knox«, meinte Sam. »Im Grunde ein Philosoph. Er sagt Sachen wie: *In den Wolken am Himmel hängen Milliarden Tonnen Wasser. Sollten die auf einen Schlag herunterkommen, ist alles aus.* Aber schenk ihm ein Lächeln, und er pflegt dein Grab bis zu seinem letzten Tag.«

TURM DER BLAUEN PFERDE

Bei der Fahrt übers Land war Paula schon nach kürzester Zeit ganz matt von den Beurteilungen der Weltlage, die nur so aus Knox' Mund purzelten. Die Weigerung der indischen Hindus, den Moslems einen eigenen Staat zuzugestehen: der Beweis, dass die Anbetung von Rindvieh jeden Geist verwirren müsse, wie übrigens auch das Züchten von Dackeln. Dieser Eiserne Vorhang, von dem Churchill vor Kurzem gesprochen habe, sei technisch völlig unmöglich, da die Sowjets nicht in der Lage seien, solche Mengen an Stahl zu fabrizieren, und sich zudem die Frage der Aufhängung des Vorhangs stelle, weil die Mitte Deutschlands flacher als ein Bügelbrett sei. Zwischen Bergen, ja das ginge. Wie dieser Staudamm in China, bei dessen gewaltiger Masse es unvermeidlich zu einem Kippen der Erdachse kommen müsse, sollte er je brechen. Und dann: Armageddon.

Paula nickte zu allem, weil sie fürchtete, dass Widerspruch nur Dünger für weiteren blühenden Unsinn wäre.

Knox bog von der Straße ab. Sie kamen durch ein Waldstück, das aufbrach und sich zu einem herrschaftlichen Park öffnete. In einen großen Findling war mit Goldlettern *Schloss Lind* eingraviert. Paula sah Wirtschaftsgebäude, Stallungen, stattliche Pferde auf einer Koppel. Dann wuchs die Residenz empor, mit ihren Zinnen und Erkern und Türmchen eine Erinnerung an Berlin, an das Jagdschloss Glienicke, wo sie oft am Havelufer gesessen hatte, stundenlang, am liebsten im Herbst; Arkadien, die Erfindung der Melancholie und doch ein Rausch. Als hätte Gott alle Farben seines Tuschkastens darüber ausgeschüttet.

Falls es Gott gab.

Knox reichte ihren Koffer einer jungen Frau, die mit wehenden Herrenwinkern hergeeilt war. Sie stellte sich als »Fräulein Hildegard« vor und beharrte darauf, den Koffer zu tragen.

In der Halle blieb Paula stehen.

Der riesige Raum war ein Museum für moderne Kunst.

Ihre Liebe zur Malerei hatte in der Kindheit begonnen, mit ihrem Bildnis, den Tagen, an denen sie Modell gesessen und gehört hatte, dass nur Dumme das Schöne anbeten, aber das Böse leugnen. Und dass jeder Mensch seine eigene Farbe habe. Die ihre war Rot, das stand fest.

»Miss Bloom?« fragte Hildegard, schon auf der Treppe.

»Wo stammt das alles her?«

»Tut mir leid, ich bin erst den zweiten Tag hier.«

Die Halle ging bis ins oberste Geschoss, es mussten an die hundert Gemälde sein, die hier hingen. Paula sah die schwerelosen Menschen von Chagall; Hofers traurige Liebende; Licht, das bei Feininger einstürzte wie Wolkenkratzer; Schlemmers Geometrie der Entfremdung; das Großstadtchaos, das keiner wie Grosz malen konnte; die Farbschreie von Dix; den wilden Schmidt-Rottluff, bei dem Glück und Schrecken eins wurden. Judiths Lieblingsmaler.

Denk nicht an Judith.

Sie folgte Hildegard nach oben und sah von da noch einmal hinunter, in diesen Turm der blauen Pferde.

Ihr Zimmer war hell, groß genug, dass ein Maler sein Atelier darin hätte einrichten können. Das Fenster stand offen; Paula hörte kehliges Lachen, sah hinaus. Männer kehrten von einem Ausritt zurück. Sie trugen Cowboystiefel, ließen Stallknechte springen, bewegten sich wie Herrscher. Vor Paula lag weites Land, hinter dem Wald ein See. In der sinkenden Sonne hatte auch er seine eigene Farbe, und sie mochte sie.

BROT AUS ASCHE

Als sie gegen acht vor die Tür trat, hörte sie lautes Geknatter. Sam fuhr mit einem Motorrad vor.

Paula beäugte es. »Das ist nicht dein Ernst.«

»Hab doch gesagt: Ich wusste schon als Hosenscheißer, dass ich eines Tages eine haben würde. Zwanzig Päckchen Camel, was für ein Schnäppchen. Wie gefällt dir dein neues Zuhause? Ich hoffe, es ist dir nicht zu bescheiden.«

»Wer hat früher hier gewohnt?« fragte Paula.

»Ein Vorstand von IG Farben; Joseph Karl Weigel, war für den Pharmabereich zuständig.«

»Dann gehörten ihm die Bilder?«

»In erster Linie seiner Frau, Lucy von Anschütz-Weigel. Es soll eine der bedeutendsten privaten Sammlungen des Landes sein. Das Schloss ist das beste Logis in ganz Hessen. Sechzig CIC-Offiziere residieren hier, ich seit mehr als einem Jahr, und jeden zweiten Tag verlaufe ich mich. Steig schon auf, ich habe einen Mordshunger.«

Motorräder waren ihr noch nie geheuer gewesen; als Georg einmal davon sprach, eins kaufen zu wollen, hatte Paula ihm gedroht, sich dann von ihm zu trennen. Aber jetzt genoss sie den Geruch von frisch gemähtem Gras, das Vibrieren des Motors, das den ganzen Körper ergriff. Der Wind öffnete ihr Haar, machte damit, was er wollte. Paulas Arme lagen fest um Sams Hüfte. Kurz kam ihr die Frage in den Sinn, ob er sich darum für das Motorrad entschieden hatte, doch wenn es so sein sollte, war es ihr gerade gleich.

Sie hatte angenommen, dass es nach Oberursel ginge, aber Sam fuhr mit ihr nach Frankfurt, wo er sie erneut überraschte, weil ihr Ziel nicht im geleckten amerikanischen Quartier lag, sondern beim Römer. Dort war sie gewesen, als sie ihren Vater auf einer Geschäftsreise begleitet hatte, um in Wahrheit mit Georg zusammen sein zu können, der hier einen Schulfreund besuchte. Nun war das Wenige, was noch stand, nichts als die Blaupause einer Stadt. Paula sah zum Gerechtigkeitsbrunnen, den damals die Justitia geschmückt hatte. Nur die Steinwanne war geblieben, halb unter grauem Sand begraben.

»Die Figur steht vor unserem ersten Hauptquartier«, sagte Sam, als er die Horex abschloss. »Damit die Frankfurter nicht vergessen, wer jetzt über Recht und Unrecht entscheidet.«

Sie hörte den Spott heraus, wie so oft bei ihm.

»Wo gehen wir hin?« fragte sie.

»Ist um die Ecke, bloß ein paar Schritte.«

Sie schlenderten durch ein Tal zwischen Schuttbergen, das Paula niemals als Straße erkannt hätte, würde nicht ein Schild an einem Mast baumeln, von einer letzten Schraube gehalten. Ein alter Mann hielt ihnen eine Büchse hin.

»Für KZ-Opfer«, sagte er.

Sam steckte einen Dollar hinein, und auch sie wollte bereits zu ihrem Portemonnaie greifen. Doch als sie sah, dass es eine der roten Sammelbüchsen der Nazi-Winterhilfe war, schaute sie dem Mann in die Augen, bis er den Blick senkte.

Jungs spielten in Trümmern Fangen; einer rannte an ihnen vorbei, riss Paula beinahe um, hob entschuldigend seine Hand. Sie sah, dass zwei Finger fehlten. Ein anderer jagte hinterher, pfiff durch die Zähne: »Hier ist er!« Diesem Jungen fehlte ein Daumen. Sie kannte das aus Wien. Horden von Kindern sprangen auf die Armeelaster, um zu stehlen, und die Soldaten, die mit ihren Bajonetten nach ihnen stießen, trennten vielen die Finger ab.

Unter einer Laterne verhandelte eine aufreizend gekleidete Frau mit einem angetrunkenen GI. Er hielt ihr eine Zigarette hin. Als die Schickse gurrte, erhöhte er auf zwei. Sie hakte sich ein, stöckelte mit ihm weg, über diese Straße in Pompeji; ihre grotesk hohen Absätze ließen sie umknicken.

»Ruinenmäuschen werden die hier genannt«, sagte Sam.

»Was für ein niedliches Wort für etwas so Erbärmliches. In Wien heißen sie Ami-Flitscherln.«

»Du kannst es auch anders betrachten«, versetzte er. »Wir haben Essen, wir haben Unterkünfte ohne Schimmel, und im Winter haben wir's warm. Wir bieten Sicherheit. Als deutsche Frau bist du Freiwild.«

Paula fuhr ihn an: »Was muss eigentlich geschehen, damit du ein schlechtes Wort über die Deutschen verlierst?«

»Es ist noch zu früh am Abend, um über Auschwitz, Bergen-Belsen und Majdanek zu reden«, sagte er und ging durch einen Steinbogen, der auf nichts als Luft zu balancieren schien. Nie wäre sie auf die Idee gekommen, dass sich dahinter ein Lokal verbergen könnte. Es war in einer Art Innenhof, dadurch entstanden, dass die Mitte des Hauses weggesprengt war; überm Schacht der offene Himmel. An Bierfässern, die als Tische herhielten, saßen etliche Gäste, offensichtlich keine Amerikaner. Absurd waren die aufgespannten Sonnenschirme.

Ein Mann in mittleren Jahren walzte mit breitem Lächeln auf sie zu. Er tatschte Sam jovial auf die Schulter und babbelte los: »Samuel, wie schee! Unn des goldische Mädsche is' wohl dei Freindin«, zwinkerte er ihm zu.

»Eine *gute* Freundin«, antwortete Sam ohne Verlegenheit. »Sie heißt Paula und spricht kein Deutsch.«

Es war schon schwer genug, einem Deutschen dieses Alters nur die Hand zu geben, doch der Mann nahm die ihre, um sie zu küssen und auf Englisch zu radebrechen: »I welcome you on my house.« Er geleitete sie zu ihrem Tisch.

»Ehr kennd die Kadoffelsupp orrer die Kadoffelsupp hawwe. Isch perseenlich empfehl heit die Kadoffelsupp.«

Sam tat so, als dachte er nach. »Ich glaube, wir nehmen die Kartoffelsuppe. Und zwei extra Gespritzte.«

»Kummt glei.«

Sie schaute dem Wirt hinterher. Er verabschiedete andere Gäste; sein tiefes Lachen hallte im Schacht wider, ein Trumm von einem Mann, der sicherlich nicht am Leben geblieben war, weil er sich in irgendeinem Loch verkrochen hatte. Sie wusste, dass Sam sie beobachtete, und tat, als bemerke sie es nicht. Sie schwiegen, bis die Getränke kamen, in diesen Schoppen, aus denen damals, in der Schenke, in der sie und Georg eingekehrt waren, grölende Männer mit Schmissen gesoffen hatten.

Sam prostete ihr zu.

Als sie trank, glaubte sie, Essig herunterzuschlucken. »Was ist das?« fragte sie.

»Äppelwoi, kennst du nicht?«

»Nein, und will's auch nicht kennen.«

Sam winkte dem Wirt. »Für die Dame bitte einen Riesling.«

Er schwärmte von Motorradausflügen in den Taunus. Paula erzählte vom Winter in Wien, wo alles wie aus Eis gefräst war; die Straßen, die Bäume, Gesichter, sogar das Licht. Die Suppe war überraschend schmackhaft, wenn auch ohne Fleisch.

Und dann fragte sie.

»Was ist aus deiner Familie geworden?«

Sams schönes Gesicht, dieses Patrizierbildnis von Cranach, wurde zu einer starren weißen Totenmaske.

»Wahrscheinlich Mauthausen.«

Paula fasste seine Hand, fühlte sie kaum, so winzig war sie, wie die eines kleinen Kindes. Sie verstand nicht, wie Sam noch lachen konnte, und sei es weh.

Minuten vergingen langsamer als Stunden, ehe sein Mund sich wieder bewegte. »Und deine?«

»Meine Großmutter ist beim letzten Bombenangriff 45 verschüttet worden. Man hat sie in irgendeiner Grube verscharrt, keiner konnte mir sagen, wo.« Paula schluckte Tränen runter. »Mein Großvater hat bei Siemens was gegen Hitler gesagt. 44, als die Russen schon in Ostpreußen standen. Ein Nachbar hat es mir erzählt. Buchenwald. Noch eine Grube.«

Jetzt nahm Sam ihre Hand. Und diesmal war ihre winzig.

Paula sah zum Wirt. Er plauderte mit zwei Gästen, grinste tausend gottlose Jahre gönnerhaft weg, als habe es Auschwitz, Sobibor, Buchenwald, Mauthausen nie gegeben, als sei es das Normalste von der Welt, in einer Ruine ein Lokal zu führen, in einer Stadt, so leblos wie die Wüste Gobi, einem Land, in dem man Brot aus Asche buk.

»Wann warst du in Berlin?« fragte Sam.

»Vor einem Jahr.«

Der Tiergarten eine Einöde in den Appalachen. Ihr Gymnasium eine Wüstendüne. Die fahle Sonne ein Kainsmal. Leichen auf der Spree, als wäre es der Styx. Berlin war ein verendetes, ausgeweidetes Tier, das nach Seuche und Zerfall stank. Doch in Grunewald, am Hundekehlesee, hatte es ausgeschaut, als habe man dort bloß im Volksempfänger vom Krieg gehört. Ihr Elternhaus war verschlossen gewesen, dabei so unverändert, dass Paula gemeint hatte, jeden Augenblick müsse die Tür aufgehen und ihr Vater rufen: »Lass uns ins Adlon fahren, heiße Schokolade trinken.« Und im Garten hatte wie eh und je ihre Schaukel gehangen.

»Steht euer Haus noch?« fragte sie.

Sam sagte: »Ich habe nach meinen Menschen gesucht, nicht nach Steinen.«

Sie schämte sich für die dumme Frage.

Für Atemzüge ließ er Paula damit allein. Und dann: »Den Deutschen werde ich nie vergeben, niemals verzeihen. Bis zu meinem letzten Atemzug nicht. Aber Hass? Nein. Hass kettet uns an die Vergangenheit. Würde ich das zulassen, müsste ich mich umbringen. Kennst du das: *Die Weltfinanzen stehen unter der Judenherrschaft; deren Pläne sind Gesetz?*«

»Ist das aus dem *Stürmer*?«

»Henry Ford, *Der internationale Jude*. Und alle feiern jetzt ja Patton, unseren heldenhaften Panzergeneral. Er soll in einer Herrenrunde schneidig vom Leder gezogen haben: ›Die Juden stehen noch weit unter den Tieren.‹ Demnach müsste ich auch jeden antisemitischen Amerikaner hassen. Das wäre fürwahr eine Lebensaufgabe.«

»Hast du in all der Zeit, die du hier bist, von einem einzigen Menschen gehört, dass er sich schämt?« fragte Paula.

Sam dachte nach. »Niemöller sagte jüngst in seiner Predigt, dass man Hitler, Himmler und Goebbels sechs Millionen Tote nicht in das Grab legen könne und die Deutschen dieses Erbe antreten müssten. Alle Zeitungen haben es gedruckt.«

»Niemöller war im KZ, das zählt nicht«, beharrte sie. »Ich meine ganz normale Leute. Keine Pfarrer, die von der Kanzel wettern. Leute wie den da.« Paula wies auf den Wirt. »Hast du von so einem je ein Wort der Scham gehört? Das wirst du nicht erleben. Vielleicht erwarten die Deutschen, dass die Juden sie für Auschwitz um Verzeihung bitten.«

»Du sagst *Juden*. Und *Deutsche*«, meinte Sam. »Das hört sich an, als wären es zwei Paar Schuhe. Mein Vater wäre längst aufgestanden und gegangen. 1916 hat er an der Somme gekämpft und ist mit einem Stück Blech auf der Brust und einem steifen Bein heimgekommen. Versailles war für ihn ein Verbrechen am deutschen Volk, und solange es noch freie Wahlen gab, hat er national gestimmt. War er kein Deutscher?«

»Du hast recht, bitte vergiss es.« Schweigen. »Auf der Rückfahrt von Berlin musste ich in Göttingen übernachten«, sagte sie dann. »Dort habe ich mit einem angehenden Jurastudenten ein Glas getrunken, Richard von Weizsäcker. Er war in Polen dabei, als Leutnant. In Russland ist er mit dem Eisernen Kreuz dekoriert worden. Später hat er einen Befehl verweigert, um Menschenleben zu retten, am Schluss beging er Fahnenflucht. Den Krieg hat er als Verbrechen gegeißelt. Aber dann sprach Weizsäcker davon, dass Deutschland von uns befreit worden wäre. Da war er, der preußische Junker, der Herrenreiter. Das ist vielleicht die schlimmste Lüge. Als ob die Nazis gar keine Deutschen gewesen wären, sondern fremde Eroberer, die den deutschen Namen missbraucht hätten. Irgendwann wirst du das in feierlichen Reden hören. *Befreiung.* Und ein ganzes Volk wird seine Reinwaschung bejubeln.«

Wieder sah Paula zum Wirt. Die feisten Wangen, die Augen wie brauner Schlick, dieses Totenkopfverbände-Lächeln, das sie ihm am liebsten aus dem Gesicht geprügelt hätte.

»Was ist mit Georg?« fragte Sam. »Ist er noch am Leben?«

Sie hatte nicht davon reden wollen. Doch nun drängte es sie mit solcher Macht, dass sie von Mussolini in der Menschensee erzählte, diesem Schrei der Abertausend, von Hyde und Rauff, von Harvey Davis und der Sprengfalle; Georg ein Wehrmachts-offizier, sein Blick, ehe alles schwarz wurde.

»So hat Hyde also das Auge verloren«, sagte Sam. »Und du, keine Verwundung?«

»Nein«, hörte sie sich sagen.

»Masel tov.«

»Ja, Masel tov.«

»Wo ist Georg abgeblieben?« fragte Sam.

»In Florenz aus einem unserer Lager geflüchtet. Fort.«

Über ein Jahr war das jetzt her. Sie wusste, dass es in diesen Zeiten Millionen Wege gab zu verschwinden. Menschen ohne Papiere waren die Regel, nicht die Ausnahme. Auf dem Ozean der Namenlosen kreuzten unzählige Schiffe.

»Hast du schon das Neuste vom Duce gehört?« fragte Sam.

»Hat der Papst ihn heiliggesprochen?«

»Seine Leiche wurde gestohlen, auf einem Mailänder Friedhof im April. Stell dir vor: Die Diebe haben auf der Flucht ein Bein von ihm verloren. Das ist alles, was von Italiens größtem Sohn geblieben ist. Das Bein liegt jetzt allein.«

»Willst du mich im Juli in den April schicken?«

»Nein, kein Scherz. Da bekommt die Redensart *Mit einem Bein im Grab* eine ganz neue Bedeutung.«

Als sie lachte, tat es weh und gut zugleich.

Sam gab dem Wirt zwei Zigaretten. »Stimmt so.«

»Doankschee, Samuel. Bleibt's debei, dassde zur Bar Mizwa kimmschd? Es wird jo koa groß Feier, awwer Adam, Esther un' Ruth fraan sich uff disch!«

»Natürlich, Elias, ich komme ganz bestimmt. Schalom.«

»Schalom, mein Freund.« Der Wirt lächelte Paula herzlich an. »Goodbye, Madame Paula.«

Wäre sie plötzlich splitternackt gewesen, hätte sie sich weit weniger geschämt. Als sie draußen waren, traute sie sich nicht, Sam anzusehen.

»Sechs Jahre hat er mit seiner Frau und den beiden Kindern im Keller gelebt, hier, direkt unter uns«, sagte er. »Einige von denen, die heute Abend in seinem Lokal waren, sind vor dem Krieg schon Stammgäste gewesen. Die haben weggesehen, als es im November 38 kurz und klein gehauen wurde.«

»Wie kann er diese Menschen bewirten?« brachte sie raus.

»Er sagt: ›Ich bin noch da. Das denke ich bei jedem Schoppen, den ich ausschenke.‹ Falls du dich je gefragt hast, weshalb du zur Army bist: Elias wäre ein guter Grund gewesen.«

SPINNFÄDCHEN

Es ging auf Mitternacht; der Himmel hatte sich zugezogen, in der Ferne ein Leuchten. Gewitter, jedoch lautlos. Es war noch immer warm, eine dieser Stunden, die dich glauben lassen, es würde nie mehr Winter werden. Sam fuhr schnell, duckte sich unterm Wind. In engen Kurven riss der Motorradscheinwerfer Fetzen aus dem schwarzen Wald.

Falls du dich je gefragt hast, weshalb du zur Army bist.

Im Winter 42 hatte Paula auf dem morgendlichen Weg zur Columbia, wo sie im Geschichtsinstitut als wissenschaftliche Mitarbeiterin angestellt war, eine *New York Times* gekauft.

Der Artikel war wie ein Faustschlag gewesen.

Stephen Wise, Vorsitzender des Jüdischen Weltkongresses, sagte, dass etwa die Hälfte aller Juden im nationalsozialistisch besetzten Europa in einer Vernichtungskampagne ermordet worden sei. Das US-Außenministerium habe es bestätigt.

Paula hatte in der U-Bahn den Blick gehoben und Fahrgäste angeschaut, die es ebenfalls gelesen hatten. Direkt gegenüber zitterte ein Mann so heftig, dass das Rascheln seiner Zeitung gegen das Rattern des Zuges zu hören war. Andere stierten ins Leere, eine alte Frau schluchzte stumm auf. In einigen Gesichtern glaubte Paula auch die Scham derer zu sehen, die bis Pearl Harbor gegen einen Kriegseintritt der USA gewesen waren.

Eine Woche später war im ganzen Land ein Tag der Trauer begangen worden; Amerika stand still. Auf dem Universitäts-campus hatte Paula mit vielen anderen der Opfer gedacht. Als neben ihr ein Professor die Nationalhymne anstimmte, fielen

alle ein. Sie war jetzt über fünf Jahre in Amerika, doch mitge-
sungen hatte sie noch nie. Sicher gab es Gelegenheiten, etwa
bei einem der Baseballspiele der Yankees, zu denen sie ab und
an mit einer Freundin ging, die für Joe DiMaggio schwärmte.
Aber Paula fühlte sich noch immer als Deutsche, auch wenn es
schrecklich war. An jenem Tag jedoch, dem 2. Dezember 1942,
hob sie die Stimme und sang mit.

Am nächsten Morgen reihte sie sich vor dem Rekrutierungs-
büro am Broadway in die Schlange ein. Junge Männer guckten
scheel. Als Paula endlich vor einem Sergeant stand, feixte der.
»Wo wollen Sie vorzugsweise eingesetzt werden, Ma'am? Im
Putzgeschwader? Bei der Luftschokoladenwaffe? An Gulasch-
kanonen?« Glucksend schickte er sie fort. Doch im Juli darauf
wurde das Women's Army Corps ins Leben gerufen, und sie
war die Erste in der langen Schlange, stolz wie nie, mit einer
Unterschrift, die übers Papier hinausflog.

Gut ein Jahr verging, bis sie im Baseballstadion von Ebbets
Field stand, wo Roosevelt sich im eisigen Regen an die Second
Base schleppte, zum letzten Wahlkampfauftritt seines Lebens,
mit dreiundsechzig ein uralter Mann. Als er schwor, nichts zu
fürchten außer der Furcht selbst, glaubte sie jedes Wort. Und
dann starb er, einen Tag nachdem die Coleman in New Jersey
abgelegt hatte, um sie in einen Krieg zu bringen, der nur noch
Travestie gewesen war.

Sam hielt vor dem Schloss, machte den Motor aus. Sie stieg ab,
aber er blieb auf der Maschine sitzen.

»Kommst du nicht mit?« fragte sie.

»Ich fahre noch durch die Gegend.«

Paula sah Kerben um seinen Mund, die sie vorher nicht bemerkt hatte; seine Augen lagen im Dunkel. »Und warum bist
du zur Army?« fragte sie. »Wir haben nie darüber geredet.«

»Ich hatte nichts Besseres vor.«

»Du hättest Ananaszüchter auf Hawaii werden können.«

»Ich war in New York, und meine Familie war hier. Sag mir: Wie hätte ich wissen können, was in Europa war, wie hätte ich jede Nacht von den Eltern, meinen Schwestern, den Freunden träumen können und *nicht* in den Krieg ziehen?«

»Aber warum jetzt noch?«

»In Amerika wartet niemand auf mich. Und wo soll ich hier hin? Ich bin nicht Elias. Ich kann nicht mehr in Deutschland leben, nicht nach Weißensee zurück und wieder als Drucker arbeiten, als sei nichts gewesen. Jeden Tag mühe ich mich, das Richtige zu tun, auch wenn ich mich an jedem Tag frage, ob es falsch ist. Aber es ist eine Aufgabe. Und ohne das wäre ich nur noch ein Spinnfädchen im Sturm.«

Sie sahen einander weh an. Paula wusste, dass er sie küssen wollte. Und es tat ihr leid, so schrecklich leid, dass sie ihm das nicht geben konnte. Sie ertrug seinen Blick nicht, wandte sich ab, ohne Gute Nacht zu sagen.

»Ich bin nach Amerika, weil ich keine Wahl hatte. Und *du*?«

Sie blieb steif stehen. Drehte sich um.

Schwieg.

»Auch darüber haben wir nie geredet«, sagte Sam. »Du hast in Berlin ein privilegiertes Leben geführt, warst auf der besten Schule der Stadt. Ihr habt in einer Villa gewohnt, Grunewald, teuerste Gegend. Eine Kindheit mit Personal, auf dem Schoß von berühmten Persönlichkeiten; dein Vater hat in den ersten Kreisen verkehrt. Das hast du erzählt. Aber wenn ich gefragt habe, womit er sein Geld gemacht hat, bist du mir stets ausgewichen. Auch über seinen Tod hast du nie gesprochen. Eines Tages war er nicht mehr da, und du hast deine Koffer gepackt. Warum hast du alle Brücken hinter dir abgebrochen? Hass auf die Nazis? Gewiss, das wäre ein Grund. War das alles?«

Paula verschränkte die Hände im Schoß, um ihr Zittern zu verbergen.

»Seit du hier bist, grübele ich, an wen du mich erinnerst«, sagte Sam. »Jetzt hab ich's. In der Mauer der St.-Ursula-Kirche ist eine kleine Steinfigur, die ›Flennels‹. Angeblich hat sie alle Sünden dieser Welt auf sich genommen und kann nicht mehr aufhören, darüber zu jammern. Du redest, als fände sich hier kein anständiger Mensch außer dir. Nicht einmal ich hätte das Recht, so zu denken. Weißt du was: Ich glaube, du hasst nicht die Deutschen, du hasst dich selbst.«

Sam trat das Motorrad an. Er fuhr weg und ließ sie mit dem Gefühl zurück, auf einem Hochseil zu stehen und den Halt zu verlieren.

IN THE MOOD

Es war eine jener Nächte, in denen Bruthitze das Wesen aller Dinge verwandelt: das Laken in eine Heizdecke, Paulas Haut in glitschige Seife, die Matratze in einen Schwamm, der ihren Schweiß aufsaugte. Noch auf dem Motorrad hatte die Luft ihr geschmeichelt; jetzt war sie zu Sirup geronnen, machte jeden Atemzug zu einer Mühe. Das Nachthemd hatte sie längst ausgezogen, das Plumeau, für einen sibirischen Winter geeignet, zu Boden gestrampelt. Dennoch glühte sie wie im Fieber. Es war so still, dass Paula jede Minute den Zeiger der Wanduhr in der Schlosshalle vorrücken hörte. Sogar ihre Gedanken hatten sich mit Hitze vollgesogen.

Sie kannte diese Sommer aus New York. Aber bei Lärm bereitete das Einschlafen ihr selten Mühe; selbst in Washington Heights, wo die Wände ihres Hauses so dünn gewesen waren, dass alle Bewohner von Mister Horwitz' Seitensprüngen und Missis Horwitz' Nudelholz wussten; von Arthur Liebermans Visite eines Etablissements auf der Bowery und dass seine alte Mutter ihn dort nachts auslösen musste; von Amanda Ehrlichs Schwangerschaftsübelkeit; von der einsamen Mimi Dubniczek und ihren ebenso flüchtigen wie unerquicklichen Männerbekanntschaften; von Paulas Schwäche für Glenn Miller, den sie wieder und wieder auf ihrem Koffergrammophon spielte; vor allem die langsamen Titel, drei Minuten Sehnsucht. Sie erfuhren von Begierde, von Liebe, Glückseligkeit und Verzweiflung ihrer Nachbarn.

Und wussten gar nichts voneinander.

Sie wollte, sie könnte jetzt *Moonlight Serenade* hören, damit ihr Herz dessen schleppendem Rhythmus folgte und aufhörte, im Tempo von *In the Mood* zu stampfen.

Sam.

Es war nicht so, dass sie viel an ihn gedacht hätte, und doch hatte er immer wieder über ihre Schulter gesehen, wie gestern erst, am letzten Abend in Wien, als Paula ihren Ausstand gab und die Männer mit ihrem Ego alles breitwalzten und sie Sams Stimme in Ritchie hörte: »Wo Engel nicht zu schreiten wagen, trampeln Narren nur herum.« Dort, in Ritchie, hatte sie es so genossen, mit ihm zu lachen und manchmal auch den Kopf an seine Schulter zu legen, sich der Illusion hinzugeben, dass er genau wüsste, wie es in ihr aussah. Dass er all ihre Geheimnisse kannte und sie trotzdem ein bisschen gern hätte. Aber so war es ja nicht. Sam kannte bloß ihr Schneckenhaus, in das Paula seit Judith keinen Menschen mehr hereingelassen hatte.

Denk nicht an Judith.

Als sie sich in Frankfurt umgedreht und Sam gesehen hatte, war es ihr wie das größte Glück seit Mailand erschienen. Doch jetzt wünschte sie sich nichts sehnlicher, als woandershin versetzt worden zu sein, egal wo, Hauptsache, dass *er* nicht dort war, bloß fremde Menschen, niemand, der sie auf ihren Vater ansprach.

Bei dessen Tod war Paula fast achtzehn gewesen und hatte sich längst gefragt, woher das viele Geld kam, mit dem er seinen Lebensstil finanzierte. Die Villa in der teuersten Gegend Berlins; Gärtner, Hausmädchen, Köchin; die Maßanzüge von Katz in der Bismarckstraße. Am Ku'damm hatte Paula einmal vor dem Mercedes-Salon gestanden und das Auto ihres Vaters gesehen. Fünfzehntausend Reichsmark kostete der Roadster, eine so absurde Summe, dass die Frage nach seinen Geschäften Macht über sie gewann und sie zittern ließ.

Es wäre ganz einfach gewesen, ihm die Frage zu stellen.

Aber die Angst vor seiner Antwort war zu groß. Und dann war es zu spät. Am Tag vor ihrer Abreise zum Luftschiffhafen fasste Paula sich ein Herz und ließ einen Schlosser kommen, der den Safe aufbrach. Sie nahm die zehn Kladden heraus, sah nicht hinein, tat sie in die Aktentasche des Vaters. Vier lange Jahre lag diese Tasche in Washington Heights ganz unten im Schrank unter einer Wolldecke.

In so vielen Nächten wusste Paula sie dort, und es war, als würden die Kladden Hitze ausstrahlen und ihr Glühen sich im Dunkel durch den Schrank fressen.

Sie schreckte hoch. Im Schloss war es totenstill. Durchs offene Fenster drang kein Windhauch. Ein fauliger Geruch stieg von Mülltonnen hoch. Halb drei, sagte ihre Uhr. Paula wusste, dass sie geträumt hatte, doch alles, woran sie sich erinnern konnte, war: *Nimm meine Hände. Meinen Arm. Nimm mein Herz. Nimm alles von mir. Es ist ganz leicht, alles zu nehmen. Du wirst sehen.*

Plötzlich glaubte sie, etwas über sich zu hören.

Sie lauschte. Nichts. Sie musste sich getäuscht haben, denn ihr Zimmer war im obersten Stock, gleich unterm Dachstuhl.

Nichts auf der Welt ist schlimmer, als Angst zu haben und neben sich jemanden zu wissen, der noch mehr Angst hat.

Das war auch aus dem Traum.

Da. Eindeutig die Schritte eines Menschen. Paula stieg aus dem Bett und streifte den Morgenmantel über. Im Flur war es dunkel, sie ertastete einen Lichtschalter. Ein Stück weg stand eine Leiter. Sie ging hin und sah, dass sie zu einer geschlossenen Luke führte.

Es gab mutigere Menschen, so war es schon in ihrer Kindheit am Hundekehlesee, in der Welt der Schatten und Geister. Aber nur wenige Male war ihre Furcht größer gewesen als ihre Neugier. Sie stieg leise die Leiter hinauf, lauschte wieder.

Vorsichtig drückte sie die Luke hoch.

Im Lichtschein einer Kerze sah sie eine Matratze. Eine Frau saß darauf, wandte Paula den Rücken zu. Sie hatte das lange, weiße Haar gelöst; es floss über einen Kimono, auf dem zwei Ritter mit einem Lindwurm kämpften. Sie hielt ein Gemälde in Händen und schaute es an, ohne dass Paula mehr erhaschen konnte als einen Winkel, ein sattes Blau wie von Picasso, Marc oder Miró. Paula wollte sich still zurückziehen, doch die Frau wandte den Kopf, sah sie. In der Sekunde bevor sie die Luke wieder zuzog, schauten sie einander erschrocken an. Die Frau war alt, ihr Gesicht eine Erinnerung an vergangene Schönheit, mit anmutigen Linien wie auf einer Meerschaumgemme, der klaren, hohen Stirn einer Borgia.

Sie stand wieder im Flur. Ihr Herz machte aus ihrer Brust eine Kesselpauke. Sie ging in das Zimmer, legte sich hin, brettsteif. Spürte ihren Rücken und drehte sich zur Seite. Doch der Rücken bewegte sich nicht mit, der Rücken, den Georg so geliebt hatte. Er gehörte nicht länger zu ihr, war jetzt fremdes Gewebe aus feuerroter geschmolzener Lava, das sie für immer an Harvey Fritz Davis und seine wilde Schlangenlinie erinnern würde und daran, dass sie keine schöne Frau mehr war.

GLASPERLENSPIEL

Es wäre zu erwarten gewesen, dass sie beim Frühstück allein sein würde, doch als Paula um sechs in den Salon kam, saßen bereits etliche Personen an der langen, mit Porzellan gedeckten Tafel. Man grüßte sie mit einem Nicken unter der Zeitungslektüre, die Mehrzahl nicht einmal in Uniform, bloß mit dem Messingemblem am Revers. Beim CIC ging es salopp zu, das war in Wien genauso gewesen. Allein die weiblichen Offiziere waren stets in korrektem Dress, um jeden Anschein sexueller Avancen zu vermeiden; so auch Paula und die drei, die ihr vom anderen Tischende beiläufig zulächelten.

Sie griff sich eine der ausliegenden Zeitungen. Hauptankläger Robert Houghwout Jackson hatte in Nürnberg das Schlussplädoyer gehalten. *Der intellektuelle Bankrott und die moralische Perversion des Nazi-Regimes wären nicht zu einer Angelegenheit des Völkerrechts geworden. Es sind nicht ihre Gedanken, nein, ihre Handlungen, die wir als Verbrechen anklagen.*

Paula fragte sich, was Robert Jackson über sie sagen würde. Dass sie nicht an ihren Idealen gemessen werde, nicht daran, was sie geopfert hatte? Dass es keine Leistung darstellte, auf eine Mine zu fahren und zu schreien? Dass es jämmerlich sei, immer nur mit ihrem eigenen belanglosen Unglück zu hadern, mit ihrem dummen Schmerz, der nichts zählte in einer Welt, in der Millionen Menschen mehr Recht zum Schreien hatten als sie? Dass Paulas Leben eine einzige Anmaßung war und sie den Toten dafür Rechenschaft ablegen müsse? Welche Strafe würde er fordern?

Sie legte die Zeitung weg, ihr Blick fiel in den Wintergarten. Dort saßen zwei Männer und flüsterten miteinander. Der eine schien auf den ersten Blick so dick wie Oliver Hardy zu sein, doch beim näheren Hinschauen sah Paula die Muskeln. Der andere war zierlich wie ein Kind und hatte ein rattiges Gesicht. Seine Augen waren von einem fast künstlich intensiven Blau, die Stirn so hoch, dass der Ansatz der mit Pomade an den Kopf geschmierten Haare bis zur Mitte des Schädels gerutscht war. Wären die Lippen schmaler gewesen, hätte man den Mund für eine Narbe halten können. Ein seltsam hässlicher Mensch.

Einige verließen den Salon. »Baxter, kommst du mit?« rief einer in den Wintergarten.

Oliver Hardy schüttelte den Kopf. Er stand auf und machte die Tür zu, um mit Narbenmund ungestört zu sein.

Sam setzte sich zu Paula. Er trug Zivil und sah sie entspannt an. Hätte sie ihn nicht erst um drei mit dem Motorrad zurückkommen hören, seine ruhelosen Schritte im Zimmer nebenan, würde sie schwören, er wäre ausgeschlafen.

»Was darf ich Ihnen zum Frühstück bringen?«

Es war die Frau vom Dachboden. Am hellen Tag wirkte sie deutlich jünger, als Paula sie bei Kerzenlicht geschätzt hatte; Ende vierzig vielleicht. Sie trug eine Schürze über einem teuren Kleid, ein klassischer Schnitt, zweifellos aus einem Atelier. Die Frau deutete mit nichts an, dass sie Paula wiedererkannte, ein Gesicht so leer wie ein ausgeräumtes Zimmer.

Sie nahm die Bestellungen auf. Paula sah ihr hinterher. Ihre Bewegungen waren unbestimmt und vage, als sei sie sich ihrer körperlichen Existenz nicht bewusst.

»Wer ist das?« fragte sie.

»Lucy von Anschütz-Weigel, die Schlossherrin. Das war sie jedenfalls, bis wir es beschlagnahmt haben, und ihr gesamtes Vermögen dazu.«

»Sie kriegt hier Kost und Logis?«

»Und hat es gold im Vergleich zu anderen Blaublütern, die man mit Mistgabeln von ihren Gütern verjagt hat.«

»Was ist mit ihrem Mann?«

»Als wir vor seiner Tür standen, trug Weigel englische Lackschuhe mit Silbertroddeln zum Tweedjackett und wollte uns zu Bœuf bourguignon einladen. Jetzt sitzt er mit den anderen Vorständen von IG Farben auf Schloss Kransberg, halbe Stunde von hier. Wir nennen es *Camp Dustbin*, Mülleimer. Nächstes Jahr ist die Mischpoke in Nürnberg dran, die Galgen lassen wir einfach stehen.«

Unterhalb des Hügels von Camp King war die »Bowling Alley«, ein Überbleibsel des früheren Kriegsgefangenenlagers. An der langgestreckten Remise blätterte die graue Farbe; der Fünfzig-Meter-Flur, von dem enge Büros abgingen, besaß den Charme eines Bergwerkstollens. Dort wurde Paula für den Cooler eingeteilt, gleichfalls deutsche Lager-Wertarbeit. Sie musste die Gespräche der in der Baracke einsitzenden Wehrmachts- und SS-Offiziere abhören. Ganz nach Belieben drückte sie in ihrem fensterlosen, verrauchten Kabuff eine Taste, um Passagen auf Schallplatte aufzuzeichnen.

Den Männern wurden Verbrechen in etlichen Ländern zur Last gelegt. Seit über einem Jahr waren sie von einem Lager zum anderen überstellt worden, quer durch ganz Europa. Das hatte sie zermürbt, aber sie hatten eine Routine im Lügen entwickelt. In Camp King belegten sie immer zu zweit eine Zelle. Zwar ahnten sie die Mikrofone, doch ihr Bedürfnis nach Bestätigung war größer als alle Vorsicht. Paula lagen ihre Aussagen in den Verhören vor.

Es zeigten sich Unterschiede.

General F.: »Ich wäre nie auf die Idee gekommen, dass die im Führerhauptquartier Verbrecher waren. Mich könnte man wegen Dummheit erschießen, nicht wegen Gemeinheit.«

Bei Hauptmann L. sprach er dann frisch von der Leber weg: »Wenn wir in Smolensk an größere Menschenmengen kamen, habe ich zu meinem Spieß gesagt: ›Ach, fahren Sie da zu, ist ja ganz wurscht, fahren Sie auch ein paar tot.‹«

V., SS-Stabsscharführer, Mitglied eines Sonderkommandos des SD: »Die Exekutionen waren so eine Art Volksbelustigung, Landser haben Fotos geknipst. Da wurde Schnaps getrunken und Ziehharmonika gespielt. Als Gegner der NS-Judenpolitik habe ich mich geweigert mitzumachen.«

Im Gespräch mit Rittmeister W. verlieh er seiner Empörung Ausdruck: »Der Rottenführer fasste die Kinder an den Haaren, hob sie vom Erdboden ab, schoss ihnen in den Hinterkopf und warf sie in die Grube. Ich konnte es schließlich nicht mehr mit ansehen und sagte ihm, er soll das sein lassen. Damit meinte ich, er solle die Kinder nicht an den Haaren hochheben und sie anständiger töten.«

So ging es vier Wochen, acht Stunden täglich. Jeden Abend legte sie sich in die heiße Badewanne und stellte sich vor, wie der ganze Dreck aufweichte, sich von ihrer Seele löste und am Ende im Ausguss verschwand. Meist ging sie danach mit Sam essen, mehrmals nach Frankfurt, aber nicht in das Weinlokal von Elias, denn Sam wollte sie nicht daran erinnern, dass er sie am ersten Abend beschämt hatte. Sie kehrten in Restaurants im amerikanischen Viertel ein, wo blutige Rumpsteaks über den Tellerrand hingen, während bloß einen Kilometer weiter Menschen Puffer aus Kartoffelschalen buken, Brei aus Wasser und Hefe kochten und Katzenrezepte austauschten. Männer fanden in diesen Lokalen nichts dabei, über deutsche Mädchen herzuziehen, die ein Kind von ihnen erwarteten. Es bedeutete nichts, sie mussten ja keinen Unterhalt bezahlen. Im selben Atemzug verfluchten sie die eigenen Flächenbombardements, die schuld daran waren, dass sie jetzt all diese Mäuler stopfen mussten. Aus Washington Heights kannte Paula ein jüdisches

Sprichwort. *Lauter Leute, aber nicht ein Mensch darunter.* Sie begann, sich vor den Unterhaltungen zu ekeln, die sie mithören musste, weil sie so lärmend geführt wurden wie in einer Bierschwemme auf der Lower East Side. Ihr stand vor Augen, was sie in der Stadt gesehen hatte; bettelnde Greise, Kinder, die sich an kein Lachen erinnern konnten, einen Zettel an einer Mauer: *Verkaufe kaum getragene Beinprothese.* Sie beschlich ein schlechtes Gewissen, wenn etwas auf dem Teller blieb, sie ihr Glas nicht bis zur Neige leerte, einen Apfel auf dem Zimmer verfaulen ließ, Fleisch aß. An einem dieser Abende kamen ihr Sams Worte in den Sinn. *Ich kann Leid von Schuld unterscheiden.* Den Gedanken verbannte sie sofort. Doch sie bat Sam, nicht mehr mit ihr ins IG-Farben-Viertel zu gehen.

»Was ist?« fragte sie, als sie sein Lächeln sah.

»Ich freue mich nur«, sagte er.

Jeden Morgen ging Paula als Erstes zu dem Offizier, der für CROWCASS zuständig war, die Zentralstelle der Alliierten mit einem Register aller Personen, die wegen möglicher Kriegsverbrechen gesucht wurden. Schon in Wien hatte sie eine Anfrage zu *Melzer, Georg* hinterlegt. Zwar war er bei CROWCASS nicht gelistet, doch sie würde erfahren, wenn er in US-Gewahrsam kam, weil das ein Ersuchen bei CROWCASS nach sich zöge, ob belastendes Material zu dem Gefangenen existierte.

Jeden Morgen hieß es: nichts.

Und wenn Georg tot war? Noch etwas für die Quarantäne.

Einmal machten Sam und sie eine Ausfahrt mit dem Motorrad, an einem Sonntagmorgen, der von der Sonne geschrubbt wurde, auf den Großen Feldberg, durch klaren, kühlen Wald, eine Kathedrale des Friedens, um dann oben auf dem Pferdskopf zu stehen, unter ihnen nichts als tiefste Ruhe, während die Wolken so schnell schwarz wurden, dass sie zurückrasten, binnen Minuten nass wie Katzen, weil der Himmel von jetzt auf gleich beschlossen hatte, Waschtag zu halten.

Niemals erwähnten sie Mauthausen oder Buchenwald, den Wundbrand in seiner Seele, das Loch in ihrer. Nie ihren Vater. Und doch taten sie nichts anderes. Ob in einer Plauderei über die Natur, das Camp, das Wetter; selbst wenn sie schwiegen.

Jeden Morgen Zeitung. Blutbad in Kalkutta, sechstausend Tote; Gert Fröbe rezitiert Ringelnatz; Reichsmark nicht mehr das Papier wert, Geldstrafen für Nazis darum sinnlos; wieder Läden auf dem Ku'damm, Einwanderungsstopp für Palästina; Lepra in der Provence, Typhus in der Prignitz.

All das rauschte an ihr vorbei, ein Fluss, in dem das Banale dieselben Blasen wie das Schreckliche warf.

Einmal sprang Hjalmar Schachts Konterfei sie auf der Titelseite an. *Er war der mächtigste deutsche Bankier nach den Fuggern. Er schwört, keinen Krieg gewollt zu haben, aber hat ihn mit kriminellen Wechseln finanziert. Er posaunt, dass er Hitler bei der ersten Gelegenheit getötet hätte. Doch bei einem Sieg der Nazis hätte er sich ein Hakenkreuz auf seine Stirn tätowieren lassen. Für Robert Jackson ist Schacht der gefährlichste Opportunist der Weltgeschichte.*

Sie hörte den Dachs auf ihrer Terrasse am Hundekehlesee näseln: »Paula, warum bist du eigentlich nicht beim BDM, so ein frisches, nordisches Mädel wie du?«

Wenn Knox sie chauffierte, hatte er wie üblich seine eigene Sicht der Dinge. »Diese Entnazifizierung könnte allenfalls als chirurgische Operation gelingen. Der Defekt bei den Hunnen muss ja irgendwo im Gehirn sein. Ich verrat Ihnen was: Man kann von Ochsen nichts anderes als Rindfleisch erwarten.«

Nachts nahm sie *Das Glasperlenspiel* zur Hand. *Ich weiß nicht, ob mein Leben nutzlos und bloß ein Missverständnis war oder ob es einen Sinn hat.* Wie sonderbar, schon so lange einen Roman zu besitzen, aus dem sie neben der Widmung nur den einen Satz kannte.

Welchen Sinn hat mein Leben? Und warum bin ich hier?

FREMDE HEERE

Vier Wochen nach ihrer Ankunft in Camp King saß sie abends mit Sam in der Mountain Lodge, wo die Martinis von Franz ihr nicht darüber hinweghalfen, dass das stumpfsinnige Abhören von Nazis ihre einzige Aufgabe war.

Sam prostete ihr zu. »Mein Vater meinte: ›Gott lindert den Wind für das geschorene Lamm.‹«

»Ich hätte mein Fell lieber behalten.«

»Geduld, es wächst nach. Schau mich an. Den lieben langen Tag schlage ich mich mit *Fabricators* herum.«

Die Fabricators waren Nachrichtenhändler, die täglich mit erfundenen Informationen auftauchten. Ganz Kaltschnäuzige kamen mit vier Geheimdiensten ins Geschäft.

»Ein Grieche hätte sich in sein Schwert gestürzt«, sagte sie.

Sam war nicht bei der Sache, sah zu einem anderen Tisch. Hyde nahm mit zwei Männern Platz. Der eine war der Narbenmund, den sie am ersten Morgen mit Baxter im Wintergarten des Schlosses gesehen hatte. Seinem Trachtenjanker nach ein Deutscher. Das Gesicht des anderen war rund, feist, die tiefen Augen umschattet, wie mit Kajal geschminkt. Auf Nase und Wangen waren Äderchen geplatzt, als würde er in einem Kühlhaus arbeiten. So hatte Paula noch keinen rauchen sehen. Er lutschte die Zigarette regelrecht aus.

»Wer sind die?« fragte sie.

Sam senkte die Stimme. »Diese beiden Schmocks sind der Grund dafür, dass du dich hier zu Tode langweilst.«

Sie sah ihn verwundert an.

»Kannst du mit *Fremde Heere Ost* etwas anfangen?«

»Hitlers Aufklärung an der Ostfront«, sagte sie. »Die haben für die Wolfsschanze die Rote Armee ausgespäht.«

»Die Ratte im Janker ist Reinhard Gehlen.«

»*Generalmajor* Gehlen?«

»Du hast von ihm gehört?«

»Dachtest du, ich hätte den Lieutenant-Streifen beim Miss-America-Wettbewerb gewonnen?« gab Paula zurück. »Gehlen hat Fremde Heere Ost geleitet und war an den Planungen für *Barbarossa* beteiligt, den Überfall auf die Sowjetunion. Er hat sich vom kleinen Kavallerieleutnant bis zu Hitlers Kartentisch hochgedient. Vor dem Nürnberger Prozess war sein Name auf sämtlichen Fahndungslisten. Jackson hat vergeblich versucht, ihn aufzuspüren.«

»Vergiss die Russen nicht, die suchen ihn immer noch.«

»Wer ist der Zigarettenvergewaltiger?« flüsterte Paula.

»Oberstleutnant Hermann Baun von der Abwehr; er hat die Agenten geführt und Gehlen zugearbeitet. Eine seiner Feindbeurteilungen liegt hier bei uns im Giftschrank. Darin ist von der *starken Verjudung der Roten Armee* die Rede.«

»Wieso laufen die beiden frei herum?« fragte sie tonlos.

»Als im Führerbunker der Putz von der Decke gerieselt ist, haben sie sich mit ein paar Tonnen Akten französisch empfohlen und sich in den Alpen gestellt. Baun ist schon länger hier; Gehlen wurde zuerst in die Staaten gebracht, nach Fort Hunt. Dort hat er prominente Fürsprecher gefunden. Dulles soll für eine Zusammenarbeit mit ihm plädiert haben.«

Paula wurde kalt. »Allen Dulles?«

»Ja, der vom oss. Vor sechs Wochen ist Gehlen mit ein paar Spezis hier eingetroffen. Sie haben sich samt ihren Familien in bester Lage einquartiert. Wenn du aus dem Camp gehst, sind links drei Häuser, mit Stacheldraht umzäunt. Gesehen?«

»Ja.«

»Nennt sich Blue House, dort arbeitet Gehlen für uns. Baun hat sich abgesondert und die frühere Opel-Jagdvilla bezogen, Stück weg, mitten im Wald. Seine Spione sollen alle befragen, die aus der Sowjetzone kommen. Ich halte das für so erfolgversprechend wie das Küssen des Leichentuchs von Turin.«

Gehlen strich über seine Oberlippe; Paula sah, dass das, was sie für einen Schatten hielt, ein dürrer Schnäuzer war.

»Erinnerst du dich an unsere Ankunft in Ritchie?«

Wie könnte Paula das je vergessen? Sam und sie hatten im Militärbus nebeneinandergesessen, sich dabei kennengelernt. Sie waren durch das Tor ins Camp gefahren und hatten einen Zug SS gesehen, der stramm die Straße langmarschierte. Auf einem Hügel hatte ein deutscher Panzer gestanden.

»Ich dachte, dass ich aus Versehen auf dem Reichsparteitag gelandet wäre«, sagte sie.

»Das waren Jungs von uns, die Nazis gespielt haben. Die da sind Nazis, die so tun, als ob sie zu uns gehören.«

»Manche von der Abwehr waren doch im Widerstand.«

»Aber nicht Gehlen und Baun. Ihre Aufklärung hat den Einsatzgruppen ›Reichsfeinde‹ zugetrieben, in aller Regel Juden, damit sie unter dem Deckmantel der ›Partisanenbekämpfung‹ umgebracht werden konnten. Pat und Patachon hat man eine tadellose nationalsozialistische Gesinnung bescheinigt.«

Paula brachte kein Wort heraus.

»Willkommen in Camp King, Missis Littlewhite.«

»Wer ist Missis Littlewhite?«

»Eine Frau aus dem Film *Luftschloss zu verkaufen*. Die ganze Bagage ist ohne Wissen des Verteidigungsministeriums angeworben worden; das läuft als *Operation Rusty*. Aber du weißt ja: Drei Menschen können ein Geheimnis wahren, wenn zwei davon tot sind ...« Sam bedachte sie mit einem Blick, der sie an ihren Physiklehrer erinnerte. *Na, Paula, wenn du kurz darüber nachdenkst, kommst du auf die Lösung.*

»Ach so ist das«, meinte sie. »Hyde befürchtet, dass ich das Camp für das österreichische CIC ausspionieren soll.«

»Genau. Er weiß nicht, ob er dir trauen kann. Nächstes Jahr werden in Nürnberg die Generäle angeklagt, und so wie ich es sehe, müsste Gehlen dabei sein.«

»Ich habe nicht den Eindruck, dass er Angst davor hat.«

»Muss er auch nicht«, sagte Sam. »Von Gehlen gibt es kein einziges Foto. Hyde hat ihm, Baun und dem Rest ihrer Truppe falsche Namen und Papiere beschafft und sie klammheimlich entnazifiziert. Hier geht es zu wie im Taubenschlag, die alten Kameraden sehen die Rauchzeichen. Es hat sich in Windeseile herumgesprochen, dass frühere Offiziere der Abwehr bei uns in Lohn und Brot kommen und über Nacht von den Fahndungslisten verschwinden. Der Kreuzzug gegen den Kommunismus ist Hydes Religion und Camp King seine Kirche.«

Paula war stumm. Bei der Suche nach Raubkunst hatten sie sich auch in Österreich alter Nazis bedienen müssen. Sie wusste, dass es ohne Belastete keinen Wiederaufbau geben würde. Selbst Blutegel waren zu etwas gut.

Aber Gehlen?

Paula erinnerte sich, wie Hyde in Mailand Whisky mit Eis getrunken und charmant Lincoln zitiert hatte. *Mögen die edlen Toten uns mit Hingabe erfüllen.* Damals, als er noch Jekyll gewesen war. Von welchen Toten hatte er gesprochen? Von denen in Geschichtsbüchern?

Gehlen erwiderte aasig Paulas Blick; mit einem Mal war ihr, als wäre über sie geredet worden. Hyde winkte Sam zu sich.

»Entschuldige mich für eine Sekunde.« Er wechselte einige Worte mit Hyde, kehrte zurück. Seine Augen waren plötzlich dunkel. »Zeit für den Auszug aus Ägypten«, sagte er.

»Was ist?«

»Nicht jetzt. Du musst allein zurück.«

KATZE MIT MÄDCHEN

Um zwei ging sie in die totenstille Halle. Wie jedes Mal fühlte sie sich, als sei sie in ein Museum eingebrochen und müsse entscheiden, welches Bild sie stehlen würde. Woanders hätte sie ohne nachzudenken gesagt: einen Cranach. Und dann: Goya. Doch hier war es einfach. Sie ging zu dem Gemälde von Otto Dix beim ersten Treppenabsatz. Es hieß »Letztes Portrait des Justizrats Katzenellenbogen« und zeigte einen würdevollen Herrn auf einem Stuhl, eine zerbrochene Brille in der Hand.

Daran wäre nichts ungewöhnlich gewesen, hätte der Stuhl nicht auf zwei Beinen auf dem Sims eines offenen Fensters gekippt, so weit hintüber, dass der Justizrat bereits im Fallen begriffen war. Und unter ihm Flammen.

Immer dachte sie dabei an ihr eigenes Bildnis.

An ihrem achten Geburtstag lud ihr Vater sie ins Auto und sagte, dass ein berühmter Künstler sie malen würde.

Otto Dix stand in einem quietschbunten, operettenhaften Anzug in seinem chaotischen Atelier, so von Parfüm umwölkt, dass Paula niesen musste. Doch als er sie eindringlich musterte und meinte: »Ein Mädchen wie dich muss man mit Katze malen«, hatte sie ihn gern. Drei Tage saß sie ihm Modell, und nach jeder Sitzung fragte sie, ob sie das Bild sehen dürfe. Dix erlaubte es nicht. Obwohl er ganz in die Arbeit versunken war, redete er dabei mit ihr; aber nicht wie mit einem Kind.

»Am Schluss stehen wir alle vor uns selbst«, sagte er. Oder: »Ein Werk, das bloß den Menschen zeigt, wie er ist, und nicht, wie er sein könnte, ist sinnlos.«

Als ihr Bildnis fertig war, durfte Paula es noch immer nicht sehen. Dix ging einen ganzen Tag lang mit ihr in Museen zu den alten Meistern und sagte, dass deren Kunst einen zwinge, nach dem wahren Wesen aller Dinge zu fragen. Dass Vermeer, Goya, Rembrandt, Dürer, Botticelli uns lehrten, was uns zum Menschen mache, und Dix sich an ihnen messen lassen wolle, ohne zu hoffen, ihre Tiefe je zu erreichen.

Am folgenden Tag kam Paula mit ihrem Vater, und Dix enthüllte das Bild. Alles war rot, nur die Schattierungen schufen die Form. Eine Katze, so räudig, als habe sich niemand je um sie gekümmert, stand aufrecht auf zerzausten Beinen. Sie war eine Marionettenspielerin und hielt die Strippen einer Puppe, die Paula darstellte; in einem Realismus, dass Velázquez ihren Leib, ihre Glieder, das Gesicht nicht vollendeter hätte malen können. Und dann gab es noch diesen Spiegel. Auch darin sah man die Katze mit dem Mädchen; nur dass die Katze dort die Marionette war und Paula die Puppenspielerin.

Sie war ganz und gar gefangen, hörte ihren Vater von weit fort. »Denk nicht, ich kaufe dir jetzt eine Katze.« Paula hatte verstanden, was Dix sagen wollte: dass wir alle in den Händen unserer Ängste waren. Und es nur an uns lag, sie zu besiegen.

Verbrannt in Lakehurst, verloren für immer.

Jetzt, im Schloss, knarrte über ihr eine Diele. Lucy stand auf der Treppe und schaute zu ihr herunter.

»Wer war hier alles zu Gast?« fragte Paula. »Schacht, Speer, Göring, Himmler, Hitler? In einer Ausstellung von ›Entarteter Kunst‹? Wurden Witze über die Bilder gemacht?«

Lucy wandte sich schweigend ab, verschwand.

Paula hörte Schritte im Vestibül. Sam kam rein, im Gesicht die Erschöpfung von tausend Jahren. »Lass uns morgen einen Spaziergang machen«, sagte er. »Wie es scheint, hat Gott mit seinem geschorenen Lamm etwas vor.«

SIEBEN

Zu dieser frühen Stunde waren Felder und Weiden ein Tanzboden für die Sonnenstrahlen, ein Konzertsaal für Vögel und Zikaden, eine Inszenierung von Anmut und Stille. Auf Paulas Zunge kribbelte bereits der nächste warme Tag, während sie seit Minuten neben Sam herging, ohne dass er bisher ein Wort gesagt hätte. So hatte sie ihn noch nie schweigen hören.

»Sagt *Sieben* dir etwas?« fragte er.

»Warum – willst du mit mir Nazi-Gold schürfen?«

»Hab's immer gewusst: Du bist die verschollene Schwester der Marx Brothers.«

»Jeder weiß, wer *Sieben* war«, antwortete Paula. »Der beste Agent der deutschen Abwehr. Irgendwo auf dem Balkan, Bulgarien oder Ungarn, gab es einen Luftmeldekopf, eine Funkstation, die von *Sieben* unterhalten wurde. Von dort aus gab er die unglaublichsten Erkenntnisse über die Rote Armee und deren Operationen durch. In seinem Gewerbe war er Houdini – und Stalins Albtraum; der soll seinetwegen keine Nacht länger als drei Stunden geschlafen haben.«

Sam nickte. »Ich bin kein Freund von Übertreibungen, aber ohne Zweifel war *Sieben* der beste Agent des ganzen Krieges, Richard Sorge eingeschlossen, was einiges heißen will. Als der letzte Schuss fiel, war er wie vom Erdboden verschluckt; man hielt ihn für tot.«

»*Hielt*?« fragte Paula.

»Im Camp ist ein Mann, der behauptet, *Sieben* zu sein.«

Und ein Windstoß wie ein Tusch.

»Er heißt Johann Kupfer und stammt angeblich aus Wien«, sagte Sam. »Ich weiß nicht, wie Hyde an ihn gelangt ist; es gibt Leute, die dicker mit ihm sind als ich. Aber eins steht fest: Die Frage, ob es sich tatsächlich um *Sieben* handelt, ist für uns von überragender Bedeutung. Kupfer will auf unsere Lohnliste. Er prahlt damit, noch immer über ein Agentennetz in Osteuropa zu verfügen, das uns sämtliche Informationen über die Russen liefern würde, die wir uns jemals erträumt haben. Ausrüstung, Truppenstärken, Taktik, Standorte. Falls Kupfer die Wahrheit spricht, wäre er unsere Spinne unter Stalins Schreibtisch und jeden Dollar wert, den er fordert.«

Sie gingen weiter. »Ist er im Cooler?« fragte Paula.

»Dort war er zu Anfang. Lowell Baxter hat ihn einen Monat lang bearbeitet. Kennst ihn vom Sehen; der gemütliche Dicke, unter sieben Eiern mit Speck geht der nie vom Tisch. Täusch dich nicht: Er ist unser härtester Hund. Trotzdem hisst er die weiße Fahne. Baxter hält es für denkbar, dass Kupfer *Sieben* ist. Aber auch, dass er Douglas Fairbanks, der Schah von Persien oder der Yeti sein könnte.«

»Warum macht ihr keine Gegenüberstellung mit Gehlen?«

»Erstens darf Kupfer nicht wissen, dass Gehlen und Baun für uns arbeiten. Zweitens würde das nichts bringen, denn sie kannten nur die Meldungen von *Sieben*, haben ihn nie gesehen. Sie haben die Verhörprotokolle gelesen und behaupten, dass er lügt. Gehlen zufolge verfügt Kupfer zwar über Interna aus dieser Meldestelle Budapest, aber da waren über die Jahre eine Menge Leute beschäftigt. Kupfer könnte beispielshalber einer der Funker gewesen sein.«

»Kann ihn keiner vom damaligen Personal identifizieren?«

»Nein, in alle Winde verstreut. Allerdings gibt es etwas, das Kupfer zweifellos mit *Sieben* gemein hat.« Sam schwieg kurz, ehe er sagte: »Bei der Leibesvisitation wurde festgestellt, dass Kupfer Jude ist.«

»Der beste Agent der Nazis war *Jude?*« fragte sie.

»Schockiert dich das?«

Touché.

»Stell dir mal vor, man kann gleichzeitig Jude und Arschloch sein. Siehe Kain und Herodes. Kupfer ist seit zwei Wochen im Alaska House; samt seiner Geliebten, die er bei sich hatte. Er ist streng isoliert und darf weder mit ihr noch mit den anderen Insassen Kontakt haben.«

»Mir leuchtet ein, dass Gehlen und Baun Kupfer als Blender abtun«, sagte Paula. »Sollte er die Wahrheit sagen, werden die beiden mit einem Schlag überflüssig und das schöne Leben ist vorbei.«

»Ja. Dann kriegen sie ein One-Way-Ticket für die nächste Lynchparty in Nürnberg. Sie lassen kein gutes Haar an Kupfer, und bei Hyde haben natürlich sofort alle Alarmglocken geläutet. An unserem Tisch war gestern Abend eine Stimmung wie bei der Totenwache für Rommel. Gehlen hat gemeint: ›Was wollen Sie mit dem Mann, selbst wenn er *Sieben* wäre? Nur ein Narr schafft sich für jede Maus eine Katze an.‹ Als die Abwehr abgerückt war, hat Hyde Tacheles mit mir geredet.«

»Was sagt er?«

»Dass es auf die Größe der Maus ankommt.«

»Und was geht mich das alles an?«

Sam griff nach seinen Zigaretten und ließ sich drei hübsche Kringel Zeit mit der Antwort. »Bei seinen Vernehmungen war eine Dolmetscherin dabei, weil Kupfers Englisch nichts taugt. Harriet, kennst du.«

Paula nickte.

»Würdest du sagen, dass sie attraktiv ist?« fragte er.

Paula hatte Harriet vor Augen. Sie wäre von Edward Hopper einsam an einem Tisch mit heruntergebrannter Kerze gemalt worden. Und der Titel hätte gelautet: *Versetzt.*

Sie schüttelte den Kopf.

»Lowell meint, dass Kupfer sie vom ersten Moment an mit Blicken aufgefressen hat. Er gehört zu der Sorte, die nichts auf dem Teller liegen lässt.«

Paula blieb stumm. Ganz fern sah sie im Glast der Morgensonne das Camp, fünfzehn Hektar Idylle.

»Tut mir leid, dass es nichts mit deiner Qualifikation zu tun hat. Du bist einfach die hübscheste Frau hier. Dazu kennst du Wien und bist die Einzige in unserem Detachment, die akzentfreies Deutsch spricht. Sieh's dennoch als Kompliment. Es hat Hyde Überwindung gekostet, dich hinzuzuziehen. Glaub mir: Er hätte lieber sein gesundes Auge geopfert.«

»Warum ist es wichtig, dass ich keinen Akzent habe?«

»Hyde will, dass du Kupfers Vertrauen gewinnst. Wir erzählen ihm, dass du eine deutsche Hilfskraft bist, die ihm ein wenig Zuwendung schenken wird, um ihm den Aufenthalt hier erträglicher zu machen. Es wird stets ein Aufpasser dabei sein; Kupfer ist klar, dass wir kein Luftkurort sind.«

Wieder blieb sie stehen. Zikaden zirpten, der Wind spielte Harfe auf Grashalmen. »Hyde erwartet doch nicht etwa, dass ich mit Kupfer etwas anfange?« fragte sie.

»Ich kann nicht für Hyde reden, nur für mich«, antwortete Sam. »Sollte er in der Richtung Andeutungen machen, stopfe ich ihm sein Glasauge in den Rachen.«

»Also hältst du es für möglich«, sagte Paula.

»Ich halte bei Hyde vieles für möglich, selbst dass der Tod seiner Mutter kein Unfall war und er die Bremsschläuche von ihrem Auto durchgeschnitten hat.«

»Ich könnte ablehnen.«

»Natürlich. Aber du wolltest beweisen, was du kannst. Hier ist deine Chance: Finde heraus, ob Johann Kupfer die Wahrheit sagt. Ob er der beste Agent der Welt ist oder nur ein Fabricator, der uns zum Narren hält.«

JAUCHE UND FORELLEN

Lange Minuten vergingen damit, Hydes Vorzimmerdame bei dem artistischen Versuch zuzusehen, ein frisches Farbband in die Schreibmaschine einzulegen. Als es endlich vollbracht war, schrillte das Telefon. Mit dem verschreckten Blick eines Rehs im Scheinwerferlicht hob die Frau den Hörer ab, um dem Anrufer in ihrem Phantasie-Englisch zu erklären, dass Hyde für die nächste Zeit nicht zu sprechen sei. Bei Bambis verwegener Grammatik und Aussprache wäre es aber auch denkbar, dass sie einen Friseurtermin verabredete.

Hydes Tür ging auf. »Lieutenant Bloom, bitte«, sagte er.

Dieses Mal deutete er auf den Stuhl vor seinem Schreibtisch. Als sie sich eben gesetzt hatten, trottete Siegfried zu Paula. Er drückte seinen mächtigen Kopf gegen ihr Bein und schmierte ihren Strumpf mit Sabber ein. Sie kraulte ihn hinter dem Ohr, ein rostiges Stück Eisen. Siegfried streckte seine dicke pelzige Zunge raus und grunzte glücklich.

»Hunde sollen ja Menschenkenntnis haben«, sagte Hyde.

»Warum – weil er Hans Frank nicht weggelaufen ist?«

»Miss Bloom, lassen Sie uns etwas klarstellen: Mailand war furchtbar. Für Sie und für mich. Was auf dieser Straße passiert ist, verbindet uns; es wäre dumm, das zu leugnen. Lieutenant Yaeger wird Sie über die Gründe für meine Vorsicht in Kenntnis gesetzt haben. Also wissen Sie, dass es nichts Persönliches war. Ich habe zwar nur noch ein Auge, aber ich bin nicht der Zyklop, und Sie sind nicht Odysseus.«

»Ja, Sir.«

Hyde wartete.

Doch ihr Stolz ließ es nicht zu, sich für ihre Versetzung zu rechtfertigen. Paula nahm das Taschentuch, das Hyde ihr hinhielt, damit sie ihren Strumpf säubern konnte. Sie wischte das Maul von Siegfried damit ab und legte den glitschigen Lappen auf den Schreibtisch. Sie knetete den Rücken des Hundes, die knotigen Taue, zu denen sein Kummer sich verhärtet hatte.

»Wir sagen Camp King«, hob Hyde an. »Obwohl es erst in einem Monat offiziell so heißen wird. Wir nennen den Namen mit Stolz, denn er gehörte einem CIC-Offizier, der 44 auf dem Weg zu einem Verhör von Deutschen erschossen wurde. Die Zusammenarbeit mit Gehlen mag ja auf Sie wie Hohn wirken. Aber Gehlen teilt viel mit uns. Nicht zuletzt die Überzeugung, dass sich jetzt das Schicksal der freien Welt entscheidet. Was werden Sie tun, sollte der Kommunismus triumphieren, Miss Bloom? Schwenken Sie die Fahne des Idealismus und steigen mit einem hochnäsigen Lächeln auf den Scheiterhaufen? Oder waschen Sie sich Ihre hehren Ideale ab wie Schminke?«

Es kümmerte sie nicht, dass Hyde sie verspottete. Paula sah seine Mundwinkel zucken, weil ihm plötzlich bewusst wurde, dass er es war, der sich rechtfertigte. Sie dachte an das Regina, hörte Rauff sagen: *Wir stehen gegen denselben Feind.* Zynismus und Skrupellosigkeit, die ewigen siamesischen Zwillinge. Das würde Männer wie Hyde und Rauff immer verbinden.

»Angenommen, Johann Kupfer wäre *Sieben.* Was würde es ändern? Sie haben doch Gehlen und Baun.«

Hyde klopfte den Tabak einer Winston auf seinem Etui fest. »Ich stamme aus Florida, dort hat man viel mit Termiten zu tun. Das ist eine hässliche Sache; als Kind habe ich Häuser gesehen, von denen bloß noch Sägemehl übrig war. Stellen Sie sich vor, Sie hätten ein Haus, das befallen ist. Sie rufen einen Kammerjäger. Er schaut rein und unterbreitet Ihnen ein gutes Angebot. Sie wollen darüber schlafen. Am folgenden Morgen steht noch einer vor Ihrer Tür. Er bietet an, dieselbe Arbeit für das halbe Geld zu erledigen, und verspricht Ihnen dazu, dass Sie nie wieder Ärger mit Termiten haben werden. Das Problem ist nur: Der erste Kammerjäger hat ein Zertifikat und Referenzen, und der zweite behauptet, sowas bräuchte er nicht, man müsse ihm einfach vertrauen. Was machen Sie? Schicken Sie den Kerl zum Teufel oder ziehen Sie Erkundigungen über ihn ein? Sie können es natürlich auch riskieren, eines Morgens im Regen aufzuwachen, weil die Termiten Ihnen das Haus überm Kopf weggefressen haben.«

»Wie haben Sie sich das mit Kupfer vorgestellt?« fragte sie. »Soll ich in Alaska mit ihm Kaffee trinken?«

Hyde stand auf und öffnete die Vorzimmertür. »Orville, da sind Sie ja. Bitte ...«

Ein britischer Major kam rein; Paula kannte ihn vom Sehen. Ein lässiger Kerl mit Ohren von Michelangelo und einer Nase von Breker.

»Orville Tucker ist der Verbindungsmann der British Army. Erzählen Sie doch mal, wie lange Sie jetzt im Camp sind.«

»Sechs Jahre«, sagte Orville in bestem Oxford-English. Er lächelte über Paulas Gesicht. »Ich war als Gast der Deutschen hier, bin mit meiner Hampden abgeschossen worden, als wir Frankfurt einen Besuch abgestattet hatten. Sollten Sie mal vor irgendeinem sinnlosen Loch stehen: könnte von mir sein.«

»Die brutale Behandlung der alliierten Kriegsgefangenen in deutschen Lagern ist Gegenstand etlicher Prozesse«, meinte Hyde zu Paula. »Das wissen Sie sicher.«

Orville nickte. »Darauf waren wir vorbereitet. Die Royal Air Force hat uns in einem Film gezeigt, was uns erwarten würde. Nazis mit Gestapomänteln und Hörnern an den Helmen, hat sich vermutlich ein Hollywoodschreiber ausgedacht. Na, wir haben's geglaubt. Ehe wir aus der brennenden Maschine abgesprungen sind, hat mein Co-Pilot gemeint: »Das Beste ist, wir öffnen den Fallschirm erst gar nicht.« Orville sah sinnend ins Leere. »So hat Collier es dann auch gemacht. Wenn er wüsste, was er verpasst hat. Wir sind in hiesige Gaststätten eingekehrt und im Taunus Ski gefahren. Hat mich beschäftigt, warum die uns damals den Film vorgeführt haben. Vermutlich weil sonst alle über Deutschland abgesprungen wären.«

»Das ist ein Scherz«, sagte Paula.

»Erwischt. Aber alles andere stimmt. Nach einem Jahr kam ein neuer Lagerkommandant. Er hieß Killinger. Der Name hat uns etwas beunruhigt, bis sich herausgestellt hat, dass er gar kein übler Kerl war. Sein Erster Verhöroffizier war so ein ganz Schlauer, der hat getan, als ob er unser bester Freund wäre.«

»Moment – Sie reden von der Scharff-Methode?«

Hyde war überrascht. »Die kennen Sie?«

»Hans Scharff schult heute unsere Leute«, sagte Paula. »Er hat in Wien einen Vortrag gehalten; ich wusste nicht, dass er hier stationiert war. Er hat mit den Häftlingen geplauscht, ein bisschen von sich erzählt, Familienfotos ausgetauscht, ihnen das Gefühl gegeben, dass sie ihm vertrauen konnten. So hat er am Ende alles erfahren, was er wissen wollte.«

Orville nickte betrübt. »Es war kein Ruhmesblatt für uns.«

»Erzählen Sie Miss Bloom von dem Jäger«, sagte Hyde.

»Na, ich bin gefragt worden, ob ich nicht einen besonderen Wunsch hätte, und ich habe aus Spaß gesagt, dass ich gern mal in einer Me 109 sitzen würde. Kein Problem, ich durfte einen Rundflug machen. Es war bloß für eine halbe Stunde Sprit im Tank. Also bin ich brav wieder gelandet.«

»Ich bitte Sie«, sagte Paula.

»Nein, eine sehr gute Maschine, aber unter tausend Metern hat sie zum Flattern geneigt.«

»Danke, Orville.« Hyde wartete, bis sie wieder allein waren. »Sie treffen Kupfer morgen früh im Garten des Alaska House, zum Warmwerden. Danach dehnen wir das aus: Spaziergänge im Taunus, meinetwegen auch Frankfurt. Ich stelle jemanden ab, der immer in Ihrer Nähe ist. Bericht: alle drei Tage.« Hyde nahm eine Akte zur Hand. »Das sind die wichtigsten Informationen zu der Arbeit von *Sieben* für die deutsche Abwehr. Über Kupfer steht bloß das Wesentliche drin. Sie sollen sich durch die bisherigen Aussagen nicht beeinflussen lassen.«

Paula stand auf, von Siegfried seufzend beäugt.

»Damals in Mailand sprachen wir über Einstein und Ihr besonderes Geburtsdatum«, sagte Hyde. »Ich kam ebenfalls an einem ungewöhnlichen Tag zur Welt. An einem Äquinoktium. Wissen Sie, was das ist?«

Sie beließ es bei dem Nicken in Gedanken. Männer hassten kluge Frauen, und das Quantum Hass, das Hyde ihr ohnedies zugedacht hatte, genügte ihr vollkommen.

»So nennt man es, wenn Tag und Nacht gleich lang sind. Es ereignet sich bloß zwei Mal im Jahr. Tag und Nacht, Hell und Dunkel. Beides in perfekter Balance. Mir ist das Verpflichtung. Enttäuschen Sie mich nicht, Miss Bloom.«

Sie nahm die Akte und wusste bei jedem der sieben Schritte zur Tür, dass Hyde auf ihren Rücken starrte.

Da sie kein eigenes Büro hatte, ging sie in die Bowling Alley zu Harriet, die sich über Gesellschaft freute.

Im Juli 1939 hatte Harriet ihre Stelle als Deutschlehrerin an einer Highschool in Tulsa angetreten und sie schon am 2. September, einen Tag nach Hitlers Überfall auf Polen, wieder verloren. Deutschlehrerinnen hatten im Krieg ein geringeres Ansehen als Drei-Dollar-Huren, was Harriet ihre Entscheidung, dem Women's Army Corps beizutreten, erleichtert hatte. Sie war gläubige Lutheranerin, liebte Filme mit traurigem Ende und sah keinen Widerspruch darin, für E.T.A. Hoffmann und Albert Speers Architektur zu schwärmen.

»Sie hatten mit Johann Kupfer zu tun?« fragte Paula.

»Tut mir leid, über Kupfer darf ich nicht sprechen.«

Sie hielt die Akte hoch.

»Ah.«

»Welchen Eindruck macht er auf Sie?«

Harriet dachte nach. »Das lässt sich nicht so einfach beantworten. Sie müssten fragen: Wie war Kupfer, als er vor sieben Wochen zu uns gekommen ist, und wie danach? Am Anfang hat er Scherze gemacht, kleine Komplimente; meistens hatte er ein Lächeln auf den Lippen. Damals hätte ich gesagt, das ist so einer, der jeden Tag mit dem Gedanken anfängt: *Wenn ich heute in eine Jauchegrube falle, fange ich garantiert Forellen.* Mit der Zeit ist er immer stiller geworden und hat bloß die nötigsten Antworten gegeben.« Harriet schwieg einen Moment lang. »Ich denke, dass es keine gute Idee war, ihn von der Frau zu trennen, die bei ihm war. Lowell hat sie vernommen, aber das hat nichts gebracht, sie interessiert sich hauptsächlich für ihre Fingernägel. Dóra Horváth heißt sie; eine Nackttänzerin aus einem Budapester Tingeltangel, neben der würde Ava Gardner sich wie Aschenputtel vorkommen.«

»Dann sieht Kupfer wohl gut aus?« fragte Paula.

»Eigentlich nicht. Das heißt, nicht auf so eine Cary-Grant-Weise. Aber er hat etwas an sich, dass man sich bei ihm wie jemand Wichtiges fühlt.« Harriet schaute auf die Uhr. »Entschuldigen Sie, ich muss zum Cooler. Machen Sie es sich bequem; in der Thermoskanne müsste noch Milchkaffee sein. – Oh, Sie haben da was am Strumpf.«

Dann war Paula allein. Sie schlug die Akte auf.

Angeblicher Name: Johann Fritz Kupfer
Angebliches Alter: 42
Angeblicher Geburtsort: Wien
Angebliche Arbeitsstätte: Meldekopf Budapest

STALINS ARSCH

In der Abenddämmerung saßen Paula und Sam mit Wein und Sandwiches auf einer Anhöhe nahe dem Schloss; der Himmel war ein Wolkenjongleur, die Sonne wie hinter rotem Milchglas. Paulas Gedanken wehten in der warmen Luft davon, als seien es die Samen einer Pusteblume.

Als sie fünf Jahre alt war, brachte ihr Vater zum ersten Mal eine Frau ins Haus. Es waren vor allem die Augenbrauen, die sie nicht mochte. Zwei Striche so dünn, wie mit einem Bleistift gezeichnet. Kein Mensch hatte solche Augenbrauen, fand sie. Der Mund dieser Frau war schon beim Frühstück am Hundekehlesee gellend rot geschminkt. Nie konnte sie stillsitzen, sie war zappeliger als ein Fisch.

Es war erst zwei Jahre her, dass ihre Mutter gestorben war, und Paula wusste noch so vieles von ihr. Der Kiekser, wenn sie lustig lachte; ihr Meerjungfrauenhaar, ihre warme Haut; und dass sie immer ein bisschen nach Himbeeren roch. Die Dinge, die sie unter Tränen in den Schlaf mitnahm, in den Träumen hörte, spürte, roch.

Die Frau war Schauspielerin, jedoch keine berühmte. Paula saß dabei, als sie ihrem Vater vorjammerte, dass sie nur winzige Rollen bekäme und an manchen Abenden mit dem Bus in fünf verschiedene Berliner Theater hetzen müsse, um für eine Minute auf der Bühne stehen zu dürfen.

»Wie findest du Marlene Dietrich?« fragte sie Sam.

»Großartig natürlich. So wie jeder.«

»Ich habe sie mal kennengelernt.«

Hätte sie gesagt: *Schon gehört? Stalin will überlaufen*, wären Sams Augen nicht größer gewesen.

»Mein Vater hatte eine Affäre mit ihr, Mitte der Zwanziger, als sie noch keiner kannte; lange vor dem *Blauen Engel*. Wenn du wissen willst, wie sie ist: Als er eines Tages nicht im Haus war, hat die Dietrich auf der Terrasse mal wieder einen Satz geübt, mehr Text hatte sie damals nicht. Ich habe auf der Gartenschaukel Peterchens Mondfahrt gespielt und mir an einem Stein das Knie aufgeschlagen. Die Dietrich sah nicht mal hin. Es hat sehr weh getan. Ich bin auf mein Zimmer gelaufen und habe ins Kissen geweint. Nach ein paar Minuten ist sie hereingekommen und hat gesagt: ›Kindchen, kannst du bitte leiser flennen, ich muss mich auf meinen Text konzentrieren.‹« Sie sah, dass Sam ihr nicht glaubte. »Ja, ich weiß, die Frau aus den Wochenschauen, stets patent, die Mutter der Kompanie. Tut mir leid, dass ich dir dein Bild kaputtmache.«

»Warum erzählst du mir das?« fragte er.

»Ich erinnere mich an einen Tag, an dem sie ganz aufgeregt gewesen ist, weil sie eine Filmrolle ergattert hatte. Dieses Mal sollten es sogar *zwei* Sätze sein, und die Dietrich glaubte fest, dass es der Beginn ihrer großen Karriere sein würde. Stundenlang musste mein Vater den Text mit ihr proben, während ich auf meiner Schaukel beschlossen habe, niemals Schauspielerin zu werden. Ich kann die Sätze noch auswendig: *Die Menschen im Lügenland hatten ihr ganzes Leben nichts anderes getan, als zu lügen. Und wenn sie versehentlich einmal die Wahrheit sprachen, bekamen sie einen Schrecken, weil sie glaubten, gelogen zu haben.*«

Sie schaute zum Himmel, folgte dem Flug eines Raubvogels, in diesem Licht wie von Magritte. »Hast du die Akte zu *Sieben* gelesen?« fragte sie.

»Nein. Ich weiß nur das Nötigste. Natürlich schwirren jede Menge Gerüchte über den Mann herum. Die meisten glauben, dass er halb Moses und halb Midas war.«

»Gehlen und Baun spielen die Bedeutung von *Sieben* für die Abwehr und Fremde Heere Ost herunter, wo es geht«, sagte Paula. Sie entfaltete einen Zettel, auf dem sie Auszüge notiert hatte. »*Hauptsächlich war* Sieben *geschäftstüchtig … Aus persönlichen Gründen hat er sich geweigert, das Reich zu betreten, schon das gab Anlass zu Misstrauen … Wir konnten mit höchstens zehn Prozent seiner Meldungen etwas anfangen, der Rest war nicht zu gebrauchen.*« Paula sah zu dem Raubvogel, der wachsam seine Kreise zog. »Man beachte das *geschäftstüchtig.* So kennt man ja die Juden. Meist sind sie auch reich – und gute Schauspieler, siehe Hollywood, das höre ich immer wieder.«

»*Aus persönlichen Gründen*«, murmelte Sam. »Warum hätte ein Jude im Krieg nicht ins Reich reisen wollen? Das verstehe ich auch nicht, mit dem Burschen musste ja was faul sein.« Er schwieg kurz. »Das haben die wirklich gesagt?«

»Ja, Baun. Die Briten schätzen *Sieben* allerdings ganz anders ein. Nachdem sie die Enigma entschlüsselt hatten, haben sie Meldungen von ihm abgefangen. Der MI6 fand seine Nachrichten über die Rote Armee sensationell. Man hat fieberhaft spekuliert, wo das alles herkommen könnte. Ein Analyst verstieg sich dazu, General Schukows Köchin zu verdächtigen. Aber es gab auch seriösere Theorien. Wörtlich: *Die Quellen von* Sieben *gehören dem sowjetischen Oberkommando an oder sitzen direkt im Kreml. Sie gehen ein enormes persönliches Risiko ein.*«

»Haben die Briten das mit den Sowjets geteilt?«

»Das ist der lustige Teil«, sagte sie. »Durch ihren Einbruch in den Funkverkehr der Abwehr hatten sie plötzlich exklusive Informationen über die Russen. Das wollten sie für sich behalten. In der Akte ist ein Zitat von Churchill: *Leute, es macht mir nichts aus, Stalins Hintern zu küssen, aber ich will verdammt sein, wenn ich seinen Arsch lecke.*«

Sam grinste. »Ich liebe die alte Bulldogge. Und dass London von *Sieben* beeindruckt war, straft Gehlen und Baun Lügen.«

»Nach Überzeugung des MI6 hat spätestens 1943 die Hälfte aller Feindinformationen für Fremde Heere Ost von *Sieben* gestammt. Dort war man schlicht abhängig von ihm. Ohne sein Genie wäre die Front viel früher kollabiert. Und weder Gehlen noch Baun hätten diese Karrieren gemacht.«

»Krumm ist der Pfad der Ewigkeit. War das Nietzsche?«

»Frag Gehlen, der hat ihn bestimmt gelesen. Wusstest du, dass Kupfer einen Selbstmordversuch unternommen hat?«

Sam schaute sie überrascht an. »Nein.«

»Vor drei Wochen. Er hat einen Holzsplitter aus der Wand gebrochen und seine Pulsadern aufgeritzt. Dein Freund Baxter hat ihn gefunden. Eine Woche war Kupfer im Hospital, dann kam er nach Alaska. Wie sind die Methoden von Baxter?«

»Bei uns wird nicht gefoltert«, erwiderte Sam. »Gut, Lowell ist kein Chorknabe, das gebe ich zu.«

Sie schaute zum Himmel. Der Raubvogel stieß pfeilschnell hinab, verschwand hinter Baumwipfeln. »Im Studium haben wir uns mit einem Mythos von Platon beschäftigt«, sagte sie. »Gyges war ein gutmütiger Schafhirte. Er entdeckte in einer Felsschlucht einen Toten mit einem goldenen Ring und fand heraus, dass dieser unsichtbar machen konnte. Gyges schlich an den Hof des Königs, verführte dessen Frau, tötete ihn und ließ sich zum neuen Herrscher krönen. Mit diesem Gleichnis wollte Platon zeigen, dass Macht jeden Menschen zwingend verderben muss und niemand davor gefeit ist, wenn sich ihm die Gelegenheit bietet.« Paula trank den letzten Schluck. Der Wein schmeckte mit einem Mal gallig. »Sollte Kupfer wirklich *Sieben* sein, würde Hyde als sein Führungsoffizier zu einem der wichtigsten Männer des US-Geheimdienstes werden. Johann Kupfer könnte Hydes goldener Ring sein. Und ich soll ihn ihm beschaffen.«

DER MANN IM MOND

Zum Alaska House wäre es nur ein kurzer Fußweg gewesen, doch Knox fuhr sie. Er sollte Kupfer bewachen; keine schlechte Wahl von Hyde. Der Private war ein großer, schwerer Mann mit einem Brustkorb wie ein Eisenbieger. Sie wusste von Sam, dass er der Boxchampion der Einheit war und in ganz Frankfurt und Umgebung keinen ebenbürtigen Gegner gefunden hätte. In Sams Worten: »Knox hat die Seele eines Klammeräffchens und einen Aufwärtshaken wie ein Pferdetritt.«

Unterwegs sagte er: »Hübsch sehen Sie aus, so in Zivil.«

»Danke.« Paula hatte sich für das geblümte Kleid mit dem puritanischen Ausschnitt entschieden.

»Also, natürlich sehen Sie in Uniform auch hübsch aus. Nur, dass Sie ohne Uniform ...« Knox lief rot an. »Mensch, ich rede mich um Kopf und Kragen.«

Sie lächelte. »Ich fürchte, ja.«

»Miss Bloom, dürfte ich Sie um etwas bitten?«

»Sicher. Worum geht's denn?«

»Sie kennen doch die Vorzimmerdame von Hyde. FRU-line ICE-ler heißt sie. Ich glaube, dass sie wahnsinnig klug ist und mindestens fünf Sprachen beherrscht. Ihr Englisch ist absolut fantastisch, auch wenn sie seltsame Dinge sagt. Zum Beispiel: ›Indianer lecken an Jom Kippur keine Briefmarken ab.‹ Oder: ›Wollen Sie meine Katze waschen?‹ Heute hat sie mich so begrüßt: ›Den Seinen schenkt der Herr ein Schaf.‹ Was immer es bedeuten mag. Ich habe mir da einen deutschen Satz überlegt; können Sie mir sagen, ob er richtig ist?«

»Nur zu.«

»Lee-bess FRU-line ICE-ler, wooden See mir dee FROY-de macken, MITT mir EYE-nen Coffee ZOO TRIN-Ken. I pay.«

»Perfekt«, sagte Paula.

»Oh. Wirklich?«

»Glauben Sie mir: Sie sprechen besser Deutsch als Fräulein Eisler Englisch. Und fragen Sie mich nicht, wieso: Ich habe das Gefühl, mit Ihnen beiden könnte es sehr gut passen.«

Er strahlte. »Mein Tag ist gemacht!«

Die restliche Fahrt verging mit ihrem Versuch, Knox davon abzuhalten, sie ins Alaska House zu begleiten. Sie wollte mit Kupfer in den umzäunten und gesicherten Garten gehen und hielt es für unnötig, dass Knox dorthin mitkam, auch, weil sie Vertrauen aufbauen wollte. Aber er nahm die Anweisung, sie und Kupfer nicht aus den Augen zu lassen, sehr ernst.

»Sie werden mich gar nicht bemerken. Ich bin ein menschliches Chamäleon. Wenn ich vor einem Zaun stehe, halten Sie mich für Maschendraht.«

Sie gab auf. »Aber achten Sie bitte auf etwas Abstand. Und nennen Sie mich in seinem Beisein Margret.«

»Ungern. So heißt meine Ex-Frau.«

»Dann FRU-line RICK-ter.«

Das Haus lag außerhalb des Camps im Grünen. Es war ein früheres Lehrerinnenwohnheim; ein großes, trutziges Gebäude, das Jahrhunderte überdauern würde, wenn nicht wieder Bomben fielen. Hier hatte man alle interniert, die für ungefährlich oder eventuell nützlich gehalten wurden. Es war eine Art von Wohngemeinschaft, mit geselligen Abenden, Klaviersoireen und kulturellen Vorträgen. Auch in Alaska wurden alle Räume abgehört; als Paula für einige Tage dazu eingeteilt worden war, hatte sie ein Panoptikum von NS-Karrieristen kennengelernt, die sich nicht erklären konnten, warum sie eingesperrt waren.

Und wenn sie ehrlich war, verstand sie es auch nicht. Zu den Insassen zählte etwa Wim Putz, ehedem für Alfred Rosenbergs Institut zur Erforschung der Judenfrage tätig. Als begeisterter Hobby-Kabarettist war Putz bei Festen von Nazi-Größen und in Konzentrationslagern aufgetreten, wo er die Totenkopfverbände ebenso zu erheitern wusste wie seine jetzigen zwanzig Mitbewohner. Auszug aus seinem Repertoire: »Appell im KZ. Sagt der Sturmbannführer: ›Weil Weihnachten ist, könnt ihr alle heim. Ach so, ihr feiert ja gar kein Weihnachten. Rühren.‹«

Als Paula das Entree des Alaska House betrat, stand sie still. Dunkle Eiche fraß das Licht. In der Küche Geschäftigkeit, ein Radio spielte einen Schlager. Sie erkannte die sonore Stimme von Albers, dem blonden Hans mit dem Herzen aus Gold und den Augen eines toten Fischs.

Dort oben im Weltall ist ein Stern nur für uns zwei. Den knipst der Mann im Mond an, und der denkt sich was dabei.

Sie konnte nicht anders, sah Landser vor sich, an denen das Leid, das sie über die Welt gebracht hatten, abgeperlt war wie Wasser von Enten, stellte sich vor, wie sie in Feldlagern Albers oder die Leander gehört und sich Rotz weggewischt hatten.

»Ein schönes Lied«, sagte Knox. »Wovon handelt es?«

»Vom Nichts-Hören, Nichts-Sehen, Nichts-Denken.«

»Also vom Schnaps«, brummte er.

Ein Private kam angeschlendert. Er sah aus, als hätte er eine Kartoffel im Mund. »Miss Bloom?«

Knox bellte: »Carter, nimm gefälligst Haltung an, wenn ein Offizier vor dir steht!«

Augenblicklich stand der Soldat stramm und legte die Hand ans Schiffchen; gewiss weniger aus Respekt vor Paula als aus Angst vor Knox. »Private Carter zu Ihren Diensten, Ma'am.«

Sie wies ihn an, Kupfer in den Garten zu bringen, und sagte auf dem Weg dorthin zu Knox: »Danke. Aber Sie wissen doch, wie es in der Army zugeht.«

»Das kann schon sein, Miss Bloom. Aber ich bin von meiner Mutter so erzogen worden. Und eins steht mal fest: Wenn alle Offiziere so anständig wären wie Sie, würde ich bei Uncle Sam bis ans Lebensende verlängern.«

Sie traten in die Sonne. So müssten die Krupps ihre Sommer genossen haben, die Thyssens, die Quandts. In einem gepflegten englischen Park wie dem, mit hohen, ehrwürdigen Bäumen und Rosenbeeten, über denen emsig Bienen tanzten.

Sie wollte sich auf eine Bank im Schatten einer Eiche setzen, doch Knox bedeutete ihr stumm, dass er einen anderen Platz für besser hielt; auch eine Bank, aber in der Sonne.

Eine junge Frau hockte im Gras, in ein Buch versunken. Sie hob ihren Kopf, streifte die Besucher mit einem wesenlosen Blick, verscheuchte eine Mücke. Paula erkannte den Liebling der braunen Götter sofort: Hanna Reitsch, Paradepilotin des Reiches, die erste Frau, die einen Hubschrauber flog, 1938 vor tausenden rasenden Zeugen in der Berliner Deutschlandhalle, kaum eine Wochenschau ohne sie, ohne neueste Flugrekorde, Orden. Sie war so beseelt und von Glauben erfüllt wie Magda Goebbels, deren Brillantring Hanna trug, ein letztes Geschenk aus dem Führerbunker, wo Hitler, den Tod bereits vor Augen, Hanna noch schnell eine Zyankalikapsel in die Hand gedrückt hatte und sie in eine ungewisse Zukunft fliegen ließ, mit einer Bruchlandung in Camp King. In den Wochenschauen war sie immer überhitzt gewesen, die Haare ans niedliche Köpfchen geklatscht, weil gerade noch mit Fliegerkappe, nicht blass und ausgezehrt wie jetzt, am Ende aller Hoffnungen auf Wunderwaffen und Endsieg. Früher war sie eine Art kleine Schwester von Leni Riefenstahl gewesen, der Reichsgletscherspalte, wie Zuckmayer gehöhnt hatte, die, als Hitler ihr bei der Premiere von *Triumph des Willens* Rosen überreichte, willenlos vor die Knobelbecher ihres Heilands gesunken war, sodass er pikiert über sie hinwegsteigen musste.

Auf dem Französischen Gymnasium sollte jedes Mädchen in einem Satz zusammenfassen, was das Großartige an Hanna Reitsch war. Paula hatte gesagt: »Sie zeigt, dass es möglich ist, aus einem Flugzeug aufs Reich zu schauen und ein völlig anderes Land zu sehen.« Dagegen war schwerlich etwas einzuwenden gewesen. Doch hinterher hatte ihre Lehrerin sie beiseitegenommen. »Paula, warum gehst du nicht heim nach Amerika, wo es comme il faut ist, das eigene Nest zu beschmutzen?«

Acht Jahre später wollte Hanna auf einer V1 nach England reiten, als sei sie Münchhausen auf der Kugel, und schrieb: *Ich melde mich hiermit zum Selbstopfereinsatz als Führer der bemannten Gleitbombe. Ich bin mir bewusst, dass dieser Einsatz mit dem Tod endet. Heil Hitler.*

Paula war heiß. Sie setzte das Pillbox-Hütchen ab, sah sich nach Knox um, entdeckte ihn nirgends.

»Guten Tag.«

Sie hatte einen gebrochenen Mann erwartet, zermürbt von Schlafentzug und ständigen Verhören, verwahrlost nach zwei Wochen Einzelhaft, und hatte Mühe, ihrer Überraschung Herr zu werden. Kupfer war in elegantem Zwirn, die Bügelfalte der Anzughose ein scharfer Strich, seine Seidenkrawatte passend zum Einstecktuch. Schlank und drahtig überragte er Paula um kaum fünf Zentimeter, als sie von der Bank aufstand. Otto Dix hätte überlegt, wie er den beschwingten Ausdruck in diesem glattrasierten Gesicht brechen könnte. Vielleicht hätte er die Augen einfach gemalt, wie sie waren: trauriger als der Himmel an einem nasskalten Novembertag.

»Sie sind gewiss die angenehmste Überraschung, seit ich in diesem Domizil weile«, sagte er mit seinem österreichischen Akzent, der so viel schöner als der Wiener Schmäh klang, den Paula hasste.

»Margret Richter.«

»Johann Kupfer.«

Sie setzten sich. Die Reitsch sah neugierig zu ihnen, aber als Paula den Blick erwiderte, vertiefte sie sich wieder in ihr Buch. Paula wusste, dass sie Englisch lernte.

»Na, was hat man Ihnen denn Schlimmes von mir erzählt?« fragte Kupfer lächelnd. »Dass ich ein Verbrecher bin, vor dem man sich in Acht nehmen muss?«

»Aber nein. Ich soll Ihnen etwas Gesellschaft leisten, weil Sie viel für sich sind.«

»Das ist eine ulkige Untertreibung meiner Situation. Doch ich möchte Sie nicht mit meiner Malaise behelligen. Wo sind Sie her? Von hier?«

»Ich bin aus Berlin«, meinte sie. »Meine Großeltern haben hier in der Nähe gelebt. Sie waren schon alt, und ich habe mich um sie gesorgt. Im Winter 44 bin ich hergekommen, aber es war zu spät. Meine Großmutter ist bei einem Bombenangriff verschüttet worden, mein Großvater wurde im KZ ermordet.« Ihre Stimme zitterte ganz von selbst.

Kupfer schwieg einen Moment. »Das tut mir leid. In dieser Zeit jemandem zu begegnen, der keinen Verlust erlitten hat, ist wohl beinahe so schwer, wie einen ehrlichen Menschen zu finden.« Das ließ er kurz nachklingen. »Und Ihre Eltern?«

»Meine Mutter habe ich früh verloren, mein Vater kam bei einem Feuer ums Leben.«

Er nickte nur. »Entschuldigung, rauchen Sie? Ich habe seit Wochen keinen Tabak mehr gerochen. Es war schlimmer, als mich nicht waschen zu dürfen.«

Sie hielt ihm die Packung Lucky Strike und die Streichhölzer hin, im PX gekauft. »Die gab man mir für Sie. Ich finde nichts daran, aber es stört mich auch nicht.«

Er klopfte eine Zigarette heraus, rollte sie zwischen seinen Fingern, betastete und beschnupperte sie und entzündete sie so vorsichtig, als wäre er Robinson Crusoe und das sein letztes Streichholz.

Sie sah ihn tief inhalieren. »Wenn mein Vater geraucht hat, sagte er gern: ›Es gibt nichts Schöneres als was Schönes.‹«

»Meinen Vater habe ich nie kennengelernt«, entgegnete er. »Ich weiß bloß, was meine Mutter mir von ihm erzählt hat. In meiner Vorstellung war er ein bedeutender Mann, der Einfluss auf die Geschicke der Welt nahm. Er musste derart viel Verantwortung schultern, dass er sich unmöglich um seinen kleinen Jungen kümmern konnte. Erst sehr viel später erfuhr ich, dass er sich aus dem Staub gemacht hat, ehe ich mein erstes Wort sprach. Aber noch auf ihrem Sterbebett hat meine Mutter ihn verteidigt, ein halbes Jahr vor Kriegsende.« Kupfer sah Paula in die Augen. »Ist es nicht seltsam, dass manche von uns sich aus Liebe noch an ihren Lügen festklammern, wenn die Wahrheit längst offenbar ist?«

Ach, so ist das? dachte sie enttäuscht.

»Was ist Ihre Aufgabe im Lager?« fragte er.

»Ich spreche recht gut Englisch und bin Schreibkraft in der Verwaltung«, sagte sie mechanisch.

Kupfer lenkte Paulas Blick auf einen Mann, der sich neben die Reitsch auf den Rasen gesetzt hatte. Der Mann wechselte einige Worte mit ihr, worauf die Fliegerheldin den Mund weit aufsperrte und ihn hineinsehen ließ.

»Den Herrn kenne ich«, sagte Kupfer, »weil ich einige Tage mit ihm auf einer Zelle war. Ein gewisser Hugo Blaschke. Er besitzt zwar keine Matura, doch das hat ihn nicht gehindert, an einer suspekten Universität in Amerika Dentalmedizin zu studieren und Hitlers Leibzahnarzt zu werden. Sein Kummer sind die fünfzig Kilo Gold, die er für Plomben von SS-Führern erhalten hat. Er schwört, nicht gewusst zu haben, dass es von KZ-Insassen war. Unter uns: Würden Sie das einem Generalmajor der Waffen-SS glauben, der mit der Wahrheit umspringt, als wäre die Lüge für ihn ein heiliges Sakrament? Nun, das CIC scheint es zu tun, sonst würde er kaum hier herumlaufen.«

Paula dachte daran, wie Sam seinen Büroschreibtisch aufgeschlossen und grinsend den Gipsabdruck eines lückenhaften Gebisses in ihre flache Hand gelegt hatte: »Das sind die Beißer des Führers. Hugo Blaschke hat zwei Exemplare angefertigt; eins für uns, eins für die Sowjets, damit sie es mit der verkohlten Leiche aus dem Bunker abgleichen konnten. Gute Nachricht: Der böhmische Gefreite ist tatsächlich tot. Ich weiß, wie du dich jetzt fühlst. Mir ging's auch so, als ich das Kauwerkzeug zum ersten Mal in der Hand hielt. Ich verspürte den Drang zu deklamieren: *Sein oder Nichtsein.* Ich hab's tatsächlich gemacht und gelacht. Probier's irgendwann aus. Der Schlüssel ist unter der Tischplatte.«

Sie sah Hugo Blaschke angesichts Hanna Reitschs dentaler Latifundien betrübt den Kopf schütteln.

»Ekelhaft ist auch die Namensgleichheit mit dem früheren Wiener Bürgermeister Hanns Blaschke, einem Spezi von Ernst Kaltenbrunner, dem Gebieter über die Konzentrationslager«, sagte Kupfer.

Paula blickte ihn an. In seinen Augen hatte der Himmel aufgeklart und war wie von einem Sturmwind blank gefegt.

»Ab wann wussten Sie, dass ich beim CIC bin?« fragte sie.

»Schon bei der Begrüßung.«

»Was hat mich verraten?«

»Ihr Blick. Sie hatten ein anderes Bild von einem Mann, der versucht hat, sich das Leben zu nehmen. Wären Sie bloß eine Zivilangestellte, hätte man Ihnen das sicher nicht anvertraut. Ich fürchte, Sie haben auch zweimal auf meinen Ärmelsaum geschaut. Wollen Sie die Verbände sehen?«

»Sie reden darüber, als sei es ein Rasierunfall gewesen.«

»Und Sie wären keine Offizierin des Geheimdienstes, wenn Sie nicht wüssten, dass das Sichtbare und das Wirkliche zwei verschiedene Dinge sind.« Er schwieg einen Moment. »Wann war Ihnen klar, dass ich Bescheid weiß?«

»Als Sie das zweite Mal von Wahrhaftigkeit sprachen.«

»Dann sind wir wohl beide keine guten Lügner.«

»Was Sie betrifft, dürfte ich es nie herausfinden. Man wird mir kaum gestatten, mich weiter mit Ihnen zu beschäftigen.«

Wieder lächelte Kupfer. »Warum denn? Wir teilen jetzt ein Geheimnis miteinander, und wenn es nach mir gehen würde, müsste sich daran nichts ändern. Sie sind eine wunderschöne Frau und intelligent dazu; es wäre mir eine Freude, mich mit Ihnen zu unterhalten. Das stelle ich mir allemal angenehmer vor als weitere vier Wochen in einer Zelle.« Er sah sie zögern. »Sie haben genauso wenig zu verlieren wie ich. Entweder entlarven Sie mich als Scharlatan oder erbringen den Beweis, dass ich *Sieben* bin. So oder so kriegen Sie einen neuen Streifen an Ihrer Uniform.«

Paula forschte in seinem Gesicht, ob es ein Spiel für ihn war und er sie nur für einen amüsanten Zeitvertreib hielt, für eine Frau, die Wachs in seinen Händen war und am Ende vielleicht ein putziges Plaisir, doch er erwiderte ihren Blick ganz offen. Mit *Respekt*. Ein anderes Wort fiel ihr nicht ein.

Sie nickte.

»Dann sollten wir ehrlich miteinander sein. Wie lautet Ihr richtiger Name?«

»Edith Snyder.«

»Ich will Sie nicht in Verlegenheit bringen. Aber erscheint es Ihnen ratsam, unsere noch unschuldige Bekanntschaft mit weiteren Lügen zu belasten?«

Sie wurde rot.

Er hielt ihr die Hand hin. »Johann Kupfer. Für Sie Johann.«

»Paula Bloom.«

»Sehr angenehm. Darf ich Sie Paula nennen?«

»Wir sollten fürs Erste bei Miss Bloom bleiben.«

»Eine andere Antwort hätte mich enttäuscht.«

»Und schon verstehen wir uns.«

»Sie werden wissen, dass meine Verlobte von mir getrennt wurde. Ich mache mir Sorgen um sie. Wie geht es ihr?«

»Sie ist wohlauf und langweilt sich.«

»Dann wäre ja alles wie immer.« Er stand auf. »Ich bin jetzt müde. Sehen wir uns morgen?«

Sie nickte. Kupfer ging zum Haus, wo Carter ihn übernahm. Er wandte sich noch einmal zu ihr um, sein Lächeln ein Blankoscheck auf ihre Karriere.

Wie aus dem Nichts war Knox wieder da. »Na, Miss Bloom, war es ein angenehmes Gespräch?«

Paula sann über die Antwort nach. »Ich glaube schon.«

Sie sagte ihm, dass sie zu Fuß zum Camp gehen würde. Ein schöner kleiner Spaziergang; ihre Schritte wurden zusehends beschwingter. Die Villen an der Hohemarkstraße erinnerten an Grunewald, diese großbürgerliche Weltflucht, wäre linker Hand nicht das Blue House, wo Gehlen nicht mehr für Hitler arbeitete, sondern für Walton Hyde, der an einem Katechismus für den Kalten Krieg schrieb.

Im ersten Moment dachte sie, jemand habe sie von hinten angerempelt. Paula flog in eine Einfahrt, wurde hochgerissen, starrte in das dreckverkrustete Gesicht eines Mannes, Augen wie nasser Kaffeesatz, quer über der Stirn ein Schrund, so tief, als hätte dort jemand einen Schlitz für eine Leitung geklopft.

Stinkender Atem, Messer an ihrer Kehle. »Geld her!«

Er stieß einen Seufzer aus, sein Nussknackermund schnappte zu, in den Augen das Weiße. Dann lag er vor ihr, und Knox fragte: »Alles in Ordnung, Miss Bloom?«

Sie nickte zitternd. Er griff den Mann beim Gürtel und trug ihn mühelos zum Jeep, schmiss ihn einfach auf die Rückbank. Erst als sie neben Knox saß, kam die Angst. Es war wie Tränen erbrechen. Unbeholfen zog er sie an sich und brummte: »Sie machen ja Sachen.«

MEPHISTO

Ach, Mariechen, süßes Liebchen, dreh dich bitte noch mal um. Tanz mit mir den Shimmy, du wirst sehen, es macht Bumm ... Offenbar war es an diesem Tag unmöglich, Albers zu entkommen. Als in dem Gartenlokal am Oberurseler Marktplatz die Getränke von Paula und Sam gebracht wurden, bat sie den uralten Ober, die Musik zu wechseln oder auszuschalten, was er mit einem säuerlichem Nicken quittierte.

Sie schwiegen schon Minuten. Paula wollte Sam sagen, was heute auf der Hohemarkstraße passiert war, aber nicht davon sprechen. Ein dummes Dilemma. Angst krallte sich seitdem in ihr Genick. Als würde sie noch den fauligen Atem riechen, das Messer an ihrer Kehle spüren.

»Wir müssen nicht über Kupfer reden«, sagte Sam.

Sie beschloss, ihm zu verschweigen, dass sie sich in Alaska durch einen Anfängerfehler verraten hatte. Nicht aus Eitelkeit, sondern weil sie ihn gegenüber Hyde nicht in einen Gewissens- konflikt bringen wollte.

»Es war bloß ein erstes Kennenlernen«, sagte sie.

»Wie kam er dir vor?«

»Todmüde. Auch wenn er es überspielt.«

»Kupfer soll etwas Hypnotisches haben. Stimmt das?«

»Ja. Aber auf keine unangenehme Weise. Ich kann das nur schwer erklären. Vielleicht so: Er hat mich in jedem Moment beachtet.« Sie sah Sams Blick. »Nein, nicht das. Glaub mir, er hat andere Sorgen.« Paula nippte am Wein. »Blaschke und die Reitsch waren im Garten. Warum halten wir die noch fest?«

»In Berlin haben die Sowjets gerade mehrere Agentenringe von uns ausgehoben, und wir sind wehrlos. Ihre militärische Abwehr ist beeindruckend. Wer der Smersh in die Hände fällt, verschwindet spurlos in Sibirien. Sie haben ihre Leute überall. Unter DPs, Vertriebenen, den Fabricators. Hier herrscht pure Paranoia. Hyde glaubt, dass wir längst infiltriert sind. Überall wittert er Sowjetagenten, selbst die Reitsch verdächtigt er.«

»Sie lernt fleißig Englisch.«

»Als Backfisch träumte sie davon, Missionarin in Afrika zu werden, hat sie im Verhör erzählt. Sie war auf einer Kolonialen Frauenschule, wo sie Glasern und Viehschlachten gelernt hat. Dann guckte sie in Himmlers blaue Augen.«

»Was hat sie über ihn gesagt?« fragte Paula.

»Dass er ein Schöngeist war, ein großartiger Gesellschafter mit einem stilvollen Haus. Sein in Menschenhaut gebundenes Exemplar von *Mein Kampf* muss sie übersehen haben.«

»Die Nazis haben demonstriert, dass Dummheit sich züchten lässt. Aber seit wann ist Dummheit ein Haftgrund?«

»Denk nicht so kompliziert«, sagte Sam.

»Wozu habe ich dann Wittgenstein gelesen?«

»Wir hatten mal einen im Camp, einen Harry oder Larry. Er hat sich mit Traumdeutung beschäftigt. Ich habe ihm erzählt, dass ich oft von schwarzen Vögeln träume, und habe gefragt, ob er wüsste, was das bedeutet. ›Klar‹, hat er gemeint. ›Das ist die Angst, zwei verschiedene Socken anzuziehen.‹«

»Versuch es mal mit Nylons.«

»Die Reitsch ist für uns nützlich«, sagte Sam. »Sie täuscht eine chronische Krankheit vor, weshalb sie regelmäßig in das Hospital darf. Dabei schmuggelt sie Kassiber der anderen aus Alaska heraus, oft genug Hinweise für ihre Familien, wo Geld oder Schmuck versteckt sind. Im Hospital ist eine Schwester, der die Reitsch die Post übergibt, ohne zu ahnen, dass wir sie abfangen. Du wirst doch nicht etwa Mitleid mit ihr haben?«

»Nein. Ich muss nur daran denken, was Klaus einmal gesagt hat. Jeder, der nicht fortgegangen ist, nicht im KZ, in einem Versteck oder im Widerstand war, sei am Ende schuldig. Klaus war an diesem Abend betrunken. Aber eins ist gewiss: Für die Schuld der Reitsch findet sich kein Richter. Warum sollen wir sie in Alaska verrotten lassen? Um uns besser zu fühlen?«

»Ich habe ihn getroffen«, sagte Sam. »Ganz vergessen.«

»Klaus? Wo?«

»Hier. Ein paar Monate nach dem Krieg. Er hat für *Stars and Stripes* geschrieben und mich gefragt, was wir so treiben. Das durfte ich ihm natürlich nicht sagen. Aber wir haben uns über das Wiedersehen gefreut. Stell dir vor, er hat sogar gelacht.«

Klaus Mann war ein Ritchie Boy und in derselben Woche wie Sam und sie ins Camp eingerückt. Als er sich in der Messe zu ihnen setzte, wusste sie noch nicht, wer er war. Sie dachte erst, er wolle ihr Avancen machen. Bis sie merkte, dass es ihm um Sam ging.

Den belustigte das, schon am zweiten Abend sagte er: »Bist du mal mit einer Frau zusammen gewesen? Du ahnst ja nicht, was du für ein Glück hast, Klaus. Das sind die geheimnisvollsten Geschöpfe der Welt. Sieh dir Paula an. Wenn du mir sagen kannst, was sie jetzt denkt, wechsele ich sofort das Ufer.«

»Sie findet es amüsant, wie du dich zum Kretin machst.«

Paula grinste. »Viel Vergnügen, ihr beiden.«

Damit war das Eis gebrochen, und sie wurden Freunde. Anfangs hatte der große Name von Klaus' Vater sie verunsichert, aber das war schnell vorbei. Klaus nannte ihn *Zauberer.* Seinen eigenen Ruhm als Autor tat er mit einem Schulterzucken ab; er wusste um die Unmöglichkeit, aus diesem riesigen Schatten je herauszutreten. Dass seine Bücher auf dem Berliner Opernplatz verbrannt worden waren, erfüllte Klaus mit Stolz. »Alles andere hätte mich tief gekränkt.«

Paula wollte, sie hätte *Mephisto* gelesen, seinen Roman über Göring und Gründgens, den Schauspielhausintendanten, der in einer shakespeareschen Geschlechtsverwirrung drei sinnlose Jahre mit Klaus' Schwester Erika verehelicht gewesen war. Doch das Buch war in einem kleinen Amsterdamer Exilverlag erschienen und vergriffen.

»Gründgens ist so verknallt in sich selbst, dass er sich sofort heiraten würde, wenn das ginge«, sagte Klaus. »Glaub mir, die Ehe wäre glücklich.« Ein anderes Mal bemerkte er: »Bei einer Schauspielhaus-Probe soll Gründgens genäselt haben: ›Dieses Planquadrat, das wir Bühne nennen, gibt uns große Sicherheit. Schau: Du weißt genau, wenn du diesen Satz sagst, geht dort hinten eine Tür auf und eine Dame in einem grünen Kleid tritt heraus und kein SS-Mann.‹« Klaus' Kunstpause währte zwei fidele Zigarettenzüge. »Ist es nicht beneidenswert, im eigenen Versagen Trost zu finden?«

In Ritchie stand er wie Stefan Heym im Ruf, Kommunist zu sein, was bei Heym zutraf, aber Klaus so exakt beschrieb wie die Behauptung, er könne sich die Schuhe nicht selbst binden. Er berichtete von einem Verhör durch die Military Intelligence, in dem er gefragt worden sei, ob es wirklich kein Laster gäbe, das er sich nicht zur Gewohnheit gemacht habe.

»Warum?« habe er gesagt. »Wollen Sie mir eins beibringen, das ich nicht kenne?«

Oft sah sie Klaus etwas in sein Tagebuch schreiben. Gewiss war es voll von dieser Traurigkeit, von der er nie genug bekam. Es war, als wüsste er ein Geschäft, wo man Traurigkeit kaufen konnte; aber nicht die billige, die einfach verflog. Nein, richtige, tiefe, gierige Traurigkeit, die sich durch die Knochen fraß.

Einmal fragte sie ihn, warum das so war.

»Ach, Paula, ich würde immer einen Grund zum Traurigsein finden«, sagte er. »Sei es ein unbedachtes Wort, vergebliches Warten auf Post von meiner Schwester oder das Wetter.«

»Weißt du noch, unser letzter Abend?« fragte Sam jetzt.

Klaus wurde von Ritchie nach Camp Crowder, Missouri, versetzt; als *Radiomechaniker*, er konnte es nicht fassen. An dem Abend bevor er ausrücken musste, betrank er sich sinnlos. Mit jedem Glas wurde sein Elend größer; nie hatte Paula einen so verlorenen Menschen gesehen.

»Beim Lebewohl hat er mir etwas ins Ohr geflüstert«, sagte Sam. »›Ich habe Amerika so satt. Aber heimkehren werde ich nie mehr.‹«

Keine, die so ging wie ich, dachte Paula.

»Voriges Jahr hatten wir im Camp einen neuseeländischen Verbindungsoffizier. Einen Maori. Er hat erzählt, dass Heimat bei seinem Volk ›The return place‹ heißt; der Ort, an den man zurückkehrt. Kannst *du* das? Zurückkehren?«

»Wohin?« fragte sie. »Nach Deutschland? Das hier ist nicht Deutschland, das ist Pommerland.«

Als könnt ich dereinst wiederkehr'n, weil ich all dies verstand.

»Wäre gar nichts eine Heimkehr wert?«

»Doch«, sagte sie. »Dass einer bettelt: ›Gott, vergib mir.‹«

»Du sehnst dich immer nach dem Unmöglichen.«

»Gibt es denn eine andere Sehnsucht?«

Als sei ich noch dieselbe, so als könnt ich wieder lieben

Sams Stimme war wie der Flügelschlag eines kleinen Vogels. »Mir fehlt die Stille der Synagoge in der Rykestraße. Wenn ich Kummer hatte, bin ich manchmal hin, ganz früh. Ich konnte eine halbe Stunde dort sitzen und hätte dir später nicht sagen können, woran ich gedacht habe. Doch danach war mir immer leichter ums Herz.« Sam sah ins Leere. »In New York bin ich auch in eine Synagoge. Und in Reims, Nancy, in Frankfurt. Es war nicht dasselbe. Ich habe keine Ahnung, warum.«

»Du bist doch gar nicht gläubig«, sagte sie.

»Du auch nicht«, erwiderte er. »Und doch beten wir.«

Sam ging mit ihr zum Motorrad. Am Himmel ballten sich die Sterne, als sei ein Silvesterfeuerwerk in der Luft erstarrt.

Er blieb stehen. »Hast du je gebettelt?«

»Als Kind, um eine Eiswaffel?« fragte Paula. »Oder meinst du: *wirklich* gebettelt? Wie der König von Troja, als er Achill anflehte, den Leichnam seines Sohnes waschen zu dürfen?«

Sam nickte.

»Ja. Dass mein Vater Deutschland mit mir verlässt.«

»Ich auch«, sagte er. »Und aus dem gleichen Grund. Doch meine Eltern und meine Schwestern blieben stur. Sogar nach den Nürnberger Gesetzen dachten sie, es wäre ein Spuk, der bald vorbei sein würde. Als ich zum amerikanischen Konsulat gegangen bin, war da eine ewig lange Schlange, alle haben für Visa angestanden. Ein Ehepaar war kurz abgelenkt, ich habe mich an ihnen vorbeigedrängelt. Sie waren alt. Ich weiß es wie heute, dass sie sich die ganze Zeit über an den Händen hielten. Nach neun Stunden hat man mich hereingelassen. Als ich das Haus betreten habe, gab es draußen eine Durchsage: ›Gehen Sie nachhause. Unser Kontingent ist erschöpft, Sie können es nächsten Monat wieder versuchen.‹ Ich war der Letzte an dem Tag. Seitdem muss ich immer wieder an den Mann und diese Frau denken. Ob die beiden es geschafft haben.« Sams Stimme rutschte weg. »Klaus hatte unrecht. Ja, ich bin gegangen. Aber ob ich unschuldig bin, weiß ich nicht.«

Sie sah, wie er sich danach sehnte, dass sie ihn in die Arme nahm, und Paula wollte es ja auch, wollte es wirklich. Doch sie fürchtete sich vor dem, was dann käme, und sagte nur: »Wenn du das mit dir machen lässt, haben die Nazis gewonnen.«

KOMET

An einem Sommertag wie diesem durch Camp King zu spazieren, in einer Luft wie Zimt und Zucker, hätte die reinste Lust sein können, wäre nicht jeder Satz, jeder Zwischenton, jedes Zögern womöglich bedeutsam gewesen, sodass Paula sich an Kupfers Seite nicht entspannen konnte. Sie wusste Knox zehn Schritte hinter ihnen, als der Mann, der behauptete, *Sieben* zu sein, über seine Herkunft sprach.

»Meine Mutter war die einzige Tochter eines vermögenden jüdischen Kaufmanns. In ihrer Kindheit hatte es ihr an nichts gemangelt; sie wohnten mit Personal und Pipapo in Hietzing, einem der nobelsten Bezirke von Wien.« Kupfer zündete eine neue Lucky an. »Kennen Sie Wien?«

»Ich war bis vor vier Wochen dort stationiert. Wir saßen in der Stiftskaserne im 7. Bezirk.«

»Ah, ein prachtvolles Gebäude. Nach dem ›Anschluss‹ ließ die Wehrmacht sich in den heiligen Hallen nieder.«

»Dann kennen Sie es auch von innen?« Paula kaschierte die Fangfrage mit einem entspannten Plauderton.

»So ein-, zweimal hatte ich dort zu tun«, antwortete Kupfer. »Man sieht den Treppenhäusern und Fluren noch an, dass es mal eine Kadettenschule war. Kadetten will man ja mit Prunk beeindrucken, um sie glauben zu machen, das Militär sei der wahre Adel. Mir gefielen die dunkelroten Blumenornamente in den Hofdurchgängen.« Ein Lächeln spielte um seinen Mund. »Natürlich durfte nicht jeder dahergelaufene Jude mir nichts, dir nichts durch Wiens Wehrmachtszentrale spazieren – es sei denn, ich wäre *Sieben*. Aber vielleicht habe ich mal etwas aufgeschnappt. Oder ich hatte eine Freundin, die als Putzfrau in der Kaserne beschäftigt war. Oder ein Cousin war Stuckateur und hat an diesen Ornamenten gearbeitet. Ich könnte Ihnen auch den Dienstsitz der Abwehrstelle Wien am Stubenring beschreiben. Hätte das mehr Aussagekraft?« Er blieb stehen und sah zum Cooler rüber. »Wenn Sie mich *danach* fragen würden: Ich wüsste nicht mehr, wie es dort ausschaut.« Kupfer tippte auf sein Herz. »Nur, wie es hier ausgesehen hat, nachdem Ihr Kollege die Hemdsärmel aufgekrempelt hatte.«

»Wer war Ihr Vater?« fragte Paula.

»Ein Regimentsarzt der kaiserlichen Armee; aus einer guten jüdischen Familie, wie meine Mutter stets hervorhob. Den Juden war nicht gestattet, einen höheren Rang als Hauptmann zu bekleiden. Das dürfte der Grund dafür gewesen sein, dass mein Vater ein Jahr nach meiner Geburt darauf bestand, sich mit meiner Mutter und mir katholisch taufen zu lassen. Seinerzeit wird sie ihm noch wie eine erstklassige Partie erschienen sein. Leider ging mein Großvater bankrott und erschoss sich, sodass es mit seiner komfortablen Apanage vorbei war. Meine Mutter brachte mich als Wäscherin durch. Sie hat sich jeden Heller vom Munde abgespart und mir damit den Besuch einer höheren Schule ermöglicht. Zu meinem Kummer habe ich in Englisch zu wenig aufgepasst. Doch mein Russisch kann sich sehen lassen, und aus jeder slawischen Sprache kenne ich ein paar Brocken. Sogar Ungarisch spreche ich ganz passabel.«

»Es soll komplizierter als Chinesisch sein«, sagte Paula.

»Für einen Chinesen bestimmt. Mein ungarisches Lieblingswort ist Hódmezővásárhelykutasipuszta.«

»Heißt das ›Guten Tag?‹«

»Es bedeutet: ein Ort in der Puszta, wo es einen Brunnen, Biber, Weiden und einen Markt gibt.«

»Knapper lässt sich das kaum ausdrücken.«

Kupfer lächelte, aber seine Augen waren so müde, als hätte er zuletzt vor dem Krieg geschlafen. »In Favoriten lebten damals viele Juden. Ich hatte Freunde unter ihnen, lange bevor ich wusste, dass ich selbst Jude bin. Wenn ich bei Orthodoxen eingeladen war, habe ich die wunderlich schönen Rituale und Sprüche aufgesogen. Ehe vor dem Essen gebetet wird, räumt man die Messer weg, weil der Tisch ein Altar des Friedens sein soll. Wenn man ein schönes Parfüm riecht, sagt man: *Gepriesen seist Du, Ewiger, unser Herr, Regent der Welt, der wohlriechendes Öl geschaffen hat.* Ich war ja versucht, Sie heute so zu begrüßen. Aber Sie sollen mich nicht für einen Sonderling halten.«

Nichts an ihm war plump. Er hätte sagen können: *Ich habe Sie im Traum nackt gesehen*, und es hätte nicht im Geringsten anzüglich geklungen. Sie stellte sich Frauen vor, die sich ihm hingegeben hatten, ohne einen Wimpernschlag darüber nachgedacht zu haben.

»Sie brauchen deshalb nicht verlegen zu sein«, sagte Kupfer. »Komplimente sind nur fehl am Platz, wenn sie verlogen sind. Vielleicht sind Sie aber auch Jüdin und wissen das alles.«

»Nein.«

»Dabei würden Sie als Jüdin eine gute Figur machen. Wenn man einen Kranken besucht, soll man nicht über bittere Dinge sprechen. Dafür bin ich Ihnen dankbar.«

»Sind Sie das denn – krank?«

»Sie meinen, weil ich Scherze mache?« fragte er. »Ach, wir Wiener haben eine solch unstillbare Gier nach Glück, dass wir eigentlich dauernd deprimiert sind. Kaiser Joseph II. hat sogar ein Edikt erlassen, dass in Theaterstücken nicht mehr gestorben werden durfte. So mancher, der *Romeo und Julia* gesehen hat, ist mit der tröstlichen Gewissheit heimgegangen, dass die beiden am Ende geheiratet haben.«

»Ein jüdischer Katholik«, sagte Paula. »Welche der beiden Religionen ist Ihnen näher?«

»Das Judentum ist mir zu kompliziert«, entgegnete Kupfer. »So schön die Bräuche sind – ehe ich mir alles gemerkt hätte, wäre ich bereits tot. Und koscheres Fleisch schmeckt einfach schrecklich. Was den Katholizismus betrifft: Schauen Sie, fast jede große Errungenschaft der Menschheit wurde nicht durch, sondern gegen die katholische Kirche erlangt. Galilei musste die Sonne weiter um die Erde kreisen lassen, um der Hinrichtung zu entgehen. Er war nicht so mutig wie Giordano Bruno, der seine dreiste Rede, das Universum sei unendlich, mit dem Scheiterhaufen bezahlt hat. Wissen Sie, warum Brunos Lehre so eine Blasphemie war?«

»Nein.«

»In einer Welt ohne Anfang und Ende wäre keine göttliche Schöpfung und kein Jüngstes Gericht«, sagte er. »Ein Problem, nicht wahr? Bruno hat man noch auf dem Weg zur Hinrichtung seine Zunge festgebunden, damit er keinen der Schaulustigen verderben konnte. Diese Pharisäer hätten auch Einstein und Darwin verbrannt, wären sie ihrer habhaft geworden. Hätte es die Aufklärung gegeben, wenn die Kirche das zu entscheiden gehabt hätte? Wüssten wir von Voltaire, Rousseau, Kant? Von der Psychoanalyse? Der Katholizismus hat ja eine Gemeinsamkeit mit dem Faschismus: das Führerprinzip. Möglicherweise war der Massenmörder aus Braunau dem Papst darum so willkommen; ihm und den Popanzen mit den Lackschühchen und den Päderastenmündchen. Eines Tages wird man Pius heiligsprechen, wie seinen Namensvorgänger Pius V., der Juden in Ghettos stecken ließ, um die Christen vor ihnen zu ›schützen‹. Antisemitismus zeitigt im Vatikan die höchsten Weihen. Ein aufrechter Katholik würde jetzt gewiss Beispiele für den Mut und die Menschlichkeit von Geistlichen gegen mich anführen. Doch, die gab es. So wie sich auf einer stinkenden Müllhalde womöglich ein heiler Apfel finden ließe.«

»Sie glauben also an nichts?« fragte Paula.

»Ich glaube an Diderots Worte, dass die Menschen niemals frei sein werden, bis man den letzten Herrscher mit den Eingeweiden des letzten Pfaffen erdrosselt hat. Und vielleicht an die Vorsehung, die es mir, einem kleinen getauften Juden, erlaubt, genüsslich an dieser Zigarette zu ziehen, statt mich in Rauch verwandelt zu haben.« Er schwieg kurz. »Es ist viel einfacher, an nichts zu glauben, als an Gott. An einem Silvesterabend vor zehn Jahren nahm ich mir fest vor, gläubig zu werden. Aber an Neujahr hat es mir eine solche Kraft abverlangt, nachmittags aus dem Bett zu kommen, dass ich es bei dem guten Vorsatz belassen habe, nicht mehr vor fünf zu trinken.« Er zuckte die Schultern. »Ich schließe nicht einmal aus, dass es den Schöpfer gibt. Aber sollte es so sein, ist er ein Zyniker und hat tausend Jahre lang weggesehen, also ist er mir wurscht.«

Sie dachte an sechs Winterwochen in Wien, unwirklich wie die Erinnerung an einen Film, von dem sie nur noch einzelne Bilder wusste. Eine Tafelrunde im Continental, Graham, der Paula allein am Bartresen sah, zu ihr ging und sich verbeugte: »Wir sind dreizehn am Tisch, eine Unglückszahl. Geben Sie uns die Ehre?« Ein Tag im Belvedere, Eisblumen in Grahams Augen, als er von Afrika sprach, wo er im Krieg gewesen war. Spaziergänge über Ruinengletscher, Kreuze für die gefallenen russischen Soldaten, im Prater das bombenschiefe Riesenrad. Auf dem Zentralfriedhof bullerten Bohrmaschinen, die in der Hundekälte das Erdreich aufbrachen, damit die Toten endlich bestattet werden konnten. Die letzte Nacht, Grahams Finger, die über ihren Rücken strichen. Sein Flüstern: »Wir alle haben Narben.« Der Morgen, an dem sie aufwachte, das Bett neben ihr leer, und sie sich schämte, weil sie nicht an Georg gedacht hatte. Keine Sekunde.

»Eine Zigarette für Ihre Gedanken«, hörte sie Kupfer.

»Was Sie sagen, erinnert mich an einen Freund in Wien.«

»Wollen Sie mir von ihm erzählen?«

»Er hieß Graham. Ein englischer Schriftsteller, ganz unbekannt, der zur Recherche in der Stadt war. Man hatte ihm für ein Drehbuch einen Vorschuss bezahlt, obwohl er noch nicht wusste, wovon der Film handeln würde. Nur den Titel hatte er schon. ›Der dritte Mann‹ – klingt das nach Wien?«

»Ach, der Titel ist egal«, sagte Kupfer. »Solange das Riesenrad drin vorkommt und geschrammelt wird.«

»Wir hatten in Wien mit Penicillinschmugglern zu tun, das ist ein rentables Geschäft. Ich habe Graham davon erzählt; die Idee hat ihm gefallen.« Paula schwieg einen Augenblick. »Am ausgebrannten Stephansdom war eine katholische Prozession. Graham sagte: ›Sieh nur, wie sinnlos. Die Nazis waren begnadete Wissenschaftler; sie haben ein zwölfjähriges Experiment gemacht und bewiesen, dass Gott nicht existiert.‹« Der Wind spielte Wolkenschach. Sie fragte sich, wie die jüdische Lobrede dafür wohl lauten mochte. *Gepriesen seist Du, Ewiger, unser Herr, Regent der Welt, der Du die Wolken über Deinen Himmel schiebst?* Paula schaute Kupfer an. »Wie ging es nach dem Gymnasium mit Ihnen weiter?«

»Bis zum dreißigsten Jahr war nichts in meinem Leben der Erwähnung wert. Ich habe studiert, später war ich Statiker. In Wien stehen Häuser, an deren Bau ich mitgewirkt habe, aber ich könnte sie nicht benennen. Es gab Frauen, keine habe ich geliebt. Ich hatte kein Kind gezeugt, um niemanden getrauert, keine Hand zum Trost gehalten. An einem Morgen im Herbst habe ich geweint, ohne zu wissen, warum. Mit meiner Statik war etwas nicht in Ordnung. Verstehen Sie das?«

»Ja.«

»Ich habe geheiratet, weil ich glaubte, das hätte in meinem Leben gefehlt. Sie mochte schöne Dinge mehr als mich, und ich war einsamer als je zuvor. Neulich habe ich mir den Kopf zermartert, bis mir ihr Name einfiel. Es war eine Scheidung ohne schmutzige Wäsche. Sie hat ihren Schmuck genommen und mir die Schulden gelassen. Ich habe einen Mann kennengelernt, der auf dem Balkan mit Grundstücken gehandelt hat. Das wäre nicht unlauter gewesen, hätten sie ihm gehört oder zum Verkauf gestanden. Bald bot er mir eine Partnerschaft an; Gewissensbisse kannte ich keine. Menschen haben mir nichts bedeutet. Ich sah sie, gab ihnen die Hand, redete und scherzte mit ihnen, doch im Grunde waren sie bloß da; wie Laternen, Häuser, Autos. Für meine Mutter kaufte ich eine Wohnung in Döbling, ich mochte es, sie glücklich zu sehen. In Wien strandeten zu der Zeit viele deutsche Juden. Die einen suchten in Österreich Schutz, andere wollten weiter nach Ungarn, wo es eine große jüdische Gemeinde gab. Was die Nazis im Übrigen dazu brachte, Budapest in Judapest umzutaufen.«

»So wie Wien in *Mein Kampf* als Sinnbild der Blutschande herhalten muss«, sagte sie und sah Kupfers Verblüffung. »Sie wundern sich, dass ich *Mein Kampf* gelesen habe?«

»Ich kenne sonst keinen, der sich das angetan hat.«

»Dann haben Sie eines der herausragenden humoristischen Werke des Jahrhunderts verpasst. In tausend Jahren wird man darüber lachen. Oder sagen wir: in zweitausend.«

»Ungarn nahm vor dem Krieg nur noch sehr wenige Juden auf«, sagte Kupfer. »Aus Willfährigkeit dem Deutschen Reich gegenüber. Verzweifelt drückten sie sich in den Wiener Kaffeehäusern herum und sprachen jeden an, der aussah, als könne er ihnen vielleicht helfen. Ich hatte häufig in Budapest zu tun und kannte dort zudem einen Fälscher. Seine Visa und Pässe sahen echter aus als die Originale, und in Budapest stempelte der geldgierige Beamte bei der Deutsch-Ungarischen Handelskammer, den ich fürstlich bestochen hatte, sie mit Vergnügen ab. Ich war teuer. Wenn einer der Juden die geforderte Summe nicht aufbringen konnte, schickte ich ihn fort. Dass ich selbst Jude war, ist mir kein einziges Mal in den Sinn gekommen. Sie werden mich verachten, ich kann Ihnen das nicht verdenken.

Aber würde es etwas an meinem Selbstekel ändern, wenn ich es verschwiege? Meine Reisen führten mich über den Balkan bis in die Türkei und nach Russland, und überall war der Tisch für einen wie mich reich gedeckt. Ich amüsierte mich über die Dummheit der Welt, als lebte ich in einer anderen.« Schritte später merkte er mit einem Seitenblick an: »Sie werden meine Aussagen in den Verhören gelesen haben.«

»Nein, das ist nicht gewollt.«

»Von alldem würden Sie kein Wort darin finden. Sehen Sie es als Zeichen meines Vertrauens.«

Paula hätte geschworen, in seinen Augen die reine Wahrheit zu sehen, wüsste sie nicht, dass es eine glatte Lüge war. In der Akte war vermerkt: *Subjekt trieb sich auf dem Balkan und im Vorderen Orient herum und ging diversen Gaunereien nach, darunter gefälschten Visa für Juden. Gewissensbisse kannte Subjekt nicht.*

»Das war alles vor dem ›Anschluss‹?« fragte Paula.

»Ja. Bei Hitlers Einzug in Österreich waren die Kirchen mit Hakenkreuzflaggen geschmückt. In Wien stieg er im Imperial ab, meinem Stammhotel. Weil ich nichts Besonderes vorhatte, bin ich zum Heldenplatz. Dort bekreischte eine Viertelmillion Menschen des neuen Kaisers Kleider. *Hiermit melde ich vor der Geschichte den Eintritt meiner Heimat in das Deutsche Reich.*« Er seufzte tief. »*Melde ich vor der Geschichte …* Dieses sprachliche Fiasko hat mich am meisten erschüttert. Vor mir stürzte eine Frau auf die Knie. Stammelnd rang sie die Hände zum Himmel. ›Der Stern von Bethlehem! Der Stern von Bethlehem!‹ Wissen Sie, was sie damit meinte?«

»Nein.«

»Als ich sechs Jahre alt war, zog der Halleysche Komet mit seinem Feuerschweif über Wien hinweg. Die halbe Stadt war auf den Beinen. Meine Mutter fuhr mit mir auf den Kahlenberg, dort war ein riesiges Volksfest. Wie der Komet aussah, habe ich vergessen, aber der Geschmack der Zuckerwatte ist heute noch auf meiner Zunge. Glauben Sie es oder nicht: Es war der 20. April 1910, Hitlers einundzwanzigster Geburtstag. Daran erinnerten sich hernach viele. Der Mann musste ja der Erlöser sein, wenn derselbe Komet, der zu Christi Geburt über den Himmel zog, der Stern von Bethlehem, zu Ehren des Führers das Firmament erleuchtet hat. Auf dem Heldenplatz hätten Sie die Gesichter der Menschen sehen sollen, ihre glühenden Fratzen. Es ist mir ein Rätsel, wie man so lange den Arm in die Höhe recken kann, ohne einen Krampf zu bekommen.«

»Zwei Stunden, elf Minuten, drei Sekunden«, sagte Paula.

»Hitlers Rekord in Nürnberg?«

»Nein, ein arbeitsloser Elektriker hat ihn aufgestellt. Dann hat man ihn in eine Nervenheilanstalt gesteckt.«

»Für den Hitlergruß kam man doch nicht ins Gugelhupf.«

»Das war im Januar. Auf dem Broadway in New York.«

Er lachte auf. »Nach dem Krieg bin ich noch einmal in Wien gewesen. Vom Schneider bis zum General: alles Widerständler. Jeder hatte einen Juden auf dem Dachboden gehabt. Als hätten ihre Buben niemals mit Wehrmacht-Bleisoldaten gespielt, als sei der Gröfaz nicht der Narrenprinz auf ihrem Gehirnfasching gewesen. Nicht mal mit ihren Deutschen Schäferhunden sind sie noch Gassi gegangen. Bis dahin glaubte ich, unsere größte Lüge sei die Behauptung, dass wir Deutsch reden.«

»Das hat sich geändert. In Wien benutzen selbst die wohl-habenden, gebildeten Wiener jetzt den Dialekt der Vorstadt, um zu zeigen, dass sie Österreicher sind und keine Deutschen. Mir saßen Professoren gegenüber, die geschimpft haben: ›Da ham sich die Leut an schönen Schaß ausg'fasst. I behirn ned, wos die an dem oiden Oaschbrunzer Hitler g'funden ham.‹«

Wieder lachte er, diesmal tief und laut. »Was ich nicht ver-stehe: Wenn alle Opfer waren, wie konnte es dann sein, dass ich bei der Abwehrstelle Wien, in deren Visier ich geraten bin, fast nur mit Österreichern zu tun hatte?«

»Wie kam es zu dieser Zusammenarbeit?« fragte Paula.

»Steht das nicht in Ihrer Akte?«

»Das ist keine geschickte Antwort, oder?«

»Es tut mir leid, aber ich verspüre nicht das Bedürfnis, mich Ihnen gegenüber geschickt anzustellen.«

Und doch tust du die ganze Zeit nichts anderes, dachte sie.

»Nun, kurz nach Beginn des Krieges fiel mein Mann in der Deutsch-Ungarischen Handelskammer durch einen protzigen Lebensstil auf, sodass die Ausländerpolizei auf die Scheinvisa stieß, die der Gimpel fleißig für mich abgestempelt hatte. Man gab der NSDAP-Auslandsorganisation einen Wink. In den drei Tagen, die ich im ehemaligen Wiener Hotel Metropol in einer Zelle war, traten die Verhöroffiziere den Beweis an, dass man ein Nasenbein beliebig oft brechen kann und es ein jedes Mal weher tut als zuvor. Dann hat man mich zur Abwehrstelle am Stubenring geschleift, wo Herr Oberstleutnant Alfred Lantz mir in breitestem Wienerisch erklärte, dass ich als ›Volljude‹ zwei Möglichkeiten hätte: Ich könne gemeinsam mit meiner alten Mutter sofort an die Gestapo überstellt werden, oder wir würden beide von jeder Verfolgung verschont bleiben. Dafür müsse ich bloß der Abwehr behilflich sein und meine zahlreichen Kontakte auf dem Balkan für den Aufbau eines Agentennetzes nutzen. Lantz stellte mir eine Melange mit viel Schaum hin und gab mir fünf Minuten Bedenkzeit. Das war natürlich eine schwere Entscheidung. Doch so verlockend die Gestapohaft war, ich wählte doch Letzteres. Lantz beglückwünschte mich und sagte: ›Manchmal ist Kupfer besser als Gold.‹«

»Wo hat man Sie ausgebildet?« fragte Paula.

»An einer Agentenschule in Breitenfurt westlich von Wien. Eine Gründerzeitvilla mit Garten, meiner jetzigen Unterkunft nicht unähnlich. Der Lehrgang dauerte gut vier Monate und beinhaltete das Codieren und Entschlüsseln von Nachrichten sowie den Gebrauch von Geheimtinte.«

»Das war alles? Muss ich von der Abwehr enttäuscht sein?«

»Im Alsergrund gab es ein Beisl; das Wimmerling. Dort lungerten Zeitungsschreiber, Nachrichtenhändler, jugoslawische Geheimdienstler, windige Typen jeder Couleur. Eine Aufgabe bestand beispielshalber darin, im Wimmerling einen ›Stirler‹ anzuheuern; die wurden wegen dem wienerischen Ausdruck für ›Müllaufpicker‹ so genannt. Kleinkriminelle und Strizzis, mit deren Hilfe sich beinahe jede Information beschaffen ließ, durch Taschendiebstahl etwa oder Einbrüche.«

»Beim CIC heißen sie immer noch Stirler«, sagte Paula.

Kupfer lächelte. »In keiner Stadt der Welt ist die Tradition so zuhause wie in Wien.«

»Haben Sie nicht an Flucht gedacht?« fragte sie.

»Wie weit wäre ich mit meiner Mutter gekommen? Sie war siebzig und litt an Asthma. Sollte sie in einem nassen, kalten Kellerversteck sterben? Ich habe die Ausbildung mit Bravour beendet, bekam einen Ausweis und wurde mit meiner Mutter in den Nachtzug nach Budapest gesetzt. Waren Sie mal dort?«

»Nein.«

»Es ist wie Wien, nur das Riesenrad fehlt.«

»Wie lautete Ihre Decknummer?«

»60711.«

Diese Nummer hatte Hermann Baun bestätigt, wie sie aus der Akte wusste. Sie war das womöglich wichtigste Indiz, dass Kupfer die Wahrheit sagen könnte, denn den Agenten wurde eingeschärft, sie niemandem preiszugeben.

Kupfer musterte Paula. »*Sieben* wäre nicht der erste Agent gewesen, der es an der nötigen Sorgfalt fehlen ließ.«

»Weshalb entkräften Sie andauernd, was zu Ihren Gunsten sprechen könnte?« fragte sie.

»Vielleicht, um Ihre Intelligenz nicht zu beleidigen«, sagte er. »Oder weil mir Ihre Gesellschaft so sehr gefällt, dass ich sie möglichst lange genießen möchte.«

»Sie legen sich nicht gern fest.«

»Ich muss in Bewegung bleiben, wie ein Gnu in der Savanne. Sonst bin ich tot.«

»Wie kam man eigentlich auf *Sieben* als Codename?«

»Wer's weiß, wird's wissen. Es könnte vor mir schon sechs andere gegeben haben, die auf Nimmerwiedersehen in irgendeinem Loch verschwanden. Oder mein Agentenführer war ein versierter Christ. Jesus sprach sieben letzte Worte am Kreuz und siebenmal *Ich bin*. Er vollbrachte sieben Wunder, und das Vaterunser kennt sieben Bitten. Von den sieben Sakramenten und den sieben Plagen ganz zu schweigen – und natürlich der siebten Todsünde, der Feigheit. Im Übrigen bin ich seit sieben Wochen hier. Ein gutes Omen?«

»Nicht übel für einen jüdisch-katholischen Agnostiker.«

»Ach, gar nicht. Ich habe in Budapest einen Priester gefragt, weil es mich interessiert hat.«

Sie sah zur Mountain Lodge. »Nehmen wir einen Imbiss?«

»Ich habe zwar noch eine Verabredung zum Dinner im Ritz, aber warum nicht.«

Knox lehnte an einer Laterne. »Wohl bekomm's«, sagte er.

In der Lodge, wo um diese Uhrzeit sicher zwanzig Offiziere speisen würden, wäre seine Anwesenheit endgültig lächerlich gewesen. Aber sicher wusste er um den Ruf des Essens, dass etwas anderes auf den Teller kam als in der Mannschaftsmesse, wo es wechselweise Kartoffelstampf mit Rührei aus Eipulver und Rührei aus Eipulver mit Kartoffelstampf gab.

»Ich fürchte, Sie müssen mit«, sagte Paula. »Herr Kupfer ist ein gefährlicher Mann, wir wollen kein Risiko eingehen.«

Gegen das Strahlen von Knox war die Sonne gar nichts.

Im Entree des Casinos blieb Kupfer stehen und betrachtete den titanischen braunen Mount Rushmore. »Lassen Sie mich raten: Hitlers Briefbeschwerer?«

STATIK

Hätte es noch eines Beweises bedurft, dass er der bekannteste Häftling von Camp King war, so wäre es das Schweigen gewesen, das sich bei ihrem Eintreten ausbreitete, diese Blicke der Offiziere, darunter Lowell Baxter, das Gemurmel, das wieder einsetzte, als der livrierte Ober, vormals Panzerkonstrukteur bei MAN, nach den Wünschen fragte.

An einem der Tische sah Paula einen älteren Herrn, preußischer Junker vom Scheitel bis zur Sohle, einer von denen, die in Zivil nackt wirkten. Sie wusste, dass das Franz Halder war, früher Generalstabschef des Heeres, den die Historical Section der Army angeheuert hatte, damit er den Krieg aus deutscher Sicht deutete. Jetzt wusch er die Wehrmacht rein und machte Hitler zum Alleinverantwortlichen für sämtliche Verbrechen. »Halder setzt den ›nahezu übermenschlichen Leistungen der deutschen Soldaten‹ ein Denkmal«, hatte Sam gemeint. »Dass er 41 erklärt hat, Kriegsgerichtsverfahren gegen ›verdächtige Zivilisten‹ wären überflüssig, weil hinter jedem von ihnen die ›jüdische Weltanschauung‹ lauere, stört hier weiter keinen.«

»Dürfte eine deutsche Angestellte mit mir hierher?« fragte Kupfer leise.

»Ich habe die Erlaubnis eingeholt.«

Das Essen kam. Kupfer sah, dass Paula mit den Händen aß, und tat es ihr nach. »Wie nennen Sie das?« fragte er.

»Hamburger.«

»Also ein faschiertes Laibchen mit Salat und Tomatensoße in der Semmel.«

»Das war in der engeren Namenswahl.«

»Na, einmal kann man's essen, aber das wird sich in Europa nie durchsetzen.«

Knox saß am Tresen und vertilgte einen Schmorbraten, der fünf Bergleute satt gemacht hätte. Paula sah, dass Baxter sich zu ihm setzte und eine Unterhaltung begann.

»Ihr Kollege dort versteht sein Handwerk«, meinte Kupfer. »Ich bin von vielen verhört worden, doch bei dem wusste ich bald nicht mehr, ob ich Jude oder Muselman bin.«

»Lassen Sie uns über Budapest reden«, sagte Paula. »Ungarn hat mit Deutschland paktiert, richtig?«

»Später, ja. Aber als ich ankam, war man noch neutral, auch wenn tunlichst vermieden wurde, die Nazis zu reizen. Es gab viele Deutsche in Ungarn, das war ja ehedem alles k. u. k. Das Volk hegte eine starke Sympathie für das Reich; nicht zuletzt, weil Ungarn durch Hitler Gebiete zurückerhielt, die im Ersten Weltkrieg verloren wurden. Auch darum durfte die Waffen-SS dort Freiwillige rekrutieren. Ich bin in einem sehr guten Hotel abgestiegen, dem Astoria. Als der Concierge mein Wienerisch hörte, hat er meiner Mutter die Hand geküsst.«

»Welchen Namen haben Sie benutzt?«

»Max Gruber. Nicht sonderlich einfallsreich, das räume ich ein. Ich habe mich als Vertreter für Landwirtschaftsmaschinen ausgegeben und Firmenräume in der Franzstadt gemietet, mit Blick über die Donau bis zur Fischerbastei.«

»Sie haben diesen Funkmeldekopf aufgebaut. Aus der Akte geht hervor, dass Sie dazu Personal angeworben haben.«

»Ich mag Ihren Satzbau«, sagte Kupfer lächelnd.

»So?«

»Ihr Kollege da hätte das gänzlich anders formuliert. Etwa: *Falls Sie* Sieben *wären, hätten Sie Personal gebraucht.*«

»Kommen Sie dadurch nicht auf falsche Gedanken, es wäre mir schlicht zu umständlich.«

»Ich höre es trotzdem gern. Natürlich musste ich geeignete Leute finden. Andere hätten sich vielleicht einen Plan zurechtgelegt. Doch so bin ich ja nicht, ich habe immer alles auf mich zukommen lassen. Ein paar Wochen habe ich gelebt, die Stadt genossen, Bekannte getroffen. An einem Abend ging ich in ein Varieté, die Folies Caprice, wo eine Tourneetruppe mit einer Revue gastierte. Es traten Zauberkünstler auf, Trapezartisten, Stepptänzer, Clowns und ein Zwerg, dessen staunenswertes Talent darin bestand, Johann-Strauss-Walzer mittels Flatulenzen darzubieten; unappetitlich, doch allemal amüsant. Dóra Horváth war der Star der Revue. Sie bot einen Fächertanz dar. Ist Ihnen bekannt, was das ist?«

»Sie gab den Männern die Illusion, sie fast nackt zu sehen«, sagte Paula, »während sie in Wirklichkeit nur einen Blick auf ihren Rücken erhaschten, ein Stück Wade, ein Fitzelchen ihrer Hüfte.«

»Ja. Dóra war so betörend, dass selbst das Ausziehen ihrer Handschuhe eine erotische Attraktion war. Ich ließ Blumen in ihre Garderobe bringen. Dóra war für meine Schmeicheleien empfänglich und wurde meine Geliebte. Bald lernte ich auch die anderen Künstler kennen. Bis auf Dóra waren alle Juden. Sie lebten in Angst, denn es war eine Frage der Zeit, bis Ungarn neben Deutschland in den Krieg eintreten würde. Man hatte schon ›Judengesetze‹ erlassen, die späterhin noch verschärft wurden. So unvorstellbar es klingt: Ungarn brachte das Kunststück fertig, die Nürnberger Gesetze zu übertrumpfen. Aber ich habe diesen Menschen ein Angebot gemacht: Wenn sie für mich arbeiten würden, könne ich sie vor Verfolgung schützen und dafür sorgen, dass sie den Krieg überlebten. Das war ein großes Wort; und ich will ehrlich sein, es hat mich selbst überrascht. Seit ich mich erinnerte, war es das erste Mal gewesen, dass ich nicht bloß an mich oder meine Mutter gedacht hatte. Ich habe mich seither oft gefragt, warum ich das tat.«

»Vielleicht, weil Sie nichts mehr zu verlieren hatten. Oder weil Sie Ihre Statik richten wollten. Das wären gute Gründe.«

»Vielleicht ein wenig von beidem«, sagte er. »Und weil die Abwehr mir gezeigt hatte, dass ich ein dreckiger Jude war, den sie brechen konnten wie einen trockenen Ast. Als ich das Versprechen gab, habe ich nicht gewusst, ob ich es würde halten können. Ich wusste nur: Für diese zwanzig Menschen würde ich, Johann Kupfer, die einzige Hoffnung sein. Und wenn ich nur einen retten würde, wäre es die größte Mühe wert.«

Männer lachten irgendwo, Glas fiel zu Boden und zerbrach, ein Zapfhahn zischte; all das war außerhalb der Blase aus Stille und Atem, die sie und Kupfer umgab. Dann stolperte ihr Herz, und sie war zurück in der Welt der anderen.

»Dóra war die Einzige, die keine Angst haben musste. Nicht mein Versprechen band sie an mich, nein, Pelze und Schmuck. Ich fand Wege, meinen gewohnten Lebensstil zu führen, und habe sie wie eine Königin behandelt. Jetzt bereut sie den Tag, an dem sie sich mit mir einließ. Sie hat ja recht. Alles, was ich ihr noch bieten kann, ist Gefängnis.«

Paula machte Anstalten aufzustehen, doch Kupfer legte die Hand auf ihre.

»Miss Bloom, auch Sie wissen nur zu gut, wie schwer eine falsche Entscheidung wiegen kann.«

Sie wich seinem Blick aus. »Wie kommen Sie darauf?«

»Wir beide reden viel über den Glauben, über den Trost der Religion; das tun Menschen, die einen Verlust erlitten haben oder ihr Leben infrage stellen. In Ihnen ist ein großer Schmerz, und Sie sehnen sich danach, etwas ungeschehen machen zu können.« Kupfer nahm seine Hand weg. »Bitte verzeihen Sie, ich weiß, dass diese Worte mir nicht zustehen. Aber es macht traurig, in Ihre Augen zu schauen.«

TANZENDE BÄREN

In Schlaf sinken, ohne darum kämpfen zu müssen. Beim Aufwachen ihren eigenen Herzschlag nicht hören. Nicht sofort an ihren Rücken denken. Dinge, die sie liebte. Als Paula die Augen aufschlug, war es noch federstill im Schloss. Sie wusste, dass sie von Georg geträumt hatte, denn das Erste, was ihr in den Sinn kam, war: *Ich hätte das Mondlicht für dich eingefangen und zu einem Diamanten gepresst.*

Da lief ein Zittern als Welle durch sie, brandete von innen gegen die Augen. Paula hatte ihre Pflicht getan, ihren Preis bezahlt. Doch sie war hier und nicht wieder in New York, bei den toten Präsidenten an der Columbia. Weil Generäle nicht über jeden Frieden bestimmten. Weil das CIC ihre einzige Hoffnung war, Georg zu finden, ihm zu sagen, wie furchtbar sie bereute, ihn verlassen zu haben, bei jedem Atemzug.

Weil sie mit Deutschland noch nicht abgeschlossen hatte.

So bitter sehnte Paula sich danach, dass es einen gäbe, einen Einzigen bloß, der vor sich selbst und der Welt sein Versagen eingestand, nicht jammerte, wie schlimm es ihm erging, nicht fragte, womit er dieses Elend verdient hatte, nicht stammelte, er habe ja nichts gewusst und seine Kinder hätten mit Juden gespielt, der nicht von *Befreiung* faselte, das verlogene Blöken von Schafen, die nach einem Wolfsrudel gelechzt hatten. Und genauso schamlos war das Wort *Zusammenbruch.* Wie konnte man das in den Mund nehmen, nach der totalen Kapitulation jeder Menschlichkeit?

Und damit meinte Paula nicht 1945.

Sondern 1933.

Georg könnte der Eine sein, der all dies bezeugte, der eine Gerechte in Sodom. Woran sollte sie denn noch glauben, wenn nicht daran? Es war alles, was Paula geblieben war. Und dann, vielleicht, wäre die Welt noch nicht verloren und auch für sie die Zeit gekommen, neu anzufangen.

Mit ihm?

Sie wagte es nicht zu denken.

Sam und Lowell Baxter frühstückten allein im Wintergarten. Paula gesellte sich zu ihnen. »Stell dir vor, Heß hat in Nürnberg sein Schweigen gebrochen«, sagte Sam. Er schob ihr ein Papier hin. »Bericht von unserem Prozessbeobachter.«

Für alle überraschend hielt Rudolf Heß gestern sein Schlusswort. Zuerst sprach er vom Stillen Ozean seines Wissens, eine rätselhafte Formulierung, bevor er sich in weitschweifigen Ausführungen über die Zeit seiner Inhaftierung in England erging, wo seine Bewacher regelmäßig ausgetauscht worden seien. Zitat: Dabei hatten einige der Ausgetauschten so eigenartige Augen. Das waren glasige, wie verträumte Augen. Es hielt aber nur wenige Tage an; dann waren sie von normalen Menschen nicht mehr zu unterscheiden.

Sam sagte: »Damit ist wohl bewiesen, dass der Stellvertreter des Führers geistig völlig klar ist und man ihm zutiefst unrecht getan hätte, wenn er für unzurechnungsfähig erklärt worden wäre. Und: *Stiller Ozean seines Wissens.* Das ist Rilke würdig.«

Baxter grinste. »Ein fantastischer Filmstoff. Außerirdische übernehmen heimlich die Seelen von Menschen und bringen sie dazu, schreckliche Dinge zu tun.«

»›Invasion der Körperfresser‹ wäre ein guter Titel«, meinte Sam. »Ich schicke ein Kabel an John Finney; er schreibt so ein Zeug für *Cosmopolitan.*«

Baxter wandte sich an Paula. »Ich habe gehört, dass Sie was von Kunst verstehen.« Er wies mit dem Kinn auf ein Gemälde.

»Was halten Sie von dem da? Jeden Morgen frage ich mich, ob der sogenannte Künstler ein Spiegelei an die Wand geworfen und dann eingerahmt hat.«

Das Stillleben, das er meinte, leuchtete so intensiv, als habe Klee den Pinsel in Licht getunkt. *Ich gebe Ihnen recht*, lag ihr auf den Lippen. *Lassen Sie uns Eintritt verlangen und es »Entartete Kunst« nennen.* Aber Paula war unendlich müde von der Wut, mit der sie immer nur auf sich selbst einprügelte. Auf einmal sehnte sie sich danach, von diesem trostlosen Gestade fortzusegeln, eine Argonautin auf dem Ozean des großen Vergessens.

Lucy brachte ihr ungefragt Kaffee und Toast mit Marmelade.

»War Rudolf Heß je bei Ihnen zu Gast?« fragte Paula

Sie hatte Lucy zum ersten Mal auf Deutsch angesprochen.

In deren Gesicht spiegelte sich Erschrecken.

Sie antwortete nicht.

»Sie würden sich doch an Heß erinnern, oder?« fragte Paula.

»Einmal, zusammen mit seiner Frau«, sagte Lucy zögernd.

»Ihr Stiefvater war der Direktor der Kunsthochschule Bremen. Frau Heß hob lobend hervor, dass er einen seiner Studenten der Gestapo gemeldet und ins KZ gebracht hatte.«

»Was hat sie zu den Bildern hier gesagt?« fragte Paula.

»Dass man für so etwas nach Buchenwald kommen könne. Ich nehme an, es war scherzhaft gemeint. Heß hat jedenfalls gelacht. Ich weiß noch, dass er zu dem Pechstein sah, der jetzt nebenan hängt, und kopfschüttelnd sagte: ›Gelbe Bäume auf einer violetten Wiese. Gnädige Frau, ich will doch hoffen, der verwirrte Künstler sitzt im Irrenhaus.‹«

»Das hat Ihnen keine Angst gemacht?« fragte Paula. »Nein, ich Piesepampel habe glatt vergessen, dass Sie unantastbar gewesen sind. Ihr Mann besaß ja Verantwortung im mächtigsten Konzern des Reiches, dem größten Chemieunternehmen der Welt. Wie komfortabel, dass man für die Ausmerzung ganzer Völkerschaften unverzichtbar war.«

Lucys Gesicht nahm eine Farbe an, die Pechstein gefallen hätte. Sie verließ das Zimmer, mit eckigen Schritten, als seien ihre Schuhe zu eng.

Baxter steckte sich eine Lucky an. »Worum ging's?«

»Ach, wir haben nur über die Schönheit der Natur geredet«, sagte Paula und wich Sams Blick aus.

»Wie steht es mit Kupfer?«

Wenn man Baxter so anschaute, hätte man meinen können, er wäre ein Finanzbeamter, der gerne mal ein Auge zudrückte, einem Pläuschchen nie abgeneigt, zuhause eine Frau namens Wilma, jeden Samstag Grillen mit den Nachbarn, die genauso langweilig waren wie er.

Aber unter Grillen verstand er etwas ganz anderes.

»Kupfer schwärmt von Ihnen«, sagte Paula. »Er meint, dass er keinen kennt, der die Ärmel aufkrempeln kann wie Sie.«

Baxter setzte ein hartes James-Cagney-Gesicht auf. »Sehen Sie mich nicht an, als hätte ich in Ihre Handtasche gekotzt.«

»Sie haben sicher schon weit Peinlicheres dargeboten.«

»Es soll wieder Tote in Bombay gegeben haben«, sagte Sam.

»Wo ist der Schorf auf Ihren Fingerknöcheln her? Im Cooler die Handschuhe vergessen?« fragte Paula.

Baxter musterte sie von oben herab. »Die Scharff-Methode, in die Hyde so verknallt ist, habe ich auch mal ausprobiert. An einem Schutzhaftlagerführer von Flossenbürg. Ich habe erfahren, dass er auf Dirndl gestanden hat, im Urlaub an die Ostsee gefahren ist und sein Hund Hasso hieß. Aber zu dem versteckten Zahngold hat er mich erst geführt, nachdem ich ihm eine kleine Kieferbehandlung spendiert habe.«

»Als Kind war ich im Berliner Wintergarten«, sagte sie. »Da habe ich tanzende Bären gesehen, ich war ganz verzückt. Aber mein Vater hat gesagt, dass sie dieselbe Musik gehört hatten, als sie das Tanzen auf einer heißen Eisenplatte gelernt haben. Auf sowas sind Sie stolz?«

Baxter drückte seine Zigarette im Eierbecher aus. »Ich will Ihre Gefühle nicht verletzen, Herzblatt. Aber das ganze Camp weiß, welchen Qualitäten Sie Ihren Auftrag verdanken. Malen Sie sich für Kupfer nur an. Sie sind schließlich Landsleute, das bringt Sie sicher in Stimmung. Wenn Sie mit ihm fertig sind – wir könnten uns ja auch mal verabreden.«

Baxter wog weit über zwei Zentner, sein Nacken war stark wie ein Baumstamm. Aber Sam war gelernter Drucker. Paula wusste um seine Kraft, weil bei einem Schwof in Ritchie ein betrunkener Sergeant den Unterschied zwischen Ja und Nein nicht verstehen wollte und Sam es ihm erklärt hatte.

Jetzt zeigte seine Faust auf höchst anschauliche Weise, dass der Rückwärtssalto eines Mannes mitsamt dem Stuhl, auf dem er gerade noch gesessen hatte, nicht den Gesetzen der Physik widersprach. Sam sah auf Baxter runter und sagte: »Du kannst dich entschuldigen, oder wir zwei finden heraus, ob dein Kopf härter als der Türrahmen ist.«

Baxter kam schwankend auf die Füße und wischte sich Blut vom Mund. »Es war nicht so gemeint«, quetschte er durch die Zähne, ohne Paula anzusehen.

Da erst hörte sie auf, an den Messermann auf der Hohemark-straße zu denken. Als Baxter hinausgewankt war, sagte Paula: »Das wäre nicht nötig gewesen.« Sie lächelte. »Gefallen hat es mir trotzdem.«

»Denkst du, das hätte mir Spaß gemacht?« fuhr Sam sie an. »Ich kam mit ihm aus, du hättest ihn nicht reizen müssen. Er ist weder Heydrich noch Kaltenbrunner.«

»Nein, die haben ja nicht persönlich geprügelt.«

»Mit dem Schutzhaftlagerführer hatte ich auch zu tun. Sei versichert: Du hättest ihm ohne zu zögern mit einem Hammer den Schädel eingeschlagen. Wir haben ein paar Subjekte hier im Camp, denen man mit gutem Benehmen nicht beikommt. Folter? Nein. Das ist ein Gespräch auf Augenhöhe.«

Sie schichteten Schweigen auf Schweigen, bis es eine Mauer für die Ewigkeit zu werden drohte.

»Sehen wir uns heute Abend?« fragte Paula.

»Nein, ich muss gleich nach Berlin zu CROWCASS.«

»Ich dachte, die sitzen in Paris?«

»Früher mal. Sie sind längst nach Schöneberg umgezogen. Diese Woche haben elf Wehrmachtsoffiziere ihre Aufwartung gemacht. Sie stehen alle auf einer Liste, die Gehlen bei Hyde eingereicht hat. Er will sie rekrutieren. Doch wir müssen erst klären, ob etwas gegen sie vorliegt. Morgen Abend bin ich spät zurück. Es lohnt nicht, auf mich zu warten.«

»Hast du nicht gesagt, Hyde lässt die Typen einfach von der Fahndungsliste verschwinden?«

»Es gibt Kriterien. Sie würden dir nicht gefallen.«

»Warum musst du nach Berlin? Schick doch ein Kabel.«

»CROWCASS beschäftigt viele zivile Mitarbeiter. Deutsche. Ich sehe mir die Akten lieber selbst an.«

Er stand auf, wandte sich zum Gehen.

»Grüß die Linden von mir«, hörte sie sich sagen.

»Die sind abgeholzt.«

Sie dachte nur: *Georg.*

Paula wusste, dass sie Sam das nicht zumuten durfte. Doch es würden Monate vergehen, bis sie Urlaub bekäme und nach Berlin könnte; Monate, ohne Ruhe zu finden.

»Es tut mir leid, dich um etwas bitten zu müssen, das mehr als ein Freundschaftsdienst ist«, sagte sie. »Ich würde es nicht tun, wenn ich einen anderen Weg wüsste.«

Er blieb stehen, sah sie schweigend an.

»Ich habe CROWCASS wegen Georg angeschrieben. Dort ist er angeblich nicht gelistet, und es gab nie eine Anfrage. Aber das muss nicht stimmen, oder?«

»Nein.«

»Hilfst du mir?«

Er kramte Stift und Papier aus der Jacke. »Voller Name?«

»Georg Friedrich Melzer.«

»Geburtsdatum?«

»23. August 1916.«

»Rang und letzte bekannte Dienststelle?«

Sein geschäftsmäßiger Ton schmerzte Paula fast noch mehr als ihre Unverschämtheit.

»Oberleutnant. Adjutant bei General von Vietinghoff, dem Oberbefehlshaber der Heeresgruppe C, Italien.«

»Aussehen?«

Zu ihrer Verwunderung gelang es ihr, Georg zu schildern, als fühle sie nichts dabei. Als sei es möglich, den Sonnenaufgang zu beschreiben, ohne das Wort *Rot* zu verwenden, einen Blick über die Chesapeake Bay am Abend ohne *Frieden*, einen Kuss, dessen Poesie ohne *Herzschlag* auskam.

»Besondere Kennzeichen?«

Sie sah zu Boden.

»Das ist wichtig«, sagte Sam.

»Ein Muttermal«, erwiderte sie leise.

»An einer pikanten Stelle?«

»Ja.«

»Vorne oder hinten?«

»Hinten rechts«, sagte sie, als er schon ging.

Sogar in seinem Rücken musste sie den Blick senken.

Sie kannte sechs Millionen Gründe, Deutschland zu hassen. Und ebenso viele, sich selbst zu verachten.

Als sie zu Knox in den Jeep stieg, sagte er, dass er sie zu Hyde bringen sollte. Im Vorzimmer setzte er sich bei FRU-line ICE-ler auf die Schreibtischkante und schäkerte mit ihr. Sie hatte bei ihm einen Blick wie ein Kätzchen, das zum ersten Mal die Augen öffnet. Hydes Tür war nur angelehnt. FRU-line ICE-ler signalisierte Paula giggelnd, dass sie gleich reingehen könne.

Hinter sich hörte sie die Frau flöten: »Aber Polonius, jetzt stecken Sie doch den Sand nicht gleich in den Kopf.«

Polonius?

Beim Aufstehen verdeckte Hyde eine Akte auf dem Schreibtisch. Er bat sie, Platz zu nehmen. Siegfried legte den großen, schweren, traurigen Kopf auf ihren linken Schuh und ließ sich wohlig gefallen, dass sie mit dem Absatz des anderen seinen Rücken durchwalkte. »Ich dachte, Sie wollten meinen Bericht alle drei Tage, Sir«, sagte sie.

»Bis dahin habe ich die Schrödingergleichung widerlegt und die Quantenmechanik revolutioniert.«

»Er ist in einer besseren Verfassung, als ich vermutet habe. Hauptsächlich sorgt er sich um seine Geliebte.« Paula schwieg kurz. »Er ließ anklingen, dass Lowell Baxter bei den Verhören zweifelhafte Methoden angewandt hat.«

»Kupfer ist kein Kriegsgefangener«, gab Hyde zurück. »Das Haager Abkommen gilt nicht für ihn.«

»Ich halte diese Art der Befragung dennoch für deplatziert. Er hat einen starken Willen und würde sich lieber umbringen, als ein derartiges ›Gesprächsangebot‹ anzunehmen. Was er ja auch versucht hat«, setzte sie hinzu.

»Ich für meinen Teil, Miss Bloom, erachte es als deplatziert, dass Sie einen verdienten Offizier bei mir anschwärzen.«

Sie schluckte es herunter. »Wir haben über seine Kindheit und seinen Werdegang bis Budapest gesprochen. Bisher klingt alles plausibel.«

»Hat er Ihnen Ihre Geschichte abgekauft?« fragte Hyde.

»Ja. Ich habe ihm einiges von mir erzählt und bin recht nah bei der Wahrheit geblieben, natürlich nur, was meine Berliner Zeit betrifft. Es hat ihn dazu gebracht, auch über sich zu reden, etwa über seine Ausbildung an der Agentenschule.«

Die Tür zum Nebenraum ging auf; Hydes Adjutant schaute herein und nickte Paula zu. »Miss Bloom. – Walt?«

Hyde verschwand nach nebenan. Siegfried wälzte sich auf den Rücken und zeigte Paula Glocken, die in der Westminster Abbey hätten hängen können. Sie verschmähte den verfilzten Bauch und griff nach der Akte, die Hyde verdeckt hatte.

Streng Geheim
RSD-287 / CIC - Caserta
Subjekt: Walther Rauff
Kommentar: Allen Dulles, OSS

Sie hörte Schritte, legte die Akte rasch zurück. Als Hyde kam, war sie über den Hund gebeugt und kämpfte sich mit beiden Händen durch das Unterholz seines Fells. Ihr Herz ratterte, als wäre es eine Schreibmaschine, die von FRU-line ICE-ler traktiert wurde, so laut, dass sie Walton Hyde fast nicht verstand.

»Ich nehme an, Sie wollen jetzt zu Kupfer.«

»Ja.«

»Nicht heute. Ihm soll bewusst sein, dass Ihre Gesellschaft keine Selbstverständlichkeit ist.«

»Wie Sie wünschen, Sir. Ich möchte etwas anregen: Kupfers Haftumstände sind die Folge seines Selbstmordversuchs, das Zimmer ist entsprechend präpariert. Ich glaube aber, dass die Gefahr einer Wiederholung nur gering ist, und halte es daher für angeraten, ihm etwas mehr Komfort zu gewähren. Außerdem sollte man ihm erlauben, Dóra Horváth wieder zu sehen. Das würde ihn emotional stabilisieren.«

»Horváth kommt nicht infrage.«

Hyde musste es nicht aussprechen. Wenn Kupfer mit Dóra zusammen wäre, würde das Paulas sexuelle Attraktion für ihn mindern. Doch so empfand Kupfer nicht für sie.

Ja? War sie sich da sicher?

»Was wäre, wenn wir ihn am geselligen Leben von Alaska teilhaben lassen?«

»Das muss er sich erst verdienen.«

»Mir ist dabei weniger an einer Belohnung gelegen«, sagte sie. »Ich denke an die Kassiber, die Hanna Reitsch aus Alaska herausschmuggelt. Kupfer könnte versuchen, auf diese Weise mit jemandem in Kontakt zu treten. Es wäre aufschlussreich, seine Nachrichten zu lesen.«

Hyde dachte nach. »Einverstanden. Aber damit warten wir noch. Deuten Sie Kupfer gegenüber morgen an, dass Sie sich beim CIC für ihn verwandt haben. Wenn wir ihm das Privileg dann gewähren, wird es Ihren Wert für ihn weiter erhöhen.«

Bis zum Abend wertete Paula Nazipropagandafilme aus. Im IG-Farben-Haus wollte man ergründen, wo der Nerv saß, den die Nazis bei den Deutschen getroffen hatten. Paula dachte an Knox: *Der Defekt muss ja irgendwo im Gehirn sein.*

In einer Wochenschau fand sich ein Streifen mit dem Titel *Deutsche Chemie für Deutschland.* Zu kraftvollen Bildern dahinpreschender Autos erklang pathetisch: *Schon seit Jahren fahren wir mit synthetischem Treibstoff, und am heutigen Tage sind wir ganz und gar unabhängig von den Rohstoffmonopolen des Feindes.* Schnitt auf einen Fabrik-Komplex, der in eine glorreiche Ferne mäanderte, Wirrwarr von Rohren, Leitungen, Kesseln wie in Fritz Langs *Metropolis*, hohe, schlanke Schlote als Säulen eines Himmels aus Bombern. *IG Farben. Kautschuk und Kraftstoff aus Deutschland, unser Pfand auf die Zukunft.*

Noch gestern hätte sie sicher die Ironie empfunden, diesen Film zu sehen und in einem Schloss zu residieren, das einem früheren Vorstand der IG gehört hatte. Doch jetzt nahm Paula die Bilder kaum wahr. Sie dachte nur:

Hyde besitzt eine Akte über Rauff. Mit einem Vermerk von Allen Dulles. Und er hat sie vor mir versteckt.

BEICHTE

Am Abend nutzte sie eine Mitfahrgelegenheit und fuhr in die Stadt. Paula ließ sich beim Römer absetzen, streifte durch die dunklen Ruinen. Sie fragte sich, wo all die Menschen wohnten. Campierten sie unter freiem Himmel, hausten sie in Bunkern, in Höhlen? Noch immer in Kellern?

Sie fasste sich ein Herz, ging in das Weinlokal. Elias kam auf sie zu. »Welcome, my nice Lady! Is Samuel not here?«

»Bitte entschuldigen Sie, dass ich letztens so unfreundlich war. Ich hoffe, Sie sind mir nicht böse«, sagte sie auf Deutsch.

Elias schaute Paula forschend an und lächelte dann. »Aber nein. Kommen Sie, Sie kriegen einen guten Tisch.« Er sprach reinstes Hochdeutsch, keine Spur mehr von dem Gebabbel.

Als sie gegessen hatte, eine Art Braten ohne Fleisch, setzte er sich mit einem Schoppen Wein zu ihr. »Sie sind aus Berlin, eine Icke.« Er hob sein Glas. »L'Chaim. Wann sind Sie fort?«

»1937.«

»Da waren Sie klüger als ich.«

»Ich bin keine Jüdin«, erwiderte sie zu seiner Überraschung. »Ich heiße Paula. Darf ich Sie Elias nennen?«

»Ich muss sogar darauf bestehen. Stellen Sie sich vor, mein Nachname ist Frischbier. Dabei verkaufe ich Wein.«

»Wie war Ihre Bar Mizwa?«

»Es hätten vierzig Freunde von Adam mitfeiern sollen. Und deren Eltern. Und meine Eltern und Geschwister und Freunde. Und die meiner Frau.« Er schwieg. »Wir waren zu zehnt.«

Paula konnte ihn kaum ansehen.

Elias lachte. »Aber was wir für ein Geld gespart haben!«

»Wie viele Juden leben noch hier?« fragte sie.

»Von den Frankfurtern? So zweihundert. Die Zeilsheimer kommen noch dazu; Überlebende aus den polnischen Lagern, für die ist eine Werkssiedlung der IG Farben zwangsgeräumt worden. Über fünftausend Menschen sind dort zusammengepfercht, es hat Ratten so groß wie Katzen. Im Keller schächten sie krankes Vieh, das irgendwelche Lumpen ihnen angedreht haben. Die Zeilsheimer träumen davon auszuwandern, nach Amerika oder Eretz Israel.« Elias zuckte die Schultern. »Was sollen sie auch hier, auf den Tod warten? Wir haben nicht mal mehr einen Friedhof; der ist bei den Feuerstürmen zu einem Löschteich geworden, da ist kein Grabstein mehr. Aber eine der Synagogen ist stehengeblieben, also hat der Herr mit uns Frankfurter Juden vielleicht noch nicht ganz abgeschlossen.«

»Sie glauben, dass es eine göttliche Strafe war?«

»Wie könnte man einen Gott lieben, der seinem Volk so etwas antut? Es gibt ein Sprichwort: *Schrei nicht, sonst weckst du den Herrn.* Ich habe geschrien. Das muss Er gehört haben, so taub kann niemand sein. Verflucht habe ich Ihn: ›Dein Glück, Herr, dass Du so hoch wohnst, sonst würde ich Dir sämtliche Fenster einschlagen.‹ Aber nicht Er hat die Öfen geheizt. Das waren Menschen. Der Herr rettet unsere Seelen, nicht unser Fleisch. Und fleht mit uns, weint mit uns. Gerechtigkeit darf man von Ihm nicht erhoffen. So wenig wie von den Richtern in Nürnberg, die jetzt über die Urteile beraten.«

»Wie haben Ihre Kinder das ertragen?« fragte sie.

»Esther hat mit mir gebetet. Aber Adam hat in dem Keller den Glauben verloren. Auf seine Bar Mizwa habe ich dennoch bestanden. Er soll stolz auf sein Judentum sein. Samuel hat mit ihm geredet. Er hat Adam von dieser ... Wie heißt das, was die Soldaten um den Hals tragen?«

»Hundemarke.«

»Von dieser Hundemarke hat er ihm erzählt. Dass dort die Religion draufsteht und viele jüdische Soldaten sich für P wie Protestantisch entschieden hätten, falls sie in Gefangenschaft geraten würden. Aber Samuel hat das H genommen. Er sagte: ›Ich bin, was ich bin. Und du auch, Adam.‹«

»Geht er auf eine jüdische Schule?«

»Die lohnt sich doch nicht. In ganz Frankfurt sind nur noch fünfundzwanzig jüdische Kinder. Pardon, ich muss mich kurz um Gäste kümmern.«

Sie sah ihm nach, zwei Männer verabschieden, einen Scherz machen, Lachfalten um die Augen, nichts, was an sechs Jahre in einem Keller erinnerte. Paula fröstelte, die Luft roch schon nach Herbst.

Rauff und Dulles. Warum hat Hyde die Akte vor mir versteckt?

Elias kam mit einer Decke zurück und breitete sie über ihre Schultern. »So ist es besser«, meinte er. »Warum sind Sie aus Deutschland weggegangen?«

»Weil ich am helllichten Tag die Sonne nicht mehr gesehen habe und nachts keine Sterne. Weil ich jedes Lächeln für eine Lüge hielt. Wenn ich geblieben wäre, hätte es keinen einzigen frohen Moment mehr für mich gegeben.«

»Und, hat es geholfen?« fragte Elias. »Sie machen nicht den Eindruck, als hätten Sie viele glückliche Momente erlebt.«

»Doch, die gibt es. Eben erst, als Sie meine Entschuldigung angenommen haben.«

Elias lächelte verschmitzt. »Ach, es ist allemal besser, mit einer Frau zu reden und an den Herrn zu denken, als mit dem Herrn zu reden und an eine Frau zu denken.«

»Wie kann man das – verzeihen?« fragte sie.

»Das hat mich vor nicht allzu langer Zeit schon mal jemand gefragt. Ein Gast, Jude aus Chemnitz, der mit der amerikanischen Armee zurückgekommen ist, so wie Samuel und Sie. Er hieß ... warten Sie ... Stefan ... Stefan Heym.«

Paula starrte Elias an, doch er merkte es nicht.

Gott hätte Sodom verschont, wenn sich dort zehn wahrhaftige Menschen gefunden hätten.

»Wir haben lange hier gesessen und geredet. Dieser Stefan Heym sagte, er habe vor seiner Rückkehr gehofft, dass an ihm nichts Deutsches mehr wäre. Nun verstehe er, dass er nie wirklich gegangen sei, auch wenn er sich hier fremd fühle.« Elias ließ das nachhallen. »Im Keller waren wir weit, weit weg, auf einem fremden Planeten. Dort unten haben wir Deutschland gehasst. Jetzt fange ich langsam an zu verstehen, dass all das nicht geschehen ist, weil die Deutschen Ungeheuer sind. Nein, weil der Mensch das Ungeheuer ist. Die Nacht wird kommen, irgendwann, in der ich aufhöre, diese Stunden, Tage, Jahre im Keller zu zählen. Und am Ende, wer weiß, werde ich vielleicht einem Deutschen die Hand geben, ohne zu frieren.« Er verlor sich in Gedanken, schwieg, strich mit einem Finger über den Rand des Weinglases, ließ es singen.

Auch Paula kam der Zeit abhanden. Irgendwann sah sie auf die Uhr. »Ich muss zurück, es ist schon spät.«

»Wohnen Sie im Schloss?« fragte er.

»Ja.«

»Wie kommen Sie dorthin?«

»Im IG-Farben-Haus gibt es einen Fahrdienst.«

»Das ist ein weiter Weg. Und nicht sicher für eine Frau. Ich begleite Sie.« Ehe Paula protestieren konnte, war er zu seiner Bedienung gegangen, um sie zu instruieren, kam zurück und bot ihr seinen Arm an.

Frankfurt war totenstill, als seien Paula und Elias die einzigen Menschen hier. Kaum Licht, kein Auto, kein Wind in Bäumen. Nicht einmal Katzen schrien.

Am Checkpoint blieben sie stehen. »Nun kann Ihnen nichts mehr passieren«, sagte Elias.

Ohne nachzudenken, legte sie ihre Arme um ihn. Dann gingen sie auseinander. Es waren drei Straßen bis zum IG-Farben-Haus. Auch dort musste sie ihren Ausweis vorzeigen, ehe sie passieren durfte. Sie war schon einmal hier gewesen, mit Sam, im Offiziersclub. Wieder war es ihr zuwider, das Gebäude zu betreten, dieses von Hitler gesegnete Walhalla des Wahnsinns mit einem Fundament aus Totenschädeln.

In der pompösen Halle stand sie einen Moment reglos und versuchte sich vorzustellen, dass hier ganz normale Menschen gearbeitet hatten.

Aber es gelang ihr nicht.

Sie ging in den Wintergarten, zum Clubtresen, orderte bei dem Sergeant-Barkeeper einen Wagen – und einen Kaffee, als ihr mitgeteilt wurde, dass es länger dauern könnte. Ein Stück die Theke hinunter hockten zwei Captains; es ließ sich nicht vermeiden, die Unterhaltung mitzuhören.

»Wir von der Dritten waren als Erste hier. Es war das pure Chaos. Das Haus war von DPs besetzt, die mussten ja erst mal raus. Überall lagen Akten rum; wir sollten klar Schiff machen. Unsere Leute haben das Papier tonnenweise aus den Fenstern geschmissen, alles verbrannt. Die Flammen schlugen so hoch wie beim Ku-Klux-Klan in Georgia. Später haben die Eierköpfe uns die Hölle heißgemacht, weil der ganze Schnodder Beweismaterial für die Nürnberg-Party gewesen sein soll.« Er lachte. »Sie wissen, wie's heißt: Amerikaner tun immer das Richtige – nachdem sie alles andere ausprobiert haben. Genehmigen wir uns noch einen?«

Sie sahen zu Paula, taxierten sie. Sie ging nach draußen, um da zu warten. Der Jeep kam nach zehn Minuten; sie wies den Private an, sie zum Schloss zu fahren.

Rauff. Dulles. Rauff. Dulles.

Nach einigen Kilometern beugte sie sich auf der Rückbank vor. »Fahren Sie zuerst nach Camp King.«

Sie stieg an der Schranke aus und hieß den Fahrer, hier zu warten. Dem Wachhabenden erklärte sie, dass sie etwas in der Bowling Alley vergessen habe, das sie rasch holen wolle. Nein, sie brauche niemanden, der sie begleite. Zwei Minuten später stand sie vor Sams Büro, wusste, dass die Tür nicht zugesperrt war. *Sicherheit gilt bei uns so viel wie Monogamie in einem Harem*, hatte er gleich am zweiten Tag gesagt. Sie löste den Schlüssel unter der Schreibtischplatte und machte die Schublade auf. Sie schob Hitlers Gebiss mit spitzen Fingern weg und nahm den Schlüssel zu dem Haus an sich, in dem Hyde saß. Sam hatte mit den Schultern gezuckt. *Zwei, drei andere haben auch einen. Ich bilde mir nichts drauf ein.* In der Dunkelheit huschte sie hin. Und über ihr ein Vollmond wie in einem Technicolorfilm von King Vidor. Dann war sie im Haus. Sie legte ihre Hand auf die Klinke von Hydes Büro. Drückte sie herunter.

Abgeschlossen.

Nicht die Enttäuschung ließ sie zittern. Es war das Wissen, Sam hintergangen zu haben. Für nichts.

In diesem Augenblick, als sie dastand und sich schämte, sah sie sich wieder mit Elias vor dem Checkpoint. Sie sah sich ihn umarmen, hörte sein Flüstern: »Paula, was hat Deutschland Ihnen angetan, dass Sie sich so mit der Frage quälen, ob Sie je verzeihen können?«

Erneut war ihr, als glühe sie und sei dabei in einem Eisklotz gefangen, der die winzigste Bewegung unmöglich machte, so kalt, so heiß, so schrecklich eng, dass Paula nicht verstanden hatte, warum ihre Lippen sich öffnen konnten. »Es geht nicht darum, ob *ich* verzeihe«, hatte sie geflüstert, »sondern, ob *mir* verziehen werden kann, sollten wir uns wiederbegegnen.«

»Wer ist er?« hatte Elias gefragt.

»Es ist kein *Er*. Es ist eine *Sie*.«

ODYSSEE

Selbst in den Ausläufern von Frankfurt konnte Johann Kupfer noch nicht glauben, dass sie Camp King tatsächlich verlassen hatten. Paula drehte sich im Jeep zu ihm um und sah ihn trotz der Handschellen lächeln. Er hielt sein Gesicht in die warme, satte Sonne, eins mit sich und allen Umständen, so widrig sie auch sein mochten.

Sie wandte sich Knox zu. »Wie steht es mit Fräulein Eisler? Hat sie Ihre Einladung angenommen?«

Er strahlte. »Ja. Samstag gehen wir in ein nettes Lokal im amerikanischen Viertel. Dort ist das Licht hübsch schummrig, wenn Sie verstehen, was ich meine.«

»Sie sollten es beim ersten Rendezvous nicht zu stürmisch angehen«, sagte sie. »Stellen Sie sich vor, Fräulein Eisler wäre eine Pflanze. Wenn man sie zu viel gießt, geht sie ein.«

»Eine Pflanze. Sehr gut. Das merke ich mir.«

»Wie sind Sie eigentlich zu dem ungewöhnlichen Vornamen gekommen? Sind Ihre Eltern Theaterliebhaber?«

»Nein, warum?« fragte Knox. »Mein Onkel väterlicherseits hieß Polonius. Was hat das mit Theater zu tun?«

»Polonius ist eine Figur aus Shakespeares ›Hamlet‹.«

»Der dänische Verrückte, der sich in ein Bettlaken wickelt und seinen toten Vater ausbuddelt?«

»So ähnlich, ja. Polonius ist der königliche Oberkämmerer, eine Art Finanzminister.« Paula beschloss, ihm zu verschweigen, dass Polonius von Hamlet für einen vorwitzigen Narren gehalten wurde.

»Eine Figur von Shakespeare, nicht übel«, meinte er. »Mehr kann man im Leben nicht erreichen, das ist mal sicher.« Knox hielt an. Nach dem Aussteigen schloss er Kupfers Handfesseln auf und nahm ihn aus einem Fuß Entfernung Maß. »FRU-line RICK-ter, sagen Sie ihm bitte, dass ich gut zu Mensch und Tier bin. Aber wenn er zu türmen versucht, spiele ich Mikado mit seinen Knochen.«

»Private Knox erinnert Sie daran, dass er stets dicht bei uns bleibt«, übersetzte sie.

Kupfer nickte nur.

Sie befanden sich auf der Zeil, einst die quirligste Meile der Stadt, nun ein Steingarten zorniger Götter. Aber es hatten bereits wieder Läden auf; manche nur Bretterverschläge, andere in Ruinen ohne Fensterscheiben.

»Sieht es so in ganz Deutschland aus?« fragte Kupfer, als sie eine Weile gegangen waren.

»Fast überall«, meinte Paula. Sie dachte an Oberursel. Doch das hier, dieser Abfall eines vergeudeten Jahrhunderts, fühlte sich richtig an, und das andere falsch.

Kupfer rauchte eine der Luckies, die sie ihm gegeben hatte. »Wo sind wir?« fragte er.

»Das wissen Sie nicht?«

»Ich hatte einen Sack über dem Kopf, als ich aus Österreich hergeschafft wurde.«

»Manche behaupten, das wäre Frankfurt«, sagte Paula.

Kupfer blieb stehen und drehte sich langsam im Kreis. »Die Stadt der Rothschilds, zerstört von kapitalistischen Bombern. Wäre ich gläubig, könnte ich meinen, der Herrgott hätte Sinn für Ironie.«

»Lassen Sie uns über Budapest sprechen. Sie sagen, dass Sie zwanzig Mitarbeiter eingestellt haben, alle aus dieser Theaterrevue. Wie ist es Ihnen gelungen, der Abwehr weiszumachen, dass Sie so viele Leute brauchten?«

»Zuerst habe ich ihr Essen und ihre Unterkunft aus meinen Rücklagen bei einer ungarischen Bank finanziert. Schon bald waren meine Erfolge so groß, dass der Personalaufwand von keinem angezweifelt wurde. Ich habe der Abwehr alle möglichen Posten in Rechnung gestellt. Bestechungsgelder, Kurierdienste, Reisespesen, das Salär von Agenten, immer bar, nicht zu überprüfen. Das alles hatte seinen Preis, und ich habe mir erlaubt, auf jede Mark vierzig Pfennige draufzuschlagen.« Er lachte. »Von diesen drei Prozent haben meine Lieben und ich gelebt.« Pause. »Unter anderem.«

In seiner Akte stand: Sieben *hat in Budapest wahrscheinlich weiter irgendwelche Gaunereien betrieben. Anders lässt sich nicht erklären, wie er dort auf großem Fuß leben konnte.*

»Was meinen Sie mit ›unter anderem‹?« fragte Paula.

»Ich habe eine Firma gegründet; sie hieß *Hauptmann & Co*, und ich gestehe, dass ich dabei Zuckmayers ›Hauptmann von Köpenick‹ im Sinn hatte. Pellegrin hat als Geschäftsführer fungiert, der Darmwalzer spielende Zwerg. Wir haben die ungarische Armee und späterhin die Wehrmacht mit Lebensmitteln beliefert. Das war ein sehr profitables Unternehmen. Von der Art gab es noch einige mehr.«

»Und die anderen aus der Revue? Waren die nur Staffage?«

»Aber nein, es gab jede Menge für sie zu tun. Ich hatte einen Fahrer, Personal in der herrschaftlichen Wohnung, die ich mit Dóra bezogen hatte, eine Sekretärin und so weiter. Sechs von ihnen waren direkt beim Meldekopf tätig. László handhabe die Enigma, die Verschlüsselungsmaschine; ein Wunderding, dermaßen kompliziert, dass ich in hundert Jahren noch nicht verstanden hätte, wie sie funktioniert. Aber László hat damit hantiert, als wäre er Mathematiker und nicht Luftakrobat gewesen.« Dumpfes Donnergrollen rollte heran, Ruinen wurden gesprengt. »Es ist wundersam, wie rasch einem Menschen ans Herz wachsen können, die man unter anderen Umständen nie kennengelernt hätte«, meinte Kupfer. »Farkas, der König der Taschendiebe, konnte einem Mann seine gebundene Krawatte stehlen, und doch war er der ehrlichste Mensch, den ich jemals traf. Attila, der stärkste Mann der Welt, der im Dunkeln Angst hatte. Rita, die Schlangenfrau mit den Augen aus Rauch und dem traurigen Lächeln. Der Clown Mikesch hat mich immer getröstet, wenn ich an allem verzweifelt bin. ›Schau, Johann‹, sagte er einmal. ›Ein Tauber hörte, wie ein Stummer erzählte, dass ein Blinder sah, wie ein Lahmer lief. Wer weiß schon, was die Zukunft uns bringen wird.‹ Und dann gab es noch Zoltán, den Bauchredner. Er beherrschte sieben Sprachen, bloß sich selbst verstand er nicht. Doch Zoltán war sehr effektiv, auch wenn man sein Talent moralisch fragwürdig finden könnte.«

»Hat seine Puppe schlüpfrige Witze gerissen?«

»Zoltán war dem eigenen Geschlecht zugetan. Ich verurteile das nicht. Im Gegenteil: Es gibt viele Arten von Liebe, und was das angeht, führen Sie und ich wahrscheinlich ein höchst langweiliges Leben. Zoltán also begann eine amouröse Affäre mit einem Legationsrat der bulgarischen Botschaft. Geschickt fand er heraus, dass dieser Mann ein russischer Spion war. Ich habe ihm deutlich gemacht, dass er die Informationen, die er aus der Sowjetunion erhielt, fortan mit mir teilen musste.«

»Und ihn hin und wieder mit Hühnerfutter über vermeintliche deutsche Operationen versorgt, nehme ich an.«

»Selbstverständlich.« Er blieb stehen.

Ein Kerl in einem zerrissenen Soldatenmantel stand mitten auf der Zeil und erleichterte sich ungeniert, den dürren Körper im Krampf gekrümmt.

»Die Männer haben ihren Stolz und ihre Würde verloren«, meinte Kupfer. »Sie sind heimgekommen wie Odysseus. Von ihren Frauen wurden sie nicht mehr erkannt, und ihre Kinder waren ihnen fremd. In Salzburg hörte ich eine Frau sagen: ›Ich beneide alle, deren Männer im Krieg geblieben sind.‹«

»Der bulgarische Legationsrat wird nicht Ihr einziger Agent gewesen sein«, sagte Paula. »Sie haben Personal, Ausrüstung und Truppenbewegungen der Roten Armee ausspioniert und waren über deren Operationen so verblüffend informiert, dass man in der Wolfsschanze jubiliert hat.«

Kupfer lächelte nur.

In diesem Moment sah sie Lucy. Sie war auf ihrer Straßenseite, kam mit schnellen Schritten näher, ohne Paula bemerkt zu haben. Jetzt verschwand sie in einem Haus. Paula schwieg, bis sie dort waren. Ein Schaufenster war mit Latten vernagelt. Über der Tür stand: *Wiedereröffnung Galerie Brenner.*

Sie konzentrierte sich wieder auf Kupfer. *Der MI6 hält es für sehr wahrscheinlich, dass* Sieben *einen Spion im Kreml hatte.* »Ich könnte ellenlang aus Lagebesprechungen und Geheimorders sowjetischer Kommandeure zitieren, von denen Sie Kenntnis hatten«, sagte sie. »Aber das ist längst nicht alles. Im November 1941 haben Sie gemeldet, dass der Jahrestag der Oktoberrevolution nicht wie üblich im Bolschoi-Theater, sondern in der Moskauer U-Bahn-Station Majakowskaja gefeiert wurde. Stalin soll dabei bloß einen seiner Orden getragen haben, *Held der sozialistischen Arbeit*. Wie erfährt man so etwas?«

»Von hier und da«, antwortete Kupfer.

»Nennen Sie nur eine Ihrer Quellen«, sagte Paula. »Das ist Ihre Chance, zu beweisen, dass Sie *Sieben* sind.«

»Ich könnte Ihnen jetzt einen Namen geben, sagen wir: in Stalins Generalstab. Wie wollten Sie das überprüfen? Durch eine Anfrage in Moskau? Aber nicht deshalb verweigere ich es Ihnen. Auch wenn es bedeutendere Männer als mich gegeben hat, habe ich doch eine Fußnote zur Weltgeschichte geschrieben. Stalin hatte Angst vor mir; er soll mich mehr gefürchtet haben als Gift in seinem Essen. Es kränkt mich, dass man mir hier keinen Respekt erweist. Nach meiner Freilassung wird jemand anderes meine Dienste zu schätzen wissen. Die Briten, die Franzosen oder eine der neuen Mächte im Orient. Das ist es aber auch nicht. Der wahre Grund heißt *Verantwortung*. Ich weiß nicht, wie Ihr Lager geschützt ist. Aber keine Spionageabwehr der Welt wäre so gut, dass die Smersh sie nicht durchdringen könnte. Die Sowjets haben zweifelsohne einen Spion bei Ihnen. Und jeder, dessen Identität ich preisgeben würde, wäre binnen weniger Tage tot. Diese Männer haben ihr Leben für mich riskiert. So soll ich es ihnen danken?«

Hyde glaubt, dass wir längst infiltriert sind.

»Womöglich werden Sie und ich einen Weg finden«, sagte Kupfer. »Aber dazu muss ich Sie erst besser kennen. Denn so schön und geistreich Sie sind: Ich weiß gar nichts von Ihnen.«

»Nennen Sie mir Offiziere der Abwehr oder anderer Dienststellen, mit denen Sie zu tun hatten«, beharrte Paula.

»Da wäre Alfred Lantz, der Mann, der mich ›angeworben‹ hat. Ich kannte auch Rudolf von Marogna-Redwitz, den Leiter der Wiener Abwehrstelle. Ein anständiger Mann. Er ist nach dem Hitler-Attentat hingerichtet worden. Mit der Besetzung Ungarns kam Hans-Ulrich Geschke hinzu, der dortige Befehlshaber von Polizei und SD. Geschke war das Sonderkommando Eichmann unterstellt.«

Sie dachte ans Regina, an Rauff. Aus dessen Mund hatte sie Eichmanns Namen erstmals gehört. Damals war er für sie ein Unbekannter gewesen, und gar in Nürnberg hatte Lordrichter Geoffrey Lawrence anfangs gefragt: »Eichmann? Who?« Doch seit der Aussage von Auschwitz-Kommandant Höß war er der meistgesuchte Mann der Welt.

»Geschke schlug als Erstes das Budapester Telefonbuch auf und ließ zweihundert Menschen mit vermeintlich jüdischen Namen verhaften«, sagte Kupfer. »Ihn können Sie nicht mehr fragen, er starb im Jänner 45 beim Kampf um die Stadt.«

»Was ist mit Lantz?«

»Er ist im letzten Kriegswinter verschwunden.«

»Wir haben Möglichkeiten.«

Dieser Blick. So hatte Hektor nicht geschwiegen, vor Trojas Mauern, Auge in Auge mit Achill.

»Sie haben vorhin zu dieser Galerie geschaut«, sagte Kupfer dann. »Interessieren Sie sich für Kunst?«

Sie nickte.

»Also werden Sie in Wien das Historische Museum kennen. Während meiner Ausbildung ist Lantz mit mir dorthin gegangen. Er hat mir einen Holzschnitt mit Szenen der Belagerung Wiens durch die Türken gezeigt. Man sieht furchtbare Dinge darauf, wie das Aufschlitzen von Menschen, die Pfählung von Kindern. Ein Detail zeigt die Hinrichtung eines Spions.«

»Sie meinen: Lantz wollte Ihnen vorführen, was passieren würde, falls Sie ein doppeltes Spiel trieben?«

»Er sagte: ›Jede Schuld hat ihre Sühne, merken Sie sich das für immer.‹ Im Dezember 44 kam er noch einmal nach Budapest. Lantz hatte schlechte Laune, weil meine Meldungen von Mal zu Mal unerfreulicher geworden waren. Es gab da einen Jungen, Dávid, er brachte sich und seine bettlägerige Mutter mit Botengängen durch. Dávid hätte Grund zur Verzweiflung gehabt, aber er hat viel gelacht. Kennen Sie solche Buben?«

»Ja. Für die ist das Leben ein Sonderangebot, weil es nichts kostet«, sagte Paula.

»Lantz sah Dávid bei mir in der Meldestelle. Er packte ihn am Schopf und schob die Faust bis zum Handgelenk in seinen Mund. Er – schob – seine – Faust – in – seinen – Mund. Einfach, weil er in Stimmung war. Während Dávid erstickte, sah Lantz unentwegt in die Augen dieses Kindes. Und was tat ich? Nichts. In derselben Nacht folgte ich Lantz, als er vom Hotel Majestic zu einem Bordell ging. Am Donauufer habe ich ihm die Augen ausgestochen und ihn vom Bauch bis zum Hals aufgeschlitzt. Ich sah zu, wie seine Leiche ins Dunkel trieb, und habe geflüstert: ›Jede Schuld hat ihre Sühne.‹ Sowjetische Panzer stießen

186

bereits auf Budapest vor. Wenig später wurde die Stadt eingekesselt; nach Lantz hat kein Mensch mehr gesucht.« Sirenen
kündigten neue Sprengungen an. Kupfer lauschte dem Schall.
»Ich tat es nicht allein, weil ich Dávid gern hatte. Als Lantz ihn
getötet hatte, war mir endgültig klargeworden, dass niemand
je daran gedacht hatte, das Versprechen zu halten.«

»Welches Versprechen?« fragte Paula rau.

»Dass meine Mutter und ich arisiert würden. Canaris hätte
das angeblich genehmigt.«

Sie wusste von einer solchen Möglichkeit. Die betreffenden
Abstammungsbelege des Reichssippenamtes waren zwar blau
gekennzeichnet, doch nur ein Kundiger hätte den Unterschied
zu einem lupenreinen »Ariernachweis« erkannt.

»Sie sprechen bloß von Ihnen und Ihrer Mutter«, sagte sie.
»Was war mit den anderen?«

»Das wurde mir verweigert. Aber ich hatte die Zusicherung
erhalten, dass sie als kriegswichtig galten, solange sie für mich
arbeiteten. Das war fast so gut wie die Arisierung.«

Sie bogen um eine Ecke und blieben stehen. In schwindel-
erregender Höhe war zwischen den Ruinen ein Seil gespannt.
Ein Artist tänzelte darüber. Er wippte auf dem Seil auf und ab,
atemberaubend, vor dem Krieg eine Attraktion, die Heerscha-
ren von Zuschauern angezogen hätte, ihre Augen aufgerissen,
die Münder vor Staunen geöffnet. Doch jetzt war es ein leeres
Schauspiel, dem höchstens eine Handvoll Menschen folgten,
und auch die gingen rasch weiter.

»Schade«, sagte Kupfer. »Dabei braucht diese Zeit Artisten.
Ich bin auch einer, den man nicht beachtet.«

»Wieso sollte sich irgendjemand für den da interessieren?«
gab Paula zurück. »Hitler hat gerade den größten Zaubertrick
aller Zeiten vorgeführt und auf der Weltbühne gezeigt, dass er
fünfzig Millionen Leben einfach verschwinden lassen konnte.
Welches Spektakel sollte damit konkurrieren?«

»Vergessen Sie den Glauben nicht«, sagte Kupfer, »den hat Hitler auch weggezaubert. Was soll man noch mit Glauben in dieser Welt? Was ist eine Hostie außerhalb einer Kirche? Ein bisschen Mehl und Wasser, mehr nicht.«

Sie gingen zum Jeep zurück. Bei einem Zeitungsjungen mit HJ-Mütze kaufte Paula eine *Rundschau*. Hermann Hesse hatte den Goethepreis erhalten, lehnte eine Rückkehr aber ab.

Kupfer blieb vor einer Litfaßsäule stehen, auf der ein Gastspiel von Werner Finck angekündigt wurde. »Den habe ich im Wiener Simpl gesehen. Schreiend komisch. *Am seidnen Faden hing ein Schwert, sich auf mein Haupt zu laden ... Glaubt ihr, dass mich das Schwert gestört? Mich störte nur der Faden.*«

»In Berlin war er ein Star«, sagte sie. »Ich bin mit meinem Vater ein paarmal in der Katakombe gewesen, da ist er aufgetreten. Insbesondere an einen Abend erinnere ich mich gerne. Goebbels hatte eine Affäre mit der Diva Lída Baarová, und ihr Partner, der Schauspieler Gustav Fröhlich, war ihnen auf die Schliche gekommen. Ganz Berlin hat gewusst, dass Fröhlich dem hinkenden Schreihals vor dessen Haus eine Maulschelle verpasst hatte. Finck musste nur auf die Bühne kommen und sagen: ›Wer möchte nicht mal Fröhlich sein?‹«

Kupfers Lachen hätte Buster Keaton angesteckt. Dass Finck überlebt hatte, erschien Paula wie eine göttliche Pointe.

Als sie weitergingen, meinte Kupfer: »Nächstes Mal würde ich mich freuen, wenn Sie etwas von sich erzählen. Sie haben Ihren Vater erwähnt; vielleicht haben Sie auch Fotos, von ihm, von Freunden, aus einer Zeit, in der die Welt noch nicht aus den Fugen war. Ich möchte Sie besser kennenlernen. *Vertrauen*, Miss Bloom, ist das Simsalabim.«

»Fotos?«

»Papier, auf das man die Abbilder von Menschen bannt, mit einer Apparatur, die man Kamera nennt. Eigentlich müssten Sie davon gehört haben.«

»Und Sie?« fragte Paula. »Haben Sie auch Fotos?«

»Zwei.«

Als sie vorm Alaska House aus dem Jeep stiegen, sagte sie: »Ich habe mich für Hafterleichterungen ausgesprochen.«

»Danke, Miss Bloom, ich weiß das zu schätzen.«

»Paula«, erwiderte sie.

Er nickte. Sie wollte sich abwenden, doch Kupfer sagte mit brüchiger Stimme: »Sie haben nicht gefragt, ob meine Mutter noch lebt, und auch nicht, was aus den anderen wurde.«

»Nein.«

»Weil Sie die Antwort kennen.«

»Ja.«

»Woher?«

»Aus Ihren Augen.«

Sie aß in der Mountain Lodge zu Abend, lustlos, in Gedanken bei Sam in Berlin. Bei Georg. An der Bar saß Baxter in Gesellschaft zweier Frauen, eine davon Harriet. Er lachte mit dicker Lippe. Paula konnte sich nicht vorstellen, dass er am Donauufer auf Lantz gewartet hätte, wäre er an Kupfers Stelle gewesen. Ein Mann wie Baxter wartete immer nur auf das nächste Geständnis, die nächste Chance, die Ärmel hochzukrempeln, den nächsten Schrei.

Sie ließ sich von Franz einen Jeep rufen. Ein ihr unbekannter Private fuhr sie zum Schloss, wo sie im Abendrot zu Bett ging, ohne die Georg-Georg-Georg-Schallplatte abstellen zu können. Sie schaltete das Radio an. In der BBC lief ein Bericht über Rolf-Heinz Höppner, einen Obersturmbannführer, dem nach seinem Nürnberger Auftritt als Zeuge der Verteidigung die baldige Auslieferung an Polen drohte. Dort war Höppner im Krieg als Leiter der »Umwanderzentrale« für die *Absiedlung von Fremdvölkischen* zuständig gewesen, ein anderes Wort für Deportationen. In Wien hatte Paula einen Brief von Höppner an den »lieben Kameraden« Eichmann in Händen, datiert auf den Juli 1941, in dem Höppner sich zur Lage im »Warthegau« geäußert hatte: *Es besteht in diesem Winter die Gefahr, dass die Juden nicht mehr sämtlich ernährt werden können. Es ist ernsthaft zu erwägen, ob es nicht die humanste Lösung ist, die Juden, soweit sie nicht arbeitseinsatzfähig sind, durch irgendein schnell wirkendes Mittel zu erledigen. Auf jeden Fall wäre dies angenehmer, als sie verhungern zu lassen.*

Paula hatte den Brief ihrem Major gezeigt. Der sagte: »Man kann ihm wohl kaum einen Strick daraus drehen. Schließlich regt er es ja nur an.«

Sie schaltete das Radio aus. Alles an ihr war steif und hart. Sie stieg aus dem Bett, streifte ihr Nachthemd ab, stellte sich vor den Kippspiegel. Sie drehte sich, betrachtete die Trümmerlandschaft ihres Rückens. Das war nicht sie. Das gehörte nicht zu ihr. Das war woanders.

Paula schrak zusammen, als es an der Tür klopfte. Sie machte auf, wieder im Nachthemd. Lucy stand da, ein Bündel in der Hand. »Entschuldigung, ich wusste nicht, dass Sie geschlafen haben. Das Mädchen hat heute vergessen, Ihnen Ihre Wäsche aufs Zimmer zu bringen.«

Sie nahm das Bündel entgegen und sagte: »Denken Sie, ich wüsste nicht, dass man Kunst schätzen kann, auch wenn man charakterlich total verrottet ist? Goebbels hat sich mit Werken von Barlach und Nolde umgeben. In den siebzehn Lastwagen mit Raubkunst, die man bei Görings Festnahme sicherstellte, waren Gemälde von Cézanne, Munch, van Gogh und Gauguin. In seinem Gut Carinhall soll Marcs ›Turm der blauen Pferde‹ gehangen haben.«

»Sie halten mich für verkommen, allein wegen meines Ehemannes?« fragte Lucy zitternd.

»Allerdings. Denn es ist gänzlich unvorstellbar, mit einem solchen Mann verheiratet zu sein und Mensch zu bleiben.«

»Ich bedauere sehr, dass es mir nicht möglich ist, so selbstgewiss zu sein wie Sie«, versetzte Lucy. »Sie haben kein Recht, über meine Schuld zu urteilen. Das muss ein höherer Richter tun. Vor dessen Tisch werden Sie nicht als Zeugin stehen.«

»Ich werde mit Ihnen nicht über Schuld diskutieren, weil das vollkommen sinnlos wäre. Aber Sie sollen wissen, dass ich heute gesehen habe, wie Sie in die Galerie auf der Zeil gegangen sind. Vielleicht glauben Sie ja, es wäre kein Problem, eins der Bilder dort zu verkaufen. Hier sind so viele, das wird schon keinem auffallen. Aber Sie irren sich. Ich kenne jedes einzelne davon so gut, dass ich aus dem Kopf eine Inventarliste anfertigen könnte. Seien Sie versichert: Sollte ein Bild verschwinden, werde ich es bemerken. Und Sie wandern an einen Ort, wo Sie über Ihr falsches Leben nachdenken können.« Sie schlug Lucy die Tür vor der Nase zu.

Lange lag sie wach, in der Hoffnung, sie würde irgendwann Sams Motorrad hören und ihn nach Georg fragen können, in großer Angst, wegen des Schlüssels noch immer voller Scham. Um Mitternacht gab sie auf und fiel, todmüde vom Hoffen, in tiefen Schlaf. Sie träumte, dass sie nach ewiger Irrfahrt endlich heimkam, nach Ithaka. Aber sie war nicht Odysseus, sondern Penelope, und er war es, der auf sie gewartet hatte. Er sah aus wie Georg, mit dessen Augen, seiner Haut, seinem Haar, und in seinem Schweigen lag dieselbe Wehmut. Aber er erkannte sie nicht mehr. Er wollte einen Beweis, dass sie wirklich seine totgeglaubte Frau war, und gebot: »Zeig mir deinen Rücken.« Als sie ihr Gewand fallen ließ, wich er zurück. »Nein, du bist es nicht.« Sie flehte ihn an, ihr zu glauben. »Gut, ich gewähre dir noch eine Frage«, sagte er. »Wie lautete der Kosename, den du mir gabst? Nur meine Liebste kann ihn wissen.«

Sie erwiderte: »Tausendtod habe ich dich genannt.«

Da sah er sie traurig an und zerfiel zu Staub.

TROJANISCHES PFERD

Paula stand erst von der Frühstückstafel auf, als alle anderen
bereits gegangen waren und es keinen Sinn mehr hatte, länger
auf Sam zu warten. Diese Zeit mit ihm am Morgen, wenn sie
einander aus der Zeitung vorlasen, Scherze machten, sich von
jenen kleinen Dingen erzählten, die nicht die Welt erschütter-
ten, keine Wunde aufrissen, nicht die Stimme rauten, war ihr
wichtig geworden. Jetzt dachte sie nur daran, dass Sam durch
irgendetwas Unvorhergesehenes in Berlin festgehalten wurde
und ein weiterer ewig langer Tag auf sie wartete, an dem die
Ungewissheit über Georg wie ein hungriges Tier an ihr fressen
würde. Aber als Knox sie abholte und sie von ihm erfuhr, dass
Sam in aller Frühe zum Camp gefahren sei, zog das Tier sich in
seinen Bau zurück und knurrte bloß noch.

Erst nach Kilometern fiel ihr auf, dass Knox heute maulfaul
war und sein kantiges Kinn trotzig in den frischen Fahrtwind
reckte. »Haben Sie Kummer?« fragte Paula.

Er erwiderte nichts. Es vergingen weitere Kilometer, bis er
sein Schweigen brach. »Gestern hat Hyde mich zu sich rufen
lassen. Ich sollte ihm Bericht erstatten.«

»Über meine Gespräche mit Kupfer?«

»Ja.«

»Was haben Sie geantwortet?«

»Dass ich mich im Hintergrund halte und zu weit weg bin,
um irgendetwas zu verstehen. Davon abgesehen, dass ich kein
Deutsch spreche. Obwohl FRU-line ICE-ler gemeint hat, dass
ich große Fortschritte mache.«

»Dann ist ja alles in Ordnung.«

»Nein. Er will, dass ich Ihnen näher auf die Pelle rücke und darauf achte, ob Kupfer Sie mit ›Miss Bloom‹ anredet. Dazu müsste ich kein Deutsch können, hat er gemeint.«

Wut stieg in ihr auf. Doch dann machte Paula sich klar, dass Hydes Misstrauen ja berechtigt war. Aber was hatte ihn darauf gebracht, dass sie ihn belog?

»Ist meine Schuld«, sagte Knox.

»Ich verstehe nicht.«

»Wissen Sie noch, wie Sie sich im Garten vom Alaska House in den Schatten setzen wollten?«

Sie nickte.

»Ein Teil von dem Garten wird abgehört. In einer der Baumkronen ist ein Richtrohrmikrofon versteckt. Sie hätten direkt darunter Platz genommen. Wo Sie mit Kupfer gesessen haben, ist ein toter Winkel, dort waren Sie ungestört.«

In Paulas Kopf leierte Hans Albers. *Dort oben im Weltall ist ein Stern nur für uns zwei. Den knipst der Mann im Mond an, und der denkt sich was dabei.*

»Hyde hatte mich extra darauf hingewiesen, welche Bank es sein soll«, sagte Knox. »Ich weiß nicht mal, wieso ich mich nicht daran gehalten habe. War nur so ein Gefühl. Nachher hat er mich mit einem stumpfen Messer rasiert. Ich habe behauptet, dass Sie Ihren eigenen Kopf haben und lieber in der Sonne sitzen wollten. War es richtig so?«

»Ja«, sagte sie mit klopfendem Herzen. »Danke.«

»Geschenkt. Und was diese Miss-Bloom-Sache angeht: Ich kann mich nicht erinnern, dass unser Freund Sie je anders als mit FRU-line RICK-ter angeredet hat.«

»Sie sind ein Schatz, wissen Sie das?«

Er grinste. »Wenn eine Klassefrau wie Sie das sagt, ist das, als ob einem Ted Williams eine Baseballkarte schenkt.«

Paula hatte sich noch immer nicht daran gewöhnt, dass Sams Schreibtischsessel vom Obersalzberg war und an seiner Bürowand drei Phantomfotos hingen, die das oss von Hitler hatte anfertigen lassen: mit Brille, mit Vollbart, mit kahlem Schädel. Darunter pappte Feldpost. *Männer, Frauen, Kinder, alles umgelegt. Die Juden werden gänzlich ausgerottet. Liebe Heidi, mach dir keine Gedanken darüber, es muss sein.*

Sie begrüßten einander, als sei nichts gewesen, blieben bei dem Plauderton. »Wie war es in Berlin?« fragte sie.

»Ich habe denen vorgeschlagen, nur noch Akten über unbelastete Deutsche zu führen, weil das merklich übersichtlicher wäre. Aber alles ganz modern, auf Lochkarten von ibm.« Sam stöhnte. »Es *war* das tausendjährige Reich. Zwölf Jahre Adolf Schicklgruber und neunhundertachtundachtzig Jahre Entnazifizierung. Wir bräuchten eine Endlösung der Bürokratiefrage. Der Sohn von Jacob Lieber müsste sich mal einen Superhelden ausdenken, der da richtig aufräumt.«

»Tut mir leid, mit meinem Aramäisch ist es nicht weit her.«

»Einer aus New York«, meinte Sam. »Ab und zu haben wir Schach im Schmitz gespielt. Sein Junge kam manchmal vorbei. Der war fünfzehn, wollte Comiczeichner werden und nannte sich Stan Lee. Er hat sich die verrücktesten Typen ausgedacht, zum Beispiel einen, der von einer Tarantel gebissen wird und hinterher Wolkenkratzer hochklettern kann. Ich mochte den Jungen, aber er war so oft in der Schule wie ich in der Inneren Mongolei, und sein Vater wusste nicht mehr ein noch aus mit ihm. ›Sam‹, hat er gesagt, ›ich brauch keinen Spinnenbiss, um wegen dem Nichtsnutz die Wände hochzugehen.‹«

Paula schaffte es nicht, ihn nach Georg zu fragen. Hoffte, er würde es ansprechen. Wie feige sie war.

Auf seinem Schreibtisch sah sie einen roten Karton mit der Schrift: 𝕵𝖚𝖉𝖊𝖓 𝖗𝖆𝖚𝖘! 𝕰𝖎𝖓 𝖆𝖚𝖘𝖊𝖗𝖔𝖗𝖉𝖊𝖓𝖙𝖑𝖎𝖈𝖍 𝖑𝖚𝖘𝖙𝖎𝖌𝖊𝖘 𝖚𝖓𝖉 𝖟𝖊𝖎𝖙𝖌𝖊𝖒ä𝖘𝖘𝖊𝖘 𝕲𝖊𝖘𝖊𝖑𝖑𝖘𝖈𝖍𝖆𝖋𝖙𝖘𝖘𝖕𝖎𝖊𝖑!

»Ein Geburtstagsgeschenk für Streicher?« fragte sie.

»Hat Darren bei einem Abteilungsleiter der Commerzbank konfisziert. Du weißt ja, er kann kein Deutsch. Ich soll ihm die Regeln erklären.«

»Und wie sind die?«

»Die Aufgabe ist, die meisten Juden aus der Stadt zu jagen. Man würfelt reihum und rückt mit Holzpolizisten vor. Wenn du auf das Feld *Goldstein, Mäntel und Hüte* oder *Salomon, Geldverleih* gelangst, darfst du einen dicknasigen Juden verhaften. Man kann einem der Mitspieler auch dessen Beute mopsen, je nachdem, was für eine Zahl man würfelt. Gewonnen hat derjenige, der sechs Juden zu einem Sammelplatz außerhalb der Stadt schafft. Daher das schöne Motto: *Gelingt es dir, sechs Juden rauszujagen, so bist du Sieger, ohne zu fragen.* Das Spiel kam 1938 heraus, sinnigerweise in dem Jahr, in dem die Commerzbank den Vollzug ihrer Arisierung verkünden durfte. *Günther & Co.* heißt der Hersteller, in Dresden ansässig.«

»Gibt es die Firma noch?«

»Glaube schon. Ich könnte mir vorstellen, dass sie das Spiel jetzt umbenennen. *Jag den Nazi* vielleicht. Die Nasen müssten sie allerdings ändern.«

Paula dachte an den Schlüssel, schämte sich wieder, brach in Schweiß aus. »Was ist das eigentlich für ein Fleck auf deiner Sessellehne?« fragte sie.

»Pomade von Adolf, schätze ich.«

Noch längeres Schweigen.

»CROWCASS hat keine Akte über Georg«, sagte Sam. »Und außer dir hat sich bisher keiner für ihn interessiert.«

Aus dem Nichts rutschte die Wand unter ihre Füße, wurde zur Zimmerdecke, zum Fußboden, wieder zur Wand und alles zurück. Sie tastete nach Sams Sessel, setzte sich.

Sam schenkte Wasser in ein Glas. Er reichte es ihr. Sie trank es in einem Zug leer.

»Einer von CROWCASS war bei der Roten Kapelle, aber mit dem Kommunismus ist er fertig«, sagte Sam. »Ich denke, dass er vertrauenswürdig ist, und habe ihn gebeten, dich sofort zu informieren, wenn sich etwas tut.«

Fast hätte Paula nach seiner Hand gefasst. Doch dann hätte sie sich gleich wieder gehasst.

Vor dem Alaska House sagte sie Knox, dass sie zuerst einen anderen Insassen besuchen wolle. »Gut, dann übe ich so lange meinen deutschen Satz des Tages«, erklärte er. »Wullen wirr MOR-gan ince Ky-No geh'n? C spelan *Vom Rinde verweht*.«

»Nicht übel«, sagte Paula. »Bloß an dem Filmtitel müssen Sie noch feilen.«

Dóra Horváth war die erwartete Schönheit, aber ihr Gesicht zeigte die Differenz zwischen dem, was sie erträumt, und dem, was sie gekriegt hatte. Paula stellte sich als Claire Fox vor und fragte, ob sie Englisch, Französisch oder Deutsch bevorzuge.

»Deutsch.«

Sie gab Dóra ein Päckchen. »Zwei Paar Seidenstrümpfe und Parfüm und Seife. Es ist ein leichter Duft für den Sommer. Ich hoffe, Sie mögen ihn.«

Dóra nahm das Päckchen so vorsichtig in die Hand, als habe sie Angst, es würde sich bei der Berührung in Luft verwandeln. »Bitte setzen Sie sich«, sagte sie und hockte sich aufs schmale Bett, um Paula den einzigen Stuhl zu überlassen.

»Ich soll Sie von Johann Kupfer grüßen. Er ist wohlauf und vermisst Sie.«

»Danke.«

»Ich bin mit seiner Vernehmung betraut worden und habe von ihm bereits einiges über Wien und Budapest erfahren. Ich möchte Ihnen ein paar Fragen dazu stellen.«

»Bitte.«

»Was wussten Sie über seine Arbeit?«

»Welche meinen Sie? Die Geschäfte oder das, was er für die Deutschen gemacht hat?«

»Fangen wir mit den Geschäften an.«

»Kein Mensch ist so geschickt darin, jemand um den Finger zu wickeln, wie Johann. Er könnte dem Besitzer eines Gestüts das Trojanische Pferd als Zuchthengst andrehen. Wenn er in der Nacht kam, was weiß ich, von wo, hat er manchmal einen ganzen Koffer voll Geld dabeigehabt. Ein paar Tage später war der Koffer dann weg. ›Verspielt‹, hat er gesagt und gelacht. Er hat nie etwas hinterhergetrauert. ›Wer nichts sucht, hat nichts verloren.‹ Auch so ein Satz von ihm.«

In diesem Moment, als Dóra auf das Päckchen schmulte, begierig, an der Seife und dem Parfüm zu schnuppern, kam Paula ein aberwitziger Gedanke. Was, wenn Kupfer das Trojanische Pferd war, ein Trojanisches Pferd der Sowjets, für die er schon im Krieg gearbeitet hatte; ein Doppelspion, der Canaris und Gehlen mit Hühnerfutter belieferte, eine geniale Inszenierung der Lubjanka, die ihn jetzt in Camp King einschleusen wollte? *Deine Reisen führten dich bis nach Russland, und überall war der Tisch für einen wie dich reich gedeckt. Die meisten glauben, dass du halb Moses, halb Midas gewesen bist. Du warst Houdini und Stalins Albtraum. Der soll deinetwegen keine Nacht mehr als drei Stunden geschlafen haben.*

»Das Parfüm ist wunderbar; vielen Dank, Miss Fox«, sagte Dóra. Paula sah sie den Flakon auf dem Nachttisch abstellen.

»Warum haben Sie sich mit ihm eingelassen?« fragte sie.

»Sie haben ihn kennengelernt. Er schaut einen an, und man denkt, dass man der einzige Mensch auf der Welt wäre. Nicht bloß bei Frauen ist er so. Von keinem der anderen hätten Sie ein schlechtes Wort über Johann gehört. Er hat für sie gesorgt und sich um sie gekümmert. Wenn sie mutlos und verzweifelt waren, hat er rauschende Feste ausgerichtet und kistenweise Tokajer geköpft.«

Auch Kupfer hat Stalin erwähnt, en passant. Er soll mich mehr
gefürchtet haben als Gift in seinem Essen. *War es reiner Zufall
gewesen, dass er ausgerechnet* das *hervorgehoben hatte?*

»Dabei wussten wir alle kaum etwas von ihm«, sagte Dóra.
»Es ist doch verrückt, jemandem so zu vertrauen, den man im
Grunde gar nicht kennt. Sechs Jahre bin ich jetzt bei ihm, und
wenn ich seine Mutter nicht danach gefragt hätte, wüsste ich
nicht einmal, dass er keine Geschwister hat. Er wollte nie über
sich reden. ›Das bringt Unglück‹, hat er gemeint. Den anderen
gegenüber hat er sich als Deutscher ausgegeben, angeblich aus
Berlin. Sie haben ihm das abgenommen, weil er nur ungarisch
mit ihnen geredet hat. Aber man hört ihm den Österreicher ja
an.« Schweigen. »Dass er Jude ist, weiß ich bloß, weil er und
ich, Sie wissen schon. Rita könnte auch einiges dazu sagen. In
der Revue war sie die Schlangenfrau und später unsere Köchin.
Bei ihr kam nicht nur Hausmannskost auf den Tisch.«

»Sie meinen, Johann hatte etwas mit ihr?«

Dóras Lächeln besaß nicht genug Kraft, um ihren Mund zu
bewegen. »Er hatte mit jeder Frau etwas, die nicht mit einem
Buckel geschlagen ist. Wie konnte er daneben überhaupt noch
zu etwas anderem kommen? Was er den Frauen versprochen
hat, weiß ich nicht. Mir wollte Johann die Sterne vom Himmel
holen, aber geblieben ist mir nur eine nackte Glühbirne.«

»Warum haben Sie ihn nicht verlassen? Sie sind doch keine
Jüdin, Ihnen hat keine Gefahr gedroht.«

»Sind Sie schon einmal betrogen worden, Miss Fox?«

Nach kurzem Zögern schüttelte Paula den Kopf.

»Frauen wie Sie und mich betrügt man nicht«, sagte Dóra.
»Und wenn es doch passiert, ist man so aus der Welt gefallen,
dass man es nicht glaubt. Ich habe mir jahrelang eingeredet,
mich zu irren. Als ich es mir endlich eingestanden habe, hatte
der Russe die Stadt schon eingekesselt, und ohne Johann wäre
ich verloren gewesen.«

»Hat er mit Ihnen über die Arbeit für die Abwehr geredet?«
fragte Paula.

»So gut wie nie.«

Das könnte bedeuten, dass er tatsächlich *Sieben* war. Wäre
er ein Lügner, hätte er Dóra sicher alle möglichen erfundenen
Interna auswendig lernen lassen.

Dóra zuckte die Schultern. »Das heißt, hin und wieder hat
er etwas fallenlassen. Dinge wie: ›Morgens habe ich mit Keitel
telefonieren müssen, dem depperten Wackelpudding.‹ Oder:
›Wenn das, was ich aus Moskau erfahren habe, stimmt, muss
Hitler die Wolfsschanze bald nach Berlin verlegen.‹«

»Bei der deutschen Abwehr soll man sehr angetan von ihm
gewesen sein«, sagte Paula.

»Das kann ich mir gut denken. Alle Geburtstage von denen
hat er im Kopf gehabt, dann hat er immer ein Glückwunschtele-
gramm nach Wien geschickt. Wenn er hingefahren ist, hat er
nie vergessen, ihnen alles Mögliche mitzubringen, was man in
Österreich nicht mehr gekriegt hat. Zigaretten, Salami, echte
Butter, französischen Champagner. Es gab nichts, was Johann
nicht organisieren konnte.«

Paula horchte auf. Sie dachte an Hermann Baun und dessen
Aussage. *Aus persönlichen Gründen hat* Sieben *sich geweigert, das
Reich zu betreten, schon das gab Anlass zu Misstrauen.*

»Er ist in Wien gewesen?« fragte sie.

»Ja, oft. Für mich hat er dann Sachertorte besorgt, weil ich
die so mag. Aber die echte, nicht die vom Demel, wo Margarine
drin ist.«

»Und das mit den Wien-Besuchen ging bis Kriegsende?«

»Nein.« Dóra rang um Worte. »Als die Deutschen in Ungarn
einmarschiert waren, hat eines Morgens die SS bei uns in der
Wohnung gestanden. Dort waren Karol, Enikő, Erzsébet und
Rita. Die haben sie mitgenommen. Bei Johann im Luftmeldekopf war's das Gleiche. Zwanzig Menschen. Jemand hatte den

Deutschen gesteckt, dass er Juden Unterschlupf gewährt hat. Wir haben nie erfahren, wer es war. Vielleicht ein Nachbar. Ich weiß nicht, wie es hier mit Denunzianten war, aber die Ungarn waren groß darin. Johann hat Himmel und Hölle in Bewegung gesetzt. Ein paar Tage darauf ist einer von der Gestapo zu uns gekommen, ein hohes Tier.«

»Hieß er Geschke?«

Dóra deutete ein Nicken an. »Er hat mit seiner Leibgarde in unserem Salon gestanden und gelächelt. ›Die Endlösung, Herr Kupfer, ist das große geschichtliche Ereignis unserer Zeit. Sie sollten sich erhaben fühlen, es erleben zu dürfen. Und falls Sie auf den Gedanken kommen, sich bei Ihren Freunden in Wien über mich zu beschweren: Glauben Sie, ich wüsste nicht, dass Sie ebenfalls ein Sohn Zion sind. Wien ist weit. Wenn ich will, werfe ich Sie weg wie Müll.‹ Danach war Johann ein anderer. Er hat kaum noch mit mir geredet, mich nicht mehr angerührt. In seinen Augen war etwas kaputt. Als er anderntags nicht da war, kam Geschke zurück. Er hat gesagt: ›Was Sie treiben, ist Rassenschande. Und das mit uns beiden bleibt unter uns.‹ Von da an hat er jeden Montag um elf geklingelt. In dieser halben Stunde habe ich immer versucht, mir etwas vorzustellen, das noch ekliger war. Aber ich habe nichts gefunden.«

»Das war im Sommer 44?« fragte Paula leise.

»Ja. In jenem Sommer. Als seine Mutter schon krank war.« Dóras Stimme zerschellte an der Erinnerung.

»Wussten Sie von dem Versprechen, das Canaris ihm und seiner Mutter angeblich gab?« fragte Paula.

»Das mit der Arisierung? Ja. Aber das war doch nicht ernst gemeint gewesen, oder?«

Paula dachte daran, was Sam gesagt hatte. »*Ach, Canaris. Er hat mit dem Widerstand sympathisiert, doch Hitler zu töten, kam für den Mann nicht infrage. Hier und da hat er Juden gerettet, aber bei den Massakern seiner Geheimen Feldpolizei schritt er nicht ein.*

Verbrechen von Wehrmacht und SS ließ er heimlich dokumentieren, um seinen Offizieren andererseits zu befehlen, ›Aktivitäten gegen Juden‹ nicht zu kritisieren. Der Admiral war so konsequent wie ein Diabetiker in einem Schokoladenladen.«

Wenn es ihm sinnvoll erschienen wäre, *Sieben* durch so ein Versprechen zu motivieren, hätte er es vermutlich gegeben. Es auch zu halten, wäre etwas anderes gewesen. Hätte Hitler Canaris 45 nicht aufhängen lassen, könnte Paula ihn fragen.

»Genau genommen ist Johann ja gar kein Jude«, sagte Dóra. »Er ist doch katholisch getauft.«

»Jude ist man durch die Mutter«, erwiderte Paula.

Dóra zeigte ihr das Medaillon mit dem Madonnenbild, das sie um den Hals trug. »Sie wollte, dass ich es bekomme. Als sie schon wusste, dass sie sterben wird. Johann hat ihr die Augen geschlossen. Aber auch darüber hat er nie gesprochen. Als ich sie zuletzt gesehen habe, sagte sie: ›Wenn ich nicht mehr bin, Dóra, werden Sie der einzige Mensch sein, um den er jemals weinen wird.‹«

Sie waren lange still, hinter dicken Mauern ferne Laute der Welt; ein Bohnerklotz, der über Dielen schabte; eine quäkende Stimme, vielleicht Hanna Reitsch; ein Lachen, das an eine verrostete Klosettspülung erinnerte, vielleicht Hitlers Dentist Blaschke, der sich bei einer Pointe des Nazi-Humoristen Putz auf die Schenkel schlug. Ein Gong, es war Essenszeit.

Als Paula an die Tür klopfte, um von Carter hinausgelassen zu werden, sagte Dóra: »Passen Sie auf sich auf, Miss Fox. Und sollte er Ihnen die Sterne vom Himmel versprechen, denken Sie an meine Glühbirne.«

Carter schloss wieder ab. »Dann hole ich jetzt Kupfer, ja?«

Paula schwieg.

»Ma'am?«

»Nein, Carter«, sagte sie. »Heute nicht.«

ZAUNPFLOCK

Sie waren mit dem Motorrad hoch auf den Lohrberg gefahren und in einer Gartenwirtschaft eingekehrt, die Sam wegen der Aussicht ausgewählt hatte; ein Hexenhäuschen inmitten einer Apfelplantage, vor dem Krieg vermutlich eine Postkartenidylle. Doch an diesem Abend, an dem der Sommer ausatmete, bot die Terrasse den Blick auf ein Frankfurt, das bloß noch Hohngelächter über den Größenwahn von Zwergen war.

Paula schob ihren halb geleerten Teller weg; Brot mit einem eingelegten Käse, der so bestialisch stank, wie sie sich Hitlers Mundgeruch vorstellte. »Dóra Horváth hat manches von dem, was Kupfer mir erzählt hat, bestätigt. Aber sie haben sich vermutlich abgesprochen, also beweist es nicht, dass er die Wahrheit sagt. Als Leumund ist Dóra für ihn so tauglich wie Sacco für Vanzetti. Hörst du mir überhaupt zu?«

Sam zündete sich eine Chesterfield an. »Auf dem Flug nach Berlin habe ich mir die Frage gestellt, was ich machen würde, sollte CROWCASS Georg als Kriegsverbrecher listen. Ich will ehrlich sein: Ich hätte solche Angst um dich gehabt, vor dem, was du in deiner Verzweiflung vielleicht tun würdest, dass ich es dir nicht erzählt hätte.« Paulas Mund öffnete sich, aber Sam hob die Hand. »Du hast es selbst für möglich gehalten, sonst wäre heute morgen in meinem Büro dein Gesicht nicht weiß wie ein Krankenhauskittel gewesen. Den ganzen Tag habe ich mich gefragt, warum du den Schlüssel aus meiner Schublade genommen hast. Denn ich weiß auf den Millimeter genau, wie er liegen muss.«

Schweiß brannte in ihren Augen. Sie wusste, dass ihr Mund sich wieder öffnete, doch ihr fiel kein einziges Wort ein.

»Im Büro habe ich gehofft, du würdest es mir erzählen, aber das hast du so wenig getan wie in der Stunde, die wir jetzt hier sitzen und über das Wetter, über Äpfel und was weiß ich plaudern, und wir könnten bis zum Morgengrauen bleiben, ohne dass du ein einziges Wort darüber verlieren würdest. Ich weiß nicht, was mich mehr kränkt. Dass du mich benutzt hast oder dass du es nicht fertigbringst, dazu zu stehen.«

»Sam …«

»Warum?« Er rammte das Wort wie einen Zaunpflock ein.

Paula sah auf Frankfurt, eine Vernissage avantgardistischer Skulpturen, erschaffen von einem Künstler namens B-17. »Ich habe dir von Mailand erzählt, von Walther Rauff.«

Sam schwieg.

»Auf Hydes Schreibtisch lag eine Akte über ihn. Er hat sie versteckt, als ich in sein Büro kam. War Rauff auf der Liste, die Gehlen bei Hyde eingereicht hat? Soll er angeworben werden?«

»Du denkst, das würde ich dir verschweigen?« fragte er und winkte der Bedienung, um zu zahlen.

»Sam, ich kann dir nicht sagen, wie sehr ich mich schäme«, brachte sie hervor. »Aber du kennst mich doch, ich …«

»Nein«, sagte er. »Ich weiß gar nicht, wer du bist.«

Sie fuhren zurück zum Schloss und tauchten in den Tannenwald wie in eine tiefe, schwarze See, ein Abgrund, der Paulas Atem verschlang. Sie wurde schier erdrückt von einem Wassergebirge und dem Gefühl, nie mehr froh zu werden.

Als sie vom Motorrad stieg, wollte Sam wieder fahren, aber sie zog dem Angst-Tier das Fell ab und sagte: »Mein Vater hat zehn Notizbücher hinterlassen. Ich habe sie mit nach Amerika genommen.«

PAPUTSCHKA

In der Nacht, die auf den Tod ihres Vaters folgte, hätte sie von Schmerz so betäubt sein müssen, dass alles andere unwichtig war. Und doch stand sie im Salon vor dem Safe, in dem sie die blauen Kladden wusste. Auf der Hindenburg sah sie Deutschland immer kleiner werden und hätte aufatmen müssen. Und doch fand sie in ihrer Kabine keinen Schlaf, bis sie die Aktentasche unterm Bett hervorgeholt und im Spind verschlossen hatte. Als das Luftschiff drei Wochen darauf in Lakehurst verglühte, hätte ihr Vater ihr einziger Gedanke sein müssen. Und doch war das Erste die Reue, seine Kladden mitgenommen zu haben. Denn sonst wären sie verbrannt.

Danach sperrte sie alle Gedanken daran weg, verbannte sie aus dem Kopf. Und vier Jahre ging es gut.

Doch dann hatte sie bei Jitter's eine neue Platte von Glenn Miller gekauft. Ein Stück rührte sie besonders an, eine Serenade, die nach Herbstlaub auf dem Hundekehlesee klang, nach ihrer leeren Schaukel, ihrem Bildnis, so sehr nach Berlin, dass sie weinen musste. Und dann sah sie, wie der Titel hieß.

All in Blue.

Für Tage verließ sie die Wohnung nicht mehr.

Am dritten Abend überwand sie ihre Angst. Sie begann zu lesen, und ihr Zittern kam ihrem Herzschlag nicht hinterher. Diese schöne, vertraute Schrift ihres Vaters verschwamm vor Paulas Augen; die steilen Großbuchstaben und verschnörkelten Vokale, die sie in seinen Briefen so gemocht hatte, wenige Zeilen, eilig auf Geschäftsreise zu Papier gebracht.

Habe eben einen kleinen Frankfurter Spatz, der mich sehr an Dich erinnert hat, mit Brotkrumen erfreut. Hab Dich lieb, Dein Paputschka ... Paris ist ein bisschen wie Flanieren ohne Dich, also langweilig. Je t'embrasse, Dein Papagallo ... Moskau: was für eine Enttäuschung. Habe heute den einbalsamierten Lenin gesehen; er sah lebendiger aus als alle Teilnehmer der Konferenz zusammen. Kuss, Dein Papirossa.

Es war derselbe Mann, der in den blauen Kladden Notizen zu seinen Geschäften niedergeschrieben hatte. Und doch mit einem Mal ein Fremder. Als habe er ihr nie aus Mascha Kalékos Gedichten vorgelesen, nie ihre Schaukel angestoßen, nie über ihre Angst vor den Schatten gelacht.

Derselbe Mann, der im Januar 1934 notiert hatte:

Essen mit Dr. Ilgner von der IG Farben im Kaiserhof. Er zeigt sich erfreut, dass die Angriffe der Nazi-Presse gegen das jüdische Personal der IG aufgehört haben. Zweifellos waren die Spenden hilfreich, auf die ich energisch gedrängt habe. Endlich hat man in Frankfurt erkannt, wie wichtig die Massage der braunen Seele ist. Vor zwei Jahren waren die Nazis für Ilgner noch Lumpenpack, jetzt würde er auf der Stelle aufhören, sich zu waschen, sollte das als Ausdruck von Führertreue gelten. Für die Herstellung von synthetischem Öl erhält IG Farben praktisch unbegrenzte Mittel. Krieg und Öl, eine heilige Allianz.

Zufall: Der Führer nimmt mit Entourage im Separee Platz. Ribbentrop ist dabei, er bittet Ilgner und mich hinzu. Ich finde Hitlers Augen gar nicht so auffallend; eher seine Hände, zart wie die eines Künstlers. Ein Gespräch mit ihm ist schwierig. Entweder stiert er ins Leere oder hält Monologe. Als er erfährt, dass ich in Bälde in den Staaten sein werde, bittet er mich, Henry Ford von ihm zu grüßen, sollte ich ihn sehen. Hitler lässt fallen, dass ein Foto von Ford in seinem Münchner Büro hängt. Ich erinnere mich an mein letztes Telefonat mit Good Old Henry. Was er über die Juden gesagt hat, Himmel, sowas denkt man nicht mal.

Im Februar 1934 schrieb er:

Bei der Familie in Washington war es sehr unerfreulich. Es ist über zwanzig Jahre her, dass ich nach Europa gegangen bin, aber noch immer Vorwürfe, dass ich nicht zurückkomme und endlich ihr Immobiliengeschäft übernehme. Musste an Paula denken. Sie war nur einmal dort und nannte das Haus die Gruft. *Natürlich hat sich niemand nach ihr erkundigt. Für Hitler findet Vater warme Worte. Er sprach von der* Rosenberg-Regierung *wegen der vielen Juden in Roosevelts Kabinett. Beim Abschied Mutters Frage, wann wir uns denn wiedersehen. War versucht zu sagen:* In hundert Jahren, wenn nichts dazwischenkommt.

Zwei Tage darauf:

New York. Mit Allen und John Foster im Racquet and Tennis Club. Sie lästern über die Höhe meiner Provision. Dabei haben sie Lorenz und Thyssen im Portfolio und schmieden in den USA ein Chemiekartell mit IG Farben, Imperial Chemical, Allied Chemical und Solvay. Niemand hat Geld so lieb wie Calvinisten.

Abends Dinner im Warwick auf Einladung von Ivy Lee. Seine PR-Agentur macht hier Stimmung für die IG und Hitler. Früher hat Lee erfolgreich das Image der Sowjetunion poliert und deren Lager weggezaubert. Seine Geschmeidigkeit ist beeindruckend, aber plötzlich steht der Kongressausschuss für »unamerikanische Aktivitäten« in seinem Kalender. Man muss vorsichtig sein.

Mein Tischnachbar ist J. T. Barr. Er ist vom britischen Trust Vickers-Armstrongs, der Flugzeuge ans Reich liefern will. Barr fragt, ob ich helfen könne. Schon hat sich die Reise gelohnt.

Später das erhoffte Kamingespräch mit Randolph Hearst. Ich richte ihm von Goebbels aus, dass dieser stark daran interessiert sei, die Kabel seiner europäischen Korrespondenten als Erster zu erhalten. Das wäre ihm jährlich hunderttausend wert. Hearst ist erfreut; schließlich hat er schon Artikel von Hitler und Goebbels gedruckt. Beim Abschied erzählt Lee von Hearsts kalifornischem Schloss. Er meint, sogar Kublai Khan hätte es protzig gefunden.

Im März 1935:

Mit Mandelbaum bei Horcher speisen. IG Farben & Standard Oil of New Jersey läuft wie geschmiert. Sie bauen zwei Fabriken im Reich, die einen wichtigen Treibstoffzusatz für Flugzeuge herstellen werden. Das Patent gehört einer Standard-Tochter, an der auch General Motors beteiligt ist. Mandelbaum ist wegen der drohenden Arisierung der IG in Angst. Er meint, dass George Washington den Wert eines seiner Sklaven wie folgt bemessen habe: Ein großes Fass Melasse, ein Fass Rum, ein Fass Limonen, ein Tiegel Tamarinden sowie ein paar Flaschen guten Schnaps. »Ein Jude brächte heutzutage weit weniger«, sagt Mandelbaum.

Aber das Essen! Auf manches könnte ich verzichten, nur nicht auf die Canard à la rouennaise.

Im Oktober 1935:

Mit Allen und Schacht im Preußischen Herrenklub. Rudolf Heß versteckt die rotlackierten Zehennägel in hübschen Knobelbechern und poussiert mit einem Paladin. Allen sehr amüsiert. Peinlich: Ein Kellner reicht zwei Gästen diskret einen dieser leidigen Zettel, Juden werden nicht bedient. *Allen und John Foster sind besorgt, dass es wegen Mussolinis Einmarsch in Abessinien zu Ölsanktionen des Völkerbundes gegen Italien kommen könnte. Davon wären Klienten von ihnen betroffen, nicht zuletzt in New Jersey. Werde Ribbentrop drängen, in Genf Beziehungen spielen zu lassen.*

Später erzählt Allen mir, dass John Foster geweint habe, als Sullivan & Cromwell ihr Berliner Büro wegen des politischen Drucks schließen mussten. (Auch Allen habe ihn dazu gedrängt.) Aber in den USA stehe man IG Farben weiterhin zur Verfügung. Darauf wette ich. Im Vorstand der dortigen IG-Tochter sitzen die Federal Reserve Bank, die City Bank, Standard Oil, Ford und andere am Tisch. Allen ist so eine Trauerweide. Erst haben sie für amerikanische Anleger eine Milliarde ins Reich gepumpt und mit dem Geld die deutschen Hochöfen angeheizt, und jetzt greinen sie, dass die Aufrüstung der Nazis für sie nichts mehr abwirft.

Ende September 1936 war die Schrift dünn, müde:

Heute kam Gestapo ins Haus. Paula hat in einer Ausstellung von Entarteter Kunst eine Szene gemacht. Ich weiß mir mit dem Kind nicht mehr zu helfen. Meine Güte, sie führt sich auf, als ob sie Jüdin wäre. Werde mit Georg reden, er hat Einfluss auf sie. Abends tafelt Heydrich mit SD im Esplanade. Er verzieht amüsiert den Mund, als er mich sieht. Oder bilde ich mir das ein?

In Washington Heights erinnerte Paula sich: Als die Ledermantelmänner das Haus verlassen hatten, war ihr Vater in ihr Zimmer gekommen und hatte gesagt: »Versprich mir, dass du nie wieder so etwas Dummes machst.« Doch das Schlimmste waren seine Augen, groß und bang wie die des Apothekers auf Kokoschkas Bild, am Bett seines kleinen Kindes, das schon ins Totenreich blickte.

Im November desselben Jahres, wieder kraftvoll:

Paris. Mit Harrison Stowe von IBM sehr vergnügt im La Tour d'Argent. Seine Firma hat ein Verfahren zur Erhebung von Daten durch Lochkarten entwickelt, nach dem man in Berlin jiepert. Ich weiß nicht, ob Stowe klar ist, welchem Zweck das dort dienen soll. Mir schon: Erfassung von Juden. Wie dem auch sei, es rentiert sich, dass ich Göring die Sache schmackhaft gemacht habe. Der deutsche IBM-Ableger, die DEHOMAG, kommt mit ihm jetzt ins Geschäft. Stowe darf ich mitteilen, dass sein Chairman Thomas Watson das Führer-Verdienstkreuz kriegt. Darauf einen 22er Dom Pérignon. Ich hoffe, das Jahr geht so weiter. Wenn ich daran denke, was ich bei der Geldanlage verloren habe, zu der Allen mir geraten hat, wird mir übel. War es Absicht? Ein Denkzettel, weil ich Geschäfte mache, an denen sie nicht teilhaben?

Zwei Tage später:

Ich weiß jetzt, was es mit dieser neuen Investmentbank auf sich hat, die mithilfe von Allen und John Foster an der Wall Street gegründet worden ist. Schroder, Rockefeller & Company ging aus der New Yorker J. Henry Schroder Bank hervor, einem Ableger der J. Henry Schröder Bank London. Und die gehört einem Bruder des rührigen Kurt Freiherr von Schröder: SS-Obergruppenführer, Strippenzieher der Machtergreifung, Mitglied im Freundeskreis Heinrich Himmler und Repräsentant von ITT im Reich. Schröder und Schroder, Pünktchen und Anton.

Zittrig im März 1937:

Paula ist seit gestern verschwunden. Niemand weiß etwas. In größter Sorge bitte ich Schacht um Hilfe. Er hält es für möglich, dass es mir gilt. Meine Freundschaft mit Mandelbaum sei einem blonden Engel im Prinz-Albrecht-Palais sauer aufgestoßen. Deutlicher musste er nicht werden.

Als sie das las, dachte sie an die Ewigkeit in der Zelle, in die man sie geworfen hatte, die Ewigkeit, von der es später hieß, dass es zwei Tage gewesen waren, ohne Essen, ohne Trinken, ohne zu wissen, wo sie war, ohne dass jemand sie irgendetwas gefragt hätte, die Ewigkeit, in der Paula mit ihrem Herzrasen allein war und zu Gott betete, ihr zu helfen. Dann kamen sie, stülpten ihr einen stinkenden Sack über den Kopf, stießen sie in ein Auto, wo sie vor Angst ihre Zunge zerbiss. Irgendwann hielten sie an, schmissen sie in den Dreck. In tiefer Nacht stolperte sie durch den Grunewald, fand endlich eine Straße. Nie würde sie vergessen, wie sie ins Haus kam, im Salon Licht, wie ihr Vater sie in der Diele auffing, hinter ihm Hjalmar Schacht, den Blick der beiden Männer.

Dann war sie mit ihrem Vater allein. Er stellte keine Fragen. Wusste schon alles. Sie bettelte ihn an, mit ihr fortzugehen.

Vergeblich.

Eine Woche später sein letzter Eintrag:

Ich habe Mandelbaum angerufen, statt ihm in die Augen zu schauen. Als ich sagte, dass wir uns in Zukunft nicht mehr in der Öffentlichkeit zeigen sollten, hat er aufgelegt. Es gibt einen Grad von Feigheit, bei dem es nicht mehr hilft, einen Spiegel zu meiden.

LUNCH MIT RICHARD NIXON

Im ersten Morgengrauen schloss Paula die Kladden weg und schmiss die Briefe ihres Vaters in den Ofen, diese Briefe an sie, die sie wie einen Schatz gehütet hatte. Und in der Wohnung unter ihr schepperte es, weil Mimi Dubniczek wieder einmal einem Verehrer das billige Porzellan hinterherschmiss.

Allen Dulles saß im Sherry-Netherland zu Tisch mit einem jungen Mann, der aufstand, als Paula kam. Er hatte eine Nase wie ein Entenschnabel, Zähne wie Klaviertasten, bleiche Haut mit Bartschatten. »Richard Nixon«, stellte er sich ihr vor, die Serviette linkisch in Händen. Sie sah seine tiefe Enttäuschung bei Allens Worten. »Paulette, wie reizend; Mister Nixon will sich gerade verabschieden.«

Allen spitzte spöttisch den Mund, als er Nixon nachschaute. »Sieh ihn dir an«, meinte er. »Ein Anwalt aus Kalifornien, hat an einer Duke University studiert. Er putzt Klinken und denkt, die Wall Street hätte auf ihn gewartet. Aber den Geistesblitz, sich zu rasieren und einen passenden Anzug zu kaufen, hatte er nicht. Was soll aus so einem werden? Ich habe ihm geraten, in die Politik zu gehen. Komm, setz dich – Austern?«

Sie sagte: »In deiner Welt ist man nichts, wenn man nicht direkt von der Mayflower abstammt. Diesen Dünkel kenne ich von dem preußischen Pöbel, mit dem mein Vater sich in Berlin umgeben hat. Es wundert mich nicht, dass ihr Freunde wart. Was glaubt ihr, wer ihr seid, die neue Herrenrasse? Auch wenn du in Princeton warst und einen Anzug von Huntsman trägst: Du bist nichts wert, Al. Du und deinesgleichen, Männer wie dein Bruder, mein Vater, dein Freund Schacht, der Dreck von *America First*, der um euch herumscharwenzelt. Ihr seid eine schlimmere Seuche als die Blattern und die Spanische Grippe zusammen. Weiß Washington, wessen Geschäfte die Kanzlei besorgt? Dass IG Farben und ähnliches Pack eure Mandanten sind? Dass ihr Hitler groß gemacht habt, der Tod euer Buchhalter ist? Hast du beim Schlürfen deiner Atlantik-Austern je an die deutschen U-Boote dort gedacht? Gewiss nicht. Ein Fussel auf deinem Schlips würde dich mehr interessieren.«

Am Nebentisch war man aufmerksam geworden, aber Allen war ungefähr so nervös wie eine Python, die nach dem Fressen in der Sonne döst. Er tupfte mit seinem Kavalierstuch den aus ihrem Mund gesprühten Speichel von seiner Wange. »Ach je, Paulette, dein Vater hat dir so ein schönes Leben ermöglicht, und du spuckst auf ihn. Entschuldige meine Anspielung. Im Gegensatz zu dir bilde ich mir nicht ein, dass da Vinci mich im Sinn hatte, als er die ›Madonna mit der Nelke‹ gemalt hat. IG Farben? Ja, wir haben sie vertreten. Aber das ist vorbei, Darling. Oder beweis mir das Gegenteil. Du hältst mich für einen Nazi? Nimm gefälligst zur Kenntnis, dass ich an Hitler und seinem Krieg kein gutes Haar lasse. Ich habe von Anfang an vor ihm gewarnt, über die Machtergreifung war ich so unglücklich wie jeder halbwegs intelligente Mensch. Na und? Ich bin auch mit meiner Frau nicht glücklich. Aber ich muss mit ihr leben.«

Zwei Tage darauf kam Paula von der Universität nachhause und fand ihre Tür aufgebrochen. In der Wohnung schien alles unberührt zu sein. Nur die Aktentasche war weg, mitsamt den blauen Kladden. Im Grunde war sie froh darüber. Es schien ihr ein ehrliches Ende zu sein, aufrichtiger als irgendwelche letzte Zeilen, und da sie die Briefe ihres Vaters verbrannt hatte, gab es nichts mehr, was sie an diesen erinnerte.

So dachte sie, ein zweiundzwanzigjähriges Kind.

NACH DEM LICHT DRÄNGEN

Sterne kullerten über eine Himmelsrutsche. In der Finsternis beim Karpfenteich heulte ein Tier. Erst jetzt, wo sie Sam von alldem erzählt hatte, wurde Paula bewusst, dass sie noch nie darüber gesprochen hatte, mit keinem Menschen.

»War das deine letzte Begegnung mit Dulles?« fragte er.

»Ja. Auf der Fifth Avenue ist mir dann eingefallen, was ich noch hätte sagen sollen. ›Das Weltende ist für euch bloß eine Bilanzkurve, und was ihr für euren Herzschlag haltet, ist das Rattern einer Registrierkasse.‹ Aber so ist es mit den wirklich guten Sätzen, man hat sie nie zur rechten Zeit.«

Der Wind frischte auf, ließ die Bäume zittern.

»Ich war auch in Lakehurst«, sagte Sam.

Paula glaubte Blut zu schmecken, so wie damals.

»Ein halbes Jahr vorher bin ich in die Staaten gekommen«, sagte er. »Auf mich hatte niemand gewartet. Zuerst war ich in einem Obdachlosenasyl an der Park Row. Dann habe ich einen Job in einer Rasierpinselfabrik in Downtown ergattert. Jeden Tag habe ich acht Stunden Säure aus Dachsborsten gequetscht, bis ich im Februar 1937 in den Versand aufgestiegen bin. Wir haben bis hinunter nach Philly geliefert. Auf einer Rückfahrt habe ich mit meinem Kollegen in einem Diner etwas gegessen und gehört, dass die Hindenburg in Lakehurst landen würde. Das waren bloß ein paar Meilen, wir sind hin, um es uns anzusehen. Ich habe direkt neben diesem Radioreporter gestanden. *Das Schiff nähert sich uns majestätisch wie eine große Feder ... Es fällt! Es stürzt ab! Seht!* Wir sind gerannt. Ich glaube, ich habe geschrien. Auf der Rückfahrt habe ich das Rauchen angefangen.« Sam sah sie zittern, zog die Lederjacke aus, legte sie ihr um die Schultern. »Und die Blooms? Das muss schrecklich für sie gewesen sein.«

»Ich weiß noch, wie die Mutter meines Vaters mich ansah, als wir wieder im Auto saßen. Als ob ich Dreck an ihrem Schuh wäre.«

Sam wartete.

Aber Paulas Mund war noch in Lakehurst.

Dann fragte er. »Warum bist du in dieser Zelle gewesen?«

»Wegen Judith«, brachte sie noch heraus. Dann ging alles in Schluchzen unter. Ihr Herz hatte sich mit ihrem Kummer vollgesogen, ein Schwamm so prall, dass er platzte und alles aus ihr rauslief. Sie verschluckte sich an Schleim und Tränen, rang um Luft, weil der Schmerz einen Pfropfen in ihrem Hals bildete. Erst als sie keine einzige Träne mehr hatte, kam sie zu sich. Ihr Kopf lag an Sams Schulter. Mit jeder Sekunde, die er nicht fragte, wer Judith war, wurde seine Frage lauter.

Paulas Mund war so wund, dass selbst das Sprechen weh tat. »Als wir am ersten Abend bei Elias waren, hast du gesagt: ›Es ist zu früh, um über Auschwitz, Bergen-Belsen und Majdanek zu reden.‹« Sie schmeckte bittere Galle und meinte, sie müsse sich übergeben. »Ich kann noch nicht.«

Sam strich ihr übers Haar. »*Wenn du das mit dir machen lässt, haben die Nazis gewonnen.* Ich habe lange darüber nachgedacht. Versprich mir, dass du das auch tust.«

Sie brachte ein Nicken zustande.

Eine Weile saßen sie noch still, dann gingen sie zum Schloss. An der Pforte blieb sie stehen. »In Rauffs Akte ist ein Vermerk von Allen Dulles, noch aus seiner Zeit beim oss. Darauf wird auf dem Deckblatt hingewiesen.«

»Wieso ist das von Bedeutung? Natürlich hatte Dulles mit Nazis zu tun. Schließlich war er beim Geheimdienst.«

»Ich habe dir vom Regina erzählt«, sagte sie. »Aber ich habe dabei etwas ausgelassen. Rauff hat in Mailand behauptet, dass Dulles mit den Deutschen über einen ehrenhaften Frieden verhandelt hätte. *Operation Sunrise* wollen sie es genannt haben.«

»Und wenn. Das ist Geschichte. Im letzten Herbst hat eine britsche Zeitung darüber berichtet. Rauffs Name wurde nicht erwähnt, soweit ich mich erinnere. Aber es war von Karl Wolff die Rede, dem höchsten SS-Führer in Italien.«

»Sicher stand dort nicht, dass das Ziel der Operation gewesen sein soll, gemeinsam mit der Wehrmacht gegen die Russen zu marschieren. Damit hat Rauff kokettiert.«

Sams Lippen schrumpften zu einem Strich.

»Was weißt du über Wolff?« fragte Paula.

»Er war Himmlers rechte Hand. Ein Massenmörder, der am Tod von Hunderttausenden Mitschuld trägt, an der Räumung des Warschauer Ghettos beteiligt. In Nürnberg war Wolff nur als Entlastungszeuge für Göring. Danach bekam er ein Attest und ist in eine Klinik verlegt worden.«

»Wie praktisch.«

»In einer Stunde bin ich wieder da«, sagte Sam.

Sie ging auf ihr Zimmer, jede Stufe der Treppe ein Kampf. Sie warf sich aufs Bett, und ihr ganzer Körper war nur Rücken. Irgendwann hörte sie Sams Motorrad. Dann Schritte auf dem Flur, Klopfen. Als sie öffnete, gab er ihr die Akte.

Subjekt: Walther Rauff

Sie saßen nebeneinander auf dem Bett, Schulter an Schulter, während Paulas Furcht immer größer wurde.

»Wie bist du da drangekommen?« fragte sie.

»Nicht jeder Schlüssel ist in meiner Schublade«, erwiderte Sam und versetzte ihr einen erneuten Stich.

Aber dazu besaß er jedes Recht.

Paula ging zum Stuhl am Fenster, setzte sich, verschränkte die zitternden Hände. »Kannst du es vorlesen?«

Sam schlug die Akte auf. »Es beginnt im Mai 45 mit seiner Aussage beim CIC in Verona. Rauff hat erklärt, dass er keine Informationen zu Operationen von SD oder SS in Italien preisgeben würde. Die Vernehmung wurde daraufhin abgebrochen. Anderntags hat man ihn nach Florenz überstellt. Dort haben die Engländer ihn bearbeitet, und Rauff wurde gesprächiger. Er hat SS-Kameraden aus Italien denunziert, Good old Britain war ganz begeistert von ihm. *Ein klassischer Angehöriger der SS-Elite, sehr selbstbewusst und mit Zynismus gesegnet.*« Sam blätterte. »Rauff kam wieder in eines unserer Lager, auch in Florenz.« Eine neue Seite. »Im Juli 45 hat die Washingtoner War Crimes Branch ihn als Gruppenleiter Technik des RSHA identifiziert. Das italienische Hauptquartier in Caserta erhielt ein Kabel mit der Order, ihn erneut zu verhören. Rauff saß jetzt in Ancona, wieder bei den Briten.«

»*Gruppenleiter Technik.* Was war das?« fragte Paula.

»Rauff behauptete, er sei mit *Kraftfahrzeugangelegenheiten*, *Foto- und Filmwesen* sowie *Fernsprechsachen* befasst gewesen.« Sam las weiter. »Im Oktober 45 stieß man auf den Brief eines Dr. August Becker, Obersturmführer und Chemiker im RSHA. 1942 hatte er aus Kiew an die Prinz-Albrecht-Straße geschrieben. Der Brief ist in Hektografie anbei. *Geheime Reichssache. An OSTF Walther Rauff: Die Wagen der 2. Serie liegen bei schlechtem Wetter vollkommen fest. Wenn es zum Beispiel nur eine halbe Stunde geregnet hat, kann der Wagen nicht eingesetzt werden, weil er glatt wegrutscht. Es tritt nun die Frage auf, ob man den Wagen nur am Orte der Exekution im Stand benutzen kann. Erstens muss der Wagen an diesen Ort gebracht werden, was nur bei guter Wetterlage möglich ist. Der Ort der Exekution befindet sich aber meistens zehn bis fünfzehn Kilometer abseits der Verkehrswege und ist durch die Lage bereits schwer zugänglich, bei feuchtem oder nassem Wetter überhaupt nicht. Fährt oder führt man die zu Exekutierenden an diesen Ort, so merken sie sogleich, was los ist, und werden unruhig, was nach Möglichkeit vermieden werden sollte.«* Nach längerem Schweigen las Sam weiter vor. »*... Bei dieser Gelegenheit möchte ich auf Folgendes aufmerksam machen: Verschiedene Kommandos lassen nach der Vergasung durch die eigenen Männer ausladen; die Kommandeure der betreffenden S. K. habe ich darauf aufmerksam gemacht, welch ungeheure seelischen und gesundheitlichen Schäden diese Arbeit auf die Männer, wenn auch nicht sofort, so doch später, haben kann. Die Männer beklagten sich bei mir über Kopfschmerzen, die nach jeder Entladung auftreten.*«

»Wie hat Rauff sich dazu geäußert?« fragte Paula heiser.

»Hier ist eine Aussage von ihm. Aus Nürnberg.«

Sie sah Sam überrascht an. »Er war beim Prozess?«

»Nein. Sie wurde als Affidavit verlesen. *Ich bestätige hiermit die Echtheit des Briefes, der von Doktor Becker am 16. Mai 1942 geschrieben wurde und den ich am 29. Mai erhielt ... Die Zahl der in Betrieb gewesenen Todeswagen kenne ich nicht und kann nicht einmal die ungefähre Zahl angeben.* Man scheint ihn in Nürnberg nicht wirklich ernst genommen zu haben. *Rauf.* Mit einem F.«

Sam nahm ein neues Blatt zur Hand. »Beim Verhör durch den CIC gab er an, das bewusste Schreiben zwecks Beseitigung von Konstruktionsmängeln weitergeleitet zu haben.«

»Was meinte er damit?«

»Moment ... Becker schrieb: *Es wurde in Erfahrung gebracht, dass bei dem Schließen der hinteren Tür und somit bei eintretender Dunkelheit immer ein starkes Drängen der* Ladung *nach der Tür erfolgte. Dies ist darauf zurückzuführen, dass die* Ladung *bei eintretender Dunkelheit sich nach dem Licht drängt. Es erschwert das Einklinken der Tür.*«

Sam ließ jedem Wort seine Bedeutung, blieb dabei jedoch sachlich, ohne die geringste Emotion. So schrecklich das war, es beruhigte ihren Herzschlag.

»*Ferner wurde festgestellt*«, las er, »*dass der auftretende Lärm, wohl mit Bezug auf die Unheimlichkeit des Dunkels, immer dann einsetzt, wenn sich die Türen schließen. Es ist deshalb zweckmäßig, dass die Beleuchtung vor und während der ersten Minuten des Betriebs eingeschaltet wird.*« Sam musste sich kurz sammeln, ehe er weitersprach. »Ein anderes Problem war, dass die Menschen, sobald das Gas eingeleitet worden ist, regelmäßig die Hinterachsen durch Überlastung zum Brechen brachten. Rauff dazu: *Ich war niemals anwesend, wenn Todeswagen in Bewegung gesetzt wurden und in ihnen Personen getötet wurden. Ich habe allerdings einen Todeswagen als Musterstück gesehen und war lediglich vom technischen Standpunkte aus interessiert.* Auf Nachfrage betonte er, seine Neugierde habe sich allein auf den Motorbereich der Fahrzeuge erstreckt.« Sam blätterte. »Hier sind Aussagen von Fahrern: *Die Juden wurden nackt hereingebracht. Ob das immer der Fall war, kann ich nicht sagen, weil es mir widerstrebt hat, den Vorgang anzusehen. Ich hatte im Laufe der Zeit schon aus dem Bestreben heraus, es kurz zu machen, eine gewisse Routine in der Gasregulierung, sodass es selten zu irgendwelchen Szenen innerhalb des Wagens kam.* Und ein anderer: *Wo die Leute herkamen, die in den Gaswagen verladen wurden, kann ich nicht sagen, ich hatte damit ja nichts zu tun. Nach dem jeweiligen Abschluss des Einsatzes habe ich den Wagen ausgespritzt.*«

Paula dachte an Himmler: *Es ist die heilige Pflicht der höheren Führer und Kommandeure, persönlich dafür zu sorgen, dass keiner unserer Männer, die diese schwere Pflicht zu erfüllen haben, jemals verroht oder an Gemüt und Charakter Schaden erleidet.*

»Wie viele sind so umgebracht worden?« fragte sie.

»Genau weiß man es nicht. Sicher Hunderttausende.«

»Und Rauff hatte das alles unter sich?«

»Er war der verantwortliche Gruppenleiter im RSHA. Er hat das Programm geleitet und organisiert.«

»Was sagt Allen Dulles zu Rauff?« fragte sie.

Sam blätterte. »Das Schreiben ist vom September 45. Also ehe bekannt war, dass er die Gaswagen unter sich hatte. Dulles erklärte: *Rauff war ein enger Vertrauter von General Karl Wolff. Ich halte erneut fest: Wolff gehörte dem moderaten Flügel der SS an. Er war die dynamischste deutsche Persönlichkeit in Norditalien; ein Gentlemen, in seinem Handeln fast selbstlos.*«

»Darauf muss man erst einmal kommen«, sagte Paula. »Der Intimus eines Ehrenmannes. Mit gleichem Recht könnte man den *Stürmer* ein zionistisches Wochenblatt nennen. Aber von Dulles kein Wort über *Sunrise*.«

»Nein. Und es wird sicher nicht daran gelegen haben, dass das Farbband seiner Remington ausgeleiert war.«

»*Sunrise* war ein Probelauf für eine Kooperation mit Nazis nach dem Krieg«, sagte sie. »Dulles wollte damals testen, ob solche Männer verlässliche Partner für den Kampf gegen den Kommunismus sein können. Er sieht es als Erfolg. Und Hyde ebenso. Darum hat er Rauffs Akte angefordert.«

Sam steckte sich eine Chesterfield an und ließ sich Zeit. »Er hat noch mehr angefordert. Am Donnerstag wird Rauff zu uns überstellt.«

Ihr war, als würden sich Eisblumen auf dem Fenster bilden. »Ich muss mit ihm reden.«

»Hyde hat ihn für sich reserviert. Nur er. Niemand sonst.«

»Und?«

»Du und ich, wir sind nur zwei Goldfische in einem Glas.«

»Dulles plädiert zwischen den Zeilen unverhohlen für eine Zusammenarbeit mit Rauff.«

»Er hat lediglich von Wolff geschwärmt. Geht uns nichts an. Das sollte Dulles mit seiner Frau klären.«

»Und Kafka hat Lustspiele verfasst.«

»Schlagfertigkeit ersetzt keine Argumente«, sagte Sam.

»In Nürnberg weiß man von Rauff, hat aber offensichtlich kein Interesse an ihm. Warum wohl?«

»Das oss wurde aufgelöst. Dulles ist wieder Anwalt, heißt es. Auf solche Dinge hat er keinen Einfluss mehr.«

»Du täuschst dich«, sagte sie. »Sullivan & Cromwell ist nur etwas für die Visitenkarte. Dulles hat jetzt den Vorsitz im Rat für auswärtige Beziehungen. Er schwingt geschwollene Reden über die politische Weltlage, insbesondere über Deutschland, und hat Fieberträume von einem neuen Geheimdienst. Harry Truman stopft ihn im Weißen Haus mit Sahnetorte voll. Sogar einen Namen soll es schon geben: *Central Intelligence Agency*.«

Sam erwiderte ihren Blick. »Das klingt nach einer ziemlich großen Torte«, sagte er gedehnt. »Für den Cooler ist Donald zuständig. Er schuldet mir einen Gefallen. Ich kriege das hin.«

Sie ging zu ihm, fasste seine Hand. »Danke.«

Er zuckte die Schultern. »Gutes tun ist eine Mizwa.«

»Wegen dieses Schlüssels fühle ich mich wirklich furchtbar. So etwas wird nie wieder vorkommen, bitte glaub mir das.«

Er nickte und schaute sich um. »Dein Zimmer ist größer als meins, hast du jemanden bestochen?« Doch sein Lächeln war so matt wie der dritte Durchschlag einer Schreibmaschine.

»Sam, was ist?«

»Es gibt noch ein Blatt. In Florenz hatte man einen anderen Häftling mit Rauff zusammengelegt, in der Hoffnung, ihn so zum Reden zu bringen. Der Mann hat mit dem CIC kooperiert. Hier steht: *Er spielte Subjekt mit viel Geschick einen überzeugten Nationalsozialisten vor. Doch trotz seiner Bemühungen gelang es ihm nicht, Subjekt etwas Belastendes zu entlocken. Wahrscheinlich, weil dieser ahnte, dass die Zelle abgehört wurde.*«

Auf Coney Island war Paula einmal mit der Achterbahn gefahren, und als der Wagen mit ihr in die Tiefe schoss, war ihr speiübel geworden. Das Gleiche fühlte sie jetzt.

»Es war Georg«, sagte Sam.

BROTKRUMEN

Als der Rücken sie zum Aufwachen zwang, konnte Paula sich in den ersten Sekunden nicht gegen die quälenden Gedanken wehren. Aber dann gelang es ihr, Georg zu einem Schatten auf einer Straße bei Mailand werden zu lassen.

Sie holten Kupfer ab, fuhren aufs Land. Dürrer Mais stand. In Bäumen langweilten sich Krähen, Paula zählte sie.

Neben ihr schmökte Knox höchst vergnügt. »Wie man hört, hatte Lieutenant Yaeger neulich eine angeregte Unterhaltung mit Lieutenant Baxter.«

Paula warf ihm einen Blick zu.

»Das ganze Camp weiß es«, meinte er. »Und auch, dass es dabei um Sie gegangen ist. Über Baxter sage ich nichts, das verbietet mir meine gute Kinderstube. Aber mit Yaeger habe ich mal geboxt. Wenn er gewollt hätte, hätte Baxter jetzt weniger Zähne als dieser Gandhi.«

Paula lächelte. »Sie mögen Sam wohl?«

»Darauf können Sie wetten, Ma'am. Und Sie beide sind wie zwei Pralinen aus derselben Schachtel. Nur dass Sie zartbitter sind und er was mit Nuss. Aber lassen wir das, ich bin schlecht im Verkuppeln. Mein bester Freund Mo kann ein Lied davon singen. Als er drei Jahre mit meiner Cousine Trudy verheiratet war, hat er einen schlimmen Ausschlag gekriegt, und bei ihrer Beerdigung war der wie weggeflogen.«

Er hielt vor einem Forellengut. Sam hatte ihr neulich davon erzählt. »An einem schönen Tag ist es schlichtweg perfekt für einen langen Spaziergang, und man kann dort einkehren.«

Unter hohen, kühlen Tannen gingen sie am Weiher entlang. »Danke, Paula, dass Sie sich für mich verwandt haben«, sagte Kupfer. »Man hat mir ein vernünftiges Bett gegeben, und ich darf mit den anderen essen. Himmlers Astrologe hat mir ein Horoskop erstellt. Er meint, ich käme bald zu sehr viel Geld.«

»Das würde ich mit Vorsicht genießen«, gab sie zurück. »Er hat Himmler ein langes Leben prophezeit.« Die Sonne tupfte Glitzer aufs Wasser, Libellen sirrten auf der Stelle. Der weite Himmel deckte den Tisch mit Schäfchenwolken.

»So friedlich war es zuletzt auf dem jüdischen Friedhof in Budapest«, sagte Kupfer nach einer Zeit. »Der große bei der Kozmastraße, ich weiß nicht, ob es ihn noch gibt. Ich hoffe es. Dort würden Sie zwanzig Grabsteine finden, die über zwanzig leeren Gräbern stehen. Ich habe es so eingerichtet, damit ihre Namen nicht vergessen werden. Oft war ich dort. Obwohl ich nicht gläubig bin, habe ich das Kaddisch gesprochen und mich gefragt, was der Mensch ist. Ehe ich Budapest mit Dóra verließ, trug ich dafür Sorge, dass sich jemand um die Gräber kümmert und immer ein grauer Stein auf jedem liegt.« Er blieb stehen, starr, als sei auch er aus Stein. Dann gab er ihr ein Foto. »Das war ein Vierteljahr ehe ...« Seine Stimme riss auf. »Wir haben gefeiert, dass wir noch lebten.«

Es war in einem feinen Restaurant aufgenommen worden. Paula sah lachende Gesichter, die Frauen in eleganten Abendroben, Dóra eine strahlende Königin, Kupfer dominant in der Mitte, weißer Smoking, Hände in den Hosentaschen, auf den Schultern Pellegrin, der Zwerg, zwischen dessen Zähnen eine gewaltige Havanna, länger als die Arme.

Ein Bild wie eine stehengebliebene Uhr.

Paula wurde gewahr dass Knox sich dicht hinter ihnen hielt. Als sie sich zu ihm umdrehte, schaute er verlegen drein. »Ist besser so, Miss Bloom«, meinte er. »Ich traue Hyde nicht über den Weg. Vielleicht beobachtet uns jemand.«

»An einer Seite des Budapester Friedhofs stehen Mausoleen wie für Könige«, sagte Kupfer. »Einige dieser Familien haben sich im Frühjahr 1944 mit ihren Fabriken und ihrem Besitz bei der SS freigekauft. Himmler ließ sie in die Schweiz. Sicherlich mussten sie nicht in einem Güterwaggon reisen.«

»Warum sagen Sie das so verächtlich?« fragte sie. »Werfen Sie diesen Menschen vor, dass sie überleben wollten?«

»Ich war so lange von meinem eigenen Zynismus abhängig, dass zuweilen ein einziges Wort für einen Rückfall genügt.«

Minuten zählte Paula ihre Schritte.

Als sie bei 201 war, fragte er: »Hatten Sie in Ihren Verhören mit SS-Männern zu tun, die an den Gaskammern waren?«

»Nein. Aber ich habe Abschriften von Aussagen gelesen.«

»Wie rechtfertigen diese Männer sich?«

»Die einen haben behauptet, sich aus Angst vor Bestrafung gefügt zu haben. Eine Lüge. Niemand, der sich geweigert hat, hatte etwas zu befürchten. Für andere war es ein patriotisches Gebot. Sie waren überzeugt, eine Art höhere Pflichtauffassung zu besitzen. Es gab welche, die mitgemacht haben, um nicht als weich zu gelten. Wieder andere waren völlig abgestumpft. Sie hatten keine Erklärung dafür, dass sich in ihnen gar nichts gerührt hat. Manche haben es als Wettbewerb betrachtet. In Sobibor hatten sie von den Zahlen der übrigen Vernichtungslager gehört und waren bitter enttäuscht, übertroffen worden zu sein. Am Schluss die Psychopathen und Sadisten, für die es gar keinen Unterschied gemacht hat, ob sie einer Spinne oder einem Menschen die Beine ausrissen. In Auschwitz haben sie sich auf der Rampe vorgedrängelt.«

»Was war das – die Rampe?«

»Der Ort, an dem *rechts* Leben und *links* Tod hieß.«

»Wie soll ich das jemals fassen?« sagte Kupfer ins Leere.

»Jetzt ist das Grauen frisch«, erwiderte Paula. »Aber irgendwann wird es banalisiert. Sie werden es zu Filmen verarbeiten.

Gleise. Schnitt. Viehwaggon. Schnitt. Rampe. Schnitt. Frauen, Kinder, Angst. Schnitt. Nackt ausziehen. Schnitt. Gaskammer. Schnitt. Augen, Münder. Schnitt. Pulver rieselt aus den Brauseköpfen. Und der Oscar geht an den besten Schrei.«

Wieder blieb er stehen. »Ich rede von mir. Meine Arbeit hat die Gaskammern am Laufen gehalten, das Morden verlängert. Die zwanzig Menschen, deren Grabsteine in Budapest stehen, würden vielleicht noch atmen, lachen, lieben. Sie und so viele andere. Wenn ich nicht bloß an mich und mein kleines Leben gedacht hätte. Ich war so begierig, der Abwehr zu imponieren, immer neue Triumphe zu feiern, und noch ein doppelter Salto, dass mir nie in den Sinn gekommen ist, welche Schuld ich auf mich lud.«

Sie forschte in seinem Gesicht, suchte nach falscher Trauer, fand jedoch nichts als Erschütterung über das eigene Versagen. Still gingen sie weiter und ließen den Wald raunen. Hoch über ihnen kreiste ein Sperber.

»Im Juni 43 passierte etwas Seltsames«, sagte Kupfer. »Ich erhielt ein Telegramm mit dem Befehl, meine Meldungen in Zukunft mit einer neuen Kennung zu versehen: *Bukarest* statt *Budapest*. Das habe ich bis heute nicht verstanden. Kennen Sie vielleicht den Grund dafür?«

Paula horchte auf. In der Akte *Sieben* war ausführlich davon die Rede gewesen. Sie sagte: »Wenn Sie *Sieben* sind, müssten Sie wissen, welche Nachricht Sie in dem besagten Monat nach Wien abgesetzt haben.«

»Das waren viele.«

»Aber nur eine war wirklich aufsehenerregend.«

Kupfer dachte kurz nach. »Ich habe durchgegeben, dass der russische Gesandte Michail Walentinowitsch Solowjow in die neutrale Schweiz reisen würde, um in Bern für Verhandlungen über einen Frieden mit dem Deutschen Reich zur Verfügung zu stehen.«

»Das ist korrekt«, sagte Paula. »Die Information fand ihren Weg zu Hitler. Er dachte nicht daran, auf ein solches Angebot einzugehen. Im Juli 43 sollte die *Operation Zitadelle* beginnen, Sie müssten davon wissen.«

»Eine Panzer-Großoffensive bei Kursk, von der Hitler sich die entscheidende Kriegswende erhoffte«, sagte Kupfer.

»Ja. Angesichts dieses überraschenden Gesprächsangebots der Sowjets bestand er bei der Abwehr auf die Nennung ihrer Quelle. Als Hitler hörte, dass es sich um einen Juden handelte, hatte er einen Tobsuchtsanfall. Er nannte es eine Provokation. Canaris wurde auf den Obersalzberg zitiert, wo Hitler ihm mit Absetzung drohte, falls er *Sieben* nicht umgehend abschalten würde. Ich habe den Canaris-Erlass gelesen. Die Verwendung von Juden im Abwehrdienst wurde ab sofort untersagt. Aber Gehlen und Baun hielten sich nicht daran. Von da an hat man *Siebens* Meldungen verschleiert. Bei der Abwehr wurde er jetzt als Mitglied des rumänischen Generalstabs geführt.«

Sie dachte an Gehlens Aussage, die *Menschlichkeit* habe das geboten. Welch ein Hohn. In Wahrheit war *Sieben* schlicht zu wertvoll, um ihn zu opfern.

»Ach, so war das«, sagte Kupfer. »Wäre ich weniger effektiv gewesen, hätte es mein Todesurteil bedeutet.«

»Falls Sie *Sieben* sind.«

Er nahm Paulas Unterton wahr. »Wie könnte ich sonst von Solowjow und seiner Schweizer Mission wissen?«

»Darum geht es nicht. Es ist vielmehr so, dass wir dazu eine Stellungnahme aus hochrangigen Abwehrkreisen haben. Demnach wurde *Sieben* über diesen Erlass von Canaris in Kenntnis gesetzt.«

Ich wusste natürlich, welche Verantwortung wir für das Leben von Sieben *trugen*, hatte Gehlen zu Protokoll gegeben. *In Budapest zu dieser Zeit, als Jude. Das hieß dauernde Gefahr. Wir waren es ihm schuldig, fand ich.*

»Das ist eine schamlose Lüge«, sagte Kupfer. Seine Stimme war fest, der Blick offen. »Keiner hat mir gegenüber je so etwas erwähnt.«

»Was Sie aber nicht beweisen können.«

»Dann beweisen Sie mir das Gegenteil.«

»Nicht ich muss etwas beweisen. Sondern Sie.«

Sie setzte sich mit Kupfer auf eine Bank am Wasser, Knox ließ sich auf einem Baumstumpf nieder. Schwäne zogen ihre ruhigen Bahnen, die Sonne schmuste mit dem Wind.

»Mögen Sie elegante Hotels?« brach Kupfer das Schweigen.

»Ja.«

»Was ist Ihr Lieblingshotel?«

»Das Adlon«, erwiderte Paula. »Meine schönste Erinnerung ist die an Charlie Chaplin. Als er zur Premiere von *City Lights* in der Stadt war, haben die Berliner ihm Unter den Linden vor lauter Begeisterung sämtliche Knöpfe abgerissen. An diesem Tag war ich mit meinem Vater in der Lobby. Chaplin hat seine Hosen mit den Händen festgehalten, als er so schnell wie Jesse Owens zum Aufzug gewetzt ist.«

»Das ist lustig«, antwortete Kupfer. »Sie haben Chaplin im Adlon gesehen und ich Hitler im Wiener Imperial. Die beiden hätten Zwillinge sein können.«

»Nein, Chaplin hatte keinen Bart. Das hat mich ganz durcheinandergebracht. Der im Film war nur angeklebt.«

»Er hatte keinen Bart und Hitler keine Seele«, sagte Kupfer. »Wer war wohl der größere Hochstapler?« Er sah dem Rauch seiner Zigarette hinterher. »Meine Mutter war ganz vernarrt in Hotels. Keins konnte ihr luxuriös genug sein.« Er gab Paula ein anderes Foto.

Die Frau stand vor einem zuckrigen Fin-de-Siècle-Palazzo, am offenen Wagenschlag eines Maybach. Sie war zierlich und wurde von einem enormen Pelzmantel schier erdrückt. Unter dem Charleston-Hut ahnte Paula stille, ernste Augen.

»In Budapest habe ich sie im Grand Royal einquartiert. Die Halle war ganz aus schneeweißem Marmor, mit einer Treppe, die aussah, als würde jeden Moment Sissi herunterschreiten. Meine Mutter hatte eine Suite. Sie schlief bis um elf oder zwölf und ließ sich das Frühstück ans Bett bringen. Abends dinierte sie in dem französischen Hotelrestaurant und legte dazu ihren schönsten Schmuck an. Es hat mir Freude bereitet, sie derart verwöhnen zu lassen. Aber niemals hätte ich ihr zurückgeben können, was sie für mich getan hat.«

»Dass sie Ihnen eine gute Bildung ermöglichte?«

Kupfer schüttelte den Kopf. »Ich meine das, was sie wenige Wochen vor ihrem Tod gemacht hatte. Sie wusste, dass mein Leben am seidenen Faden hing, vor allem ab dem Frühjahr 44, als in Ungarn die Deportationen begannen. Etwa zu der Zeit hatte ich herausgefunden, dass meine versprochene Arisierung eine Vergünstigung war, die nur für ›jüdische Mischlinge‹ und nicht für ›Volljuden‹ wie mich infrage kam. Meine Mutter gab hernach ohne mein Wissen eine eidesstattliche Erklärung ab, dass nicht ihr Ehemann, sondern ein arischer Geliebter mein Vater sei. So hatte sie verzweifelt versucht, mich zu retten. Als sie mir das Papier gezeigt hat, bin ich in Tränen ausgebrochen. Meine Mutter wusste nicht, dass Zeugenaussagen von Juden wertlos waren und ihre Lüge nichts geändert hätte. Aber eher wollte sie die Schande ertragen, mit einem erfundenen Neben-buhler ihres Mannes ein uneheliches Kind gezeugt zu haben, als die Angst über mein Schicksal mit ins Grab zu nehmen. In ihrer letzten Stunde war ich bei ihr. Ich habe ihre Stirn gekühlt und lustige Geschichten aus meiner Kindheit erzählt. Sie hat nicht leiden müssen. Sie schlief ein, und als sie aufwachte, war sie schon tot.«

Sie sahen aufs Wasser, auf ein Gewimmel von Fischen, die nach Fliegen schnappten.

»Schade, dass wir kein Brot dabeihaben«, sagte Kupfer.

»Die Fische werden sicher satt.«

»Nicht deswegen«, erwiderte er. »Im Tanach heißt es beim Propheten Micha: *Der Herr, der Ewige, wird sich unser erbarmen und alle unsere Sünden in die Tiefen des Meeres werfen.* Aus dem Grund streuen die Juden Brotkrumen ins Wasser. Sie erhoffen Vergebung.«

Sie gab ihm das Foto zurück. »Sie haben sich nicht an Ihrer Mutter versündigt, weiß Gott. Einen besseren Sohn wird man kaum finden.«

»Aber an Dóra habe ich mich versündigt«, erwiderte Kupfer. »Ich habe Ihnen von Geschke erzählt. Ich wusste, dass er an jedem Montag um elf zu Dóra ging. Viele Male habe ich vor der Tür meiner Wohnung gestanden, während er ... Ich hatte mir eine Pistole besorgt. Aber ich war zu feige. Geschke führte den Befehl über Eichmanns Leute, es hätte meinen Tod bedeutet. Ich konnte mir noch so sehr einreden, dass ich mich vor dem Leben ekele: Geschke bewies mir, wie hündisch ich daran gehangen habe. Dóra war viel mutiger als ich. Sie ist keine Jüdin und hätte leicht aus Budapest fliehen können. Um mich besser zu fühlen, habe ich mich in die Lüge geflüchtet, dass sie wegen all der schönen Dinge bei mir geblieben ist. Aber das ist nicht wahr. Sie hat mich geliebt und tat es um meinetwillen. Fragen Sie nicht, wie ich es gedankt habe.« Kupfer zündete sich eine Zigarette an. »Am Ende erfuhr auch Geschke, dass jede Schuld ihre Sühne hat. In der Nacht bevor die Rote Armee die Stadt eingekesselt hat, habe ich ihm in einer Gasse sein Geschlecht abgeschnitten und es in seinen Mund gestopft.«

Paula langte in ihre Handtasche und gab ihm das Sandwich, das sie aus dem Frühstücksraum mitgenommen hatte. Kupfer warf es Krume für Krume in das Wasser, bis nichts mehr übrig war. Als er sich wieder setzte, sah Paula einen Mann, der sich näherte, zu weit weg, um das Gesicht erkennen zu können.

Vertrauen, Miss Bloom, ist das Simsalabim.

»In Berlin habe ich mit meinem Vater in Grunewald gelebt, das ist ein feiner Bezirk«, sagte sie. »Direkt hinter dem Haus war ein See, ein Paradies für ein kleines Mädchen. Mein Vater war ein erfolgreicher Geschäftsmann. Ich habe ihn lieb gehabt, aber nach seinem Tod fand ich heraus, dass er mit Nazibonzen Umgang hatte.«

»Haben Sie ein Bild von ihm?«

Sie zeigte ihm das Foto, das ihn in ihrem Garten zeigte: ein Sommertag, ihr Vater dösend in der Hängematte, das Gesicht entspannt; vielleicht träumte er von satten Gewinnen.

»1937 bin ich nach Amerika und habe in New York gelebt«, sagte sie. »In einem jüdischen Viertel, wahrscheinlich, um mir und der Welt zu beweisen, dass ich anders als mein Vater bin. An der Columbia habe ich Amerikanische Geschichte studiert, mein Hauptfach waren die US-Präsidenten. Ob es half, meine neue Heimat besser zu verstehen, weiß ich nicht. Es gibt so viele Widersprüche, dass ich manchmal daran verzweifle.«

»Sie meinen den Umgang mit den Negern?« fragte Kupfer.

»Das auch. Amerika ist ein Land, in dem die Ideale und das Handeln, das Glorreiche und das Schäbige, in einem ständigen Wettstreit stehen. Es fällt mir schwer zu glauben, dass Thomas Jefferson dieses Amerika im Sinn gehabt hatte, als er das Recht, nach Glück zu streben, in die Verfassung schrieb. In meinem zweiten Jahr hat der Kongress ein Gesetz zur Geißelung der Lynchjustiz abgelehnt. Später haben die Neger gefeiert, dass Roosevelt mit der Diskriminierung in den Rüstungsbetrieben Schluss gemacht hat. So demütig werden Menschen, die stets nur Verachtung gekannt haben.«

»Haben Sie noch mehr Fotos?«

Sie zögerte, dann zeigte Paula ihm eins von Judith und ihr. Neuer See im Tiergarten, sie beide im Ruderboot, übermütige Kussmünder; ihr Vater hatte das Foto geschossen.

»Wer ist das Mädchen?« fragte Kupfer.

»Meine beste Freundin.«

Wie schrecklich sich das anhörte.

»Und wie war es mit der Liebe?«

Paula reichte ihm das einzige Foto, das sie von Georg besaß. Er hatte den Fedora keck in die Stirn geschoben wie Maurice Chevalier und sah so unverschämt gut aus, dass er jedes Herz gebrochen hätte, selbst das der Dietrich.

Dann hatte er ihr die Kamera aus der Hand genommen und sie geküsst und gesagt: *Du schmeckst besser als Himbeertorte.*

»Guten Tag«, hörte Paula eine Stimme und sah auf. Es war Reinhard Gehlen, mit dunkler Sonnenbrille, Spazierstock. Er blickte zum Himmel, wo der Wind einen weißen Wolkenturm baute. »Bald wird es regnen. Hoffentlich kommen wir trocken heim«, sagte Narbenmund. Eine Stimme wie ein Fingernagel auf einer Kreidetafel.

»Meinen Sie?« fragte sie. »Es ist doch ein herrlicher Tag.«

Gehlen lächelte. »Das ist das alte Diktum der militärischen Aufklärung: Man sieht stets, was man sehen will.« Er tippte an den Jägerhut und setzte seinen Weg fort.

Paula fragte sich, ob dieses Intermezzo Zufall gewesen war. Ob Gehlen wusste, wen er gerade vor sich gehabt hatte.

Kupfer sah ihm nach. »Was für ein unangenehmer Mensch. Man könnte denken, wir hätten die Eisheiligen.«

»Sind Sie eigentlich Reinhard Gehlen einmal begegnet, dem Chef von Fremde Heere Ost?« fragte sie.

»Er kam für einen Vortrag in die Agentenschule bei Wien«, erwiderte er, ohne zu zögern. »Ich wurde ihm vorgestellt, das war kurz vor meiner Abreise nach Budapest.«

Paula nahm ihm Georgs Foto weg, das er noch immer in der Hand hielt. Sie stand auf und sagte hart: »Private Knox, legen Sie Herrn Kupfer Handschellen an und bringen Sie ihn zu dem Haus dort.«

Sie traten in eine Wolke aus geräuchertem Fisch. In der Gast-
stube saßen drei Frauen und ein kleines Mädchen als einzige
Gäste. Ein Mann kam aus der Küche. »Einen Wunderschönen,
Sie kriegen einen Tisch am Fenster.«

Paula hielt ihren Ausweis hoch. »Wir brauchen einen Raum,
wo wir ungestört sind.«

Der Mann erschrak. »Natürlich.«

Er wies in ein Nebenzimmer. Es war düster. Gerätschaften
standen herum. Knox griff sich eine Kiste, schob sie heran und
drückte Kupfer darauf. Paula sah auf ihn hinab.

»Ich verstehe nicht. Was ist denn los?« fragte er.

»Beginnen wir mit Wien. *Sieben* hat während seiner Zeit in
Budapest das Reich tunlichst gemieden und war kein einziges
Mal in Österreich. Sie sind Ihrer Geliebten zufolge jedoch oft
dorthin gefahren. Sie haben ihr Sachertorte mitgebracht, die
echte ohne Margarine.«

»Sie haben mit Dóra gesprochen?« fragte er tonlos.

»Nein, das mit der Sachertorte habe ich nur so geraten. Was
denken Sie, was wir hier tun? Dass wir Ferien machen und uns
aus Langeweile Anekdoten erzählen? Sie sind nicht *Sieben*, ich
vergeude bloß meine Zeit mit Ihnen.«

Kupfer fasste sich. »Ja, ich war in Wien. Jedoch nicht bei der
Abwehr, sondern bei Geschäftspartnern. Davon wusste Dóra
nichts, genauso wenig wie von den drei Frauen dort, in deren
Gesellschaft ich für einige Stunden vergaß, dass ich nur noch
atmete, weil man es mir gestattete.«

»Was für Geschäfte?« fragte Paula.

»Ein Handel zwischen Wien, Budapest, Sofia und Istanbul.
Mein Partner war Marian Sholtes aus Transnistrien; er wurde
Zar der Schmuggler genannt. Unsere Spezialität waren Gold
und Orientteppiche. Eine andere gewinnbringende Unterneh-
mung war der Ankauf von Reis, Schokolade und Kakao in der
Schweiz. Dabei arbeitete ich mit Milan Reiter zusammen, der

noch unter einem Dutzend anderer Namen operierte. Er hat die Ware ins Deutsche Reich und in das Generalgouvernement geliefert; die Abnehmer waren Kontakte von mir, unter anderem das SS-Werk ›Ostindustrie‹ in Łódź. Mit Milan habe ich mich mehrmals im Jahr in Wien für die Abrechnung getroffen. Dass ich der Abwehr nichts davon erzählt habe, versteht sich von allein.«

»Selbst wenn das alles wahr wäre, bliebe Reinhard Gehlen.«

»Sie nehmen mir nicht ab, dass ich ihm begegnet bin?«

»Aber nein, das sind Sie tatsächlich. Und zwar gerade eben, auf unserem Spaziergang.«

Sein Gesicht verlor die Farbe. »Gehlen ist hier und könnte alles bestätigen, was ich Ihnen erzählt habe? Und Sie glauben mir trotzdem nicht?«

»Warum haben Sie gelogen?«

»Weil ich Angst habe!« schrie er. »So große Angst, dass ich jeden Morgen in meinem Schweiß aufwache! Was wissen Sie von Angst, von der Angst, die Sie taumeln lässt wie Boxhiebe? Ja, ich habe gelogen! Um mich wichtig zu machen! Damit Sie mir endlich, endlich glauben, dass ich wirklich *Sieben* bin!«

Sein Kopf sank auf die Brust, in einem Zittern, das sich auf Paula übertrug. Sie bedeutete Knox, Kupfers Handschellen zu lösen. Schweigend gingen sie zum Jeep, fuhren zurück, hielten vorm Alaska House, als am stockfinsteren Himmel schon ein Gewitter grollte.

Knox packte Kupfer am Arm, doch er rührte sich nicht, sah Paula intensiv an. »Der Mann auf dem Foto, Ihre Jugendliebe. Ich weiß, wer das ist.«

Plötzlich verlor sie den Halt. Ihr war, als triebe sie in einem reißenden Fluss immer schneller auf einen Wasserfall zu.

»Nein, das kann nicht sein«, brachte sie heraus.

»Das ist Georg Melzer. Wir kannten uns 44 in Budapest.«

SEPTEMBER LULLABY

Vielleicht wäre es möglich gewesen, nicht verrückt zu werden, wenn sie absolut sicher gewesen wäre, dass Georg niemals 44 in Budapest gewesen sein konnte, der Stadt, in der mehr als zweihunderttausend Menschen auf die Transporte zu einem polnischen Flecken namens Oświęcim geharrt hatten, auf den Tod in Auschwitz.

Doch sie wusste um die Odysseen von Offizieren der Wehrmacht im Krieg. Manche waren bis zur Kapitulation in zig verschiedenen Einheiten, Armeen, Stäben an sämtlichen Fronten gewesen, sodass Georg sehr wohl 1944 in Ungarn und ein Jahr später in Italien aufgetaucht sein könnte.

Was hat Georg in Budapest getan?

An nichts anderes konnte sie mehr denken, seit Kupfer sich jedem weiteren Wort verweigert hatte. »*Ich will jetzt auf mein Zimmer. Von Georg Melzer erzähle ich Ihnen morgen.*«

Sam hatte sie nichts davon gesagt.

Und schon wieder habe ich Geheimnisse vor dir.

Sie war mit ihm in der Altstadt von Hoechst essen gewesen, heile Welt mit Puppenstubenhäuschen. Sam hatte ihr erzählt, dass es Bürgerproteste gegen eine Aufführung des *Kaufmanns von Venedig* an einer Frankfurter Bühne gab, was sie einsilbig kommentiert hatte, um dann nur noch zu schweigen.

»Ein jüdischer Geldschacherer, der von seinem christlichen Schuldner ein Pfund Fleisch aus dessen Körper fordert«, hatte Sam gesagt. »Man kann durchaus darüber diskutieren, ob das Stück antisemitisch ist. Aber wo waren die Proteste all dieser rechtschaffenen Frankfurter, als es früher gespielt worden ist? Das Lieb-Kind-Machen regt mich viel mehr auf als die größte Unbelehrbarkeit, die dauernde Anbiederung an uns, diese aufgesetzte falsche Freundlichkeit jeder amerikanischen Uniform gegenüber. Pardon, ich rede ja wie du. Und bei dem Stück bin ich gänzlich anderer Meinung. *Wenn ihr uns kitzelt, lachen wir nicht? Wenn ihr uns vergiftet, sterben wir nicht? Wenn ihr uns beleidigt, sollen wir uns nicht rächen?* Was für eine grandiose Stelle bei Lubitsch in *Sein oder Nichtsein*.«

Kein Wort von Paula.

Sie schlenderten den Main entlang. Nach einer Weile sagte Sam: »Es macht mir nichts aus, mit dir zu schweigen. Aber wir sind schon den ganzen Abend zu dritt, und einer von uns ist überflüssig. Wollen wir heimfahren?«

Sie drückte kurz seine Hand. »Entschuldige.«

Sie konnte nicht zum Schloss zurück. Wenn sie jetzt allein wäre, würde ihr Herz ihre Brust durchschlagen. Paula sah über das Wasser. Am anderen Ufer stanzten Natriumdampflampen eine riesige Fabrik aus der Nacht.

»Ist das IG Farben?« fragte sie.

»Ja. Das war das Reich von Joseph Weigel, dem Mann unserer Schlossherrin. Im Krieg haben sie synthetisches Morphium für die Wehrmacht produziert. Hoechst hat auch Buchenwald beliefert, für medizinische Experimente an Häftlingen, die mit Fleckfieber infiziert worden sind.«

»Auch Zyklon B?«

»Nein, das ist eine der Töchter gewesen, die Degesch. Der Firmensitz lag ein paar Kilometer von hier, am Hauptbahnhof. Dort steht kein Stein mehr.«

Paula dachte an Hans Frank, Polenbestie, am Ende in einen hysterischen Katholizismus verfallen. »Tausend Jahre werden vergehen, um diese Schuld von Deutschland wegzunehmen«, hatte er gesagt. Als ob tausend Jahre reichten.

»Wer betreibt Hoechst jetzt?« fragte sie.

»Wir. Bis IG Farben zerschlagen ist. Und das wird erst nach dem Prozess passieren.« Sie setzten sich auf eine Bank. An der gegenüberliegenden Kaimauer stand: *Genießt den Krieg, denn der Friede wird fürchterlich sein.* »Bis jetzt habe ich nie darüber nachgedacht, wieso das Werk nicht bombardiert worden ist«, sagte Sam. »Aber seit du von der Allianz von Standard Oil und IG Farben erzählt hast, ergibt das für mich absolut Sinn.«

»Ich weiß nicht«, versetzte sie. »Andere Werke hat man in Schutt und Asche gelegt, das in Ludwigshafen etwa. Aber ich schließe nicht aus, dass Standard in Washington Beziehungen spielen ließ. Ihre Direktoren gehören vor Gericht, sie müssten mit dem IG-Farben-Vorstand auf die Anklagebank.«

»Schneidest du gerade ein Radieschen mit einem Schwert?«

»Du denkst, ich übertreibe? Ich habe an der Columbia einen Wirtschaftsprofessor nach IG Farben und Standard Oil gefragt. Der Pakt der beiden Konzerne hat bis in die Zwanzigerjahre zurückgereicht. Standard Oil of New Jersey erhielt von der IG die weltweiten Vermarktungsrechte für die Verflüssigung von Kohle zu Öl. Mithilfe von IG-Farben-Patenten hat Standard den amerikanischen Markt für synthetischen Kautschuk kontrolliert, zum Nachteil unserer Kriegswirtschaft. Als in Polen der erste Schuss fiel, verschwanden die US-Investitionen der IG über Nacht in einem System, das so labyrinthisch war, dass Theseus mit dem Ariadnefaden nicht hinausgefunden hätte. Ob es von Sullivan & Cromwell erledigt wurde, weiß ich nicht. Aber darauf verstanden sie sich. Freund und Feind, in solchen Kategorien haben Allen und John Foster Dulles nie gedacht.«

»Allen ging zum oss, für ein lächerliches Salär«, sagte Sam. »Das hätte er nicht getan, wenn er kein Patriot wäre.«

»Nach Pearl Harbor, als er längst reich war. Zuvor haben die Brüder sich beim *America First Committee* Liebkind gemacht, weil die unseren Kriegseintritt verhindern wollten.«

»Wenn man sich in der Gesellschaft von Nazifreunden und Antisemiten nicht wohlfühlt – wo dann?« fragte Sam.

Paula dachte an das Sherry-Netherland. Natürlich war Allen Dulles kein Nazi. Er glaubte an gar nichts, außer an seine Gabe, jederzeit und überall einen guten Schnitt zu machen. Solche Männer hatte sie ihr Leben lang gekannt. Männer wie ihren Vater, wie Schacht, Speer, Dulles, Hyde. Er ließ sich von Speer ein Autogramm geben, hatte Sam ihr erzählt. Vermutlich war auch Rauff so. Zynismus passte nicht zu Fanatikern.

»Öl und Gummi sind kriegswichtige Produkte«, sagte Sam. »Ich glaube kaum, dass Hitlers Überfall auf Polen bei Standard Oil und IG Farben Trauer ausgelöst hat.«

»Sie haben das Beste daraus gemacht. Mit den Worten des Professors: Bei Kriegsausbruch hat man sich auf eine saubere Aufteilung der Welt in zwei geschäftliche Interessensphären geeinigt. Standard Oil bekam die USA und deren Verbündete, IG Farben Europa.«

»Und Standard hat die Nazis im Krieg weiter beliefert?«

»Indirekt über die Berliner Ethyl GmbH, an der sie und GM beteiligt waren. Tetraethylblei hat die Leistungsfähigkeit von Bombern und Stukas verbessert. Über neutrale Länder haben sie Spezialöle und Treibstoff geschickt; einiges ist von unserer Navy abgefangen worden. Nebenbei bemerkt: IG Farben war nach Rockefeller der zweitgrößte Einzelaktionär von Standard Oil of New Jersey.«

»Hat der nicht gesagt: ›Wettbewerb ist eine Sünde‹?«

»Ja. Und ›Geld macht man, wenn Blut über die Straße läuft‹. John Foster Dulles ist übrigens mit einer Cousine von John D. Rockefeller Jr. verheiratet. Kann ich eine Zigarette haben?«

»Tut dir nicht gut.«

»Nichts von alldem, was seit meiner Rückkehr war, hat mir gutgetan. Mit Ausnahme von dir.«

Sam gab ihr eine Chesterfield und Feuer.

Auf dem Wasser trieben Lichtfetzen wie Hindenburglichter. Nach dem ersten Zug schnippte sie die Zigarette dazu.

»Wie kannst du darüber so viel wissen? Die Aufzeichnungen deines Vaters haben im März 1937 geendet, und dein Professor wird auch nicht allwissend gewesen sein«, sagte Sam.

»42 hat das Justizministerium gegen Standard Oil Anklage wegen ›Handel mit dem Feind‹ erhoben. Bill Farish, Präsident der Firma *Standard IG Farben* mit Sitz in New Jersey, erklärte vor der Truman-Kommission: ›Die Verträge, die wir mit der IG Farben 1929 geschlossen haben, sollten bis 1947 gelten. Sie, Gentlemen, werden selbstverständlich verstehen, dass solche Verträge nicht enden, bloß weil die Regierungen der Parteien gegeneinander Krieg führen.‹«

»Ich mag den Humor von Mister Farish«, sagte Sam.

»Jedes Wort ist wahr, das stand alles in den Zeitungen. Aber es war im Wirtschaftsteil versteckt und ist in den Kriegsberichten untergegangen. Ich weiß es auch nur, weil ich mich wegen meines Vaters dafür interessiert habe. Jeder der angeklagten Direktoren des IG-Standard-Konglomerats erhielt eine Strafe von fünftausend Dollar. Damit hatte es sich erledigt. Mehr war es unserer Justiz nicht wert.«

Die Nacht war kühl, sie gingen zurück. Schwefelige Wolken quollen aus den Schornsteinen und bildeten am Himmel eine Landkarte. Paula versuchte, Ungarn, Österreich, Deutschland, Italien zu erkennen, doch der Wind löste alles auf.

»Mein Vater hat die Grundlage dafür geschaffen«, sagte sie. »Er war der Beweis, dass man ein Kriegsverbrecher sein kann, ohne überhaupt am Krieg teilgenommen zu haben.«

»Hast du noch Aktien von IG Farben?« fragte Sam.

Sie dachte an das Sherry-Netherland, an Allen Dulles' letzte Worte. »Paulette, du solltest wissen, dass du von einigen der Konzerne, die dir so verhasst sind, Anteile hältst. Stell dir vor, auch von IG Farben.«

»Verkauft«, sagte sie zu Sam. »Den Gewinn habe ich an die Vereinigung amerikanischer Hochseeangler gespendet.«

»Warum die?«

»In der *Times* war eine Anzeige von denen mit dem Motto: *Auch der größte Fisch findet seinen Meister.*«

Wenn Sam lachte, sah er aus wie Henry Fonda. Ein Mund so breit wie der Mississippi und Grübchen zum Reinkrabbeln.

Sie fuhren mit einem Jeep, die Motorradsaison war vorbei. Kein anderes Auto weit und breit; die Nacht stippte Sterne in ein Meer aus Mondlicht. Vor dem Schloss fragte Sam: »Weißt du eigentlich, wo ich dich das erste Mal gesehen habe?«

»Im Bus nach Ritchie«, erwiderte Paula verwundert.

»Nein, beim Friseur in Weißensee, im Juli 1936, kurz bevor ich mein Visum gekriegt habe. In der *Berliner Illustrierten* stand eine große Klatschgeschichte über einen Cocktailempfang für Charles Lindbergh in der amerikanischen Botschaft. Ein Foto von dir war abgebildet. Den Text weiß ich nicht mehr, irgendwas mit *leuchtend*. In Ritchie habe ich mich nach einigen Tagen daran erinnert und dich gleich erkannt. Komisch, dass ich es dir nie erzählt habe.«

Paula dachte an den Saal mit der violetten Seidentapete, sie inmitten von Berlins Hautevolee, in dem rückenfreien Kleid, das ihr Vater ihr bei Both & Hertz am Ku'damm hatte schneidern lassen; wie aufregend, der erste Champagner. Lindbergh war der magische Mittelpunkt, ein nordischer Traum, hübsch wie ein Stricher in Malibu. Alle hingen an seinen Lippen, selbst Ernst Udet, Fliegerheld, Erfinder der Stuka-Sirene, Selbstmord 1941, über den Zuckmayer, wie in der *Rundschau* zu lesen war, jüngst ein Theaterstück geschrieben hatte; *Des Teufels General*, Uraufführung im Herbst in Zürich.

Lindbergh ließ sich hingerissen über die Besichtigung eines Flugzeugwerks aus, samt Empfang bei Göring im Ministerium, wo der größte Arsch Deutschlands ihm seine Kunstsammlung gezeigt hatte. In der US-Botschaft sonnte Erhard Milch sich in Lindberghs Gloriole, Görings stets kregeler Staatssekretär. Er war der Spross eines jüdischen Offiziers und hatte, wie jeder wusste, seiner Mutter beherzt einen arischen Geliebten untergejubelt, dessen Filius er angeblich sei. Dieser saloppen Lüge und dem krachledernen Nepotismus von Göring verdankte er seinen »Ariernachweis«.

»Wer Jude ist, bestimme ich.« Görings Worte.

Das war eben der Unterschied zwischen Johann Kupfer und einem wie Milch. Was der eine seiner Mutter niemals angetan hätte, war für den anderen so selbstverständlich wie die Unterdruck-Menschenversuche in Dachau, für die der spätere Feldmarschall Milch nächstes Jahr in Nürnberg vor Gericht stehen würde. In der Botschaft damals sah Paula die Riefenstahl mit Lindbergh flirten, wie immer ungeschminkt, weil der Führer Kosmetik als undeutsch erachtete. Die Reichsgletscherspalte bebte überhitzt, als der Atlantikflieger raunte: »Die deutsche Luftwaffe ist unbesiegbar.«

Paula erinnerte sich an diesen ironischen Blick ihres Vaters bei seiner Plauderei mit Joachim Ribbentrop, der verkniffene Contenance wahren musste, weil das Prickelwasser nicht von Henkell war, der Sektkellerei, in die er eingeheiratet hatte.

Als Judith ihr in der Woche darauf die Fotos in der *Berliner Illustrierten* zeigte, sah Paula sich mondän an einem Steinway posieren, mit einem Lächeln, das Joe Louis ausgeknockt hätte, Männer um sie herum, die um ihre Gunst buhlten und nicht wussten, dass Paula auf den Einen wartete, auf Georg, den sie nur Tage später kennenlernen würde. Der Text lautete: *Kaum siebzehn und bereits strahlender Mittelpunkt der Gesellschaft.* Sie hatte Judith nicht anschauen können.

»Ein Botschaftsempfang für Lindbergh?« sagte sie zu Sam. »Das weiß ich gar nicht mehr.«

In der Schlosshalle blieb er stehen und sah zu den Gemälden.

»Ich frage mich, was wir damit machen werden.«

»Ein Teil dürfte jüdischen Sammlern und Galeristen gehört haben, oder den Künstlern selbst. Was die Nazis in die Hände bekamen, ist einfach verramscht worden. Unsere Hausherrin wird einen schönen Rebbes gemacht haben.«

»Du irrst dich«, antwortete Sam. »Die Sammlung hat schon lange vor dem Krieg existiert. Das begann in den Zwanzigern, hat die Anschütz-Weigel gesagt, als wir sie verhört haben.«

»Du glaubst ihr das – warum?«

»Weil sie zu jedem Bild eine Quittung besaß.«

Sie fürchtete das Alleinsein so sehr, dass sie auf dem Gang vor ihrer Tür, in diesem Augenblick zwischen Schweigen und Abschied, Sam fast ins Zimmer gebeten hätte. Aber dann wäre sie in die Hölle gekommen, und neben der Hölle, in der Paula bereits war, hatte eine andere keinen Platz.

Als sie die Tür schloss, wich die Luft aus dem Raum. Auf der Anrichte stand ein Plattenspieler, eine Schallplatte von Glenn Miller lag darauf. *The Carnegie Hall Suite.*

Sam.

Ihr erster Impuls war, zu ihm ins Nebenzimmer zu laufen. Und dann? Sie nahm die Platte in die Hand, kannte jeden Song darauf, jeden Text, und wusste sofort, welchen Sam meinte.

September Lullaby

I wasn't sad to know you love another man, to know I'm not the One. But I'll never forget your smile that night, the moment I thougt I could have the place in your beautiful light.

Paula wagte nicht, die Platte jetzt abzuspielen, weil Sam die Musik dann hören würde, nur eine Wand entfernt von ihrem Schmerz, von dem Vorschlaghammer in ihrer Brust. Plötzlich wusste sie, dass sie ihm ihren Rücken zeigen könnte, ohne sich zu schämen.

FRU-LINE ICE-LER

Er kam nicht zum Frühstück. Sie wartete auf Knox, doch statt seiner fuhr ein anderer Private vor, den sie anwies, sie zu Hyde zu bringen. Das Vorzimmer war leer; aus Hydes Büro drangen gedämpfte Stimmen. Als FRU-line ICE-ler nach fünf Minuten noch nicht da war, klopfte Paula an. Orville Tucker stand bei Hyde. Sie dachte, dieser würde den Briten hinausbitten, aber er machte keine Anstalten dazu. Während Orville lässig in der Tür lehnte, ließ Hyde sich das Papier geben, an dem sie zwei Stunden gefeilt hatte.

Schlussbemerkung: Die detaillierten Kenntnisse, die Kupfer über die Arbeit der Abwehr besitzt, sind bestechend. Dazu steht außer Frage, dass er im Krieg in Budapest war und über die bulgarische Botschaft einen Informationskanal in die Sowjetunion hatte. Doch es bleiben Widersprüche und Zweifel. Ich werde länger benötigen. Zwei Wochen sind gewiss realistisch.

Hyde warf den Bericht auf den Schreibtisch. Er nahm eine Zigarette aus dem Etui, klopfte den Tabak fest und ließ sich mit dem Anzünden endlos Zeit, während Siegfried sich unter Paulas nervösen Fingern knuffig lang machte.

»Sie werden sich nicht mehr mit Kupfer treffen«, sagte er.

Es war, als ob ein Schuss in ihre Brust einschlug.

Hyde nickte Orville zu. »Das ist Ihr Beritt.«

»Der MI6 hat in Wien einen Fang gemacht«, sagte Orville. »Alexej Kusmin, ein Mitarbeiter der Ersten Hauptverwaltung des russischen Geheimdienstes. Er will zu uns überlaufen. Wir haben ihn nach London gebracht, wo er im Latchmere House gemolken wird.« Er setzte eine Kunstpause. »Kusmin hat von einer Mission erzählt, die ihn im Frühjahr 1943 nach Budapest geführt habe. Dort sei er *Sieben* begegnet.«

»Kupfer hat gelogen?« fragte Paula heiser.

»Im Gegenteil«, sagte Hyde. »Wir haben ein Foto von ihm auf die Insel geschickt; Kusmin hat ihn klar identifiziert.«

»Dann werben wir Kupfer jetzt an?« fragte sie, erleichtert, dass die Tür, die Hyde gerade mit Aplomb zugeschlagen hatte, sich wieder öffnete.

»Nein.«

»Ich verstehe nicht, Sir. War das nicht das Ziel der Operation für den Fall, dass er die Wahrheit sagt?«

»Kupfer ist *Sieben*, das scheint sicher«, sagte Orville. »Aber Kusmin behauptet, dass er ein russischer Täuschungsagent ist. Kupfer soll von Pawel Sudoplatow geführt werden, Günstling von Berija und Oberst der Staatssicherheit.«

Das Trojanische Pferd.

Noch ein Schuss in ihre Brust.

»Hat Kusmin Beweise dafür vorgelegt?« brachte sie heraus.

»Wir haben Klop Ustinov mit seiner Vernehmung betraut«, sagte Orville ausweichend. »Er ist unser bester Mann.«

Hyde nickte. »Definitiv. Ich habe ihn in London kennengelernt. Äußerst selbstbewusst. Von ihm könnte die Schlagzeile stammen: *Nebel im Kanal, Kontinent abgeschnitten.*«

Orville grinste.

»Hat man Kupfer damit konfrontiert?« fragte Paula.

»Wozu?« gab Hyde zurück. »Seine Lügen werfen Junge wie Karnickel. Durch Kusmins Aussage sind viele unserer Fragen mit einem Schlag beantwortet. Zum Beispiel konnte *Sieben* in atemberaubendem Tempo Nachrichten aus weit voneinander entfernten Regionen Russlands liefern; das widerspricht den Reibungsverlusten, mit denen Spionageorganisationen in der Regel zu kämpfen haben.«

»Darf ich offen sprechen, Sir?«

Hyde bedeutete Orville, sie allein zu lassen. Er wies auf den Stuhl vor seinem Schreibtisch, setzte sich ebenfalls.

»Mir leuchtet das nicht ein«, sagte sie. »*Siebens* Meldungen haben der Roten Armee gewaltigen Schaden zugefügt und aus Sicht des MI6 den Krieg um mindestens ein Jahr verlängert.«

»Ustinov vermutet, dass Kupfer die Abwehr mit korrekten Nachrichten beliefert hat, bis er so fest im Sattel saß, dass er von da an Hühnerfutter schicken konnte.«

»Was für zahllose russische Soldaten den Tod bedeutete?«

»Wussten Sie, wer Pawel Sudoplatow ist, ehe Major Tucker seinen Namen erwähnt hat?«

»Er war für die Ermordung von Trotzki verantwortlich. Im Krieg leitete er die Feind-Desinformation der Lubjanka.«

»Kennen Sie auch seine *Operation Beresino*?«

Sie schüttelte den Kopf.

»Die Russen hatten eine Kampfgruppe der Wehrmacht vernichtet. Sudoplatow gaukelte den Deutschen jedoch vor, dass sie hinter der Front eingekesselt worden wäre. So brachte er sie dazu, diese potemkinsche Einheit, die aus Attrappen und Vogelscheuchen bestand, aus der Luft mit Munition, Medizin und Lebensmitteln zu versorgen und ahnungslos dem Feind große Mengen an Nachschub zu liefern. Jüngst ist Sudoplatow Leiter der Abteilung S geworden, die in England und den USA Atomspionage betreibt; diesem Mann ist jede Skrupellosigkeit zuzutrauen. Ich halte es für absolut möglich, dass Sudoplatow der Abwehr Meldungen zugespielt hat, die zur Torpedierung russischer Schiffe, zur Bombardierung von Truppenstellungen und Flugplätzen oder der Hinrichtung von Partisanen führten. Ein Menschenleben zählt in Mütterchen Russland so viel wie eine Orange in Florida, Miss Bloom. Außerdem erscheint jetzt auch Linz in neuem Licht.«

Linz?

»Er hat Ihnen das nicht gesagt? Worüber haben Sie sich mit Kupfer eigentlich unterhalten? Haben Sie Apfelstrudelrezepte ausgetauscht?«

Paula war zu mutlos für eine Erwiderung.

»Kupfer hatte sich mit seiner Geliebten in Linz versteckt«, sagte Hyde. »Als unsere Leute ihn dort aufgespürt haben, sind sie nur um Haaresbreite den Russen zuvorgekommen, die ihn entführen wollten. Es gab ein paar filmreife Szenen, bis er in Sicherheit gebracht wurde. Bisher hielten wir diese Aktion der Lubjanka für einen Hinweis darauf, dass Kupfer die Wahrheit sagen könnte. Doch jetzt erscheint der ›Entführungsversuch‹ wie eine Inszenierung, um die Glaubwürdigkeit von *Sieben* zu erhöhen.« Hyde nahm Paulas Dossier und schmiss es in den Papierkorb. »Bis das geklärt ist, bleibt Kupfer in Isolationshaft. Niemand darf zu ihm.«

Sie wollte aufstehen, doch ihre Muskeln waren so hart und verklebt wie die von Siegfried.

»Wie gut kennen Sie Private Knox?« fragte Hyde.

»Sir?«

»Haben Sie außerdienstlichen Umgang?«

Von jetzt auf gleich bekam Paula bohrende Kopfschmerzen. »Wir plaudern mitunter, aber nichts Persönliches. Mehr kann ich über ihn nicht sagen.«

»Miss Bloom, ich muss Ihnen ein Kompliment machen. Sie haben sehr elegant verborgen, dass Kupfer über Ihre Tätigkeit beim CIC Bescheid weiß. Verstehen Sie mich recht: Ich mache Ihnen daraus keinen Vorwurf. Sie sahen eine Chance für Ihre Karriere und nutzten sie, wie man es von einem ehrgeizigen Offizier erwarten darf. Ich selbst hätte genauso gehandelt. Es kränkt mich auch nicht, dass Sie mich unterschätzt haben, so etwas ist mir fremd. In Moskau wird uns Ihr Temperament zu etwas mehr Respekt verhelfen.«

Siegfried spürte Paulas Zittern und drückte sich an sie.

Hyde stand vom Schreibtisch auf und sah ins Nebenzimmer. »Miss Mills, wären Sie so nett?«

FRU-line ICE-ler kam herein und nickte Paula freundlich zu. »Wir kennen uns ja, obzwar unter anderen Vorzeichen«, sagte sie mit bestem Boston Accent.

Paulas Rücken erwachte; ein großes Tier in seiner Höhle.

»Das ist Lieutenant Joyce Mills vom Strategischen Dienst«, meinte Hyde. »Joyce, setzen Sie Lieutenant Bloom bitte über den Grund Ihrer Anwesenheit bei uns in Kenntnis.«

»Vor etwa einem Vierteljahr ist die Personalakte von Knox routinemäßig überprüft worden; das geschieht bei allen Angehörigen der Army, die zum CIC abgestellt sind. Bei Knox war es der zweite Check dieser Art. Die Wahrscheinlichkeit, dass er diesmal an jemanden geraten würde, der aus Brawley, Ohio, stammt, stand bei eins zu zehn Millionen. Aber genau das ist passiert. In diesem winzigen Kuhkaff war Knox angeblich aufgewachsen. Der Check-Officer ist nur ein Jahr älter als er, doch er erinnerte sich weder an einen Polonius Knox noch an eine Familie dieses Namens. Es hat uns einigen Schweiß gekostet, bis wir auf Julius und Wilhelmine Völker gestoßen sind. Das Ehepaar ist Mitte der Zwanziger mit ihrem Sohn aus Leipzig in die Staaten ausgewandert. Es steht außer Frage, dass es sich um eine Operation der Lubjanka gehandelt hatte. Die Familie hat anfangs in Minneapolis gelebt, dann sind sie nach Detroit gezogen. Julius Völker war bei Plymouth in der Entwicklungsabteilung beschäftigt und ist 44 wegen Industriespionage festgenommen worden, sicher für die Sowjets. Das FBI hat erfolglos nach Völkers verschwundenem Sohn Wolfgang gefahndet. Der diente zu diesem Zeitpunkt längst in der Army. Er war in der Normandie und den Ardennen dabei, hat außer ein paar Schrammen keine Verwundungen erlitten und sich vor einem Jahr erfolgreich für Camp King beworben.«

»Kupfer war ein Köder für ihn?« fragte Paula tonlos.

»So könnte man es ausdrücken«, antwortete Hyde. »Kupfer, Lieutenant Mills – und Sie.«

»Am schwersten war dieses Kauderwelsch«, seufzte Joyce. »Aber wir haben alle Opfer zu bringen, nicht wahr?«

»Ich zweifle an der Newton'schen Gravitationskonstante«, meinte Hyde. »Aber dass Völker früher oder später anbeißen würde, stand für mich fest. Eine schlicht gestrickte deutsche Frau in meinem Vorzimmer, mit Zugang zu geheimsten Informationen und Dokumenten; Pawel Sudoplatow hätte gewiss Gefallen daran gefunden. Völker hat bei zwei Gelegenheiten Papiere auf Lieutenant Mills' Schreibtisch abfotografiert. Aber wir haben noch nicht sofort zugegriffen.«

Das Rückentier streckte sich in Paula und drückte ihr Herz gegen die Rippen. »Sie ließen ihn beschatten, in der Hoffnung, dass er Kontakt zur Smersh aufnimmt«, sagte sie.

Hyde nickte. »Gestern Nacht wollte er in Frankfurt seinem Verbindungsmann einen Mikrofilm sowie eine Abschrift Ihrer Gespräche mit Kupfer übergeben. Völker hat einen Fluchtversuch unternommen. Er wurde angeschossen. Ich habe Männer abgestellt, die ihn im hiesigen Hospital bewachen. Der Russe darf im Cooler Wanzen zählen; Yaeger und Baxter bearbeiten ihn gerade.«

Paulas Hand war feucht. Sie merkte jetzt erst, dass Siegfried sie ableckte. Mechanisch stand sie auf und drehte sich an der Tür noch einmal um. »Sir, wenn ich eine Bitte äußern dürfte: Könnte ich zu Völker, um mit ihm zu sprechen? Ich habe das vorhin nicht ganz korrekt formuliert. Zwischen ihm und mir hat sich ... Nähe ergeben. Vielleicht vertraut er mir etwas an, das Sie sonst nicht herausbekämen.«

Hyde lauerte reglos wie ein Gecko in der Sonne. »Das war eine hilfreiche Klarstellung, Miss Bloom. Warum nicht. Aber unter Aufsicht.«

NUTTENBROSCHE

Zum Hospital waren es zwanzig Minuten zu Fuß, quer durch den Wald, dessen Raunen sie an den Forellenteich erinnerte, an die Brotkrumen, mit denen Kupfer gestern um Vergebung seiner Sünden bat, Sünden, die womöglich noch ganz andere waren. Zwei Meter neben ihnen hatte Knox gehockt, ein treuherziger Kerl mit haarsträubenden Theorien über das Leben, verliebt in FRU-line ICE-ler, groß geworden in Brawley, Ohio, mit einem lächerlichen Vornamen geschlagen und über Nacht tatsächlich zu einer Figur von Shakespeare geworden.

Das verwunschene Gemäuer war vorm Krieg eine psychiatrische Anstalt gewesen; danach diente es als Reservelazarett und jetzt unter deutscher Leitung als provisorisches Krankenhaus. Stille auf endlosen Fluren. An den Wänden Zeichnungen mit diesem penetranten Käthe-Kollwitz-Pathos: *Elend! Elend!* Vor dem Zimmer ein Sergeant und zwei Privates. Der Sergeant wies sie knapp darauf hin, dass er mit hineinkommen würde.

Als sie das Zimmer betrat und ihn da liegen sah, wusste sie, dass sie ihn für immer Knox nennen würde, weil es sonst zu weh täte. Sein rechter Arm hing in einem Streckverband, die andere Hand war ans Bett gefesselt. Er war blass, der Versuch eines Lächelns blieb auf halbem Weg stecken.

»Hallo, Miss Bloom«, murmelte er auf Deutsch. »Sie haben doch sicher Besseres zu tun, als sich mit einem Narren namens Polonius abzugeben.«

»Nichts täte ich lieber«, sagte Paula und setzte sich zu ihm. »Wie geht es Ihnen?«

»Tja, mein nächstes Rendezvous mit FRU-line ICE-ler wird wohl so zwanzig, dreißig Jahre warten müssen.«

»War es das wert?«

Knox sah zu dem Sergeant, der an der Tür lehnte. »Parker, mach das an«, wechselte er ins Englische.

Der Sergeant rückte ein Standmikrofon ans Bett, schaltete das Aufzeichnungsgerät ein.

»Einiges von dem, was Sie zu Kupfer gesagt haben, hat mir gefallen«, sagte Knox in samtweichem Deutsch. »Auch, dass Sie Amerikanische Geschichte belegt haben, um das Land zu verstehen. Als ich in den USA ankam, war ich dreizehn. Vieles mochte ich dort lieber als in Deutschland. Mit dreizehn denkt man noch nicht besonders über Politik und sowas nach. Und darüber, was sie Menschen antut. Später haben meine Eltern mich auf meine Rolle in der Welt vorbereitet, oder das, was sie dafür gehalten haben. Russische Spione, das hat mich erst mal aus den Pantinen gehauen. Aber sie haben mir vor Augen geführt, dass das, was an Amerika glitzert, so falsch ist wie eine Nuttenbrosche. Entschuldigen Sie den Ausdruck, Miss Bloom, ich weiß keinen besseren. Gestern haben Sie vom Glorreichen und Schäbigen gesprochen. Das sehen wir beide gleich. Als ich von der Verhaftung meiner Eltern gehört habe, war ich traurig, vor allem wegen meiner Mutter, die immer davor Angst hatte. Im Krieg habe ich nicht für Amerika gekämpft, sondern gegen die Nazis; das ist was anderes, oder?«

»Ja, das ist etwas anderes«, sagte Paula.

»In der Normandie habe ich mich über einen verwundeten Kameraden geworfen, um ihn vor Kugeln zu schützen. Er ist trotzdem verblutet, und es hat mir keinen Orden eingetragen. Aber ich fand es richtig. Ein Kamerad ist ein Kamerad, keiner von denen ist je mein Feind gewesen. Als der Krieg vorbei war, wusste ich nicht, was ich tun sollte. Ich hatte keinen Führungsoffizier, sicher hatte man in Russland längst vergessen, dass es mich überhaupt gab. Nach ein paar Wochen in Frankfurt habe ich beschlossen, zurück nach Amerika zu gehen; Taxifahrer in New York, das hätte mir gefallen. Aber dann habe ich gehört, was über Camp King getuschelt wurde. Dass Nazis angeworben werden und unverfroren durch die Gegend stolzieren. Ich konnte das nicht glauben und habe mich hier beworben. Als ich das Gesocks gesehen habe, das sich bei uns breitgemacht hat, habe ich die Faust in einen Spiegel geschlagen. Im Urlaub bin ich nach Ostberlin, dort habe ich in Karlshorst angeklopft. Die dachten, ich wär ein Spinner, wollten mich erst nicht reinlassen. Aber dann haben sie Wodka aufgefahren und leckere Kekse, die heißen Joschiki. Sie hören von mir keinen Namen, Miss Bloom, und auch sonst nichts, was für Hyde interessant wäre. Mehr bleibt nicht zu sagen, außer dass die Verpflegung hier besser ist als in der Messe.«

»Weil Sie hoffen, irgendwann ausgetauscht zu werden?«

»Nein, das hat was mit Anstand zu tun und mit dem Spiegel, den ich kaputt geschlagen habe. Zum Austauschen bin ich ein viel zu kleiner Fisch. Außerdem war ich nie in Russland und wüsste gar nicht, was ich dort sollte. Meine Eltern haben mir erzählt, dass es das wunderbarste Land der Welt ist. Aber sie mochten auch Musik von Franz Lehár, also sagt das wohl nicht viel. Tippen Sie Ihren Bericht, Ihrer Karriere wird's guttun.«

»Deshalb bin ich nicht gekommen.«

»Ich weiß. Die sollen nur wissen, dass sie kein Wort aus mir rausholen, auch wenn ein Schwein wie Baxter mich verhört.«

»Ich muss Sie nach Johann Kupfer fragen«, sagte Paula.

»Ja?«

»Er soll ein russischer Spion sein. Hat einer Ihrer Kontakte je so etwas verlauten lassen?«

»Ehrliche Antwort: nein. Aber das heißt ja nichts.«

Obwohl es ohne Zögern kam, wusste sie nicht, ob sie Knox glauben konnte.

»Wollen Sie meine Meinung wissen?« fragte er.

Sie nickte.

»Kupfer ist der gerissenste Bursche, der mir je begegnet ist. Und damit meine ich nicht, dass er Philosophen kennt, deren Namen ich nicht mal buchstabieren könnte. Was er über Ihren Liebsten gesagt hat ...«

Paula warf ihm einen warnenden Blick zu.

»Kannst das Ding ausschalten, Parker«, sagte er. »Ab jetzt quatschen wir nur noch über Erinnerungen an Deutschland.«

Der Sergeant zögerte, doch Paula nickte ihm zu.

Als das Gerät aus war, meinte Knox: »Er kann kein Deutsch, wir sind ganz unter uns.« Um schief lächelnd hinzuzufügen: »Aber so genau weiß man das heutzutage ja nicht.«

»Was wollten Sie mir sagen?« fragte Paula.

»Dass ich weiß, wie viel ihnen dieser Mann bedeutet. Hab's in Ihrem Gesicht gesehen, als Kupfer gesagt hat, dass er ihn in Budapest gekannt hat. Ich meine, dass Sam gut für Sie wäre, aber mit meiner Menschenkenntnis ist es wohl nicht weit her. Ich wünsche Ihnen, dass Sie Ihren Georg finden. Und egal, was ich von Kupfer halte: Er hat Sie gern. Wenn er behauptet, dass er Ihnen helfen kann, würd ich's ihm glauben.«

Paula stand auf. »Leben Sie wohl, Polonius.«

»Sie auch, Paula.«

Als sie bereits an der Tür war, fragte er: »Haben Sie das mit FRU-line ICE-ler gewusst?«

Sie blieb stehen und erwiderte seinen Blick. »Nein.«

»Da bin ich froh. Das hätte mir das Herz gebrochen. Kennen Sie ihren richtigen Namen?«

»Den darf ich Ihnen leider nicht sagen.«

»Richten Sie ihr aus, dass ich von ihrem Englisch träumen werde, bis man mich in eine Kiste legt. Und ein bisschen auch vom Rest von ihr.«

UNSICHTBARE BOMBEN

In der Mountain Lodge waren sie schon beim dritten Martini, als Paula das Schweigen beendete. »Habt ihr den Russen zum Reden gebracht?«

»Stell dir vor, in der Ostberliner Residentur ist er nur sowas wie ein Schlappenschammes«, sagte Sam. »Und Knox hat den Verstand von einem Atomphysiker. Der soll auf Eisenhower angesetzt worden sein, das halbe IG-Farben-Haus bespitzelt haben. Diesem Russen zufolge mit so viel Chuzpe, dass eine Kippa auf dem Reichsparteitag nichts dagegen wäre.«

»Er ist kein Kommunist«, sagte sie. »Aber er kam mit dem Gelichter nicht klar, dem Hyde hier den Hof macht.«

»›Dem Gehlen kann ich nicht aufs Fell gucken‹, hat er mal gemeint. ›So verkniffen und ausgezehrt, wie der ist, da rieche ich den Vegetarier drei Meilen gegen den Wind. Hitler war ja auch einer, und dieser Rabindranath Tagore. Gefährlicher wie ein Sack Tollkirschen sind die.‹«

Sie lachten die Traurigkeit weg.

»C'est la guerre«, sagte Paula.

»C'est la guerre.«

»Kannst du dafür sorgen, dass Baxter ihn nicht verhört? Ich würde den Gedanken nicht ertragen.«

»Schon erledigt«, sagte Sam. »Hyde überlässt das mir.«

Sie strich ihm kurz über die Hand. »Danke für den Plattenspieler und Glenn Miller. Du hast dich erinnert, dass ich in der Carnegie Hall bei seinem Konzert gewesen bin.«

»Fast hätte ich ihn auch mal gesehen. In Paris.«

»Du warst bei der Befreiung dabei?«

»Ja. Himmel und Menschen, die haben uns mit Cognac und Champagner abgefüllt. Auf den Champs-Élysées sind Französinnen in unseren Jeep geklettert und haben uns abgeknutscht, bis wir ausgesehen haben wie Fummeltrinen. Bloß einen Kilometer weiter, bei der Oper, ist noch gekämpft worden, das hat keinen mehr gekümmert. Aber Miller, das war im Dezember 44. Es war schon wieder eine andere Stadt, so dick geschminkt wie eine alte Filmdiva bei Probeaufnahmen für ein Comeback. Sein Orchester sollte im Olympia auftreten, ich hatte mit viel Massel noch eine Karte ergattert. Am Konzerttag kam er mit einer Einmotorigen aus England. Über dem Kanal war dichter Nebel. Wahrscheinlich ist Miller unter einer Lancaster-Staffel geflogen, die auf dem Rückweg von Deutschland gewesen ist. Die Bomben, die sie nicht losgeworden sind, haben sie immer über dem Kanal abgeworfen, weil es zu riskant war, damit zu landen. Es muss ihn voll erwischt haben. Seine Leiche hat man nie gefunden.« Sam hob sein Glas. »Auf Glenn und Knox.«

»Und Bomben, die man nicht sieht«, sagte Paula.

»Kann ich mich zu Ihnen setzen?« Joyce Mills war in Zivil, was ohne FRU-line ICE-lers enge Bluse fremd wirkte.

»Gern«, meinte Sam. »Was wollen Sie trinken?«

»Dasselbe wie Sie.«

Sam gab Franz einen Wink. Sie schwiegen eine Zeit.

»Solche Aufträge können Spaß machen«, sagte Joyce dann. »Aber der nicht. Er hat mich mit Anstand behandelt, und ich mochte ihn. Gestern hat er noch auf meiner Schreibtischkante gehockt und gemeint: »Wir lee-Ben bye-de ICE-craeme, dazz muss Chic-saal sein.«

»Und was haben Sie geantwortet?« fragte Paula.

»Ach, Polonius, Ihr Deutsch ist schöner als die Hosenträger von einem Molukken.«

GÖTTER

Zwei Uhr nachts war eine gute Zeit für einen Museumsbesuch, die Stunde, wenn es in der Halle so friedvoll war, dass selbst Paulas Gedanken Geräusche machten. Manchmal zerplatzten sie in der Stille wie Wassertropfen aus einem undichten Hahn, oder sie gluckerten und perlten vor sich hin, ein klarer Bach in tiefem Tannenwald. In dieser Nacht, verloren in Erinnerungen, waren sie das Rauschen einer fernen Brandung.

Im Herbst 1936 stand bei ihrem Vater wieder einmal eine Geschäftsreise nach Frankfurt an, und es traf sich, dass Georg einen früheren Schulfreund dort besuchen wollte. Der Gedanke an zwei ganze Tage mit ihm war so himmlisch, dass Paula ihren Vater bat, diesen begleiten zu dürfen. Zwar wunderte er sich, doch als sie am Anhalter Bahnhof auf Georg trafen, war er im Bilde. Es freute ihn. Er mochte Georg schon, als sie ihn zum ersten Mal in ihr Haus eingeladen hatte. Den Altersunterschied tat er mit einem Achselzucken ab. Er hatte ihre Mutter kennengelernt, als er zwanzig und sie sechzehn gewesen war, und erlebte mit ihr, wie er einmal sagte, keine dunkle Stunde, bis sie so früh die Augen schloss, dass Paulas Erinnerung an sie blass wie eine Trockenblume war.

Da Georg bloß ein Billett der dritten Klasse besaß, ließ ihr Vater es sich nicht nehmen, ihn in ihr Coupé zu bitten, wo die Fahrt in Windeseile verflog. Die zwei verstanden sich prächtig, und ihr Vater hielt zu Georg, als Paula die Nase rümpfte, weil er diese grässlichen karierten Knickerbocker trug, die sie an Männern hasste, besonders aber an ihm.

Sie war das erste Mal in Frankfurt und hatte es sich größer vorgestellt, nicht mit all diesen heimeligen Fachwerkgässchen wie in einem Schtetl. Dieser Vergleich kam von Georg, der oft etwas hervorhob, das er an der Kultur der Juden schätzte. Und auch dafür liebte Paula ihn. Sie wünschte, Judith hätte ihn so reden hören und er wäre für sie etwas anderes gewesen als der Junge, der ihr die Freundin wegnahm.

Am zweiten Tag liefen sie durch die Stadt und konnten die Finger nicht voneinander lassen, als Paula an einem Haus ein Plakat sah: 𝕰𝖓𝖙𝖆𝖗𝖙𝖊𝖙𝖊 𝕶𝖚𝖓𝖘𝖙! 𝕰𝖎𝖓𝖙𝖗𝖎𝖙𝖙 𝖋𝖗𝖊𝖎! Ehe Georg sie aufhalten konnte, war sie über die Straße gelaufen. Bedrückt gingen sie durch reißerisch ausgeleuchtete Räume, Schmierentheater, inszeniert als Freakshow für geifernde Gaffer, die Verspottung von Schönheit im Schlagschatten von Bosheit und Hass.

Dicht neben Paula machte ein Mann seiner Empörung lautstark Luft. Wie könne es nur sein, dass deutsche Galerien und Museen einen solchen Schund gekauft hätten? Ein Vogelschiss sei mehr wert als dieses Geschmiere! Geisteskrank! Syphilis! Jüdisches Gesindel! Verbrennen das ganze Gelump! Paula riss sich von Georg los und schrie den Mann an, was ihm einfalle, so etwas Ungeheuerliches zu sagen. Nicht die Gemälde seien die Zumutung, nein er. Und hätte er es gewagt, darauf zu antworten, hätte sie mit Fäusten auf ihn eingeschlagen. Andere waren auf sie aufmerksam geworden. Zwei Museumswächter liefen herbei. Georg packte Paula und zerrte sie nach draußen, wo sie noch immer so außer sich war, dass ihr die Zeit abhandenkam, bis sie sich schluchzend in seinen Armen wiederfand, längst Straßen entfernt.

Jetzt setzte Paula sich auf die Schlosstreppe vor das Portrait des Justizrats Katzenellenbogen. Immer überraschte das Bild sie mit neuen Details. Dieses Mal waren es die Stuhlbeine, die wie zwei sich spiegelnde K aussahen: КЯ. Nichts war bei Otto Dix Zufall. Was mochte er sich dabei gedacht haben?

»Sein seltsamer Name rührt vom Dorf Katzenellenbogen in der Pfalz her. Seine Familie stammte von dort.«

Paula fuhr herum. Lucy kam zu ihr herunter und setzte sich zwei Stufen über ihr hin. »Er war stolz auf seine Ahnenreihe, die bis zum fünfzehnten Jahrhundert zurückgereicht hat.«

»Sie kannten ihn?« fragte Paula nach einem Schweigen.

»Albert Katzenellenbogen war im Vorstand der Commerzbank; er hatte geschäftlich mit meinem Mann zu tun. In unserer Frankfurter Villa habe ich einen Salon geführt, Albert war mit seiner Frau Nelly oft zu Gast. So hat er Dix kennengelernt und ihm 1930 den Auftrag für das Portrait gegeben. Es hing in Alberts Haus in Königstein, keine zehn Kilometer von hier. Er hat es geliebt, aber kurz vor seiner Enteignung bot er es mir an. 1930 wäre es zehntausend Reichsmark wert gewesen, 1941 bekam man einen Dix für eine warme Mahlzeit. Ich habe Albert dreißigtausend bezahlt. Damals habe ich mir vorgestellt, dass ich ihm das Bild eines Tages zurückgebe.«

»Was ist aus ihm und seiner Frau geworden?«

»Nach der Arisierung der Commerzbank wollten sie in die Schweiz, aber Nelly hatte einen Schlaganfall und war gelähmt. Als sie starb, durfte Albert nicht zu ihrer Beerdigung. 1942 ist er verschwunden. Theresienstadt, hörte ich.«

»Und was tat Ihr Mann für ihn?« fragte Paula. »Als Vorstand von IG Farben, mit all seiner Macht? Hat er ihn zum Bahnhof gebracht und ihm eine gute Reise gewünscht?«

»Sehen Sie die Form der Stuhlbeine, die beiden Buchstaben, die sich spiegeln? Albert hat mir erzählt, dass er Dix darauf angesprochen habe. Der hätte gesagt: ›Es könnte für Königstein stehen oder für Katzenellenbogen. Aber nur eins davon steht für Schmerz.‹« Sie schwieg kurz. »Vielleicht verbirgt sich das Raffinement unter der Oberfläche. Dix hatte ein anderes Bild übermalt. Es war von SA-Scharführer Ludwig Dettmann, eine der Alles-für-Deutschland-Szenen aus dem Ersten Weltkrieg, die ausgezeichnet als Illustration zu Jüngers *Stahlgewittern* getaugt hätten, oder auch als Brennholz. Goebbels hat Dettmann später auf die Liste der ›gottbegnadeten Künstler‹ gesetzt.«

»Ist das Ihre Antwort?«

»Das Schloss hat mein Mann gekauft. Meine Familie besaß einen guten Namen, aber kein Geld. In jungen Jahren bin ich nach Berlin und fand eine Anstellung in der Galerie Nierendorf, sie zählte zu den bedeutendsten Deutschlands.«

Als Paula klein war, nahm ihr Vater sie zu Vernissagen dorthin mit, nur um über Geschäfte zu reden und die Gemälde mit Zigarren einzunebeln, indes Paulas Blicke Giftpfeile waren.

»Diesen Malern zu begegnen, sie über ihre Werke sprechen zu hören ...«, sagte Lucy. »Viele verstünden es nicht. Sie schon, ich weiß. Auf mein erstes Bild habe ich drei Jahre gespart. Eine kleine Radierung von Trappert. Sie hängt jetzt in der Küche.«

Paula drehte sich weg und hoffte, Lucy würde gehen.

»Bei Gesellschaften habe ich mir als Serviermädchen etwas dazuverdient, so habe ich Joseph kennengelernt. Das war 1925, er war frisch im IG-Farben-Vorstand. In unserer Flitterwoche sagte er: ›Mir ist grad so, als würde ich auf einer Rolltreppe in den Himmel stehen.‹«

Leichthin, als seien sie bei einer Abendparade in West Point.

»Beim Aufbau der Sammlung habe ich mich wie ein kleines Mädchen gefühlt, das mit tausend Mark zu Tietz in die Puppenabteilung geschickt wird. Joseph hat keins der Bilder je beachtet. Wie er das Personal oder einen Wechsel der Jahreszeiten nicht beachtet hat. Und irgendwann auch mich nicht mehr.«

Eine Dissonanz der Kapelle, die Parade geriet aus dem Tritt.

»Mit meiner Ehe war es wie mit der Farbe auf einem Goya oder Vermeer. Stellen Sie sich vor, Sie wären unsterblich und hätten Bilder der alten Meister zuhause. Sie würden sie jeden Tag sehen, über Jahrhunderte. Würden Sie bemerken, dass sie immer dunkler werden?«

Ein Notenblatt wehte über den leeren Paradeplatz.

»Nach der Machtergreifung war Joseph ständig unterwegs. Sicher hatte er eine Geliebte; oder zwei, was weiß ich. Darüber habe ich mir keine Illusionen gemacht, so wenig wie über die Bedeutung von IG Farben für die Kriegspläne der Nazis.«

»*Nazis*. Wie sich das aus Ihrem Mund anhört.«

Lucys Gesicht war weiß wie grundierte Leinwand. »Bei uns war die Nürnberger Anklagebank zu Gast. Am Tisch ging es meist um Kautschuk und Öl. Es schien etwas Ewiges zu sein, eine Art Heiliger Gral. Von Kunst verstanden sie nichts; auch Göring nicht, dem Sie es ja zuschreiben. Speer war die Ausnahme. Er hatte Gemälde aus jüdischem Besitz zusammengerafft, Frühromantik, davon schwärmte er mit roten Ohren. Für die anderen war das hier bloß eine Sottise, ein zynisches Aperçu zu einem Irrsinn, an den sie selbst nicht glaubten.«

Speer stand Paula vor Augen. Am Hundekehlesee hatte er Agamemnon bewundert, der seine Tochter opfern wollte, um für die Heerfahrt nach Troja günstige Winde zu erbitten.

»Dix war klug, aber mit den Nazis hat er sich geirrt«, sprach Lucy weiter. »›Sie wollen den Menschen nach ihrem Ebenbild neu erschaffen, als seien sie Götter‹, meinte er zu mir. Ja, ich weiß, sie waren alle hässlich, bis auf Heydrich und Speer. Dix meinte: ›Beim Blick in den Spiegel sehen sie nicht ihre Fratzen, nicht, was sie wirklich sind, nicht dieses Ungeheuer. Sie sehen bloß den, der sie sein *wollen*, weil alles Ekstase für sie ist, ein einziger Taumel und Traum, und man sich im Traum niemals selbst im Spiegel sieht, immer einen anderen.‹«

Ihr kamen Dostojewskis *Dämonen* in den Sinn. *Wer Schmerz und Angst besiegt, der wird selbst Gott sein. Aber jenen Gott wird es dann nicht mehr geben.*

»Dix glaubte, dass die Nazis vor den Malern der Avantgarde Angst hatten?« fragte Paula. »Weil sie den Menschen zeigten, wie er ist, und nicht, wie er sich erträumt?«

»Ja. Doch so war es nicht. Ich kannte etliche dieser Männer. Glauben Sie mir: Die hatten vor nichts Angst.« Lucy zuckte die Schultern. »Hier waren auch Direktoren von Standard Oil, IBM, Ford und American Express. Daran werden Sie weniger interessiert sein, in Nürnberg ist man es ja auch nicht.«

»Sie setzen Amerika mit den Nazis gleich? Eine solche Lüge nennen Sie Gewissen? So redet man, wenn man nie durch Blut gewatet ist, weil man dafür Stelzen benutzt hat.«

»Ich erinnere mich an einen Douglas Bloom«, sagte Lucy. »Er hat als Geschäftsmann in Berlin gelebt. Sie sind nicht etwa verwandt?«

Paula verstand nicht, wieso die Notiz ihres Vaters ihr jetzt erst in den Sinn kam.

Essen bei J. W. und seiner sehr aparten Gattin in Frankfurt. Ein seltsames Paar; er hat so gar keinen Esprit. Vermutlich muss sie im Bett chemische Formeln aufsagen, damit er in Fahrt kommt. Den halben Abend hat sie mich nach Berliner Museen ausgefragt. Aber ich bin sicher, sie wusste mehr darüber als ich.

»Ich kenne keinen Douglas Bloom«, sagte Paula.

»Er sah wie ein Filmschauspieler aus und mochte Frauen«, sagte Lucy. »Als mein Mann sich zwischendurch empfahl, hat er mir unverhohlen Avancen gemacht.«

Ja, das war ihr Vater. Seine coole Nonchalance war wie ein Duftstoff gewesen, der Frauen magisch anzog.

»Es war keine verlogene Moral, die mich bei Joseph bleiben ließ«, sagte Lucy, »auch kein dummer katholischer Gehorsam. Nein, nur die Angst, bei der Scheidung die Bilder zu verlieren, die von seinem Geld gekauft waren.«

Paula dachte an den Tag nach ihrer Rückkehr aus Frankfurt, an die Ledermantelmänner, die geklingelt hatten. Sie war in ihr Zimmer gerannt, hatte ihr Bildnis unterm Bett versteckt. Hatte gebetet, gebetet, gebetet, dass sie es ihr nicht nahmen. Das Gesicht ihres Vaters, der Apotheker von Kokoschka.

»Verabscheuen Sie mich nur«, meinte Lucy. »Es kümmert mich nicht. Nein, von Zyklon B wusste ich nichts. Davon habe ich erst nach dem Krieg erfahren, wie die meisten. Aber natürlich war ein Unterschied zwischen mir und, sagen wir, Fräulein Inge, die sich hier um Ihre Wäsche kümmert, oder Lutz, unserem Gärtner. Ich hätte es wissen können, wenn ich es gewollt hätte. Mir hat es gereicht zu sehen, wie Josephs Gesicht von Jahr zu Jahr mehr verging. Einmal ist mein Blick auf seinen Kalender gefallen. Es war eine Besprechung bei der *IG Auschwitz* darin vermerkt. Das hat mir damals nichts gesagt. Aber als er von dieser Geschäftsreise zurückkehrte, hat er sich betrunken, zum ersten Mal. Gefragt habe ich nicht. In dieser Nacht bin ich wach geworden, neben mir war das Bett leer. Ich bin hintergegangen; in seinem Arbeitszimmer stand er am Fenster, mit dem Rücken zu mir, hat mich nicht bemerkt. In seiner Hand war eine Pistole, ich sah ihn zittern. Auf dem Schreibtisch lag ein Blatt; ein Abschiedsbrief, nehme ich an. Dann und wann habe ich mich gefragt, ob er für mich gewesen ist, aber ich vermute, er war für den Vorstand. Ich habe mich leise zurückgezogen und bin nach oben geschlichen. Bis zum Morgengrauen habe ich auf den Schuss gewartet, dann hat Joseph sich neben mich gelegt. Hätte mein Mann in dieser Nacht den Mut gefunden, Schluss zu machen, wäre ihm die Lächerlichkeit erspart geblieben, bei der Ankunft der Amerikaner so tun zu müssen, als würde er vergnügt Gäste empfangen. Man hat mir angeboten, ihn in seiner Haft zu besuchen. Ich habe abgelehnt. Wozu wäre es gut? Als ich damals ins Bett gegangen bin und ihn mit der Waffe allein gelassen habe, war zwischen uns alles gesagt.« Sie stand auf und rückte einen Schmidt-Rottluff gerade. »Drei Jahre zuvor, als Albert und Nelly Katzenellenbogen vor dem Nichts standen, ging ich zu meinem Mann. Das war eines der wenigen Male, wo ich ihn wirklich um etwas gebeten habe. Er hat gesagt: ›Stell dir vor, ich würde ihm helfen. Und dann noch einem. Und noch einem. Wenn wir damit anfingen, könnten wir nicht mehr aufhören. Muss ich dir wirklich sagen, wie das enden würde?«« Erst als der Minutenzeiger der Wanduhr mit einem Klacken vorrückte, sprach sie weiter. »Auf der Zeil bin ich nicht in die Galerie, um ein Bild zu verkaufen. Ich wollte eins erwerben, einen Kirchner. Aber er soll fünf Tafeln amerikanische Schokolade kosten. Das kann ich mir nicht leisten.«

»Von dem Zyklon B wollen Sie nichts gewusst haben. Und von den Menschenversuchen, den Zwangsarbeitern? Sind Sie am Ende gar nicht die Frau von Joseph Karl Weigel, sondern das Mädchen mit den Schwefelhölzern?«

»Was verlangen Sie? Dass ich mich für sämtliche Verbrechen des Dritten Reichs entschuldige? Bitte. Ich entschuldige mich auch für die Ermordung von Rathenau, die Niederschlagung des Boxeraufstands und die Kreuzigung Christi.«

»In der *Frankfurter Rundschau* hat ein Philosophieprofessor etwas geschrieben«, sagte Paula. »Karl Jaspers. Als seine jüdischen Freunde abgeführt wurden, sei er nicht auf die Straße gegangen. Statt zu schreien, habe er es vorgezogen, am Leben zu bleiben. Das Überleben sei die Schuld.«

Lucy ging hinauf, ein taumelnder Schatten von Munch auf einer Treppe von Escher. Oben sagte sie: »Überleben? Das hat mich nie interessiert.«

Lange stand Paula noch da, den Blick auf das Gemälde von Schmidt-Rottluff gerichtet, das Lucy gerade gerückt hatte, ein kreischend roter Strudel, in dem jeder Tupfer wie ein Gesicht war, unzählige Menschen, in namenloses Nichts gesaugt, eine davon Judith, von der bloß ein Schrei geblieben war, während Paula es vorgezogen hatte, am Leben zu bleiben.

REGEN IN DER SAHARA

Der Morgen war grau wie eine deutsche Felduniform. Lange hatte sie in der Nacht gegrübelt, auf welche Weise sie Kontakt zu Kupfer aufnehmen könnte. Sam fände gewiss einen Weg. Aber seit er den Schallplattenspieler ins Zimmer gestellt hatte und sie *September Lullaby* nicht aus dem Kopf bekam, ging das nicht mehr.

Paula betrat den Garten des Alaska House, leer bei diesem Wetter, hörte den scharfen Wind durchs Blattwerk der Bäume toben und sah hoch zu der Eiche, in der sich ein Mikrofon verbergen konnte. Oder nicht. Es wäre einfach gewesen, Hyde zu fragen, ob das stimmte. Ob er wirklich gewollt hatte, dass sie sich genau auf diese Bank dort setzte. Ob er Knox je befohlen hatte, sie und Kupfer zu belauschen. Aber das würde sie nicht tun. Sie wollte Knox als den Mann in Erinnerung behalten, der sie beschützt und Hyde die Stirn geboten hatte, dem sie dankbar war, nicht nur für die Hohemarkstraße.

Ihr Blick ging zum Haus, zu dem Fenster im dritten Stock, hinter dem das Zimmer von Johann Kupfer war, so nah, doch unerreichbar, vor der Tür die beiden MPs, mit denen sie eben geschwatzt hatte, um nach zwei Sätzen zu erkennen, dass es sinnlos gewesen wäre, es so zu versuchen. Dort oben wusste sie Kupfer, allein mit seiner Verzweiflung, mit der Erinnerung an Dávid, an die toten Augen von Lantz, an Dóra und Geschke, an den letzten Atemzug seiner Mutter, an Steine auf zwanzig leeren Gräbern.

Wenn das alles nicht erfunden war.

»Sie wollen mich sprechen?«

Wie immer trug Hanna Reitsch das vom Führer verliehene Eiserne Kreuz und das Elend von sechzig Millionen Deutschen, denen sie mit ihrer inbrünstigen Entrüstung über die »Gestapo der Amerikaner« eine Stimme zu verleihen glaubte.

»Lassen Sie uns ein Stück gehen«, sagte Paula. Die Wolken bekamen fette Regenbäuche, und sie dachte wieder an Knox. *Sollte das auf einen Schlag herunterkommen, ist alles aus.*

»Wenn es wegen dem ist, was ich gestern gesagt habe: Dazu stehe ich«, meinte die Reitsch trotzig.

»Ja – was war das denn?«

»Dass Ihre Army das stolze deutsche Volk mit einer Brutalität zusammengeschossen hat, die in der Weltgeschichte ihresgleichen sucht. Dass Sie niemals begreifen werden, was wahre Hingabe bedeutet, weil keiner von Ihnen je gelitten hat. Dass in Wirklichkeit *wir* gesiegt haben, weil wir in all dem Grauen Mensch geblieben sind und Sie nicht.«

Ihre Stimme war schrill und atemlos, als würde sie wieder von ihrem wagemutigen Flug über das verglühende Berlin berichten, wo sie mit einem Fieseler Storch vor dem Brandenburger Tor gelandet war, um im Bunker den Gott der Deutschen anzuflehen, mit ihm gemeinsam in den Tod gehen zu dürfen. Was er jedoch ablehnte, weil er unsterblich war und sie nicht.

Paula dachte an den Intelligenztest, den der Psychologe der CIC in Nürnberg mit den Angeklagten durchgeführt hatte. An der Spitze hatte Schacht mit einem IQ von 143 gestanden; das Schlusslicht war Streicher, 106. Beides keine Überraschung für sie. Für die Reitsch müsste man eine neue Skala erfinden.

»Nein, es geht nicht um diese Äußerung«, sagte Paula. »Sie haben das Recht, so viel Unsinn von sich zu geben, wie's Ihnen beliebt; das ist bei uns so Sitte, wahrscheinlich, weil wir noch nie gelitten haben. Ich interessiere mich hingegen dafür, wie Sie sich Ihre Zukunft vorstellen.«

»Meine Zukunft?«

»Ganz genau. Das meint eine Zeit, die sich von Vergangenheit und Gegenwart grundlegend dadurch unterscheidet, dass sie offen ist. Im Guten wie im Schlechten.«

»Falls Sie als Bedingung für meine Freilassung von mir verlangen sollten, dass ich zu den Deutschen spreche und Lügen über Hitler erzähle: Das hat man schon einmal versucht. Zweihundert Journalisten hatte Ihr Colonel geladen. Denen habe ich diktiert: ›Ich kämpfte so selbstverständlich für mein Land wie Sie für das Ihre!‹ Aber in *Stars and Stripes* fand sich davon kein Wort. Dort hieß es, ich hätte von Orgien im Führerbunker berichtet und wäre Adolf Hitlers Geliebte gewesen. Schämen Sie sich. Sie sind doch auch Deutsche.«

»Sie irren sich, ich bin Amerikanerin. Und ich will Ihnen ein ganz anderes Angebot machen. Sie haben einen Mitbewohner. Johann Kupfer. Sie werden ihn kennengelernt haben.«

»Und?«

»Ich will, dass Sie ihm eine Nachricht von mir zukommen lassen. Zwar ist er in Einzelhaft, doch ich bin sicher, dass Sie das bewerkstelligen könnten, über sein Essen beispielsweise. Sobald Kupfer auf dem gleichen Weg darauf antwortet, werde ich mich bei Colonel Philp für Ihre Freilassung einsetzen.«

»Aber das ist keine Garantie, dass der Colonel es auch tut?« fragte die Reitsch misstrauisch.

»Ich verspreche Ihnen keine Wunder. Wir reden nicht über die unbefleckte Empfängnis, sondern von so etwas wie Regen in der Sahara.« Als die Reitsch zögerte, fügte sie an: »Vielleicht sollten Sie wissen, dass Colonel Philp großen Wert auf meine Meinung legt.«

Die Reitsch rang sich zu einem Nicken durch.

Paula sah zu Carter, der am Haus stand und in einem Comic las. Sie steckte der Reitsch den verschlossenen Umschlag mit dem Zettel zu, auf dem nur ein Satz stand.

Bitte sagen Sie mir, was Sie über Georg wissen.

»Ich komme jeden Tag um dieselbe Zeit, um nach Kupfers Antwort zu fragen.« Sie wandte sich zum Gehen.

»Ich kenne Sie doch«, sagte die Reitsch.

»Ja?«

»Aus Berlin. Wir haben bei einer Modenschau im Rennklub nebeneinandergesessen, ich glaube im Frühjahr 37. Sie waren in Begleitung eines sehr charmanten Herrn und haben sich auf Englisch mit ihm unterhalten.«

Wie aufgekratzt ihr Vater gewesen war, am letzten Abend seines Lebens. Aber so schrecklich es war: Würde eine Fee ihr anbieten, alles aus ihrem Kopf zu löschen, was in den Kladden gestanden hatte, damit Paula ihn so in Erinnerung behielt, mit diesem Tausend-Dollar-Lächeln, dem Stolz in seinen Augen, weil er sah, wie andere Männer sie bewunderten, seine Tochter, sie würde sofort darauf eingehen.

»Sie müssen mich mit jemandem verwechseln«, sagte sie.

»Nein, nein. Ich habe ein sehr gutes Gedächtnis.«

»Den Eindruck hatte ich bisher nicht«, antwortete sie und ließ die Reitsch stehen.

HITLER UND JESUS

Paula kannte die Mitschnitte zahlloser Vernehmungen, die in diesem Raum stattgefunden hatten. Jetzt saß sie zum ersten Mal selbst hier, an dem Tisch, dessen Stahlbeine einbetoniert waren, sah auf eine Wand, die wie mit Nikotin gestrichen war, roch den heiligen Eid auf Hitlers Blutfahne, der sich mit dem Schweiß von Männern vermischte, die hier, im Cooler, um ihr Leben gestammelt hatten. Vor Paula lag die Akte mit dem von ihr getippten Deckblatt, vierzig leere Seiten.

Subjekt: Walther Rauff

Ein Private führte ihn herein. »Fessel, Ma'am?« Als sie nickte, drückte er Rauff auf den Stuhl, führte die Stahlkette durch die beiden mit dem Tisch verschraubten Ringe und schloss sie an die Handschellen.

Dann war sie mit Rauff allein.

»Oh. Rehauge«, sagte er.

Ihm fehlten gute zehn Kilo zu seinem Kampfgewicht. Nach den vielen Monaten in Haft hatte seine Gesichtshaut die Farbe von Zahnbelag angenommen. Aber die Stimme war spöttisch und entschlossen, als seien sie noch im Regina. Seine Coolness stellte er zur Schau wie einen Pour le Mérite.

»Wie ich sehe, haben Sie Karriere gemacht«, sagte er. »Aber leider stehen Sie im Rang noch immer weit unter mir. Daher muss ich Sie darauf aufmerksam machen, dass Sie auch jetzt keine geeignete Gesprächspartnerin für mich sind.«

»Sie haben keinen Rang mehr, Rauff. Nicht einmal Hosenträger und Schnürsenkel.«

»Worüber möchten Sie plaudern? Über eine Landstraße bei Mailand, über Ihren Rücken? Sie können schon wieder sitzen, das freut mich. Und Ihre Familie ist hoffentlich auch wohlauf. Das auserwählte Volk hatte es ja zuletzt nicht leicht.«

Im ersten Moment wollte Paula ihm die Faust in den Mund schieben, wie Lantz es mit Dávid gemacht hatte, es genießen, dass er sich nicht wehren könnte, wollte sehen, wie er langsam erstickte. Aber sie nahm die »Akte«, hielt sie so, dass Rauff die leeren Seiten nicht sah, und blätterte darin.

»Lassen Sie uns über Ihre Zeit als Leiter der Gruppe II D im Reichssicherheitshauptamt reden. Sie waren für die Gaswagen zuständig, und zwar ab … Moment … Spätsommer 1941, bald nach dem Überfall auf die Sowjetunion.«

Das war geraten. Aber Paula kannte die Nürnberger Aussage des Auschwitz-Kommandanten Höß, dem zufolge Göring im Sommer 41 die »Endlösung der Judenfrage« befahl, was nahelegte, dass das Gaswagenprogramm etwa zeitgleich ins Leben gerufen worden war. Sie führte das Verhör, wie Hans Scharff es ihnen in Wien eingebläut hatte: *Machen Sie Subjekt klar, dass Sie bereits sämtliche Beweise in Händen halten, unabhängig davon, ob dies zutrifft oder nicht.*

»Und schon kommen wir durcheinander«, sagte Rauff. »Im RSHA war dieser Begriff nicht gebräuchlich. Es hieß vielmehr *Sonder-* oder *S-Wagen*, gelegentlich auch *Entlausungswagen*.«

»So zimperlich? Sie selbst haben den Ausdruck *Todeswagen* verwendet. Beim Verhör in Ancona gaben Sie an, lediglich mit der Technik der Gaswagen befasst gewesen zu sein. Eine Lüge. Sie haben das Programm durchgepaukt und vorangetrieben.«

Auch das ein Schuss ins Blaue, jedoch wohlüberlegt. Rauff war ein Macher, kein Verwaltungsmensch. Und sein Ego ließe es nicht zu, ihr in diesem Punkt zu widersprechen.

»Während man es aufschiebt, streicht das Leben vorüber«, sagte Rauff, den Mund zu einer spöttischen Triangel verzogen. In seinen Augen wetteiferte die Erinnerung an die beste Zeit seines Lebens mit der Sehnsucht nach einer Zigarette.

Paula steckte sich eine Lucky an, überwand ihren Ekel und inhalierte tief. »Die technischen Probleme scheinen erheblich gewesen zu sein. Sonst hätte es nicht Monate bis zum ersten Einsatz der Gaswagen im Winter 41 gedauert. War es wirklich so kompliziert, den Laderaum eines Lkw luftdicht zu machen und das Kohlenmonoxid hineinzuleiten?«

»Sie machen sich keine Vorstellungen«, sagte Rauff.

»Was hat aus Ihrer Sicht für diese Tötungsart gesprochen? Waren die Massaker durch Ihre Einsatzgruppen nicht effektiv genug? Über neuntausend an einem einzigen Tag, allein vom Sonderkommando 3, das war doch kein schlechter Schnitt.«

Rauff wollte sich entspannt zurücklehnen, doch die Fessel hinderte ihn daran, was der Bewegung etwas Lächerliches gab. »Ich bin nicht mit Statistiken befasst gewesen, Rehauge. Man hat mir Befehle erteilt, und ich habe sie befolgt, wie es meine Pflicht war. Neuntausend Juden an einem Tag? Alle Achtung, aber doch wohl eher die Ausnahme. Man stößt ja bei Massen-exekutionen an eine natürliche Grenze, körperlich wie geistig. Aber ich kenne auch einen, dem die Soße ins Gesicht gespritzt ist. Er sagte: ›Judenhirn schmeckt gut.‹ Nicht mein Geschmack. Da ich jedoch weder bei solchen Munitionsverschwendungen dabei war noch je einen S-Wagen in Betrieb sah, meine ich das rein theoretisch. Mea culpa.«

»Sie reden von Schuld?« versetzte sie. »Gut.«

»Ach, Schuld. In einem Krieg ist das keine Kategorie. Man muss schon dabei gewesen sein, um zu wissen, dass die Wörter kämpfen, schlachten, kaltmachen eine einzige Sache meinen. Jeder Amerikaner, Brite, Franzose, der im Feld war, würde es unterschreiben. Aber was wissen Sie davon?«

Paula blätterte in der »Akte«. »Bei Vergasungen wollen Sie nie dabei gewesen sein? Dann frage ich mich, was Sie auf Ihren ausgedehnten Inspektionsreisen gemacht haben. Kiew, Riga, Minsk ...« Wieder hob sie nur einen Stein an, in der Hoffnung, dass eine Viper darunter hervorkam. An diesen Orten waren Gaswagen eingesetzt worden, das wusste man. Paula hielt es für wahrscheinlich, dass Rauff sich höchstpersönlich ein Bild hatte machen wollen.

Und wichtig war nur: *Minsk*.

Rauff schwieg.

»Mir scheint, dass Sie einen trockenen Mund haben«, sagte sie. »Sind Ihnen die Hakenkreuzpastillen ausgegangen?«

»Binden Sie mich los, und ich biete Ihnen eine an.«

»Sie waren nie in Minsk?«

»Nein.«

»Ganz sicher?«

»Nur bei Frauen ist ein Nein kein Nein.«

Sie drückte die Zigarette aus und stellte sich vor, dass Rauff den Ascher auslecken wollte. »In Serbien waren Sie auch, dort haben Sie im Lager Semlin bei Belgrad Anschauungsunterricht genommen. Kommandant Andorfer hat sich lobend über Sie geäußert, vielleicht wird Sie das freuen. Er hat ausgesagt, dass Sie sich nicht erbrochen hätten, was etwas heißen wolle, wie er aus der Erfahrung mit anderen Besuchern wüsste. Himmler könne ein Lied davon singen.«

Andorfers Namen konnte sie unbedenklich fallenlassen. Er war seit Kriegsende unauffindbar, wahrscheinlich tot. Aber als sie das vergnügte Blitzen in Rauffs Augen sah, wusste sie, dass sie diesmal falschlag. In Semlin war er nie gewesen.

»Ich war eine Zeitlang in Prag stationiert«, sagte er. »Jeden zweiten Freitagabend lud Reinhard Heydrich zum Schafskopf in seine Residenz Jungfernbreschan ein. Er war ein schlechter Spieler und noch schlechterer Verlierer; darum haben wir ihn immer gewinnen lassen. Sie, Rehauge, sind eine ganz lausige Spielerin, oje. Und dass Sie nicht verlieren können, werden Sie gleich unter Beweis stellen. Doch im Gegensatz zu Reinhard Heydrich besitzen Sie überhaupt keine Macht. Sie sind nur ein niedliches jüdisches Pin-up, wie ich es mir jederzeit in meinen Spind geklebt hätte.«

Paula klappte die Akte zu. »In keiner Ihrer Vernehmungen haben Sie Allen Dulles und *Sunrise* erwähnt. Warum?«

»Lassen Sie mich eben nachdenken«, sagte Rauff gespreizt. »Das hier ist das achte oder neunte Lager, in das ich gebracht wurde. Ob Sie's glauben oder nicht, jedes Mal untersucht man als Erstes meine Mundhöhle, um sicherzugehen, dass ich nicht den Zyankali-Express nach Walhall nehme wie Himmler. Was meinen Sie: Warum ist man so interessiert daran, dass ich am Leben bleibe?«

»Damit Sie Ihren Prozess genießen können.«

Rauff lachte auf. »Kennen Sie die Geburtstage von Truman, von Roosevelt oder gar Stalin?«

»Halten Sie das für ein Quiz?«

»Es gibt nur zwei Geburtstage, die jeder Mensch kennt. Die von Hitler und Jesus. Meiner ist der 19. Juni, das können Sie in Ihrer Akte nachlesen. Übrigens kam ich am selben Tag auf die Welt wie der Chemiker Ernst Boris Chain, der im Gegensatz zu mir einen Nobelpreis erhielt. Aber auch mein Wirken wird man noch würdigen.« Rauff beugte sich vor. »War ich etwa in Nürnberg vor Gericht? Oder bin ich sonst wo angeklagt?«

Und noch eine Zigarette. »Tugend mit sechs Buchstaben«, sagte sie. »*Geduld*. Hätten Sie's gewusst?«

»In *Sunrise* war aufseiten der SS bloß ein kleiner Personen-kreis eingeweiht. Neben meinem Vorgesetzten General Wolff und mir noch Ernst Kaltenbrunner und zwei, drei andere. Ihre Namen tun nichts zur Sache. Wolff war in Nürnberg, doch nur als Zeuge. Macht Sie das nicht nachdenklich?«

»Sie sind seit über einem Jahr in Haft. Wie kommen Sie an eine solche Information?«

Rauff lächelte. »Tugend mit sechs Buchstaben, Rehauge. In Nürnberg sind die Richter davon ausgegangen, dass Wolff zu Himmler aussagen würde, immerhin war er der zweithöchste Offizier der SS. Aber Wolff bevorzugte es, ein Nervenleiden in Anspruch zu nehmen, um aus gesundheitlichen Gründen von der Aussage entbunden zu werden. Ein Freifahrtschein erster Klasse. Viele haben deshalb aufgeatmet, insbesondere auf der anderen Seite des großen Teichs.«

»Warum?«

»Fragen Sie Dulles. Wollen Sie seine Telefonnummer?«

Sie hatte so wenig Spucke, dass sie jetzt für eine Hakenkreuz-pastille froh gewesen wäre.

»Beim oss gab's eine Reihe guter Leute. Unser Kontakt war so vertrauensvoll, dass sie im April 45 eigens einen Funker zu mir ins Regina geschickt haben, den sie ›Little Wally‹ nannten. Der Mann saß warm in meinem Vorzimmer. Als Sie mein Gast waren, haben Sie ihn um wenige Tage verpasst, da er in Wolffs Hauptquartier nach Bozen gewechselt war. Wolff hat Dulles in aller Hochachtung zu Roosevelts Tod kondoliert; er hat mir das Telegramm gezeigt. Persönlich bin ich Dulles nur einmal begegnet, im März 1945 in Lausanne. Das Stelldichein war so herzlich, dass ein SS-Kameradschaftstreffen mir dagegen glatt wie eine Beerdigung vorgekommen wäre.«

»Mit vier hatte ich auch einen eingebildeten Freund.«

»Wir haben schweineteuren Whisky getrunken und auf die Verbundenheit unserer Länder angestoßen.«

»Wie nimmt Dulles den Whisky?« fragte Paula, die wusste, dass er kein Eis darin mochte.

»Handwarm wie Pisse«, sagte Rauff.

In Paulas Kopf war eine Stromschnelle, die jeden Gedanken mitriss, bis auf einen: *Das Geschäft Amerikas ist das Geschäft.*

»Letztes Jahr im Sommer verließ Dulles die Schweiz. Bis er in die Staaten zurückgekehrt ist, war er Leiter der deutschen o s s -Mission in Biebrich bei Wiesbaden. Wissen Sie, was dort seine Hauptaufgabe war?«

Paula war schwindlig von den Zigaretten.

»Dulles sollte Deutsche für eine Zusammenarbeit suchen«, sagte Rauff. »Der Codename dieser Operation war *Kronjuwelen*. Unter uns, mein Sonnenschein: Ich bin gut bestückt. Wäre ich nicht gefesselt, würde ich es Ihnen zeigen.«

»Sie wollen mir weismachen, dass man Sie und Wolff nicht vor Gericht stellt, weil man Sie zu Partnern machen will?«

»Und weil man befürchtet, dass publik werden könnte, was man der SS bei *Sunrise* versprochen hatte: Immunität für alle Beteiligten nach dem Krieg.«

Sie atmete Eissplitter.

»Und wie würden die Sowjets es wohl aufnehmen, wenn bekannt würde, dass die Westalliierten erwogen haben, mit den achthunderttausend Soldaten der deutschen Heeresgruppe C, die voll unter Waffen standen, auf dem Balkan gegen Tito loszuschlagen, einen Verbündeten Russlands? Auch dafür gab es einen Namen: *Operation Unthinkable*. Mein Englisch ist leider erbärmlich, aber bedeutet es nicht *undenkbar*? Das wäre jetzt für einige Leute in Ihrer Regierung ein großes Problem.«

»Für einen, dessen Welt die Maße zwei mal drei Meter hat, nehmen Sie den Mund reichlich voll«, zwang sie sich zu sagen. »Wenn man in Washington wirklich so ein Interesse an Ihnen hätte, würden Sie nicht in Handschellen vor mir sitzen.«

»Ich will unser Bild mit der Geduld nicht überstrapazieren, Rehauge. Aber um auf Karl Wolff zurückzukommen: Man hat ihn von Nürnberg in eine Bamberger Heilanstalt eingeliefert; später wurde er in eines Ihrer Armeehospitäler verlegt, Augsburg, glaube ich. Dort war er bis letzten Monat. Ich werde ihn sehr bald wiedersehen. Und garantiert nicht in einer Zelle.«

»Daran halten Sie sich fest?«

»Es wird ein Höhepunkt in meinen Memoiren.«

»Sitzen Sie vielleicht einem General gegenüber?« fragte sie. »Oder wenigstens einem Colonel? Nein, einen kleinen Unterleutnant hat man mit Ihrem Verhör betraut. Wäre Weltflucht olympische Disziplin, hätten Sie die Goldmedaille.«

Rauff lächelte. »Man gönnt mir doch nur etwas Vergnügen. Sie sind ein hübscher Zeitvertreib, bis man ernsthaft mit mir redet. Spätestens morgen, darauf mein Wort als Gentleman.«

Das betonte er so, dass sie Angst hatte, er würde ihre Gänsehaut bemerken. *Ein Gentleman, in seinem Handeln fast selbstlos*, hatte Dulles über Karl Wolff geschrieben. Könnte Rauff dieses Dokument kennen? War man schon so vertraut mit ihm, dass man nichts mehr dabei fand, ihm Einblick in ein Top-Secret-Dossier zu gewähren?

»Sie haben mir echt meinen Tag gerettet«, sagte Rauff. »Mit Ihnen zu reden ist, als ob man's einer Jungfrau zum ersten Mal besorgt. Eine kleine Geschichtslektion: Im Juli 44 hatten die Russen Majdanek befreit und einen sauberen Bericht getippt. Leichen zählen, hirnlos in einem Krieg.« Er lachte auf.

»Finden Sie sechs Millionen Tote komisch?«

»Mir fiel nur gerade ein, was aus dem OSS wird, wenn man das O weglässt. Und zu Majdanek: Ihre Regierung kannte den Bericht der Russen und warf ihn in den Mülleimer. Bald darauf trat Washington mit uns in Verhandlungen. Tja, was war dort wohl wichtiger: ein paar tote Juden oder der Kampf gegen den Kommunismus?«

»Alles umsonst«, sagte sie. »Jetzt gehen Sie nach Heß und Himmler als dritter Mann in die Geschichte ein, der erfolglos versucht hat, mit den Westmächten Frieden zu schließen. Der eine macht sich in Nürnberg lächerlich, und der andere ist in Walhall. Aber von Ihnen wird nie jemand erfahren, abgesehen von ein paar Verrückten.«

»Sie irren sich, Rehauge. Zwei Tage nach unserer Plauderei im Regina trat in Italien der Waffenstillstand in Kraft, knapp eine Woche vor der deutschen Kapitulation. Aber da sind Sie im Krankenhaus gewesen und hatten andere Sorgen.«

»Um in Ihre Seifenblase zu stechen: Unsere Army hat nicht mit Ihnen gegen die Sowjetunion gekämpft. Oder ist mir das im Krankenhaus auch entgangen?«

»Viele in Ihrer Regierung bedauern das heute. Washington hat längst erkannt, dass man nicht gleichzeitig gegen uns und gegen den Bolschewismus sein kann, das wäre ein Widerspruch in sich. Jetzt wird über den Eisernen Vorhang gejammert, wie Churchill es nennt. Aber der Begriff ist nicht von ihm, sondern von Joseph Goebbels. Der kleine Doktor wusste, was Europa droht, wenn der Kommunismus siegt. Ist es nicht interessant, dass der britische Ex-Premier jetzt Anleihen beim deutschen Propagandaminister nimmt? Stalin hat Churchills Rede nebenbei als *Appell für einen Krieg gegen die Sowjetunion* bezeichnet.« Rauffs Gesichtsfarbe wurde zusehends frischer. »Oh, Pardon, das dürfte ich alles nicht wissen, so klein wie meine Welt ist.«

»Ich habe noch nie jemanden so entspannt über den dritten Weltkrieg plaudern hören wie Sie«, versetzte Paula. »Nur aus Neugierde: Weshalb sollten wir ausgerechnet mit Leuten wie Ihnen und Ihrem alten Kameraden Wolff zusammenarbeiten? Mit Massenmördern, die zur Sommerfrische auf Leichenberge geklettert sind? Ihre Referenzen kenne ich. Hat Wolff sich mit der Räumung des Warschauer Ghettos empfohlen?«

»Er hat es nicht geräumt. Er war bloß bei der Lösung eines Transportproblems behilflich.«

»Sie meinen: die Deportation nach Auschwitz.«

»Als Rotzlöffel habe ich gern am Bahndamm Züge gezählt. Wo sie hingefahren sind, hat mich nicht interessiert.«

»Wen würden Sie noch vorschlagen? Bormann, Eichmann, Mengele? Ich reiche eine Empfehlung gerne weiter.«

»Ich dachte eigentlich, dass Sie mir zugehört hätten. Unser Wissen über die Rote Armee ist ein riesiger Schatz.«

»Und Sie sehen sich als Alberich?«

»Aber vor allen Dingen«, fuhr Rauff fort, »will man unsere Härte, unsere Bedingungslosigkeit, unseren heiligen Glauben. Wir sind keine Eckenscheißer wie diese Generäle der Abwehr, die ihre verkniffenen Därme in das eigene Nest entleert haben. In Nürnberg würde meine Verteidigung bloß aus vier Worten bestehen: Leckt mich am Arsch.«

Sie wusste, worauf Rauff anspielte. Die Generäle Heusinger und Lahousen waren gegen die Wehrmachtspitze als Zeugen aufgetreten. »Ich muss aussagen für all jene, die sie ermordet haben. Ich bin der einzige Überlebende der leitenden Abwehroffiziere«, hatte Lahousen erklärt, nicht wissend, dass Gehlen und Baun warm und trocken in Camp King saßen.

Sie hörte wieder Rauff: »Wir überließen dem Feind keinen Quadratzentimeter deutschen Boden, der nicht verheert, verbrannt, vernichtet war. So wie Stalin seine Dörfer und Städte auf dem Rückzug vor der Wehrmacht dem Erdboden gleichmachen ließ. Hätte Roosevelt diesen Schneid gehabt? Illinois? New Jersey? Virginia? Als Stalins Sohn 1943 in deutsche Kriegsgefangenschaft geriet, bot man seinem Erzeuger an, ihn gegen Paulus auszutauschen. Wissen Sie, welche Antwort Stalin gab? ›Man tauscht einen Soldaten nicht gegen einen General.‹ Das ist das Holz, aus dem wirkliche Männer geschnitzt sind. Solche Bäume wachsen nicht in den USA. In Deutschland aber schon. Uns hat man von frühester Jugend an bis zur Vergasung darauf gedrillt. Und in Russland ist es genauso.«

Sie machte ihre letzte Zigarette aus. »Sie reden von Stalin? Dann schlage ich vor, dass wir jemanden hinzuziehen, der ihn ungleich besser kennt als wir beide.« Paula drückte eine Taste unter dem Tisch.

LUNAPARK

Rauffs Gesicht zu studieren, als die Tür aufging, war besser als jede Filmszene, die sie liebte, den Schluss von *Ministry of Fear* eingeschlossen. Sam war in die Uniform eines Generalmajors der Roten Armee gekleidet, feinster Stoff aus dem Fundus des IG-Farben-Hauses, auf seiner Brust eine Batterie von Orden, die Göring neidisch gemacht hätte, bei deutschen Kriegsgefangenen einkassierte Souvenirs von der Ostfront. Paula wusste, dass Sam mit diesem Stück schon oft im Cooler gastiert hatte und seine Rolle im Schlaf beherrschte.

Er setzte sich neben Paula, steckte sich eine gelbe Papirossa zwischen die Lippen und musterte Rauff, als würde ein großer Käfer zwischen seinen Fingern zappeln.

»So, das ist also das Subjekt«, sagte er auf Deutsch.

Rauffs Mund klappte auf und zu, was Paula an eine Puppe denken ließ, deren Bauchredner Schluckauf hatte.

»Herr Rauff hat mir gerade erklärt, dass er die Sowjetunion für ihre Opferbereitschaft bewundert«, sagte sie.

»Ja? Dann interessiert das Subjekt vielleicht, dass es bei mir zwei Schwestern, meine Mutter, mein Vater, ein Onkel, zwei Tanten, drei Cousinen und mein bester Freund waren. Und zu welchem Opfer ist dieser kleine Scheißkerl bereit?«

Bei der Probe hatte Paula zuerst befürchtet, Sam würde mit einem übertriebenen Akzent sprechen, so wie Bela Lugosi in *Ninotchka*, aber er machte es viel nuancierter. Dann und wann suchte er nach einem Wort, zog die Vokale lang, schnarrte die Konsonanten. Er war russischer als jeder Russe.

»Wissen Sie, was das ist?« Sam deutete auf seinen größten Orden, einen Klunker, der unwesentlich kleiner als eine Eierhandgranate war und so echt aussah, dass die Kopie der CIC-Fälscherwerkstatt Berija getäuscht hätte. »Der Siegesorden ist nur achtmal verliehen worden: für einen bedeutsamen Beitrag zum Sieg über den Hitler-Faschismus.« Er sagte »Gitler« statt Hitler, trefflich. »In meinem Fall war es die Vereitelung eines Mordanschlags Ihrer SS auf Josef Wissarionowitsch Stalin bei der Konferenz von Teheran.« Er griff in die Uniform und zeigte Rauff ein Foto, das ihn mit Stalin bei der Verleihung zeigte. Es war an den Ecken ausgefranst, so abgegriffen, als hätte er es tausendmal in Händen gehabt.

Befriedigt sah Paula Rauffs Wangenmuskeln zucken.

»Sie sind wortkarg, Subjekt«, sagte Sam. »Verwundert Sie mein gutes Deutsch? Nehmen Sie gefälligst zur Kenntnis, dass der Genosse Stalin mir eine hervorragende Ausbildung zuteilwerden ließ, die mich auf meine heutige Aufgabe vorbereitet hat.« Sam wandte sich Paula zu. »Lieutenant Bloom, möchten Sie dem Subjekt erklären, mit wem er es zu tun hat?«

»Generalmajor Maxim Lysenko ist Leiter der sowjetischen Auslandsaufklärung«, sagte sie. »Auch bekannt als Erste Verwaltung der Lubjanka. Und sein Anliegen ist rechtens, fürchte ich, denn gemäß der Clay-Sokolowski-Vereinbarung müssen Deutsche, die Kriegsverbrechen in der Sowjetunion begangen haben, ausgeliefert werden.«

Das war zwar eine Lüge, aber in Rauffs Augen malte Angst ein abstraktes Bild.

»Womit wir bei Ihren Gaswagen und deren Einsatz in Kiew, Minsk und Riga wären«, sagte Sam.

»Was soll das?« herrschte Rauff Paula an. »Ich befinde mich in Ihrer Obhut und verlange, sofort mit Ihrem Vorgesetzten zu reden!« Die Angst hatte sich auch der Stimme bemächtigt. Paula hörte jede Silbe klirren.

»Sie reden von Colonel Philp?« fragte sie. »Es würde Ihnen wenig gefallen, was er über Sie äußerte, als er mich mit Ihrer Vernehmung beauftragt hat. Und ›Obhut‹ ist sicher nicht der richtige Ausdruck. Aber zu meinem größten Bedauern kann Ihre Auslieferung nur dann erfolgen, wenn bewiesen ist, dass Sie tatsächlich in Kiew, Minsk oder Riga waren und nicht nur ein ordinärer Schreibtischmörder sind, so wenig Verständnis ich für solche Spitzfindigkeiten aufbringe. Ginge es nach mir, würden Sie auf der Stelle an die Lubjanka überstellt werden.«

Rauff erinnerte sie an einen Boxer, der sich nach überlegen geführtem Kampf auf den Brettern wiederfand und die Glocke herbeisehnte.

»Sie gefallen mir, Lieutenant Bloom«, sagte Sam lächelnd. »Haben Sie dem Subjekt das Dokument gezeigt?«

»Noch nicht.« Sie zog ein Schreiben unter den leeren Seiten hervor, ihren Blick unverwandt auf Rauff gerichtet. »Bei dem Dörfchen Trostinez, einige Kilometer südlich von Minsk, hat man in der früheren Kolchose ›Karl Marx‹ eine Tötungsstätte eingerichtet. Dort sind Juden aus dem Deutschen Reich, dem ›Protektorat Böhmen und Mähren‹ und dem KZ Theresienstadt mit Gaswagen ermordet worden. Am 8. Juli 42 schrieb Eduard Strauch, der Kommandeur der Minsker Sicherheitspolizei, an Generalkommissar Wilhelm Kube: *Dienstag traf ein Transport mit Juden aus Salzburg ein (1000 Stück) und wurde direkt vom Bahnhof zu den S-Wagen gebracht. Die Sonderbehandlung verlief reibungslos, auch wenn bei einem der Fahrzeuge wieder das lästige Achsenproblem auftrat. OSTF Walther Rauff, der zwecks Inspektion bei der Aktion anwesend war, versprach schnelle Abhilfe und sagte, man sei darüber bereits in guten Gesprächen mit der Firma Opel.«*

Paula schob Rauff das Schriftstück zu.

»Das ist eine Fälschung!« brüllte er.

Damit hatte er recht, denn der Text war von ihr.

»Wir lassen das prüfen«, sagte sie kalt.

»Ich bitte Sie«, blaffte Sam. »Das Schriftstück ist einwandfrei, und Sie hatten genügend Zeit.«

»Das geht alles seinen Gang«, beharrte Paula.

»In Moskau hätten wir dafür eine Minute gebraucht!«

»Sicher, Herr Generalmajor. Aber das hier ist nicht Moskau. Und Sie sind unser Gast.«

»Warum schützen Sie den Mann? Weil er unsere Menschen ermordet hat und nicht Ihre?«

Paula genoss jede einzelne Schweißperle in Rauffs Gesicht. »Ich bin deutsche Jüdin. Das sollte als Antwort genügen.«

Sam nahm Rauff Maß, in den Augen so viel Hass, dass er für eine Armee gereicht hätte. »Sie waren in amerikanischer und britischer Haft? Wie ist es Ihnen dort ergangen?«

Sie studierte diese Ader, die sich aus Rauffs Schläfe ringelte, ein blauer Wurm, der bis in die Geheimratsecke kroch.

»Mein älterer Bruder ist in Ihrem Lager Monowitz gewesen, vielleicht waren Sie dort mal zu Besuch, Subjekt«, sagte Sam. »Er hat überlebt und konnte mir davon berichten. Die Männer sind vor Hunger wahnsinnig geworden, sie haben in der Erde nach Würmern gewühlt und waren so durstig, dass sie nach einem Regen den Boden abgeleckt haben. Mein Bruder hatte Angst einzuschlafen, weil der Mensch zur Nahrung wurde. Sie werden feststellen, dass die Bedingungen in einem sibirischen Gulag durchaus ähnlich sind. Bis auf das Gas natürlich, in das die SS die Kranken und Entkräfteten, die nicht mehr arbeiten konnten, gehen ließ. Sie, Subjekt, werden nach Ihrem großen Moskauer Prozess in den Gulag Workuta am Polarmeer überführt. Dort besteht die übliche Tagesration aus einer Handvoll Salzheringe, dazu gibt es genau einen Becher Wasser, und wer Schnee frisst, wird in einen Bunker geschlossen, in dem sich Myriaden von Wanzen freuen. Sollten Sie das wider Erwarten überleben, werden Sie bei minus 60 Grad erfrieren. Das hört sich romantischer an, als es ist, denn zuerst sind es die Hände und Füße, und Amputationen werden in Workuta ohne Betäubung vorgenommen. In ganz Sibirien findet sich kein härterer Gulag; das Privileg, dorthin zu kommen, haben Sie Josef Stalin persönlich zu verdanken, er versprach es mir in seiner Datscha in Kunzewo, wo ich oft zu Gast war.«

»Das möchte ich bezweifeln«, brachte Rauff hervor. »Und vor allem bezweifle ich, dass Stalin meinen Namen kennt.« Er funkelte Paula an. »Machen Sie dem endlich ein Ende.«

»Sie nennen mich gar nicht mehr Rehauge. Schade, das hat mir so gut gefallen.«

»Das Subjekt glaubt mir nicht?« fragte Sam. »Nun, ich bin aus Kostino, einem Dorf am Ende der Welt, wo es nie richtig hell wird, wie in Workuta. Stalin war unter dem Zaren da verbannt. Mein Vater half ihm zu überleben; das hat er meiner Familie niemals vergessen. Ein Onkel von mir ist Schreiner im Möbelkombinat Lux. Josef Wissarionowitsch hat ihn höchstselbst mit der Fertigung des Tisches beauftragt, an dem er bei der Potsdamer Konferenz mit Truman und Churchill saß. In diesem Kombinat haben auch meine Schwestern gearbeitet.«

Er zog ein zweites Foto aus der Brusttasche. Paula kannte es aus Ritchie; Samuel mit Edith und Anna, Kinder, Zuckerwatte im Lunapark, hinter ihnen ein ausgestopfter Eisbär mit räudigem Fell, die zwei Mädchen rechts und links von Samuel, ein Dreikäsehoch in kurzen Hosen, die Ärmchen beschützend um ihrer beider Schultern gelegt; Ediths ernste Augen, viele Jahre bevor sie Krankenschwester in der Charité wurde und in ihre Kollegin Ursula verliebt war, was außer Samuel niemand wissen durfte; Anna mit Sommersprossen und verschwitzten Wuschelhaaren, ihre Schnute verschmiert von Süßkram, viele Jahre bevor man sie an der Berliner Humboldt-Universität, wo sie seit 1933 Theaterwissenschaften studierte, exmatrikuliert hatte, viele Jahre bevor Edith und Anna zu zwei Sandkörnern im Auge eines gleichgültigen Gottes wurden.

Sie musste den Blick von Sam abwenden, hielt sein Gesicht nicht mehr aus. »Sehen Sie die beiden Mädchen gut an. Als ich mit Josef Wissarionowitsch über Sie sprach, hat er die Hand auf meine Schulter gelegt und gesagt: ›Dieser Mann, der deine Schwestern auf dem Gewissen hat, der schuld daran war, dass sie in diesem Gaswagen erstickten, wird erfahren, dass es weit Schlimmeres als den Tod gibt, das verspreche ich dir, Maxim Sergejewitsch.‹«

Paula hatte in diesem Moment Angst vor Sam.

»Bemerkenswerte Worte«, fuhr er fort. »Denn Sie müssen wissen: Stalin ist Hass gänzlich fremd. Ich war dabei, als er 44 nach der Hinrichtung der Stauffenberg-Leute sagte: ›Habt ihr gehört, wie Hitler mit diesen Schwuchteln umgesprungen ist? Toller Bursche!‹ Er liebt sogar deutsche Filme und lässt sie sich eigens übersetzen. *Quax, der Bruchpilot* hieß einer, den ich mit ihm angeschaut habe. Meinen Geschmack traf er nicht. Wenn die Nazis ihre beiden Komiker ins Feld geschickt hätten, wäre der Krieg bereits am ersten russischen Schlagbaum vorbei gewesen. Aber dieser Quax erinnert mich gewissermaßen an Sie, diese lächerliche, tumbe Witzfigur. Wenn ich aus Workuta die Nachricht bekomme, dass Sie abgekratzt sind, werde ich Ihren Schädel öffnen und darin eine Walnuss finden. Ich war in der ausgebombten Reichskanzlei Ihres geliebten Führers. Unter seinem Schreibtisch habe ich einen Wisch gefunden, auf dem nur drei Worte standen. Der österreichische Clown hatte eine unleserliche Sauklaue. Ich habe gerätselt, was es hieß. *Sieg ist sicher? Russen sind Tiere? Berlin muss brennen?* Als ich den Zettel einem Graphologen gab, hat er gesagt: ›*Morgen keine Bohnen.*‹ Das ist die ganze Wahrheit über den Mann, den Sie angebetet haben wie Baal, und die ganze Wahrheit über Sie, und wenn ich in Ihren hohlen Totenschädel pisse, werde ich mich an die Missgeburt erinnern, die mir jetzt gegenübersitzt und um ihr stinkendes, verfaultes Leben schwitzt.«

Der blaue Wurm auf Rauffs Schläfe war so prall, dass Paula dachte, er müsse platzen. Er mochte ein Sadist und Massenmörder sein und Angst haben. Aber feige war er nicht, und in ihm loderte die gleiche Todesverachtung auf, die sie von Görings Nürnberger Kreuzverhör kannte, der gottlose Hochmut von Männern, die sich im Grauen gesuhlt hatten und bereit waren, mit einem Grinsen in die Grube zu springen.

»An Ihre Schwestern erinnere ich mich nicht«, sagte Rauff mit kalter Herablassung. »Aber ich kann mich weiß Gott nicht an jede Göre erinnern, deren Leiche irgendwo herumlag.«

Sam schaute Paula an und sagte sehr leise: »Könnte ich eine Minute mit dem Subjekt allein sein?«

Rauff lachte höhnisch auf. »Um einen gefesselten Mann zu verprügeln? Sie sind ja ein toller Hecht.«

Paula zögerte, dann drückte sie auf den Knopf. Der Private kam herein. »Schließen Sie die Fessel auf«, sagte sie.

Bevor die Tür hinter ihr zufiel, war das Letzte, was sie sah, dass Sam die Jacke auszog, in seinen Augen die Erinnerung an den Lunapark.

Sie stand auf dem Gang, neben ihr der Private, schweigend, hinter dem verdreckten Fenster das Camp, eine Ahnung von Sonne, dem Altweibersommer, der zu Besuch gekommen war, hinter der Tür ein Schrei, der sie an Mailand denken ließ, an den Piazzale Loreto, Mussolinis Fratze, ein dumpfer Aufprall, noch ein Schrei, gefolgt vom gleichen Wimmern, das Paula auf der Landstraße nach Verona gehört hatte, damals, als sie nicht wusste, dass es ihr eigenes war.

Die Tür schwang auf, Sam kam raus. Sein Gesicht war leer und trocken, nicht eine einzige Schweißperle. In seinem Blick spiegelte sich etwas aus einer anderen Welt; dort war ein Ort, an dem auch Paula oft gewesen war, voller Angst, nicht mehr ins Leben zurückzufinden.

»Hast du ihn totgeschlagen?« fragte sie heiser.

»Ich weiß nicht.«

Sie ging in den Raum, wo Rauff auf dem Boden lag, sah den Klumpen Blut, in dem Zähne steckten, schloss die Tür, hörte Rauff stöhnen, als er versuchte, sich aufzurichten, schaute auf ihn hinab und sagte: »Ich könnte das Dokument als Fälschung erklären lassen. Alles, was ich dafür verlange, ist eine ehrliche Antwort auf eine einzige Frage. Sollten Sie sich weigern, wird Ihr Überstellungsbefehl noch in dieser Stunde ausgestellt und Sie sind morgen in Moskau.«

Er hustete Blut.

»Es gibt ein jüdisches Sprichwort«, sagte Paula. »›Vor Starrsinn geht mancher aus dem Paradies in die Hölle.‹«

Und noch mehr Blut.

»*Den Tod geben und den Tod nehmen* war der Wahlspruch der Waffen-SS. Gegeben haben Sie ihn. Nehmen Sie ihn auch?«

Er würgte Wortgewölle heraus. »Was wollen Sie wissen?«

»Sie waren in Florenz mit Georg Melzer auf der Zelle, dem Verbindungsoffizier von General Vietinghoff. Die Zelle wurde abgehört, das wissen Sie vermutlich. Aber ich nehme an, dass Sie manchmal beim Hofgang zusammen waren, wo man sich ungestört unterhalten konnte. Ein Nicken genügt.«

Sein Kinn sackte auf die Brust.

»Georg Melzer ist aus diesem Lager geflohen. Hat er Ihnen anvertraut, wohin er wollte? Denken Sie in Ruhe nach, ehe Sie antworten. Ich gebe Ihnen nur diese eine Chance.«

Rauff atmete roten Schaum aus und flüsterte dann: »Er war ein Vaterlandsverräter. Melzer hat gewusst, wie ich über ihn gedacht habe. Ich wäre sicher der Letzte gewesen, mit dem er darüber gesprochen hätte.«

Sie ging hinaus, ging an Sam vorbei, ging in das warme Licht eines herrlichen Tages und fiel auf die Knie und krümmte sich, übergab sich vor Enttäuschung.

OMAHA BEACH

Paula sah Sam nicht wieder, bis sie am Tag darauf zusammen frühstückten, die Köpfe in den Zeitungen vergraben. Abends gingen sie ins Blue Inn, wo besoffene GIs *Goodnight Irene* und andere Klassiker grölten, was ihrer beider Schweigen ein Alibi gab. Keine Nachricht von Kupfer. Damit wälzte Paula sich die halbe Nacht herum.

Am folgenden Morgen sagte Sam: »Wir sollen zu Hyde.«

Die neue Sekretärin bat sie zu warten. Sie war Ende dreißig oder Anfang sechzig; genauer ließ sich das nicht bestimmen, weil eine enorme Hornbrille, Modell MITROPA-Aschenbecher, ihr Gesicht größtenteils verdeckte. Ihre Bluse hätte in einem Kloster kein Aufsehen erregt. Die Monstrosität des Dutts ließ vermuten, dass ihre Haare, sollten sie jemals geöffnet werden, Rapunzel vergessen lassen würden. Sie war Deutsche, aber ihr Englisch kratzte an der Vollkommenheit, und die Virtuosität, mit der sie Aktenablage betrieb, hätte FRU-line ICE-ler nicht für menschenmöglich gehalten.

»Eventuell eine Vertretung, bis sich etwas Appetitlicheres gefunden hat«, flüsterte Paula.

»Nicht unbedingt«, gab Sam flüsternd zurück. »Hyde ist so asexuell wie ein Maulesel.«

Sie dachte an Mailand und fragte sich, ob Kommunistenhass mit der Zeit zu Impotenz führen konnte.

Rapunzel fing Sams Blick auf. »Ich möchte mal wissen, wer meine Vorgängerin war. Dieses Chaos gemahnt an die letzten Tage von Pompeji.«

»Warm, ganz warm«, sagte Sam. »Aber Sie scheinen das in den Griff zu bekommen. Was haben Sie früher gemacht?«

»Oh, ich war Assistentin von Lise Meitner, zuerst in Berlin und ab 38 am Nobel-Institut in Stockholm.«

»Lise Meitner ...«, sagte Paula. »Helfen Sie mir mal.«

»Die Kernphysikerin; ich habe bei ihr promoviert. Sie fand heraus, dass die Masse der Atomkerne, die bei einer Spaltung entstehen, zusammen geringer ist als die des ursprünglichen Uranatomkerns und die so freiwerdende Energie zweihundert Millionen Elektronenvolt beträgt. Pro gespaltenem Atomkern natürlich.«

Sam tippte Paula an. »Ich hab's dir immer gesagt. Und diese Meitner hat es bewiesen.«

Hyde machte die Tür auf und gab ihnen schweigend einen Wink. Als sie ihm in das Büro folgten, hatte Paula ihren längst gepackten Koffer vor Augen.

»Was gibt's, Walt?« fragte Sam lässig. »Ich muss noch rüber ins IG-Haus und bin ein bisschen spät dran.«

»Sie waren vorgestern mit Bloom im Cooler?«

Jedes Wort blanke Wut.

»Ja – warum?«

»Und haben Walther Rauff verhört?«

»Richtig.«

»Obwohl ich angeordnet habe, dass ich der Einzige bin, der mit ihm reden darf.«

»Ach so?«

»Sie schulden mir eine Erklärung.«

Sam hatte auf gebührenden Abstand zu Siegfried geachtet und sah jetzt irritiert, wie dieser zu Paula kroch, sich auf den Rücken legte und »Hamburger Deern« spielte, die Hinterbeine breit weggestreckt, um jede Streicheleinheit ihrer Schuhspitze grunzend genießen zu können.

»Ich warte«, sagte Hyde schneidend.

»Ist schnell erzählt«, meinte Sam. »Ich wollte eigentlich zu meinem SS-Untergruppenführer und habe mich ins Buch eingetragen. Da stand, dass Rauff im Cooler war. Paula hatte mir von Mailand erzählt, er war kein Unbekannter für mich. Dass Sie Rauff für sich reserviert hatten, ist mir neu. Donald hätte mir das natürlich gesagt, aber er war nicht da.«

Sams Lässigkeit spaltete Hydes Wut in Kerne, deren Masse noch größer als die der anfänglichen Wut war.

»Wieso haben Sie Lieutenant Bloom hinzugezogen?«

Paula warf ein: »Wenn ich darauf antworten darf, Sir. Rauff kannte mich aus dem Regina als kleine Übersetzerin und hat sich entsprechend überlegen gefühlt.«

Sam nickte. »Wir haben das Russenspiel mit ihm gemacht. Er hat wie im Lehrbuch darauf reagiert.«

Siegfried hielt Paula die Kehle hin und zeigte ihr die nächste Stelle, die einer gründlichen Bearbeitung bedurfte. Sie ging dieser Aufgabe mit aller Sorgfalt nach, um bei Hyde nicht den Anschein zu erwecken, beunruhigt zu sein.

»Für das Russenspiel braucht man relevante Informationen über einen Häftling«, sagte er gefährlich. »Lieutenant Bloom wusste aus Italien bei Weitem nicht genug. Also frage ich mich, wie Sie an dieses Material gelangt sind. Rauffs Akte ist bei mir unter Verschluss.«

»Ich habe mir schon vor Wochen eine Kopie besorgt; gleich nachdem Paula mir von Rauff berichtet hat.«

»Dafür besitzen Sie keine Sicherheitsfreigabe.«

»Walt, Sie wissen doch, wie es läuft. Man muss nur mit den richtigen Vorzimmerdamen flirten.«

Hydes Adamsapfel wurde zu einem schnellen Jo-Jo. »Rauff liegt in Frankfurt im Krankenhaus.«

»Ich musste ihm unsere Benimmregeln buchstabieren.«

»Lungenriss, kaputter Kiefer, fünf gebrochene Rippen, das nennen Sie buchstabieren?«

»Er hat sich als Legastheniker erwiesen.«

Hyde fixierte Paula. »Private Irving sagt, dass Sie ihn dazu aufgefordert haben, Rauffs Fesseln zu lösen, ehe Sie aus dem Raum gegangen sind.«

»Sir, mir schien, dass Rauff so weit war, den Sowjets seine Dienste anzubieten, wenn er mit einem General der Lubjanka ungestört wäre. Das hätte uns weitere Möglichkeiten eröffnet, Druck auf ihn auszuüben. Rauff ist ein Mann ohne moralische Prinzipien, der ausschließlich auf den eigenen Vorteil bedacht ist und sich dem Teufel an den Hals schmeißen würde, wenn er dafür einen besseren Platz in der Hölle bekäme.« Es war ihr gleich, ob Hyde verstand, von wem sie sprach.

Für Sekunden war Siegfrieds Seufzen das einzige Geräusch.

»Liegt sonst noch was an?« fragte Sam.

»Sobald Rauff transportfähig ist, wird er zurück nach Italien verlegt«, sagte Hyde. »Befehl von McNarney.«

Ihr Kopf ruckte hoch; das musste sie nicht spielen. Sie sah Sam an, der ebenfalls aufgehorcht hatte.

»Sie wussten nichts davon?« fragte Hyde.

»Woher, Walt? Wie wird das begründet?«

»Gar nicht.«

Sam fasste sich. »Ich könnte einen Kontakt spielen lassen, soll ich?«

Hydes Schweigen war so beißend, dass Paula es wie Säuredampf einatmete. »Nicht nötig«, sagte er schließlich.

Sam erwiderte seinen Blick. »Eins ist sicher: Rauff hat mehr Menschen auf dem Gewissen als jedes Dreckschwein, das wir im Camp hatten. Er gebiert nichts als Hass, und die Nachgeburt frisst er auf.«

An Hydes Hals sendete eine Ader sinnlose Morsezeichen.

Sie gingen zur Tür. Siegfried trottete hinter Paula her. Sie nickte in den Raum, um ihn zurückzuschicken.

Hyde sagte: »Nehmen Sie ihn endlich mit.«

Draußen blieb Sam stehen und beäugte den Hund.

»Siegfried, das ist Sam«, sagte sie. »Im Grunde ist er genau wie du. Er sieht zwar ein bisschen struppig aus, und manche Menschen haben vor ihm Angst. Aber wenn man ihn erst einmal etwas besser kennt, wird einem klar, dass er Gut und Böse auseinanderhalten kann.«

Siegfried leckte Sams Hand ab.

Sam grinste. »Das ›struppig‹ gefiel mir am besten.«

Sie gingen ein Stück. »Hast du eine Erklärung?« fragte sie.

»Es liegt daran, dass ich mich so selten kämme.«

»Sam ...«

»Lass mich nachdenken ... Ja, jetzt hab ich's. Es könnte damit zu tun haben, dass ich in der Normandie einen Jungen, der zwei Kugeln im Leib hatte, über den halben Strand getragen habe. Er heißt Dana Crankovitch und ist einer von denen, die mit Mitte zwanzig schon Captain sind, weil sie mehr Grips im Schädel haben, als in einen Stahlhelm passt. Für Omaha Beach war Dana nicht gemacht, dort hat er in meinen Armen gebetet. Aber jetzt ist er im engsten Stab von General McNarney, und wenn du mich fragst, wird er mal Verteidigungsminister. Vorgestern sind wir was trinken gewesen. Ein paar Andeutungen haben gereicht. McNarney hasst alle Nazis; ginge es nach ihm, würden sie samt und sonders in einem Riesenklosett heruntergespült werden. Hyde musste in der Chefetage antanzen, heut Morgen um viertel sechs. Zu schade, dass ich nicht dabei war, als McNarney ihn gefrühstückt hat. Dana meint, es war besser als Louis gegen Schmeling. Und sei unbesorgt: Dass Hyde uns kein Wort abgenommen hat, spielt keine Rolle. Versetzungen laufen über Danas Schreibtisch.«

»Danke«, sagte Paula.

»Hab's nicht für dich getan. Gut, vielleicht ein bisschen.«

»Was über Gehlen und Co. hier im Giftschrank ist, hast du aber für dich behalten.«

Sam hob einen Ast auf, warf ihn. Siegfried gähnte nur und sah ihm hinterher wie einer Sternschnuppe.

»Warum?« fragte sie.

»Im Cooler hast du gewusst, was passieren würde.«

»Ja.«

»Und es hat dir nichts ausgemacht.«

Sie schüttelte den Kopf.

»Dann tu nicht so, als wärst du mit den Gesetzestafeln vom Berg Sinai hinuntergestiegen. Beim Tod von Roosevelt hast du geweint, darauf gehe ich jede Wette ein. Aber was hat ihn von deinem Vater unterschieden, oder von Hyde, von Dulles?«

Paula dachte an Samuel Breckinridge Long, der Roosevelts Visaabteilung leitete. Ein Antisemit und Faschist; jeden Juden, den er *nicht* ins Land ließ, hatte er als Erfolg verbucht.

»Muss ich dir mit unserem Außenminister Hull kommen?« fragte Sam. »Was ist mit der *St. Louis*, die er mit neunhundert Juden an Bord zurückgeschickt hat? Ist Roosevelt da etwa eingeschritten? Von Rumänien hätte er Juden freikaufen können. Aber das kam ja nicht infrage. Ich erinnere mich noch gut, wie Zionisten mit einer Anzeige in der *Post* gefleht hatten: *Zu verkaufen an die Menschheit. 70.000 Juden, garantiert echte Menschen zu 50 $ das Stück.* Verschon mich mit Moral, Moses. Ich tanze lieber um das Goldene Kalb.«

»Es war nicht die *Post*, es war die *Times*. Und ich habe mich ebenso geschämt wie du. Willst du etwa ein Unrecht gegen ein anderes aufwiegen, nach allem, was die Juden gelitten haben? Dein Volk. Gehlen und Baun spucken uns ins Gesicht, und du tust, als wäre das der Lauf der Welt?«

»Red nicht wie eine Jüdin; du bist keine, das ist anmaßend«, fuhr Sam sie an. »Und woher willst du wissen, was mein Volk ist, ich weiß es ja selbst nicht.«

Sie stand noch, aber er hatte ihr die Beine weggehauen.

WELT AUS GLAS

In den ersten Tagen war Siegfrieds Gier nach Zuwendung so groß, dass sie ihn walken musste, bis ihr die Hände weh taten. Er wich niemals von ihrer Seite, reagierte auf jeden Blick von ihr, eine Leine war unnötig. Im Frühstückssalon löste das zuerst Entsetzen aus, doch solange niemand Paula zu nahe kam, zeigte Siegfried keinerlei Interesse an Menschen, abgesehen von Sam, an dem er hochsprang, sobald er ihn sah, was zweimal auf dem Rücken endete. Und Lucy. Vielleicht lag es daran, dass sie vom ersten Moment an nicht die geringste Angst vor ihm zu haben schien. Er ließ sich sogar von ihr waschen, eine Schaumorgie, die Nero gefallen hätte, und Paula erschrak über das Lächeln, das sie Lucy zuwarf. Bei der Fahrt ins Camp saß Siegfried aufrecht neben ihr auf dem Rücksitz des Jeeps und überragte die Frontscheibe, sodass seine Ohren im Fahrtwind wie Propeller flogen. Einen Tag nachdem Hyde sie und Sam zu sich zitiert hatte, bekam sie ein eigenes Büro, wo Siegfried unter dem Schreibtisch lag und ihre Füße wärmte. Einmal sah er Hyde und fletschte die Zähne. Aber Paula legte die Arme um ihn und sagte, dass niemand ihn ihr wegnehmen würde. In der ersten Nacht hatte sie noch den Versuch unternommen, ihn vom Bett fernzuhalten. Doch es war ganz und gar unmöglich, hundert Kilo Hund zu bewegen, sodass sie sich daran gewöhnte, mit angezogenen Beinen zu schlafen. Bisweilen wurde sie wach, weil Siegfrieds Zittern das ganze Bett zum Beben brachte, hörte ihn im Traum fiepen wie eine Maus und streichelte ihn, bis er wieder ruhig atmete.

Tage waren Sam und sie einander aus dem Weg gegangen, dann lachte er morgens über irgendwas, und als sie mitlachte, bildete sie sich ein, dass es wieder gut war, obwohl nichts gut war, obwohl sie wusste, dass der Lunapark, das Foto von Edith und Anna nicht zum Russenspiel gehört hatten, dass Sam für Paula den Zwinger seiner Schmerzbestie aufgeschlossen hatte, um zu einem Mann zu werden, der er nie sein wollte. In zwei Nächten zuckte sie schreiend hoch, weil Siegfried den schweren Kopf zur Beruhigung auf ihre Brust gelegt hatte. Mehr als einmal stand sie kurz davor, Sam von Judith zu erzählen, ihm zu sagen, dass sie vor neun Jahren von der höchsten Klippe der Welt gesprungen und noch immer nicht unten aufgeschlagen war. Sie schämte sich, dass sie es nicht fertigbrachte, denn Sam war doch der einzige Mensch, mit dem sie überhaupt darüber sprechen könnte.

Ich weiß ja selbst nicht, was mein Volk ist.

Sie wusste es genauso wenig. Heimat, was war das? Berlin, Deutschland? Es war nicht möglich, bloß in einer Erinnerung zu leben, mit Bildern, die schon ganz abgenutzt waren, so oft, wie Paula sie betrachtet hatte. Amerika, New York? Was sollte sie dort, durch einen Ozean von Georg getrennt? So tun, als sei das nichts, als könne sie ihn vergessen, als sei von seinem letzten Blick nur ein kleiner Stich geblieben?

Jeden Tag ging sie ins Alaska House und fragte, ob Kupfer auf ihre Nachricht geantwortet hatte. Als die erste Woche um war, gab die Reitsch ihr einen Zettel.

Darauf stand: *Helfen Sie mir.*

Das war seine Bedingung. Er ahnte nicht, dass man ihn in England für einen russischen Spion hielt, dass sein Schicksal dort verhandelt wurde, sie nichts für ihn tun konnte. Und sie durfte es ihn nicht wissen lassen, denn das wäre Landesverrat gewesen und hätte Paula in den Cooler gebracht.

Die Nächte wurden kalt. Elias befürchtete bereits, sein Lokal schließen zu müssen, doch dann ergatterte er bei einer Verlosung einen Gasthof im Gutleutviertel, der dem Gauleiter von Hessen-Nassau gehört hatte. Es fanden sich zehn Helfer fürs Renovieren; als Erstes änderten sie den Namen von *Deutsches Haus* in *Neudeutsches Haus*.

Paula war in jeder freien Minute dort. Sie genoss es, mit den anderen zu malern, diesen ranzigen Gloriengestank von den Wänden zu kratzen, Siegfried jeden Abend die Farbe aus dem Fell zu schrubben und sogar Deutsch zu sprechen. Zum ersten Mal seit der Rückkehr vermeinte sie, etwas Sinnvolles zu tun, und es gab Tage, an denen sie kaum an Georg dachte.

Außer ihr waren alle Juden. Jeder hatte Menschen verloren, aber darüber redeten sie nicht. Einer wurde von den anderen »Briefmarke« gerufen. Sie dachte erst, das sei eine Anspielung auf seine spuchtige Gestalt, doch beim Tapezieren erzählte er ihr, dass er ein »Paketjude« sei.

»Was ist das?« fragte sie.

»Eine amerikanische Organisation hat uns so genannt. Wir sind Juden, die sich taufen ließen, als Hitler kam. Jetzt wollen wir zurück in die alte Gemeinde und werden beschimpft, dass wir es wegen der Hilfspakete tun.«

Elias hatte mitgehört und lachte. »Bei den Nazis hatten wir *Taufjuden, Geltungsjuden, Rassejuden, Viertel-, Halb-, Dreiviertel-* und *Volljuden*. Und jetzt *Paketjuden*. Um sowas zu verstehen, muss man Streicher heißen. Paula, lass dir lieber erzählen, wie Briefmarke aus Auschwitz heimgekommen ist.«

»Na, mich hat die Gestapo gleich nach einem Junggesellenabschied von meiner Mutter weggerissen«, meinte er, »als ich so betrunken nachhause gekommen bin, dass ich mit ihr und mit dem Mond gestritten habe. Durch einen Fehler bin ich im Stammlager in der Schreibstube gelandet. Aber ist das Glück, wenn man es warm hat und Tag und Nacht die Schornsteine rauchen sieht? Tausendeinhundert Tage war ich in Auschwitz, und wenn mich einer fragt, wie es war, dann sage ich immer: ›Im Himmel ist es schöner. Und in der Hölle noch mehr.‹ Für die Totenköpfe waren wir Lemuren. Doch es gab auch einen, Werner hieß er, der hat versucht, Mensch zu bleiben, und ist freiwillig an die Front. Voriges Jahr im Januar bin ich auf den Todesmarsch nach Mauthausen. Im tiefen Schnee waren die Leichen von denen, die Tage vor uns marschiert sind. Da lag einer aus meiner Baracke, der ›müde Wolfgang‹, so haben wir den genannt. Als ich ihn anfassen wollte, hab ich seinen Kopf in der Hand gehabt; der ist abgebrochen wie Holz. Wenn man mich fragt, wie es in Mauthausen war, sage ich: ›Dort macht der Teufel Urlaub.‹ Als wir von den Amerikanern befreit worden sind, hat uns einer Whisky gegeben. Wenn man so lange nichts mehr getrunken hat und so dünn wie Papier geworden ist, dann ist das, als wäre man an eine V2 geschnallt. Es gab ein paar, die sind aus dem Suff nicht mehr aufgewacht. Aber ich bin zäh wie der Arsch von einem Nashorn. Auf dem Bahnhof in Linz habe ich welche aus Auschwitz getroffen. Wir haben gefeiert, dass wir nicht durch den Schornstein sind, und uns so die Melone zugelötet, dass ein Wikinger an Alkoholvergiftung gestorben wäre. Zwei Wochen hat es gedauert, mit dem Zug nach Frankfurt zu kommen. In Ulm hatten wir wieder Aufenthalt. Dort habe ich auf dem Bahnsteig den Vorsteher gesehen, der mir damals, als ich im Zug nach Auschwitz war, Wasser und ein Stückchen Brot durch die Waggonbretter gereicht hat. Noch in meiner letzten Stunde werde ich sein Gesicht vor mir sehen. Er konnte nicht fassen, dass ich am Leben war, und hat mich mit Schwarzgebranntem abgefüllt, dass ich die Engellein singen gehört habe. Und dann bin ich endlich heimgekommen. Ich bin zu unserem Haus gegangen. Es war heil. Meine Mutter hat aufgemacht. Da stehe ich jetzt und zittere. Aber was sagt meine liebe Mutter? ›Du bist ja immer noch besoffen.‹«

Und keine Nachricht aus London.

Paula fragte Sam nach Klop Ustinov, dem Secret-Service-Mann mit dem merkwürdigen Namen, der den Sowjetagenten verhörte.

»Ustinov soll russisch-deutsch-äthiopische Wurzeln haben. Sein Sohn ist ein erfolgloser Schauspieler, heißt es. Aber beim MI6 hält man große Stücke auf Klop.«

An einem Abend ging sie mit Sam in das IG-Farben-Haus in einen Film. Es wurde *The Stranger* gezeigt; Orson Welles hatte Regie geführt. Paula liebte *Citizen Kane*, weil der junge Charles Foster sie an ihren Vater erinnerte, wie er einmal gewesen war, in einer Zeit, als es noch keinen *deutschen Blick* gegeben hatte und man noch auf einer Parkbank sitzen und Remarque, Keun oder Kästner lesen konnte. Als Judiths Lachen die Welt noch Purzelbäume schlagen ließ.

Sie freute sich, dass Sam mitkam, obwohl er Welles zu groß-kotzig fand. »Schon sein Grinsen ist Kraftmeierei.«

Diesmal nahmen sie die Bahn nach Frankfurt. Der Waggon war halb voll, es roch nach Wagenschmiere und der Kleidung armer Menschen. Die meisten waren auf der Heimfahrt vom Hamstern. Sie hatten Rucksäcke und selbstgefertigte Taschen aus Filz oder Jute dabei, die von Runkelrüben und Kartoffeln ausgebeult wurden. Ein Kind drückte ein Karnickel an sich, bei dem Paula die Rippen zählen konnte. Die Oberurseler ließen sich von den Frankfurtern gut unterscheiden. Sie trugen keine Jacken aus Rübensäcken, keine schäbigen, geflickten Mäntel. Ihre Gesichter waren so rund und zufrieden, als hätten sie sich am Krieg sattgegessen. Paula und Sam waren in Zivil. Direkt vor ihnen tuschelten zwei Frauen.

»Horst hat Angst, den Bogen auszufüllen. Aber wenn er es nicht macht, kriegt er keine gute Arbeit, und die Lebensmittelzuteilung hängt auch davon ab. Unser Hans Joachim lernt jetzt Orthopädiemechaniker, das ist ja ein Beruf mit Zukunft. Aber bis er vernünftig verdient, wird's dauern. Keiner fragt, wie wir über die Runden kommen sollen, und das Haus ist auch weg, dort ist jetzt ein Negeroffizier drin, stell dir das vor. Horst hat doch überhaupt nichts gemacht. Er ist 1930 von der SA in die SS gegangen, weil man es ihm befohlen hat.«

»Ich kenne jemand«, flüsterte die andere. »Von dem kriegt dein Horst Zeugenaussagen, mit denen er garantiert durch die Spruchkammer flutscht. Nur drei Päckchen Amerikanische.«

»Ich sag's ihm. Die Amis sind schlimmer als wie die Gestapo, die lassen uns rumlaufen wie halbgehenkte Juden.«

Jeder von euch ein Kain. Aber alle wollt ihr Abel sein.

Vor der Vorstellung tranken Paula und Sam noch was in der Bar des IG-Farben-Hauses, und wieder war sie froh, ihn an der Seite zu haben. Ledige Amerikanerinnen waren Mangelware; ein winziges Lächeln von ihr hätte die meisten dieser Männer ihre Frauen vergessen lassen.

In einer Ecke drückte Baxter sich mit Harriet rum. Sie taten, als würden sie Paula und Sam nicht bemerken, ließen jedoch Luft zwischen sich. Vor Tagen hatte Harriet sich Paula anvertraut, spätabends in der Mountain Lodge, Harriet verhuscht und verheult, ihr Make-up eine verschmierte Gouache, Baxter verheiratet, hoffnungslos das Ganze. Demnächst würde er aus der Army ausscheiden, zu seiner Frau und seinen drei Kindern nach Key West zurückkehren und dort wieder als Polizist die Ärmel aufkrempeln.

Der Saal war nur halb gefüllt; kaum einer wollte einen Film über die Massenmorde der Nazis sehen. Warum auch, die Vergangenheit war längst zu einer totgerittenen Anekdote geworden. Edward G. Robinson ist ein FBI-Agent, der den größten aller Naziverbrecher jagt, Kindler, ein Phantom, von dem kein einziges Foto existiert. In einer Kleinstadt in Connecticut vermeint Robinson ihn aufgespürt zu haben. Orson Welles führt dort ein unscheinbares, stilles Leben, Geschichtslehrer an der

Highschool, Patriot. Mit seinem Deutschenhass geht er herum wie ein Pastor mit dem Klingelbeutel; das kann nicht Kindler sein, Erfinder der Gaskammern, Meister aus Deutschland. Nur Robinson lässt sich nicht narren, selbst als Welles sagt: »Man müsste die Deutschen mit Stumpf und Stil ausrotten. Mit den Karthagern wurde auf diese Art verfahren. Und ich darf Ihnen guten Gewissens versichern, dass wir mit den Karthagern seit über zweitausend Jahren Frieden haben.«

Das hätte ein spannender Film werden können, doch Paula war bald von dem hölzernen Spiel gelangweilt, den papiernen Dialogen, eine Auftragsarbeit von Welles. Aber ganz am Ende, Auge in Auge mit Kindler, dem Ungeheuer, erklärte Robinson: »Begehe ein Verbrechen, und die Welt wird zu Glas.«

Noch als sie zurückfuhren, noch als Paula im Bett lag, noch im Traum dachte sie an diesen Satz.

Als Elias' Lokal eröffnet wurde, zog sie ihr schönstes Kleid an und schwitzte es beim Tanzen durch, Count Basie, ein Stromstoß in die Beine, ihr Herzschlag ein rasender Trommelwirbel. Paula hatte Sam noch nie so ausgelassen gesehen; es war, als löse sich die Farbe von einem Picasso und unter dem traurigen Harlekin käme ein anderes Bild hervor, »Monsieur Grandjean im Moulin Rouge« von Toulouse-Lautrec, ein Feuerwerk von Lebensfreude, aus dem Funken jenes Mannes stoben, der Sam vor dem Krieg gewesen sein könnte.

Zu fortgeschrittener Stunde saßen sie erschossen draußen auf den Stufen, lauschten der Musik, fühlten den Tanzboden noch federn und tranken Berliner Weiße; der Himmel wusste, wie Elias das organisiert hatte.

Ein Mann kam die Straße herunter; Paula hatte das diffuse Gefühl, ihn von irgendwo zu kennen. Hut und Mantel waren verkrumpelt und staubig, das rotzig charmante Grinsen hätte sich gut in einer romantischen Komödie gemacht.

»Mensch«, sagte Sam, »dass du's doch noch geschafft hast!«
Die beiden umarmten sich. »Paula Bloom«, stellte Sam sie vor.
»Robert Kempner.«

Natürlich. Schon Anfang der Dreißiger ein brillanter junger
Jurist im Preußischen Innenministerium, mit seinem Versuch
gescheitert, Hitler wegen Hochverrats vor Gericht zu stellen,
von den Nazis unter dem Vorwurf ›politischer Unzuverlässig-
keit in Tateinheit mit fortgesetztem Judentum‹ verhaftet und
zur Flucht getrieben, als Ankläger zurückgekehrt, in Nürnberg
Jacksons Stellvertreter, mit einer derart scharfen Zunge, dass
Wilhelm Frick, Reichsinnenminister a. D., auf seine Aussage
verzichtet hatte, um Kempners Kreuzverhör zu entgehen.

»Kommst du aus Nürnberg?« fragte Sam.

»Ja. Ab morgen bin ich auf Schloss Kransberg.«

»Die Richter beraten schon bald einen Monat«, sagte Paula.
»Ist das ein gutes oder ein schlechtes Zeichen?«

»Im Grunde kann es für alle nur den Strang geben. Aber wir
werden auch Freisprüche haben. Man will den Anschein eines
Scheinprozesses vermeiden.«

»Was ist mit Schacht?«

»Ein Brahmane unter den Unberührbaren«, sagte Kempner.
»An Lächerlichkeit stellt er sogar Heß in den Schatten. Schacht
hat eine Philippika gehalten, in der er schwor, nie in der NSDAP
gewesen zu sein, und dann musste er einräumen, dass er das
Goldene Parteiabzeichen besessen hatte.«

Sam lachte. »Was machst du in Kransberg?« fragte er.

»Ich bereite die Anklage gegen die Wilhelmstraße vor, das
läuft bei uns unter dem Arbeitstitel ›Weizsäcker-Prozess‹.«

Sie horchte auf. »Ernst von Weizsäcker, der frühere Staatssekretär im Auswärtigen Amt?« Sie sah Kempner überrascht.

»Im vorigen Sommer habe ich seinen Sohn Richard kennengelernt«, sagte Paula. »Er sprach sehr gut von seinem Vater und
hat ihn als entschiedenen Gegner der Nazis geschildert.«

Kempner erwiderte spöttisch ihren Blick. »Zurzeit ist von Weizsäcker Gast des Vatikans, da ihm in Deutschland die Festnahme droht. Ich verstehe seine Angst sehr gut. Er hat bereits in Nürnberg ausgesagt, als Zeuge der Verteidigung. Noch einmal lassen wir ihn nicht davonkommen. Wir haben einen von ihm gegengezeichneten Deportationsbefehl für französische Juden nach Auschwitz gefunden. Möglicherweise erklärt das den SS-Ehrendegen, den Himmler ihm verliehen hat.«

Paula dachte an den Abend in Göttingen, als sie mit Richard von Weizsäcker ein Glas Wein getrunken hatte, und hörte ihn sagen: »Danke, dass Sie uns befreit haben.«

Elias schaute raus. »Samuel, kommst du mal?«

Kempner steckte sich eine Lucky an. Seine Art zu rauchen erinnerte sie an einen todmüden Soldaten im Schützengraben. »Gehen wir ein paar Schritte?« fragte er. »Ich habe endlos im Zug gesessen und brauche Bewegung.«

Paulas hohe Absätze waren auf dem schiefen, glatten Kopfsteinpflaster ein Albtraum, sodass sie dankend den Arm nahm, den Kempner ihr anbot.

»Sam hat mir von Ihnen erzählt«, sagte er.

»Ja? Was denn?«

»Dass er zwei große Fehler im Leben gemacht hat: gefillte Fisch von seiner Tante Fritzi zu essen und sich in ein Auto zu setzen, als Sie am Steuer waren.«

Sie lachten. »Woher kennen Sie sich?« fragte Paula.

»Er hat Ernst Kaltenbrunner verhört. Als wir im Frühjahr sein Kreuzverhör vorbereitet haben, war Sam für eine Woche in Nürnberg. Wir haben festgestellt, dass wir einen gemeinsamen Freund in Bremerhaven hatten.« Nach einem Schweigen wiederholte er: »Ja, hatten.«

Die Welt, die darin lag, war aus Glas.

»Wie ist es, diese Verbrecher anzuklagen, sie tagtäglich zu sehen?« fragte sie. »Hat es Ihnen Genugtuung verschafft?«

»Sind sie Verbrecher? Ich hätte nie im Leben gedacht, dass ich mit Hans Frank einmal einer Meinung sein könnte, aber er hat in Nürnberg zu unserem Psychologen gesagt: ›Man kann das nicht einfach ein Verbrechen nennen. Stehlen ist ein Verbrechen. Einen Menschen töten ist ein Verbrechen. Aber *das*?‹ Bei Frank bedeutet es nicht viel. Heute zitiert er Thomas von Aquin und morgen Rosenberg. Wahr bleibt es dennoch. Nein, Genugtuung bereitet es nicht, denn außer Speer zeigt keiner von ihnen ehrliche Reue. Sie verziehen das Gesicht?«

»Bei Speer halte ich es für seifiges Kalkül«, meinte sie. »Um seinen Hals zu retten, würde er sein Herz verschachern, wäre eins in seiner Brust.«

»Dann einigen wir uns auf Kaltenbrunner, der sogar seinen Anwalt hasst. ›Solche wie Sie sind uns durchgerutscht‹, hat er zu ihm gesagt. Diese Männer glauben im Grunde noch immer, aufseiten des Ehrenhaften und Guten zu stehen.«

»Mensch, mit deiner Erhabenheit befleckst du die Erde.«

»Sie lesen Dostojewski«*, sagte Kempner.

»Wenn kein Strickzeug zur Hand ist.«

Er lächelte. »Wie gefällt Ihnen Frankfurt?«

»Ach. Mir hat man gesagt, es sei die Kalahari.«

»Ich denke daran, mich hier niederzulassen.«

»Warum hier?«

»Es ist weniger deprimierend als L.A. an Weihnachten. Und wir dürfen Deutschland nicht den Nazi-Juristen überlassen.«

Ihr wurde kalt; sie gingen zurück. »Im Camp hatten wir mit dem Leiter des Gaswagenprogramms zu tun«, sagte sie. »Er ist bisher nicht angeklagt worden, in Nürnberg hat man lediglich ein Affidavit von ihm verlesen. Walther Rauff.«

»Moment ... Ja, sein Name wurde genannt, im Dezember, wenn ich mich recht erinnere. *Geleitet* sagen Sie? War er nicht vielmehr nur der Technikchef im RSHA?«

»Den Eindruck habe ich nicht.«

Kempner schwieg kurz. »Wir haben uns auf andere konzentriert. Rauffs Name tauchte eher nebenbei auf, im Zusammenhang mit dem SD; mein Bild von ihm ist das eines Bürokraten, wie es im RSHA viele gab.«

»Sie täuschen sich«, sagte Paula. »In Italien wurde er später die rechte Hand von Karl Wolff. Den kennen Sie sicher.«

»Allerdings. Einer der höchsten SS-Generäle.«

»Und an der Räumung des Warschauer Ghettos beteiligt.«

»Was längst nicht alles ist.«

»Hat man ihn auf der Anklagebank nicht vermisst?«

»Doch. Wolff hätte an Kaltenbrunners Seite sitzen müssen, stellvertretend für Himmler, anstatt nur als Zeuge benannt zu werden. Und dann wurde schnell für ein Attest gesorgt.«

»Von wem?«

»Im August letzten Jahres wurde Wolff in den Zeugenflügel des Justizpalasts überstellt. Zu der Zeit war William Donovan der Sonderassistent von Robert Jackson.«

»Der Chef des OSS?«

»Ja. Er hat kein Hehl daraus gemacht, dass er etliche Nazis für nützlich hält. Göring wollte er sogar Immunität gewähren. Karl Wolff hat er so gelobt, dass man denken konnte, er wäre ein Wiedergänger des heiligen Franz von Assisi. Jackson ist der Kragen geplatzt, und Donovan musste seinen Hut nehmen.«

»Sie glauben, dass der OSS Wolffs Attest arrangiert hat?«

»Beweisen kann ich das nicht.«

»Könnte Allen Dulles damit zu tun gehabt haben?«

»Man sollte aufzählen, womit er nichts zu tun hat. Es wäre eine sehr kurze Liste. Übrigens ist er am Montag in Frankfurt.«

»Dulles?« fragte Paula tonlos.

»Die Informationsreise einer Kongressdelegation. Er wird im IG-Farben-Haus Gespräche führen. Ich wurde eingeladen, aber da höre ich lieber Mahlers Totenkinderlieder.«

»Haben Sie einmal von *Sunrise* gehört?« fragte sie.

»Dunkel. Verhandlungen in Italien, nicht wahr?«

»Sie wurden von Dulles mit Wolff geführt; Rauff war beteiligt. Ihm zufolge habe man ihnen ein Immunitätsversprechen gegeben. Gewiss, es könnte eine Lüge sein. Genau wie Rauffs Behauptung, dass auf unser Geheiß die Heeresgruppe C der Deutschen für eine Offensive gegen Stalins Verbündeten Tito in Bereitschaft gehalten werden sollte.«

Kempners rechte Augenbraue näherte sich dem Haaransatz. »Wo hält Rauff sich jetzt auf?«

»In einem unserer Camps in Italien. Rimini, nehme ich an.«

»Wer hat die Akte?«

»Sam. Er gibt sie Ihnen sicher gern.« Sie waren wieder beim Lokal. Duke Ellington ließ die Fensterscheiben klirren. »Rauff prahlt damit, dass man mit ihm und Wolff zusammenarbeiten will«, sagte Paula. »Sie waren doch Berater des Justiz- und des Kriegsministeriums. Halten Sie so etwas für möglich?«

»Damals nicht. Eisenhower hat gesagt: ›Wir kommen nicht als Befreier.‹ Aber jetzt ist vieles anders. Wissen Sie was, Paula, ich habe es mir gerade überlegt. Ich sollte doch zu dem Termin mit Dulles gehen.«

Sie lächelte. »Das wäre eventuell nicht der richtige Rahmen. Ich wüsste etwas Besseres.«

»Ja?« – Und als sie nicht antwortete: »Paula?«

Sie hörte nur den Song, der aufgelegt worden war.

Sam kam zu ihnen raus. »Darf ich bitten?«

Er nahm ihre Hand und führte sie auf die Tanzfläche. Sein Arm lag warm auf ihrer Hüfte, als sie sich langsam zur Melodie von *September Lullaby* bewegten, ihre Hand an seiner Schulter, ihr Herzschlag im freien Fall. Ein Teil von ihr wollte, dass Sam ihren Rücken berührte, dass er die Narben durch ihr dünnes Kleid fühlte, wollte in seinen Augen sehen, dass es ihm gleich war. Dann dachte sie wieder an Georg.

STANLEY CUP

Sie hatte das Steinmassiv des IG-Farben-Hauses gefühlt, noch
ehe sie es aus dem Jeep sah; die kalte Wucht, diesen Schatten,
der über ganz Deutschland zu fallen schien. Für Sam hatte eine
Besprechung dort angestanden, sodass er Paula mitnahm. Von
der Bar des Casinos, wo sie seit einer Stunde vor einem kalten
Kaffee hockte, neben ihr Siegfried, sitzend fast so groß wie sie,
konnte sie über den Terrassengarten mit dem Wasserbecken
hinüber zum Hauptbau blicken. Sam hatte ihr einmal erzählt,
dass eine Nymphe, die voriges Jahr noch im Bassin gestanden
habe, verschwinden musste, da die prüde Mamie Eisenhower
keine nackte Frau in der Nähe ihres Mannes duldete, und sei
sie aus Bronze. Andere waren weniger schamhaft, besonders
im Umgang mit denen, die man vor einem Jahr noch Abschaum
nannte. Bei Sams Termin sollte es um die Frage einer amerikanischen Staatsbürgerschaft für Gehlen und seine Leute gehen.
Es wurde ernsthaft erwogen, sie alle in den US-Geheimdienst
einzugliedern, schlicht deshalb, weil es im European Theater
keinen gab, der Gehlen traute.

»Sicher kennst du Hydes Gleichnis mit dem Kammerjäger«,
hatte Sam gesagt. »Dem ein oder anderen ist noch unklar, ob
Gehlen der Kammerjäger oder die Termite ist. Jemand, der so
hoch thront, dass sein Kopf in den Wolken steckt, will sicher-
stellen, dass Gehlen seine Talente dauerhaft in unsere Dienste
stellt und nicht sonst wo anheuert.« Feixend hatte Sam ange-
fügt: »Unser Generalmajor gibt sich seit Tagen der Schwermut
hin. Es war sein großer Traum, irgendwann Chef eines neuen

deutschen Geheimdienstes zu werden. Aber Amerika? Gehlen ist so amerikanisch wie Eisbein mit Sauerkraut.«

Es hatte sie unberührt gelassen. So viele Monate war es her, dass die taumelnde Coleman diese eine Welle gerammt hatte, aber das Zittern des Schiffes raste noch immer durch Paula. Es kostete solche Kraft, dieser Welle standzuhalten, an Georg zu denken, an Judith und nicht daran zu zerbrechen, dass es ihr unmöglich war, sich weiter über die Verkommenheit der Welt zu empören. Bald würde es ein neues Deutschland geben, mit Gehlens, mit Bauns, mit Männern, deren Ehre Treue gewesen war. Wie Paula darüber dachte, war gänzlich ohne Belang. Das Land, das sie vor neun Jahren verlassen hatte, war ihr nichts schuldig geblieben, und sie schuldete ihm keinen Deut mehr. *Ist das die gerechte Strafe?* hatte Sam gefragt, am ersten Tag. Es wäre Paula damals undenkbar gewesen, etwas anderes zu antworten als: Ja! Aber seither hatte sie so viel Leid gesehen, dass sie auf ihre Weise ebenso abgestumpft war wie die Deutschen; entwurzelt, alle, selbst jene, die noch ein Heim hatten.

War es wirklich nur ein Verbrechen?

Das wollte ihr nicht mehr aus dem Sinn. Welche Strafe wäre annehmbar für die Gruben in den Wäldern, für die Teiche voll Asche, die Gnadenlosigkeit, die Niedertracht, das Wegschauen, die Begeisterung über die Auslöschung eines ganzen Volkes? Wenn jedoch keine Strafe groß genug wäre und es nichts gäbe, das Genugtuung brächte: kein Galgen, kein Verlust, keine Not, keine Erniedrigung, keine bitteren Tränen und keine falschen, dann war es vielleicht an der Zeit, nicht mehr zu hassen.

Beim Abschied hatte Kempner gesagt, dass diese Kongressdelegation, mit der Dulles gekommen war, die Kriegsschäden beziffern solle. »Wir haben hier keinen Stein auf dem anderen gelassen. Je länger wir bleiben, desto mehr Empörung schlägt uns entgegen. Aber Amerikaner wollen geliebt werden, nicht gehasst. Uns wächst das über den Kopf, wie sollen wir all diese

Menschen durch den nächsten Winter bringen? Washington muss sich entscheiden, ob wir die Deutschen in Höhlen leben lassen, wie es Morgenthau gelüstet, oder sie zu Verbündeten machen. Angeblich soll George Marshall ja eine Art Plan in der Schublade haben.«

Paula hatte an Roosevelt denken müssen. Der hatte gesagt, dass es mit der Menschheit im Verlauf der Geschichte immer aufwärts gegangen sei, das wäre ihm Trost in all dem Sterben und Leid. Vielleicht hatte Roosevelt recht. Aber er hatte dabei nicht bedacht, dass die Nazis außerhalb jeder Zivilisation gestanden hatten. Moralisch dürfte ein neues Deutschland nicht auf den Errungenschaften der Vergangenheit aufbauen, nicht auf Luther, Hegel, Goethe, Kleist, Beethoven. Die Deutschen mussten in der Steinzeit beginnen, in dem Loch, aus dem die Nazis gekrochen waren. Sie würden der Gnade der Welt ausgeliefert sein, vielleicht für tausend Jahre, bis zum Beweis, dass sie sich wieder Zivilisation nennen durften. Und bis dahin galt, was Brecht 1933 schrieb. *Deutschland, wie sitzt du besudelt unter den Völkern. Unter den Befleckten fällst du auf.*

Paula sah Sam. Er ging durch den Garten auf das Casino zu, zusammen mit einem ihr unbekannten Offizier. Sie schaute auf die Uhr: kurz vor zwölf. Kempner hatte sie wissen lassen, dass die Sitzung mit Dulles um spätestens zwölf beendet sein würde und es im Anschluss ein Essen im Casino gäbe, sodass sie ihn von ihrem Fensterplatz in der Bar sehen müsste.

Sam kam mit dem Offizier an ihren Tisch. »Paula, ich habe dir doch von Henry Kissinger erzählt. Washington Heights.«

Als sie aufstand und Kissinger die Hand reichte, musste der sich wegen Siegfried unnatürlich weit vorbeugen.

»Paula Bloom«, sagte sie. »In New York sind wir uns leider nicht begegnet.«

Er verfiel ins Deutsche. »Ach, ich erinnere mich an Sie. Wie wohl jeder Mann in Washington Heights.«

Sie merkte, dass sie rot wurde. Kissinger hatte nicht mehr auf den Rippen als ein neugeborenes Fohlen; die Gläser seiner runden Nickelbrille waren so dick, dass seine Augen über das Gestell hinauszuwachsen schienen. Doch sein Charme hätte einem Eintänzer im Adlon Ehre gemacht.

»Setz dich ruhig, Henry«, sagte Sam. »Das Kalb hier ist die Reinkarnation einer Maus.«

»Mochten Sie es – Washington Heights?« fragte Kissinger.

»Ja, sehr. Sie nicht?«

»Zu viele Juden dort.«

Sie lachten.

»In Nürnberg sind die Urteile gefallen«, sagte Sam zu Paula. »Zwar werden sie erst übermorgen verkündet, aber es ist raus: Galgen für Göring, Frank, Kaltenbrunner, Sauckel, Streicher, Ribbentrop, Rosenberg, Seyß-Inquart, Keitel, Jodl und Frick. Freispruch für von Papen, Fritzsche, Schacht. Der Rest kommt mit Haftstrafen davon. Sogar Speer, das verstehe, wer will.«

»Wenigstens Kaltenbrunner«, sagte Kissinger. »Ich war im April bei seinem Kreuzverhör, wo er alle seine Unterschriften als Fälschungen bezeichnet hat. Neben mir saß ein deutscher Journalist, Willy Brandt. Er berichtete für eine skandinavische Tageszeitung und meinte, dass Kaltenbrunner leugnen würde, überhaupt geboren worden zu sein, wenn's ihm nur halbwegs erfolgversprechend erschiene.«

Paula hatte gedacht, es würde sie erschüttern, sollte Schacht freigesprochen werden. Aber nun war es mehr wie der Anflug einer Migräne.

»Und für wen freut es Sie besonders?« fragte Kissinger.

»Ich freue mich für den Henker«, erwiderte Paula.

Kissinger sah einen Offizier, der ihm am Eingang zuwinkte. »Bin gleich wieder da.« Er ließ sie allein.

»Wie wär's mit einem Besuch in Nürnberg?« fragte Sam.

»Warum? Der Prozess ist vorbei.«

»Noch nicht ganz.«

»Die Hinrichtungen? Außer den hohen Tieren und einigen von der Presse wird niemand dabei sein dürfen.«

Sam rieb mit beiden Händen Siegfrieds Kopf, als würde er eine Bowlingkugel polieren. »In Frankreich haben wir heikle Einsätze absolviert. Wir haben Gerüchte unter den deutschen Truppen verbreitet. Etwa, dass die Army mit zwei Millionen Mann vorrücken würde und es an der Zeit wäre, die Beine in die Hand zu nehmen. Dazu musste ich hinter die feindlichen Linien. Ich habe mit einer Menge Landsern eine Zigarette geraucht, und sie haben mir alle abgenommen, dass meine Einheit versprengt worden ist. In Lothringen bin ich bei der Rückkehr von einem Einsatz geradewegs in eine unserer Patrouillen marschiert, in meiner Wehrmachtsuniform, einen deutschen Karabiner in der Hand. Ich hatte ja keine Hundemarke bei mir, nichts, um mich auszuweisen. Die Kerle haben ihre Gewehre durchgeladen. Ich habe sie angefleht, mir doch abzunehmen, dass ich aus New York bin, aber mein deutscher Akzent war nicht hilfreich; den habe ich nie so verflucht wie an dem Tag. Einer hat mich gefragt, wer im Jahr davor den Stanley Cup gewonnen hatte, aber ich habe von Eishockey keine Ahnung. Sie waren zu fünft und haben mich fast totgeschlagen. Gerettet hat mich nur, dass durch Zufall ein GI dazukam, der mich gekannt hat. Als sie gehört haben, dass ich Jude bin, hat der Eine mir noch seinen Stiefelabdruck im Gesicht hinterlassen. Eine Woche war ich im Lazarett. Irgendwie hat der General davon gehört. Edward Geist, ein Jude; sein Großvater stammte aus Lübeck. Er hat sich so über diese Sache aufgeregt, dass er mir etwas versprochen hat: Wenn die Dreckschweine in Nürnberg aufgeknüpft werden, würde er dafür sorgen, dass ich dabei bin. Vorhin habe ich Geist angerufen. Er hält sein Wort, und wenn du willst, kommst du auf die Liste.«

»Gibt es irgendjemand, bei dem du nichts gut hast?«

»Sag einfach ja.«

»Du willst das doch gar nicht sehen.«

»Nein. Aber du. Und danach gehen wir tanzen.«

Kissinger kam zurück. Zwei Minuten Smalltalk. Er sprach von den Schulungen, die er für das CIC abhielt. »Das Personal, das sie uns aus den Staaten schicken, wird immer schlechter. Die lernen in einem Schnellkurs, wie man sich vor Geschlechtskrankheiten schützt und sich nicht in den Fuß schießt.«

»Wir können uns nicht beklagen«, meinte Sam. »Im Camp haben wir einen, der über Euripides promoviert hat.«

»Euripides – hat der nicht Musicals geschrieben?«

»Ja, ›Oklahomer!‹ war sein größter Hit.« Sam stupste Paula an. Sie sah Dulles vor dem Casino stehen, Pfeife rauchend, im Gespräch mit einem Zivilisten.

»Was macht Dulles hier?« fragte Kissinger.

»Gut aussehen«, sagte Sam.

»Wer ist das bei ihm, kennst du den?«

»Nein.«

Paula dachte an das Sherry-Netherland, an Zähne weiß wie Klaviertasten, an Allen Dulles' spöttisches Grinsen. »Er heißt Richard Nixon«, bemerkte sie. »Vor ein paar Jahren hat er in New York versucht, als Anwalt Fuß zu fassen.«

»Jetzt ist er anscheinend im Kongress«, meinte Sam.

»Auf mich wirkt er nicht wie ein Politiker«, sagte Kissinger. »Eher wie ein Vertreter für Unkrautvernichtungsmittel.«

»Sie entschuldigen mich.« Paula stand auf.

Sam hielt kurz ihre Hand fest. »Bleib doch. Trink etwas mit uns und vergiss ihn.«

»Warum sollte mir in einer halben Stunde gelingen, was ich in fünf Jahren nicht geschafft habe?« Paula ging aus der Bar, mit Siegfried an ihrer Seite und dem festen Vorsatz, sich ihre besten Sätze dieses Mal nicht für die Straße aufzuheben.

CITIZEN KANE

In der Lobby schritt er ihr mit Nixon entgegen, im Schlepptau eine Männerhorde mit einem Bärenhunger, nachdem sie Stunden über den Hunger der Deutschen diskutiert hatten. Dulles lächelte, als sei sie noch das Mädchen, das er in den Hamptons ans Steuer seines Cabrios ließ.

»Paulette, so eine Überraschung.«

Er küsste ihre Wange ohne jede Angst vor Siegfried, seine Lippen streiften sie wie ein kalter Hauch. Und da es jenen Tag im Sherry-Netherland nie gegeben zu haben schien, stellte er Paula auch Richard Nixon noch einmal vor. Er sah anders aus, seine Züge straffer, einer, der so lange Klinken geputzt hatte, bis er am Ende hereingelassen worden war.

»Hast du ein paar Minuten Zeit?« fragte sie.

»Natürlich, für dich doch immer.« Und zu Nixon: »Ich lasse die Suppe ausfallen.«

Paula ging mit ihm ins Freie, wo der Wind eine Kuppel aus Wolken baute und Sonnenstrahlen so scharf hindurchstachen, als wäre sie in einem Lichtdom von Albert Speer.

»Wie war deine Anreise?« fragte sie.

»Die Queen Mary riecht noch nach Truppentransporter.«

»Angstschweiß ist hartnäckiger als Schimmel.«

»Tagt die Inquisition, oder sind wir zwei alte Bekannte, die sich über ihr Wiedersehen freuen?«

»Ich muss mich bei dir entschuldigen, Al. So viel ist passiert. Wenn ich mich an die Frau von früher erinnere, ist es, als sehe ich ein Bild mit dem Titel ›Paula im Wolkenturm‹.«

Er lächelte. »Mit dem Krieg ist es seltsam. Man denkt bloß noch von einem Tag auf den anderen, und die Vergangenheit verschwindet wie in einem Nebel.«

»Danke, dass du es mir so leicht machst. Wie alle Welt weiß, bist du in der Schweiz gewesen. Als ich erfahren habe, dass du 44 die Auschwitz-Protokolle nach Washington weitergeleitet hast, war ich sehr stolz auf dich.«

Sie sah ihn geziert an der Pfeife ziehen. Auch wenn er wenig auf die Meinung anderer gab, war er für Schmus empfänglich; einer seiner vielen Widersprüche. Es war beileibe kein großes Verdienst gewesen, den Bericht der aus Auschwitz geflohenen Häftlinge Vrba und Wetzler an das US-Außenministerium zu schicken, nachdem der slowakische Judenrat ihn Allen Dulles in Bern hatte zukommen lassen.

»Du wirst beim Nürnberger Prozess davon gehört haben«, sagte er. »Es wurde letztes Jahr dort zur Sprache gebracht.«

»Nein, bereits im Juni 44. Ich war damals in Camp Ritchie stationiert und hatte wegen der Deutschkenntnisse eine hohe Sicherheitsfreigabe.«

»Ich hätte nie geglaubt, dass du zur Army gehen würdest.«

»Warum, passt das nicht zu der Madonna mit der Nelke?« gab sie zurück.

»Noch genauso nachtragend wie früher?«

Paula schüttelte den Kopf. »Du hast mir mehr zu verzeihen als ich dir. Doch um ehrlich zu sein, hast du mich auch überrascht, als du zum oss bist. Ich dachte immer, die Wall Street wäre deine bevorzugte Geliebte.«

»Das hast du hübsch gesagt. Aber wer sich tot stellt, wenn sein Land ihn braucht, sollte nicht überrascht sein, dass er tot ist, wenn die Kanonen schweigen.« Dulles bewunderte seinen eigenen Esprit. »Nicht übel. Sollte man in ein Zitatenlexikon aufnehmen.«

»Bescheiden wie eh und je.«

Er lachte. Sie stellte sich seine Zunge als Fliegenfänger vor.

»Patriotismus war es bei mir nicht«, sagte sie. »Wäre es nicht Deutschland gewesen, würde ich wahrscheinlich immer noch an der Columbia über tote Präsidenten sprechen.«

Dulles sah auf ihre Spange am Revers. »CIC?«

»Eher aus Zufall. Ich war in den letzten Kriegstagen in Mailand. Dort wurde ein Dolmetscher für die Verhandlungen mit Walther Rauff gesucht. Ich bin da reingeschliddert.«

Dulles war ein guter Lügner, das bewies die Lässigkeit, mit der er über Rauff hinwegging und Siegfried beguckte.

»Übrigens: Was ist das?«

»Siegfried. Er hat einem Nazi gehört.«

»Ich wusste nicht, dass sie Bären als Haustiere hielten.«

»Rauff hat im Regina von *Sunrise* erzählt«, sagte sie.

Das Schweigen von Dulles ließ die Sonne mit einem Schlag verschwinden, löschte den Lichtdom aus.

»Für wen hast du dort übersetzt?« fragte er.

»Für Lieutenant Colonel Hyde. Mittlerweile ist er in Camp King mein Vorgesetzter.«

Angst war es nicht, was Paula in Dulles' Augen sah, mehr die Vorsicht eines Wolfs, der nach Verfolgern witterte.

»Hast du mit irgendjemandem darüber geredet?«

»Al, ich will dir keinen Ärger machen. Die Entschuldigung war ehrlich gemeint. Es geht mir um etwas anderes. Bei Rauff war ein Oberleutnant Georg Melzer, Verbindungsoffizier von General Vietinghoff. Er muss ebenfalls in *Sunrise* eingeweiht gewesen sein. Hattest du mit ihm zu tun?«

»Warum interessiert er dich?«

»In New York hast du mich einmal gefragt, ob ich in Berlin jemanden zurückgelassen habe, der mir etwas bedeutet, und ich habe gesagt: ›Keinen außer den Großeltern.‹ Das war nicht die Wahrheit. Ich weiß, dass du es verstehst. Du kennst dich mit vielen Dingen aus und am besten vielleicht mit der Liebe.«

Aufs Neue war er geschmeichelt, ein Mann, der seine Frau auf einem Sklavenmarkt in Belgisch Kongo feilgeboten hätte, wäre es ihm dienlich gewesen.

»Melzer?« Er schüttelte den Kopf. »Aber die Emissäre der Deutschen haben in der Schweiz nicht immer ihre wirklichen Namen benutzt. Hast du ein Foto?«

Sie reichte es ihm.

»Nein, nie gesehen.«

»Ihr hattet einen Funker in Rauffs Vorzimmer, der bei euch ›Little Wally‹ hieß. Später saß der Mann bei Karl Wolff. Sicher hat er dir gründlich über das Personal der Deutschen berichtet. Denk bitte nach, es ist mir wirklich wichtig.«

»Rauff war wohl sehr mitteilungsbedürftig«, sagte Dulles.

»Das ist noch reichlich untertrieben. Er hat von dem Abend in Lausanne geschwärmt, an dem ihr zwölf Jahre alten Scotch getrunken habt.«

»Ich habe mich nie mit Rauff getroffen.«

»Mach dir keine Gedanken. In dem Protokoll der Mailänder Verhandlung wirst du nicht erwähnt. Ich hatte mir erlaubt, es für dich zu regeln. Das war ich dir schuldig.«

Er lächelte. »Eleganter hat selten jemand Schulden bei mir bezahlt. Aber was Georg Melzer betrifft: So gern ich dir helfen würde – ich kenne ihn wirklich nicht.«

Sie schwiegen einen Moment.

»Tut mir leid für dich«, sagte er. »Ich habe immer gehofft, dass du einmal jemanden findest, der dich so auf Händen trägt, wie dein Vater deine Mutter. Ich weiß, du erinnerst dich kaum noch an sie. Die beiden waren das schönste Paar, das ich je sah. Du solltest keine falschen Schlüsse aus den Frauengeschichten ziehen, die er nach ihrem Tod hatte. Deine Mutter hat er kein einziges Mal betrogen.«

Sie nickte. Glaubte nichts davon.

Und keine Frage nach ihren Großeltern.

»Du kannst glücklich sein, so einen Vater gehabt zu haben«, sagte Dulles. »Meiner ließ mich Sommer wie Winter vor dem Beten kalt baden; ich ging nicht einmal zu seiner Beerdigung. Was mochtest du am meisten an Douglas?«

»Als ich noch klein war, hat er mit mir herumgealbert und mir dabei das Gefühl gegeben, furchtbar erwachsen zu sein. Er hat mir weisgemacht, dass alle anderen, die immer nur ernst tun, in Wirklichkeit die Kinder sind. Und du?«

»Seinen Humor. Ein Jahr bevor er deine Mutter kennengelernt hat, war er in England und wollte mit der Titanic zurück in die Staaten. Hat er dir das je erzählt?«

»Nein.«

»Er hatte bereits eingecheckt, ließ aber das Billett verfallen, weil er sich auf der Gangway in Southampton heillos in eine bulgarische Prinzessin verknallt hatte, die ihre Passage wegen einer akuten Panikattacke in den Wind schoss. Er sagte: ›Eine der wenigen Entscheidungen meines Lebens, die ich bereue. Die Prinzessin war hinreißend schön, aber furchtbar fade. Als einziger Mann in einem Rettungsboot mit dreißig Ladys der ersten Klasse wäre es sicher amüsanter geworden.‹«

»Aber mich hätte es nie gegeben.«

»Ich bin überzeugt, dass er die Geschichte nur erfunden hat. Nichts war unverzeihlicher für ihn, als andere zu langweilen. Wäre er todkrank gewesen, hätte er jedem berichtet, dass die Königin von Saba schon im Himmel nach ihm fragen würde.« Dulles sah auf die Uhr. »Entschuldige. Dieser Nixon ist ganz frisch im Kongress, aber kaum lässt man ihn fünf Minuten aus den Augen, ist er imstande, einen neuen Krieg anzuzetteln.«

»Wie ich höre, soll die Kommission die Lebensverhältnisse in Deutschland beurteilen. Und – wie sind sie?«

Dulles wischte einen imaginären Fussel von seinem Jackett. »Nixon meint: ›Ich komme mir wie der erste Mensch auf dem Mond vor.‹« Er küsste zum Abschied ihre Wange.

Sie sagte: »Eins noch. Rauff bietet uns seine Dienste an. Ich gebe viel auf deine Meinung. Sollen wir es tun?«

Sein Blick war plötzlich wie schockgefrostet. »Man schüttet kein dreckiges Wasser aus, wenn man kein sauberes hat.«

»Als ob du das unterscheiden könntest. Ihr habt Rauff und seinem SS-Kameraden Karl Wolff ein Immunitätsversprechen gegeben, zwei gewissenlosen Massenmördern, und jetzt hast du eine Heidenangst, dass es herauskommt.«

»Solchen Männern glaubst du?«

»Mit solchen Männern hast du verhandelt?«

Er musterte sie von oben herab, als sei sie eine Dienstmagd, die Rotwein über seinen besten Anzug gegossen hatte. »Dein Vater war mit Albert Speer befreundet. Du weißt sicher, dass die Inneneinrichtung eures Hauses von ihm entworfen wurde. Hat Speer dir einmal vom ›Reichsruinengesetz‹ erzählt?«

»Legte es fest, dass die Deutschen in Ruinen leben müssen, wenn der Führer mit ihnen fertig ist?«

»Es war Hitlers Wille, dass die Reste des längst versunkenen Germanischen Reiches noch in über zweitausend Jahren von seiner einstigen Größe künden würden, wie das Pantheon, die Akropolis oder die Chinesische Mauer. Darum verfügte er, die pompösen Bauten des Reiches so zu errichten, dass sie selbst im Verfall noch Ehrfurcht einflößen sollten. Du erinnerst mich auf fatale Weise an Hitler. Wegen deiner heroischen Attitüde, der hochfahrenden Wichtigtuerei, diesem Jakobinertum, das so aufgeblasen daherkommt. Es würde dir gefallen, wenn man Statuen von dir meißeln würde, titanischer als der Koloss von Rhodos, die bis zum Jüngsten Tag feiern, wie glorreich du für das Gute gekämpft hast, für deine Wahrheit. Fast hättest du mich gehabt, fast wärst du wieder das Mädchen gewesen, das ich einmal gern hatte. Aber es wird erst genug sein, wenn du in der Zeitung liest, dass ich Schande über meine Familie und das Land gebracht habe.«

»In Camp Ritchie war ich bei der Einbürgerungszeremonie von Kameraden dabei«, sagte Paula. »Den Text kann ich noch heute im Schlaf. *Ich erkläre, jedweder Treue und Gefolgschaft zu ausländischen Herrschern oder Staatsgewalten vollständig zu entsagen und abzuschwören, insbesondere gegenüber dem Deutschen Reich, dessen Bürger ich gewesen bin.* Du warst kein Deutscher, Al, aber das Reich hatte dir viel zu verdanken, und deine alten Freunde hast du nie vergessen, nicht wegen eines lächerlichen Kriegs. Wäre Roosevelt noch unter den Lebenden, würde man dich wegen Verschwörung anklagen.«

»Franklin Roosevelt?«

»Nein, Gopher Roosevelt.«

»Warum dieser Hass? Sieh dich nur an. Du stehst mit leeren Händen vor mir als das, was du bist: eine rotznäsige Göre, die auf dem Sterbebett noch nicht erwachsen sein wird.«

»Mit leeren Händen?« fragte sie kalt. »Du meinst: ohne die Aktentasche meines Vaters?«

»Ich weiß nicht, wovon du sprichst.«

»Der Einbrecher, den du zu mir geschickt hast, schmeichelt mir sogar. Genau wie du bin ich nicht frei von Eitelkeit.«

Er lachte. Aber er hätte auch über die Hexenverbrennungen von Salem gelacht.

»Ich fand dein Lachen schon immer widerlich«, sagte Paula. »Wenn ich es mit etwas vergleichen müsste, dann mit einem Fallbeil in einer rostigen Schiene.«

Dulles wandte sich zum Gehen.

»Hier ist jemand, der dich sprechen möchte.«

Hätte er sich noch langsamer umgedreht, wäre er in einem Faultiergehege nicht aufgefallen.

»Guten Tag, Mister Dulles. Robert Kempner.«

Natürlich wusste er, wer Kempner war. Er wusste ja auch, wer Tschiang Kai Schek war oder der Papst. Aber seine Hände wussten plötzlich nicht mehr, wo die Hosentaschen saßen.

»Ich sollte mich vorstellen: Ich bin stellvertretender Hauptankläger der Vereinigten Staaten im Nürnberger Prozess und Mitglied der *United Nations War Crimes Commission*.«

»Leb wohl, Al«, sagte Paula. »Ach, hätte ich fast vergessen: Vor Kurzem war ich in dem neuen Film von Orson Welles. Er hätte dich gelangweilt, es geht um Moral. Aber ich bin sicher, dass du *Citizen Kane* gesehen hast, denn die Hauptfigur dürfte nach deinem Gusto sein. Du wirst wissen, dass Charles Foster Kane an William Randolph Hearst angelehnt war, mit dem du ja gut bekannt bist. Er soll zu einem seiner Fotografen gesagt haben: ›Sie liefern die Bilder, und ich liefere den Krieg dazu.‹ Dein Motto könnte lauten: ›Ihr liefert den Krieg, ich liefere die Geschäfte, und die Illusion von Patriotismus kriegt Amerika umsonst dazu.‹ Was ist dein Lieblingssatz aus dem Film? ›Der größte Fluch, der jemals über die Menschheit kam, ist das Erinnerungsvermögen?‹ Charlie Kane hat auf die ganze Welt gespuckt und ging lieber zugrunde, als vor irgendjemandem das Haupt zu senken. Sein Charisma besitzt du nicht, fürwahr. Aber diese Anmaßung hast du mit ihm gemein.«

Sie ging. Dulles brüllte ihr hinterher: »Dein Vater hat deine Mutter mit so vielen Frauen betrogen, dass selbst ich die Übersicht verloren hätte.«

Paula blieb noch einmal stehen. »Du würdest nicht glauben, wie wenig es mich trifft. Und aus *Citizen Kane* gefällt mir das hier am besten: ›Es ist kein Kunststück, viel Geld zu machen, wenn man keine anderen Wünsche kennt als das.‹ Du hättest wahrlich ein großer Mann werden können, Al. Doch aus dir ist bloß ein Lump ohne Gewissen, ohne Ehre und ohne Vaterland geworden.«

MÄDCHEN MIT TIGER

Als sie aufwachte, wusste sie zuerst nicht, warum das Zimmer zitterte, aber dann sah sie Siegfried an der Tür schubbern. Sie zog sich an und ging mit ihm hinunter, in die Nacht. Ein Vogelschwarm strich durchs Mondlicht; es war Zeit, sich Felder zu suchen, die nicht mit Blut getränkt waren, etwas Warmes im Süden. Paula kehrte ins Schloss zurück, doch als sie zur Treppe ging, rührte Siegfried sich nicht und lugte zu einer der Türen. Sie war nur angelehnt, kein Licht. Dort war das Arbeitszimmer von Joseph Weigel gewesen, das Zimmer, in dem Lucy ihren Mann mit der Pistole gesehen hatte, in der Nacht seiner Rückkehr aus Auschwitz. Paula hatte die schwere Eiche vor Augen, die Seidentapete mit den Tiermotiven, den gläsernen Globus, den Schreibtisch, Biedermeier, an dem ein Federstrich einen Geschäftsabschluss besiegeln konnte. Und zugleich das Ende von Hunderttausenden.

Als sie die Tür aufschob, lief Siegfried zu Lucy. Sie saß im Halbdunkel, ihr Gesicht ein Schattenriss. Die rechte Hand fiel auf den Kopf des Hundes, streichelte ihn mechanisch.

Paula wollte sich zurückziehen, doch als sie Siegfried leise zu sich rief, gehorchte er zum ersten Mal nicht.

»Was ist Ihre Farbe?« fragte Lucy. Und dann: »Dix war überzeugt, dass jeder Mensch seine eigene Farbe hat. Erst habe ich es nicht geglaubt. Aber es ist wahr. Bei Ihnen würde ich sagen: Rot. Gefiele Ihnen das?«

Paula schwieg.

»Meine ist Blau«, sagte Lucy.

Sie stand auf und drückte auf eine Stelle an der Wand. Eine Tapetentür schwang auf. Sie nahm etwas aus einer Kammer und legte es auf den Schreibtisch. Paula kam näher. Als Lucy die Lampe anmachte, sah sie das Gemälde.

Lucy war sehr jung, beinahe noch ein Mädchen. Sie stand in einem monochromen Garten, graues Gras, graues Gesträuch, an dem einzigen Baum nur eine Frucht, ein verdorrter Apfel, darüber ein schwarzer, dräuender Himmel. Sie trug ein leuchtend blaues Kleid, das sie in ihren Schoß drücken musste, weil es sich im Sturmwind bauschte, so stark, dass ein Zipfel außerhalb des Bildes verschwand. Lucy lachte, frei, gelöst im Glück, sah nicht den riesigen Tiger hinter sich, schon im Sprung, sein Maul im Anblick der Beute aufgerissen. Das Bild war zärtlich und grausam in einem; es mutete an wie eine nachkolorierte Fotografie, ein heimlicher voyeuristischer Schnappschuss mit einer verzitterten Cadrage.

»Das hatten Sie in Ihrer Dachkammer, in der ersten Nacht«, sagte Paula, nachdem sie sich sattgesehen hatte.

»Vor Tagen war jemand dort; ich habe bemerkt, dass einige Dinge anders lagen als zuvor. Wer immer es war, das hier hat er nicht gefunden; ich hatte es gut versteckt. Zuerst dachte ich an Sie. Aber das war dumm. Seitdem bewahre ich das Bild hier unten auf, niemand außer mir weiß von dem Raum hinter der Tapete. Und jetzt Sie.«

»Wer sagt Ihnen, dass ich Sie nicht verrate?«

»Für eine solche Frage sind Sie zu gescheit.«

»Mädchen mit Tiger« hieß das Bild.

»Er hat es im Februar 1933 gemalt, kurz nachdem IG Farben ihre erste Großspende an die NSDAP gemacht hatte. Das war geheim, von Hjalmar Schacht eingefädelt. Dix konnte unmöglich davon wissen. Und doch sah er mich, wie ich war und wie ich sein würde.« Lucy machte das Licht wieder aus.

Paula setzte sich. »Wie haben Sie sich kennengelernt?«

»Er zählte zu den Künstlern, die von Nierendorf vertreten wurden. Ich war noch sehr jung und hätte nicht gewagt, Dix auch nur anzusprechen. Als ich nach meiner Heirat mit dieser Sammlung begann, bin ich zu ihm nach Dresden gefahren, wo er zu der Zeit eine Professur an der Kunstakademie innehatte. Dix erinnerte sich nicht mehr an die kleine Lucy, auch wenn er so tat. Künstler leben in ihrem Werk, und das nur, während sie es erschaffen. Wenn es beendet ist, haben sie es schon vergessen; die flüchtigen Wesen, die es dann verkaufen, nehmen sie kaum wahr. Er hielt mich bestimmt für eine dieser gelangweilten Frauen, die nicht wissen, wohin mit all dem Geld ihrer Männer. Am Ende haben wir uns in seinem Atelier geliebt. Für Otto war es Spaß, für mich war er eine Trophäe. Ich habe zwei Bilder gekauft, noch eins; wir sahen uns alle paar Wochen, bis Gott sei Dank eine Freundschaft daraus wurde. Später lernte ich seine Frau kennen, Martha. Wenn sie vor ihm stirbt, bringt er sich um. Sie kannten ihn auch, nicht wahr?«

»Ja.«

»Wie hat er auf Sie gewirkt?«

»Ich war noch ein Kind. Doch ich erinnere mich an ihn als einen Dandy.«

»Er hat damals Parfüm benutzt, Grundgütiger. Für Pomade muss er ein Vermögen ausgegeben haben.«

»Es passt gar nicht zu seinen Kriegsbildern«, sagte Paula.

Lucy lächelte. »Bei ihm passt nichts zusammen. Er ist wie ein Kreis in einem Schottenmuster. Sein Auftritt war ihm in jungen Jahren alles, vielleicht weil er aus einer Arbeiterfamilie kommt. Otto lief wie ein Cowboy, begrüßte Frauen mit Handkuss und liebte Jazz. Weil er so gern Shimmy tanzte, nannte jeder ihn Jimmy. Die Kriegsgräuel? Auch das ein Widerspruch. In den Granatwüsten von Verdun fand er eine eigentümliche Schönheit, über die er endlos sprechen konnte, und auch über das Töten, Mann gegen Mann. Einmal hat er mir erzählt, wie erregend es gewesen sei, einem Franzosen das Bajonett in den Bauch zu rammen. Ein Pazifist ist er bestimmt nicht. Aber den Krieg hat er in seiner Wahrheit gezeigt wie niemand vor ihm. Er verstand nicht, dass er in der ›Reichskammer der bildenden Künste‹ bleiben durfte und nicht mit einem Malverbot belegt wurde. Aber er war den Nazis nicht so verhasst wie Grosz, der Hitler mit Hakenkreuz-Tätowierung auf einem Bärenfell gemalt hatte. Bis 1937 konnte Otto sogar gelegentlich noch ausstellen, wenn auch für Almosen. Allemal erging es ihm besser als Nolde, der selbst nach dem Berufsverbot noch von seinem ›gedanklichen Germanentum‹ salbadert hat. Am Ende wagte Nolde es nicht mehr, mit Öl zu malen, aus Furcht, der Geruch könnte ihn verraten.«

»Was waren das für Bilder von Dix, später?« fragte Paula.

»Altmeisterlich, aber ohne Reiz. Auftragsarbeiten. Der Erbprinz Reuß ließ sich von ihm portraitieren, früh in die NSDAP eingetreten, aber das hat Otto nicht gekümmert. ›Moral macht nicht satt, nur müde‹, meinte er. Dennoch kannte er Grenzen. Als Ribbentrop sich von ihm malen lassen wollte, hat er abgelehnt. Übrigens war Heß ein heimlicher Bewunderer. Über das Katzenellenbogen-Portrait sagte er: »Es wäre ein großartiges Bild ohne die Flammen.«

Sie mussten beide lachen.

»Ende der Dreißiger zog Otto an den Bodensee, in ein Dorf mit einem komischen Namen. *Gutes Licht*, hat er mir geschrieben. In diesem Frühjahr kam er mich besuchen. Er sagte: ›Ich kannte nur das Mädchen mit dem Tiger. Die Frau von Joseph Weigel habe ich nie kennengelernt.‹«

Schweigen.

»Es ging ihm gut, er hat mir Geld gegeben. Aus Freundschaft. Vielleicht auch, weil ich ihn eine Zeit unterstützt habe und er mir etwas zurückzahlen wollte.«

»Haben Sie auch anderen geholfen?«

»Mit Christian Zervos von der Galerie Cahiers d'Art in Paris war ich gut bekannt und konnte ihn 1934 für eine Kandinsky-Ausstellung begeistern. Feininger habe ich die Schiffspassage nach New York bezahlt. Bei anderen kam ich zu spät. Kirchner hat alle seine Druckstöcke und Skulpturen vernichtet und sich das Leben genommen.«

Siegfried war zu Lucys Füßen eingeschlafen. Sie lauschten seinem schweren Atem.

»Als Sie Otto begegnet sind, war das in Berlin?« fragte Lucy.

»Ja. Douglas Bloom war mein Vater.«

»Ich weiß. Die Ähnlichkeit ist unverkennbar.«

Paula schwieg.

»Das war vor dem Krieg«, sagte Lucy. »Als er Lobbyist für die IG war, gab es noch kein Zyklon B und kein Auschwitz.«

»Wäre er nicht 1937 von SA-Männern totgeprügelt worden, hätte er auch daran verdient.«

»Er war Ihr Vater. Sie sollten ihn nicht hassen.«

»Würden Sie das auch den Kindern von Heydrich, Himmler, Eichmann oder Höß sagen?«

»Das ist kein Vergleich.«

»Haben Sie Kinder?«

»Nein.«

»Und wenn?«

Lucy wich ihrem Blick aus.

»War Allen Dulles hier zu Gast?« fragte Paula.

»Nur ein Mal, zusammen mit Hjalmar Schacht; sie waren befreundet. Aber sein Bruder John Foster kam bis zum Krieg jedes Jahr. Sind Sie miteinander bekannt?«

»Flüchtig. Allen kenne ich besser.«

»John Foster stand der größten Sozietät Amerikas vor, und seine Mandanten hatten riesige Summen im Reich investiert. Das trieb ihn mehr um als irgendeine Moral, wenngleich er bei jeder Gelegenheit betonte, gläubiger Christ zu sein. Hitler hat

er bewundert. Als er die Berliner und Frankfurter Büros schließen musste, soll John Foster vollkommen außer sich gewesen
sein, aber die Partner hatten ihn wohl überstimmt. Auch sein
Bruder; das ließ Joseph einmal fallen. Beim letzten Besuch, 39,
sagte John Foster hier bei Tisch: ›Nur Hysteriker können glauben, dass Deutschland gegen Amerika Krieg führen will. Mein
Gott, diese Empfindelei!‹ Männer wie John Foster Dulles und
Joseph Weigel lassen sich von Gefühlen keine Geschäfte verderben. Sofern sie Gefühle dulden. Ich weiß nicht, ob Ihr Vater
auch so gewesen ist. Damals, an dem Abend bei uns, schien er
mir anders zu sein. Vielleicht war es auch nur sein Charme.«

In der entstandenen Stille brach die Wand des Zimmers auf
und ließ sie in den Garten am Hundekehlesee schauen, wo es
Sommer war, wo der Himmel ihre Schaukel ansaugte, wo ihr
Vater aus dem Haus kam und rief: »Sieh mal, wer hier ist.«

»Zwei der Gemälde im Schloss bedeuten Ihnen besonders
viel«, sagte Lucy. »Das Portrait von Katzenellenbogen und der
Schmidt-Rottluff, der unten an der Treppe hängt. Bei dem Dix
verstehe ich es.«

Paula sah Judith auf sich zulaufen, ihr Strahlen, ihr Lachen,
spürte die spitzen Schulterknochen, als sie sich drückten, eine
Welt in der Welt, winzig, dabei grenzenlos. Die Wand schloss
sich wieder, und sie wischte sich Tränen aus den Augen.

»Erinnern Sie sich noch, was ich zu Ihnen sagte, als wir das
letzte Mal miteinander sprachen?« fragte Paula.

»Dass wir leben, sei unsere Schuld.«

»Nein. Dass *wir* leben, ist unsere Schuld, muss es heißen.«

»Ich bin schon lange über den Punkt hinaus, an dem etwas
anderes als Selbsthass möglich scheint. Doch Sie müssen sich
nicht verachten. Sie waren viel zu jung.«

»Nicht zu jung, um Judith alles zu nehmen«, flüsterte sie.

»Wer ist Judith?«

BOOT FAHREN

Als Paula noch schweigen wollte, drängten die Worte längst in
ihren Mund. »Wir waren unzertrennlich, von der ersten Klasse
an. Dass sie Jüdin war, wusste ich lange Zeit nicht. Sie ist nie in
der Synagoge gewesen. Sie haben Weihnachten gefeiert.« Mit
jedem Wort wurde es schwerer. Und leichter zugleich. »Als in
der Schule die Stunden mit ›Heil Hitler!‹ anfingen und aufhör-
ten, hat eines Tages ein Zettel auf Judiths Pult gelegen: *Ab mit
dir nach Kanaan, du Judensau. Und rennst du nicht nach Kanaan,
prügeln wir dich grün und blau.* Einige von den Mädchen haben
gelacht. An diesem Tag hat Judith geweint, aber danach haben
wir einfach so getan, als wäre alles wie früher. Zwei Jahre ging
es gut. Bis sie an einem sonnigen Sonntag, Stachelbeereis im
Café Leidinger am Ku'Damm, Willy Fritsch in den Universum-
Lichtspielen, aus dem Nichts gesagt hat: ›Ich wollte, ich hätte
andere Eltern. Einen Vater wie du. Mit einem reinen Stamm-
baum.‹ Dann ist sie weggelaufen. Und wieder haben wir nicht
darüber gesprochen. In dem Sommer wollten wir zum Strand-
bad Wannsee. Dort stand jetzt eins von diesen Schildern. Sie
wollte wieder gehen, doch ich habe gemeint: ›Komm, weiß ja
keiner.‹ Aber am Strand waren drei ältere Jungen aus unserer
Schule, einer war Scharführer bei der HJ. Sie fingen an, Judith
rumzuschubsen, haben Sachen gesagt, Judenschlampe, sowas.
Einer hat ihr mitten ins Gesicht geschlagen, ein anderer hat
mir einen Stoß gegeben. Ich habe solche Angst gekriegt, dass
ich weggerannt bin. Habe Judith im Stich gelassen. Als ich zu
einem klaren Gedanken kam, bin ich zurückgelaufen. Judith

hat an der Straße gesessen und gezittert. Aus Mund und Nase lief Blut. Ich habe mich vor sie gekniet und gestammelt, dass es mir so leidtut. Sie hat meine Hände genommen und gesagt: ›Sei doch nicht traurig, du kannst ja nichts dafür.‹« Sie wollte weinen, aber würgte bloß. »Egal, wie erbärmlich ich mich benommen habe, sie hat mich immer getröstet. Ich habe einen Freund, der ist genauso. Und ich hatte es bei ihr ebenso wenig verdient wie bei ihm.« Die Erinnerung zog Paula wie ein Mühlstein in die Tiefe. »Als ich dann einen Jungen kennengelernt habe, Georg, hat Judith mich vor ihm gewarnt. Sie sagte: ›Vor so hübschen Kerlen muss man sich in Acht nehmen.‹ Ich dachte, dass sie eifersüchtig wäre. Und vielleicht war sie das auch.« Tiefer und tiefer zog dieser Stein sie hinab, dorthin, wo jeder Herzschlag Stunden währte. »Im März 37 hat Judith sich mir anvertraut. Ihre Eltern wollten Deutschland mit ihr verlassen. Aber das amerikanische Konsulat hatte ihren Vater abgewiesen. Dann war er an jemanden von der chilenischen Botschaft geraten, der ihm gegen eine horrende Summe Scheinvisa angedreht hatte. Sie besaßen kein Geld mehr, waren absolut verzweifelt.« Wie tief konnte es noch hinabgehen? Wie sollte sie jemals wieder nach oben finden? »Ich hatte ihren Vater gern. Er war rund und lustig. Wenn er mich sah, hat er mir immer die Hand geküsst und gemeint: ›Ach, ich kenne Sie doch von irgendwoher. Sind Sie eine berühmte Schauspielerin?‹ Judith hat mich gefragt, ob mein Vater helfen könnte. Sie wusste von mir, dass er mit dem amerikanischen Botschafter gut bekannt war. Ich habe mit meinem Vater geredet, er hat versprochen, sich drum zu kümmern.« Nein, es gab keinen Weg zurück, sie würde auf ewig hier unten bleiben. Nie mehr Licht sehen. »An diesem Tag ging es mit Georg auseinander. Judith hatte so viel Kummer, aber wieder hat sie *mich* getröstet. Ich weiß nicht, was ich … wenn sie nicht … Sie ist nicht in der Schule gewesen. Ich bin zu ihrem Haus. Niemand. Eine Nachbarin hat ängstlich aus ihrer Wohnung gelinst und geflüstert, dass Judiths Vater in ein Krankenhaus gebracht wurde. Als ich dort hinkam, hat er schon im Sterben gelegen. Ganz kurz habe ich Judith noch gesehen, im Gang. Ihre Augen sahen aus, als ob die Farbe abgeplatzt wäre. Sie sagte nur: ›Gestapo.‹ Daheim hat mein Vater mich in die Arme genommen und gesagt: ›Warum ist sie nicht viel eher zu dir gekommen?‹ Nach einer Woche ist sie immer noch nicht wieder im Gymnasium gewesen. Wieder bin ich zu ihrem Haus. Ich habe geklingelt, aber keiner hat aufgemacht. Ich habe gewusst, dass ein Schlüssel oben auf dem Türrahmen lag. Ich bin in die Wohnung. Es war still. Auf dem Frühstückstisch hat Geschirr gestanden, es roch nach kalten Zigaretten. Ich habe ein Geräusch gehört und mich umgedreht, dann bin ich in einer Zelle aufgewacht. Als ich nach zwei Tagen freikam, hat mein Vater gesagt, wie schrecklich leid ihm alles tue. Und ich habe ihm das geglaubt. Einfach geglaubt.« Siegfried wachte auf, drückte sich an Paula, damit sie wusste, dass er da war. »Ich bin zu feige gewesen, ihn zu fragen, woher das viele Geld kam. Ein elender Feigling, das bin ich. Hätte ich gewusst, für wen mein Vater gearbeitet hat, hätte ich ihn wegen Judith niemals um Hilfe gebeten. Ihr Vater war Chemiker bei IG Farben. Hätte ich doch nur den Mut aufgebracht, meinen zu fragen. Es gab Notizbücher, denen er geschäftliche Dinge anvertraut hat. Einmal hatte er vergessen, eine der Kladden im Wandtresor zu verschließen. Sie lag im Salon auf einem Stuhl. Mein Vater war im Garten. Ich habe vor dem Stuhl gestanden, ich weiß nicht, wie lange. Als ich die Kladde berührt habe, ist es wie ein Stromschlag gewesen. Ich bin damit zu meinem Vater gegangen und habe gesagt: ›Die lag im Salon.‹ Er war erschrocken, hat mich prüfend angeschaut. Ich habe gelächelt und ihn gefragt, ob wir Boot fahren wollen. Ich hatte nicht hineingesehen.« Paula hob den Blick. »Sie fragen nicht, warum ich sicher bin, dass mein Vater die Gestapo informiert hat?«

»Als die IG 37 arisiert wurde, hatte der Konzern Angst um seine Patente. Joseph hat das großes Kopfzerbrechen bereitet. Sicher wären Männer wie der Vater von Judith bei der ausländischen Konkurrenz sehr gefragt gewesen. Aber deshalb muss Ihr Vater nicht mit der Gestapo im Bunde gewesen sein.«

Paula dachte an die Zeilen, die sie Sam verschwiegen hatte. »In der letzten Kladde schrieb er: *Ich habe Schacht von Paulas jüdischer Freundin Judith Reinke und deren Vater erzählt. Schacht hat mich um etwas Härteres als Rotwein gebeten.*«

Siegfried schob seinen Schädel unter ihre schlaffe Hand und brummte, bis sie ihn endlich streichelte.

»Sie haben Judith nie wiedergesehen?«

»Nein. Und an jedem Tag frage ich mich seither, ob sie noch lebt. Und ob ich ihren Blick aushalten würde.«

Minuten verstrichen. Oder eine Stunde. Schließlich gingen sie aus dem Zimmer.

Sam lehnte neben der Tür an der Wand.

»Gute Nacht«, sagte Lucy nach kurzem Zögern.

Paula und Sam standen still, bis die Schritte auf der Treppe verklungen waren.

»Wie lange bist du schon hier?« fragte sie rau.

»Es ist in Ordnung«, erwiderte er. »Ich verstehe, dass du es ihr erzählt hast und nicht mir.«

Er schloss seine Arme um sie, streichelte ihren Rücken. Als sie sich von ihm löste, spürte sie seine Hand noch immer. Sie gingen hoch. Paula wollte in ihr Zimmer.

Doch Sam sagte: »Die Reitsch hat mich nach dir gefragt. Sie meint, ihr hättet eine Abmachung. Wie hat sie das gemeint?«

»Was die Reitsch so redet.«

Sams Blick drückte ihre Herzwände zusammen.

Sie sagte es ihm. Georg in Budapest. Kupfers Bedingung.
Helfen Sie mir, dann helfe ich Ihnen.

NOSFERATU, CLOWN

Die frostige Sonne stach auf abgeerntete Felder. Raben hatten den Himmel für sich und ahmten großmäulig die Eleganz von Raubvögeln nach; Spatzen hockten in Ackerfurchen, pickten in vertrockneter Erde. Paula war froh über die wattierte Armeejacke, die Sam ihr vor der Abfahrt zugeworfen hatte. Sie wusste nicht, wo es hinging; er wolle es unterwegs erklären, hatte er gesagt. Doch kein Wort bis jetzt. Er rauchte, wie sie es von ihm kannte, wenn er seine Gedanken nicht teilen wollte, hielt die Zigarette wie Harvey Fritz Davis, ein Ebenbild von Robert Mitchum in dem Streifen über die Schlacht um Monte Cassino, *The Story of G.I. Joe*, vor einem Monat im Campkino gelaufen, Kassengift, weil ohne Happy End, Mitchum müde und längst resigniert, trauriger als ein ausgesetzter Hund, am Schluss tot, begraben in fremder Erde, dazu die Worte: *Für diejenigen, die unter den Holzkreuzen liegen, können wir nichts mehr tun, außer zu sagen: Danke, Kumpel, danke.* Das war so verlogen wie wahr, eine Gleichzeitigkeit, die es womöglich nur im Krieg gab, und Paula hatte an Harvey Fritz Davis denken müssen, auch unter einem Kreuz verscharrt, am Rande einer Straße nach Verona, nicht mit einer Oscarnominierung belohnt wie Mitchum, nur mit dem Frieden, sich nicht mehr mit der 34ten von Schlachthaus zu Schlachthaus kämpfen zu müssen, gestorben in der Gewissheit, dass es keine Helden gab, weil Schauspieler nicht zu Gott flehten, es sei denn zu jenem von Hollywood, diesem guten, gerechten Gott, der noch dem schlimmsten Krepieren einen höheren Sinn gab.

Sam schnippte die dritte Zigarette in den Wind. »Der MI6 kommt bei Alexej Kusmin nicht weiter«, hob er an. »Sie sind sich nicht mehr sicher, ob er wirklich zu ihnen überlaufen will oder das Ganze von den Russen inszeniert wurde, um sie mit Hühnerfutter zu versorgen. Was Kusmin über Johann Kupfer sagt, könnte eine Finte sein, mit der die Lubjanka verhindern will, dass er in unsere Dienste tritt. Hyde hat Augenringe wie ein Erdmännchen.«

»Ich werde den Papst bitten, für ihn zu beten«, sagte Paula.

»Das wird nicht reichen. Die Russen wollen, dass Kupfer an sie überstellt wird. Der Antrag ist gestern bei uns eingegangen. Hyde steht nun vor der Wahl, einen ausgebufften Doppelspion loszuwerden, der eine Gefahr für unser gesamtes Agentennetz wäre, oder möglicherweise den besten und ehrlichsten Mann, den er je finden wird, an den lachenden Feind auszuliefern.«

»Das erwägt er doch nicht ernsthaft?«

»Wenn Kusmin die Wahrheit spricht, ist Johann Kupfer *ihr* Spion gewesen, dann steht er ihnen zu.«

»Und wenn er lügt, ist es Kupfers Tod«, sagte Paula tonlos.

»Er wäre nicht der Erste, der in Moskau mit einer Kugel im Kopf ankommt. Manchmal machen wir sowas. Das ist Politik und wird am Ende nicht von Hyde entschieden. Ihm bleibt nur der Versuch, schnellstmöglich doch noch Licht in die Sache zu bringen. Vielleicht kann er Kupfers Auslieferung eine Woche hinauszögern, oder auch zwei. Aber spätestens dann muss er beim General mehr in der Hand haben als eine Glaskugel.«

»Wo fahren wir hin?«

»Zur Opel-Jagdvilla.«

»Zu Hermann Baun? Warum? Bringen wir ihm Kippen?«

»Hyde will, dass du ihn zu *Sieben* befragst.«

»Das hat Baxter doch längst getan.«

»Er ist keine Frau.«

Den Blick kannte Paula inzwischen.

»Hyde muss wirklich verzweifelt sein«, sagte sie.

»Sei keine Mimose. Es braucht dich nicht zu kümmern, was Hyde in dir sieht. Und wenn es nur zwei hübsche Beine sind.«

»So hübsch sind sie auch wieder nicht.«

»Wenn du ein Pferd wärst, würde ich dich glatt beim Derby laufen lassen.«

Wütend lacht es sich am besten.

»Warum Baun und nicht Gehlen?« fragte sie.

»Der Generalmajor hält das weibliche Geschlecht für einen Irrweg der Evolution.«

»Erzähl mir von Baun.«

»Er wurde als Sohn eines deutschen Kaufmanns in Odessa geboren und wuchs dort auf; in Hydes Augen ist er ein halber Russe. Im ersten Weltkrieg war er Infanterist. Das ist einer der Gründe, warum er vor Männern wie Hyde oder Baxter keinen Respekt hat. Frontsoldaten haben immer eine gewisse Verachtung für reine Stabsoffiziere, die noch nie ihre Hand auf einen Bauchschuss gedrückt oder Leichengeruch in der Nase gehabt haben; das dünstet Baun aus wie den Suff von gestern. Keiner hat ihn je nüchtern gesehen. Es mangelt ihm an Manieren und Körperhygiene, und er hat so viel Zartgefühl wie ein toter Iltis. Du wirst ihn gleich erleben. Wenn er heißläuft, wünscht man sich, man könnte kein Deutsch.«

»In der Mountain Lodge ist mir aufgefallen, dass er stumpf in sein Bier gestarrt hat, statt sich an dem Gespräch von Hyde und Gehlen zu beteiligen.«

»Er kann kein Englisch. Und er weiß, dass er ein Parvenü ist. Seine Frau kam im Februar 1945 bei einem Bombenangriff auf Dresden ums Leben. Als er ein paar Monate später hier eintraf, hatte er seine Neue schon dabei. Sie ist halb so alt wie er und kauft die Geschäfte auf der Zeil leer. Obwohl sie nicht verheiratet sind, besteht sie darauf, mit ›Frau Baun‹ angesprochen zu werden. Gehlen behandelt Baun wie den peinlichen Onkel, für den man sich schämt. Mittlerweile herrscht zwischen den beiden Krieg, und es kann sein, dass Baun ihn längst verloren hat.« Sam grinste sie an.

Paula hasste es, wenn er ihr eine Wundertüte vor die Nase hielt und so tat, als dürfe sie nicht reinsehen.

»Für die Reaktivierung seines früheren Agentennetzes hat man Baun eine beträchtliche Geldsumme bewilligt«, sagte er. »Es gab Gerüchte über die Verwendung. Als Hyde kürzlich die Bücher prüfen ließ, haben sechzigtausend Reichsmark gefehlt. Baun liefert dafür halbgare Erklärungen.«

»Aber du hast deine eigene Theorie?«

»Ich vermute, dass Gehlen das Geld verschwinden ließ, um Baun in Misskredit zu bringen. Hyde glaubt das auch.«

»Trotzdem will er mit Gehlen weitermachen?«

»Wie Hyde sagt: ›Er mag eine Ratte sein. Aber er ist *unsere* Ratte.‹ Der Lieutenant Colonel hat ein Faible für Rücksichtslosigkeit. Schwäche gehört für ihn zu den sieben Todsünden.«

Sam bog von der Straße in einen schmalen Waldweg ab. Es ging bergauf. Die Reifen des Jeeps zerstörten ein Mosaik aus roten und gelben Blättern; wässriges Licht tropfte durch ausgedünnte Baumkronen. Dann ein großes helles Haus auf einer Lichtung, die Anmutung eines romantischen Landhotels, das Erdgeschoss aus Fels gemauert, Fenster mit ochsenblutroten Läden, die meisten geschlossen. Die Terrasse bot einen großkotzigen Blick aufs Rhein-Main-Tal. Holzliegen verwitterten um ein Schwimmbecken, aus dem man das Wasser abgelassen hatte; fauliges Laub bedeckte den Grund. Es war das Sommerrefugium einer Familie, die noch vor der Machtergreifung ihre Firma an General Motors verkauft hatte und sich heutzutage nicht für Zwangsarbeiter rechtfertigen musste, vor allem aber nicht dafür, dass der Opel Blitz, »Rückgrat der Wehrmacht«, als Gaswagen eingesetzt worden war.

Der Bedienstete, der sie durch dunkle Fluchten geleitete, trug eine lächerliche Uniform, rote Troddeln auf blauem Tuch, als sei es das Hauptquartier einer Operettenflotte. An der Wand hingen die Totenschädel von Tieren, eine holzgetäfelte Gruft.

Baun kam ihr in seinem Arbeitszimmer entgegen, fast ein Saal, mit einem Besprechungstisch, an dem zwanzig Personen Platz gehabt hätten. Auch hier dunkles Holz; ins Tafelparkett war das Familienwappen der Opels eingraviert, ein Adler mit einem Steuerrad in den Klauen. Baun ging leicht schwankend; seine Fahne roch Paula von der Tür aus. Der Händedruck war schwitzig, schlaff, das Gesicht aufgedunsen von den Exzessen eines verschleuderten Lebens, in den besten Jahren schon verbraucht. Er wollte ihr unbedingt die Aussicht zeigen, rotziger Berliner Akzent, als hätte er als Steppke an der Panke gespielt; vielleicht, um so deutsch zu wirken, dass niemandem Odessa in den Sinn kam. Vorm Haus apportierte Siegfried einen Stock für Sam, um ihm eine Freude zu machen. Dahinter ergoss sich Herbstwald ins Tal. Am Horizont taumelten Skelette empor, Frankfurt, stehengebliebene Bühnenkulisse einer verfallenen Freilichtbühne. Ohne ihre Jacke abzulegen, hockte Paula sich mit Baun an das Eck des Tisches. Danke nein, sie wollte nichts trinken. Als er sich was Braunes aus einer Thermoskanne einschenkte, war sie sicher, dass man den Kaffee aus dem Schnaps nicht rausschmecken würde. Er zündete sich schon die zweite Overstolz an. Sein Anzug war mit Ascheflecken übersäht, in den Rockaufschlägen Brandlöcher. Man mochte glauben, dass er das Körperliche längst hinter sich gelassen hätte, würde er nicht ihre Oberweite taxieren, sich schmerzhaft bewusst, dass Paula unerreichbar für ihn war.

»Sie sind Berlinerin und nach New York gegangen, habe ich gehört. Und – was halten Sie vom neuen Deutschland?«

»Man sollte es in Flaschen abfüllen und als Magenbitter verkaufen«, sagte Paula.

Sie wusste nicht, ob Baun lachte oder ob es ein Hustenanfall war. Das makellos gelbe Gebiss, das er entblößte, hätte Hitlers Zahnarzt Blaschke finanziell saniert.

»Man hat Sie sicher informiert, dass ich über Johann Kupfer mit Ihnen sprechen möchte«, sagte sie.

»Ist es schwer, Englisch zu lernen? Für mich hört sich's wie streunende Katzen an.«

»Mein Vater war Amerikaner, ich wuchs damit auf.«

»Ach so, ja. Und Gehlen – kann er's gut?«

»Wie ein philippinischer Matrose auf Landgang.«

Baun gniggerte in sich hinein. »Die wollen uns zu Cowboys machen, vielleicht haben Sie's gehört. Gehlen war ja mal mit seiner halben Truppe dort, in Fort Hunt. Ein paarmal musste ich ihm Dokumente schicken. Post Office Box 1142, weiß ich noch heute. Gehlen hört nicht auf, davon zu schwärmen. Wie er New York vom Flugzeug aus gesehen hat, wusste er, dass wir den Krieg verlieren mussten, meint er. Es ging ihnen gut in Amerika. Sie haben im Grünen logiert und Fresspakete an die Familien geschickt. Einmal ist man mit ihnen zum Fußball gegangen. Gehlen meint, das wird dort mit so nem Ei gespielt, und gewonnen hat die Mannschaft, bei der am Schluss noch die meisten stehen. Also so ähnlich wie 45.«

Sie dachte an Sams Worte. *Gehlen scheint in den Staaten einflussreiche Fürsprecher gefunden zu haben.*

»Er hat offenbar einen guten Eindruck hinterlassen«, sagte Paula. Allen Dulles soll sehr angetan von ihm gewesen sein.«

»Das ist natürlich wie ein Ritterschlag. Ein früherer Abwehrmann, Hans Gisevius, musste nach dem 44er Hitler-Attentat untertauchen, und Dulles hat ihm mit falschen Papieren zur Flucht verholfen. Guter Mann, der Dulles. Demnächst hat er genug Penunzen gezählt und mischt wieder mit, melden die Trommeln. Ein Ameisenbär gehört eben in den Wald.«

»Wie haben *Sie* es mit dem Widerstand gehalten?«

»Ich werde nie in einem Geschichtsbuch stehen, aber mein Kopf sitzt noch auf meinen Schultern. Na, wer hat alles richtig gemacht – Canaris oder ich?«

»Und Gehlen?«

Baun stippte Zigarettenasche auf den Teppich, als sei es das Normalste der Welt. »Sein Hauptquartier war nur fünf Kilometer von der Wolfsschanze weg. Als der Iwan sich noch vor uns in die Hose geschissen hat, bin ich mal mit ihm hingefahren. Wir haben in dem Schienenbus gehockt, herrliche Landschaft, zwanzig Minuten Fahrt, und Gehlen hat gesagt: ›Der Führer wird später in einem Tempel bestattet werden, gegen den die Cheopspyramide sich wie ein Beduinenzelt ausnimmt.‹ Jetzt will er jedem Piepel, den er fünf Minuten kennt, weismachen, dass er mit Stauffenbergs Gezücht ganz dicke gewesen wäre. Na klar, ich war Primaballerina am Bolschoi. Nach der Bombe haben die vom Generalstab alle unterschreiben müssen, dass sie bedingungslos hinter unserem geliebten Adolf stehen. Eine Ladehemmung von Gehlens Füller ist nicht aktenkundig.«

»Könnten Sie das Fenster öffnen?« fragte Paula. »Ich habe schon den ganzen Tag Kopfschmerzen.« Eigentlich wollte sie sagen: Hier drin würde eine Kakerlake ersticken.

»Frische Luft ist nicht zu unterschätzen, das bestätigt jeder, der im Führerbunker war.« Als er zurückkam, sagte er: »Mich kann man von mir aus einen Nazi nennen, kein Problem, geht mir links und rechts am Arsch vorbei. Der Krieg gegen Russland war ohne Alternative, die oder wir, so einfach ist das, und wer dabei war und jetzt andersrum quatscht, hat so viel Kreide gefressen, dass er sich den Magen auspumpen lassen sollte.«

»Und die Shoah, war die auch ohne Alternative?«

»Was soll das sein?« fragte Baun.

»So nennen die Juden den Mord an ihrem Volk.«

»Die neue Zeit mutet unsereinem ja einiges zu, aber erwarten Sie nicht von mir, dass ich auch noch Hebräisch lerne.« Er versuchte, einen Blick auf ihre Beine zu erhaschen. »Hat mich nicht überrascht, dass man überm Teich gleich in Gehlen verknallt war. Er könnte in Scheiße baden und würde nach Rosen duften. Zu mir sagt er gern: ›Ich bin wie Mountbatten und du wie Halifax.‹ Wissen Sie, wie er das meint?«

»Ich nehme an, er meint, dass er wie Mountbatten ist und Sie wie Halifax.«

»Mountbatten, Deutscher nebenbei, hat im Atlantik eine Zerstörerflotille befehligt. Zwar hat er nicht eine Schlacht gewonnen, aber man hat ihn mit sämtlichem Lametta behängt, das im Empire rumlag. Als Lord Halifax auf dem Obersalzberg war, hat er Hitler seinen Trench hingehalten, weil er gedacht hat, der wär ein Diener. Der Führer hat gemeint, ein Land, in dem Luschen wie der im Kabinett sind, wär kein Gegner.«

»Um auf Johann Kupfer zu kommen ...«

»Am Kriegsende habe ich Gehlens Frau und die vier Bälger aus Schlesien in Sicherheit gebracht«, sagte Baun, der traurige Clown. »Es war keine Spazierfahrt, der Teufel kann mich mal. Aber ich bin eine Frontsau, nicht so ein Aktenablecker wie der Gehlen. Wissen Sie, wie er's mir dankt? Er versucht, mich rauszudrängen, und schwärzt mich bei Hyde und Philp an. Als die in Berlin mit der U-Bahn von der Ost- an die Westfront fahren konnten, haben wir nen Pakt geschlossen. Ich geb was auf ein Wort unter Offizieren. Für ihn isses sentimentaler Scheiß. Er wird mal als 'n großer Mann gelten, und auf mei'm Grabstein wird stehen: Er hat kein Englisch gekonnt.«

Den Kampf gegen die Vokale hatte er verloren, jetzt quälte er die Konsonanten. Der Aschestreifen seiner Kippe bog sich, aber fiel noch nicht; ein Bild, das Paula so faszinierte, dass sie sich zwingen musste, wieder auf Kupfer zu kommen.

»*Sieben* soll ein russischer Agent sein. Wie stehen Sie dazu?«

Baun goss sich kräftig Schnaps nach. »In Odessa gibt es im Viertel Moldawanka eine uralte Kneipe, das Grigori. Seit 1840 hat sie keinen Tag zugehabt, nicht bei der Oktoberrevolution und auch nicht beim Einmarsch der Wehrmacht. Ein Eimer Wodka kostet ein paar Kopeken, rohe Schalotten und eingelegte Gurken gehen aufs Haus. Seit mehr als hundert Jahren hängt an der Tür ein Schild: *Kein Zutritt für Damen.* Im Grigori ist noch nie ein Rock gesichtet worden, und das wird auch nie passieren. Aber nicht weil es einem Frauenhasser gehört. Nein, weil die Gäste sich in aller Ruhe besinnungslos saufen wollen. Großartige Sache, ich spreche aus Erfahrung.«

»Was hat das mit *Sieben* zu tun?« fragte Paula.

»Ich halte mich an die einfachste Erklärung. Als ich gehört hab, dass er in Rubel bezahlt wird, ist's mir wie Schuppen von den Augen gefallen.«

»Weiß irgendjemand mehr über die Rote Armee als Sie?«

»Ich bin zu Bescheidenheit erzogen worden.«

»Kommen Sie, stellen Sie Ihr Licht nicht unter den Scheffel. Für wie viele russische Soldaten hat *Sieben* das Ende bedeutet? Wie viele Panzer und Flugzeuge konnten dank ihm vernichtet werden? Denken Sie nach, Baun: Der Mann soll für den Feind gearbeitet haben?«

»Verschonen Sie mich mit seiner Legende. Wer hat den ganzen Quatsch, der über ihn in Umlauf ist, eigentlich in die Welt gesetzt? Ich nicht, das steht fest. Und Gehlen war's auch nicht. In der Lubjanka lümmeln ja keine Leichtmatrosen rum. Dort haben sie so lang an seinem Heldenepos gefeilt, bis er's selbst geglaubt hat.«

»Der MI6 hatte im Krieg nur seine Funkmeldungen; das hat den Briten gereicht, um sein Genie zu erkennen.«

Baun pulte sich Tabakreste aus den Zähnen; seine Fingernägel erinnerten sie an Nosferatu. »Kindchen, Sie haben ja keine Ahnung, wie eine Aufklärung arbeitet. Wenn ich von fünfzig russischen Flugzeugen erfahren habe, habe ich hundert draus fabriziert, und aus hundert Panzern zweihundert. Sie müssen die Feindlage immer übertreiben, dann steht man nachher gut da. Aber nichts gegen die Tommies. Im Burenkrieg haben sie die KZ erfunden und tote Frauen und Kinder wie Sandsäcke gestapelt. Als ich gehört habe, wie sie sich über Bergen-Belsen aufgeregt haben, habe ich an Görings Wutanfall beim Reichstagsbrand gedacht. Eins so scheinheilig wie das andere.«

»Damit ich das richtig verstehe: *Sieben* war für die Abwehr ganz ohne Bedeutung? Sie haben ihn nur mitgeschleppt?«

»Ich geb Ihnen mal ein Beispiel«, meinte Baun. »Im November 1942 hat der Iwan an der Flanke unserer 6. Armee Truppen konzentriert. Die Heeresgruppe Don ist ahnungslos gewesen, weil wir uns auf *Sieben* verlassen haben, der gefunkt hat, dass sich nur kleinere russische Einheiten dort rumtreiben würden. Hat zu der Einkesselung von Stalingrad geführt. Aus Sibirien kriegt *Sieben* keine Weihnachtskarte, das steht fest. Erzählen Sie mir nichts von sei'm Genie.«

»Er soll also völlig nutzlos für Sie gewesen sein. Dann frage ich mich, wieso man ihn noch weiterbeschäftigt hat, nachdem Hitler 43 auf der Entfernung aller Juden aus dem Abwehrdienst bestand.«

»Nicht mein Beritt, Madame. Fragen Sie doch Gehlen. Oder machen Sie von mir aus eine Séance, um Canaris an die Strippe zu kriegen. Falls Sie mit dem Schwein sprechen sollten, sagen Sie ihm, wie ich über Männer ohne Ehre denke. Hitler war ein Hasardeur, aber auch unser Oberbefehlshaber, und man kann keinen Krieg gewinnen, wenn man auf die Fahne scheißt.«

»Gisevius haben Sie eben noch gelobt.«

»Da war ich noch nicht so voll wie jetzt.«

»Ihre Arbeitsteilung mit Gehlen sah doch so aus: Sie haben die Agenten geführt und deren Meldungen an ihn weitergeleitet, damit seine Leute für das Oberkommando der Wehrmacht eine Analyse erstellen konnten. Ist das so weit korrekt?«

»Beschaffung und Auswertung. So wird's immer sein.«

»Gehlen hat sich also auf die von Ihnen gelieferten Informationen verlassen«, sagte sie. »Daraus hat er geschlossen, dass *Sieben* für die deutsche Abwehr unverzichtbar war und es wert wäre, den Hals für ihn zu riskieren.«

»Hab nie versucht, in den Kopf von Gehlen zu krabbeln. Da drin muss es aussehen wie bei Hempels unterm ...«

»Niemals«, fuhr sie ihm in die Parade, »wäre er so verrückt gewesen, die Zusammenarbeit mit *Sieben* gegen Hitlers Willen fortzusetzen, wenn er nicht überzeugt gewesen wäre, dass er der beste Mann war, den Sie hatten.«

Nosferatu grinste. »Sie haben so nen hübschen Mund. Aber was rauskommt – oje.«

»Der ganze Nimbus von Gehlen und Ihnen als größte lebende Sowjetexperten beruht auf *Sieben*. Es ist lächerlich, das zu leugnen. Sie greinen über Gehlens Undankbarkeit, schwafeln von Ehre und Patriotismus, aber würden lächelnd, ohne jedes Mitgefühl zulassen, dass Johann Kupfer an die Russen ausgeliefert und in Moskau liquidiert wird. Nur um die Segnungen einer Niederlage genießen zu können, die Ihr Volk ins Elend gestürzt hat, während Sie, Baun, sich am Futtertrog der Sieger den Bauch vollschlagen und amerikanischen Schnaps aus der Thermoskanne süffeln.«

Nein, Baun war kein trauriger Clown, das sah sie jetzt, als seine Faust sich ballte, willens, sie ihr, einer Frau, ins Gesicht zu schlagen, um sich an ihrem Blut zu ergötzen. Eine Ewigkeit starrte er sie an, während das Bild, wie er sie misshandelte und vergewaltigte, hier auf diesem Tisch, sich in seinen betrunkenen Augen spiegelte.

Dann lächelte er. »Ehrlich, wenn ich noch mehr Spaß hätte, würd ich mir in die Hose schiffen. Man müsste mir eine halbe Stunde mit Kupfer geben. Was red ich, bloß eine Minute. Ich schwör's, ich würd dem Judas die Lügen mit Stahlwolle aus'm Schandmaul schrubben.«

»Weshalb so verhalten?« fragte sie. »Würde es Ihnen nicht gefallen, ihm Ihre Wahrheit mit einem Messer in die Brust zu schneiden und ihn wie Abfall wegzuschmeißen? Es war doch auch kein Problem für Sie, russische Kriegsgefangene als Ungeziefer anzusehen. Oder Juden zu Partisanen und Franktireurs zu erklären, damit die Wehrmacht kurzen Prozess mit ihnen machen konnte, ohne die heilige Soldatenehre zu beflecken.« Paula stand auf. »Wenn Johann Kupfer nicht wäre, würden Sie mit Ihren Krallen Kerben in eine Zellenwand kratzen, anstatt hier die Luft so zu verpesten, dass ich mich erbrechen werde, sobald ich aus diesem Rattenloch raus bin.«

Baun sprang auf. »Verpiss dich, du Drecksluder!« brüllte er.

»Ich habe Ihnen unrecht getan«, sagte sie. »Ich dachte, dass Sie völlig unnütz wären. Aber das stimmt nicht. Jeder Mensch taugt zu irgendwas, und sei es als abschreckendes Beispiel.«

Als sie aus dem Haus kam, sog sie die Herbstluft ein, als sei sie am Ertrinken gewesen. Sie war froh über Sams Schweigen, das bis zur Landstraße währte.

»Ich sehe dich heute lange in der Wanne liegen«, sagte er.

»Und dann verbrenne ich alles, was ich anhatte.«

Sie streckte die Hand nach Siegfried aus, der auf dem Rücksitz die Ohren fliegen ließ, fühlte das warme Fell auf der mächtigen Brust, den Herzschlag, so ruhig, dass er ihr half, wieder ins Lot zu kommen.

Sam fuhr nicht zum Camp, sondern stoppte vor dem Alaska House. »Hast du hier zu tun?« fragte Paula.

»Wir beide. Ich habe heute früh mit Hyde geredet. Er weiß, dass du die Einzige bist, zu der Kupfer so etwas wie Vertrauen hat. Du kannst zu ihm. Ich werde mithören. Sonst niemand.«

JUDAS

Bei ihrer ersten Begegnung, damals im Sommer, waren seine Augen so traurig und grau gewesen wie der Himmel an einem nasskalten Novembertag, und jetzt, wo der erste Frost sich ankündigte, käme kein Himmel, wäre er noch so trostlos, gegen diese Leere an, die sein ganzes Gesicht zeichnete. Er kauerte auf dem Rand des Bettes, dünn geworden, unrasiert, in einem zerknautschten Anzug, ohne Krawatte, Gürtel, Schnürsenkel, weil es niemanden mehr gab, der ihn aufrüschte, um ihm vorzugaukeln, dass er wichtig sei und nicht bloß Ausschuss einer gnadenlosen Zeit. Als sie sich einen Stuhl heranzog, schien er sie nicht wahrzunehmen, auch nicht, als sie die Hand auf seine legte und ein Lächeln hervorbrachte, das im Angesicht dieser Bedrängnis beschämend war. Sie langte in ihre Jacke, gab ihm den Zettel, auf den sie rasch einige Zeilen gekritzelt hatte.

Unser Gespräch wird aufgezeichnet, zumindest bis zu einem gewissen Punkt. Bitte erwähnen Sie Georg Melzer nicht und auch nicht Ihre Bedingung. Dafür wird später Gelegenheit sein.

»Guten Tag, Herr Kupfer«, sagte sie. »Ich bin froh, dass wir Gelegenheit haben, wieder miteinander zu reden.«

Er sah zu Paula hoch, mit einem Blick, als läge er vor ihr im Dreck. Und so war es ja auch. »Ich dachte nicht, dass ich Sie je wiedersehen würde, Fräulein Richter.«

»Sagen Sie bitte Paula; mein Vorgesetzter ist im Bilde. Dass Sie sich seit Wochen in strenger Isolation befinden, war nicht meine Entscheidung. Ich bitte Sie, mir das zu glauben.«

»Wochen? Nicht Jahre, sind Sie sicher?«

»Geht es Ihnen gut? Bekommen Sie genügend zu essen?«

»Wollen Sie mit mir plaudern oder mich verhören?«

Ganz gleich, welche Kraft es ihn kosten musste: Kupfer war immer noch bereit zu kämpfen.

Es gab in *Siebens* Akte zwei Einträge, über die Paula zuletzt gestolpert war. In den wenigen Minuten, die sie gehabt hatte, um sich auf das Gespräch vorzubereiten, waren sie ihr wieder in den Sinn gekommen.

»Im November 1943 haben Sie der Abwehr gemeldet, dass William Donovan, der Leiter des oss, in Moskau eingetroffen sei. Erinnern Sie sich daran?«

»Ja. Donovan traf sich mit Berija und einem seiner engsten Mitarbeiter, Pawel Sudoplatow.«

Sudoplatow.

Kusmin zufolge *Siebens* Führungsoffizier.

»William Donovans Spitzname lautet ›Wild Bill‹, wenn ich recht informiert bin«, sagte Kupfer. »Doch an Naivität würde er Rotkäppchen übertreffen. Berija hat ihm weisgemacht, an einem vertrauensvollen Austausch interessiert zu sein. So hat er Donovan dazu gebracht, ihm alles über das oss preiszugeben, ohne aber im Gegenzug etwas von der Lubjanka zu offenbaren. Donovan schilderte Sudoplatow und Berija die Struktur des oss, die Ausbildung seiner Agenten, deren Taktiken und so Etliches mehr. In jenem Jahr fiel Weihnachten in Moskau in den November. Als Gastgeschenk brachte Donovan Miniaturkameras aus amerikanischer Herstellung und die modernsten Abhörgeräte mit. Auf Geschenke verstand Ihre Regierung sich. Ein Jahr später hat das oss den Finnen ein erbeutetes Codebuch der Russen abgekauft. Ihr Außenminister appellierte an Roosevelt, es nicht zu verwenden. ›Es gehört sich nicht, Gentlemen abzuhören‹, soll er gesagt haben. Das Land, das Sie zu verstehen suchen, Paula, ist die Heimstatt von Quäkern, deren Abneigung gegen jedes Ausspionieren so tief sitzt wie bei uns beiden die Verachtung von Heuchelei. Das Codebuch hat man den Russen selbstverständlich ausgehändigt. Aus Washington würden Sie zu alledem ein verschämtes Dementi hören.«

»Zwei Wochen nach Donovans Rückkehr in die USA haben Sie der Abwehr vom Moskaubesuch einer weiteren Delegation berichtet. Ist Ihnen das noch präsent?«

»Nein.«

»Angeblich acht Offiziere des britischen Secret Service, die eigens zu einer Besprechung mit der militärischen Aufklärung der Russen angereist seien.«

»Ja, stimmt. Wenn ich mich recht erinnere, ging es um eine Intensivierung der geheimdienstlichen Zusammenarbeit.«

»Ihr Wissen um die Arbeit der Lubjanka beeindruckt. In der Tat ist es während des Krieges zu einem Abfluss von Informationen an die Russen gekommen, und ja, wir mögen in Bezug auf deren Absichten blauäugig gewesen sein. Das hat uns von den Briten unterschieden, die nicht in diese Falle getappt sind. 1918 konnte ein raffiniert geplantes Attentat des MI6 auf Lenin nur durch Zufall verhindert werden. Seit damals ist in Moskau kein Geheimdienst annähernd so gefürchtet und verhasst wie der Secret Service. Man hat den Briten nie Avancen gemacht; sie sind für Stalin der Feind Nummer eins, und das wird von London aus vollem Herzen erwidert. Es gab kein einziges solches Treffen. Baun, an den Ihre Meldung ging, muss das nicht zwingend gewusst haben. Und auch nicht Gehlen, an den er sie weiterreichte. Aber das ändert nichts. Die Nachricht war falsch, und erfüllt hat sie einen einzigen Zweck: die deutsche Seite in Unruhe zu versetzen.«

»Dann war sie eben falsch.«

»Sie geben es zu?«

»Ich habe meine Funkmeldungen nicht gezählt. Wenn ich schätzen müsste, um die fünftausend. Reinhard Gehlen ist Ihr Gast, und Sie ...«

»Ich wäre Ihnen für die Klarstellung verbunden, woher Sie von Gehlens Anwesenheit wissen.«

»Er ist uns bei einem Spaziergang begegnet. Wie zufällig es war, weiß nur er.«

»Fürs Protokoll: am 9. September mittags«, sagte Paula.

»Sie werden sich bei Gehlen erkundigt haben, wie hoch der Prozentsatz meiner zutreffenden Nachrichten gewesen ist. Es wäre keine Überraschung für mich, wenn unser Generalmajor fünfundneunzig Prozent als falsch bezeichnet. Ich würde das Verhältnis dagegen glatt umkehren: Fünfundneunzig Prozent waren einwandfrei. Kein Spion der Welt wäre in der Lage, ausschließlich korrekte Informationen zu liefern. Ich war auf die Zuverlässigkeit meiner Quellen angewiesen und hatte oft genug keine Möglichkeit, den Wahrheitsgehalt einer Nachricht zu überprüfen. Die spezielle Meldung stammte von einem Zuträger aus der Lubjanka, der mir über Jahre wertvolle Dienste erwiesen hatte. Ich habe danach noch zweimal von dem Mann gehört; in beiden Fällen handelte es sich um derart unglaubwürdige Informationen, dass ich sie der Abwehr vorenthalten habe. Dann verstummte er. Das konnte mehrerlei bedeuten. Dass er krank wurde und starb. Dass man ihn versetzt hatte. Dass er seiner Frau die ständige Gefahr nicht länger zumuten wollte. Aber wahrscheinlicher ist doch, dass er sein Ende im Toxikologischen Institut an der Warsonowjewskijstraße fand, in nächster Nähe zu seinem ehemaligen Arbeitsplatz, wo man Verräter mit Gas oder Giftspritzen hinzurichten pflegt; in seinem Falle, weil der Lubjanka klargeworden war, dass ich ihr Doppelspiel durchschaut hatte. Glückwunsch, Sie haben aus Tausenden von Funksprüchen einen herausgegriffen, der eine Falschmeldung war. Wenn Sie weitersuchen, werden Sie noch mehr finden. Den Namen dieses Mannes gebe ich Ihnen gern: Nikolai Bolschakow. Schicken Sie ein Kabel nach Moskau. Die Antwort wird lauten: Wir haben nie von ihm gehört.«

»Ich will weitere Namen.«

»Wie wäre es mit Hauptmann Lew Fomin, Leiter der Funk-schule bei Woroschilowgrad, der seine Schüler nach der Rück-eroberung der Stadt durch die Roten im Unterricht vermeint-liche Übungsmeldungen durchgeben ließ, die in Wahrheit für mich gedacht waren. Ein hübsches Husarenstück, meinen Sie nicht? Leider verstummte Lew Fomin im September 1944, auf welche Weise, weiß ich nicht.«

»Versuchen Sie es mit jemandem, der nicht tot ist.«

Wut straffte seine Stimme. »Mir ist schon ganz schwindlig davon, wie wir zwei uns im Kreis drehen. Ich komme mir wie auf einem Kettenkarussell im Prater vor.«

»Johann, Sie sehen doch, dass ich Ihnen helfen will. Warum machen Sie es mir so schwer?«

»Wollen Sie mein Mitleid?«

»Das hatte ich schon. Und ich war Ihnen dafür dankbar.«

»Sie und ich, wir sprachen über das Gift des Glaubens, über Verlust, Schuld, Sühne, Erlösung. Über die Liebe, und wie sie den Menschen zurichtet. Dennoch werde ich von Ihnen derart unterschätzt? Ich gestehe, es verletzt mich auch; so viel Eitel-keit ist mir geblieben. Reinhard Gehlen ist hier. Dann dürfte auch Hermann Baun nicht weit sein. Vermute ich richtig, dass das CIC die Herren angeworben hat? Sie schweigen, ich deute das als ein Ja. Von denen werden Sie über mich kein einziges gutes Wort hören, das wäre auch widersinnig, denn die beiden wollen schließlich ihre schöne Geschäftsbeziehung zu Ihnen nicht trüben, nicht wahr?«

»Das ist geheuchelt, Johann. Würden Sie es an deren Stelle nicht genauso halten?«

»Die einen Nazis richtet man in Nürnberg hin, die anderen macht man sich zu Freunden. Sie reden von Heuchelei?«

»Sagt Ihnen der Name Alexej Kusmin etwas?«

Sie studierte sein Gesicht, doch er zeigte keine Regung.

»Nein. Keiner meiner Kontakte.«

Die Stimme war so wütend wie zuvor.

»Kusmin ist vom russischen Geheimdienst und behauptet, Sie wären ein kommunistischer Täuschungsagent. 1943 will er Ihnen in Budapest begegnet sein.«

Kupfers Gesicht verschwamm wie eine Luftspiegelung vor ihren Augen. Dann hörte sie ihn auflachen. Oder schluchzen.

»Ihnen muss klar sein, was das bedeutet.«

»Dass ich von Harry Truman nicht zu einem Teekränzchen ins Weiße Haus eingeladen werde?«

»Sie stehen zwar schon über der Falltür, doch die Schlinge liegt noch nicht um Ihren Hals. Für Galgenhumor wird später noch Zeit sein.«

»Wie soll ich entkräften, was dieser Kusmin behauptet? Ich sage es ein einziges Mal: Ich bin kein sowjetischer Agent und habe einzig für die deutsche Abwehr gearbeitet. Jetzt können Sie von mir aus gehen. Sie werden Besseres mit Ihrer kostbaren Zeit anzufangen wissen, als sie mit dem Gestammel eines Narren zu vergeuden, der sich eingebildet hat, König zu sein, bis er sich in der Gosse wiederfand.«

»Selbstmitleid mindert die Schlechtigkeit der Welt um kein Gran, und sehnt man sich noch so sehr danach.«

»Ist das ein Epitaph für einen Ihrer toten Präsidenten?«

»Nein, Johann, das sage ich Ihnen, weil ich etwas davon verstehe. Ich käme nie auf die Idee, Sie zu unterschätzen, und ich kenne auch sonst keinen, der das tut. Aber einigen Leuten, die mächtiger sind als ich, liefert Kusmins Aussage eine Erklärung, warum Sie so umfassend über die Sowjets Bescheid wissen. Sie müssen denen beweisen, dass Sie kein Doppelspion sind. Ihr Schicksal hängt am seidenen Faden.«

»Ich soll bis ans Lebensende hinter Gitter, weil man einem russischen Agenten mehr glaubt als mir? Hat man seit William Donovan wirklich nichts dazugelernt?«

»Es gibt Schlimmeres als Gefängnis«, sagte sie und schaute ihn eindringlich an.

Eine Ewigkeit musste sie seinen Blick aushalten, seine Verzweiflung, die ihn zu einem Fremden machte, weil sie immer nur diesen schwerelosen Seiltänzer in ihm sehen wollte.

»Ich soll ausgeliefert werden?« fragte er tonlos.

»Helfen Sie mir, das abzuwenden.«

»Haben Sie eine Zigarette für mich?«

Sie schüttelte den Kopf.

»Ist Ihnen bekannt, dass Russen mich in Linz schanghaien wollten und Ihr Geheimdienst das verhindert hat?«

»Ja.«

»Es bringt Sie nicht zum Nachdenken?«

»Für meinen Colonel war es eine Finte der Smersh, um Ihre Glaubwürdigkeit zu erhöhen.«

»Es war nicht die Smersh«, sagte Kupfer.

Paulas Gedankenfahrstuhl arretierte mit einem Ruck.

»Sieben Männer, in Uniformen von Militärpolizisten. Einer wurde als Major der sowjetischen Repatriierungskommission identifiziert. Wenn Sie mir nicht glauben, rufen Sie beim CIC in Salzburg an und fragen nach Captain Harrieman. Sie wissen, was die Repatriierungskommission ist?«

Paula nickte.

Offiziell war sie für die Rückführung sowjetischer DPs nach Russland zuständig. Aber allzu oft machten ihre Männer Jagd auf Personen, die man verschleppen wollte.

»Halten Sie mich für einen sowjetischen Staatsbürger? Wie bitte passt ein Major der Repatriierungskommission in dieses angebliche Täuschungsmanöver der Smersh? Hätte es sieben Männer dazu gebraucht? Als wir mit dem Wagen davongerast sind, haben sie auf uns gefeuert. Eine Kugel traf den Fahrer in die Schulter.«

»Ich muss das überprüfen lassen.«

»Denken Sie, das wäre nicht längst geschehen? Ihr Kollege mit den aufgekrempelten Hemdsärmeln hat mir ungeniert ins Gesicht gesagt, dass es besser wäre, mich zu liquidieren, weil ich nur Ärger mache. Außer Ihnen und Dóra gibt es niemanden, dem mein Leben etwas wert ist. Aber mich den Russen in den Rachen zu werfen, wäre natürlich eine weitaus elegantere Lösung. So können alle ihre Hände in Unschuld waschen und über die Schlechtigkeit der Welt greinen, wie Sie das nannten. Hören Sie auf, für mich zu kämpfen, Paula. Machen Sie es wie die, lassen Sie los. Und sollten Sie sich irgendwann einmal an mich erinnern, dann an den Narren, der König sein wollte.«

Er lächelte, wollte es ihr leichter machen, aber das Raubtier Angst fraß seinen Blick. Seine Seele klappte vor Paula auf, ein Triptychon aus Grauen, Verwirrung, Trauer, der Beweis, dass er die Wahrheit sagte. Und sie war der einzige Mensch auf der Welt, der ihn vor dem Tod bewahren konnte.

»Wir brechen das ab.«

Es war das Signal für Sam, die Aufnahme zu beenden.

»Wir sind jetzt unter uns. Erzählen Sie mir von Georg.«

Er wurde kleiner und kleiner, schrumpfte vor ihren Augen, und mit ihm das Zimmer, bis es nur noch ein winziger Würfel in ihrer Hand war, während ein großes Nichts sie umgab, als sie den Würfel anpustete und er zu Staub wurde.

In der Finsternis hörte sie Kupfers Stimme. »Gut und Böse liegen so nah beieinander, dass man das zuweilen kaum unterscheiden kann. Ein Priester erzählte mir, dass es in der Bibel zwei Männer mit Namen Judas gab. Doch nur einer hat Jesus verraten. Der andere vollbrachte Wunder. Und Sie, Paula, was werden Sie tun? Mich verraten oder mich retten?«

»Ich bin Ihre Freundin. Das war ich immer.«

»Dann nehme ich Sie mit nach Budapest.«

HOTEL PANNONIA

»Im November 1943 lag eine seltsame Stille über der Stadt. Sie
übertönte das Geklapper der Fuhrwerke im Pasarét, das Brausen der Automobile auf der Andrássy-Allee, die Dampfsignale
der Donauschiffe; es war, als sei das Geheul des Feuersturms,
der Europa verschlungen, aber uns noch verschont hatte, aus
der Ferne bereits zu vernehmen; jetzt, wo Ungarns 2. Armee
am Don ausgelöscht worden war und Hitler argwöhnte, sein
Vasall könne sich den Alliierten zuwenden. ›Alle Müllmänner
sind Christen, und die Leute mit den Pelzmänteln sind Juden.‹
Solche Sätze hörte man ringsumher. Vier Judengesetze hatte
das Regime von Reichsverweser Miklós Horthy in kurzer Zeit
erlassen, eines schlimmer als das andere. Für die Säuberungen
war eigens ein Amt ins Leben gerufen worden: das *Regierungs-
kommissariat zur Abschaffung der intellektuellen Arbeitslosigkeit*.
Es gab Leute, die in dem Elend der Juden ungeheure Aufstiegs-
chancen sahen. Sie pickten sich einfach eine Existenz heraus,
stellten Nachforschungen an, erstatteten Anzeige, forderten
das Büro dieses Menschen, sein Auto, sein Haus, sein Geschäft
und traten an seine Stelle, als habe es diesen anderen niemals
gegeben. Gleiches hätte auch mir geschehen können, wäre ich
nicht *Sieben* gewesen, der Augapfel von Canaris und Gehlen.

Diese Gedanken flogen stets nur für Sekunden heran, ohne
Macht zu besitzen. Seit dem dritten Judengesetz lebte ich mit
Dóra in ›Rassenschande‹. Für andere hätte es Gefängnis oder
Lager bedeuten können. Ich war jedoch unantastbar, weil ich
ein ›Hofjude‹ war; so nannte man solche wie mich.

Es war ein nebliger, kalter Abend. Von den Gerbereien zog ein aasiger Geruch durch die engen Gassen des jüdischen Viertels, der Elisabethstadt, ich weiß es wie heute. In der Halle des Hotels Pannonia, unweit der Universität, hatten zwei Männer auf mich gewartet, in ihre Zeitungen vertieft, ohne einander zu beachten. Es waren der Anwalt Rezső Kasztner, führender Kopf des jüdischen Hilfskomitees Va'adah, und sein Mitstreiter Samuel Springmann, im Bestechen von politischen Beamten kundig. Beide wussten sie nichts von meiner Tätigkeit für die deutsche Abwehr, doch wohl, dass ich über spezielle Verbindungen und Talente verfügte, ein hohes Gut in diesen Zeiten. Deswegen hatten sie mich dann und wann in Angelegenheiten um Hilfe gebeten, die mich bloß einen Anruf kosteten, doch Menschen dazu brachten, mir die Hände zu küssen. Vor Tagen war ich von Kasztner und Springmann ins Vertrauen gezogen worden. Palästinensische Zionistenführer hatten seit Kurzem in Istanbul ein Büro, dessen einziger Zweck darin bestand, die Wahrheit über das Schicksal der in den Osten verschleppten Juden herauszufinden. Es gab Gerüchte, ja. Doch sie klangen so phantastisch, dass ein Mann, der wie durch ein Wunder aus einem Lager nach Transdanubien zurückgekehrt war, in eine Anstalt eingewiesen wurde, nachdem er berichtet hatte, was er gesehen haben wollte.

Die Istanbuler Agentur hatte an alle jüdischen Gemeinden Europas Postkarten verschickt, stets mit demselben Text: *Wir möchten wissen, wie es Ihnen geht. Eretz erwartet Sie.* Eine solche Karte fand den Weg nach Budapest, zu Samuel Springmann, der zurückgeschrieben hatte: *Hilfe ist dringend notwendig. Bitte halten Sie Kontakt.* Er erfuhr, dass Budapest die einzige Stadt gewesen war, die ein Lebenszeichen gesendet hatte. In den anderen Ländern gab es keinen mehr, der noch hätte antworten können. Nun war von Istanbul avisiert worden, dass ein Mann nach Budapest kommen würde, ein Deutscher, der aus erster

Hand Kenntnis besitze, was in Polen mit den Juden geschehe. Kasztner und Springmann hatten mich gebeten, sie zu diesem Treffen im Pannonia zu begleiten, wo der Deutsche die beste Suite bezogen hatte. Sie waren gute, anständige Männer, doch in solchen Dingen weit weniger beschlagen als ich, und da sie befürchteten, dass es sich um eine Falle handeln könnte, war ihnen wohler, wenn ich mitkäme. Ich gestehe, kaum weniger besorgt als die beiden gewesen zu sein. Aber das Pannonia galt als eine der besten Adressen der Stadt. Politiker und der Adel verkehrten dort; sicherlich hätte es für eine Falle geeignetere Orte gegeben.

Als ich diesem Mann die Hand gab, wusste ich auf der Stelle, dass ich ihm vertrauen konnte. Ich bin sehr gut in so etwas. Bei uns beiden, Paula, war es damals ebenso. Der Mann hieß Oskar Schindler, ein Unternehmer, dem nahe Krakau eine Munitions- und Emaillefabrik gehörte; eine elegante Erscheinung, selbst wenn er in einem Viehwaggon reisen musste, wie er meinte, zwei Tage und Nächte auf Packen des *Völkischen Beobachters* liegend, um zu verhindern, dass die SS von seinem Besuch in Budapest erfuhr. Dennoch schien er keine Angst zu haben. Er war ... lassen Sie mich das Wort suchen ... zornig. Zwei Stunden waren wir in der Suite, und Schindler sprach manchmal so laut, dass wir ihn bitten mussten, doch die Stimme zu senken. Wir erfuhren von Millionen, die in Mordfabriken das Ende fanden, vergast, verbrannt; von Totenasche auf eisigen Lagerstraßen; von Gruben mit loderndem menschlichem Fett; von Knochen- mehl als Dünger; von Haaren und Zähnen, die Ware wurden. Zum ersten Mal hörte ich den Namen Auschwitz. Nicht einer, der über fünfzig sei, werde dort am Leben gelassen; Schindler habe Männer gesehen, die vor dem Transport das Haar färbten und sich schminkten, um jünger zu wirken; Frauen, die ihre Säuglinge erstickten, um deren Leiden zu verkürzen. Die Art, wie Schindler das berichtete, war nüchtern, aber nicht kalt. In seiner Fabrik beschäftige er mehr als fünfhundert Männer und Frauen, von der SS gemietet. Deren Führer seien alle korrupt, was jedoch auch Vorteile habe, weil es sie berechenbar mache. Schindler gab zu, Parteimitglied zu sein, anders gehe es nicht. Er erzählte von seiner Freundschaft mit dem Kommandanten eines Lagers nahe Krakau, Płaszów heiße es. Indem er diesem Mann, einer Bestie, mit seinen Kontakten zur Schieberszene helfe, Raubgüter in das Reich zu verfrachten, habe er es fertiggebracht, dass ihm ein eigenes Lager unterstellt wurde, unweit der Fabrik, wo es Schindler bisher gelungen sei, ›seine‹ Juden vor der Gaskammer zu bewahren. Nicht selten müsse er sich Vorhaltungen gefallen lassen, weil er mit der SS spreche. Dann sage er: ›Heutzutage ist es nicht einfach, sich über das Los der Juden mit dem Oberrabbiner von Jerusalem zu unterhalten.‹

Am Ende sank Schindler auf einen Stuhl, zutiefst erschöpft. Wir waren nicht einmal fähig, uns zu verabschieden, gingen ohne ein Wort. Ich war so betäubt, dass ich Kasztner nur noch bat, meinen Namen aus dem Protokoll dieses Treffens herauszuhalten. Er taumelte mit Springmann auf die Straße, ich sah ihn draußen auf die Knie sinken. Es war mir unmöglich, nachhause zu gehen. Oder ins Büro. Wie hätte ich Farkas, Mikesch, Zoltán, Pellegrin jetzt in die Augen sehen können. Rita, Enikő, Erzsébet? Meiner Mutter? Also setzte ich mich in die Bar, entschlossen, mich zu betrinken. Nach Minuten leistete Schindler mir Gesellschaft. Schweigend leerten wir einige Gläser. Dann sah er einen jungen deutschen Offizier hereintreten und winkte ihn zu uns. Schindler stellte mir Georg Melzer vor, der für das Wirtschaftsamt der Wehrmacht in Budapest war, um die Versorgung der Heeresgruppe A am Dnjepr zu gewährleisten. Ungarn musste die deutschen Armeen mit Nahrungsmitteln beliefern, auch mit Öl und Kohle; wie sie sich in jedem Land bedienten, das von Hitler abhängig oder besetzt war. Vor Monaten hatten Georg und Oskar Schindler einander in Krakau kennengelernt. Schindler erklärte, dass Georg ein Beispiel für die vielen anständigen Männer gebe, die man unter deutschen Soldaten fände. Er zeigte sich überzeugt, dass die Wehrmacht an den Verbrechen nicht beteiligt sei, führte ein Selbstgespräch darüber, als habe er Georg und mich ganz und gar vergessen. Sein Glaube, dass die Mehrheit der Deutschen unschuldig war, besaß einen großen Trost für ihn.

Ehe Schindler sich betrunken in die Suite zurückzog, sagte er: ›Dieser Krieg hätte gewonnen werden können. Aber Hitler genügt es nicht, Länder und Völker zu besiegen. Er muss das Knirschen von Schädeln unter den Stiefeln spüren, nur dann kann er überhaupt atmen.‹ Ich schaute ihm nach, einem Mann in einem Maßanzug aus Kaschmir, am Handgelenk eine teure Uhr, ganz eindeutig Kriegsgewinnler. Dennoch hatte er zwei Tage in einem Güterwaggon auf sich genommen, in Eiseskälte, in andauernder Gefahr, entdeckt zu werden, alles zu verlieren, was er besaß, vielleicht sogar sein Leben, nur um in Budapest vor drei Juden Zeugnis abzulegen, welche Hölle sich in Polen auftat. Rätselhafter ist mir noch kein Mensch erschienen, zu keinem habe ich je so aufgeschaut.

Als ich mit Georg allein war, meinte er, dass Schindler sich irre und er ihm nur aus tiefem Respekt nicht widersprochen habe. Die Wehrmacht sei nicht weniger verbrecherisch als die SS. Jeder, der an der Ostfront war, wisse das; sie arbeite mit den Einsatzgruppen Hand in Hand. Die 6. Armee, der man für den ›Opfergang‹ in Stalingrad justament einen Heldenschrein errichte, habe auf dem Feldzug zehntausende Juden ermordet. Ganze Dörfer habe sie niedergebrannt und die Überlebenden zum Hungertod verurteilt. Von Brauchitsch, dem Oberbefehlshaber des Heeres, sei es wichtig gewesen, in einem Merkblatt darauf hinzuweisen, dass ›das Verhalten gegenüber den Juden für den Soldaten des nationalsozialistischen Reichs keiner besonderen Erwähnung‹ bedürfe. In der Ukraine habe Georg am

Wegrand zahllose russische Leichen gesehen, darunter Zivilisten, von Landsern mit Genickschüssen niedergestreckt. Es sei unmöglich, in diesem Inferno Mensch zu bleiben, ohne zu verzweifeln. In den Nächten flehe er zu Gott, obwohl er an nichts mehr glaube.

Georg war damals nur für zwei Tage in Budapest. Beim Abschied sagte er: ›Sie sollten schleunigst zusehen, dass Sie von hier verschwinden. Es wird nicht mehr lange dauern, bis Hitler auch in Ungarn seine Gier nach knirschenden Schädeln stillen will. Dann hilft Ihnen kein Schindler.‹

Dieser junge Mann hat mich außerordentlich beeindruckt, Paula. Er war über sein Alter hinaus reif. Ich verstehe, dass er Ihnen so viel bedeutet, und frage mich, wie er vor dem Krieg gewesen sein mochte. War er lustig? Packte er das Leben mit beiden Händen? Sie schweigen. Ich weiß, es gibt Erinnerungen, bei denen man schreien will.

Vier Monate darauf marschierte die Wehrmacht in Ungarn ein. Zum zweiten Mal erlebte ich die Besetzung eines Landes mit, doch anders als in Österreich, wo es mehr wie die Nachricht von einem Erdbeben in Chile gewesen war, eine Schlagzeile in der *Kronen Zeitung*, die ich im Imperial las, während ich meine zwei Eier im Glas frühstückte, würde es diesmal nichts geben, über das ich mich amüsieren könnte wie über den Soßenfleck auf Hitlers mies sitzender Uniform, als er täppisch in meinem Hotel Einzug gehalten hatte.

Schon am nächsten Tag flüsterte ganz Budapest über einen Mann namens Eichmann, der mit einem nach ihm benannten Sonderkommando gekommen war. Bald hatte man die Juden in ›Sternehäuser‹ gepfercht. Zehntausende Wohnungen wurden frei, und viele bedienten sich mit Entzücken. In dem und dem und dem Haus haben keine Menschen gewohnt, sondern Juden, hörte man jetzt auf den Straßen.

Vor den Toren der Stadt gab es ein Lager, das bereits unter Horthy eingerichtet worden war, Kistarcsa. Von dort fuhren die ersten Züge nach Auschwitz ab. Ungarische Gendarmerie hat die Deportationen durchgeführt; erst an der slowakischen Grenze wurden die Züge an die SS übergeben. Diejenigen, die in Kistarcsa gesehen hatten, wie diese wehrlosen Menschen in die Waggons geprügelt wurden, sagten, sie hätten sich nie im Leben vorstellen können, dass Ungarn so grausam seien. Aber auch ich wurde noch überrascht. In meiner Nachbarwohnung lebte ein jüdisches Ehepaar mit einem kleinen Sohn. An dem Tag, an dem sie das Schreiben erhielten, mit dem ihnen befohlen wurde, sich morgen an der Sammelstelle einzufinden, war ein Handwerker dort. Er bat die Frau um die Kinderkleidung ihres Sohnes, denn der würde sie ja nicht mehr brauchen. Das erzählte sie mir unter Tränen, und ich, der ich wusste, wohin ihre Reise ging, sprach ihr Mut zu, mit Worten, an denen ich zu ersticken glaubte.

Es war eine Zeit, in der ich mich nach den Lügen der Kirche sehnte, obwohl ich mir sagte, dass die Kirche bloß ein Parasit ist und der Gläubige der Wirt. Als das Gerücht durch Budapest raste, dass zum Christentum übergetretene Juden den Deportationen entkommen würden, brach ein Tauffieber aus. Geistliche monierten das, und ich hörte einen Bischof sagen, dass ›bei Juden keine seelische Bekehrung‹ vorliege, weil sie ja nur ihre Existenz retten wollten. Damit wir uns richtig verstehen, Paula: Es war ein evangelischer Bischof. Unmenschlichkeit ist kein Privileg der Katholiken.

Vater unser, Dein Wille geschehe, wie im Himmel, also auch auf Erden. So beten die Christen. Heißt es, dass sie die Ausrottung der Juden als Gottes Willen betrachten? Die Antwort gibt der Evangelist Matthäus, der das Volk Israel rufen lässt: *Sein Blut komme über uns und unsere Kinder.* Sehen Sie mir das bitte nach, Paula. Ich kenne die Bibel wohl doch besser, als ich zugab.

Häufig war ich jetzt mit Rezső Kasztner zusammen. Wir trafen uns heimlich, doch nicht im Haus der jüdischen Gemeinde in der Sípstraße, das wurde überwacht. In der Slowakei war es angeblich mit Schmiergeldern an die SS gelungen, eine Unterbrechung der Deportationen zu erreichen. Kasztner versuchte in Ungarn das Gleiche und sammelte Geld für Freikäufe. Er gehörte dem von Eichmann eingesetzten Judenrat an, kaum etwas teuflischer als das, denn dieser Rat musste die Menschen für Eichmann erfassen und zählen. Dessen Dienstsitz war im Hotel Majestic auf dem Schwabenberg. Dort hatte einer von Kasztners Mitstreitern ihn aufgesucht, um in der Eleganz von Empiremöbeln und Sèvres-Porzellanvasen für das Leben von Hunderttausenden zu betteln. Als ich Kasztner fragte, was für ein Mensch Eichmann sei, schilderte er ihn als pedantisch und hochfahrend. Als gelernter Ingenieur sei Eichmann vor Zeiten bei einer amerikanischen Firma beschäftigt gewesen, Standard Oil, wo man sein Organisationstalent früh erkannt habe. Auch prahle er damit, neben dem Chef der Gestapo als Einziger mit oranger Tinte unterschreiben zu dürfen. Obschon verheiratet, sei er den Frauen zugeneigt. Es hieß, dass er eine Amour mit Maria Kutschera hatte, der Gesellschafterin eines deutschen Grafen, der in Budapest lebte.

Ganz gleich, wie viel Geld Kasztner auch sammelte, es war niemals genug. Er versuchte, eine Fluchthilfe aufzubauen, um so viele Juden wie möglich nach Bulgarien zu bringen, was nur mit falschen Papieren ging. Ich hatte mit meinen Geschäften beträchtliche Summen verdient, ohne je groß darüber nachzudenken, was ich später, sollte ich den Krieg überleben, damit tun würde. Eigentlich war Geld mir immer gleich gewesen; es war mir nur wichtig, es zu besitzen. Ein seltsamer Satz, nicht wahr, doch ich wüsste es nicht anders auszudrücken. Kasztner half ich ohne eine Sekunde Bedenkzeit, und gewiss erfüllte es mich mehr, als das Geld zu zählen.

Zu einem der Treffen brachte Kasztner Georg mit. Er war seit Wochen wieder in der Stadt, wie ich erfuhr, erneut im Auftrag des Wehrwirtschaftsamts. Seit unserer letzten Begegnung hatte Georg sich verändert. Müsste ich das erklären, dann so: Vor dem Haus, in dem der Meldekopf war, hatte eine schöne, kräftige Kastanie gestanden. Dann kam ein Winter, ein neues Frühjahr, und dieser Baum trug bloß noch dürre, gelbe Blätter. Georg erzählte, dass er von einem Mann gehört habe, der vor zwei Tagen in Budapest eingetroffen sei. Sein Name sei Rudolf Höß, und er sei der Kommandant von Auschwitz, wie ihm ein Gewährsmann bei der SS gesteckt habe. Es stehe zu vermuten, dass Höß sich mit Eichmann treffen würde, um Wichtiges zu besprechen. Dass er persönlich gekommen war, spreche nach Georgs Überzeugung dafür, dass die bisherigen Deportationen nichts als eine Prélude waren, während die eigentliche, große Welle noch bevorstand. Ich blieb ganz stumm und starr, doch Kasztner setzte große Hoffnungen in die Verhandlungen mit Eichmann. Dieser habe einem führenden Mitglied des Va'adah die Offerte unterbreitet, eine Million ungarische Juden gegen die Lieferung von zehntausend Lastkraftwagen in die sichere Obhut der Alliierten zu übergeben. Natürlich glaubte Kasztner nicht daran, dass Adolf Eichmann das wirklich ernst meinte; dennoch sei sein Mitstreiter zum Schein auf den Handel eingegangen und habe, um Zeit zu gewinnen, Eichmann versichert, es möglich machen zu können. Kasztner kannte den Bericht zweier Männer, denen die Flucht aus Auschwitz gelungen war, Vrba und Wetzler hießen sie, und die Niederschrift, in der sie jedes Wort von Oskar Schindler bestätigt hatten, würde bald aus der Slowakei an Allen Dulles weitergeleitet werden, den Statthalter des OSS in der Schweiz. Nach allem, was Kasztner über diesen Dulles erfahren habe, sei er sicher, dass er sofort seine Regierung in Washington in Kenntnis setzen würde. Es könne immensen internationalen Druck auf Deutschland zur

Folge haben und sei womöglich die einzige Chance, das Leben der verbliebenen ungarischen Juden zu retten. Georg und ich sahen uns an und dachten dasselbe.

Paula, anders als diejenigen, die Rezső Kasztner beschuldigten, seine Seele dem Teufel verkauft zu haben, werfe ich ihm nicht vor, dass er mit der SS verhandelt hatte. Niemals habe ich Schindlers Worte vergessen: Jerusalem war sehr weit weg. Auch stand es gerade mir nicht zu, über Kasztner zu richten, weil er nach dem Treffen mit Schindler die ungarischen Juden nicht gewarnt hatte; denn ich tat es genauso wenig. Doch dass ein Mann, den ich bis dahin für fähig und besonnen gehalten hatte, allen Ernstes glaubte, Himmler oder gar Hitler würde internationale Empörung beeindrucken, hat mich dermaßen entsetzt, dass ich beschloss, Kasztner künftig zu meiden, um von seiner Naivität nicht in einen Abgrund gerissen zu werden.

Als ich an jenem Abend die drei Treppen zu der Wohnung hochstieg, musste ich mehrmals stehenbleiben, um zu Atem zu gelangen. Obwohl es bereits Mitternacht schlug, war Dóra noch wach. Sie gab mir zitternd einen Umschlag mit einer an mich adressierten Karte. Darin stand, in goldgeprägter Schrift auf Büttenpapier, dass man sich die Ehre gäbe, mich für den morgigen Abend zu einem Empfang einzuladen.

Mit der Unterschrift: *Obersturmbannführer Adolf Eichmann.*«

WOLLKNÄUEL

»Die Einladung galt auch für eine Begleitung, doch ich nahm
Dóra wohlweislich nicht mit. Weil sie Eichmanns Ruf kannte,
war es ihr selbstredend recht. Vielleicht fragen Sie sich, wieso
ich überhaupt hinging, Paula. Aber nein, natürlich wissen Sie,
dass es Einladungen gibt, die man nicht ablehnen kann, es sei
denn, man sehnte sich nach dem Tod. In der vorherigen Nacht
hatte ich kein Auge zugetan, mich immerfort gefragt, was mir
diese ›Ehre‹ eingetragen hatte. Es könnte ein Irrtum gewesen
sein, sicher, doch das glaubte ich nicht.

Die Villa stand auf dem Rosenberg, einem Viertel, in dem
selbst die Fiakerkutscher Adelstitel trugen, gleich über der Donau, mit leuchtend gelben Mauern, von einem Park umgeben
und als einziges Haus der Straße nicht verdunkelt, jetzt, wo
die Luftangriffe der Alliierten auf Budapest begonnen hatten.
Das Anwesen wurde von SS bewacht, an der Pforte wurde ich
nach einer Waffe abgetastet. Auch in der Stadt war Eichmann
stets mit etlichen Leibwächtern unterwegs, hieß es. Gesehen
hatte ich ihn mit seiner Eskorte allerdings noch nie. Im Haus
fand ich mich in einer großen, festlichen Gesellschaft wieder,
mehr als hundert Personen, die meisten von ihnen Männer in
SS-Uniformen, keiner davon geringer als Hauptsturmführer;
auch ein paar Wehrmachtsoffiziere waren darunter. Die Villa
war geschmackvoll eingerichtet, mit erlesenen Möbeln, zuvor
hatte sie dem jüdischen Fabrikanten Aschner gehört. Als ich
gerade am Sekt nippte – enttäuschend, weil billig –, wurde um
Ruhe gebeten.

Eichmann trat in schwarzem Wichs vor die Gäste und sagte einige Worte zur Begrüßung. Ich weiß noch, dass sein Geburtstag darin vorkam, der 19. März, der in diesem Jahr genau auf Deutschlands Einmarsch in Ungarn gefallen war, das schönste Geschenk aller Zeiten, wie Eichmann unter kräftigem Beifall bemerkte, um mit der fidelen Erklärung zu enden, dass dies sozusagen eine Nachfeier sei.

Nach Kasztners Schilderung hätte ich einen ganz anderen Mann erwartet, nicht diesen strahlenden, blendend aussehenden Feldherren. Jemand, der in Amerika war, hatte mir einmal von einem Bild erzählt, ›Washington überquert den Delaware‹. Bis heute stelle ich mir dieses Gemälde genau so vor. Eichmann dampfte ein derartiges Selbstbewusstsein aus, dass die Damen im Saal sich Luft zufächerten.

Als der Abend fortgeschritten war, ohne dass sich jemand für mich interessiert hätte, spielte Eichmann Violine in einem SS-Streichquartett, Beethoven, Nr. 7, dem russischen Fürsten Andrei Rasumowski gewidmet; ein schönes Stück, Eichmann nicht ohne Talent und Gefühl, aber das wird Sie nicht verwundern, Paula, weil Sie sich nicht der Illusion hingeben, dass ein Menschheitsschlächter unmusikalisch zu sein hat.

Da entdeckte ich Georg unter den Gästen. Wir gingen raus auf die Terrasse. Es war eine warme Nacht, der Sommer steckte schon die Nase um die Ecke. Georg war sehr besorgt, mich hier zu sehen. Er bat mich zu gehen, noch sei es nicht zu spät; ich hätte mich gezeigt, das sei verrückt genug, doch niemand könne wissen, was Eichmann sich bei der Einladung gedacht habe. Vor Wochen sei Georg dabei gewesen, als Eichmann im Majestic, bei einem Umtrunk mit Wehrmachtsoffizieren, von der schönen, ausgedehnten Inspektionsreise in den Nordosten des Landes berichtet hatte, bei der ein Horthy-Staatssekretär ihn begleitet habe, László Endre. Bei Ungvár seien weit mehr als zwanzigtausend Juden auf einem Holzplatz unter freiem

Himmel zusammengepfercht gewesen, von ihren ungarischen Aufsehern gepeinigt, die ihnen selbst Eheringe entrissen. Bei einem Stutenmilchschnaps habe Endre grinsend zu Eichmann gesagt, dass die Juden endlich an die frische Luft kämen. Die wahre Niedertracht von Eichmann zeige sich Georg zufolge in seiner salopp hingeworfenen Feststellung, von Ungarn keine Juden zur Deportation einzufordern; so etwas habe ja bereits andernorts in einem Fiasko geendet, etwa in Dänemark. Nein, er überlasse das den ungarischen Behörden mit Freuden selbst. Diese Bemerkung habe Eichmann so lustig gefunden, dass er sich an dem Tokajer verschluckte, den er reichlich genoss.

Die Musik hatte geendet. Schon war ich entschlossen, mich still zu empfehlen, wie Georg es geraten hatte, als Eichmann zu uns trat und mich jovial lächelnd begrüßte. Doch nicht mit meinem Decknamen Max Gruber, sondern vielmehr so: ›Herr Kupfer, dass Sie mich beehren, freut mich außerordentlich.‹

Bestimmt wusste er genauestens über meine Herkunft und meinen Werdegang Bescheid, dennoch tat er überrascht, als er hörte, dass ich Österreicher war wie er; Wien, das höre man ja gleich heraus, was ihn dazu brachte, von seiner Wiener Zeit zu schwärmen, dem Dienstsitz im Rothschildpalais des Belvedere, sicher kenne ich es, ein herrlicher Bau, Deckengemälde von Tiepolo; die Juden wüssten zu leben, das sei ihm Ansporn. Gewohnt habe er in der südlichen Leopoldstadt mit Blick auf das Riesenrad, ein Kreis als Symbol für den Lauf der Welt, sein Balkon ein wunderbarer Ort zum Nachdenken, er mochte das Jahr niemals missen. Als Eichmann so plauschte, ohne Georg weiter zu beachten, spürte ich, wie dieser neben mir stocksteif wurde, ja kaum noch atmete, und wusste mit einem Mal, dass Eichmann mich eingeladen hatte, um seinen Spaß mit mir zu haben. Ich war eine Art verspätetes Geburtstagsgeschenk, der Narr an seinem Hof. Es verschaffte ihm ungeheuren Genuss, meine Angst zu spüren und mit mir zu spielen wie eine Katze mit einem Wollknäuel. Begeistert sprach er von dem Jahr als Vorsteher der *Zentralstelle für jüdische Auswanderung* in Wien. Juden nach Palästina zu bringen, sei eine ehrenwerte Aufgabe gewesen, er habe sich schon als neuer Herzl gesehen. Übrigens habe er eigens Hebräischunterricht nehmen wollen, man sollte als guter Spediteur ja schließlich über seine Ware Bescheid wissen, doch als er den Antrag eingereicht habe, ihm die drei Reichsmark zu erstatten, die der Rabbi pro Stunde aufrief, sei er abschlägig beschieden worden. Wie Eichmann mutmaßte, hätten seine Vorgesetzten befürchtet, dass ein torakundiger Jude ihn weltanschaulich ins Schlingern bringen könne. Dabei lachte er derart laut, dass aus dem Haus Gäste zu uns hinausschauten. Eichmann legte vertraulich seinen Arm über meine Schulter, eine Berührung, dass mir war, als krieche ich durch eine stockfinstere Höhle voller Spinnen, und meinte: ›Es war natürlich dumm von mir, es an drei Reichsmark scheitern zu lassen, anstatt für den Rabbi einfach einen Haftbefehl auszustellen.‹ Er musterte mich, die Augen dicht vor meinen, kälter als ein Eisbach, und fragte mich, warum ich so besorgt aussähe. Vielleicht, weil er seine Villa hell erleuchtet habe, statt sie zu verdunkeln? Nun, das sei schließlich eine Frage des Charakters, nicht wahr? Wie könnten Millionen vor ihm zittern, wenn ihn bereits ein paar texanische Cowboys ängstigen würden? Licht dürfe man so wenig wie Dunkelheit fürchten. Vor seiner Zeit bei Standard Oil habe Eichmann im Salzburger Land für eine Bergbaufirma unter Tage gearbeitet; er sei sich nie für etwas zu schade gewesen. Einmal habe er sich in dem Labyrinth der Stollen bös verirrt. Nirgends Licht. Und was habe er gemacht? Sich hingesetzt und gesungen. Ein Volkslied, das er aus seiner Kindheit wusste. *Der Schnee geht bald weg, und es wird wieder schee. Und hiazt wer i bald wieder auf die Alm aufi geh'n.* Derzeit sehe er Menschen, die angesichts eines ungewissen Schicksals allemal Grund zum Singen hätten, auch sie in einem dunklen

Bergwerksstollen sozusagen. Aber seltsam, sie blieben stumm. Nun, ihn habe es gerettet, er sei gehört und gefunden worden. Eichmann verstärkte den Griff um meine Schulter. ›Man darf sich nie aufgeben. Aber ich habe leicht reden, wie?‹ Er bemerkte, dass Georg zu einem feisten SS-Offizier schaute, der in der Terrassentür stand und einer hübschen jungen Frau Avancen machte. Sie war blond, sah wie eine Deutsche aus, vielleicht als Schreibkraft bei der SS angestellt, für den Abend zwangsverpflichtet, um den Herren Ablenkung von ihrem schweren Werk zu verschaffen, nun der tumben Attacke eines Kerls ausgeliefert, der chronische Mumps zu haben schien, sollte es so etwas geben. ›Ah, der Höttl‹, meinte Eichmann. ›Er liebt die Frauen, aber kapiert nicht, dass selbst die gepflegtesten Fingernägel an Fleischerhänden unappetitlich sind.‹ Mokant ließ er fallen, dass Höttl die jüdische Frau von Hans Moser, die 1939 nach Ungarn geflohen sei, kürzlich von der Deportationsliste habe streichen lassen. ›Nu, was halten wir davon, Herr Kupfer‹, meinte Eichmann. ›Erwecke ich bei Ihnen den Eindruck eines Mannes, dem man entkommen könnte, indem man das Land wechselt, seinen Namen ändert? Wissen Sie, ich habe mich in Kulmhof einmal in praktischer Anschauung über Fahrzeuge informiert, bei denen die Auspuffgase einem anderen Zweck dienten als von dem Fabrikanten erträumt. Es war erfrischend zu sehen, was der menschliche Erfindergeist vermag. Auf der Weiterreise kam ich durch Lemberg. Dort stand ich vor einer mit Erde bedeckten Grube, aus der ein gewaltiger Blutgeysir herausschoss. Höttl wäre umgekippt, grüner als Entengrütze. Aber ich habe mich so lebendig gefühlt wie nie zuvor.‹

Paula, ich weiß nicht, ob Sie mit Wilhelm Höttl einmal zu tun hatten, jedenfalls sah ich ihn im Winter noch quicklebendig in Linz. Jemand, der ihn gut kennt, sagte mir, dass Höttl in Nürnberg als Entlastungszeuge für Kaltenbrunner auftrat und auch zu dem verhinderten Eichmann befragt wurde. Die Zahl sechs Millionen verdanken wir ihm, Eichmann soll sie ihm in Budapest genannt haben. Vor Gericht gab Höttl sich darüber reichlich erschüttert, was befremdlich anmutet, da er Adjutant von Kaltenbrunner war, für den Tod von Hunderttausenden verantwortlich. Doch es ergibt Sinn, wenn man weiß, dass er gegen Ende des Krieges als Emissär Himmlers in die Schweiz gereist war, um Allen Dulles vom oss, dem Mann, dem Rezső Kasztner derart vertraut hatte, einen Sonderfrieden anzutragen. Ebenjener Dulles hat Höttl, nachdem er den Justizpalast als freier Mann verlassen durfte, ans cic vermittelt. Jetzt führt er im Salzkammergut eine Organisation aus früheren Angehörigen der Waffen-SS. Ich sehe, das erschüttert Sie, Paula, aber haben Sie sich über solche Dinge wirklich Illusionen gemacht? Wie ich sagte: Die einen Nazis hängt man, die anderen hofiert man. Eichmann würde jetzt lächeln.

Auf der Terrasse seiner Budapester Villa war das alles noch weit weg. Ich schrak zusammen, als ich hörte, wie Georg sein Schweigen brach. Er wandte sich an Eichmann und sagte, dass das Wehrwirtschaftsamt alles ins Reich schicken müsse, was in Ungarn nicht niet- und nagelfest sei. Türen, Möbel, jede Art von Holz, sogar Fenster für die zerstörten deutschen Städte, wo kaum noch jemand ein Dach über dem Kopf habe. Georg fragte: ›Was werden Sie eigentlich machen, falls wir den Krieg verlieren, Herr Obersturmbannführer?‹

Eine plötzliche Sonnenfinsternis ist ein überaus erhabenes Naturschauspiel, Paula. Hatten Sie einmal Gelegenheit, eine zu sehen? Ich schon, an dem Abend, in Eichmanns Gesicht.

Er sagte: ›Ich würde eine edle Flasche Roten entkorken und jeden Schluck auskosten, im Wissen, dass meine Arbeit getan ist.‹ Dann lächelte er wieder. ›Und Sie, Herr Kupfer, haben Sie auch irgendwelche Pläne?‹ Ich schwieg, was ihn sehr amüsierte. ›Das ist klug, Herr Kupfer. Denn wenn man kein Leben hat, kann man auch keine Pläne haben.‹

Ich weiß nicht, was in diesem Augenblick mit mir geschah. So oft habe ich darüber nachgedacht, ohne je eine Antwort zu finden. Ich hätte mich verabschieden und gehen sollen. Oder etwas Belangloses erwidern. Doch es war mir nicht möglich. Stattdessen versetzte ich: ›Was soll daran erstrebenswert sein, sich an einem Schrei zu erfreuen? Oder an tausend, an einer Million? Wenn der Krieg vorbei ist, werde ich mich mit einer Flasche Marillenbrand im Prater ins Riesenrad setzen und auf der Fahrt über den Lauf der Welt nachdenken. Vielleicht sehe ich auch hinüber zu den Überresten des Palais Rothschild; es ist ja jüngst durch Bomben von Cowboys zerstört worden. Ich könnte mir denken, dass ich mir dann ein Lächeln gestatte.‹

Zwei Sonnenfinsternisse direkt hintereinander, das hat es wohl noch nie zuvor gegeben. Ich hielt Eichmanns Blick stand, ein Moment, den ich seit diesem Tag wieder und wieder aufs Neue durchlebt habe, tausende Male, in der Gewissheit, etwas Unverzeihliches getan zu haben, für das es keine Abbitte gibt, keine Gnade, niemals.

Eichmann nickte einem SS-Führer zu, der mit Höttl um die Gunst dieser jungen Frau zu wetteifern begonnen hatte, was ihr die Wahl zwischen einer Qualle und einem Hai ließ.

Der Hai kam sogleich zu uns. Es war Hans-Ulrich Geschke, der Mann, dem ich ein halbes Jahr darauf in der Judengasse die Hoden in den Mund stopfen sollte. Eichmann stellte ihn vor, vergaß nicht, Geschkes Doktorat der Jurisprudenz zu erwähnen, und warf mit einem Schlenker hin, dass Geschke formal gesehen sein Vorgesetzter sei, eine unbedeutende Lässlichkeit, ohne jede Bedeutung. Zu sehen, wie dieser, der Befehlshaber von Sicherheitspolizei und SD in ganz Ungarn, sich eine solche Ungeheuerlichkeit gefallen ließ, zu wissen, dass er vor meinen und Georgs Augen auf der Stelle in seine Reithosen uriniert hätte, wäre es ihm von Eichmann befohlen worden, sagte mir alles über dessen Macht.

Als ich mit Dóra am Heiligabend 1944 aus der Stadt floh, zusammen mit den Resten der ruhmreichen Waffen-SS, sah ich Eichmann ein weiteres Mal. Er raste in einem Schwimmwagen vorbei. Kurz begegneten sich unsere Blicke. In seinen Augen loderten die letzten Flammen seines Wahnsinns. Jetzt sucht alle Welt nach ihm. Aber ich bezweifle, dass man ihn je finden wird. Und wenn, dann mit Zyankalischaum vor dem Mund.

Damals, im Garten seiner Villa, hatte er noch das Lächeln eines Metzgermeisters am Abend vor dem Schlachtfest, als er sagte: ›Budapest ist eine kleine Welt, womöglich werden Sie und Herr Geschke sich wieder begegnen. Aber jetzt muss Herr Kupfer sich leider verabschieden.‹

Ich ging mit Georg runter in die dunkle Stadt. Am Himmel hing ein gelber Vollmond wie ein losgerissener Luftballon von einem Kindergeburtstag, die perfekte Nacht für einen Angriff. Ich stellte mir Männer in den Kanzeln von Bombern vor, auf dem Rosenberg Eichmanns hell erleuchtete Villa, das finstere Herz eines ganzen Kontinents, und wusste, dass keine einzige Bombe dieses Haus je treffen würde, nicht in dieser Nacht und auch in keiner anderen.

Georg erwähnte Postkarten, die Kasztner ihm gezeigt habe, aus einem Ort namens *Waldsee* abgeschickt, *Bei uns ist es schön, wir sind wohlauf,* und dass auf einer dieser Karten, wegradiert, *Auschwitz* noch zu entziffern war. Georg stehe jetzt mit ausländischen Diplomaten in Kontakt, Schweiz, Schweden, Portugal, die mit Schutzpässen versuchen wollten, Juden zu retten.

Ich hörte kaum zu, mein ganzer Körper brannte noch von Eichmanns Blick, von meinen dummen Worten. Als ich heimkam, sah Dóra mich bang an, doch ich wollte nicht reden. Am nächsten Morgen mussten die zwanzig Menschen, die mir ihr Leben anvertraut hatten, auf die letzte Reise. Und seitdem ist ihre Asche mein Atem.«

DORNBUSCH

Als Paula ihn so sah, im Schuldturm seiner Erinnerungen, vom Leben verlassen, von den Toten gequält, gefangen im Kaddisch zu einem Gott, den er hasste, kam sie sich entsetzlich schäbig vor, weil sie immerzu dachte:

Georg ist der eine Gerechte in Sodom.

»Schauen Sie mich nicht an, als hätten Sie einem zum Tode Verurteilten vorgejammert, dass Sie eine Laufmasche haben«, sagte Kupfer.

»War das Ihre letzte Begegnung mit Georg?«

»Er blieb noch zwei Monate in Budapest. Vielen hat er das Leben gerettet, ohne an sich selbst zu denken. Einmal brachte er zwanzig Juden mit falschen Papieren des Wehrwirtschaftsamtes nach Bulgarien in Sicherheit. Oskar Schindler hatte mit ihm recht.«

»Und dann?«

»Im Juli 1944 wurde er versetzt, ins Generalgouvernement. Bei unserer Umarmung versprachen wir uns fest, aneinander zu denken.«

Sie erstarrte. Polen. Aber Georg war in Italien gewesen, als Verbindungsoffizier der Heeresgruppe C. Johann Kupfer hatte sie belogen, alles erfunden. Sie stellte einen Topf mit frischer Wut auf den Herd, doch er nahm ihn sofort vom Feuer.

»Einen Monat darauf habe ich Post von ihm bekommen. Er schrieb, dass er schon wieder versetzt worden sei.«

»Wohin?« fragte sie mit angehaltenem Atem.

»Nach Italien.«

Kupfers nächste Worte pumpten das Blut aus ihrem Kopf. »Beim Abschied in Budapest gab er mir einen Namen und eine Adresse. Georg sagte, das sei sein sicherer Hafen. Dort könne er sich verstecken, sollte es nötig sein. Und ich mich auch, mit Dóra, denn wenn ich in Ungarn bliebe, sei mein Schicksal beschlossen. Ich habe es nie in Anspruch genommen, obwohl ich einige Male kurz davor war. Diese Adresse und der Name sind am sichersten Ort der Welt: in meinem Kopf.«

»Sie wissen, dass ich mich nur für Sie verwende, wenn Sie mir sagen, wo ich Georg finde.«

»Lassen Sie es uns umgekehrt machen«, erwiderte er. »Sie holen mich hier heraus, und ich gebe Ihnen, was Sie wollen.«

»Das steht nicht in meiner Macht, Johann. Ich kann Ihnen nur versprechen, ein gutes Wort für Sie einzulegen.«

»Für mich hat schon einmal jemand ein gutes Wort eingelegt«, versetzte Kupfer. »Vielleicht war es Canaris. Oder Baun, Gehlen, Lantz. Einer von ihnen hat Eichmann gesagt, dass ich für die Abwehr gearbeitet habe. Wer auch immer es gewesen ist: Ihm hatte ich die Einladung auf den Rosenberg zu verdanken, das Todesurteil für zwanzig Menschen. Und ich entging Auschwitz nur, weil ich zu wertvoll war, um mich in Rauch zu verwandeln. Behalten Sie Ihr gutes Wort. Ich bin zu müde und zu traurig, um mich auf so etwas zu verlassen.«

»Sie spielen ein sehr gefährliches Spiel.«

»Auch das habe ich schon einmal gehört. Von Geschke, als er am Tag nach der Deportation zu Dóra und mir kam, wo er geckenhaft herumstolzierte und zwanzig Menschenleben mit einem Schulterzucken abtat. Als er vor mir stand und die Daumen grinsend hinter seinen Uniformriemen schob, hätte ich ihn auf der Stelle töten und mich in die Kugeln seiner Männer werfen sollen, statt seitdem Tag und Nacht durch eine Wüste zu kriechen, in der kein Dornbusch brennt und kein Gott mir seinen Namen nennt.«

Sie wusste: In dieser Sekunde würde sich Kupfers Schicksal entscheiden.

Und das ihre.

Paula schrieb auf den Zettel: *Bringt die Reitsch das Essen?*

Er nickte.

Haben Sie Stift und Papier?

Er nickte erneut.

Schreiben Sie einen Brief an eine Adresse im amerikanischen Sektor von Berlin. Sind Ihnen dort Straßen bekannt?

Kupfer schüttelte den Kopf.

Hundekehlestraße 28. Schreiben Sie, dass Sie in Camp King sind. Man verdächtige Sie, russischer Spion zu sein. Ihr Kontaktmann wisse, dass das nicht wahr sei. Flehen Sie ihn an, den Amerikanern zu offenbaren, unter welcher Gefahr er im Krieg den sowjetischen Armeestab für Sie ausspioniert habe.

Kupfer starrte Paula an. Er nahm den Stift.

Die Kassiber werden abgefangen?

Sie nickte.

Und wenn man das im US-Sektor überprüft und dort niemand dieses Namens wohnt?

Sie hatten die Adresse aus dem Krieg. Die Person ist verschollen oder tot. Wichtig ist nur, dass man Ihnen glaubt.

Er fasste ihre Hand, in den Augen eine solche Dankbarkeit, dass die ihren sich mit Tränen füllten. Als Paula sich, schon in der Tür, noch einmal umwandte, ließ ihr Lächeln ihn für einen Wimpernschlag wieder wie jenen Mann aussehen, der in einer Jauchegrube Forellen fangen würde.

Der Abhörraum war unter dem Dach; ein winziges Kabuff, in dem für Sam und Siegfried kaum genug Platz war, weshalb sie hinunter in den Park gingen. Sam wählte die Bank, die am weitesten von der Eiche entfernt war. Es gab dieses Mikrofon also doch, eine Erinnerung an Knox. Mitunter fragte Paula sich, an was für einen weltverlorenen Ort es ihn verschlagen hatte. Sie stellte sich ihn als Kalfaktor in einer Gefängnisbibliothek vor, sah ihn mit einem Rollwagen durch Gänge gehen und jedem Häftling genau das richtige Buch geben. Hemingway für den Mut; Twain zum Lachen, Weinen; Dickens für das Überwinden der größten Einsamkeit; Virginia Woolf fürs Seelenheil. Paula würde Knox irgendwann besuchen. Vielleicht würde sie dann mit ihm auf einer Bank sitzen, wie jetzt mit Sam in Alaska, ihn von FRU-line ICE-ler grüßen und ihn bitten, die Bocksprünge der Welt zu erklären, wie nur er es konnte.

Ein frischer Wind entlaubte die Büsche und Sträucher. Sam sah zu, wie er den Tabak seiner Zigarette fraß. »Bist du traurig oder erleichtert?« fragte er.

»Beides.«

Es war undenkbar, ihm zu sagen, was sie getan hatte. Sollte Hyde davon erfahren, würde sie vor ein Militärgericht gestellt werden. Doch auf der Anklagebank durfte sie für Sam keinen Platz freihalten.

»Als er von Georg in Budapest erzählt hat, dachte ich erst, es wäre eine Lüge gewesen«, sagte Sam. »Aber Kupfer konnte unmöglich wissen, dass Georg nach Italien versetzt wurde. Es sei denn, du hättest es ihm erzählt.«

Paula schüttelte den Kopf.

Das Kreischen der Stahlsägen wehte von der Motorenfabrik heran, wo die Demontage fortgesetzt wurde, obwohl alles auf Marshalls Plan zulief und es in Deutschland bald neue Fabriken geben würde.

»Kupfer spricht viel vom Glauben, aber religiös ist er nicht«, sagte Sam.

»Nein. Er sehnt sich nur danach.«

»Tun wir das nicht alle und wissen, dass es keine Erfüllung dafür gibt? Ist es nicht die radikalste Form von Gotteshass?«

»Kann man einen Gott hassen, an den man nicht glaubt?«

»Das ist besser, als einen Gott zu lieben, der die Menschen hasst«, antwortete Sam.

Schweigen.

»Sagt dieser Schindler dir etwas?« fragte Paula.

»Nein. Dir?«

»Nein. Aber über Rezső Kasztner gab es voriges Jahr in der *New York Times* einen längeren Artikel. In Nürnberg ist eine Eidesstattliche Erklärung von ihm verlesen worden, mit der er über Eichmann ausgesagt hat. Kasztner hatte tausendsiebenhundert Juden, darunter seine Familie und etliche Verwandte, für einen Transport in die Schweiz ausgesucht, wie ihm gegen eine horrende Bezahlung von Eichmann versprochen worden war. Der ließ diesen Zug nach Bergen-Belsen umleiten, wo die Menschen monatelang als Geiseln gehalten wurden, bevor sie dann doch in die Schweiz ausreisen durften. Ja, vielleicht hat Rezső Kasztner mit dem Teufel Poker gespielt. Aber mit dem, was er über den Oberrabbiner von Jerusalem gesagt hat, hatte Schindler wohl recht.«

»In Palästina wird man es nicht verstehen«, erwiderte Sam. »Da geht man lieber an die Klagemauer.«

»Angeblich soll Dulles den Zug in der Schweiz persönlich in Empfang genommen haben. Beim Schaulaufen war er ja schon immer groß.«

Doch sie wusste, dass es ungerecht war. Dulles war vieles in einem, ein Zyniker, ein Machiavellist, ein Charmebolzen und Rosstäuscher; großzügig und geizig, so lustig wie luzide, skrupulös wie ein Skorpion. An der Rettung dieser Menschen war er aber beteiligt gewesen. Und das Auschwitz-Protokoll hatte er Washington auch nicht unterschlagen.

»Er hat Hyde angerufen«, sagte Sam.

»Dulles?«

»Ja. Nach eurem Plausch in Frankfurt.«

»Um sich über mich zu beschweren?«

»Möglich. Ich habe es von Rapunzel erfahren, als ich mit ihr geschäkert habe. Vielleicht wollte er Hyde auch auf den Zahn fühlen, weil der von *Sunrise* weiß.«

»Du flirtest mit Rapunzel?«

»Sie sieht in mir den Prinzen, für den sie ihr Haar herunterlassen würde.«

Paula lachte lautlos.

»Hast du dir Eichmann so vorgestellt?« fragte Sam.

Paula schüttelte den Kopf. »Nach der Nürnberger Aussage von Höß habe ich gedacht, Eichmann sei eine Art Buchhalter gewesen, ein Bürokrat, dem es egal war, ob er Heftklammern anfordert oder Menschen durch den Schornstein schickt. Den Mann, den Kupfer beschreibt, hätte ich gewiss nicht erwartet. Vielleicht, weil ich dachte, es wäre zu simpel, sich Eichmann als Bestie vorzustellen, oder Höß, Mengele, Rauff. Historiker werden sich dran abarbeiten, Philosophen, Dichter. Man wird kluge Dinge darüber schreiben, aber die einfachste Erklärung wird womöglich keinem in den Sinn kommen: dass es Männer waren, die den Geruch von brennendem Fleisch liebten.«

Die Stahlsägen schwiegen, Feierabend; auch morgen würde es noch genug zu demontieren geben.

»Glaubst du Kupfer?« fragte Paula.

»Das mit Eichmann? Ja.«

»Dass er kein sowjetischer Spion ist.«

»Nein.«

»Warum?«

»Er weiß einfach zu viel über die Russen. Allein das Treffen von Donovan, Berija und Sudoplatow. Wie viele waren wohl in der Lubjanka eingeweiht? Höchstens drei, vier. Ausgerechnet einer von denen soll Kupfers sagenumwobene Quelle gewesen sein? Wie wahrscheinlich ist das?«

»Wie groß war die Wahrscheinlichkeit, dass Hyde mich mit Kupfer zusammenbringt und der Georg kennt?«

»Er hat diese Donovan-Episode nur aus russischer Sicht geschildert«, gab Sam zurück. »Und das Codebuch, das wir den Finnen abgekauft hatten: Ja, wir haben es Moskau ausgehändigt. Allerdings ließ Bill Donovan eine Kopie davon erstellen, damit arbeiten wir bis heute.«

»Du hast bloß Kupfers Stimme gehört, aber ich habe ihm in die Augen geschaut«, sagte Paula. »Er ist verrückt vor Angst, dass wir ihn ausliefern.«

»Am Ende habt ihr lange geschwiegen«, erwiderte Sam.

»Ja. Und?«

»Ich weiß, dass du daran denkst, ihm irgendwie zu helfen. Tu es nicht. Du würdest es dein Leben lang bereuen.«

»Wie sollte ich das anstellen?«

Paula erwiderte Sams Blick. Röte schoss in ihr Gesicht, weil sie dachte: *Wenn er mich jetzt küsst, lasse ich es zu.*

»Guten Tag.«

Es war Hanna Reitsch.

»Lieutenant, würden Sie uns kurz allein lassen?« bat Paula.

»Komm, Dicker.« Siegfried trottete Sam hinterher.

»Falls es um Colonel Philp geht ...«, hob sie an und wappnete sich, an ein Versprechen erinnert zu werden, das sie weder halten konnte noch halten wollte.

»Ja, ich möchte mich dafür bedanken, dass ich am Mittwoch freikomme«, sagte die Reitsch.

»Mittwoch ...«, wiederholte Paula tonlos.

»Es war ja weiß Gott Zeit. Wim Putz ist gestern schon entlassen worden. Wofür war er überhaupt hier? Er hat doch nur ein paar harmlose Witze gemacht.«

Mittwoch.

Am Tag nach den Hinrichtungen.

Später würde es für Johann Kupfer keine Möglichkeit mehr geben, etwas aus Alaska herauszuschmuggeln.

»Das freut mich«, hörte sie sich. »Alles Gute.«

Die Reitsch wollte sich abwenden.

»Da Sie Wim Putz erwähnen ...«, sagte Paula. »Ich habe ihn einmal gefragt, was aus Ihren Eltern wurde. Er meinte, das Sie darüber nicht reden würden. Vielleicht möchten Sie es mir ja erzählen. Zum Abschied.«

Die Reitsch zögerte.

»Aber ich will Sie nicht bedrängen.«

»Sie sind in Salzburg gewesen. Auch meine Schwester war dort. Als die Amerikaner gekommen sind, gab es das Gerücht, dass alle Flüchtlinge in die Heimat deportiert würden. Aber in Schlesien war der Russe. Mein Vater wusste, was das für die Frauen bedeutet hätte.«

Der Blick der Reitsch, ein Kniefall vor stummen Göttern.

»Er hat Ihre Mutter und Ihre Schwester getötet?«

»Und dann sich selbst«, erwiderte die Reitsch stolz. »Er hat das Schwerste auf sich genommen.«

»Vor drei Monaten hätte ich noch etwas anderes zu Ihnen gesagt. Aber jetzt tut es mir leid.«

»Danke.«

»Nicht für Sie. Nur für Ihre Mutter und Ihre Schwester.«

In Hanna Reitschs Gesicht wurden die Märchen, die sie den Kindern von Goebbels erzählt hatte, eins mit dem Viehschlachten auf ihrer Missionsschule, den Hubschrauberpirouetten in der Deutschlandhalle, den Teekränzchen bei Himmler, ihrem abgelehnten Selbstmordeinsatz mit der V1, eine Collage aus Wahnsinn und Scheitern. Die Reitsch drückte den Rücken wie bei einer Ordenszeremonie durch, als sie sich umdrehte und zu dem Haus ging, das bald leer stehen würde, die Möbel mit Tüchern verhängt, bewohnt nur noch von Geistern.

BAUM DER ERKENNTNIS

Beim Packen des Köfferchens, Wäsche für zwei Tage, überleg-
te sie in aller Frühe, welches Kleid sie mitnehmen sollte: das
weinrote, eng geschnittene mit dem frechen Ausschnitt oder
das hochgeschlossene blaue aus Georgette, braver Spitzenkra-
gen, unschuldig. Sie würde mit Sam am frühen Abend in Nürnberg eintreffen, fünf Stunden vor den Hinrichtungen, die um
ein Uhr nachts sein sollten, genügend Zeit für ein Essen, einen
Drink; später die Übernachtung auf Schloss Stein, dem Stamm-
sitz der Bleistiftdynastie Faber-Castell, wo die internationale
Presse Quartier nahm. Es versprach ein Abenteuer, denn John
Dos Passos hatte das Gemäuer in *Life* als *German Schrecklichkeit
at it's worst* bezeichnet.

Also: das Blaue, Artige? Oder doch das Rote? Paula hielt die
Kleider Siegfried hin, der sie triefäugig beguckte, von solchen
Lässlichkeiten gelangweilt wie jeder Kerl.

Doch dann klopfte es an der Tür, und Lucy, die zur Hunde-
übergabe kam, sagte: »Nehmen Sie beide mit.«

»Hier ist noch etwas für Sie.« Paula gab Lucy, was sie Tage
zuvor in der Galerie auf der Zeil erstanden hatte.

Als Lucy das Packpapier zurückschlug, zitterten ihre Hände.
Es war ein Kirchner, kleines Format, Schwarz und Weiß, ungewöhnlich für ihn. Ein Blick auf das Meer, eine einzige gewaltige Welle. Die Farbe war so dick, dass man die Schaumkronen
anfassen konnte; eine prometheische Urkraft, die aber keine
Angst machte, weil die Woge sich zurückzog und unter einem
klaren, hellen Himmel in die Ferne rollte.

»Ich wusste, dass es dieses Bild war«, sagte Paula.

Fast brach Lucys Stimme. »Das kann ich nicht annehmen.«

Paula lächelte. »Ach was. Ich habe es auf vier Tafeln Schokolade heruntergehandelt.«

Glücklichmachen machte glücklich.

Ein Fahrer setzte Paula und Sam beim Bahnhof ab. Auf dem Vorplatz blühte wieder der Schwarzmarkt, Basar der Besiegten und Bekümmerten, ihr Getuschel ein stetes Rauschen wie von einem Wasserfall. Paula hatte sich das Treiben einmal mit Sam angeschaut und wusste, dass man die unglaublichsten Dinge hier erstehen konnte: mit Holz und Sägespänen gefüllte Brote; leere Aale, die nur aus Zeitungspapier bestanden; Feuersteine, die sich als abgeknipste Stücke von Fahrradspeichen erwiesen; mit Fliegenmaden verseuchte Hamster; Buddhas aus Bakelit; ausgestopfte Schleiereulen; leere Flaschen; Erstausgaben von Hölderlin mit garantiert echter Signatur, und was man sonst nicht brauchte. Vor allem aber Zigaretten Marke »Siedlerstolz«. Sam hatte das Kraut einmal probiert, um danach für Stunden zu verschwinden; ein Mann, der Omaha Beach überlebt hatte und sich jetzt seiner Endlichkeit bewusst geworden war.

Sie kämpften sich durchs Gewühl und Geschiebe und mussten sich laufend Menschen erwehren, die ihnen die Reste eines ausgebombten Lebens aufdrängen wollten. »Sehen Sie doch, die schöne Kuckucksuhr!« – »Ein Füller von Montblanc, bloß vier Amerikanische!« »Wollen Sie das Feuerzeug von General Ludendorff?« Mittendrin eine Litfaßsäule, in Bälde wieder Weihnachtsmarkt am Römer, auf dem Plakat Kinder an einem reich gedeckten Gabentisch, ihre Gesichter proper, so rotwangig wie aus einem Klatschbericht über die Familie Goebbels in *Das deutsche Mädel* ausgeschnitten. Gleich daneben schwamm dampfendes Kartoffelgulasch in einem Ölfass und verströmte einen Geruch, der Paula an den Abend denken ließ, an dem sie allein bei Elias gewesen war.

Plötzlich schrillten Trillerpfeifen, gellten Kommandos. Die Menschen spritzten auseinander, rafften ihre Habseligkeiten an sich, ein Ameisenhaufen in Aufruhr unter einem riesigen Stiefel. Paula suchte Sams Arm, wurde aber umgerissen, über ihr die breiten Beine einer Frau, Blick auf ihren verschlissenen Schlüpfer, Geldscheine, die im Sprint unters Strumpfband geschoben wurden. Dann verwandelte der Himmel sich in regennassen Stein. Ehe sie wusste, wie ihr geschah, hing sie schon kopfunter über Sams Schulter. Sie flog durch ein Tohuwabohu aus taumelnden Leibern, sah verlorene Schuhe, zertrampelte Hüte, einen Goldzahn, eine Beinprothese, ein Glasauge und kam erst beim Bahnhofseingang wieder zu sich, wo Sam sie absetzte und sich den Schweiß vom Gesicht wischte.

Paula sah Männer der Constabulary mit ihren Schlagstöcken wie mit Dreschflegeln durch die Menge fahren, gut eine halbe Hundertschaft, dazu deutsche Hilfspolizisten mit den weißen Armbinden; breitschultrig, feist, satt, weil mit amerikanischen Armeerationen verköstigt. Viele von ihnen führten Menschen ab, benutzten die Fäuste, wenn sie sich wehrten, schleiften sie zu einem der großen, offenen Lastkraftwagen, *Weißer Traum* von den Frankfurtern genannt. Auf der Ladefläche wurden sie zusammengepfercht; die Männer ruhig, mit einem Trotzrest Stolz, Frauen in Tränen aufgelöst. Eine rief nach ihrem Kind, im Tumult verloren.

Fahrig setzte Paula ihr Uniform-Schiffchen auf, das sie, wie auch den Koffer, umklammert hatte. An der Nordseite stiegen zwei Burschen in einen leeren Laster. Der Fahrer wandte sich noch kurz um, grinste, ein Gesicht wie das eines Kellners, der zehn Dollar Trinkgeld eingestrichen hatte. Paula erkannte ihn wieder, hatte ihn im Camp bei Gehlen gesehen. Im Wegfahren kam lässig eine Hand aus dem Fenster, Gruß an einen von der Constabulary, der an die Schirmmütze tippte und seine Leute anbellte, weil einige der Pechvögel zu entfliehen drohten.

Als das Stampfen von Lokomotiven sie in der Bahnhofshalle empfing, das Kreischen von Eisen auf Eisen, war Paulas Atem noch draußen und musste erst nachkommen. Sie eilte neben Sam her, um ihren Zug nicht zu verpassen, Gleis 6, hastete an der MITROPA-Gaststätte vorbei, wo Sanitäter einen Menschenring sprengten und eisern eine Gasse schufen, sodass Paula für eine Sekunde den Körper sah, der da lag, gekrümmt, verdreht, die linke Hand offen, das welke, schmutzige Gesicht ein erfrorener Schrei.

Der Zug fuhr schon los. Sam sprang aufs Trittbrett und zog Paula zu sich heran; ihre Schuhe schleiften noch kurz auf dem Boden, ein Kunststück ohne Zuschauer, dann war es geschafft. Als sie im Abteil in ihre Polster sanken, waren sie wie durchs Wasser gezogen, ihnen gegenüber zwei Majors, die Paula mit Kennermiene begutachteten, während sie an nichts anderes denken konnte als an die alte Frau in diesem fadenscheinigen Umhang mit dem Balken wie von einer Hakenkreuzfahne, die Frau, die Paula bei deren Ankunft in Frankfurt flehentlich den Ehering verkaufen wollte, echtes Gold, bloß zehn Zigaretten. Vielleicht hatte sie diesen Ring bei ihrem letzten Herzschlag noch mit der Faust umschlossen, bevor er ihr aus der Hand gefallen war, von einem Gaffer schnell aufgehoben, eingesteckt, billige Beute.

Hinter dem verrußten Fenster ahnte Paula die Überreste eines alliierten Polterabends namens Frankfurt. Dann, ein Impasto, das Star-Spangled Banner, schlaff vor dem wetterwendischen Himmel. Beim Überqueren des Mains schwankte der Zug auf einer Behelfsbrücke. Stahlrammen hämmerten. Bald würde es wieder feste Verbindungen ans andere Ufer geben.

Paula merkte, dass Sam sie von der Seite musterte und ihre Erschütterung spürte, wohl wissend, dass der Tumult auf dem Schwarzmarkt nicht der Grund dafür war.

Schweigend hörten sie dem Gespräch ihrer Mitreisenden zu, beide in der Militärverwaltung tätig. Der Dicke hatte einen metallischen Missouri-Akzent und klagte über Deutsche, die täglich auftauchten, um Landsleute anzuzeigen; in der Regel Denunzianten, die selbst etwas zu verheimlichen hätten.

»Es mag sein, dass mancher scheinheilig ist«, meinte der andere. »Aber nicht alle. Schon im Buch Mose steht: Wenn einer dich verführen will, anderen Göttern zu dienen, sollst du kein Mitleid mit ihm haben, sondern sollst ihn anzeigen. Wenn er hingerichtet wird, sollst du als Erster die Hand gegen ihn erheben und ihn steinigen, denn er hat versucht, dich vom Herrn, Deinem Gott, abzubringen.«

Missouri lächelte. »Vergleichen Sie uns mit Gott?«

»Aus Sicht der Deutschen sind wir das wohl.«

»Wie kommt es, dass Sie so bibelkundig sind?«

»Ich war Pfarrer einer Baptistengemeinde in Albuquerque. Und wenn der Herr ein Einsehen hat, darf ich im März dorthin zurück.«

»Ich mache es mir hier noch ein bisschen länger gemütlich«, meinte Missouri. »Letzten Monat war ich in Stuttgart. Außenminister Byrnes kam mit Hitlers Zug und hat verkündet, dass wir uns in Deutschland festsetzen. Wieso nicht? In Wiesbaden süffeln wir den Schampus, den Ribbentrop uns übrig ließ, und sonntags machen wir mit der Jacht des Führers eine Spritztour auf dem Rhein. Es ist nett, ein Gott zu sein.«

Die Männer lachten.

Paula kannte die Rede von Byrnes. Er hatte in Stuttgart bekundet, dass Amerika *seinen Anteil an der Last* auf sich nehmen und noch lange bleiben würde. Aber: *Wir wollen dem deutschen Volk die Regierung zurückgeben und ihm helfen, zu einem ehrenvollen Platz unter den friedliebenden Nationen dieser Welt zurückzufinden.* Tausend Jahre würde es wohl nicht dauern. Amerikaner beliebten, aus der Bibel zu zitieren, doch sie wollten der

Gott des Neuen Testaments sein, der gute, gütige, und nicht der Rachegott, vor dem Moses gezittert hatte. Sie waren keine Bußprediger und nicht dafür geschaffen, auf immer und ewig donnernd die Zehn Gebote zu deklamieren, denn ihr Geschäft war das Geschäft. Längst sehnten sie das Ende der Nürnberger Nachfolgeprozesse herbei, gegen IG Farben, Einsatzgruppen, Ärzte, das Oberkommando der Wehrmacht, andere Schlächter. Das Juristentribunal sollte Mitte Februar eröffnet werden. Mit den Urteilen gegen ein Dutzend angeklagte Justizbedienstete und Richter hätte das Gewissen Ruh. Dann würde deutsches Recht wieder in den Händen von Nazijuristen liegen.

Beim Packen hatte Paula sich gefragt, warum sie überhaupt mit Sam zu den Hinrichtungen fuhr. Es war lächerlich zu glauben, dass heute Nacht in Nürnberg etwas zu einem Abschluss gebracht wurde. Die elf Männer am Galgen würden nur noch Namen auf dem Plakat eines abgesetzten Theaterstücks sein, während längst die Proben für *Deutschlands Wiederauferstehung* liefen und begnadete Mimen wie Rauff, Wolff, Höttl, Gehlen der Uraufführung dieses Passionsspiels entgegenfieberten. Sie würden sich auf der Bühne schlau im Hintergrund halten, als seien sie Statisten, aber den vermeintlichen Hauptdarstellern den Text soufflieren, als Ministerialdirigenten, Gruppenleiter, Staatssekretäre, Behördenchefs.

Weshalb fuhr Paula also nach Nürnberg? Wenn sie ehrlich war, hatte sie sich einfach auf zwei Tage mit Sam gefreut. Aber statt das zu genießen, saß sie seit einer Stunde stumm neben ihm und hatte die Frau im Bahnhof vor Augen, ihre flehende Stimme damals, ihre leere Hand heute.

Nach dem Halt in Aschaffenburg stand sie auf, um sich im Gang die Beine zu vertreten. Ein Major beschwerte sich lautstark bei dem Schaffner darüber, dass er sein Coupé mit einem Schwarzen teilen müsse, worauf der Mann zackig die Hacken zusammenschlug und schnarrte: »The Neger comes weg!«

In den Waggons der ersten Klasse waren nur Amerikaner. Die meisten lasen US-Presse; darin kein Wort über die Hinrichtungen, da nur wenige Eingeweihte wussten, dass sie in dieser Nacht stattfinden würden. Selbst die Verurteilten hatte man darüber im Unklaren gelassen, wie Sam von seinem General gehört hatte. In dem hinteren Zugabschnitt quetschten sich Deutsche auf Holzbänke, acht je Abteil, in Mänteln, weil dort nicht geheizt wurde.

Sie ging zurück. Eine Weile stand sie noch am Fenster und sah den Spessart vorbeiziehen; Bilder wie Kitschgemälde in deutschen Wohnzimmern. Zwei GIs, die nicht dran dachten, Paula militärisch zu grüßen, verglichen aufschneiderisch ihre goldenen Uhren. Mit dem Monatssold von fast hundert Dollar und acht Packungen Freizigaretten in der Woche konnten sie hier wie Könige leben. Sie waren Riesen im Zwergenland und rafften alles zusammen, was sich in die Staaten schicken oder später mitnehmen ließ.

Paula sah Baxter vor sich. Er war an ein Fotoalbum gelangt, das ein Kollege in einem Frankfurter Ruinenkeller gefunden hatte. Beim Schlossfrühstück hatte Baxter es neulich protzig herumgezeigt. Auf den Fotos waren Offiziere der Totenkopfverbände im Urlaub zu sehen gewesen, begleitet von adretten jungen Frauen des SS-Helferinnenkorps; eine Idylle irgendwo in den Bergen, unbeschwerte Sommertage in einem Erholungsheim namens Solahütte mit majestätischem Blick über endlosen Wald, die Frauen in Liegestühlen auf einer Holzveranda, kess in die Kamera winkend. Männer hockten mit Bierhumpen an einer langen Tafel; einer spielte mit dem Akkordeon zum Tanz auf. Dann ein Winter, die Solahütte unter einem Federbett aus Schnee, Bescherung, ein andachtsvoll geschmückter Baum. Stille Nacht, schreckliche Nacht.

Auf der ersten Seite des Albums stand in Schönschrift:
Mit Kommandant SS Stubaf. Baer, Auschwitz 21.6.44

Während sich in Auschwitz-Birkenau der Vorhang zu dem letzten Akt des Infernos hob, der Ermordung der ungarischen Juden, auf deren Asche schon die Teiche und Wälder warteten, hatten diese jungen Männer und Frauen vergnügte freie Tage genossen, vielleicht unweit des Lagers, jedoch weit genug, um die »Endlösung« nicht mehr riechen zu müssen, Grauen, das für sie unerheblich war. Menschen, die Hunderttausende mit Hundepeitschen ins Gas trieben, aber kein größeres Unglück kannten, als zu den Blaubeeren keine Sahne mehr zu haben.

Auf einem Foto hatte Paula Rudolf Höß erkannt, den Herrn über Auschwitz-Birkenau, über Öfen, die niemals erkalteten, sein tumbes Dorftrottelgesicht faltenlos, Augen wie geschmolzenes Glas. In Nürnberg war aus seinem verlebten Mund bei jeder Frage ein »Jawohl!« geschossen.

Auf einem anderen Foto war Josef Mengele zu sehen gewesen, ein Gigolo, der in der Hölle auf Damen wartete.

Baxter wollte mit dem Album in den Staaten einen Reibach machen. Er fände auch nichts dabei, die Pornosammlung von Streicher zu verscherbeln, Lampenschirme aus Menschenhaut, eine getragene Unterhose von Himmler.

Paula war zu Hyde gegangen, um es zu melden. Er hatte sie angeschaut, als hätte sie gesagt: »Baxter versucht, ein Meißner Porzellanservice zu Geld zu machen.«

»Sollten Sie sich bei der Heilsarmee bewerben wollen, Miss Bloom, schreibe ich Ihnen eine Empfehlung.«

Im Zug hörte sie einen der GIs sagen: »Ich habe es noch nie so oft getrieben wie in Deutschland. Himmel, man muss sich ja nur eine Zigarette anstecken, schon hängen drei Weiber an einem dran und machen die Beine breit.«

»Genau, Bruder«, sagte der andere. »Meiner ist schon ganz wund. Es fängt an, mich anzuöden.«

So redeten sie, keine zwei Meter von Paula entfernt.

Als sie in Würzburg einfuhren, kam sie zurück ins Abteil. Die beiden Offiziere quetschten sich mit ihrem Gepäck dichter als nötig an ihr vorbei. Sam hob bloß kurz den Blick und vertiefte sich wieder in seine *Frankfurter Rundschau*, von der mehrere Exemplare im Abteil auslagen. Paula griff sich auch eine. Auf der Titelseite las sie, dass Konrad Adenauer im ersten Landtag von Nordrhein-Westfalen zum Fraktionsvorsitzenden einer Partei namens Christlich Demokratische Union gewählt worden war. Meldungen aus der britischen Zone verfolgte sie selten, doch sie wusste, wer Adenauer war. Sie erinnerte sich an einen Tee am Hundekehlesee, zu dem der Dachs mit hakenkreuzbehängter Gattin erschienen war, 1933 oder 34. Er hatte ihr irgendwelche klebrigen Backfisch-Komplimente gemacht, als sie durch den Salon gesaust war, um ein paar Canapés zu mopsen. Schacht leckte Mayonnaise von einer Jakobsmuschel und ließ sich gegenüber einem Hearst-Korrespondenten über Adenauer aus, der gerade erst als Oberbürgermeister von Köln abgesetzt worden war.

»Der arme Adenauer«, hatte Schacht gesagt. »Dabei hat er letztes Jahr noch laut posaunt, dass eine so große Partei wie die NSDAP unbedingt führend in der Regierung vertreten sein müsse. Undank ist der Welt Lohn.« Bei Schachts Lachen fielen Fliegen tot von der Wand.

Klaus Mann hatte einmal gesagt: »Ich bin mit Brecht in vielem nicht einig. Doch mit seinem Deutschland-Gedicht hat er recht. *Hörend die Reden, die aus deinem Hause dringen, lacht man. Aber wer dich sieht, der greift nach dem Messer.*«

Sam schaute über den Zeitungsrand. »Hier wird auf einen kürzlichen Leitartikel der *Nürnberger Nachrichten* verwiesen. Das Urteil über die Deutschen sei längst durch die Geschichte gesprochen worden und falle sehr viel härter aus als das über die Hauptkriegsverbrecher, denn der Tod als Sühne sei einem Volk nicht gestattet.«

Sie erwiderte Sams Blick. »Stefan Heym, du kennst ihn aus Ritchie, hat sich einmal gefragt, ob er wenigstens zehn Gerechte finden würde, wenn er nach Deutschland zurückkäme. Mir sind diese zehn bisher nicht begegnet. Doch vielleicht gibt es eine, und ausgerechnet bei ihr habe ich es am allerwenigsten erwartet.« Sams Lächeln zeigte ihr, dass er wusste, von wem sie sprach. »Für manch einen wird das Weiterleben sicherlich schwerer, als heute Nacht die Stufen zum Schafott hochzusteigen«, sagte Paula. »Jedenfalls für diejenigen, die wissen, dass ihr Sodom und Gomorrha sich in keinem heiligen Buch findet. So wenig wie der Baum der Erkenntnis.«

»Wer sind Sie, und was haben Sie mit der Frau gemacht, die ich im Sommer vom Zug abgeholt habe?« fragte Sam.

»Im Wald verscharrt, die alte Zicke.«

Sie lachten.

Der Schaffner schaute rein. »Can I you something bring?«

Paula sagte auf Deutsch: »Ja, fragen Sie den Neger, den Sie aus seinem Abteil gejagt haben, ob er zu uns kommen will.«

KRIEG UND FRIEDEN

Nürnberg sah aus, wie Frankfurt ausgesehen hätte, wenn der Krieg noch zwei Jahre weitergegangen wäre. So gut wie jeder Prozessberichterstatter, dessen Artikel Paula kannte, war bemüht gewesen, das hier Gesehene mit der Stadt der Meistersinger zu vergleichen, der Stadt von Hans Sachs, der Stadt von Königen, Kaisern, dem bedeutenden Handelsplatz der Fugger, nie ohne zu schreiben, dass der Brunnen mit dem Bildnis von Dürer in dieser Ödnis noch stand; als sei das ein Zeichen, ein göttlicher Fingerzeig, dass Nürnberg noch nicht verloren war. Nein, unmöglich. Nürnberg war fort. Es war, als hätte jemand die Häuser einer Spielzeugstadt auf den Boden geworfen und wäre dann draufgetreten. Auf dem Berg reckten sich vier Türme der Burg noch tapfer in den Himmel, der Rest lag in Schutt und Asche. Darunter war eine Gerölllawine auf halbem Weg erstarrt, ein Requiem für die alliierten Angriffe, die im Oktober 43 begonnen und ihr Werk im Januar 45 vollendet hatten. Dies war der Ort, an dem Hitler auf dem Reichsparteitag geraunt hatte: »Nicht jeder von euch sieht mich, und nicht jeden von euch sehe ich. Aber ich fühle euch, und ihr fühlt mich.« Vorm Bahnhof sah Paula die Menschen, die ihn gefühlt hatten, den »größten Sohn, den mein Volk in seiner Geschichte hervorgebracht hat«, wie Heß noch in seinem Nürnberger Schlusswort sagte. Ja, sie hatten ihn gefühlt, und dann bekamen sie ihn zu fühlen. Jetzt irrten sie über diesen Friedhof ohne Gräber, verstümmelt und verstört, ihre Körper abgetragen wie die alten Mäntel von Fremden.

Sam sah zu dem einzigen Gebäude, das Eisenhowers Abriss-birne weit und breit stehengelassen hatte. »Müsste das Grand Hotel sein. Angeblich kriegt man dort etwas Genießbares.«

Es war schon vor dem Krieg das erste Haus am Platz gewe-sen, damals noch als »Hotel Reichsparteitag«. In seinen Suiten hatte die ganze Nazigarde residiert, ein Refugium für Massen-mörder, die keinen Luxus missen wollten. Zwar war die Fassa-de von Maschinengewehrsalven und Granatsplittern in Mitlei-denschaft gezogen worden, aber Paula stellte sich vor, wie das Haus einstmals ausgesehen haben musste, mit Hakenkreuzen pathetisch ausstaffiert, vor der Drehtür der rote Teppich, für alle Zeit geweiht, weil der Führer darübergeschritten war. Ver-lumpte lungerten am Eingang rum, vielleicht in der Hoffnung auf einen weggeschnippten Zigarettenstummel. Hinter diesen dicken Mauern erahnten sie eine Welt, in der Feen und Elfen leben mussten, für sie unerreichbar, doch nicht für Paula und Sam, die von einem Militärpolizisten durchgewunken wurden und eine Halle betraten, der man ansah, dass sie mit Müh und Not in Fasson gebracht worden war. Überall Bronze statt Gold, der Marmor entpuppte sich bei näherem Hinsehen als Tapete, die Kronleuchter waren von irgendwo, keiner wie der andere. Auf roten Chaiselongues, vermutlich aus einem Freudenhaus, fläzten sich gutgekleidete Männer und Frauen. Sie musterten die zwei, schätzten ab, ob sie interessant waren. Journalisten, wie Paula annahm. Die Urteile waren zwei Wochen zuvor ver-kündet worden, längst standen die Schafotte. Auch der Name des Henkers war jedermann geläufig, John C. Woods, Master Sergeant der Army. Zwar würden Vertreter der Presse bei den Hinrichtungen anwesend sein, jedoch nur acht, durch ein aus-geklügeltes Losverfahren bestimmt. Um ihre Exklusivmeldun-gen nicht zu gefährden, würden sie ganz gewiss niemandem erzählen, auf welchen Tag, welche Stunde das große Ereignis angesetzt war.

Ein Page geleitete sie zum Speisesaal. An der Wand hingen Fotografien berühmter Gäste, Sartre, Dos Passos, Hemingway, Steinbeck, Döblin, Kästner, Aragon, Ehrenburg, die Dietrich. Sie hatten als Zuschauer dem Tribunal etwas von dem Glanz verliehen, den die Zeugenaussagen von Lagerkommandanten und Einsatzgruppenführern nicht hergaben, so wenig wie die Bilder von Leichenbergen, wie die Sonnenbrillenvisagen auf der Anklagebank des Justizpalasts, ja nicht einmal die dort gezeigten Propagandamachwerke von Siegesparaden und Parteitagen, deren Heroen implodiert waren, knochige Clowns, an denen zwei Nummern zu große Anzüge schlackerten. Und im Grand Hotel kein einziges Foto mehr von ihnen.

Der Speisesaal erinnerte an das Sankt Petersburg der Zarenzeit, wie Paula es sich vorstellte. Sollte es je zu einer Verfilmung von *Krieg und Frieden* kommen, müsste hier der Ball gedreht werden, bei dem die junge Natascha Andrej Bolkónski schöne Augen macht. Doch diese Phantasie half nicht über das Hakenkreuzmuster des Teppichbodens hinweg, und auch nicht über die Parteitagsgravur der Bestecke, auf deren Griffen zusätzlich der deutsche Adler prangte. Paula fragte sich, wie es wohl für Jackson und Kempner war, mit diesem Besteck zu essen und nur wenige Kilometer weiter diejenigen anzuklagen, zu deren Ehren es gestaltet wurde.

Sie aßen Hirschbraten, es war ein Kampf. Der Kellner kam. Er besaß eine weitläufige Ähnlichkeit mit Rudolph Valentino, wäre der neunzig geworden. Sein Englisch war das akustische Pendant zu einem nächtlichen Fliegerangriff: ein Satzbau, der aus dem Nichts kam und auch dort endete.

Auf die Frage, ob es munde, sagte Sam: »Auf diesem Felsen sollt ihr meine Kirche bauen.«

Am Nebentisch saß ein grauhäutiger Herr mittleren Alters, zittrig wie der greise Hindenburg auf dem Weg zur Garnisonskirche, was auch die fünf doppelten Cognacs nicht änderten, die er in schneller Abfolge hinunterstürzte. In seinem Gesicht sackte alles nach unten, als habe er genug Haut für zwei; nur die Himmelfahrtsnase trotzte der Schwerkraft.

Er fing Paulas Blick auf, sein Menjoubärtchen zitterte.

»Entschuldigung, ich wollte Sie nicht anstarren«, sagte sie.

»Haben Sie dem Tod schon einmal ins Auge geschaut?« gab er zurück. Er hatte einen französischen Akzent, der selbst bei ihm charmant wirkte. Franzosen sollten nur in Fremdsprachen reden, dann hätten sie Schlag bei jeder Frau.

»Nicht in der letzten Viertelstunde«, meinte Paula.

»Man hat mir ein Zimmer im dritten Stock gegeben«, sagte er. »Fahrstühle außer Betrieb, ab dem zweiten Stock Trümmer auf der Treppe. Ich gucke hoch, Loch in der Decke, hätte mich misstrauisch machen müssen. Ich schließe auf und tue einen Schritt in das Zimmer. Das Problem war: Dort ist gar keins. Ich trete ins Leere, kann mich gerade noch an einer Leitung festhalten und baumele in lichter Höhe frei in der Luft. Minutenlang habe ich dort gehangen und geschrien, bis mich jemand wieder reingezogen hat. Ich hätte nie gedacht, dass ich das mal sagen würde, aber mir hat eine deutsche Gasleitung das Leben gerettet. An der Rezeption hat man sich entschuldigt. Falsches Zimmer, Pardon. Das ist Deutschland heutzutage, Messieurs-Dames. Warum bin ich nicht bei der französischen Delegation abgestiegen, wie beim letzten Mal? Die logieren in Zirndorf in Villen. Sogar Reitpferde haben sie, allerdings aus einem Zirkus. Bei einem falschen Kommando drehen sie eine Pirouette oder machen eine Rolle, ob man draufsitzt oder nicht.«

»Sie sollten nichts mehr trinken«, sagte Sam.

»Papperlapapp! Ich bin gegen Alkohol immun. Ich könnte einen Eimer Pastis leeren und würde nichts spüren. Jean-Paul Barnier von *L'Humanité*. Sind Sie für den Ärzteprozess hier?«

»Nein, wir sehen uns nur Nürnberg an«, meinte Paula.

»Sagen Sie Bescheid, wenn Sie's gefunden haben.«

»Warten Sie auf die Hinrichtungen?« fragte Sam.

»Wie die meisten in diesem armseligen Etablissement. Ich hätte beim Losen mogeln sollen, da waren andere schlauer als ich. Aber ich weiß ja, wer dabei sein wird.« Barnier zog seinen Stuhl heran und wies mit dem Kinn verschwörerisch auf eine elegante Frau, die im hinteren Drittel des Saales allein speiste. »Rebecca West, berichtet für den *Daily Telegraph*. Nach den Urteilen ist sie abgereist, und heute Mittag war sie wieder da. Wenn sie aufsteht und geht, bin ich ihr Schatten. Und sollte sie sich zum Justizpalast bringen lassen, kabele ich auf der Stelle meine exklusive Reportage über die Hinrichtungen nach Paris. Kein Mensch wird mir beweisen können, dass ich gar nicht dabei war.« Er deklamierte flüsternd: »Hermann Göring trat als Erster unter den Galgen. Er grinste, als der Henker die Schlinge um seinen fetten Hals legte. Seine letzten Worte lauteten: ›Die Pläne für mein Mausoleum sind fertig. Ich wünsche, dass es auf dem Heldenplatz in Berlin errichtet wird.‹«

»Der Heldenplatz ist in Wien«, sagte Paula.

»Das ändere ich sofort!«

Die letzten Worte von Göring und Barnier wurden eins. Er fiel hintüber vom Stuhl und begann zu schnarchen. Die anderen Gäste sahen nicht einmal hin; ihren Gesichtern nach war so etwas hier ein völlig normaler Vorgang. Zwei Kellner eilten herbei und trugen die Schnapsleiche mit einer Selbstverständlichkeit fort, als wäre ein Teller zu Bruch gegangen.

»Ich fand die Gasleitung am besten«, sagte Sam.

»Hoffentlich bringt man ihn nicht ins falsche Zimmer.«

Sie bestellten zwei Whiskys; Sam erzählte, dass er als Kind einige Male in Nürnberg war, wo seine Familie Verwandtschaft hatte. »Ich hab's gehasst. Chassiden, bei denen war sogar das Leitungswasser koscher.«

»Dürer hat verfügt: ›Begrabt mich in Nürnberg. Das ist die gerechte Strafe, wenn man dort geboren wurde.‹«

Geplauder in einem Ballsaal von Bestien.

»Auf dem Schwarzmarkt fiel mir ein Auto auf«, sagte Paula. »Leute von Gehlen? Mir schien, dass sie mit der Constabulary gut bekannt waren.«

»Sie haben zu Baun gehört«, meinte Sam. »Hyde überlässt ihm zur Finanzierung seiner Operationen Versorgungsgut der Army, das er dann auf dem Schwarzmarkt zu Geld macht. Die Razzia folgt prompt, und die Constabulary beschlagnahmt die Waren im Auftrag der Criminal Affairs Division, da Deutschen der Erwerb von Regierungseigentum verboten ist. So geht es immer weiter. Ein Perpetuum mobile, kostet uns keinen Cent. Hyde hält es für die beste Erfindung seit dem Toilettenpapier.«

»Sicher.«

»Du wollest es wissen, Sisyphos«, sagte Sam.

»Niemand will wissen, wie eine Kläranlage funktioniert.«

»Die Razzia ist nicht der Grund dafür, dass du seit Frankfurt so verändert bist.«

Sie schwieg lange und sagte dann: »Hast du im Bahnhof die tote alte Frau gesehen?«

Sam nickte.

»Als ich im Juli ankam, wollte sie mir ihren Ehering verkaufen. Sie war mir lästig. Nein, das ist zu wenig. Wäre sie damals vor meinen Augen gestorben, hätte ich weggeschaut.«

Sam nahm ihre Hand. In seinem linken Auge blinkte etwas, wie ein fernes Flugzeug in der Nacht. Es war ganz undenkbar, dass er sie küssen würde. Hier, vor allen Leuten.

Oder doch?

Ein Page trat an ihren Tisch und räusperte sich. »Sie haben für halb zehn einen Wagen bestellt, der ist jetzt da.«

SCHU-GUMM

So hätte ein Roman beginnen können, der im Reich der Toten
spielte: mit den Schemen von Häusern, die sie fühlte, obwohl
sie nicht mehr da waren, Geistergebäude, blumengeschmückt,
fahnenbehängt, an jedem Fenster schreiende Menschen, ihre
Heil-Rufe ein Echo, so wie alles in Deutschland nur noch ein
Echo war – von Schamlosigkeit und Obszönität und Gier, von
Hass, von weißer Farbe, die an Schaufensterscheiben klatsch-
te, von klirrendem Glas, von Zahnbürsten auf Straßenpflaster,
vom Wegschauen, Schulterzucken, dem Was-hätte-ich-denn-
tun-können, dem Das-ging-mich-nichts-an. Das schlimmste
und lauteste Echo, der wahre Grund für all dies. Sie fragte sich,
was käme, wenn die Echos irgendwann verhallt waren, wenn
es still wurde.

Ihr Fahrer war Deutscher. Sie schätzte ihn auf Anfang vierzig. Sein Gesicht war so breitflächig und glatt, dass man darauf
Schlittschuh hätte laufen können. »Ist es so weit?« fragte er.

»Was meinen Sie?« gab Sam auf Deutsch zurück.

»Na, die Hinrichtungen natürlich.«

»Nein. Wir haben im Justizpalast eine Besprechung.«

Er schwieg eine Zeit, musterte sie im Rückspiegel. »Hören
Sie, ich könnte von ein paar Leuten im Grand Hotel hundert
Dollar kassieren.«

»Verstehe ich«, sagte Sam und beließ es dabei.

»Wie denken Sie über den Prozess?« fragte Paula.

»Hat kein Mensch gebraucht. Genickschuss und gut. Wenn
die nicht verantwortlich waren, wer sonst?«

»Mit etwas Nachdenken fällt es Ihnen vielleicht ein.«

»Ich hab nicht mitgemacht. Und was mit den Juden passiert ist, war ein Fehler.«

»So wie bei Rot über eine Ampel fahren?« fragte Sam.

»Sogar Kaltenbrunner hat gesagt, dass er von den KZ nichts gewusst hat. Wie sollen wir's dann gewusst haben, die kleinen Leute? Ich war an der Ostfront, ich hatte andere Sorgen.«

»Was ist mit den Reichsbahnern, die bei den Deportationen eingesetzt wurden?« fragte Sam. »Mit den Zigtausenden, die auf den Bahnhöfen sahen, wie die Menschen in die Waggons getrieben wurden? Den Angestellten von IG Farben, von Topf & Söhne, wo die Öfen gefertigt wurden? Den Deutschen, die sich nicht gewundert haben wollen, dass ihre Nachbarn über Nacht verschwunden sind? Alle haben sie mit Arbeitskollegen getuschelt, mit Verwandten, Freunden. Sie waren an der Ostfront? Haben Sie in Ihrer Feldpost geschwärmt, dass mit den Juden Schluss gemacht wird? Ich kenne viele solche Briefe.«

Das sorgte für Stille.

Wieder kam Paula Brecht in den Sinn: *In deinem Hause wird laut gebrüllt, was Lüge ist. Aber die Wahrheit muss schweigen.*

Der Fahrer hielt an. Sam ließ sich das Wechselgeld Pfennig für Pfennig vorzählen und stieg mit Paula aus.

Das Gebäude hätte mit dem Schmuckwerk und den Rundbögen aus dem späten Mittelalter sein können, wäre es nicht derart riesig gewesen, dass Paula kein Ende sah. Es war dunkel, wirkte verlassen, ganz anders als in den Wochenschauen. Man hätte meinen können, dass hier für fast ein Jahr das Zentrum der Welt gewesen wäre, und vielleicht war es auch so.

Die Stadt war nicht wegen der Reichsparteitage ausgewählt worden, nicht wegen ihrer Symbolik, wie viele glaubten. Nein, der Bau hatte den Ausschlag gegeben, weitgehend intakt, mit einem Gerichtssaal, der ausreichend Platz bot; gleich dahinter das Gefängnis mit einem direkten Zugang zum Justizpalast.

Sie gingen an dem Gebäude lang, dreihundertfünfzig Meter steinerne Wucht, so gewaltig wie Hitlers Reichskanzlei, in der begonnen hatte, was hier enden würde, heute Nacht.

Noch drei Stunden.

Paula fragte sich, ob die elf Männer jetzt wussten, dass es so weit war, ob sie in Gedanken bei ihren Familien weilten oder ihr Leben noch einmal vorbeiziehen ließen und immer an derselben Stelle hängenblieben: dem Moment, an dem sie Hitler tief in die Augen gesehen und sich für ihn entschieden hatten, besoffen von seiner Aura, für Paula unbegreiflich, so als würde sich jemand in einen Blutegel verlieben. Verfluchten sie diesen Moment jetzt, wünschten sich, sie wären Hitler nie begegnet? Einige vielleicht. Keitel, Schirach, Neurath, Ribbentrop? Aber bestimmt nicht Göring, der bei der Verhaftung getönt hatte: »Zwölf Jahre anständig gelebt.« Wahrscheinlich memorierten sie noch einmal ihre letzten Worte, wissend, dass sie morgen in allen Zeitungen stehen würden, ein Echo ihres Ruhms, aber ohne Trost. Ein Würgen im Hals, sonst nichts.

Sam tippte Paula an. Auf der anderen Straßenseite glomm zwischen Ruinen eine Zigarette auf. Dahinter zeichneten sich die Umrisse eines Panzers ab; für alle Fälle, man wusste nie.

Vor einem Torhaus standen drei Militärpolizisten mit blank polierten Chromhelmen. Sam zeigte ihre Papiere. Sie wurden gründlich geprüft, dann ließ man sie durch. Hinter der Pforte nahm ein MP Haltung an. *Sgt. Hancock* stand auf seinem Brustschild. Wäre er ein Tier gewesen, dann ein Kaiserpinguin.

»Sir – Ma'am. Bitte folgen Sie mir.«

Nach einem kurzen Gang über das Gelände gelangten sie in ein Gebäude. Noch mehr Militärpolizei. Man nahm ihre Koffer in Augenschein, ein weiblicher Private bat Paula hinter einen Paravent, um sie höflich nach Waffen abzutasten. Das Gepäck würde man für sie aufbewahren.

Sie folgten Hancock über verlassene Gefängnisflure. Es war so still wie in einem Dormitorium. »Ich möchte mir gerne vorher den Gerichtssaal ansehen«, sagte Paula. »Ginge das?«

»Warum nicht, Ma'am. Sie sind früh dran. Die Henkersmahlzeit ist noch nicht mal warmgemacht.«

»Was gibt's denn?« fragte Sam.

»Dosenfleisch, Pancakes, Tomatensalat, Kaffee.« Er öffnete eine graue Tür, sie gelangten in einen ebenerdigen hölzernen Tunnel. Trotz des Lichts aus vergitterten Deckenfunzeln war es düster. Es miefte nach Imprägniermittel und geronnenem Achselschweiß.

»Hier haben wir sie immer langgeführt. Göring hat in einem fort gequasselt. Ich kann kein Deutsch, aber ich glaube, er hat versucht, die anderen auf seine Linie zu bringen. Ribbentrop hat die Hosen festgehalten. Frank hat gebetet. Kaltenbrunner und Streicher haben mich meistens um Kaugummi angehauen. SCHU-GUMM haben sie es genannt.«

»Und, haben Sie ihnen Kaugummi gegeben?« fragte Sam.

»Manchmal, wenn ich gute Laune hatte. Bei Kaltenbrunner ist man ja froh, wenn er einen nicht anguckt; ein Gesicht wie ein Hackklotz. Die Terrorzentrale, die er geleitet hat, ich kann das Wort bis heute nicht aussprechen.«

»Reichssicherheitshauptamt«, sagte Paula.

»Dabei muss ich immer an die Geschichte von Mark Twain denken, wo im Krankenhaus einem Deutschen ein dreizehnsilbiges Wort herausoperiert worden ist, aber die Ärzte ihn an der falschen Stelle aufgeschnitten haben, weil sie dachten, er hätte ein Panorama verschluckt.«

Der Tunnel bog nach links ab. Paula sah kein Ende. Es kam ihr vor, als wären sie seit Stunden hier drin und die Hinrichtungen längst vorbei. Dann blieb Hancock stehen. Es ging in einen Fahrstuhl, in dem drei Zellen waren, so klein, dass Paula sich fragte, wie Göring hineingepasst hatte.

»Wir kommen direkt im Dock raus«, sagte Hancock. Er sah ihren Blick. »So nennen wir die Box für die Angeklagten.«

Stopp im zweiten Stock. Zwei Schritte über eine Plattform, Schiebetür, dann standen sie in dem holzumrahmten Kasten. Hancock schaltete das Licht ein. Kaltes Neon strömte in einen Saal mit Platz für mehrere hundert Menschen. Und doch war er viel kleiner, als Paula immer gedacht hatte. Aber kein Saal der Welt wäre groß genug gewesen, um ihrer Vorstellung zu genügen. Hinter dem Richtertisch mit den karminrot gepolsterten Stühlen sah sie die abgeklebten Fenster, grüne schwere Samtvorhänge dazwischen, unter einer Kassettendecke eine ganze Lampenbatterie. Rechts stieg die zweigeteilte Tribüne für die Zuschauer des antiken Schauspiels empor, und wie in der Orestie hatten die Erinnyen keinen Erfolg mit dem Schrei nach Rache gehabt, denn nur elf Angeklagte würden hängen, die Strafe der anderen war das Leben.

»Hast du gewusst, dass das oss für die Gestaltung des Saals verantwortlich war?« fragte Sam.

Sie schüttelte den Kopf.

»Wild Bill Donovan hat sich persönlich darum gekümmert. Er hat bestimmt, wie das Dock aussehen musste, der Richtertisch, das dramatisch postierte, grell ausgeleuchtete Zeugenpult. Alles auf Wirkung getrimmt.« Sam deutete auf die Lehne der hinteren Anklagebank, die mit der Sitzfläche provisorisch verschraubt war. »Donovan wollte Bänke ohne Rückenstütze, damit die Angeklagten an den ewig langen Prozesstagen nach und nach in sich zusammensacken würden. Das hat man ihm verweigert, es wäre zu billig gewesen.«

Sie setzte sich, wollte wissen, wie es sich anfühlte. Aber es war nur irgendeine Bank.

»Das war Speers Platz«, erklärte Hancock. »Er hätte keine Lehne gebraucht, der konnte im Sitzen strammstehen. Na ja, immerhin hat er sich zu seiner Schuld bekannt.«

Nein. Das Wort Schuld *nahm er überhaupt nicht in den Mund, er sprach nur nebulös von* Verantwortung. *Aber das genügte schon, um von der heutigen Festivität ausgeladen zu werden.*

»Bei welchen Aussagen warst du hier?« fragte sie Sam.

»Nur bei Kaltenbrunner. Als ich ihn in Luxemburg verhört habe, hat er geweint wie ein Kind. In Linz ist er mit Eichmann auf die Schule gegangen. Sie waren Duzfreunde, mehr muss man über den Nebbich nicht wissen.«

Sams Worte verhallten wie ein trauriger Klezmerton. Paula wandte ihm den Blick zu, sah wieder das Flugzeug in seinen Augen blinken, es jetzt zur Erde taumeln. Sie wusste, dass er etwas anderes gesagt hätte, wären sie allein gewesen. Dass die Billetts für die letzte Reise von Anna, Edith, Maria und Klaus Jäger in Ernst Kaltenbrunners Reichssicherheitshauptamt abgestempelt worden waren, Jahre ehe er Heydrichs Nachfolge angetreten hatte, in einem kleinen Büro, von einem kleinen Sachbearbeiter, für den Anna, Edith, Maria und Klaus nichts als Namen gewesen waren, vier von Abertausenden, Millionen, bedeutungslos für den Beamten. Er sah nicht das große Ganze wie Kaltenbrunner, der sein Glück in der »Endlösung« gefunden und sich ihr mit solcher Inbrunst gewidmet hatte, dass er noch im April 45 die Vernichtung von KZ-Häftlingen in Mauthausen befahl, um ihre Befreiung zu verhindern. Waren auch Anna, Edith, Maria und Klaus unter diesen letzten Opfern gewesen? Mussten sie, um ein Haar gerettet, am Ende ihr Leben noch lassen, um Kaltenbrunner die Niederlage zu versüßen? Paula ertrug den Gedanken nicht, dass Sam bei den Verhören Tage, vielleicht Wochen in die mit Burschenschaftsschmissen übersäte Fratze starren musste und sich immer wieder diese Frage stellte. Kaltenbrunner, der bloß vor seinem Führer den Blick gesenkt hatte, gefürchtet sogar von Himmler.

Sam hatte ihn nicht getötet. Paula verstand es nicht.

BITTERMANDEL

Sie verließen den Saal 600 durch das Portal mit der Marmorumkränzung; über den Flügeltüren der Baum der Erkenntnis als Allegorie für den Sündenfall, als hätten hier göttliche Richter getagt und keine Sieger. Diesmal nahmen sie nicht den Tunnel, gingen durch das Gebäude zurück. Ihre Schritte hallten in endlosen Fluren wider, teutonischen Fluchten mit dem ranzigen Mief von Tricksereien, Winkelzügen, Lügen. Paula stellte sich die Betriebsamkeit an den Prozesstagen vor, als Sekretärinnen und Assistenten mit Dokumentenstapeln durch die Treppenhäuser und Korridore eilten, Anwälte, Ankläger, Richter sich in den Verhandlungspausen flüsternd besprachen, Journalisten versuchten, etwas aufzuschnappen, das sie noch rasch den Boten mitgeben könnten, bevor die zum Telegrafenbüro flitzten. Paula blieb stehen, sah durch ein Fenster in den Hof; tiefe Nacht, wo die Häftlinge die Spaziergänge gemacht hatten, auf ihren monotonen Runden warmgehalten von amerikanischen Armeeblousons, bewacht von MPs mit weißen Schlagstöcken, weißen Helmen, weißen Gamaschen, Wochenschauszenen in halbleeren Kinos, während man noch schnell eine Cola holte, in Gedanken schon beim Hauptfilm.

Als sie um die Ecke bogen, kam Robert Kempner ihnen in Hut und Mantel entgegen. »Sagt bloß, ihr habt Logenplätze in der Turnhalle gekriegt?« fragte er verdutzt.

»So wie du«, erwiderte Sam.

»Du irrst dich. Von der Anklage darf keiner dabei sein. Die hohen Herren des Exekutionskomitees geben ihrer Empörung

Ausdruck, dass sie bei der Urteilsverkündung keine Vorzugsplätze erhielten. Jackson wäre sowieso nicht gekommen, er ist ein absoluter Gegner der Todesstrafe. Und meine Wenigkeit: Es hat mir genügt, bei der Bekanntgabe des Strafmaßes in ihre Gesichter zu sehen. Außerdem waren heute die World Series; die Cardinals gegen die Red Sox. AFN bringt um Mitternacht die Reportage in voller Länge, die will ich auf gar keinen Fall missen.« Er sah, dass Hancock den Mund öffnete. »Sollten Sie mir sagen, wie das Spiel ausging, rede ich mit Colonel Andrus, und Sie werden auf die Aleuten versetzt.«

»Ich wusste gar nicht, dass du Baseballfan bist«, sagte Sam.

»Das Beste an Amerika! Mit dem Gefängnisseelsorger, Pater O'Connor, habe ich eine Zehn-Dollar-Wette laufen, dass die Cardinals gewinnen. Er würde etwas dafür geben, sich mit mir die Übertragung im Hotel anzuhören. Doch so kurz vor den Hinrichtungen muss er ja Händchen halten. Vielleicht will der ein oder andere es auch Hans Frank nachmachen und auf den letzten Drücker noch katholisch werden.«

»Warum sind Sie dann hier?« fragte Paula.

»Ich habe Wilhelmstraßen-Akten durchgesehen. Sergeant, vertreten Sie sich bitte kurz die Beine.« Kempner wartete, bis sie unter sich waren. »Vergessen Sie Dulles«, sagte er zu Paula. »Ich habe mit ein paar Leuten in Washington telefoniert, und man hat mir klargemacht, dass er unantastbar ist. Dieser neue Geheimdienst, von dem jetzt alle sprechen, die CIA, passt ihm wie maßgeschneidert. Als Gründungsdirektor soll ein Admiral fungieren, aber er ist nur ein Mann des Übergangs; früher oder später wird Dulles übernehmen.«

Sie erinnerte sich, einmal mit ihm auf einem Ball gewesen zu sein, den der New Yorker Bürgermeister im Warwick Hotel gegeben hatte. Beim Walzer hatte Dulles sie auf einen Mann hingewiesen, der sie zwanghaft anstarrte; ein Bankier, dem er eine vernichtende Niederlage vor Gericht zugefügt habe. Der

Mann würde jetzt Detektive auf ihn ansetzen, um ihm irgendwelche Sauereien anzuhängen. »Beunruhigt dich das nicht?« hatte sie Dulles gefragt und ihn damit zum Lachen gebracht. »Weißt du, Paulette, manchmal ist etwas absolut unmöglich. Wie der Versuch, eine Fuge von Bach zu verbessern oder mich zu kompromittieren.«

»Auch zu Walther Rauff gibt es unerfreuliche Nachrichten«, sagte Kempner. »Vor drei Tagen ist er aus dem Lager in Rimini geflohen. Ich könnte mir denken, dass er versuchen wird, sich über die Klosterlinie nach Südamerika abzusetzen. Das wird in aller Stille vom Vatikan organisiert. Dass der ›Heilige‹ Vater davon Kenntnis hat, ist nicht bewiesen. Aber du darfst getrost deinen Silver Star darauf verwetten, Sam. Was kann man von einem ausgemachten Antisemiten wie Pius erwarten, dessen Familie von Mussolini in den Fürstenstand erhoben wurde?«

Im Gefängnistrakt meinte Hancock: »Die Cardinals haben gewonnen, Kempner sackt zehn Dollar ein. Muss ein Wahnsinnsspiel gewesen sein. Ich gönne es ihm. Er gehört nicht zu denen, die glauben, dass ihre Fürze reines Lavendel sind.«

Paula schaute zu Sam. »Du hast den Silver Star?«

Er zuckte die Schultern.

»Für Omaha?«

»Die wurden dort verteilt wie Marshmallows.«

Hancock musterte Sam neugierig, sagte aber nichts.

»Sergeant, wäre es möglich, die Zelle von Hjalmar Schacht zu sehen?« fragte Paula.

Er zögerte.

»Natürlich nur, wenn Sie keine Scherereien bekommen.«

»Ach, was soll's. Es sind noch über zwei Stunden.«

Sie gingen eine Treppe hoch, kamen an eine Tür. Hancock flüsterte kurz mit einem Wachhabenden, der Paula und Sam musterte, dann nickte und sie in eine drei Stockwerke hohe

Halle ließ. Die Delinquenten waren ausschließlich auf dieser Etage untergebracht, wie Hancock fallenließ. Vor jeder Zelle sah Paula Militärpolizisten stehen, alle mit den Gesichtern zu den von braunem Stein gefassten Holztüren. Sie starrten in die Luken. Keiner sprach. Es war totenstill.

An der angelehnten Tür von Nr. 11 klebte ein Papierstreifen: *H. Schacht*. Auf dem Feldbett war eine Armeewolldecke scharf gefaltet. Davor zwei Strohpantoffeln, sauber auf Kante. Klapptisch, Waschbecken, Klosettschüssel.

Paula griff nach dem Buch, das auf dem Tisch lag: Friedrich Wilhelm Riemer, *Mitteilungen über Goethe*.

»Das hat er sich zuletzt aus der Gefängnisbibliothek geben lassen«, sagte Hancock.

In einer Seite war ein Eselsohr; sie las den mit Bleistift angestrichenen Satz. *Wie die Menschen gewöhnlich mehr sittliche Ungeheuer bewundern und anstaunen als wahrhaft Sittliche, so auch mehr das extravagante Genie, das sich im Absurden gefällt, als das, was im Schönen verbleibt.*

Paula schloss die Augen, sah Schacht auf der Pritsche sitzen, mit diesem Lächeln, das bloß wie ein Tick seiner Wangenmuskeln wirkte. Auf einmal wünschte sie sich, sie wäre vor seiner Freilassung hierhergekommen, um mit ihm zu sprechen. Sie hätte ihn fragen können, weshalb ihr Vater sich entschieden hatte, Deutschland nicht mit ihr zu verlassen und stattdessen mit ihm, dem Massenmördermacher, Champagner zu trinken. Ob es nur das Geld war, das ihn an diese Bande band, das schöne Leben. Oder ob er die Menschen genauso gehasst hatte wie jeder dieser Männer, ein genialer Täuscher, der seine Tochter glauben machte, er wäre Paputschka und hätte an sie gedacht, während er einen kleinen Frankfurter Spatz mit Brotkrumen gefüttert hatte. Sie spürte, dass Tränen gegen ihre geschlossenen Lider drängten, und zwang sich, ganz sachlich zu fragen: »Wann ist Schacht entlassen worden?«

»Oh, das war lustig«, sagte Hancock. »Direkt nach seinem Freispruch hat die Zivilbehörde verkündet, dass er wegen Verbrechen am deutschen Volk angeklagt wird. Draußen zog eine Postenkette der Nürnberger Polizei auf, die haben auf ihn gewartet. Schacht hat sich für drei Tage hier verkrochen. Mitten in der Nacht ist er durch einen Seitenausgang geschlichen und sofort verhaftet worden. Dabei war es sein Traum, beim Neuaufbau wieder eine wichtige Rolle als Bankier zu spielen.«

Paula gefiel die Vorstellung, dass Schacht sich auf dem Weg zur Speisung der fünftausend gewähnt hatte, um zu merken, dass er auf der Straße nach Golgatha war.

»Haben Sie einmal mit ihm gesprochen?« fragte sie.

»Wir dürfen mit den Gefangenen nicht reden. Aber am Tag der Urteilsverkündung ist er wie alle anderen gefragt worden, ob er was Besonderes zum Frühstück haben möchte. Schacht hat gemeint: ›Nein, aber lassen Sie doch bitte den Kaffee weg, davon kriege ich immer Herzrasen.‹ Die ganzen Monate hat er ihn brav bis auf den letzten Tropfen getrunken. Weil sich das so gehört, nehme ich an.«

Sie gingen zurück zu der Schleuse, vorbei an den stummen Wachen, die ihnen den Rücken zuwandten, ein letztes Mal.

Plötzlich brüllte rechts von Paula einer: »Göring!« Der MP schloss fahrig eine Zellentür auf, sprang in den Raum hinein. Paula sah Göring auf der Pritsche liegen. Das pastöse Gesicht, das eine englische Korrespondentin mit dem einer Puffmutter verglichen hatte, zog sich auseinander wie ein Schifferklavier, während sein massiger Körper sich spasmisch aufbäumte. Für Wimpernschläge schien Göring in der Luft zu schweben, dann beulte er die dünne Pritsche bis auf den Boden aus. Vom Mund troff dicker weißer Schaum und besudelte den Kragen seines blauen Seidenpyjamas. Sein rechtes Auge war offen, das linke zu, genau wie bei Mussolini auf dem Piazzale Loreto. Görings Körper hörte nicht auf zu zucken, ein absurder Bebop-Tanz in einer Duftwolke aus Bittermandel, die in den Zellengang wehte, als einer der herbeigeeilten Männer in die Mundhöhle griff, sie mit dem Finger ausräumte, Glassplitter fand. Paula fühlte nichts als Ekel. Sie konnte den Blick nicht von Göring abwenden, diesem verbrauchten, verrotteten Fleisch, und empfand es zugleich als Zumutung, zusehen zu müssen, wie er starb.

Weitere Männer kamen angerannt, Wachen, Offiziere, ein evangelischer Geistlicher mit einem schief sitzenden Beffchen. Er beugte sich zu Göring, flüsterte ihm etwas ins Ohr, verzieh ihm vielleicht seine Sünden. Als ob das möglich wäre.

»Was machen die zwei hier, schafft sie raus!«

Paula sah einen Offizier auf sie zuschießen. Sein Helm war mit schwarzem Schellack lasiert; sie erkannte Colonel Andrus, den Mann, der in den Wochenschauen stets so artig über die Gefangenen geredet hatte, als sei er ein Jugendherbergsleiter und nicht der Befehlshaber des 6850th International Security Detachment, verschrien als beinharter Hund, verantwortlich für alles, was in diesem Gefängnis geschah.

Sie warf einen letzten Blick auf Göring. Sein dunkelblaues Gesicht sah aus, wie sie sich das eines Gehenkten vorstellte.

Im Hof steckte Sam sich eine Zigarette an und hielt Hancock die Packung hin. Die Männer rauchten ohne ein Wort. Hunde bellten, Telefone schrillten. Aus dem Nichts kam Regen, hart und kalt und mitleidslos. Sie stellten sich unter ein Dach. Die Wachtürme verschwanden im grellen Licht der Scheinwerfer, die über das Gelände zuckten.

»Sie sind doch Deutscher gewesen«, sagte Hancock zu Sam. »Wie konnte das alles passieren?«

»Haben Sie einmal gesehen, wie ein Deutscher eine Hecke schneidet?«

»Warum?«

»Dann wüssten Sie's.«

BLUTENTE

Der Regen peitschte in Wellen gegen die Fenster der Turnhalle, für Sekunden so laut, als rutschten Briketts von einem Laster. Dann ein leises Trommeln, bis das Glas wieder zitterte. Hier, wo das Wachpersonal in den Freischichten Basketball gespielt hatte, standen drei Galgen auf hohen Podesten. Sie waren seitlich verschalt und unter der Falltür mit schwarzem Stoff verhängt, um den Todeskampf der Delinquenten vor den Augen der Zeugen zu verbergen. Dreißig Menschen hatten sich versammelt. Einigen sah man an, dass sie nicht aus freien Stücken hier waren, sondern man es ihnen befohlen hatte. Sie standen ganz hinten, stumm. Andere schienen es für einen Abstecher nach Coney Island zu halten. Würde Popcorn gereicht werden, hätten sie zugelangt. Für die acht Journalisten, zwei von jeder alliierten Macht, waren Tische aufgestellt worden. Paula sah den russischen Schriftsteller Ilja Ehrenburg; er berichtete für die *Prawda*, wie sie aufschnappte. Kurz trafen sich ihre Blicke. Ehrenburgs interessiertes Gesicht, das fachmännische Lächeln eines Womanizers, verriet, dass er sich nicht mehr erinnerte, 1935 am Hundekehlesee zu Gast gewesen zu sein. Bei den anderen Zeugen handelte es sich überwiegend um hohe Militärs der vier Siegermächte, einige unverhohlen pikiert, zwei kleine Lieutenants hier zu sehen. General Geist war nicht erschienen. Er hatte Sam erzählt, dass er in Colorado Springs heute seine Tochter zum Traualtar führen würde, was wahrlich besser sei, als verlogenen letzten Gebeten von Nazis zu lauschen.

Noch eine halbe Stunde.

Paula und Sam waren mit einem Journalisten ins Gespräch gekommen, Karl Anders, 1934 aus Deutschland geflohen und jetzt als Lieutenant Colonel der British Army Berichterstatter für die BBC. Er hatte den Prozess vom ersten bis zum letzten Tag erlebt und schrieb an einem Buch darüber. *Im Nürnberger Irrgarten* wollte er es nennen. Seine Augen waren so wach wie die eines Drill-Sergeants bei der Stubenkontrolle. Er stammte aus Berlin, sie sprachen Deutsch. Anders erzählte, dass er mit Kapiteln seines Manuskriptes in die Zellen gegangen sei, um von den Angeklagten eine Reaktion darauf zu erhalten.

»Was hat Schacht gesagt?« fragte Paula.

»Er hat mir die Tür gewiesen. Wie könnte man dem Mann auch gerecht werden, außer mit einer Lobpreisung, gegen die Platons Apologie des Sokrates ein Groschenroman wäre? Sein Verteidiger nannte es eine Zumutung, dass Schacht sich die Anklagebank mit Kaltenbrunner teilen musste. Dabei fand ich es überaus angemessen. Für beide ist die Lüge eine natürliche Lebensäußerung und die Gewissenlosigkeit zweite Natur.«

»Er spielte offensichtlich darauf an, dass Schacht nach dem Hitler-Attentat in Dachau gesessen hat«, meinte Sam.

»Ja. Das allerdings war schreiendes Unrecht«, sagte Anders grinsend. »Schacht hatte mit dem Widerstand so viel Kontakt wie ein U-Boot-Kapitän mit furzfreier Luft.« Dann zu Paula: »Ein Junge aus dem Wedding, Pardon.«

Sie lachte leise.

»Nach dem Freispruch hat er uns Journalisten Autogramme angeboten und wollte als Gegenleistung Schokolade für seine Enkel. Mit Erpressungen besitzt er ja Erfahrung. 1938 war er in London, um dort über die Ausreise von Juden zu verhandeln, deren Vermögen selbstredend im Reich verbleiben sollte.«

Paula, wenn du dich auf meinen Schoß setzt, schenke ich dir eine Karte für den Zirkus Sarrasani. Sie hätte es tun und dem Dachs auf die Hose pinkeln sollen.

»Wer hat hier in Nürnberg den größten Eindruck bei Ihnen hinterlassen?« fragte Sam.

Anders schwieg einen Moment. »Auf die Zuschauertribüne des Gerichtssaals gelangt man über eine schmale Steintreppe«, meinte er dann. »Einmal bin ich dort mit einem kleinen Mann zusammenprallt, der nach unten wollte. Wir haben uns beide entschuldigt. Es waren auch ein paar Wachen auf der Treppe, aber darüber habe ich nicht groß nachgedacht, weil man ihnen überall im Gebäude begegnet ist. Eine halbe Stunde später hat der Mann als Zeuge ausgesagt. Es war Höß, der Kommandant von Auschwitz. Er bestätigte mit hoher Kinderstimme, zwei Millionen Menschen ins Gas geschickt zu haben. Das hat mich am meisten erschreckt: dass dieser Mann so unscheinbar aussah, so bieder und normal. Wenn man ihn reden hörte, hätte man meinen können, er wäre nur ein braver Beamter gewesen. Vielleicht waren sie alle so.«

Nein, Eichmann ist anders. Und Rauff auch, lag Paula auf den Lippen. Doch sie sah Colonel Burton Andrus hereinkommen. Obgleich es in der Turnhalle so kühl war, dass die meisten in ihren Mänteln blieben, schwitzte er unter dem Schellackhelm, den er so fest unter das Kinn gezurrt hatte, als erwarte er eine neue deutsche Offensive. »Ladies and Gentlemen, zu meinem Bedauern muss ich Sie davon in Kenntnis setzen, dass Göring sich um 22:45 Uhr seiner Bestrafung durch die Einnahme von Zyankali entzogen hat.«

Ein enttäuschtes Raunen ging durch die Reihen der Journalisten. Göring, ausgerechnet. Die Hauptattraktion, der Mann, von dem sie sich unterm Galgen die beste Show erhofft hatten. Andererseits war es eine spektakuläre Nachricht, und Andrus wurde von den Journalisten sofort mit Fragen bombardiert. Er wand sich unter jedem Wort. Görings Selbstmord bedeutete eine schreckliche Niederlage für ihn, und die Blicke der Generäle verhießen, dass dies nicht die beste Woche seines Lebens werden würde. Andrus sagte, das Gift sei in einer Phiole gewesen, wie man sie schon einmal bei Göring gefunden habe; bei seinem Haftantritt in Luxemburg, damals in einer Büchse Nescafé aufbewahrt, ein Rätsel, wie es ihm gelingen konnte, diese zweite Kapsel ein Jahr lang zu verstecken, Die Zellen seien alle zwei Tage intensiv gefilzt worden, immer ohne Ergebnis.

Paula sah zu dem gedrungenen Master Sergeant, der stoisch rauchend auf den Stufen des rechten Schafotts saß, ohne den Worten von Andrus Beachtung zu schenken. John C. Woods, der Henker der Army, sah aus, als wäre er von W. C. Fields bei der Geburt getrennt worden. In seinem Gesicht spiegelte sich jeder Tropfen Alkohol, den er im Leben genossen hatte, sei es aus Genugtuung oder weil er das Handwerk vergessen wollte, dem er nachging.

Karl Anders beugte sich zu Paula. »Schade. Niemand hätte von Göring erwartet, flink wie ein Windhund zu sein. Aber zu gern hätte ich gewusst, ob er hart wie Kruppstahl war.«

Sie erwiderte nichts.

»Sie wirken kein bisschen überrascht«, sagte Anders. »Oder täusche ich mich?«

»Eine Überraschung wäre gewesen, wenn er sich hätte hängen lassen«, meinte Paula und sah hinüber zu Rebecca West, der britischen Journalistin, auf die Barnier sie im Grand Hotel aufmerksam gemacht hatte. Paula fragte sich, ob der Franzose seinen Rausch ausschlief oder gerade seine Exklusivmeldung nach Paris telegrafierte, in der Göring auf dem Schafott über Heldenplatz-Mausoleen parlierte.

»Gestatten Sie mir noch einige Worte zum Ablauf«, hörte sie wieder Andrus. »Sie sehen drei Galgen. Zwei sind für die Exekutionen vorgesehen, der dritte dient als Reserve im Fall technischer Probleme.« Er fand zu dem förmlichen Ton aus den Wochenschauen zurück, der aber keine Gelassenheit vermittelte, weil seine steife Haltung etwas Erdmännchenhaftes hatte. »Es wird stets nur ein Mann hingerichtet, doch um die Angelegenheit nicht unnötig in die Länge zu ziehen, wird der jeweils nächste Delinquent bereits hereingebracht, wenn der Tod seines Vorgängers noch nicht bestätigt ist. Für jeden verwenden wir einen neuen Strick. Mit den Herrschaften von der Presse habe ich ja leider genügend Erfahrungen gemacht und weiß daher nur zu gut, dass Sie auf die unmöglichsten Nebensächlichkeiten achten. Darum sage ich vorweg: Die Schlingen haben dreizehn Knoten, und es sind dreizehn Stufen bis aufs Schafott. Ich versichere Ihnen, dass es dafür keine mystischen, sondern lediglich handwerkliche Gründe gab. Für mich ist die Dreizehn die Zahl, die nach zwölf und vor vierzehn kommt, und ich hoffe sehr, in Ihren Zeitungen morgen nichts anderes lesen zu müssen. Ursprünglich wollten wir den Delinquenten gewähren, ihren letzten Gang ohne Handfesseln antreten zu dürfen. Aber aus gegebenem Anlass wurde das nun geändert.« Andrus sah auf seine Uhr. »In fünfzehn Minuten lasse ich den ersten Mann holen.«

Für eine Weile setzten die Gespräche wieder ein, Spekulationen über Göring und einen Komplizen bei dem Wachpersonal, denn anders hätte der Coup ihm schwerlich gelingen können. Fassungslosigkeit hielt sich mit unfreiwilliger Bewunderung die Waage, wie für einen drittklassigen Zauberkünstler, dem zu guter Letzt doch ein Trick gelungen war, der alle staunen ließ. Dann verebbten die Stimmen, und es wurde so still, dass Paula nur noch den Regen anbranden hörte.

Sie dachte an eine in *Stars and Stripes* abgedruckte Erklärung Hjalmar Schachts aus dem Prozess. Schacht hatte geschildert, dass Göring bei einer Teegesellschaft in einer römischen Toga aufgekreuzt sei; geschminkt, mit orientalischem Geschmeide ausstaffiert, die nackten Füße in Sandalen, auf denen Rubine glitzerten. Im Justizpalast hatte das überbordende Heiterkeit ausgelöst, sodass der Richter für Ruhe sorgen musste.

Ob Göring homosexuell war, interessierte sie nicht. Falls ja, müsste die Geschichte des Morphinismus nicht neu geschrieben werden. Aber Paula wusste noch, wie sie mit ihrem Vater einmal bei Horcher aß und Göring mit einigen Paladinen Einzug hielt. Auch an jenem Abend war er gepudert; sein vettelhaftes Gesicht glänzte wie ein mit Spucke polierter Reitstiefel. An einer edelsteinbesetzten Leine führte er ein Löwenjunges spazieren, dem einer der sechs Kellner, die devot um seinen Tisch wieselten, einen Wassernapf und eine rohe Lammkeule hinstellte. Das verstörte Tier riss das Fleisch in Fetzen, indes sein Herrchen sich die Spezialität des Hauses schmecken ließ, die Canard à la rouennaise, eine erwürgte Ente mit einer Soße aus Blut; Görings Leibgericht, und auch das ihres Vaters.

Nach dem Dessert war Göring an ihren Tisch gewalzt, drei Zentner Urgewalt. Sie hatte bis dahin nicht gewusst, dass ihr Vater mit ihm bekannt war. Mehr noch: Sie schienen vertraut, schwelgten in der Meisterschaft des Kochs, erinnerten sich an einen fröhlichen Abend im Grillroom des Kaiserhofs. Göring sprach ihren Vater auf einen Mann namens Watson an und bat ihn, diesem auszurichten, dass der Führer ihn nächstes Jahr in der Reichskanzlei empfangen und Watson das Verdienstkreuz des Ordens vom deutschen Adler verleihen werde.

Dann hatte Göring die Fettlippen geschürzt und sein manikürtes Patschehändchen auf die Schulter ihres Vaters gelegt. »Ich bin scheint's nicht der Einzige, der ein hübsches Kätzchen spazieren führt.« Dass ihr Vater in Görings Hyänenlachen eingestimmt war, hatte sie ihm nie verziehen.

Heute wusste sie, dass von Thomas Watson die Rede gewesen war, dem Chairman von IBM, mit dessen Lochkarten die deutschen Juden erfasst wurden.

BIERANSTICH

Ribbentrop war der Erste, jetzt, nach Görings Freitod. Eigentlich hätte es ihm schmeicheln müssen, am Schluss aus dessen Schatten zu treten. Zwei MPs führten ihn herein. Er trug einen dreiteiligen braunen Anzug, der noch von Katz gewesen sein könnte, dem Berliner Maßschneider, zu dessen Stammkunden auch Paulas Vater bis zur »Arisierung« gezählt hatte. Braune Krawatte zu blauem Hemd, von Mode verstand er so viel wie von der Unterjochung anderer Länder. Sein schütteres graues Haar war klatschnass vom Regen, zerzaust vom Wind, dessen wildes Heulen Paula gehört hatte, als die Tür geöffnet worden war. Gegen ihre Erwartung ging er ungebeugt, schien gefasst. Er hatte einen langen Weg zurückgelegt, der den ehemaligen Spirituosenspediteur über seine Ehe mit einer Henkell-Erbin bis ins Reichsaußenministerium geführt hatte, wo er sich als Architekt des Münchner Abkommens und Unterhändler des Hitler-Stalin-Pakts die höchste Anerkennung von Schlächtern erwarb. Und jetzt endete er hier, in dieser schäbigen Turnhalle, die nach ungewaschenen Männern stank.

Als er zum Schafott geführt wurde, seine Hände hinter dem Rücken mit Schnürsenkeln gefesselt, dachte Paula daran, wie Ribbentrop mit ihrem Vater auf ihrer Terrasse gesessen hatte, und hörte ihn sagen: »Es wird keinen Krieg geben. Hitler ist Vegetarier. Alles Tote ekelt ihn, er beschimpft uns als Leichenfresser. Göring darf in seinem Beisein nicht mal über die Jagd sprechen. Wie könnte so jemand Menschenleben opfern?«
Diese Männer hatten Deutschland regiert.

Unter dem Schafott blieben seine Bewacher mit ihm stehen. »Fragen Sie den Mann nach seinem Namen«, sagte Andrus zu dem Dolmetscher.

Es musste zweimal auf Deutsch wiederholt werden, bis die Antwort kam. »Joachim von Ribbentrop.« Die Stimme zitterte nicht. Er zeigte mehr Haltung als jemals im Leben, ging die Stufen hoch, stand über der Falltür. Als er ihnen sein bleiches Gesicht zuwandte, fragte Paula sich, ob er sie erkennen würde, doch er starrte wie blind gegen die Wand.

»Wollen Sie noch etwas sagen?«

Erneut wurde für ihn übersetzt. Als könne Hitlers früherer Botschafter in London nicht perfekt Englisch.

»Gott schütze Deutschland. Mein letzter Wunsch ist, dass Deutschland seine Einheit wiederfindet. Dass eine Verständigung zwischen Ost und West zustande kommt und Frieden in der Welt regieren möge.«

Woods zog ihm die schwarze Kapuze über den Kopf, zurrte die Schlinge fest und verschnürte die Füße. Er legte den Hebel um. Es tat einen Schlag wie bei einem Bieranstich, unpassend bei einem früheren Sektvertreter. Ribbentrop verschwand im Orkus der Geschichte.

Paula sah das straffe Seil zittern.

Keitel war der Nächste, ein letztes Mal in Feldmarschalluniform, das graue Bärtchen gekämmt, die Haare mit Brillantine geglättet, als sei er auf dem Weg zum Kartentisch in der Wolfsschanze, um seinem Meister zu neuen genialen Schachzügen zu gratulieren, er, der er sich »Chef des Oberkommandos der Wehrmacht« nannte und doch nichts als der Stiefelknecht des größten Feldherrn aller Zeiten gewesen war, »Lakeitel« sein Spitzname. Vielleicht hatte er sich beim Amtsantritt noch der Illusion hingegeben, jene soldatische Ehre wahren zu können, in deren Geist er erzogen worden war; aus dem Ersten Weltkrieg mit einem Dutzend Auszeichnungen heimgekehrt, ein preußischer Junker, der sich seinerzeit nicht hätte ausmalen können, dass sein Name auf immer und ewig mit den Verbrechen der Wehrmacht verbunden sein würde, dass einmal Befehle seine Unterschrift trügen, mit denen die Ermordung von Juden besiegelt wurde, die Vernichtung der polnischen Intelligenz, die Erschießung und Vergasung von Kriegsgefangenen, von Geiseln, von russischen Politkommissaren.

Dort schritt er, der General, der als Sühne für den Tod eines deutschen Soldaten die Erschießung von hundert Kommunisten notwendig fand, seien es Frauen, Greise, Kinder gewesen, aber vor Gericht bekräftigt hatte, seine Ehre niemals verloren zu haben. Keitel hatte es sich fürwahr verdient, dieses Schafott besteigen zu dürfen, auf dessen Brettern er schnappte: »Über zwei Millionen deutsche Soldaten gingen mir im Tode für das Vaterland voraus. Ich folge meinen Söhnen.«

Und wieder tat es einen Schlag.

»Bis der Tod dieser Männer festgestellt ist, machen wir eine kurze Pause«, sagte Andrus. »Es darf geraucht werden.« Fast alle steckten sich eine Zigarette an, auch Sam, mit steinernem Gesicht, wissend, dass Kaltenbrunner der Nächste sein würde. Niemand sprach, während zwei Ärzte mit Stethoskopen unter den Vorhängen verschwanden. Bei Sams dritter Chesterfield tauchten sie wieder auf und flüsterten mit Andrus. Er wandte sich an die Zeugen und sagte: »Sie sind tot.«

Paula blickte auf die Uhr. 1:29. Dreizehn Minuten, nachdem Ribbentrop ins Nichts gefallen war. So lange hatten die beiden Männer mit dem Tod gerungen. Zwar war es Paulas erste Hinrichtung. Aber sie wusste: Hier war etwas anders. Ihr Blick traf auf den von Sam, der das Gleiche zu denken schien.

Woods und ein Helfer schnitten die schlaffen Leichen von den Stricken. Sie wurden, noch mit Kapuzen, ans andere Ende der Halle gebracht und hinter einem Sichtschutz verborgen.

»Bitte drücken Sie Ihre Zigaretten aus«, sagte Andrus.

Kaltenbrunner in den Wochenschauen im Anzug zu sehen, war schon seltsam gewesen. Aber sein jetziger Auftritt, blauer, zweireihiger Mantel, darunter ein Pullover, wirkte so fehl am Platz, dass Paula das Bild ausblendete, um ihn sich in Uniform vorzustellen, in schwarzem Wichs, fast zwei Meter groß, ein Mann wie ein Leichenbagger, unter der Mütze mit dem Totenkopf das Gesicht, bei dem man nicht wusste: Ist das der Mund oder ein weiterer Schmiss? Er nannte seinen Namen, stieg die Treppe hoch, wandte sich oben um und sah über den katholischen Kaplan hinweg, der unter dem Schafott stand, um einen letzten Segen zu schenken, sollte darum gebeten werden.

Kaltenbrunner sagte mit borniert vorgerecktem Kinn: »Ich habe mein deutsches Volk und mein Vaterland vom Grunde meines Herzens geliebt. Ich habe nach den Gesetzen meines Landes meine Pflicht getan. Ich hatte an den Verbrechen nicht teil, ich kämpfte ehrenhaft.«

So sprach er, der hässliche Todesengel, der Dienstherr von Eichmann, der das Reichssicherheitshauptamt im Januar 1943 übernommen hatte, als der Krieg bereits so gut wie verloren gewesen war. Er hätte ablehnen können. Aber auf ihn wartete ja ein Hochamt in der heiligen Kirche der Erbarmungslosigkeit: die Ermordung der ungarischen Juden. So sprach der General der Polizei und SS-Obergruppenführer, der auf der Anklagebank Kaugummi gekaut hatte, als die Auschwitz-Überlebende Marie-Claude Vaillant-Couturier sagte: »In einer der Nächte wurden wir von grauenvollen Schreien geweckt. Am Morgen erfuhren wir von den Männern, die beim Sonderkommando arbeiteten, dass sie abends nicht mehr genug Gas hatten und die Kinder bei lebendigem Leib ins Feuer warfen.«

Paula fasste Sams eisige Hand. Als die Falltür aufging, sagte sie leise: »Bitte lass uns gehen.«

GERMAN SCHRECKLICHKEIT

In den Blitzen, die aus der Dunkelheit schossen, erinnerte das düster aufragende Schloss an die Burg, in deren Labor Viktor Frankenstein einen völlig anderen Menschen erschaffen hatte, zusammengeflickt aus Leichen, einen neuen Prometheus, der den Irdischen jedoch kein Feuer brachte, sondern es fürchtete, der richtige Ort für diese Nacht, in der Paula fühlte, dass auch sie aus den Toten gemacht war, sie und Sam, wie jeder, der das große Experiment überlebt hatte.

Nach dem Sprint vom Wagen zum Eingang war kein trockener Fetzen mehr an ihrem Leib. Die Halle strahlte ganz in weißem Marmor. Ein pickliger Corporal wies sie ein. Im Schloss logierten die Männer, für die Frauen gäbe es eine Villa im Park. Eine Bedienstete namens Käthe eskortierte Paula mit einem Regenschirm, damit sie sich frischmachen konnte; ein spätes Mädchen, das Jane Austen gefallen hätte. Als sie im Unwetter durch den Park liefen, erzählte Käthe, dass die meisten Journalisten das Schloss längst verlassen hätten und diejenigen, die wegen der Hinrichtungen heute Nacht noch ausharrten, morgen abreisen würden. In den großen Zeiten des Tribunals sei es hier hoch hergegangen. Hemingway habe mit den Russen Kasatschok getanzt; Erika Mann sei mit einer Polin in flagranti in einer Vorratskammer erwischt worden, und im Weinkeller herrsche dank John Steinbeck jetzt Ebbe. Einmal habe Käthe den Schriftsteller lallen hören, dass er seiner Frau versprechen musste, zumindest den Nobelpreis nüchtern entgegenzunehmen, sollte er ihn je erhalten.

Das Licht der Taschenlampe zitterte über kleine Grabsteine. Paula fragte, ob Kinder dort lägen, aber Käthe erwiderte, dass es die Hunde der Faber-Castells seien.

Im Entree der Villa standen Baumaterialien; Regenschirme steckten in einer mit Sand gefüllten Wanne. Eins der Zimmer im Erdgeschoss war mit Doppelstockbetten zugestellt. Offene, unordentlich gepackte Koffer lagen auf dem Parkett. Es roch nach nassem Kalk und schwach nach Parfüm. Käthe zeigte ihr das Badezimmer, das ebenso gut in einem Stundenhotel hätte sein können. Sie fragte, ob sie warten solle, aber Paula verneinte. Als sie allein war, legte sie Lippenstift auf und zog das rote Kleid an, ohne eine Sekunde zu überlegen.

Auf dem Weg zum Schloss, den Schirm vorm Körper, weil der Regen ihr entgegenstürmte, dachte sie an Kupfer. Mitternacht war vorbei. In wenigen Stunden würde die Reitsch aus Alaska entlassen werden. Als Paula von dem Zeitfenster für Kupfers Kassiber erfahren hatte, war sie nicht wieder zu ihm gegangen. Doch darüber wollte sie nicht nachdenken.

Der Corporal lümmelte mit seinem *Batman*-Heft in einem Louis-seize-Sessel, beachtete sie nicht. Irgendwo unten hörte sie Stimmen, aber sie stieg die gewaltige Marmortreppe hoch, von der man glauben konnte, sie wäre für den Empfang von Königen und Kaisern erbaut. Oben fand sie sich in der German Schrecklichkeit wieder. *Newsweek* hatte recht: *ein monumentales Beispiel für schlechten Geschmack mit lauter fetten Nackten an den Wänden und tropfenden Kerzenleuchtern.* Kein einziger der menschenleeren Säle passte zum anderen, ein Kuddelmuddel von Epochen, die Einrichtung im Rokoko-Gotik-Neobarock-Jugendstil. Auf Gemälden in einer Ritterhalle wurde mit riesigen Bleistiften anstatt mit Lanzen gekämpft. Gleich dahinter war ein Spiegelkabinett à la Sanssouci; auch hier ungemachte Betten, aus einer Klinik, mit Klemmbrettern an den Fußteilen, auf denen sich noch Krankengeschichten fanden. Paula nahm eins davon in die Hand und las: *Richard Müller. Bauchschuss. Da kein Penicillin: Vermeidung einer Pyämie durch strikte Einhaltung von Hygiene.*

Sie ging weiter und stand auf einmal in einem Bad wie aus einem Harem, größer als der Salon der Washingtoner Blooms, ein schimmerndes Marmorgewölbe mit neckischen Mosaiken und einem Baldachin aus Florentiner Spitze; so luxuriös, dass es Paula den Atem nahm.

»Sehen Sie sich nur in Ruhe um«, hörte sie eine Stimme mit Ostküsten-Akzent und erschrak. Erst jetzt sah sie das riesige in den Boden eingelassene Becken, zehn Meter entfernt. Eine Frau lag in einer Schaumwolke. Sie war in Paulas Alter, blond und sehr hübsch, mit diesem amerikanischen Kinn, nach dem Hollywood so verrückt war.

»Entschuldigen Sie.« Paula wollte den Raum schnell wieder verlassen, doch die Frau meinte: »Nein, nein, Sie stören nicht. Das Badezimmer im Girls Camp ist schlicht ein Albtraum, alle benutzen das hier. Ich bin Martha.«

»Paula.«

»Kommen Sie her, so etwas haben Sie noch nicht erlebt.«

Als Paula an das Becken trat, legte Martha einen Hebel um. Ein Motor sprang an, das Wasser geriet in wallende Bewegung.

»Ist das nicht unglaublich? In einem Gemäuer von 1906!«

»Ich dachte, Schloss Stein sei aus dem Mittelalter.«

Martha lachte. »Aber nein. Es ist von dem Architekten, der auch Macy's gebaut hat, Behausung des Grafen Faber-Castell und seiner Frau. Sie war eine Enkelin von Bankier Oppenheim. Im *Stürmer* wurde gegen sie gehetzt, die Schlossmauer ist mit Parolen beschmiert worden. *Die Oppenheim, dieses Judenschwein, muss raus aus Stein!* Das Ehepaar ließ sich scheiden. Ob Faber-Castell seine Frau dazu genötigt hat, weiß ich nicht; ich denke mir meinen Teil. Waren Sie bei den Hinrichtungen?«

»Ja.«

»Wie hat Göring sich gehalten?«

»Er hat die medizinische Wirkung von Blausäure erprobt.«

»Oha. Davon müssen Sie nachher erzählen«, sagte Martha und lächelte über Paulas Gesicht. »Sie wundern sich, warum ich nicht aus dem Bad springe? Ich schreibe für *Colliers Weekly* und muss erst übermorgen abgeben.«

»Wo ist die Bar?« fragte Paula.

»Links von der Treppe. Folgen Sie dem Schnapsgeruch und hüten Sie sich vor dem Stehgeiger. Vielleicht tritt auch schon der Chor der Serviermädchen auf. Sie singen Hits wie *Deep in the Heart of Texas*, woran ja nichts Schlimmes wäre, würde ihr Englisch nicht nach Reichsparteitagsreden klingen.«

In der Bar sah sie Sam mit zwei sowjetischen Offizieren etwas Farbloses trinken, vermutlich Wodka. Sie waren die einzigen Gäste. Hinterm Tresen sortierte ein befracktes Faktotum eine beeindruckende Flaschenbatterie. Die Augen der Russen führten einen Tanz auf, und Sam drehte sich langsam um. Sie sah ihn zum ersten Mal im Anzug; schwarzer Nadelstreifen, rote Krawatte. Es war genau das Lächeln, auf das sie gehofft hatte, auf jedem Schritt hierher, und es ließ sie vergessen, dass sie in dem Kleid kaum Luft bekam.

Sam orderte einen trockenen Martini für sie und stellte ihr die neuen Freunde vor. Mischa hatte lustige Ohren; eins hing traurig herunter, das andere stand ab. Bei Anton versuchte ein dürrer Bart erfolglos, sein Kinn einzufangen. Sie erzählten gerade, dass ein Presseoffizier am späten Abend die Hinrichtungen angekündigt habe, worauf mehr als dreißig Journalisten in die Stadt gerast seien. Anton und Mischa hätten mit anderen die Ruinen gegenüber dem Justizpalast erklommen, um in den Gefängnishof mit der Turnhalle schmulen zu können, auf Fotos hoffend. Eine törichte, tollkühne Kletterei, danach zwei

411

Stunden auf einem Balken, der jeden Moment brechen konnte, in diesem verfluchten Regen, elend das Ganze, wenn man ein Mensch sei und keine Bergziege; so müsse es in Stalingrad gewesen sein. Schließlich hätten sie aufgegeben und es vorgezogen, hier im Warmen auf »Ilja Grigorjewitsch« zu warten, der schon bald berichten würde, welches Genick am lautesten geknackt hatte. Sie meinten Ilja Ehrenburg. Allein wie sie den Namen aussprachen, klang ehrfürchtig. Er war in der Sowjetunion eine Legende, Propagandist in drei Kriegen, Bohémien und Dichter in Paris, Reporter in der Hölle von Verdun. Lenin verspottete er als »Gottheit«, seine Romanzen waren Legion. Nach Jahren in Berlin hatte er sich im Spanischen Bürgerkrieg den Interbrigaden angeschlossen; Stalin soll ihn abwechselnd verdammt und geliebt haben. Schon in seinem ersten Roman hatte Ehrenburg geschrieben: *Bald wird eine zeremonielle Vernichtung des jüdischen Volkes in Budapest, Kiew, Jaffa, Algier und vielen anderen Orten stattfinden.* Ein Satz, der jetzt andauernd irgendwo zitiert wurde. Denn Ilja Ehrenburg schrieb das 1922, mehr als zwei Jahrzehnte vor der Ermordung der ungarischen Juden. Hitler hieß ihn »Stalins Lieblingsjuden« und kündigte an, ihn sofort nach der Eroberung Moskaus an der erstbesten Straßenlaterne aufzuknüpfen.

Anton und Mischa redeten deutsch, ein chaotisches Kauderwelsch mit jiddischen Brocken. Paula war sich nicht sicher, ob sie wirklich Journalisten waren oder von der Smersh, aber das würde in dieser Nacht niemanden interessieren.

Musik setzte ein. Ein Stehgeiger war hereingekommen und spielte ein wunderschönes, schwermütiges Lied, das Paula nie zuvor gehört hatte. Sam nahm ihre Hand; sie tanzten in dem Raum mit der violetten Seidentapete, der sie an die amerikanische Botschaft in Berlin erinnerte, an diese Gesellschaft zu Ehren Lindberghs. Damals war sie ein Mädchen gewesen und hatte doch geglaubt, alles über die Liebe zu wissen.

Sie machte die Augen zu. Bei den ersten Drehungen sah sie noch die Frau vor dem MITROPA liegen; das Auschwitz-Album mit der Solahütte; Görings Zyankalisabber; Ribbentrops Fall ins schwarze Nichts; Kaltenbrunner, wie er Sergeant Hancock um SCHU-GUMM anbettelte. Dann ließ Paula los, die Welt ein Schweben, das Lied eine Erinnerung an den Salon der Hindenburg, als der Pianist über dem Ozean auf seinem Aluminiumflügel amerikanische Lovesongs spielte und in der Nacht, tief unter ihnen, Schaumkronen dazu tanzten.

»Wir haben heute etwas zu feiern«, sagte Sam.

Sie öffnete die Augen.

»Ab morgen bin ich Captain.«

»Glückwunsch.« Aber sie spürte den Stich.

»Und du First Lieutenant. Auch Glückwunsch.«

»Oh.«

»Es ist keine große Sache. Im Vergleich zur Zerstörung des zweiten Tempels.«

Paula mochte diese Spottkerbe in seiner Wange, am ersten Tag schon, im Bus nach Ritchie. Sein Gesicht war so nah, dass seine Augen verschwammen. Sam duftete nach Erdbeerbowle, dabei hatte er doch Wodka getrunken.

Dann hörte Paula ein Lachen, sah Anton und Mischa um sie herumtanzen und ihnen Kussmünder zuwerfen. Von der Tür ertönte ein noch lauteres Lachen, Martha, die Schaumgebadete, jetzt in Marlene-Dietrich-Hosen, dahinter eine Meute Männer und Frauen, das Lumpenproletariat des internationalen Journalismus, unter ihnen sogar ein Chinese, alle nach Stunden in Ruinen so nass, als seien sie durch die Pegnitz geschwommen, durchgefroren und durstig. An Tanzen war nicht mehr zu denken, aber der Stehgeiger gab nicht auf und spielte gegen das Stimmengewirr an. Görings Zyankali war das einzige Thema, die ganze Stadt wusste es bereits. Sam verschwand in einem Journalistenpulk, wurde von Paula getrennt.

Sie sah, wie Martha sich mit zwei Drinks zu ihr durchdrängelte, und nahm sich vor, ihr zu verschweigen, dass sie Görings Tod mitangesehen hatte, aber Martha zeigte kein Interesse an ihm und fragte einige Plauderworte später, wie es in der Turnhalle gewesen sei.

»Nach Kaltenbrunner sind wir gegangen.«

»Warum?«

Paula schwieg.

»Haben Sie die Hundegräber gesehen?« fragte Martha »Sie erinnern mich an meinen Ex-Mann. Bei ihm sind es Katzen.«

»Ich weiß nicht mehr, was ich mir von den Hinrichtungen erwartet habe. Die drei waren bloß noch Puppen, die in einem dunklen Marionettentheater hingen.«

»Ich war bei Jacksons Schlussplädoyer«, sagte Martha. »Er hat dargelegt, dass man gegen diese Männer nicht wegen ihrer widerwärtigen Ideen verhandele und es ihr Recht sei, auf das mosaische Erbteil der Zivilisation, der auch Deutschland einst angehört habe, zu verzichten. Aber wenn wir sie nicht wegen ihrer Gedanken angeklagt haben: wieso dann?« Martha hinterließ Lippenstift auf dem Rand ihres Gin-Tonic-Glases. »In der Art, wie ein Volk Krieg führt, beweist sich seine Kultur; mehr als das: sein Charakter. Clausewitz nannte den Krieg die Fortsetzung der Politik mit anderen Mitteln. Dieser Vernichtungskrieg war hingegen nicht die Fortsetzung von Politik, sondern von Gedanken, und darum ist es ein schreiendes Versäumnis und ein Fehler, dass wir die Gedanken nicht angeklagt haben. Mein Großvater lebte eine Zeit in Berlin und Wien. Ende des Jahrhunderts trieben Judenhass und Militarismus ihn zurück nach Amerika. Er soll gesagt haben: ›Die Deutschen verstehen sich aufs Leiden. Aber Mitleid kennen sie nicht.‹«

»Sie sprechen von einer Erbsünde?«

»Denken Sie anders?«

»Wenn alle schuldig sind, ist keiner schuldig.«

»Die Bar im Grand Hotel bleibt heute die ganze Nacht auf«, sagte Martha. »Ich bin mit Rebecca West dort verabredet. Wir trinken Gimlets und lästern über tote Dichter. Kommen Sie doch mit.«

Paula schüttelte den Kopf. Sam lehnte zehn Meter von ihr lässig am Tresen und erwiderte ihren langen Blick. Sie stellte sich vor, dass ein Elmsfeuer in seinen Augen leuchtete.

Martha lächelte. »Ich verstehe Sie gut.«

Sie ging in dem Moment, als die Journalisten von den Hinrichtungen kamen, Ehrenburg vorneweg, mit einem Grinsen, als habe er den Delinquenten höchstselbst das Genick gebrochen. Paula sah ihn Martha mit Küsschen begrüßen, ihr dann hinterherrufen: »Grüß Papa von mir, wenn du ihn siehst!«

»Entschuldigung«, sprach Paula eine Kellnerin an. »Wissen Sie, wer die Journalistin war, mit der ich eben geredet habe?«

»Sicher. Das ist Martha Gellhorn, die geschiedene Frau von Ernest Hemingway.«

Verdammt!

Paula dachte an die Nacht in Ritchie, als sie *Wem die Stunde schlägt* gelesen hatte, an den Morgenappell, wo sie, vor Müdigkeit wankend, froh über jeden Satz von Hemingway gewesen war; vor allem über diesen: *Man leidet nur wenig, weil wir alle dafür geschaffen sind, Leiden zu erdulden.* An dem Tag hatte sie gedacht: So würde es bei ihrer Rückkehr sein. Dass kein Elend sie erreichen könne, kein Leid groß genug wäre, sie zu treffen, vor allem nicht ihr eigenes. Aber schon bei ihrem ersten Schritt auf deutschen Boden hatte Ernest Hemingway die Wette auf ihr Seelenheil verloren.

Und nun hatte sie die Frau ziehen lassen, die ihr hätte sagen können, wie der Mann war, der demselben Roman diese Verse von John Donne vorangestellt hatte: *Eines jeden Menschen Tod ist mein Verlust, denn mich betrifft die Menschheit. Also verlange nie zu wissen, wem die Stunde schlägt. Es gilt dir selbst.*

Sam kam mit Karl Anders zu ihr, der erzählte, dass auf dem letzten Gang alle Haltung bewiesen hätten, bis auf Streicher, den man in langen weißen Unterhosen in die Turnhalle schleifen musste. »Er hatte vor Angst einen Schluckauf und schrie in einem fort: ›Heil Hitler! Heil Hitler! Heil Hitler!‹ Ein Hitler-Schluckauf, erhebend, wenn man dabei war. Am Ende sind die Leichen vor uns aufgebahrt worden; Göring wurde mit einer Schubkarre hereingebracht. Einen einfachen Tod hat er nicht gehabt, das sah man. Und was die anderen betrifft: Alle hatten große Blutergüsse am Schädel, als ob sie noch dazu mit einem Kantholz verprügelt worden wären.«

»Was geschieht mit den Leichen?« fragte Sam.

»Die Asche soll in irgendeinem Flüsschen verstreut werden; in der Nähe von München, heißt es.«

Paula hörte Ehrenburg tönen: »Hans Frank ist mit einem Lächeln auf das Schafott gestiegen und hat sich freundlich für das gnädige Urteil bedankt! Da sage ich nur: ›Gern geschehen, Towarischtsch Frank!‹«

Als das Gelächter eben verhallt war, gesellte Ehrenburg sich zu ihnen. Sofort hatte er nur Augen für Paula. »In der Turnhalle bin ich von jemandem gefragt worden, ob ich wüsste, wer die Frau war, die es vermochte, einen so düsteren Ort zu erleuchten. Ich wandte Ihnen in diesem Moment den Rücken zu, aber es war mir gleich klar, von wem die Rede war.« Sein Englisch klang, als löse sich ein Schneebrett von einer Steilwand.

»Möchtest du noch etwas trinken, Darling?« fragte Sam.

»Später, Muffin.«

»Sie sind sehr früh gegangen«, sagte Ehrenburg. »Ist Ihnen Kaltenbrunners Visage auf den Magen geschlagen?«

»Ach nein«, erwiderte sie auf Deutsch. »Ich fand es wesentlich unappetitlicher, wie Sie berichtet haben, dass Sie kurz vor der Saarabstimmung ein Hakenkreuz aus Lyoner Würsten im Schaufenster eines Saarbrücker Metzgers sahen.«

Verdutzt erwiderte Ehrenburg Paulas Blick.

»Auf Ihrer Deutschlandreise waren Sie damals im Berliner Haus meines Vaters zu Gast«, sagte sie. »Douglas Bloom. An dem Abend war auch Albert Speer da. Sie haben sich angeregt mit ihm unterhalten.«

»Ja, jetzt erinnere ich mich. Meine Güte, Sie haben nur aus Beinen bestanden.« Er grinste. »Und das ist immer noch so.«

»Was gefiel Ihnen an Speer denn speziell?« fragte Sam und balancierte seine Stimme auf dem Grat zwischen Beiläufigkeit und Schärfe, was Paula sehr mochte.

»Oh, ein Moralist«, meinte Ehrenburg. »Wer mit so vielen Tyrannen geplaudert hat wie ich, hat im Laufe der Zeit gelernt, ein gewisses intellektuelles Vergnügen daran zu finden.«

»Was uns zu dem Genossen Stalin führt.«

Ehrenburg lächelte. »Ich verherrliche Stalin, wo immer ich kann. Bedeutet das, dass ich ihn liebe? Aber nein. Ich fürchte ihn und glaube an ihn, das schließt sich keineswegs aus.«

Sam verzog keine Miene. »So eine Gaudi hatte ich nicht seit meiner Beschneidung.«

»Ich gestehe, nie ein Gedicht oder einen Roman von Ihnen gelesen zu haben«, sagte Paula. »Aber ich erinnere mich an Ihr Flugblatt für die Rote Armee.«

»Ach, das. Alle Welt scheint mich darauf zu reduzieren, als hätte ich nie etwas anderes geschrieben.«

»*Die Deutschen sind keine Menschen. Wenn Du nicht jeden Tag wenigstens einen Deutschen getötet hast, war der Tag verloren.*«

»Sie haben mich unvollständig zitiert.«

»Ja?«

»*Nichts stimmt uns froher als deutsche Leichen. Zähle nicht die Tage. Zähle nur eines: die von dir getöteten Deutschen. Ziele nicht vorbei. Triff nicht daneben. Töte.* Das pikiert Sie doch nicht etwa, schöne Frau? Sind Sie der Meinung, dass das sowjetische Volk keinen Grund hätte, so zu empfinden?«

»Mir missfällt vielmehr, dass Sie Menschen das Menschsein absprechen. Aber es macht das Morden natürlich angenehmer, nicht wahr? Auch Himmlers Totenkopfverbände wussten das zu schätzen. So wie das Erschießungskommando in Katyn.«

»Das waren die Deutschen, wie alle Welt weiß.«

»Natürlich«, versetzte Paula. »Denn gemäß Artikel 21 des Londoner Statuts musste man in Nürnberg sämtliche Beweise für deutsche Kriegsverbrechen blind entgegennehmen, wenn sie von einer der Siegermächte stammten.«

Ehrenburg rief quer durch den Raum: »Harold, was war der beste Satz in dem Interview, das ich dir gegeben habe?«

»Man kann nicht gleichzeitig mit dem Lamm und dem Wolf Mitleid haben«, kam die prompte Antwort.

Ein anderer brüllte: »Der Henker ist da!«

John Woods kam herein, so betrunken, dass seine Gesichtszüge schmolzen. Rasch bildete sich eine Traube Wissbegieriger um ihn.

Paula hörte ihn schwerfällig sagen: »Tja, sie haben nachher nicht besonders hübsch ausgesehen. Könnte sein, dass ich die Falltür zu klein gezimmert habe. Da stößt man sich leicht den Kopf an. Und beim Berechnen der Höhe ist mir scheint's auch ein Fehler unterlaufen. Die war zu gering. Dumme Sache. Das Genick ist nicht gebrochen, sie sind langsam erwürgt worden. Außerdem tut's mir leid, dass ich so spät bin. Aber ein Henker hat immer nur die Hin-Richtung im Kopf.«

Die meisten schwiegen betreten. Die Russen johlten jedoch und ließen Woods hochleben. Ehrenburg drückte ihm ein bis zum Rand mit Wodka gefülltes Wasserglas in die Hand. »Ich trinke auf die Falltür und die Fallhöhe!«

Paula und Sam gingen mit Karl Anders in das Jagdzimmer nebenan. Sie ließen sich von toten Tieren beglotzen und nippten an ihren Drinks, ohne dass noch einmal ein Gespräch aufkam. Aus der Bar brandete wieder Lachen, der Geiger spielte etwas Russisches, mit großem Hallo ging Glas zu Bruch. Paula wusste nicht, ob man das Ende des Prozesses feierte oder das langsame Ersticken von Killern. Vielleicht auch beides. Lieder wurden angestimmt, *It's a long way to Tipperary*, dann *Kalinka*. Als Paula auf die Uhr sah, war es schon sechs am Morgen, ihr Zug nach Frankfurt ging in zwei Stunden. Sie verabschiedeten sich von Anders. Er würde noch lange in seinem Nürnberger Irrgarten bleiben, sich fragen, wie das alles geschehen konnte, und am Ende keine Antwort erhalten.

Sie wurden mit einem Jeep gefahren. Der Regen war vorbei, am Himmel das helle Grau in der Stunde vor dem Sonnenaufgang. Als sie in die frühere Innenstadt kamen, bat Paula ihren Chauffeur, mit den Koffern vorauszufahren und beim Bahnhof auf sie zu warten. Sie lief mit Sam durch diese Verstümmelung. Zuweilen sah sie nicht einmal mehr Fundamente, nur Schutt, von einer Jahrhundertwelle angeschwemmt. Die meiste Zeit des Weges war es totenstill; dann und wann ein fernes Grollen, wenn Ruinen einstürzten. Übers Geröll huschten Schatten auf der Suche nach Essen oder Obdach. Sam griff Paulas Hand.

Am Bahnhof glühten Steinformationen im ersten Morgenrot. So musste es im Monument Valley sein, in einer frostigen Winterdämmerung. Der Bahnsteig war leer bis auf eine Nonne mit beseelten Augen; in ihrem Reich gab es keine Ruinen. Sie setzten sich auf eine Bank. Sam legte seinen Arm um Paulas Schultern, als sei es niemals anders gewesen. Es hätte ihr sehr gefallen, ihn jetzt zu küssen, doch es war auch schön, es nicht zu tun, einfach um die Möglichkeit zu wissen.

Sie sah die goldene Uhr an Sams Handgelenk. »Wo hast du die her?« fragte sie.

»Von Mischa. Getauscht.«

»Gegen was?«

»Hitlers Gebiss.«

WINDHAUCH

Paula verstand diese Augen nicht, diese Leere, in der sich ihr Blick auf der Suche nach Leben verirrte, nach Hoffnung, nach etwas anderem als Trauer.

Hyde war nicht im Büro gewesen, aber die Sekretärin hatte sie wissen lassen, dass sie zu Kupfer könne; eine Stunde, bis höchstens um zehn. Sie war zum Alaska House gelaufen, erst in den Abhörraum, niemand, dann zu seinem Zimmer, vor der Tür die beiden Wachen, die sie umgehend hineinließen, ohne Fragen zu stellen. Es konnte nur bedeuten, dass man Kupfers Kassiber gelesen und sich zu einer Zusammenarbeit mit ihm entschlossen hatte.

Doch dann dieses Gesicht.

»Johann, was ist mit Ihnen?« fragte sie leise.

Er saß vor ihr auf dem Bett und sah zu Boden. Er nahm die Zigaretten, die Paula ihm reichte, zündete eine an. Er rauchte, als habe er nie zuvor geraucht und erinnere sich nur, es einmal bei jemand anderem gesehen zu haben.

»Sie haben den Kassiber doch weggeschickt?«

»Nein.«

»Aber warum nicht?«

»Weil es sinnlos wäre.«

Paula ging vor ihm in die Hocke und fasste seine Hand. »Sie werden nicht ausgeliefert«, sagte sie beschwörend. »Sie sind sehr wertvoll für uns. Wir finden einen Weg.«

»Sie verstehen es nicht.« Seine Stimme war ein Windhauch über leeren Gräbern.

»Was denn?«

»Ich besitze keinen Wert für Sie. Es gibt keine Agenten, die ich Ihnen nennen könnte. Es gab sie nie.«

»Was reden Sie da?« fragte sie tonlos.

»Das meiste hatte ich von den alliierten Rundfunksendern. Anderes aus russischen Zeitungen, die ich in Bulgarien besorgen ließ. Meine einzige wirkliche Quelle war der Sowjetspion in der Botschaft, mit dem Zoltán ein Verhältnis hatte. Durch ihn habe ich von Donovans Treffen mit Berija erfahren. Und zwei, drei Dinge mehr. Alles andere habe ich mir zusammengereimt oder frei erfunden. Ja, ich habe Zufallstreffer gelandet. Bisweilen sah ich mich als genialen Gedankenleser Stalins, der es über tausende Kilometer vermochte, durch das Labyrinth seines verworrenen Geistes zu kriechen und die Winkelzüge vorauszuahnen. Wenn ich betrunken war, und das war ich oft, kam es mir vor, als säße ich im Kreml neben seinem Bett und hörte ihn im Schlaf sprechen. Fünf Jahre habe ich die Abwehr genarrt. Sie machten aus mir *Sieben*, den Wunderspion, Stalins Albtraum, um von ihrer eigenen Unfähigkeit abzulenken. Ich war geschickt darin, mich nicht festzulegen. Ich prophezeite, dass es entweder zu einer Kesselschlacht um Kiew käme oder die Rote Armee nahe Mirgorod angreifen würde, dreihundert Kilometer entfernt. Und Stalins Wahl fiel auf Kiew. Sogar mein größtes Versagen, Stalingrad, nahmen Gehlen und Baun hin. Ich war, was sie in mir sehen *wollten*, weil es nicht anders sein *durfte*. Ich habe um mein Leben gespielt, fünf Jahre lang. Um meins und das meiner Liebsten. Und ich habe verloren.«

»Ich glaube Ihnen kein Wort«, sagte sie rau.

Aber er hob den Blick, und sie sah, dass es stimmte.

»Ich wollte es Ihnen ersparen, Paula. Aber Sie müssen noch einmal mit mir nach Budapest kommen.«

ACHTZEHNBITTENGEBET

»Als ich damals zum Hotel Pannonia ging, dachte ich auf dem Weg durch das Judenviertel daran, dass ich einige Tage vorher zum ersten Mal in einer Synagoge gewesen war, zusammen mit Attila, dem stärksten Mann der Welt, der sich im Finstern fürchtete, aber an einen Gott glaubte, der das Ende aller Angst versprach. Vieles von dem, was ich in der Synagoge gesehen und gehört hatte, verstand ich nicht. Zum Beispiel, dass das Achtzehnbittengebet aus neunzehn Bitten besteht; selbst der Rabbi wusste keinen Grund dafür.

In der zweiten Bitte heißt es: *Du, Unser Herr, bist mächtig in Ewigkeit. Du ernährst die Lebenden mit Gnade, belebst die Toten mit großem Erbarmen.*

Da war ich so traurig geworden. Die Toten waren der Grund gewesen, warum ich Attila begleitet hatte, die Toten, die noch liebten, lachten, atmeten. Ich ahnte längst, dass ich mein großes Spiel verlieren und mein Versprechen nicht würde halten können. Ich wollte meine Angst mit jemandem teilen, und sei es ein Gott, an den ich nicht glaubte. Als ich jedoch hörte, er würde die Toten lebendig machen, kam es mir wie Hohn vor.

In der sechsten Bitte heißt es: *Gelobet seist Du, Herr, Ewiger, der Du gnädig immer wieder verzeihst.*

Doch wie konnte mir je verziehen werden, dass in meinem Spiel der Atem von Menschen der Einsatz war?

Ich ging mit Kasztner und Springmann zu Oskar Schindler. Und als dieser von Auschwitz sprach, dem Sodom aus Asche, musste ich an die zwölfte Bitte denken.

Alle Ruchlosen mögen augenblicklich untergehen und rasch aus-
gerottet werden. Entwurzele und zerschmettere all die Trotzigen.
Gelobet seist Du, Herr, Ewiger, der Du die Feinde zerbrichst.

Aber ich wusste: Sollte es jenen Gott wirklich geben, dann
war er nicht besser als die mit den Peitschen und den Hunden.

Als wir später in der Bar saßen, meinte Schindler, dass ich
anders als Kasztner und Springmann sei. Er fragte, was mich
nach Budapest verschlagen habe. Paula, ich sagte Ihnen schon,
dass ich immer weiß, ob ich jemandem vertrauen kann. Ich erzählte Schindler von meiner Arbeit für die Abwehr. Lächelnd
gab er zurück, dass auch er früher in Diensten von Canaris gestanden habe, aus wirtschaftlicher Not nach dem Konkurs der
väterlichen Fabrik. Das sei in Mähren gewesen, seiner Heimat.
Er habe Wirtschaftsgeheimnisse an die Abwehr verraten und
sei, als das von den Tschechen entdeckt wurde, zum Tode verurteilt worden. Hitlers Einmarsch in die Rest-Tschechei habe
ihn vor der sicheren Hinrichtung gerettet. Fügung, Schicksal.
Wer daran nicht glaube, vergesse zu leben.

Wir tranken stumm weiter, beide in Gedanken. Mir fiel auf,
dass Schindler zu einem Mann schaute, der sich allein in eine
Ecke gesetzt hatte und uns nicht beachtete. Er war jung, Ende
zwanzig, in Zivil. Sehr gutaussehend, auf diese lässige Weise
von Menschen, denen immer alles zugefallen ist. Die hübsche
Bedienung brachte ihm sein Bier. Er hielt ihre Hand fest und
lachte laut, bis sie sich von ihm losmachte.

Schindler setzte sich um, mit dem Rücken zu diesem Mann,
und meinte leise, dass er ihn kenne. Er sei vom SD, ein enger
Mitarbeiter Kaltenbrunners. Schindler habe ihn im Haus von
Amon Göth gesehen, dem Lagerkommandanten, mit dem er
befreundet war. Nach der Liquidierung des Krakauer Ghettos
habe Göth ein Fest gegeben, zu dem hohe SS-Führer und auch
Schindler erschienen seien. Die Einladung habe er unmöglich
ablehnen können, so etwas sei keine Bitte.

›Dieser SD-Mann dort war damals zu Konsultationen mit Generalgouverneur Hans Frank in Krakau‹, meinte Schindler. ›Noch so jung, aber schon ein Herrscher, wie viele dieser Nazis. In Göths Haus tat er kund, dass es ihm ein Anliegen gewesen sei, auf dem Zgodyplatz an der Erschießung derer teilzunehmen, die nicht zur Sklavenarbeit in das Lager Płaszów oder zur Vergasung nach Auschwitz gekommen waren. Alte, Schwache, Kinder, etliche davon Patienten des jüdischen Krankenhauses. Der Mann dort ließ sich Gänseleber und Wein schmecken und sagte mit vollem Mund, dass er drei Magazine leergeschossen habe. Er lästerte an jenem Abend über SD-Offiziere, die noch nie einen Schuss abgegeben hätten. Keiner der jungen Männer, die im RSHA arbeiteten, dürfe vergessen, dass ihre Generation nur für diese eine Aufgabe geboren worden sei. Mein Goldenes Parteiabzeichen verlieh mir eine gewisse Sicherheit, deshalb erlaubte ich mir in dieser launigen Runde die Frage, ob die bei derartigen Exekutionen eingesetzten Männer auf Dauer nicht psychisch zugrunde gehen oder so verrohen müssten, dass sie für keinen Dienst mehr tauglich seien. Der Mann da hatte das verneint. Das genaue Gegenteil sei der Fall. Die Arbeit auf diesem Platz in Krakau habe etwas Bäuerliches gehabt, wie etwa das Mähen einer Wiese. Es sei höchst befriedigend, am Abend zu sehen, was man am Tage geschafft habe.‹

Für Minuten redeten Schindler und ich nicht. Dann sprach er über die Wehrmacht, über seinen festen Glauben an deren Unschuld und den Trost, der darin für ihn lag. Als er aufstand, um zu gehen, sah er noch einmal zu dem Mann. Er kenne viele wie den. Er feixe, feiere, feilsche mit ihnen. Doch manchmal sei es ihm unerträglich, die gleiche Luft zu atmen.

Ich betrank mich und ertappte mich dabei, immer wieder zu diesem Tisch zu blicken. Als die Bedienung bei dem Mann kassieren wollte, packte er sie plötzlich, zwang sie auf seinen Schoß und presste seinen Mund auf ihren. Sie wehrte sich, er lachte nur, schob die Hand unter ihre Bluse. Eigentlich bin ich kein sehr mutiger Mensch, Paula. Es mag sich für Sie seltsam anhören. Aber ein Spiel um das eigene Leben und das von anderen erfordert keinen Mut, nur Verzweiflung. Ich kannte die Frau nicht; sie bedeutete mir nichts, außer dass sie ein Mensch war. Noch am Tag zuvor hätte ich vermutlich gar nichts unternommen; ich achtete immer sehr darauf, nie aufzufallen. Aber an jenem Abend, nach der Begegnung mit Schindler, war es, als sei endlich ein Eisblock in mir zersplittert. Ich ging hin, zog die Frau von dem Mann weg und schüttete ihm sein halbvolles Bierglas ins Gesicht. Andere Gäste lachten. Ich zitterte.

Auf der Straße holte er mich ein. Er war viel größer, jünger, stärker. Er hätte mich niederschlagen können. Doch er sagte ganz ruhig: ›Wie dumm von Ihnen. Aber Sie kennen mich halt nicht.‹ Seine Stimme ließ mich an Träume denken, aus denen ich schreiend aufgewacht war.

›Wer Sie sind, haben Sie mir eben gezeigt‹, versetzte ich.

Er musterte mich. ›Ah, ein Österreicher. Jude, vermute ich. Nein, nein, man sieht es Ihnen nicht an, und schon gar nicht in so einem exquisiten Anzug. An biologische Rassenmerkmale glaube ich nicht, dazu habe ich zu viele von euch gesehen. Ihr habt nicht alle große Nasen, wie der Kretin Streicher sich das so vorstellt. Es gibt dunkle, nordische, hübsche, hässliche, von jeder Gestalt. Nein, ich erkenne euch an eurem Gestank. Es ist kein Schweiß, kein Dreck. Es ist der Gestank von Gier, Feigheit und Unzucht. Ich weiß nicht, ob es mich ekelt oder belustigt, dass Sie so tun, als ob Sie keine Angst hätten. Jede Bakterie ist tapferer als Sie. Ich kenne Männer, die im Nu Ihren Schädel gegen diese Mauer schlagen und sich Ihr Hirn von den Lippen lecken würden.‹

›Ist es vielleicht tapfer, eine Frau zu begrapschen, die sich nicht wehren kann? Oder Menschen zu erschießen, die nackt auf einem Platz vor Ihnen zittern?‹ fragte ich.

›Ich heiße Georg Melzer‹, sagte er. ›Merken Sie sich diesen Namen gut.‹ Dann ging er.

Paula, es tut mir so leid. Bitte weinen Sie nicht; jede Träne um diesen Mann wäre eine Vergeudung. Ich weiß, es ist Ihnen unmöglich, mir zu glauben. Ihr Georg Melzer, der Mann aus Ihrer Erinnerung, hätte so etwas nie getan, nie so gesprochen, nicht diese Stimme gehabt. Vielleicht verstehen Sie es später, ich bin noch nicht am Ende.

Als ich an einem der nächsten Abende die Luftmeldestelle verließ, bemerkte ich, dass ich verfolgt wurde. Zwei Männer, die ich mittags im Restaurant gesehen hatte, saßen in einem Wagen. Ich ließ mir nichts anmerken. Von dem Hausmeister erfuhr ich, dass man sich bei ihm nach mir erkundigt hatte. Er versicherte, bloß gesagt zu haben, dass ich mit landwirtschaftlichen Maschinen handele. Ich schrieb eine Meldung an Alfred Lantz. Am folgenden Tag kam er nach Budapest. Ich erzählte ihm, dass ich nicht wisse, wessen Interesse ich geweckt hätte, geschweige denn warum. Was im Hotel Pannonia geschehen war, behielt ich für mich, gab Lantz die Autonummer.

Ein halbes Jahr ging dahin. Ich dachte nicht mehr an Melzer. Die Wehrmacht marschierte in Ungarn ein, die Deportationen begannen, ich lernte, mit meinem Geld Besseres anzufangen, als es sinnlos zu verprassen. Manchmal fielen mich Gedanken an wie ein Tier. Dann dachte ich an Oskar Schindler und daran, was er Kasztner, Springmann und mir damals anvertraut hatte. Es war mein Geheimnis geblieben. Keinen Einzigen hatte ich vor seinem Schicksal gewarnt. Warum? Vielleicht, um meine Tarnung nicht zu verlieren. Vielleicht, weil ich mir einredete, Ungarn würde verschont bleiben. Oder weil ich denen, die ich liebte, die Angst ersparen wollte. Es ist müßig. Nichts würde an meiner Schuld etwas ändern. Um das zu wissen, brauche ich keinen Gott.

Dann erhielt ich die Einladung zu Eichmanns Fest.

Vom ersten Augenblick an wusste ich, wem ich diese Ehre zu verdanken hatte. Nicht mehr an etwas zu denken, bedeutet nicht, es vergessen zu haben. Dóra sah meine Angst und wollte mich begleiten. Das erlaubte ich nicht. Aber allein, dass sie es anbot, ließ Tränen in mir hochsteigen, so wie jetzt, wo ich zum ersten Mal darüber spreche.

Bei Eichmanns launiger Rede, in der er auf seinen Geburtstag anspielte, stand Melzer direkt hinter ihm. Sein Blick ruhte lächelnd auf mir, als sei ich der einzige Gast. Er war in seiner schwarzen Uniform, schaute glänzend darin aus. Man ist, was man trägt. Und er war der Tod. Ich wollte rasch gehen. Doch zwei SS-Männer standen breitbeinig in der Tür, es war zu spät.

Während Eichmann Violine spielte, kam Melzer zu mir und begrüßte mich. ›Was wäre dieses Fest ohne Sie, Herr Kupfer?‹ Welche Farbe seine Augen hatten, welchen Ausdruck, könnte ich Ihnen nicht sagen, Paula. Für mich war es wie ein Blick in einen Totenschädel. Er bat mich hinaus auf die Terrasse und plauderte vor sich hin. Vor Jahren sei er im Rahmen eines Praktikums beim Abhören eines Bordells in Berlin-Charlottenburg eingesetzt worden. Zu den Stammgästen hätten Diplomaten, Prominente und hohe Parteifunktionäre gezählt, die, ohne zu ahnen, dass der SD das Etablissement betrieb, den Prostituierten so manches anvertraut hätten, was sie erpressbar gemacht habe. Einer der Freier sei ein Offizier der Abwehr gewesen; an ihn habe Melzer sich erinnert, als ihm zugetragen wurde, was ich in Budapest trieb. ›Sehen Sie, Herr Kupfer, so einfach war es, Ihren Namen zu erfahren‹, sagte er. ›Ein jüdischer Spion in deutschen Diensten, was würde wohl der Führer dazu sagen?‹ Leichthin ging er über mein Schweigen hinweg. ›Ich weiß so viel von Ihnen und Sie so wenig von mir, deshalb erzähle ich Ihnen gerne mehr über meine Wenigkeit. Begonnen habe ich im Kriminaltechnischen Institut der Sicherheitspolizei. Diese Arbeit machte mir Freude, und als wir bei Kriegsbeginn vom

Reichssicherheitshauptamt übernommen wurden, erhielt ich neue, interessante Aufgaben. Inzwischen bin ich im Amt VI in Schmargendorf. Unweit davon, am Hundekehlesee – lustiger Name, oder? –, wohnte eine Freundin von mir. Sie würde den Gedanken nicht ertragen, dass meine Stelle in dem jüdischen Altersheim sitzt, wo ihre frühere Gouvernante ihr Gnadenbrot fraß, bis sie ins Warschauer Ghetto kam.‹

Paula, bitte verzeihen Sie mir. Es ist schrecklich, Sie weinen zu sehen. Erinnern Sie sich, was ich bei unserer ersten Begegnung zu Ihnen sagte? Manche klammern sich aus Liebe noch an ihren Lügen fest, wenn die Wahrheit längst offenbar ist. So wollten Sie und ich doch nie sein.

›Die neuen Aufgaben, von denen ich spreche, brachten eine große Herausforderung mit sich‹, sagte Melzer. ›Mein Vorgesetzter verfiel auf eine vielversprechende Lösung; zuerst für Geisteskranke, dann für Juden. Heydrich fand Gefallen daran. Er erteilte der Abteilung Technik den Auftrag.‹

Paula, keine Sekunde hatte ich mich gefragt, warum er mir all das erzählte. Einem Hundehaufen sein Leben zu beichten, hätte Melzer dasselbe bedeutet. Bitte nehmen Sie meine Hand, sie ist kälter als Ihre.

›Als das Programm anlief, durfte ich Obersturmbannführer Eichmann in das Generalgouvernement begleiten, wo wir uns einen Eindruck verschafften‹, sagte Melzer. ›In Lublin sahen wir zu, wie die Abgase eines sowjetischen U-Boot-Motors in kleine Häuschen geleitet wurden. In Kulmhof wurde dasselbe Prinzip angewandt, allerdings hat man die Sonderbehandlung dort im Kastenaufbau eines Lkw durchgeführt. Beides hat uns nicht vollends überzeugt, denn letztendlich mussten wir beim Verschrotten ja auf ganz andere Zahlen kommen. Der technische Leiter des S-Wagen-Programms gehörte zu unserer Delegation und sah den Unterschied zwischen Theorie und Praxis. Er hieß Walther Rauff, ein guter Mann. Sowas zeigt sich, wenn einer durch ein Guckloch schaut und dabei einen kleinen Witz zum Besten gibt. Adolf Eichmann vermag das auch. So wie ich. Oder Kaltenbrunner. Vielleicht kennen Sie ihn noch aus der Zeit in Wien? Für manche Juden aus seiner Heimat soll er ein Herz gehabt haben. Man will kaum glauben, dass jemand mit seiner Statur derart sentimental sein könnte.‹

Ja, ich erinnere mich an Kaltenbrunner, diesen missratenen Entwurf von Breker. Als er der höchste SS- und Polizeiführer in Österreich gewesen war, pflegte er nachts betrunken durch die Leopoldstadt zu kariolen. Mütter sagten zu ihren Kindern: ›Wenn du nicht brav bist, holt dich der Kaltenbrunner.‹

Paula, das Fest bei Eichmann war im Mai 44. Zwei Monate darauf beging Stauffenberg das Attentat auf Hitler. Ich verachte ihn und seine Junker, ihr erbärmliches Zaudern. Sie wagten es erst im Anblick der Niederlage, und ihr Deutschland wäre kaum weniger zum Fürchten gewesen. Auch Melzer wusste, dass der Krieg verloren war. An seiner Bestimmung hat er hingegen nie gezweifelt. Die Juden mussten ausgerottet werden. Wie er sagte: Dafür war seine Generation geboren worden.

›Wissen Sie, Herr Kupfer‹, meinte Melzer, ›mich hat einmal ein Ministerialdirigent aus dem Innenministerium gefragt, ob all diese verscharrten Leichen mich nicht sorgen würden. Es könne nach uns schließlich eine Generation kommen, die das Ganze nicht verstünde. Wer so redet, hält einen Fahnenschwur für einen Kinderreim. Nein, sollte uns eine Generation folgen, die so schlapp und knochenweich ist, dass sie unsere Aufgabe nicht begreift, wäre ja der ganze Nationalsozialismus umsonst gewesen. Was sagen Sie dazu, als Jude? Denken Sie nicht auch, dass man vielmehr Bronzetafeln versenken sollte, auf denen bis in alle Ewigkeit festgehalten ist, dass wir den Mut besaßen, dieses große und so notwendige Werk durchzuführen?‹

Wie oft haben Sie das Gesicht von Georg Melzer vor Augen gehabt, Paula? Doch dieses Lächeln sahen Sie nie.

Eichmann kam zu uns hinaus. Melzer stellte mich jovial vor, und als Eichmann von seinem Wiener Jahr erzählte, dem Büro im Rothschildpalais, dem Riesenrad als Symbol für den Lauf der Welt, von Höttl und Hans Mosers jüdischer Ehefrau, der Zeit bei Standard Oil, dem kleinen Lied in diesem Bergschacht, *der Schnee geht bald weg, und es wird wieder schee*, erkannte ich, dass ich Georg Melzers verspätetes Geburtstagsgeschenk für Eichmann war. Mit einem Fingerschnipsen ließ er Geschke zu uns springen, zeigte ihm sein neues Spielzeug, scheuchte ihn wieder fort.

›Ich habe Herrn Kupfer vorhin von unserer Inspektionsreise ins Generalgouvernement erzählt‹, bemerkte Melzer. ›Wissen Sie noch, Herr Obersturmbannführer, wie wir damals Station in Litzmannstadt gemacht haben?‹

Eichmann strahlte wie ein Bub am Gabentisch. ›Wir gingen zum dortigen Polizeipräsidenten Albert, um uns berichten zu lassen, wie es in Litzmannstadt um die allgemeine Sicherheit bestellt war. Kurz vor unserem Eintreffen war dem SD durch einen polnischen Spitzel zugetragen worden, dass ein Jude auf wundersame Weise eine Sonderwagen-Aktion überlebt hatte und sich jetzt in einem nahen Dorf versteckt hielt. Sturmbannführer Melzer und ich begleiteten einen Trupp von uns dorthin. Sie zerrten den Juden aus einem Heuschober. Herr Melzer hielt ihm seine Walther an den Kopf und bat ihn höflich, uns seine Geschichte zu erzählen. Der verlauste Jude stammelte, dass er bei dem Einströmen des Kohlenmonoxids in dem verschlossenen Wagen zu Boden gerissen worden sei. Da habe er das Hemd ausgezogen, darauf uriniert und es sich vors Gesicht gehalten. Irgendwann hätten Frauen und Kinder zu schreien aufgehört, dann sei ihm schwarz vor Augen geworden. Als er wieder zu sich gekommen sei, habe er in der Nacht zwischen Leichen in einer Grube im Wald gelegen. So kniete er nun vor uns, einer, der tatsächlich geglaubt hatte, sein Gott habe ihn gerettet. Sturmbannführer Melzer bot mir seine Walther an, doch großzügig, wie es meine Art ist, überließ ich es ihm, den Juden ins Gelobte Land zu schicken.‹ Mit einem Lächeln fügte Eichmann bei: ›Die Bauersleute, die dem Affen Unterschlupf gewährt hatten, erschoss er selbstverständlich auch.‹

Er hatte seinen Spaß gehabt. ›Entschuldigen Sie mich, ich muss mich um meine Gäste kümmern.‹

Ich sah ihn herzlich einen schmächtigen, schüchtern dreinblickenden Mann begrüßen, der gerade eingetroffen war. ›Das ist der Kommandant von Auschwitz‹, meinte Melzer. ›Ihrem Gesicht nach können Sie damit etwas anfangen. Als Himmler ihn mit der Endlösung beauftragt hatte, wurde der Mann nach Treblinka geschickt, um dort Anschauungsunterricht zu nehmen. Doch er kehrte enttäuscht zurück. Achtzigtausend Stück in einem Jahr, das war natürlich inakzeptabel. Nun ja, mittlerweile hat er zu seinem Rhythmus gefunden. Manche wundern sich, dass Himmler diese wichtige Aufgabe keinem intelligenteren Mann übertragen hat. Aber vielleicht ist Intelligenz auch hinderlich; was meinen Sie, Herr Kupfer?‹

Paula, alles, was ich Ihnen beim ersten Mal über Eichmann sagte, ist wahr. Bis auf meine letzten Sätze, denn die habe ich nur gedacht, nicht ausgesprochen. Die Worte, mit denen der qualvolle Tod von zwanzig Menschen besiegelt wurde, richtete ich nicht an Eichmann, sondern an Georg Melzer. In dessen Gesicht sah ich jene Sonnenfinsternis, als ich sagte: ›Aber nein, Intelligenz stört nicht. Sie sind der Beweis. Ich hoffe inständig, dass Ihr Name einst auf einer Bronzetafel prangen wird, die an den ekelhaftesten Auswurf der Menschheit erinnert.‹

Glaubte ich an Gott, Paula, dann würde ich dem Gebet eine zwanzigste Bitte hinzufügen: *Herr, Ewiger, Herrscher der Zeit, mach ungeschehen, dass ich Oskar Schindler je begegnet bin.* Doch auch diese Bitte würde nicht erhört werden.«

EIN GRAB IN BUDAPEST

Schon bei Kupfers ersten Worten war sie kleiner und kleiner geworden, bis sie ganz winzig war, ein Däumling bloß, der in den Hals einer Flasche rutschte, auf das Deck eines Holzschiffs, wo sie in völliger Windstille stand, während draußen, vor dem dicken Glas, ein erbarmungsloser Sturm tobte.

»Ich brachte es nicht fertig, Ihnen die Wahrheit zu sagen«, drang die Stimme wieder zu ihr durch. »Nein, das ist gelogen. Ich wollte, dass Sie mich gern haben, damit Sie mir helfen. Es tat so weh, den anderen Georg Melzer zu erfinden, es war so schwer. Jedes gute Wort über ihn hat meinen Mund wie Säure verätzt. Jetzt fühle ich mich zum ersten Mal frei. Und das verstehe ich nicht, denn ich weiß, dass ich in einem Grab auf dem Friedhof in Budapest liege.«

»Das sind wieder nur Lügen«, stammelte Paula, nein, schrie, aus Angst, Kupfer könne sie draußen im Sturm nicht hören.

»Ich habe ihn gesucht. In Wien habe ich jemanden vom CIC bestochen. So gelangte ich an Melzers Akte. In Mailand soll er der Verbindungsoffizier der Heeresgruppe C zu Walther Rauff gewesen sein. Falsch. Wir beide wissen, was er war.«

»Wie wollen Sie das bewerkstelligt haben?« So eine hilflose, dumme Frage. »Sie können kein Englisch.«

»Wer sagt Ihnen das?« gab Kupfer auf Englisch zurück.

Paula sah Georg vor dem Regina, seinen angewiderten Blick zu Rauff, der ihn selbst noch deckte, als er im Cooler blutend zu ihren Füßen gelegen hatte. Männer, deren Treue mit jeder Grube, jedem Guckloch, jedem Schrei größer geworden war.

»In der Akte hieß es, dass er in einem US-Lager in Florenz festgehalten wurde. Dort habe ich mit meinem letzten Geld einen MP dazu gebracht, Melzer die Flucht zu ermöglichen. Er hat eine Mischung aus Benzin und Kreide getrunken, um mit Leibkrämpfen ins Lazarett verlegt zu werden. Bei Nacht war es für ihn ein Leichtes zu entkommen. Ich wartete auf ihn. In einem Wald kniete er gefesselt vor mir. Zuerst hat er um sein Leben gebettelt. Als er sah, dass es sinnlos war, schrie er unter Tränen, dass dies nicht die schlimmste Prüfung seines Lebens wäre. Das sei die Liebe zu einer Frau gewesen, für die er alles habe verleugnen müssen, woran er glaubte. Sie sei mit ihm in einer Ausstellung von ›Entarteter Kunst‹ gewesen, um ihn zu verjuden, ihn geisteskranke Schmierereien rühmen zu lassen, bei denen er Brechreiz bekam. Aber als sie ihm den Laufpass gegeben habe, die Frau, für die er alles getan hätte, habe er in der gleichen Nacht den Vater ihrer jüdischen Freundin bei der Gestapo angezeigt. Es sei ein so unendlich befreiendes Gefühl gewesen, noch besser als später auf dem Platz in Krakau.«

Sie stand auf ihrem Flaschenschiff und starrte nach draußen, ahnte hinter dem Glas riesige Augen.

»Ich habe seine Hände und Füße mit einem Beil abgehackt und ihn im Dreck verbluten lassen, während ich danebensaß und weinte«, sagte Kupfer. Er kam zu Paula an Deck und zog sie an sich, hielt sie fest, heilte ihren Atem mit seinem.

Als sie wieder zu sich fand, flüsterte sie: »Das dürfen Sie nie irgendjemandem erzählen. Nichts von alledem. Ich werde Sie retten, Johann. Ich werde nicht zulassen ...«

Die Tür flog auf, zwei MPs stürmten herein. »Mitkommen!«

Sie packten Kupfer und rissen ihn von ihr weg.

»Lassen Sie ihn los!« schrie sie. »Wagen Sie es nicht!«

Hyde tauchte in der Tür auf. »Lieutenant Bloom, treten Sie sofort zur Seite.«

DIESES LÄCHELN

Sie folgte Hyde, ein Taumel. Die zwei MPs gingen vor ihnen und flankierten Kupfer, ihre Hände ruhten schwer auf seinen Schultern. Er wehrte sich nicht, wirkte beherrscht, selbst dann noch, als er vor dem Alaska House das sowjetische Militärfahrzeug sah, daneben zwei Offiziere der Smersh, harte Gesichter wie aus einem Propagandafilm, perfekt für das Russenspiel im Cooler. Paula sprach unentwegt auf Hyde ein, ohne überhaupt zu wissen, was sie sagte, bloß dass sie flehte, so inständig und brennend wie nie zuvor. Doch Hyde antwortete nicht, sah sie nicht an. Auf seiner Schläfe pulsierte eine Ader wie bei Rauff im Cooler, ein blauer praller Wurm, das einzige Zeichen, dass dies kein Spaziergang war, sondern ein Todesurteil.

Ein Jeep kam angerast, stoppte. Sam sprang heraus und lief zu Paula. Er legte seinen Arm fest um sie, sagte etwas, aber sie verstand nichts, hörte bloß ihr Herzhämmern, wie damals, als die Coleman diese Welle gerammt hatte und sie tief im Bauch des Schiffes nicht mehr wusste, ob es Tag oder Nacht war, und sich voller Angst fragte, wohin es ging. Doch jetzt, an diesem widerlichen totengrauen Oktobermorgen mit einem Himmel wie aus Sargholz gezimmert, wusste Paula, dass ihre Reise zu Ende war, hier vor diesem Haus der Geister, ihre Reise und die von Johann Kupfer, die ganz anders begonnen hatte, nicht mit Angst, sondern mit einem Rosenstrauß in Dóra Horváths Garderobe in den Folies Caprice, an einem Abend in der Stadt der Verlorenen, wo er den Lebenden ein Versprechen gab, an das die Toten ihn erinnerten.

Die MPs blieben mit ihm stehen. Kupfer wandte den Kopf, sah Paula an, mit einem Lächeln, das so glücklich war wie auf ihrer Fahrt nach Frankfurt, gelöst, frei, an jenem Tag, als Knox sich auf sein erstes Rendezvous mit FRU-line ICE-ler freute. Dann waren sie zwischen Schuttgebirgen durch die Stadt spaziert, wo der Artist hoch über den Ruinen auf dem Seil tanzte, schwerelos, atemraubend und doch ein Dilettant, verglichen mit *Sieben*, dem größten Spion aller Zeiten, jenem Mann, der die Welt glauben machte, dass es ihn wirklich gab.

Jetzt stand Kupfer drei Meter von ihr weg, in dieser Sekunde, die sein Blick wie einen Splitter aus der Zeit herausgebrochen hatte, sodass sie nicht verging. In seinen Augen sah sie keine Trauer mehr, keinen Schmerz, nur abgrundtiefe Erleichterung.

Und plötzlich wusste sie, was geschehen würde.

Sie riss sich von Sam los, rannte auf Kupfer zu, mit tausend Schritten, die ihn immer weiter von ihr zu entfernen schienen, mit einem Atem aus Stein, Worte aus einem Gedicht, das sie vor langer Zeit geschrieben hatte, um erst jetzt zu wissen, wie es war. Sie sah Kupfers Hand nach der Seitenwaffe des einen MPs greifen, sie aus dem Futteral ziehen, rasend schnell, weil er längst wieder in einer anderen Zeit als Paula war. Sie sah ihn die Pistole an seine Schläfe halten, so weit weg von ihr, viel zu weit, hörte den fernen Schuss. Als Kupfer fiel, stürzte auch sie, von der Schulter des anderen MPs gerammt, und Paulas Kopf schlug aufs regennasse Pflaster wie der ihres Vaters, damals in der Nacht vor dem Rennklub in Berlin, ein Foto, das im Regen aufweichte, zerfiel. Sie wusste, sie schrie, aber alles, was Paula hörte, war das Grölen der SA-Männer, während der Schmerz kam und sie sich wunderte, dass sie ihren Kopf nicht spürte, bloß ihr Herz, als es zerriss. Ein letztes Mal sah sie zu Johann Kupfer. Seine geschlossenen Lider waren ganz dicht vor ihren Augen, dieses Lächeln, das auf immer bleiben würde.

ITHAKA

Im Traum war sie wieder Penelope und gelangte nach ewiger Irrfahrt endlich heim. Als sie in den Palast kam, in dem sie einst so glücklich gewesen war, trat ein Mann aus dem Dunkel, der behauptete, Odysseus zu sein, ihr Liebster. Doch sie erkannte ihn nicht. »Was war der Kosename, den ich dir gab? Du allein kannst ihn wissen«, flüsterte sie. Er sagte: »Tausendtod hast du mich genannt.« Da schüttelte sie traurig den Kopf. »Nein, du bist es nicht.« Und der Fremde wurde vor ihren Augen zu Staub. Sie bettete sich auf ein Lager aus Löwenfellen und sank in tiefen Schlaf. Als sie des Nachts erwachte, kniete ein Mann vor ihr und besah sie still im Mondlicht. Er hatte das Haar ihres Liebsten, seine Haut, diese Augen, in denen dieselbe Wehmut war wie in ihren. »Erkennst du mich?« fragte er. Unter Tränen fasste sie seine Hand. »Nenn meinen Kosenamen«, bat er sie. »Ich habe mich so viele Jahre danach gesehnt.« Und sie sagte: »Närrinnentreu habe ich dich genannt.«

Noch ehe sie die Augen öffnete, wusste Paula, dass es Nacht war und Sam an ihrem Bett saß und sie still betrachtete.

»Wo bin ich?« fragte sie.

»Im Hospital.«

»Mir ist übel.«

»Du hast eine Gehirnerschütterung. Du brauchst Ruhe.«

»Wie lange bin ich schon hier?«

»Zehn Stunden.«

Sie kämpfte gegen einen Schwindel an. Ihre Schädelwände waren ein Schmerzwellenbrecher.

Paula schloss die Augen. »Weiß Dóra es?«

»Sie sitzt schon in einem Zug nach Budapest und lässt dir ausrichten: ›Ich suche ihn sogar in einer nackten Glühbirne.‹ Du wüsstest, wie sie das meint.«

»Kannst du etwas für mich tun?«

»Alles.«

»Bitte sorg dafür, dass er in Budapest auf dem Friedhof an der Kozmastraße beerdigt wird. Neben seiner Mutter.«

»Das werde ich.«

»Und dass ein grauer Stein auf dem Grab liegt.«

Paula schlief wieder ein. Als sie die Augen aufschlug, strich Morgenlicht das Zimmer mit Totensonntagsfarbe.

Sam war noch immer da.

»Ich werde Judith nie wiedersehen«, flüsterte sie.

»Das kannst du nicht wissen.«

»Doch.«

»Warum?« fragte er.

»Weißt du, dass deine Eltern dich geliebt haben?«

»Ja.«

»Warum?«

Eine einzige Kerbe um Sams Mund machte den Unterschied zwischen Zärtlichkeit und Trauer.

Wieder fielen ihr die Augen zu. Sie dachte an die Heimfahrt nach Berlin, damals, in der Nacht nach dem Besuch der Frankfurter Ausstellung, als ihr Vater spürte, dass etwas geschehen war, ohne dass er jedoch fragte. Beim Aufenthalt in Eisenach hatte er sich auf dem Bahnsteig die Beine vertreten und Paula mit Georg allein gelassen, wahrscheinlich, weil er dachte, sie müssten sich nach einem Streit aussprechen. »Mein Onkel hat eine Eingabe des Deutschen Offizier-Bundes unterzeichnet«, hatte Georg gesagt. »Sie haben sich empört, dass Werke von Franz Marc in den Ausstellungen gezeigt werden. Immerhin hatte er das Eiserne Kreuz und ist in Verdun gefallen.«

»Soll das heißen, dass Marc mehr Respekt verdient hätte als andere, die nicht an der Front waren?«

»Tut mir leid, ich verstehe nichts von Kunst«, hatte Georg zögernd erwidert. »Aber manche der Bilder erschrecken mich. Gibt es nicht eine natürliche Form und Gestalt, die von diesen Malern zerstört wird?«

»Was soll das sein, *die natürliche Gestalt*? Meinst du Landser-klischees, teutonische Recken, jeder Bauer und Fabrikarbeiter ein Siegfried, die Frauen nordisch und duldsam?«

»Ich finde nur ... es sind viele Geisteskranke auf den Bildern zu sehen ... Nein, du wirst das falsch verstehen.«

»Was? Dass man geisteskrank sein muss, um einen Geistes-kranken zu malen? So wie nur ein Fischer einen Fischer malen könnte, eine Hure eine Hure?«

Georg hatte einen Augenblick geschwiegen. »Neben einem der Bilder hat ein Zitat des Künstlers gestanden. *Diesseitig bin ich gar nicht fassbar. Denn ich wohne grad so gut bei den Toten wie bei den Ungeborenen.*«

»Du meinst Paul Klee.«

»Wozu soll Kunst gut sein, wenn keiner sie begreifen kann? Ach, vergiss es. Du weißt darüber viel mehr als ich.«

Zitternd und den Tränen nahe hatte sie erwidert: »Du hast mir nie gesagt, wie du über mein Bildnis denkst. Dabei hängt es über meinem Bett.«

So viele Male hatte sie ihm diese Frage stellen wollen. Und es nie gewagt. Ein Schatten war über Georgs Gesicht gefallen, so hart, kalt, dass es ihr Angst gemacht hatte. Doch vielleicht war es nur ein Wechsel des Lichts gewesen, weil der Zug wie-der anfuhr. Das redete sie sich ein, noch Wochen später, ohne je eine Antwort auf die Frage erhalten zu haben, weil ihr Vater in diesem Moment ins Abteil zurückgekommen war und sie und Georg nie wieder darüber sprachen. Nichts hatte sie je so sorgsam weggeschlossen.

»Wollen wir nicht mal wieder Henriette besuchen?« hatte ihr Vater sie im Zug gefragt. »Georg, komm doch mit. Sie war Paulas Gouvernante, du wirst sie mögen.«

»Ja, gern.« Und Georg hatte seine Hand auf ihre gelegt.

Jetzt sah sie Sam an. »Weißt du noch, wie du in Ritchie einmal gemeint hast: *Wo Engel nicht zu schreiten wagen, trampeln Narren nur herum?*«

»Ja. Das ist von meiner Mutter.«

»Du warst der Engel und ich die Närrin«, sagte sie.

Sams Augen erinnerten Paula an den Himmel in der Nacht nach diesem Sturm auf dem Mittelmeer, als sie an Deck ging und über der Coleman die Sterne sah, so dick wie mit Fingerfarben gemalt. Damals, mitten im Nirgendwo, hatte sie an den Brief gedacht, den Sam ihr aus Frankreich geschickt hatte.

Liebes Ritchie Girl,

ich weiß nicht, ob Du noch im Camp bist und meine Zeilen Dich erreichen oder ob die Zensur alles geschwärzt hat. Wo ich jetzt bin, darf ich Dir nicht schreiben. Aber das Essen ist erstaunlich lecker, fast wie an dem Tag, als man uns damals diesen Vortrag über Sexualhygiene hielt und wir so lachen mussten.

Du hast mich einmal gefragt, ob es etwas gibt, das ich an Ritchie mag, und ich habe nicht geantwortet.

Es waren die Kinoabende, mein Höhepunkt der Woche. Jetzt wirst Du Dich wundern, weil Du mich ja nie im Kino gesehen hast. Aber ich war da. Ich habe mich reingeschlichen, wenn der Film schon lief, und mich auf den Platz hinter Dich gesetzt. Sid hat ihn immer für mich freigehalten, und kurz vorm Ende bin ich still wieder hinaus. Den ganzen Film über habe ich nichts anderes getan, als nur auf Deinen Nacken zu schauen, und am allerschönsten war es, wenn Du Dein Haar hochgesteckt hattest. Es war die einzige Chance, Dich anstarren zu können, ohne dass Du es bemerkt hast. Und wenn es ein lustiger Film war, habe ich unter dreihundert

Menschen im Saal nur Dein Lachen gehört, sonst keins. Manchmal habe ich dann dran gedacht, was werden würde, wenn sie mich an die Front schicken. Dass wir uns wohl nie wiedersehen. Aber wenn doch, wollte ich um Dich kämpfen, auch wenn ich wusste, dass Du einem anderen gehörst und es aussichtslos wäre.

In Ritchie haben wir oft über den Krieg geredet. Abends auf der Veranda, mit einer Bierflasche in der Hand. Aber glaub mir, es ist ganz anders, als wir es uns vorgestellt haben. Ich meine nicht die Angst und das Blut und das Sterben. Das kann ich aushalten, oder vielleicht tue ich auch nur so.

Noch auf dem Schiff hatte ich mir fest vorgenommen in jeder Sekunde an meine Eltern zu denken, an die Schwestern, Freunde. Aber von dem Moment an, wo ich aus dem Landungsboot sprang, konnte ich das nicht mehr. Seitdem habe ich die meiste Zeit nur an mich gedacht, für etwas anderes habe ich selten Kraft, und das quält mich so. Gestern Abend hatte ich seit langem wieder einmal Gelegenheit, in einen Spiegel zu schauen, und ich habe gedacht: Bin ich das, dieser alte Mann?

Bitte vergiss, was ich über das Wiedersehen und das Kämpfen geschrieben habe. Ich wollte nur, dass Du weißt, wie ich für Dich empfinde, und es ist ja so gut wie unmöglich, dass wir uns jemals wiederbegegnen. Ich hoffe so, dass sie Dich nicht hierherschicken, dass es Dir nicht ergeht wie mir und Du immer an die Berliner Großeltern denkst, und auch an Georg, denn ich würde den Gedanken nicht ertragen, dass Du so unglücklich bist wie ich.

    Dein Sam

Damals, in der Nacht auf dem Mittelmeer, als diese Zeilen ihr vor Augen standen, war die Coleman eine Kinderwippe gewesen, die sie in einen tiefen Schlaf gewiegt hatte. Und erst jetzt war sie daraus erwacht.

Die Tür ging auf, Hyde kam herein. »Entschuldigen Sie die Störung. Ich will mit Lieutenant Bloom kurz allein reden.«

Sam sah Paula an. Sie nickte.

»Ich bin vor der Tür«, sagte er.

Hyde wartete, bis sie allein waren, dann setzte er sich an ihr Bett. »Wie geht es Ihnen?«

»Danke der Nachfrage, Sir.«

»Nennen Sie mich Walt.«

»Das kann ich nicht mehr, Sir.«

»Ja, ich weiß.«

Fast wirkte sein Bedauern echt.

»Wissen Sie, Paula, am Ende war ich bereit, Kupfer zu glauben. Ich habe für eine Zusammenarbeit mit ihm plädiert, doch man hatte andere Pläne. Seine Auslieferung sollte ein Bückling vor Stalin sein. Das wurde nicht von mir entschieden, sondern von McNarney, und nicht einmal Sams Freund konnte daran etwas ändern. Wir halten geradewegs auf einen neuen heißen Krieg zu, aber manch einer glaubt, dass Beschwichtigung ein delikates Gericht sei. Meines Erachtens finden bloß Feiglinge daran Geschmack.«

Paula erwiderte nichts.

»Ich bin Ihnen zu Dank verpflichtet«, meinte Hyde. »Hätte ich Johann Kupfer in unsere Dienste genommen, wäre es das Ende meiner Karriere gewesen.«

»Sie haben mitgehört«, sagte sie tonlos.

»Ich bin vor allem gekommen, um Ihnen zu sagen, dass mir leidtut, was Sie über Georg Melzer erfahren haben. Als ich vor dem Regina gesehen habe, wie Sie ihn anschauten, wusste ich sofort, dass Sie ihn kannten und er Ihnen viel bedeutete. Nach der Entlassung aus dem Mailänder Krankenhaus bin ich nach Florenz gefahren, um mit Rauff zu reden. Er hat mir die gleichen Lügen erzählt wie jedem; von den Gaswagen wusste ich damals noch nichts. Aus einer Laune heraus ließ ich mir auch Melzer vorführen. Er war verzweifelt, vielleicht wegen Ihres Wiedersehens. Wenn ja, wäre es Ihnen jetzt kein Trost. Melzer hat mir seinen Werdegang geschildert und geschmeidig den SD durch die Wehrmacht ersetzt. Sein beruflicher Anfang im Kriminaltechnischen Institut der Sicherheitspolizei ließ mich damals nicht hellhörig werden. Heute wissen wir, dass es eine Kaderschmiede für Heydrichs und Kaltenbrunners schwarzes Korps war. Melzer blieb dabei, als Verbindungsoffizier für die Heeresgruppe C in Mailand gewesen zu sein. Aber am Schluss sagte er etwas, an das ich mich später erinnerte. ›Ich bin froh, dass die Wehrmacht das nicht gewesen ist. Ich meine, was mit den Frauen und Kindern im Osten passiert ist.‹ In Camp King habe ich das immer wieder von SS- und SD-Männern gehört, die sich als Soldaten ausgegeben haben. Sie kennen diese oder ganz ähnliche Sätze ebenfalls und wissen wie ich, wofür sie in Wahrheit stehen. *Stolzerfüllt haben wir ein Werk verrichtet, für das andere zu weich gewesen wären.* Ich habe in Florenz Melzers Dossier angefordert. Doch er war längst geflohen, und Kupfer hatte ihn getötet.« Schulterzuckend tat er die vertane Chance ab. »Ich habe Ihnen die Sätze von Melzer nicht verschwiegen, um Ihnen den Schmerz zu ersparen. Das zu behaupten, wäre mehr Heuchelei, als selbst ich aufbringe.«

»Sie hätten seine Anwerbung geprüft, falls er wieder aufgetaucht wäre«, erwiderte Paula. »So wie Sie Rauff wollten, oder diesen Barbie, der neulich im Camp eingetroffen ist.«

»Ja. Und ich würde jederzeit wieder genauso handeln. Diese Männer besitzen etwas, das wir brauchen: Stärke, Unerbittlichkeit, einen Willen, den nichts bricht. Ich verachte Rauff oder Barbie nicht weniger als Sie. Doch. Aber Moral ist gerade im Ausverkauf und so billig, dass sie nichts mehr hermacht.«

»In Nürnberg hat ein Russe zu mir gesagt: ›Man kann nicht gleichzeitig mit dem Lamm und dem Wolf Mitleid haben. Eins von beiden sollte es aber schon sein, oder?«

»Ach, Paula, bei Ihnen muss immer alles für eine Rede von Lincoln taugen.«

»Anfangs habe ich mich gefragt, was seit Mailand mit Ihnen geschehen ist«, sagte sie. »Jetzt nicht mehr. In *Sunrise* müssen damals zahlreiche Personen eingeweiht gewesen sein, auch in unserem Generalstab. Aber Sie nicht. Man ließ Sie ahnungslos ins Regina gehen. Sie waren ein Niemand, das quält Sie seither wie Brechdurchfall. Ich werde mich an diesen Mann erinnern, der mir kinderleicht erklärte, wie Einsteins Relativitätstheorie bewiesen wurde. Durch Sie weiß ich, dass alles relativ ist. Die Schreie erstickender Menschen, Treueschwüre auf Hitler, das Flehen zu Gott. Sie haben behauptet, er würde bisweilen einen Schritt zurückweichen. Aber Sie irren sich. Gott weicht jeden Tag zurück.«

»Sie verlassen uns«, sagte er.

»Ja.«

»Ich würde das bedauern. Trotz Ihrer Worte.«

»Warum?«

»Weil Sie fähig sind. Keiner außer Ihnen hätte Kupfer dazu gebracht, die Wahrheit zu offenbaren.«

»An Wahrheit sind Sie doch gar nicht interessiert.«

»Ich könnte auf der Erfüllung Ihrer Dienstzeit bestehen.«

»Sicher. Aber das werden Sie nicht.«

Eine Minute verging mit Schweigen. Sie spürte, dass Hyde in Gedanken längst woanders war, vielleicht bei Klaus Barbie, der angeblich irgendwo in Frankreich den Beweis angetreten hatte, dass die Gravur auf einem SS-Dolch für ihn kein leeres Geschwätz war.

»Leben Sie wohl, Paula«, sagte Hyde.

Als er aufstand, war er bereits wieder auf der anderen Seite des gefrorenen Wasserfalls verschwunden, der sie vom ersten Moment ihres Wiedersehens an getrennt hatte.

THE RETURN PLACE

Die Ärzte wollten sie noch einen Tag länger dabehalten, aber sie bestand darauf zu gehen. Sie legte sich im Schloss ins Bett, wo Siegfried, glücklich über ihre Rückkehr, so ruhig zu ihren Füßen atmete, dass sie vom Rauschen eines Ozeans träumte, der sie von nichts mehr trennte. Als sie am frühen Abend wach wurde, legte sie sich in die Badewanne, zog dann ihr fröhlichstes Kleid an und fuhr mit Sam zu Elias. Ein strahlend grauer Tag verlor das letzte Licht. Neben der Landstraße ritten ihnen Männer entgegen. Sie musste an Knox denken, der am ersten Tag gemeint hatte: »Ist das liebste Freizeitvergnügen unserer Offiziere. Ein Vollblüter kostet nur zehn Päckchen Zigaretten. Ich verrate Ihnen was, Miss Bloom: Pferde sind die rätselhaftesten Tiere überhaupt. Man weiß bis heute nicht, warum sie im Stehen schlafen. Unheimlich ist das, wie instabile Atome. Also, mich kriegen keine zehn Pferde auf so ein Vieh.«

Elias legte Glenn Miller auf. Es gab Fleisch. Und für Siegfried einen Suppenknochen. Bald würden auch die Frankfurter wieder rund und gesund aussehen, neue Autos fahren, in neuen Häusern leben und über Nazideutschland wie über ein Land reden, in dem sie niemals gelebt hatten. Sam sagte, dass er die Sommer in New York vermisse, die Nächte, wenn das Thermometer vor dem Pulitzer Building fast auf vierzig Grad kletterte und in Sams Haus alle ihre Matratzen aufs Dach schleppten, um dort zu schlafen. Bei dem Gefummel und Gestöhne, das unter den Laken losging, erforderte das aber einige Übung. So war es auch auf dem Dach von Paulas Haus gewesen, dicht an dicht mit Mister und Missis Horwitz, den Liebermanns, mit Amanda Ehrlich, Mimi Dubniczek. Viele Male hatte Paula sich in den Nächten nach Berlin geträumt, an den Hundekehlesee, in ihren Wolkenturm, um ihr längst verbranntes Bildnis anzuschauen. Einmal flog sie im Traum über die Stadt, tief unter ihr der Tiergarten mit großem Stern, folgte der Charlottenburger Chaussee, die noch nicht mit Hakenkreuzflaggen geschmückt war, drehte eine Schleife überm Brandenburger Tor und dem Hotel Adlon, wo ein befrackter Portier seinen Zylinder lüftete und schwungvoll den Wagenschlag einer Mercedeslimousine für ein Ehepaar mit einem herausgeputzten kleinen Mädchen öffnete, in dessen Kulleraugen bereits die Vorfreude auf eine Riesentasse heiße Schokolade stand.

Aber jetzt wünschte Paula sich nichts mehr, als mit Sam am Hudson zu sitzen und zuzusehen, wie die großen Hog-Island-Frachter vorbeizogen, mit dem Stampfen und Knirschen, bei dem sie glaubte, sie müssten gleich auseinanderbrechen. Und dann Limetteneis bei Larrie's. Siegfried wäre verrückt danach.

»Weißt du noch?« fragte Sam. »Auf der heillos überladenen Fähre nach Coney Island stand immer so ein spilleriger Junge mit Armen fast bis zu den Knien und kreischte: ›Schuhcreme! Schwarze Schuhcreme!‹ Die hätte man bei der Affenhitze aus der Dose trinken können.«

Sie lachten. »Auf Coney geh ich am liebsten zu dem Varieté an der Surf Avenue«, sagte Paula. »›Hereinspaziert! Sowas hat die Welt noch nicht erlebt! Ein Mann mit einer Zunge wie ein Leguan! Für einen Dollar leckt er Sie ab!‹«

Elias setzte sich zu ihnen. »Na, ihr zwei habt ja Spaß.« Sie tranken mit ihm und erzählten Geschichten, in denen nichts den Mund bitter machte. Paula bemerkte, dass Elias vergnügt der neuen Bedienung zuschaute, einer rothaarigen Tschechin, die für jeden Gast ein Lächeln hatte und die schweren Tabletts balancierte, als seien es Federkissen.

»Das beste Serviermädchen, das ich je hatte«, meinte Elias. »Im Mai 42 hat sie bei einem Konzertabend in Prag die Gäste bedient. Reinhard Heydrich ließ ein Stück seines toten Vaters aufführen. Der war Komponist, stellt euch vor. Heydrich hielt eine muntere Rede und sagte, dass sein Erzeuger ihn nach der Hauptfigur einer Oper benannte, die er Jahre vor seiner Geburt geschrieben hatte. Die Ouvertüre hieß *Reinhards Verbrechen*.«

»Elias, bitte ...«, meinte Sam.

»Kein Scherz, frag sie selbst. Aneta sagt, dass Heydrich mit seiner Frau quietschfidel in der ersten Reihe gesessen hat. Sie soll ein noch fanatischerer Nazi gewesen sein als er, obwohl es schwer vorstellbar ist. Am Morgen nach dem Konzert fand das Attentat auf Heydrich statt, bei dem er tödlich verletzt wurde. Einer vom Widerstand ist mit der Nachricht in eine Probe der Prager Philharmoniker geplatzt. Angeblich hätten sie spontan Beethovens *Ode an die Freude* gespielt.«

Sie schwiegen. Die Andrews Sisters sangen zu Glenn Miller: *Waking up from a dream isn't sad when the dream was bad.*

»Ich weiß nicht, wie Heydrich zu seinem Vater gestanden hat«, sagte Elias. »Vielleicht liebte er ihn. Oder er wollte sich über ihn lustig machen. Dann wäre es Sturheit gewesen. Seine namenlosen Taten werden ihn nicht um den Schlaf gebracht haben. Aber kaum eine Qual ist größer, als mit den Eltern zu hadern, denn das bleibt dir ein Leben lang.«

Paula dachte an ihren Vater und an Judith. Was änderte es, dass er keine Schuld an ihrem Schicksal und dem ihrer Eltern trug? Er hatte so viele andere auf dem Gewissen gehabt, und in den Kladden war kein Wort des Bedauerns darüber. Noch in Nürnberg hatte sie sich gefragt, was sie für ihn gewesen war; nun kümmerte es Paula nicht mehr. Es mochte stimmen, was Elias über Kinder und Eltern sagte, aber mit dem Gesicht ihres Vaters war es wie mit dem von Georg. Spiegelbilder in einem See, verschwunden, als ein grauer Stein ins Wasser fiel.

Sie gingen spät. Paula wusste, dass sie nicht das letzte Mal bei Elias gewesen war, und doch lag in ihrer Umarmung schon Abschied. Auf der Straße legte Sam die Hand auf ihre Hüfte; ihre Schritte waren in perfektem Gleichklang wie nur bei Verliebten. Während die Sterne am Himmel Trampolinspringen machten, war sie noch immer in dem Moment gefangen, als er sich im Hospital wieder an ihr Bett gesetzt hatte. Nichts hatte ihr mehr weh getan, kein anderes Bild vor ihren Augen gestanden, nur Sams Gesicht, als sie seine Hand nahm und unter das Nachthemd führte, an ihren Rücken, als sie spürte, wie er ihn sachte streichelte und sie sein Lächeln sah, diesen mühelosen Pinselstrich von Cranach.

»Meine Dienstzeit ist am nächsten Ersten um«, hatte Sam gesagt. »Ich werde nicht verlängern.«

Und dann hatten sie sich geküsst.

Vor der Tür ihres Zimmers blieben sie stehen. Wieder küssten sie sich, und wieder schmeckte es nach Limetteneis auf Coney Island. Paula hoffte, dass Sam sie zu sich nach nebenan bitten würde, aber das tat er nicht. Sie ging in ihr Zimmer, setzte sich aufs Bett, kraulte Siegfried und verfluchte Sams gute Manieren. Das Türklopfen ließ ihr Herz wie eine Schiffschaukel fliegen.

Doch als sie öffnete, war es Lucy. »Darf ich herein?«

»Sicher.«

Lucy hatte etwas dabei. Es war in Packpapier eingeschlagen und nicht sehr groß.

»Das ist für Sie.«

»Sie müssen mir nichts schenken«, erwiderte Paula.

»Es ist kein Geschenk, denn es gehört mir nicht.«

Paula legte es auf den Tisch, streifte das Papier ab. Auf dem Times Square zu lesen, dass Jesus den Menschen erschienen sei und im Waldorf eine Pressekonferenz geben würde, hätte mit diesem Moment nicht mithalten können.

Paula starrte ihr Bildnis an.

Es war vollkommen unbeschädigt, als hätte sie es eben von der Wand ihres Kinderzimmers abgenommen.

»Das ist unmöglich«, flüsterte sie.

»Warum? Sie haben mir erzählt, dass es in einer der Kisten war, die nach New York nachkommen sollten. Natürlich sind sie von der Gestapo gefilzt worden. Offenbar von jemandem, der den Wert erkannte. In Amerika hätten Sie gegen den Diebstahl nichts tun können, nicht wahr? Das Bild ist im Juni 39 bei einer Auktion im Grand Hotel National in Luzern versteigert worden. Mehr als hundert Gemälde aus deutschen Beständen wurden von der Schweizer Galerie Fischer unter den Hammer gebracht, darunter ein Selbstportrait von van Gogh, das einen Rekordpreis erzielte. Etliche stammten aus Museumsdepots, wo sie seit der Machtergreifung verstaubten, andere waren aus Zwangsenteignungen. Geraubt, Hehlerware. Ich bin bloß hingefahren, um diese Werke ein letztes Mal ansehen zu können. Kaufen wollte ich keines, obwohl ich mir den van Gogh hätte leisten können. Doch bei dem Dix vergaß ich das. Dieses Rot, man möchte glauben, es wäre von einer Purpurschnecke. Um mein Schuldgefühl zu betäuben, hatte ich einen Preis geboten, der die Mindestofferte ums Zehnfache übertraf. Ehe die Amerikaner kamen, habe ich in dieser Kammer nur zwei Gemälde versteckt. Ihr Bildnis und meins. Als ich Sie das erste Mal sah, wusste ich gleich, dass Sie dieses Mädchen waren. Wie könnte ich es jetzt noch behalten?«

Für jedes Wort, das ihr in den Sinn kam, gab es eins, das sie nicht herausbrachte.

»Ich werde Sie vermissen«, sagte Lucy und ließ sie allein.

Als sie ihr Bildnis betrachtete, erinnerte sie sich, was Dix ihr zuletzt mitgegeben hatte: »Du wirst sehen, Paula, je älter du wirst, desto kleiner wird die Katze.« Dix hatte recht behalten. Die Katze war winzig, hätte in eine Kinderhand gepasst.

Bei Sam war es still, aber sie wusste, dass er noch wach war. Sie zog das rote Kleid an und legte *September Lullaby* auf, laut genug fürs Nebenzimmer. *I'll never forget your smile that night, the moment I thougt I could have the place in your beautiful light.*

Siegfried lief mit ihr zur Tür. »Tut mir leid, Großer«, sagte sie. »Heute Nacht musst du allein schlafen.«

NACHWORT

Beim Verweben von Fiktion mit realer Historie habe ich mir Freiheiten genommen. Natürlich. Wobei dies für einen Autor ja mehr Lust als Last ist. Doch vieles, was erstaunen mag, hat sich so oder ganz ähnlich zugetragen.

Camp Ritchie in Maryland war von 1942 bis 1945 ein Ausbildungslager des US-Militärgeheimdienstes. Die meisten dieser »Ritchie Boys« waren Emigranten, unter ihnen Stefan Heym, Klaus Mann, Hans Habe und Georg Kreisler. Man machte sie zu Spezialisten für psychologische Kriegsführung und setzte sie als Nachrichtenoffiziere ein. Exzellent: *Die Ritchie Boys* von Christian Bauer und Rebekka Göpfert (Hoffmann und Campe).

Walther Rauff kapitulierte am 30. April 1945 im Mailänder Regina. SS-General Karl Wolff hatte ihn in *Sunrise* einbezogen, die Geheimverhandlungen mit Allen Dulles. Rauffs Tätigkeit für das Gaswagenprogramm kam im Oktober 45 ans Licht.

Im Dezember 46 flüchtete er aus dem Lager in Rimini, zwei Monate später als bei mir. In Chile wurde er Pinochets Berater. Auch der Bundesnachrichtendienst wusste Rauffs Talente zu schätzen und warb ihn an, in vollem Wissen, mit wem man es zu tun hatte. Allzu späte Anstrengungen der deutschen Regierung um Rauffs Auslieferung scheiterten ebenso wie Versuche des Mossad, ihn in Chile zu töten. Das hat eine gewisse Ironie, denn Rauff soll 1949 für den israelischen Geheimdienst tätig gewesen sein. 1984 starb er in Santiago, ohne sich jemals für seine Taten verantwortet zu haben. *Walther Rauff. Organisator der Gaswagenmorde* von Heinz Schneppen (Metropol Verlag).

Das Leben von Allen Dulles taugt zu Legenden, wenn auch zu düsteren. In seiner Zeit bei Sullivan & Cromwell wahrte er mit seinem Bruder John Foster die Interessen von deutschen Konzernen. Allens Vorstandsposten bei der J. Henry Schroder Bank in New York war dabei von Nutzen. Sullivan & Cromwell war Generalrepräsentant von IG Farben in den Staaten. Nach der notgedrungenen Schließung des Berliner Büros arbeitete die Kanzlei geräuschlos für verdeckte US-Töchter des Pharmariesen und andere braune Firmen. Standardwerk: *A Law Unto Itself. The Untold Story of the Law Firm Sullivan & Cromwell* von Nancy Lisagor und Frank Lipsius (William Morrow & Co).

Mit *Operation Sunrise* hat Allen Dulles sich später gebrüstet. Das Planspiel, mit der Wehrmacht gegen die Sowjets zu schlagen, *Operation Unthinkable*, beichtete Churchill in seinen Memoiren. Den Massenmörder Wolff verglich Dulles mit Goethe, in Nürnberg schützte er ihn vor einer Anklage. Die Historikerin Kerstin von Lingen beschreibt das in *Allen Dulles, the oss, and the Nazi War Criminals* (Cambridge University Press).

Karl Wolff saß in den Sechzigern fünf Jahre ab; 1978 war er Trauzeuge des *Stern*-Reporters Heidemann, dem er die Echtheit der Hitler-Tagebücher attestierte. Eine letzte Großtat.

Allen Dulles wurde 1953 Direktor der CIA. Sein Name steht für die gescheiterte Invasion in der Schweinebucht, für Staatsstreiche, Mordanschläge auf Politiker und Menschenversuche mit Psychodrogen. Dulles starb 1969. Belangt wurde er nie.

Wer an Paulas Vater Douglas Bloom Züge von Ivy Lee, dem US-Berater von IG Farben, entdecken will, liegt nicht gänzlich falsch. Lee gilt als Begründer der modernen Public Relations; sein Genie stellte er dem Hitlerregime gern in Rechnung. Aber selbst Cicero hätte die Vernetzung amerikanischer Konzerne mit dem NS-Staat moralisch nicht rechtfertigen können. Diese Manager waren keine Nazis, haben an der Shoah nicht mitgewirkt. Deutsche Schuld wird durch sie nicht relativiert.

Sie würden sagen: Wir haben nur Geschäfte gemacht.

Die unheilige Allianz von IG Farben und Standard Oil schildert Joseph Borkin in *The Crime and Punishment of IG Farben* (Macmillan Publishers). Borkin stand von 1938 bis 1946 der US-Patent- und Kartellabteilung vor und kannte sein Sujet.

In Camp King war Lieutenant Colonel John R. Dean Jr. der Führungsoffizier von Gehlen und Baun; Walton Hyde ist ihm nicht nachempfunden. Dass Reinhard Gehlens Traum mit der Ernennung zum ersten Präsidenten des BND wahr wurde, hat Hermann Baun nicht mehr erlebt; er starb verbittert 1951. Die Behörde nahm in Pullach ihren Sitz. Dort entspringt der Wenzbach, das Flüsschen, das die Asche der in Nürnberg Hingerichteten aufnahm. Mehr Kontinuität ist nicht möglich.

Im Alaska House waren außer der Reitsch und Hitlers Zahnarzt Blaschke etliche andere obskure Gestalten in Arrest, etwa Fritz Thyssen, Finanzminister Lutz von Krosigk und Giselher Wirsing, Goebbels' Paradejournalist, als Judenhasser unübertroffen und ab 1954 Chefredakteur von *Christ und Welt*. Den Nazikomiker Putz sowie Heinz Knapp, den verhinderten Baumeister des braunen Mount Rushmore, habe ich erfunden.

Die Reitsch schrieb nach ihrer Entlassung Bücherchen wie *Fliegen, mein Leben*. Sie blieb für immer Himmlers Liebchen.

In dem Dulag Luft, das sich im Krieg auf dem Gelände des späteren Camp King befand, wurden die Gefangenen tatsächlich menschlich behandelt. Die Gestapo strengte ein Gerichtsverfahren gegen Kommandant Killinger an, aber er wurde freigesprochen. Colonel E. Malström von der 356th Fighter Group machte den Flug mit der Me 109; er ist brav wieder gelandet.

Zu Camp King und dem Dulag gibt es sehr gute Abhandlungen von Manfred Kopp, die er für Jahrbücher des Hochtaunuskreises verfasst hat. Sie finden sich im Netz. Herrn Kopp und Sylvia Struck vom Verein für Geschichte und Heimatkunde in Oberursel schulde ich für ihre Unterstützung großen Dank.

Ab und an will ich Jahre wie Bälle in die Luft werfen und mit ihnen jonglieren. So habe ich es bei der US-Kongressdelegation gemacht, mit der Dulles und Nixon nach Deutschland reisten. Das trug sich in Wahrheit erst 1947 zu, ein Jahr später als bei mir. (Die Queen Mary wurde 1946 nach ihrem Kriegseinsatz noch überholt.) Doch dann hätte Kissinger in Frankfurt Nixon nicht das erste Mal sehen können, denn nach den zwei Jahren beim CIC, die er in Bensheim und Oberammergau verbrachte, kehrte er im Juni 1947, zwei Monate vor Nixons Ankunft, in die Staaten zurück. Und das wäre doch zu schade gewesen.

Vielen Lesern wird auffallen, dass ich Adolf Eichmann ganz anders schildere, als man ihn sich gewöhnlich vorstellt. Unser Bild von ihm wurde lange durch Hannah Arendts Buch über Eichmann und die Banalität des Bösen geprägt. Doch Arendt hat ihn, diesen blassen, ältlichen Mann im Glaskasten, kurzerhand in ihre schon vorliegende Totalitarismusheorie gepresst, ohne das Schauspiel, das Eichmann in Jerusalem vor der Welt bot, jemals zu hinterfragen. Nein, er war nicht der subalterne Sachbearbeiter der »Endlösung«, den Arendt partout in ihm sehen wollte. Der britische Historiker David Cesarini zeichnet Eichmann in seiner klugen Biografie, wie er in Wahrheit war: ein glühender Nationalsozialist, ein zynischer Machtmensch, ein fanatischer Antisemit, ein Lebemann und ein Sadist. *Adolf Eichmann, His Life and Crimes* (William Heinemann). Der SS-Verbrecher Alois Brunner schwärmte noch 1977: »Dann kam Eichmann, wie ein junger Gott ... Er sah damals gut aus, groß, schwarz gekleidet, eine strahlende Erscheinung.«

Das Auschwitz-Album, über das ich auf den Seiten 376-377 schreibe, befindet sich heute in der Gedenkstätte Yad Vashem.

Lucy von Anschütz-Weigel ist an Lilly von Mallinckrodt angelehnt, leidenschaftliche Sammlerin von expressionistischer Kunst, verheiratet mit dem IG-Farben-Vorstand Georg von Schnitzler. Er wurde 1945 auf seinem Herrensitz bei Oberursel verhaftet. Zehn der angeklagten IG-Farben-Manager wurden in Nürnberg freigesprochen, den Rest entließ man bis 1952 aus der Haft. Die Händler des Todes machten neue Karrieren in den Vorständen von BASF, Bayer, Ruhrchemie, der Deutschen Bank, Krupp, der Max-Planck-Gesellschaft und bei der evangelischen Kirche. Zwei erhielten das Bundesverdienstkreuz.

Albert Katzenellenbogens Schicksal ist wahr; nur sein Bildnis habe ich erfunden, wie fast alle Gemälde in *Ritchie Girl*.

Am abenteuerlichsten mag Johann Kupfers Geschichte klingen, aber auch sein Vorbild findet sich in der Wirklichkeit. Der Historiker Winfried Meyer stellte 2015 die fabelhafte Biografie des Österreichers Richard Kauder vor, der Reinhard Gehlens Topspion war und die deutsche Abwehr mit erfundenen Meldungen narrte: *Klatt. Hitlers jüdischer Meisteragent gegen Stalin* von Winfried Meyer (Metropol Verlag). Richard Kauder war meine Inspiration für Johann Kupfer. Klop Ustinov, der Vater des damals noch ganz unbekannten Peter Ustinov, wurde als britischer Geheimdienstoffizier mit seinem Verhör betraut.

Das Treffen von Oskar Schindler, Samuel Springmann und Rezső Kasztner war im November 1943. Das Protokoll ist im Besitz von Yad Vashem. Ich habe lediglich Johann Kupfer in das Hotel Pannonia hineingedacht. Später wurde Kasztner in Israel wegen seiner Verhandlungen mit der SS attackiert. Den Prozess, den er anstrengte, um seine Ehre zu wahren, verlor er. 1957 wurde er in Tel Aviv vor seinem Haus erschossen.

Aus Protest gegen McCarthy und den Koreakrieg schickte Stefan Heym 1953 die *Bronze Star Medal*, die ihm für Tapferkeit verliehen worden war, per Post an Eisenhower. Er ging zurück nach Deutschland, um in der DDR zu leben. Der SED schrieb er nicht nach dem Mund; den Nationalpreis bekam er dennoch.

Klaus Mann brachte sich 1949 um. Sein Tagebuch begann er in jenem Jahr so: *Ich werde diese Notizen nicht weiterführen. Ich wünsche nicht, dieses Jahr zu überleben.*

Karl Anders wurde Mitbegründer des Nest-Verlags, in dem Chandler, Hammett und Ambler erstmals auf Deutsch erschienen. Sein Buch *Im Nürnberger Irrgarten* hält bis heute stand.

Mit einer wunderbaren Sammlung von Reportagen internationaler Prozessberichterstatter wartet Steffen Radlmaier auf. *Der Nürnberger Lernprozeß* (Die Andere Bibliothek).

Robert Kempner ließ sich 1947 in Frankfurt nieder. Als Ankläger im »Wilhelmstraßen-Prozess« hatte er hinzunehmen, dass sein Hauptangeklagter, der frühere Staatssekretär im AA und Kriegsverbrecher Ernst von Weizsäcker, mitschuldig an der Deportation französischer Juden nach Auschwitz, Träger des SS-Totenkopfrings, die Demokratie für ihn nichts als ein »Krebsschaden«, nur sieben Jahre Haft erhielt und schon nach drei Jahren auf freien Fuß gesetzt wurde. Weizsäckers Sohn Richard, der nachmalige Bundespräsident, war als Jurastudent Hilfsverteidiger des Vaters. Dessen Verbrechen wollte er sein Leben lang nicht sehen und nahm ihn bis zuletzt in Schutz.

Albert Speer konnte seinen Hals retten – trotz der von ihm betriebenen Vernichtung Hunderttausender durch Sklavenarbeit. Nach Verbüßung der zwanzigjährigen Haftstrafe wurden seine auf Klopapier gekritzelten Erinnerungen ein Weltbestseller. Nichts verkauft sich so gut wie ein vermeintlich reuiger Nazi. Die Bilder, die er aus jüdischem Besitz zusammengerafft hatte, ließ Speer 1981 durch das Kölner Kunsthaus Lempertz diskret versilbern. Erst seit wenigen Jahren ist bekannt, dass die Erweiterung des Vernichtungslagers Auschwitz-Birkenau als »Sonderprogramm Prof. Speer« geführt wurde.

Hjalmar Schacht musste nur ein Jahr sitzen und avancierte zum Finanzberater autoritärer Regimes. Die Frage nach seiner Gesinnung wird durch seine Mitgliedschaft in der noch immer aktiven rechtsextremen *Gesellschaft für freie Publizistik* beantwortet. Als er mit dreiundneunzig seine Augen schloss, durfte Schacht auf ein geschmeidiges Leben zurückblicken.

Otto Dix blieb der Sozialistische Realismus der DDR genauso fremd wie die abstrakte Kunst der Bundesrepublik. Er starb hochgeehrt 1969. Am Ende war der junge Bilderstürmer doch zu einem alten Meister geworden.

Nach Stalins Tod schrieb Ilja Ehrenburg: *Vieles konnten wir nicht einmal den Angehörigen eingestehen; bloß von Zeit zu Zeit drückten wir besonders fest die Hand eines Freundes, nahmen wir doch alle teil an der großen Verschwörung des Schweigens.*

Aus den Korrespondenzen des RSHA zitiere ich originalgetreu. Das gilt, mit den nötigen Anpassungen, auch für die Äußerungen von Wehrmachtsangehörigen, von SS- und SD-Männern und Mitgliedern von Sonderkommandos und Einsatzgruppen. Die Sätze mögen andernorts gefallen sein, aber sie stehen für das Selbstverständnis und das Weltbild dieser Täter.

Dass Walther Rauff die Gaswagen in den Mordzentren persönlich inspiziert hat, ist nicht verbürgt. In einem Roman werden reale Personen jedoch zwingend zu Kunstfiguren. Der Mann in *Ritchie Girl* ist *mein* Walther Rauff. So wie es *mein* Robert Kempner, *mein* Allen Dulles, *meine* Hanna Reitsch ist.

Ich bedanke mich bei Axel Fischer vom *Memorium Nürnberger Prozesse*, bei Christoph Strupp von der *Hamburger Forschungsstelle für Zeitgeschichte* und besonders bei Bodo Hechelhammer, dem Chefhistoriker des Bundesnachrichtendienstes. Auf den folgenden Seiten finden Sie einen Text von ihm.

Seit dreißig Jahren beschäftige ich mich mit dem Nationalsozialismus und der Shoah, aber ich bin kein Historiker. Fehler sind unvermeidlich, also freue ich mich über jeden aufmerksamen Leser, der mir schreibt.

Bodo V. Hechelhammer

GESCHMEIDIGE MÄNNER

Als sich im Februar 1945 Truman, Stalin und Churchill im See-
bad Jalta auf der Halbinsel Krim trafen, verständigten sie sich
über das militärisch-politische Vorgehen gegen das Deutsche
Reich in der Endphase des Zweiten Weltkriegs. Man war sich
einig, dass mit dem Nationalsozialismus nach dessen Niederlage endgültig Tabula rasa gemacht werden musste. Es galt, die
nationalsozialistische Gesellschaft aufzulösen, den deutschen
Staatsapparat zu säubern und vor allem die an Unrechtshand-
lungen und Gewaltverbrechen Beteiligten konsequent zu be-
strafen. Um Staat und Gesellschaft in Deutschland auf Dauer
demokratisieren zu können, mussten bisherige Funktionseli-
ten ausgetauscht werden. Andreas Pflügers *Ritchie Girl* spielt
in den Anfängen dieser Jahrhundertaufgabe.

Nach dem endgültigen Kollaps des braunen Reichs im Mai
1945 tat sich für fast alle, die während des Nationalsozialismus
Karriere gemacht hatten, ein Abgrund auf. Der von ihnen mit-
getragene Staat war militärisch besiegt, überdies politisch am
Ende und zivilisatorisch gebrandmarkt. Sie selbst standen vor
dem Nichts. Dies galt für die vielen Mitläufer genauso wie für
Mitwissende und erst recht für die Täter, von denen sich nicht
wenige auf der Anklagebank der Nürnberger Prozesse wieder-
fanden. Die Alliierten hatten schon bald ein zentrales Register
von Kriegsverbrechern und Verdächtigen erstellt, das *Central
Register of War Criminals and Security Suspects*, CROWCASS. Bis
zu 250 000 Menschen waren für Jahre in den alliierten Lagern
interniert. Manche begingen Selbstmord, anderen, wie Adolf

Eichmann, gelang über Rattenlinien die Flucht nach Südamerika oder in den Nahen Osten, in eine neue Identität. Bis 1949 wurden rund 4000 Funktionsträger des Hitler-Regimes von alliierten und deutschen Gerichten abgeurteilt, darunter 668 zum Tode; weitere 6000 lieferte man an Drittstaaten aus.

Das klingt beeindruckend. War es jedoch nicht. Bald nach den Nürnberger Prozessen setzten sich einflussreiche Kreise für eine umfassende Amnestie verurteilter NS-Verbrecher ein. Das Wort von der ungerechten Siegerjustiz machte die Runde, in einem Land, in dem individuelle Schuld kollektiv verdrängt wurde. Alte Seilschaften in den neuen Ämtern und Ministerien halfen NS-Tätern materiell und rechtlich. Bis 1958 wurden fast alle abgeurteilten NS-Verbrecher begnadigt oder freigelassen. So entgingen Tausende ihrer Strafe, und aus alten Kameraden wurden neue Kollegen. Im Gleichschritt mit der Kriegsverbrecherlobby setzten sich auch Politiker für die Täter ein – selbst Willy Brandt ließ sich nicht lumpen. In der frühen Bundesrepublik Deutschland bevorzugte man als kürzeste Verbindung zum Hitler-Staat den Schlussstrich. Mit dem Kalten Krieg kam auch die kalte Amnestie.

Die meisten dieser Verbrecher lehnten jegliche persönliche Verantwortung für tausend Jahre Terror und Gräueltaten ohnehin rundweg ab; erstarrt in ihrer selbstgerechten Pose alternativloser Pflichterfüllung. Viele boten sich eifrig – und erfolgreich den Besatzern an. Im heißlaufenden Kalten Krieg, dem Ringen mit dem Osten um die globale Ausdehnung der jeweiligen Einflusssphäre, wurden stramme Antikommunisten gesucht und allzu oft in früheren Nazis gefunden.

Dennoch glückte nur den Wenigsten der Coup einer nahezu ungebrochenen Karriere. Einer war Generalmajor Reinhard Gehlen. Dem vormaligen Abteilungsleiter Fremde Heere Ost (FHO), beauftragt mit der Aufklärung der Roten Armee für die Wehrmacht, gelang sogar das Kunststück, mit amerikanischer

Hilfe seinen eigenen Geheimdienst in Deutschland aufzubauen. Aus der nach ihm benannten Organisation ging am 1. April 1956 der *Bundesnachrichtendienst* hervor, der Auslandsgeheimdienst der Bundesrepublik.

Direkt nach Kriegsende begannen, von Gehlen geleitet, frühere FHO-Angehörige und Mitarbeiter der Abteilung *Ausland/Abwehr* unter Oberstleutnant Hermann Baun, ehemals Chef der Frontaufklärungsstelle *I Ost Walli*, ihre nachrichtendienstliche Arbeit und Spionagetätigkeit gegen die Sowjetunion wiederaufzunehmen. Anfangs beaufsichtigt von der militärischen Spionageabwehr der USA, dem *Counter Intelligence Corps* (CIC), und ab Sommer 1949 unter dem zivilen Auslandsgeheimdienst, der *Central Intelligence Agency* (CIA). Ab Sommer 1945 fertigte Gehlen mit einigen seiner Leute in Fort Hunt, Virginia, als sogenannte *Bolero Group* erste Studien über die Sowjetunion an. Das war ein Teil eines größeren Projektes, des *Hill Project*, bei dem deutsche Dokumente von nachrichtendienstlichem Wert mithilfe von Experten ausgewertet wurden. Angesiedelt war diese Unternehmung in Camp Ritchie – ein hübsches Aperçu zu Pflügers blendend recherchiertem Roman. Parallel begann ab September 45 Baun geheimdienstlich gegen die UDSSR zu arbeiten, und zwar im hessischen Oberursel.

Dort nutzten die Alliierten ein altes Kriegsgefangenenlager der deutschen Luftwaffe als Verhörzentrum für hochrangige Nazis, Wehrmachtsangehörige und Geheimdienstleute. Jenes Areal trug die Bezeichnung Camp Sibert bzw. ab September 1946 Camp King. Prominente Häftlinge wurden in dem früheren Lehrerinnenheim gegenüber dem Camp einquartiert, militärisch als Haus Alaska bezeichnet.

Im Sommer 1946 kam Reinhard Gehlen mit seinen Mitarbeitern aus den Vereinigten Staaten in den Taunus, wo am 15. Juli 1946 die *Operation Rusty* mit zwei Abteilungen anfing, geheimdienstlich für die USA zu agieren; die Informationsbeschaffung unterstand Baun, die Auswertung war Gehlens Part. Zwischen dem Camp und Alaska wurden an der Hohemarkstraße drei Häuser für die deutschen Geheimdienstmitarbeiter beschlagnahmt und als Safe Houses durch Stacheldraht gesichert und mit Planen verdeckt. In diesem als *Basket* bezeichneten Komplex sammelten die Amerikaner im Lauf der Zeit immer mehr deutsche Abwehrleute ein. Schon bald wurde es im Körbchen zu eng. Darum konfiszierte man Mitte August 1946 im Taunus das entlegene Refugium des Jagdhauses der Opel-Familie, damit die Männer um Baun von hier aus operativ arbeiten konnten. Im unweit gelegenen Dorf Schmitten akquirierte man ein Hotel als Unterkunft und Arbeitsstätte. Zusätzlich wurde ab Frühjahr 1947 auch Schloss Kransberg bei Usingen zur Verfügung gestellt, das zuvor als alliiertes Verhörzentrum *Dustbin*, Mülleimer, fungiert hatte. Dort waren vorrangig prominente Vertreter von Wissenschaft, Wirtschaft, Technik und Rüstung der NS-Zeit verhört worden. Kransberg verblieb bis 1961 im Besitz des BND, der von hier aus seine Fernmeldeaufklärung Richtung Osten betrieb. Weil Auftrag und Personal ständig anwuchsen, bezog man am 6. Dezember 1947 in Pullach südwestlich von München die einstige Martin-Bormann-Siedlung und baute hier die neue Geheimdienstzentrale auf.

Der BND warb auch Männer an, die nicht nur Mitläufer, sondern Teil der NS-Herrschaft gewesen waren: Mitarbeiter von Gestapo, SS und SD. Ihre NS-Vergangenheit sollte zum politischen Ballast und zu einem Sicherheitsrisiko werden. Beispielsweise fand Heinz Felfe, ein früherer Kriminalkommissar, SS-Obersturmführer sowie SD-Mitarbeiter des Reichssicherheitshauptamts, den Weg nach Pullach, wo er bis zum Leiter der Gegenspionage Sowjetunion aufstieg. Ein Wolf im Schafspelz. Ende 1961 wurde Felfe verhaftet und verurteilt, weil er zehn Jahre für den sowjetischen Geheimdienst KGB spioniert hatte. Es war die Zeit der Nachrichtenhändler und der Doppelspione.

Nazi-Kriegsverbrecher wurden dreist als Zuträger geführt; so Walther Rauff, ehemaliger SS-Standartenführer, Gruppenleiter im RSHA und Miterfinder der Gaswagen, der nach gelungener Flucht nach Südamerika von 1958 bis 62 für den BND arbeitete, ehe er wegen Erfolglosigkeit abgeschaltet wurde. Auch vor Klaus Barbie, dem früheren Gestapochef und »Schlächter von Lyon«, scheuten Geheimdienste nicht zurück. Barbie war ab 1947 für das CIC tätig und konnte sich mit dessen Hilfe über die Rattenlinie in das sichere Bolivien absetzen, wo er 1966 für einige Monate auch für den BND als Informant wirkte. Mittlerweile freigegebene amerikanische und deutsche Akten zeigen, dass mit Beginn des Kalten Krieges nicht nur in Westdeutschland, sondern auch in den USA zahlreiche ehemalige Nationalsozialisten und Kollaborateure vom Militär oder von Geheimdiensten angeworben wurden.

Dieser robuste Pragmatismus im Umgang mit Nationalsozialisten äußerte sich bereits in den 30er Jahren, gerade wenn es um amerikanische Wirtschaftsinteressen ging. Exemplarisch sei auf Thomas T. Watson verwiesen, den Präsidenten der US-Handelskammer und Vorstandschef des Datenverarbeitungskonzerns *International Business Machines Corps* (IBM). Watson machte das Deutsche Reich zum zweitgrößten Absatzmarkt nach den USA. Seine mit Lochkarten gesteuerten IBM-Rechenmaschinen dienten den Nazis zur Erfassung und Zählung von Juden, im Reich sowie im besetzten Europa. Dass Watson der Verwendungszweck bekannt war, ist unbewiesen. Die Verträge wurden jedenfalls auch während des Kriegs nicht gestoppt.

Standard Oil lieferte in Kooperation mit ihrem langjährigen strategischen Partner IG Farben selbst nach dem Kriegseintritt der USA Treibstoff ans Deutsche Reich. Sullivan & Cromwell, die Kanzlei von John Foster Dulles, dem späteren US-Außenminister, versuchte noch im Krieg, Kapital von IG Farben und Bosch vor dem Zugriff der US-Justiz zu schützen.

Der Streit, ob Moral einen Stellenwert in der Politik haben kann, ist zwar alt, doch gleichsam ungelöst und aktuell. Allzu häufig dienen ethisch-sittliche Normen, Werte und Tugenden lediglich der Veredelung von Interessen und werden bei ihrer Durchsetzung verhöhnt. So zeichneten sich auch im Umgang mit Nationalsozialisten Strukturen eines politischen Verständnisses jenseits aller ideologischen Schemata ab. Eine pragmatische Interessenspolitik sucht sich jeweils den Zeitumständen und Machtgegebenheiten anzupassen. Politische Entscheidungen sind keine apodiktischen Urteile über Gut und Böse, richtig und falsch. Sie stehen am Ende der Suche nach dem besten Mittel zur Lösung von Problemen, was moralisch schmerzhaft sein kann. Und so wog im Kalten Krieg der Wert bestimmter Eliten des Nationalsozialismus für den Kampf des Westens gegen den Kommunismus oft höher als die ethischen und zivilisatorischen Brüche ihrer Arbeit für das NS-Regime. Gerade in Zeiten von Transformationsprozessen haben die Oberwasser, an deren fehlendem Moralkompass Pflügers Hauptfigur Paula Bloom so verzweifelt. Es schlägt, aufseiten der Sieger wie der Besiegten, die Stunde der geschmeidigen Männer.

Bodo V. Hechelhammer ist promovierter Historiker mit Schwerpunkt Geheimdienstgeschichte und arbeitet seit langem beim Bundesnachrichtendienst. Inzwischen leitet er das Historische Büro der Behörde und trägt mit seinen Arbeiten nicht unmaßgeblich zur Aufarbeitung der Geschichte des BND bei. Zu dem Thema sind von ihm unter anderem folgende Publikationen erschienen: *Spion ohne Grenzen. Heinz Felfe – Agent in sieben Geheimdiensten*, Piper Verlag 2019; *Doppelagent Heinz Felfe entdeckt Amerika: Der BND, die CIA und eine geheime Reise im Jahr 1956*, Schöningh Verlag 2017; *Geheimobjekt Pullach – Von der NS-Mustersiedlung zur Zentrale des BND*, Ch. Links Verlag 2014. Sowie: *Walther Rauff und der Bundesnachrichtendienst*, Berlin 2011.